비스와스 씨를 위한 집 1

A House for Mr Biswas
V. S. Naipaul

대산세계문학총서 127

비스와스 씨를 위한 집 1

A House for Mr Biswas

V. S. 나이폴 지음 ─ 손나경 옮김

문학과지성사
2014

대산세계문학총서 127_소설

비스와스 씨를 위한 집 1

지은이 V. S. 나이폴
옮긴이 손나경
펴낸이 주일우
펴낸곳 **㈜문학과지성사**
등록번호 제1993-000098호
주소 121-894 서울 마포구 잔다리로7길 18(377-20)
전화 02) 338-7224
팩스 02) 323-4180(편집) 02) 338-7221(영업)
전자우편 moonji@moonji.com
홈페이지 www.moonji.com

제1판 제1쇄 2014년 12월 31일

ISBN 978-89-320-2711-1
ISBN 978-89-320-2710-4 (전 2권)
ISBN 978-89-320-1246-9 (세트)

이 책은 대산문화재단의 외국문학 번역지원사업을 통해 발간되었습니다.
대산문화재단은 大山 愼鏞虎 선생의 뜻에 따라 교보생명의 출연으로 창립되어
우리 문학의 창달과 세계화를 위해 다양한 공익문화사업을 펼치고 있습니다.

차례

일러두기

1. 이 책은 V. S. Naipaul의 *A House for Mr Biswas*(London: Picador, 2003)를 우리
   말로 옮긴 것이다.
2. 본문의 주는 모두 옮긴이의 것이다.
3. 강조하기 위해 원서에서 이탤릭체로 표기한 것을 본문에서는 고딕체로 표기했다.
4. 맞춤법과 외래어 표기는 1989년 3월 1일부터 시행된 「한글 맞춤법 규정」과 『문교부
   편수자료』『표준국어대사전』(국립국어연구원)을 따랐다.

프롤로그

포트오브스페인 시* 세인트 제임스 지역의 시킴 스트리트에 사는 저널리스트 모헌 비스와스 씨는 사망하기 10주 전에 직장에서 해고되었다. 그는 해고되기 얼마 전부터 이미 몸이 좋지 않은 상태였다. 1년 전쯤 비스와스 씨는 콜로니얼 병원에서 9주 이상을 보냈고 그보다 더 긴 기간 동안 집에서 요양했다. 의사가 그에게 완전히 쉬라는 충고를 하자 『트리니다드 센티널』지(紙)는 달리 다른 도리가 없었다. 석 달 후 퇴직하라는 통고장을 보냈고 그가 사망할 때까지 매일 무료로 신문을

---

* 아메리카 대륙 카리브 해 남쪽에 있는 트리니다드 토바고 공화국의 수도. 크리스토 퍼 콜럼버스의 세번째 항해에서 발견된 트리니다드는 스페인, 프랑스의 식민지를 거쳐 1802년 영국의 직할 식민지가 되었고, 1889년 그 옆의 섬 토바고가 트리니다드와 통합 되어 하나의 식민지가 되었다. 그 후 1924년 자치권 획득을 위한 독립운동이 시작되어 1962년 해방이 되었고 이어 1976년에 트리니다드 토바고 공화국이 되었다. 사탕수수, 카 카오 등의 농산물이 주산업이다.

보내주었다.

비스와스 씨는 46세로 네 명의 자녀가 있었다. 그는 빈털터리였다. 아내 샤마 역시 돈이 없기는 마찬가지였다. 시킴 스트리트의 집은 비스와스 씨가 빚을 내어 샀고, 4년간 갚아야 할 돈이 3천 달러나 되었다. 이 금액에 8퍼센트의 이자가 매달 20달러, 거기에다 10달러의 지대(地代)까지 있었다. 아이 둘은 학교에 다녔다. 비스와스 씨는 그 위의 두 아이에게 기댈 수도 있었겠지만, 이 아이들은 둘 다 장학금을 받고 외국에서 공부하고 있었다.

이 상황에서 샤마가 장모에게 애걸복걸하러 쪼르르 달려가지 않는 게 비스와스 씨에게는 그나마 다행이었다. 10년 전쯤이었으면 두 번 생각할 필요도 없이 갔을 것이다. 지금 샤마는 비스와스 씨를 안심시키려고 애쓰며 자기 나름대로의 계획을 짜냈다.

"감자 어때요?" 샤마가 말했다. "감자를 팔면 되겠네요. 이 주변에선 1파운드에 8센트 하거든요. 우리가 5센트에 사서 7센트에 팔면……"

"툴시네 식구 아니랄까 봐." 비스와스 씨가 말했다. "하여튼 당신네 툴시 집안사람들은 너나없이 돈에는 빠삭하다니까. 하지만 이 근처에 감자 파는 사람이 얼마나 되나 똑똑히 세봐. 차라리 고물차나 팔아버리는 게 낫지."

"아니, 차는 안 돼요. 걱정 마요, 어떻게든 될 테니까."

비스와스 씨가 짜증스럽게 대답했다.

"그래, 어떻게든 되겠지."

감자 이야기는 두 번 다시 나오지 않았고 비스와스 씨도 또다시 차를 팔겠다는 으름장을 놓지 않았다. 지금 비스와스 씨는 아내가 원하는 것을 거스르는 어떤 일도 하고 싶지 않았다. 어느 사이엔가 그는 아내의 판단을 받아들이고 그녀의 낙천적인 성격을 존중하게 되었다. 비스와스 씨는 아내를 신뢰했다. 부부가 그 집으로 이사 온 이래 샤마는 자신이 충성을 바칠 새로운 대상이 남편과 자식들이라는 것을 깨달았다. 그녀는 친정엄마와 자매들에게서 멀어졌고 거리낌 없이 이 사실을 말했다. 비스와스 씨에게 이것은 자기 집을 가지게 된 것만큼이나 크나큰 성공이었다.

비스와스 씨는 그 집이 자기 소유가 된 것에 대해 생각해보았다. 비록 몇 년간 어쩔 수 없이 대출이 잡혀 있긴 했지만 말이다. 요 몇 달간 병을 앓고 절망적인 시간을 보내면서도 비스와스 씨는 자기 집에 앉아 있다는 그 대단한 사실에 경탄하며 다시, 또다시 북받쳐 오르는 감정을 느꼈다. 샤마의 자매들과 그들의 남편, 아이들로 북적대는 툴시 부인 소유의 이 집, 저 집으로 퇴근해 들어가야 했던 예전의 운명을 극복하고, 그 대신 비스와스 씨는 자기 집 대문을 통과해서 들어가고, 원하는 사람만 들어오게 하며, 매일 밤이면 문과 창문을 걸어 잠그고 오직 자기 집안 식구들이 떠드는 소리 외에는 들을 일 없이 마음대로 이 방 저 방 그리고 마당 사이를 돌아다녔다. 어릴 때 비스와스 씨는 모르는 사람이 사는 집을 전전했다. 그리고 결혼 후에는 툴시 집안 소유의 집들로만 이사 다녔던 것 같다. 아르와카스에 있는 하누만 하우스, 쇼트힐스의 허물어져가는 목조 가옥, 그리고 포트오브스페인 만에 있는 조잡한 콘크리트 집 말이다. 그리고 지금 결국 그는 대지의 반만 소유권이 있는 자기 땅 위의 자기 집에 앉아 있게 된 것이다. 지난 몇 달간 그는 이렇게 된 것이 자신이 책임을 다하지 못했던 탓 아닌가 하는 생각을 많이 했었다.

*

그 집은 두세 거리 떨어진 곳에서도 보였고 세인트 제임스 전체에
잘 알려져 있었다. 골함석판을 피라미드형으로 지붕에 대었고 2층이면
서 높고 네모지게 생긴 그 집은 넓게 자리 잡은 보초막 같아 보였다. 그
집은 여가 시간에 집을 짓는 변호사 사무실 사무장이 설계하고 지은 곳
이었다. 사무장은 인맥이 넓었다. 그는 시 의회가 판매용이 아니라고
발표한 땅을 구입했고, 대지 소유자들을 설득하여 한 채용 건축 부지를
반씩 쪼갰다. 그는 최근 간척이 된 무쿠라포 근처 늪지 땅을 상당량 사
서 건축 허가를 받았다. 그는 한 채용 부지와 4분의 3 크기 부지에 폭
6미터, 길이 8미터의 1층짜리 집을 지었다. 그런 집은 흔히 볼 수 있는
것이었다. 반면 반으로 쪼갠 부지에는 폭 6미터, 길이 4미터의 2층짜리
집을 지었는데, 이 집들은 참 보기 드문 것이었다. 그가 지은 모든 집들
은 독사이트, 폼페이 사바나와 리드 항구에 있다가 철거된 미 육군 캠
프에서 골조를 가져와 조립한 것이었다.* 그 골조들은 잘 끼워지지 않
는 것이 예사였지만, 사무장은 골조를 구할 수 있는 한 전문 지식도 없
이 취미 삼아 하는 이 일을 꾸준히 했다.
    사무장은 비스와스 씨의 2층짜리 집 아래층 한쪽 구석에 작은 부엌
을 설치했다. 그리고 정확히 L 자 모양의 나머지 공간 안에 거실과 식
당을 만들었다. 부엌과 식당 사이에는 문이 달리지 않은 출입구가 있

---

* 1940년대 말 포트오브스페인에는 미군 기지가 주둔해 있었다. 이 작품의 시간적 배경이
언제인지는 명확하게 명기되어 있지 않지만, 이 구절로 미루어보건대 비스와스 씨가 사
망한 건 1950년대 이후의 일이다.

었다. 부엌 바로 위 2층에는 변기와 세면대, 샤워기가 있는 콘크리트로 된 방을 만들었다. 샤워기 때문에 이 방은 항상 젖어 있었다. 2층의 남은 L 자형 공간은 침실, 베란다, 침실로 나뉘어 있었다. 집이 서향이고 햇볕을 가려줄 만한 것이 없어서 오후에는 아래층 부엌과 위층의 축축한 화장실 겸 욕실, 이 두 방에서만 편안하게 있을 수 있었다.

원 설계에서 사무장은 1층과 2층을 이어줄 계단이 필요하다는 것을 잊고 있었던 것 같다. 그가 만들어놓은 계단을 보면 계단이 나중에 생각났다는 게 분명히 드러나기 때문이다. 동쪽 벽을 뚫어 양쪽 입구를 만들었으며 (고르지 않은 골조 위에 무거운 판자를 얹은 데다가 한쪽 난간은 휘고 페인트칠도 제대로 되어 있지 않았으며, 위에는 골함석판으로 만든 지붕이 비스듬하게 놓인) 조잡한 목조 계단이 집 뒤쪽에 불안하게 걸려 있었다. 그 계단은 정면에 흰색이 선명한 벽돌 벽, 흰색 목조 세공품 그리고 문과 창문의 불투명 유리와 확연히 대조를 이루었다.

이 집을 사려고 비스와스 씨는 5천 5백 달러를 지불했다.

비스와스 씨는 직접 집을 두 채나 지었고, 집을 구경하러 다니느라 많은 시간을 보낸 사람이었다. 그런데도 그는 아무것도 몰랐다. 비스와스 씨가 지었던 집들은 시골의 조잡한 목조 가옥으로 통나무 오두막집 정도에 불과했다. 그리고 집을 보러 다닐 때도 산뜻하게 페인트칠이 된 새로운 현대식 콘크리트 집은 자기 능력 밖이라고 생각했기 때문에 거의 둘러보지 않았다. 그래서 자기 능력으로 살 수 있는, 튼튼하고 보기 좋고 현대적 외양을 갖춘 집과 마주하게 되자마자 머리가 핑 돌 정도로 흥분했다. 비스와스 씨는 태양이 내리쬐는 오후에는 그 집에 가본 적이 없었다. 그가 처음 찾아갔던 오후에는 비가 내리고 있었고 그다음에 아이들을 데리고 갔을 때는 저녁 무렵이었다.

물론 신흥 도심지에는 한 채용 부지 위에 한 채씩 지은 2천과 3천 달러짜리 집들도 있었다. 그러나 이 집들은 오래되고 낡았으며 담장이나 편의 시설도 없었다. 한 채용 부지 위에 형편없는 집 두세 채를 따닥따닥 붙여놓은 경우도 많았다. 이 집들은 모든 방을 각각 다른 가족에게 세를 놓았고 법적으로 이들을 함부로 쫓아낼 수도 없었다. 닭과 아이들이 득시글대는 그런 집의 뒷마당에서 빠져나와 윤기 나는 바닥에 무거운 붉은 커튼의 색깔이 반사되고 코트나 넥타이는 걸치지 않은 채 슬리퍼 차림으로 안락의자에 앉아 편안하게 쉬며 광고에 나오는 것처럼 아늑하고 부유한 장면을 연출하는 사무장의 거실로 옮겨온 것은 너무나 큰 변화였다. 툴시 가의 집과 이렇게 다를 수가 있나!

사무장은 자신이 지은 모든 집에서 살았다. 시킴 스트리트의 그 집에서 살았을 때 그는 소문이 안 퍼질 정도로 거리가 떨어진 모반트 지역에 다른 집을 짓고 있었다. 그 사람은 결혼한 적이 없었으며, 과부인 어머니와 함께 살고 있었다. 어머니는 점잖은 분으로 비스와스 씨에게 직접 구운 케이크와 차를 대접했다. 어머니와 아들 사이에는 상당한 애정이 있었는데, 그 점에 비스와스 씨는 감동을 받았다. 그의 어머니는 아들의 보살핌을 받지 못한 채 5년 전 극심한 가난 속에서 삶을 마감한 터였다.

"요 집을 떠나는 게 얼매나 슬픈지 표현할 길이 없구먼요." 사무장이 말했다. 비스와스 씨는 비록 이 남자가 사투리를 쓰긴 하지만 분명히 교육을 받은 사람이고 사투리에 과장된 말투를 쓰는 것은 단지 솔직담백하게 보이고 싶어서 그러는 것이라는 걸 알아차렸다. "정말로 어머니 때문이에요. 이사 가는 이유가 바로 그거구먼요. 늙은 마마님이 계단을 못 올라가시거든요." 그는 집 뒤를 바라보며 고개를 끄덕였다. 그곳에 있는 계단은 무거운 붉은 커튼으로 가려져 있었다. "심장이 문제예요, 언제 돌아가실지 몰라요."

샤마는 처음부터 반대했고 그 집을 보러 가지도 않았다. 비스와스 씨가 "어떻게 생각해?"라고 물었을 때 샤마는 이렇게 대답했다. "생각이라고요? 내가요? 당신, 언제부터 내게 생각이 있다는 생각이 들었어요? 당신 집 보러 갈 만큼 똑똑하지도 않은 사람이 생각난 걸 말할 능력은 있겠어요?"

"화내고 짜증내기는. 이 집 사느라 때 묻은 돈 쓰는 사람이 당신 어머니면 분명 할 말이 있었겠지."

샤마가 한숨을 쉬었다.

"당신이야 물론 당신 어머니랑 당신네 행복한 대가족이랑 모두 같이 살고 싶은 거잖아, 안 그래?"

"몰라요. 돈 있는 사람도 **당신**이고 집 사고 싶은 사람도 **당신**이니까 **나**보고 생각 같은 거 하라고 하지 마요."

비스와스 씨가 자기 집을 사려고 흥정 중이라는 소식은 샤마의 친정식구들에게까지 흘러들어 갔다. 스물일곱 살에 아이가 둘 있는 조카 수니티는 오래전에 남편에게서 버림받았는데, 그 잘생긴 한량 남편은 열차가 하루에 두 번 서는 포키마 역에서 철도 건물을 돌보는 사람이었다. 수니티가 샤마에게 말했다. "이모네가 대단한 일 한다는 소리를 들었어요." 조카는 즐거운 기색을 감추지 않았다. "집인가 뭔가를 산대나?"

"그래." 샤마는 순교라도 하듯이 대답했다.

이 대화가 뒷마당에서 오갔기 때문에 마흔한 살 이후 모아온 소지품들이 대부분 들어 있는 방 안에 놓인 슬럼버킹 사(社) 침대 위에서 바지와 러닝셔츠를 입고 누워 있던 비스와스 씨의 귀에까지 들렸다. 비스와스 씨는 수니티가 어린애였을 때부터 그녀와 말싸움을 일삼았고, 비스와스 씨가 한 소리 한다고 해서 수니티가 빈정거리는 것을 그만두는 일은 없었다. 그는 소리쳤다. "샤마, 그 애보고 포키마 역에 가서 염소나 키우는 쓸잘데기없는 남편이나 도와주라고 해."

염소는 비스와스 씨가 만들어낸 말인데 매번 수니티를 화나게 했다. "염소라고요!" 그녀가 마당에 소리치고 난 뒤 혀를 찼다. "흥, 어떤 사람은 적어도 염소를 키우기나 하지. 그런 건 꿈도 못 꾸는 사람들도 있는데 말이에요."

"체." 비스와스 씨가 약하게 소리를 냈다. 수니티와의 말싸움에 말려드는 것을 포기한 채 그는 옆으로 돌아누워 마르쿠스 아우렐리우스*의 『명상록』을 계속 읽기 시작했다.

*

그 집은 산 첫날부터 하자가 보이기 시작했다. 계단은 위험하고 위층은 꺼져 있었으며, 뒷문은 없었다. 창문은 대부분 닫히지 않았고, 안 열리는 문도 한 짝 있었다. 처마 밑의 셀로텍스 패널**이 떨어져 나가며 박쥐가 다락방에 들락거릴 수 있는 구멍을 만들어놓았다. 그들은 최대한 담담하게 이 문제에 관해 의논했고 실망감을 대놓고 드러내지 않으려고 애썼다. 그런데 이 실망감이 얼마나 빨리 사라지고, 이 집의 모든 이상한 점과 불편한 점에 얼마나 빨리 익숙해졌는지는 놀라울 뿐이었

---

* Marcus Aurelius(121~180): 로마의 16대 황제이자 스토아학파의 철학자.
** 절연, 방음을 위해 대는 패널.

다. 그리고 눈앞에서 벌어지는 상황이 더 이상 나빠 보이지 않게 되었을 때 그 집은 비로소 그들의 집이 되었다.

병원에서 처음 퇴원했을 때 비스와스 씨는 자신을 위해 집이 준비되어 있는 것을 보았다. 작은 정원은 깔끔하게 정리되고 아래층 벽엔 페인트칠이 되어 있었다. 차고에는 몇 주 전 친구가 『센티널』 사무실에서 가져다놓은 프리펙트 자동차가 있었다. 병원 생활은 적적했다. 비스와스 씨는 그곳을 나와 반가운 세계, 새롭고도 눈에 익은 세계로 돌아왔다. 자신이 이 세계를 만들었다고는 도저히 믿을 수 없었다. 그리고 자신이 그 세계 속에서 한 자리를 차지하고 있어야 하는 이유도 알 수 없었다. 그리고 자신을 둘러싸고 있는 모든 것을 기쁜 마음으로, 놀라운 마음으로, 믿기지 않는 마음으로 살펴보고, 새로운 눈으로 쳐다보았다. 모든 식구와 모든 소유물을 말이다.

부엌 찬장. 그것은 20년 이상이나 되었다. 결혼 직후 비스와스 씨가 아르와카스에 있는 목수에게 산 흰색 새 제품이었는데, 망에는 페인트칠이 되지 않았고 나무에서는 여전히 나쁜 냄새가 나고 있었다. 구입 후 한동안은 손으로 선반을 문지르면 손에 톱밥이 묻어 나왔다. 비스와스 씨가 얼마나 자주 착색제를 바르고 니스칠을 해야 했던가! 페인트칠도 해야 했었다. 망은 여러 군데가 막혔고 니스칠과 페인트칠로 목판 표면이 울퉁불퉁하게 두꺼워졌다. 얼마나 많은 색깔로 페인트칠을 했는지 아는가! 푸른색, 녹색, 심지어 검은색도 있었다. 1938년 교황이 서거하여 『센티널』이 가장자리에 검은 띠를 두르고 나왔던 주에 우연히 노란색 페인트 큰 통 한 개를 얻게 되자, 비스와스 씨는 오만 곳을, 심지어 타자기까지, 노랗게 칠했다. 서른세 살에 그 타자기를 손에 넣었을 때 그는 미국과 영국 잡지에 글을 써서 부자가 되어야겠다고 결심했었다. 잠시였지만 행복하고 희망에 차 있던 시절이었다. 타자기는 사용될 일 없이 아직까지 노란색을 띠고 있다. 그리고 그 색깔에 익숙해진 건 이미 오래전 일이었다. 모자걸이는 왜 아직 가지고 있을까? 이사할 때마다 가지고 다녀서 재산의 일부라고 생각하게 된 이유밖에는 없을 텐데 말이다. 유리는 하얗게 탈색되고 고리는 대부분 부서지고 나무는 여러 번 칠해서 추했다. 책장은 툴시 집안에서 캐비닛을 만들려고 고용했던 전직 대장장이가 만든 것이었다. 그가 최초로 만든 이 작품에서는 다듬은 나뭇조각마다, 만들어놓은 이음새마다, 그리고 시도해본 장식마다 그 사람의 솜씨가 드러났다. 식탁은 『센티널』의 구제 기금을 받고 비스와스 씨에게 감사를 표하고 싶어 하던 빈민에게 싼값으로 샀다. 그리고 슬럼버킹 침대. 침대는 2층에 놓여 있었는데, 비스와스 씨는 계단을 올라가지 말라는 주의 사항을 들은 터라 더 이상 이용하지 않았다. 그리고 유리로 된 캐비닛은 샤마를 기쁘게 하려고 산 건데, 여전히 고상해 보이지만 사실상 안에 들어 있는 게 없었다. 그리고 모리스 안락가구 세트*는 가장 최근에 얻은 것으로 원래 변호사 사무실 사무장의 소유물이었으나 선물로 남겨놓고 간 것이었다. 그리고 실외 차고에는 프리펙트 차가 있었다.

그러나 이 모든 것보다 중요한 것은 그 집, 바로 비스와스 씨의 집이었다.

지금 이 시점에서 그 집이 없었다면 얼마나 끔찍했겠는가? 식구는 많지만 생각은 각자 다르고 서로 관심도 없는 그 추한 툴시네 사람들 사이에서 죽었다면, 그리고 샤마와 아이들을 방 한 칸에서 그 사람들

---

* 등받이 경사를 자유롭게 조절할 수 있는 안락의자.

에게 둘러싸여 살도록 남겨두었다면 말이다. 더 심하게는, 땅 한 뙈기조차 자기 것이라고 말하지 못하게 되었다면, 그리하여 쓸모없고, 지낼 곳도 없이 태어났던 이전의 사람처럼 살다가 죽었다면 말이다.

1부

1. 전원생활

비스와스 씨가 태어나기 직전 그의 어머니 빕티와 아버지 라구 사이에서 또다시 말싸움이 벌어지는 바람에, 빕티는 태양이 내리쬐는 날 아이들 셋을 데리고 걸어서 친정어머니 비순데이가 살고 있는 마을로 갔다. 그곳에서 빕티는 라구가 얼마나 인색해빠졌는지에 대한 해묵은 이야기, 즉 남편이 돈 한 푼 줄 때마다 계속 확인하고, 통에 든 비스킷 개수를 일일이 세고, 차비로 동전 한 닢 쓰기 싫어 15킬로미터나 걸어 다닌다고 하는 이야기를 울며불며 했다.

천식을 앓고 있어서 일을 할 수 없었던 빕티의 아버지는 스트링 침대*에 앉아 몸을 기대고서 안 좋은 일이 일어날 때면 언제나 하던 소리를 했다. "팔자야. 어쩌겠어."

---

* 굵은 실을 그물처럼 엮어 만든 침대.

어느 누구도 그에게 관심을 주지 않았다. 팔자는 그를 인도에서 사탕수수밭으로 데려다 주었고,* 급속히 나이 들게 했으며, 늪지의 다 무너져가는 오두막집에서 죽도록 내동댕이쳤다. 그런데도 그는 살아남은 것만으로도 팔자가 좋아서라는 듯 종종 다정하게 팔자를 불러보는 것이었다.

노인이 말하는 동안 비순데이는 산파를 부르러 사람을 보내고 빕티의 아이들에게 끼니를 챙겨주고 잠자리를 봐주었다. 산파가 도착했을 때 아이들은 잠이 들어 있었다. 잠시 후 비스와스 씨의 울음소리와 산파의 고함 소리로 아이들이 깨어났다.

"뭔가? 아들이야 딸이야?" 노인이 물었다.

"아들이요, 아들." 산파가 소리쳤다. "그런데 무슨 애가 이렇대요? 손가락이 여섯 개네요. 거기에다 거꾸로 나왔어요."

노인은 신음 소리를 냈다. 비순데이가 말했다. "이럴 줄 알았어. 내 팔자에 무슨 운이야."

밤인 데다가 길까지 한산했지만 비순데이는 당장 오두막을 나가 건넛마을로 걸어갔다. 그곳에는 선인장 울타리가 있었다. 그녀는 선인장 뒤쪽의 잎을 가져와 길게 잘라서 악령이 오두막 안으로 들어오지 못하게 모든 문과 창문 그리고 틈새마다 걸쳐놓았다.**

그러나 산파가 말했다. "뭔 비방을 써도 이 애는 지 에미, 애비를 다 잡아먹을 거유."

---

* 1833년 노예 제도가 폐지된 후 영국은 1845년에서 1917년 사이에 15만 명 이상의 인도인들을 트리니다드로 이주시켜 사탕수수 등의 농작물을 경작하게 했다.
** 일반적으로 병이란 악령이 깃들어서 생기는 것이라고 여겼으며, 사막에서도 살아남는 선인장은 이런 악령에 대항할 저항력을 가져다준다고 믿어졌다.

그다음 날 모든 악령이 지구를 떠나버린 듯 밝게 햇살이 비칠 때 펀디트*가 찾아왔다. 키가 작고 바짝 말랐으며 날카롭게 비웃는 표정에 깔보는 듯한 태도를 가진 사람이었다. 비순데이는 남편을 침대에서 내쫓은 후 펀디트가 앉도록 자리를 만들어주고 일어난 일을 이야기했다.

"흐음, 거꾸로 태어났다고요. 자정이라고 하셨지요?"

비순데이는 언제쯤이었는지 알 도리가 없었지만, 그녀나 산파 두 사람 다 불길한 시간인 자정일 거라고 짐작하고 있었다.**

비순데이가 모자를 쓰고 고개를 구부리고 있던 펀디트 앞에 앉자 갑자기 그의 표정이 밝아졌다. "아, 별문제 없습니다. 이런 재수 없는 일을 넘길 방법이나 수단은 항상 있지요." 그가 붉은 꾸러미를 펴더니 좁고 길게 생긴 두꺼운 종이 한 다발을 표지로 느슨하게 묶어놓은 점술 책을 끄집어냈다. 종이는 세월에 갈색으로 변해 있었고 그 위에 흩뿌려진 붉은색, 황색 백단나무 반죽 향이 책의 곰팡내와 섞여서 났다. 펀디트는 책장을 한 장 넘겨 잠시 읽더니 집게손가락으로 침을 묻혀 다음 장을 폈다.

마침내 그가 말을 시작했다. "먼저, 이 불운한 아이의 신체적 특징에 대해 말해보지요. 치아는 튼튼하겠지만 다소 클 것이고 이 사이가 벌어질 겁니다. 이게 무슨 뜻인지 아시겠죠. 이 애가 호색한에 낭비벽이 심한 사람이 될 거란 거지요. 아마 거짓말쟁이도 될 거고요. 치아 사이의 틈에 대해 확실하게 말씀드리기는 어렵습니다. 그 틈이 이 세 가지 중에 하나를 의미할 수도 있고 셋 다를 의미할 수도 있거든요."

---

* 인도 힌두교의 학자이자 권위자.

** 힌두교에서 자정에 태어나는 것을 무조건 불길한 징조로 생각하지는 않는다. 대신 힌두교 달력에 따라 불길한 날과 불길한 시간이 정해진다.

"펀디트 님, 손가락이 여섯 개라는 것은 어떤 징조일까요?"

"그것 역시 끔찍한 징조지요. 제가 충고드리고 싶은 것은 나무나 물에 가까이 가지 않도록 하라는 겁니다. 특히 물이요."

"목욕도 안 되나요?"

"꼭 그런 뜻은 아닙니다." 그는 오른손을 들어 손가락을 모았다. 그리고 머리를 한쪽으로 기울이면서 천천히 말했다. "저 책이 말하는 바를 해석해야 해요." 그는 왼손으로 점술 책을 흔들거리도록 두드렸다. "제 생각에 저 책에 나오는 물은 자연적인 형태의 물을 말하는 것 같습니다."

"자연적인 형태요?"

"자연적인 형태이지요." 펀디트가 되풀이해서 말했지만, 확실하지는 않은 것 같았다. "제 말은 저 애를 강이나 연못에서 멀리 떨어지게 하라는 겁니다. 물론 바다도요." 그는 이 말을 빠른 말투로 약간 짜증스러워하며 말했다. "그리고 하나 더 있습니다." 그는 회심의 미소를 지으며 이렇게 덧붙였다. "저 애는 불운을 가져다주는 재채기를 하게 될 겁니다." 그는 긴 종이로 만든 점술 책을 꾸리기 시작했다. "애아버지가 21일간 그 애를 못 보게 되면 그 애가 가져올 게 분명한 불운 중 상당수가 사라질 겁니다."

"그건 쉬운 일이에요." 비순데이가 처음으로 반색하며 말했다.

"21일째 되는 날 애아버지가 **반드시** 저 아이를 봐야 합니다. 하지만 직접 봐선 안 됩니다."

"거울로 보면 되나요, 펀디트 님?"

"그건 좋은 생각이 아닌 것 같군요. 놋쇠 접시를 사용하세요. 잘 문질러 닦아서 말이죠."

"잘 알겠습니다."

"그 놋쇠 접시에 코코넛 기름을 가득 채우세요. 당신 손으로 딴 코코넛에서 직접 짠 기름으로 해야 됩니다. 그리고 기름 위에 비치는 상(象)으로 애아버지가 아들 얼굴을 봐야 합니다." 그는 점술 책을 단단히 묶어서 역시 백단나무 반죽이 흩뿌려져 있는 붉은 면싸개로 돌돌 말았다. "그러면 될 겁니다."

"한 가지를 잊고 있었어요, 펀디트 님. 이름 말이에요."

"그건 다 가르쳐드릴 수는 없습니다. 그렇지만 '모'라는 글자를 앞에 놓으면 분명히 안전할 것 같군요. 거기다 뭘 붙일지는 당신 마음입니다."

"오, 펀디트 님, 도와주셔야만 돼요. 저는 '헌' 자밖에는 생각이 안 나거든요."

펀디트는 깜짝 놀라며 진심으로 기뻐했다. "그거면 훌륭해요. 훌륭해. '모헌'이라. 이보다 나을 수는 없겠네요. 당신도 아시다시피 모헌은 사랑하는 사람이라는 뜻이고, 우유를 따르는 하녀들이 크리슈나 신*에게 붙여준 이름이지요." 펀디트의 눈은 전설을 생각하며 부드러워졌고 그 순간은 비순데이나 비스와스 씨도 다 잊은 듯이 보였다.

비순데이는 베일의 한쪽 끝에 달린 매듭에서 플로린 은화를 하나 꺼내 더 많이 드리지 못해 죄송하다는 말을 중얼거리며 펀디트에게 주었다. 펀디트는 비순데이가 최선을 다했으니 걱정하지 않아도 된다고

---

* 힌두교의 신 중 하나. 많은 악당과 악귀를 퇴치 정복하고 세계 질서를 유지하는 신. 비슈누Vishnu의 화신이다. 주로 피리를 부는 아이나 소를 타고 가는 소년의 모습으로 묘사되며 인도 대중에게 가장 인기 있고 친숙한 신이다. 크리슈나 신은 이름이 108개나 되며, '모헌'은 그중 하나다.

말했다. 사실 더 적은 돈을 받을 거라고 짐작하고 있던 펀디트는 흡족해했다.

*

비스와스 씨의 여섯번째 손가락은 채 아흐레가 지나기 전에 없어졌다. 그 손가락은 어느 날 밤에 그냥 떨어져 나갔다. 아침에 이불을 털던 빕티는 작은 손가락이 땅에 굴러 떨어지자 속이 뒤틀릴 정도로 놀랐다. 비순데이는 이 일을 아주 좋은 징조라 여겨서 손가락을 비스와스 씨의 탯줄을 묻어놓은 곳에서 멀리 떨어지지 않은, 집 뒤에 있는 외양간 뒤쪽에 묻었다.

그 후 며칠간 사람들은 주의와 관심을 기울여 비스와스 씨를 돌보았다. 그가 자는데 누나와 형들이 건드리면 손바닥으로 얻어맞았다. 비스와스 씨의 사지를 유연하게 만드는 것은 중요한 일이었다. 비스와스 씨는 아침저녁으로 코코넛 기름 마사지를 받았다. 그의 모든 관절을 다 운동시켰다. 붉게 빛나는 몸통 위에 팔과 다리를 대각선으로 접어 올려 오른발 엄지발가락이 왼쪽 어깨에 닿게, 왼발 엄지발가락은 오른쪽 어깨에 닿게 하고 난 뒤 양발 엄지발가락을 코에 닿게 했다. 마지막으로 팔다리를 모두 배 위로 모아 잡아 박수를 치며 크게 웃게 하고 나서 다시 내렸다.

비스와스 씨는 이 운동 과정을 잘 따라 했다. 그래서 비순데이는 크게 안심했고 9일째 날에 잔치를 벌이기로 했다. 그녀는 마을 사람들을 청해서 음식을 해 먹였다. 펀디트도 왔다. 그는 자신의 도움이 없었다면 이렇게 축하할 일도 없었을 거라고 은근히 암시하긴 했지만 예상

밖으로 상냥하게 굴었다. 이발사인 자그루는 북을 가져왔고 셀로찬은 온몸에 재를 바르고 외양간에서 시바춤*을 추었다.

불쾌한 일이 벌어진 것은 비스와스 씨의 아버지 라구가 갑자기 나타나고부터였다. 땀과 먼지로 얼룩진 도티**와 재킷 차림으로 그가 걸어 들어왔던 것이다. 그가 말했다. "잘하는 짓이네요, 잔치를 하다니. 애아버지는 어디 있답디까?"

"당장 여기서 나가게." 비순데이가 옆에 있는 부엌에서 나오며 말했다. "애비라고? 자네가 애비라고 불릴 자격이 있나? 애만 배면 마누라를 쫓아내면서 말이야."

"상관 마세요. 내 아들은 어디 있나요?" 라구가 말했다.

"잘해봐. 자네 허풍과 못된 짓거리를 신이 벌하셨어. 가서 자네 아들을 보게. 그 애가 자네를 잡아먹고 말 테니까. 손가락이 여섯 개인 데다 거꾸로 나왔어. 들어가서 보라고. 재수 없게 재채기까지 했으니까."

라구가 멈칫했다. "재수 없게 재채기를 했다고요?"

"내가 경고하지 않나. 21일째 되는 날에야 그 애를 볼 수 있다고. 지금 행여 바보 같은 짓을 하면 그건 다 자네 탓이야."

스트링 침대에서 노인이 라구에게 뭐라고 욕지거리를 중얼거렸다.

"염치없고, 못된 놈. 저놈 하는 짓을 보면 검은 시대***가 다시 올 것

---

    * 시바Shiva 신은 춤을 추어 연약한 하나의 우주를 파괴하고 브라마Brahma 신이 새로운 세상을 창조할 수 있게 준비를 한다. 시바춤은 시바 신의 파괴와 창조의 춤을 모방한 것으로 창조의 춤 라시야Lasya와 파괴의 춤 탄다바Tandava로 나뉜다.
  ** 인도 남자가 허리에 두르고 다니는 천으로 바지를 대신하는 것이다.
*** 1347~1351년 사이를 이르는 검은 시대the Black Age. 고비 사막에서 일어난 모래 폭풍이 아래쪽으로 몇 년간 불어 대기가 혼탁해져 낮에도 어둡고 기온이 내려가고 페스트와 폐렴이 창궐했던 시기다.

같구먼."

이어서 고함 소리와 욕지거리가 맑게 울려 퍼졌다. 라구는 자신이 잘못했다는 것을 인정하고 그 때문에 가슴이 아팠다고 했다. 빕티는 남편에게로 기꺼이 다시 돌아가겠다고 했다. 그리고 라구는 21일째 되는 날에 다시 오는 것에 동의했다.

그날을 준비하기 위해 비순데이는 말린 코코넛을 모으기 시작했다. 그녀는 코코넛의 껍질을 까서 알맹이를 갈고 펀디트가 처방한 대로 기름을 짜기 시작했다. 그 일은 코코넛을 삶고 위에 뜬 찌꺼기를 걷어내고 다시 끓이는 긴 작업이었다. 그런데 수많은 코코넛을 짜봐야 기름을 조금밖에 얻지 못하는 것이 신기할 따름이었다. 어쨌든 기름은 시간 맞춰 준비되었고, 라구는 말끔하게 옷을 갖춰 입고 포마드 기름을 머리에 반질반질하게 바르고 수염도 정돈한 채 나타났다. 그러고는 아주 바른 자세로 모자를 벗고 기름 향과 오래된 짚불 냄새가 은은하게 풍기는 오두막의 어두운 내실로 들어갔다. 그는 모자를 얼굴 오른쪽에 붙여 가리고 놋쇠 접시에 담긴 기름을 내려다보았다. 아버지의 모자 때문에 시야에서 가린 비스와스 씨는 머리부터 발끝까지 단단히 싸여서 기름 쪽을 바라보도록 얼굴이 아래쪽으로 가게 안겨 있었다. 비스와스 씨는 그 자세가 싫었다. 그는 이마를 찡그리고 눈을 단단히 감은 채 소리 내어 울었다. 맑은 호박색 기름에 잔물결이 일어 이미 화가 나서 우거지상을 하고 있는 비스와스 씨의 상(象)은 더 우그러졌고, 그렇게 첫 대면이 끝났다.

며칠 후 빕티와 그녀의 아이들은 집으로 돌아갔다. 이후 비스와스 씨의 비중은 차츰차츰 줄어들어갔다. 마침내 매일 하던 마사지를 그만두는 날이 왔다.

그러나 그는 여전히 관심의 대상이었다. 식구들은 그가 불길한 아이이며 특히 그가 한 재채기가 불길하다는 것을 결코 잊지 않았다. 비스와스 씨가 쉽게 감기에 걸리는 바람에 우기가 되면 가족이 굶어 죽기 직전까지 갔다. 사탕수수밭으로 떠나기 전에 비스와스 씨가 재채기를 하면 라구는 집에 남아서 아침에는 텃밭에서 일하고 오후에는 지팡이나 나막신을 만들거나 단검의 손잡이나 지팡이의 머리 장식을 새기며 시간을 보냈다. 라구가 제일 좋아하는 디자인은 웰링턴 부츠였다. 그 부츠를 가져본 적은 없지만, 감독관이 신은 것을 본 적은 있었다. 무슨 일을 하든 라구는 절대 집 밖으로 나가지 않았다. 나간다 해도 비스와스 씨의 재채기엔 사소한 불행이 종종 따라오곤 했다. 쇼핑을 하다가 3펜스를 잃어버리거나 병을 깨거나 접시를 뒤엎는 등의 일이 이어졌다. 한번은 비스와스 씨가 사흘 연속 아침마다 재채기를 한 적이 있었다.

"이 애가 우리 식구를 몽땅 잡아먹을 거야." 라구가 말했다.

어느 날 아침 라구는 길과 마당 사이를 흐르는 도랑을 건너자마자 갑자기 멈춰 섰다. 비스와스 씨가 재채기를 한 것이었다. 빕티가 뛰어나와서 말했다. "신경 쓰지 마세요. 당신이 길에 들어섰을 때 재채기를 했어요."

"하지만 내가 분명히 들었다니까."

빕티는 남편이 일하러 가도록 설득했다. 한두 시간 뒤에 그녀가 점심에 먹을 쌀을 씻고 있을 때 길에서 고함 소리가 나는 것을 듣고 나가 보니 라구가 오른 다리에 피로 물든 붕대를 감고 소달구지에 누워 있었다. 그는 앓는 소리를 했는데 아파서가 아니라 화가 나서였다. 라구를 데리고 온 사람은 그를 도우면서 마당에 들어오려 하지 않았다. 비스와스 씨의 재채기는 이미 꽤 널리 소문나 있었기 때문이다. 라구는 빕티의 어깨에 기대어 절뚝거리며 들어와야 했다.

"저 애가 우리 모두를 거지로 만들어놓을 거야." 라구가 말했다.

그의 말은 심한 두려움에서 나온 말이었다. 돈을 저축하고 자신이나 식구들이 안 써가며 살긴 했지만, 라구는 궁핍이 자신에게 닥치리라는 느낌을 피할 수가 없었다. 모으면 모을수록 그는 더 낭비하고 잃을 수 있다고 느꼈고, 그래서 더욱 조심했다.

토요일마다 그는 다른 노동자들과 함께 임금을 받으러 농장 사무실 밖에 줄을 섰다. 감독관은 작은 테이블에 앉아 있었고, 부를 상징하는 널따란 카키색의 끈 달린 모자가 테이블 위에 놓여 있었다. 그의 왼쪽에는 잘난 척하고 엄하고 꼼꼼한 인도인 서기가 작고 깨끗한 손으로 커다란 대장에 검은색과 빨간색 잉크로 깨알같이 단정하게 숫자를 적고 있었다. 서기가 숫자를 기입하고 이름과 액수를 높은 목소리로 정확하게 부르면 감독관은 자기 앞에 쌓여 있는 더미에서 은화와 동전을 골랐다. 이어서 그는 푸른색의 1달러 지폐 뭉치와 그보다 작은 붉은색의 2달러 지폐 뭉치, 그리고 약간밖에는 없는 녹색의 5달러 지폐 뭉치에서 아까보다 더 조심스럽게 지폐를 끄집어냈다. 일주일에 5달러를 버는 노동자는 거의 없었다. 그래서 그 지폐는 아내나 남편 혹은 둘 모두의 월급을 모아 받는 사람들에게 주려고 마련된 것이었다. 감독관의 끈 달린 모자 주변에는 뻣뻣한 푸른색 종이 봉지가 그 모자를 지키기라도 하듯 놓여 있었다. 입구 쪽에 정갈하게 톱니 자국이 나고 커다랗게 숫자가 인쇄된 상태로, 그 안에 들어 있는 동전의 무게 때문에 넘어지지 않고 서 있었다. 동그랗게 뚫린 구멍들 속으로 동전이 슬쩍 보였는데, 라구가 듣자 하니 그 구멍들은 동전이 숨을 쉴 수 있게 만들어둔 거라 했다.

라구는 이 봉지에 매혹되었다. 용케 봉지를 몇 개 구한 그는 몇 달

후 약간의 잔머리를 굴려서 (1실링을 12페니로 바꾸는 식으로)* 그 봉지들을 채웠다. 그 후 그는 그 짓을 멈출 수가 없었다. 어느 누구도, 빕티까지도 그가 이 봉지들을 어디다 숨겼는지 알지 못했다. 그러나 그가 돈을 묻어놓았고 아마도 마을에서 제일가는 부자일 거라는 소문이 주변에 떠돌았다. 그런 말을 들은 라구는 깜짝 놀라며, 소문을 잠재우기 위해 더욱 내핍 생활에 정진했다.

*

    비스와스 씨는 커갔다. 하루에 두 번씩 팔다리에 기름을 바르고 마사지를 해줬지만, 이제는 먼지나 흙이 묻어도 씻기지 않고 며칠씩 내버려두었다. 그에게 불길한 여섯번째 손가락을 안겼던 영양실조는 이제는 습진과 염증의 원인이 되었다. 그로 인해 부풀고 터지고 딱지가 앉았다가 다시 터졌고 급기야 악취까지 나게 되었다. 비스와스 씨의 발목과 무릎, 그리고 손목과 팔꿈치 부위의 고통이 특히 심했고, 염증으로 인해 마치 예방 주사를 맞은 것 같은 흉터가 남았다. 영양실조 때문에 그는 빈약하기 짝이 없는 흉곽과 가늘디가는 팔다리를 가지게 되었다. 또한 발육도 더뎠고 말랑말랑한 배가 불룩하게 솟아올라 있었다. 그러나 어쨌든 그가 성장하고 있다는 것은 알 수 있었다. 그는 배고픈 것을 알아차리지 못했다. 그리고 학교에 가지 않는 것 때문에 괴로워하지도 않았다. 사는 게 재미없다고 생각할 이유라고는 펀디트가 연못이나 강

---

* 실링, 페니, 파운드는 영국의 화폐 단위이고 달러, 센트는 미국 화폐가 아닌 영국령 서인도 제도 달러 화폐. 1964년에 영국령 서인도 제도 달러는 독립국인 트리니다드 토바고 공화국의 달러로 바뀌었다.

근처에 못 가도록 금지한 것뿐이었다. 라구는 수영을 무척 잘했고 빕티는 그가 비스와스 씨의 형제들에게 수영을 가르쳐주길 바랐다. 그래서 라구는 일요일 아침마다 프라탑과 프라사드를 데리고 멀리 떨어지지 않은 개울에 수영하러 갔다. 그러나 비스와스 씨는 집에 남아 빕티가 목욕을 시켰다. 그녀가 푸른색 비누로 얼마나 박박 문질렀던지 그의 상처가 다시 벌어지곤 했다. 그렇지만 한두 시간이 지나면 상처의 붉은 기운과 쓰라림이 사라지고 딱지가 앉기 시작했다. 그러면 비스와스 씨는 다시금 행복해졌다. 그는 집에서 누이인 데후티와 놀았다. 그들은 누런 흙과 물을 섞어 진흙으로 된 화덕을 만들었다. 그들은 텅 빈 연유통에 쌀알을 약간 넣어서 요리를 했다. 그리고 연유 통의 윗부분을 구이판처럼 이용해서 로티*를 만들었다.

이런 놀이를 할 때 프라사드와 프라탑은 끼어들지 않았다. 아홉 살과 열한 살이었던 이들 형제는 그런 아이들 장난은 벌써 졸업했고, 지주의 말에 기꺼이 따라 아동 고용을 금지하는 법률을 위반하면서 일을 시작한 지 오래였다. 그들은 어른들이 버릇 삼아 하는 행동을 이미 다따라 하고 있었다. 이빨 사이로 풀잎을 씹으며 말하고, 요란하게 소리를 내며 마시거나 한숨을 쉬었고, 손등으로 입을 닦았다. 엄청나게 많은 밥을 먹고 난 뒤 배를 두드리며 트림을 했다. 토요일만 되면 줄에 끼어 급료를 받았다. 그들이 하는 일은 사탕수수 수레를 끄는 물소를 돌보는 것이었다. 물소가 노는 곳은 설탕에 절어 있는 진흙투성이의 웅덩이였으며 공장에서 별로 멀지 않았다. 여기에서 프라탑과 프라사드는 명랑하게 떠들고 힘이 넘치는 팔다리가 비쩍 마른 열댓 명의 소년들과

---

* 차파티chapiti, 난nan, 푸리puri와 같은 인도 빵을 통칭하는 명칭.

함께 지내며 대단한 일이라도 하는 양 온종일 물소들 사이에서 진흙밭을 누비고 다녔다. 집으로 돌아올 때가 되면 이들의 다리는 물소가 뿌린 진흙으로 범벅이 되어 있었다. 말라서 하얗게 변한 진흙은 흡사 둥치 중간까지 석회를 뿌린 소방서나 경찰서의 나무 같아 보였다.

비스와스 씨는 무척 원했지만, 그가 이들 나이가 됐을 때 형제들과 물소 웅덩이에 같이 갈 가능성은 희박했다. 펀디트가 물 근처에 가는 것을 금했기 때문이다. 비록 진흙은 물이 아니고, 거기에서 사고가 나면 라구가 하는 걱정이 사라지는 거라고 할 수 있겠지만, 라구도 빕티도 펀디트의 충고를 거스르는 어떤 짓도 하지 않을 것이다. 또다시 2, 3년이 흘러 비스와스 씨가 낫을 맡아도 될 만큼 성장하면 그는 풀 베는 소년 소녀의 무리에 들어가게 될 것이다. 이들과 소몰이 무리 사이에는 항상 분쟁이 있었다. 어느 쪽이 우세한지는 뻔한 것이었다. 다리에 흰 진흙이 붙어 있는 소몰이꾼들은 물소를 간질이거나 막대기로 때리고 고함을 지르고 통제하며 힘을 휘둘렀다. 반면 길을 따라 명랑하게 한 줄로 걸어가는 풀 베는 아이들은 젖은 풀을 크고 넓게 묶은 꾸러미를 머리에 얹어 사실상 앞도 제대로 보지 못했고 머리를 누르는 무게와 얼굴을 덮은 풀 때문에 발음이 흐려져서 놀려도 짧은 대꾸만 할 수 있었기 때문에 조롱거리가 되기 일쑤였다.

비스와스 씨는 풀 베는 무리에 끼게 될 운명이었다. 나중에는 사탕수수밭으로 옮겨서 잡초를 뽑고 청소를 하고 사탕수수를 심고 추수를 할 것이다. 그는 일을 해서 봉급을 받을 것이고 그 일은 긴 대나무 막대기를 들고 다니는 운전사에 의해 평가가 될 것이다. 그는 그곳에 남을 것이다. 그는 운전사가 되지 못할 것이며 글을 읽을 수 없기에 무게를 재는 사람도 될 수 없을 것이다. 아마 몇 년이 지나면 돈을 모아 몇 에

이커의 땅을 빌리거나 사서 거기다가 자기 사탕수수를 심을 수도 있다. 그리고 사탕수수를 지주들이 정한 값에 그들에게 팔 수도 있을 것이다. 하지만 이것도 비스와스 씨가 형인 프라탑만큼 힘이 세고 낙천적이어야 가능한 일이었다. 프라탑은 그렇게 성장했다. 그래서 평생 일자무식이었던 프라탑은 비스와스 씨보다 더 부유해질 것이었다. 그리고 그는 미래에 비스와스 씨보다 몇 년 더 일찍 튼튼하게 잘 지은 큰 집을 가지게 될 것이었다.

하지만 비스와스 씨는 지주의 땅에 일하러 가지 못했다. 곧 벌어질 사건이 그를 그곳에서 멀리 떠나게 했다. 그 사건으로 비스와스 씨가 부자가 될 수는 없었지만 만년에 자기 소지품 대부분이 들어 있는 방 안 슬럼버킹 침대에 누워 마르쿠스 아우렐리우스의 『명상록』으로 위안을 삼으며 보내는 것은 가능하게 했다.

*

옆집에 사는 다아리가 새끼를 밴 암소 한 마리를 샀다. 아내는 일을 나가고 자식은 없었던 터라 다아리는 송아지가 태어나자 비스와스 씨에게 주당 1페니의 보수로 낮에 송아지에게 물을 떠다 주는 일을 제안했다. 라구와 빕티는 이 일을 반겼다.

비스와스 씨는 송아지를 사랑했다. 깡마른 몸통에 불안하게 붙어 있는 커다란 머리와 마디져서 흔들리는 다리, 크고 슬픈 눈과 멍청해 보이는 분홍색 코가 좋았기 때문이다. 송아지가 가는 다리를 벌리고 머리를 어미의 배 밑에 처박고서 어미의 젖통을 사납고 어설프게 잡아당기는 것을 보는 것이 좋았다. 그래서 송아지에게 물을 주는 것 이상의 일도 해주었다. 그는 풀을 베어낸 축축한 들판과 사탕수수밭 사이의 바퀏자국이 나 있는 좁은 길 사이로 송아지를 데리고 다니며 오만 종류의 풀을 먹이려고 애썼다. 송아지가 여기저기 끌려다니는 것에 왜 화를 내는지는 알지 못했다.

그렇게 산책을 다니던 어느 날 비스와스 씨는 시내를 발견했다. 라구가 프라탑과 프라사드를 수영시키러 데리고 갔던 시내가 아닌 것은 확실했다. 그 시내는 지나치게 물이 얕았다. 이곳은 분명 빕티와 데후티가 일요일 저녁이면 씻으러 갔다가 손가락이 하얗고 쪼글쪼글해져서 왔던 시내가 분명했다. 대나무 덤불 사이로 흐르는 시냇물은 각양각색의 크기와 색깔을 지닌 둥근 돌 위를 흘러내렸고, 시원한 물소리는 뾰족한 잎들이 살랑거리는 소리와 커다란 대나무들이 흔들릴 때의 삐걱거리는 소리 그리고 대나무들이 서로 스치며 내는 신음 소리와 함께 섞였다.

비스와스 씨는 시냇물 안으로 들어가 서서 밑을 바라보았다. 빠른 물살과 소음 때문에 그는 물이 얕다는 것을 잊어버렸다. 돌도 미끄러웠다. 그는 공포에 잠겨 강둑을 기어 올라갔다. 그리고 다시 물을 바라보니 그곳은 또다시 평온해 보였다. 그동안 대나무 잎을 별로 좋아하지 않는 송아지는 그의 옆에서 하는 일 없이 뚱하게 서 있었다.

그는 금지된 시내를 계속 찾아갔다. 끝없이 재미있을 것 같았다. 강둑 그늘 어두운 곳에 있는 작은 소용돌이 속에서 비스와스 씨는 작고 검은 물고기 떼를 보았는데 물고기 색만큼이나 검은 물빛 때문에 수초와 쉽게 분간이 되지 않았다. 그는 대나무 잎을 깔고 누워 손을 천천히 뻗어보았다. 그러나 손가락이 물에 닿자마자 물고기들이 꿈틀거리고 퍼덕거리며 도망쳤다. 그다음부터 그는 물고기를 보고도 건드리려 하지 않았다. 그냥 바라보다가 물에 뭔가를 던지곤 했다. 마른 댓잎 하나면 물고기들 사이에 작은 혼란을 만들 수 있었다. 대나무 가지는 물고기들을 더 놀라게 할 수도 있을 것이다. 그러나 그가 이런 짓을 하다가 아무것도 던지지 않고 가만히 있으면 물고기들은 또다시 차분해졌다. 그러면 그는 침을 뱉곤 했다. 비록 툭하면 사람을 치고 어디든지 요란하게 침을 뱉는 프라탑 형처럼 잘 뱉진 못했지만, 비스와스 씨는 자신이 뱉은 침이 검은 물고기 위에서 천천히 원을 그리다가 시냇물의 한중간으로 흘러가는 것을 보는 것이 좋았다. 가끔은 가는 대나무 작대기와 한 발쯤 되는 줄 그리고 구부린 핀을 가지고 미끼도 없이 물고기를 잡아보려고 했다. 물고기는 물지 않았다. 그러나 비스와스 씨가 줄을 좌우로 세게 흔들면 깜짝 놀라곤 했다. 한번은 물고기를 넋을 잃고 바라보다 작대기를 물에 떨어뜨렸다. 그러자 모든 물고기가 재빨리 줄무늬를 그리며 달아나는 것이 보였다. 보기 좋았다.

그러다 어느 날 비스와스 씨는 송아지를 잃어버렸다. 물고기를 쳐다보다가 송아지를 잊은 것이다. 작대기를 떨어뜨려 물고기가 흩어지고 난 뒤에야 비스와스 씨는 송아지를 떠올렸는데 이미 사라진 뒤였다. 그는 송아지를 찾아 강둑과 인근에 있는 벌판을 돌아다녔다. 비스와스 씨는 그날 아침 다아리와 송아지가 헤어진 그 들판으로 다시 돌아왔다. 머리는 찌그러지고 하도 두들겨서 윤이 나는 철 말뚝은 거기 있었지만, 묶여 있던 밧줄도 송아지도 없었다. 그는 끝이 보송보송하고 키가 큰 잡초들이 우거진 들판과, 들과 사탕수수밭 사이에 선명하게 파인 붉은 상처 자국 같은 도랑 속을 찾아다니느라 오랜 시간을 보냈다. 그는 사람들의 주의를 끌지 않으려고 송아지 우는 소리를 작게 내며 송아지의 이름을 불렀다.

불현듯 송아지를 영원히 잃어버렸다는 확신이 들었다. 하지만 그 송아지는 어떻게든 자기 자신을 돌볼 수 있을 것이며, 무슨 수를 쓰던 다라리네 마당에 있는 어미에게로 돌아올 것이라고 생각했다. 송아지가 발견되거나 혹은 잊힐 때까지는 숨어 지내는 게 그가 할 수 있는 최선의 방책이었다. 날이 저물었다. 그는 숨을 만한 최적의 장소가 집이라고 확신했다.

오후가 거의 지나가고 있었다. 서쪽 하늘이 황금색으로 물들며 연기가 올라갔다. 대부분의 마을 사람들이 일터에서 돌아왔고 비스와스 씨는 산울타리에 바싹 붙어서, 또 때론 도랑에 숨어서 조심스럽게 집으로 돌아와야만 했다. 그는 다른 사람의 눈에 띄지 않고 재빨리 마당 뒤쪽 가장자리에 도달했다. 오두막과 외양간 사이 공터에서 빕티가 에나멜 접시와 놋그릇, 양철 접시를 잿물로 설거지하는 것이 보였다. 그는 히비스커스* 울타리 뒤에 숨었다. 프라탑과 프라사드가 돌아왔다. 이 사이에 풀잎을 끼우고, 땀에 전 꽉 끼는 펠트 모자를 쓰고, 얼굴은 태양에 그을려 땀자국으로 얼룩지고, 다리에는 하얀 진흙으로 딱지가 앉아 있었다. 프라탑은 더러운 바지에 두른 한 발쯤 되는 흰색 면을 벗어 던졌다. 어른처럼 익숙하고 느긋한 솜씨로 바지를 벗은 그는 검은색의 커다란 드럼통에 든 물을 호리병 바가지로 떠서 몸 위에 끼얹었다. 프라사드는 판자 위에 서서 다리에 붙은 하얀 진흙을 긁어내기 시작했다.

빕티가 말했다. "얘들아, 나가서 어두워지기 전에 나무 좀 구해 와."

프라사드가 화를 벌컥 냈다. 하얀 진흙을 벗겨내듯 어른인 양 점잖았던 태도도 벗어버린 그는 땅에다 모자를 휙 집어 던지며 아이처럼 울

---

* 열대 지방에 흔한 나무로 각종 통증에 효험이 있다는 허브 종류이다.

부짖었다. "왜 **지금** 나한테만 시켜요? 왜 **만날** 나한테만 시키냐고요? 나 안 가."

라구가 한 손에는 미처 완성하지 못한 지팡이를, 다른 한 손에는 달궈서 지팡이에 문양을 새기는 연기 나는 전선을 들고서 뒷마당에서 나왔다. "잘 들어." 라구가 말했다. "돈 번다고 어른이라도 된 것 같냐. 엄마가 시키는 대로 해. 빨리 가. 안 그러면 이 작대기로 패줄 테니까. 아직 덜 만들긴 했지만." 그러고는 자기 농담에 자기가 미소 지었다.

비스와스 씨는 불안해졌다.

여전히 골이 난 프라사드가 모자를 집어 들었다. 그리고 프라탑과 함께 집 앞으로 사라졌다.

빕티는 그릇을 들고 앞 베란다에 있는 부엌으로 갔다. 데후티는 거기서 저녁 짓는 걸 도울 것이다. 라구는 집 앞의 모닥불로 다시 돌아갔다. 비스와스 씨는 히비스커스 울타리를 살며시 통과했다. 프라탑이 목욕을 한 진흙물과 설거지통에서 나온 잿물로 인해 검회색으로 질퍽거리는 좁고 얕은 배수로를 건넌 그는 그 오두막에서 목수가 만든 유일한 가구인 테이블이 있는 작은 뒤쪽 베란다로 갔다. 베란다를 통해 아버지의 방으로 들어간 그는 침대 밑으로 기어 들어가 기다리고 있었다.

오랫동안 기다려야 했지만 비스와스 씨는 불편해하지 않고 잘 참았다. 침대 아래에서는 오래된 천과 먼지 그리고 낡은 짚불 냄새가 서로 섞여서 숨이 막힐 듯이 곰팡내가 나고 있었다. 그는 시간을 보내려고 멍하니 이 냄새 저 냄새를 가려내는 동시에 귀를 세워 오두막 안팎에서 들리는 소리를 잡아냈다. 멀리서 사람들 소리가 낭랑하게 들렸다. 그는 형들이 집으로 돌아와 가지고 온 마른 나무를 땅에 던지는 소리를 들었다. 프라사드는 여전히 화가 나 있었다. 라구는 꾸중을 하고 빕티는 타일렀다. 그때 갑자기 비스와스 씨의 정신이 번쩍 들었다.

"이봐, 라구 있나?" 그는 다아리의 목소리를 알아들었다. "자네 막 내아들 어디 있나?"

"모헌 말이야? 빕티, 모헌 어디 갔어?"

"다아리 씨네 송아지랑 있겠지요."

"아니, 없던데요." 다아리가 말했다.

"프라사드!" 빕티가 불렀다. "프라탑! 데후티! 얘들아, 모헌 봤니?"

"아뇨, 엄마."

"아뇨, 엄마."

"아뇨, 엄마."

"아뇨, 엄마. 아뇨, 엄마. 아뇨, 엄마." 라구가 말했다. "이놈들, 보면 모르겠냐? 얼른 가서 모헌 찾아봐."

"아, 짜증 나." 프라사드가 소리쳤다.

"그리고 다아리, 당신도 마찬가지야. 모헌에게 송아지를 맡기자고 한 건 당신 생각이잖아. 당신에게도 책임 있어."

"치안판사는 다른 소릴 할걸." 다아리가 말했다. "송아지는 송아지고. 당신처럼 부자가 아니면……"

"분명 아무 일 없을 거예요." 빕티가 말했다. "모헌은 절대 물 가까이 가면 안 된다는 걸 알고 있으니까요."

비스와스 씨는 흐느끼는 소리에 깜짝 놀랐다. 그 울음소리는 다아리가 내는 소리였다.

"물, 물이구나. 아이고, 재수 없는 놈. 지 에미, 애비 잡아먹을 걸로도 모자라서, 그놈이 나까지 잡아먹는구나. 물이라니! 모헌 어머니, 방금 뭐라고 하신 거예요?"

"물이라고?" 라구는 당황한 듯한 목소리였다.

"그 연못, 그 연못 말이야." 다아리가 흐느꼈고, 비스와스 씨는 그가 이웃들에게 소리치는 것을 들었다. "라구의 아들놈이 내 송아지를 연못에 빠져 죽게 했어요. 예쁜 송아지. 내 첫 송아지인데. 하나밖에 없는 송아지를 말이야."

사람들이 수군거리며 순식간에 몰려들었다. 그중에는 그날 오후 연못에 가본 사람도 많았다. 그리고 상당수의 사람들이 송아지 한 마리가 헤매고 돌아다니는 것을 보았으며, 한두 명은 어떤 소년을 보기도 했다.

"말 같지도 않은 소릴 하고 있네." 라구가 말했다. "당신네들 아주 단체로 거짓말하고 있구먼. 걔는 물 근처에 안 가요." 그는 잠시 말을 끊었다가 다시 말했다. "펀디트 님이 걔한테 자연 상태의 물 근처엔 얼씬 말라고 신신당부했단 말이오."

짐마차꾼 라칸이 말했다. "당신 참 잘났네. 지 아들이 빠져 죽든 살든 상관없는 모양이지."

"저이 생각이 어떤지 댁이 어찌 안대요?" 빕티가 말했다.

"됐어, 됐어." 라구가 마음 아픈 듯 아량 있는 목소리로 말했다. "모헌은 **내** 아들이야. 그리고 걔가 빠져 죽든 살든 내가 상관 안 한다 해도, 그건 **내** 일이라고."

"우리 송아지는 어쩌고?" 다아리가 말했다.

"당신 송아지야 내 소관 아니지. 프라탑! 프라사드! 데후티! 네 동생 봤냐?"

"아뇨, 아버지."

"아뇨, 아버지."

"아뇨, 아버지."

"내가 물에 들어가서 찾아봐야겠어." 라칸이 말했다.

"잘난 척하고 싶어 죽겠지?" 라구가 말했다.

"오!" 빕티가 울음을 터트렸다. "입씨름 그만하고 애나 찾으러 가자고요."

"모헌은 **내** 아들이야." 라구가 말했다. "그리고 그 애를 찾으러 누군가 물에 뛰어든다면 그건 나여야지. 그리고 다아리, 연못 밑바닥에 가서 망할 놈의 송아지나 찾게 해달라고 내가 기도해주지."

"본 사람들이 있다니까 이러네!" 다아리가 말했다. "저 사람들이 다 봤다니까. 법정에 가서도 똑같이 말해줄 거야."

"연못으로 가자, 연못으로!" 마을 사람들이 말했다. 그리고 그 소식은 방금 도착한 사람들에게도 큰 소리로 전해졌다. "라구가 아들 찾으러 연못에 들어간대."

아버지 침대 밑에 있던 비스와스 씨는 처음 이 말을 들었을 때는 기뻤으나, 곧 걱정이 되었다. 라구는 방으로 들어와서 깊은 숨을 쉬며 마을 사람들 욕을 했다. 비스와스 씨는 아버지가 옷을 벗고 빕티에게 와서 코코넛 기름으로 문질러달라고 하는 소리를 들었다. 엄마가 와서 아버지를 문질러주었다. 두 사람은 방을 나갔다. 길에서 재잘거리는 소리와 발자국 소리가 나더니 천천히 사라졌다.

침대 밑에서 나온 비스와스 씨는 통나무집이 어두워진 것을 보자 당황스러웠다. 옆방에서 누군가가 울기 시작했다. 그는 문가로 가서 바라보았다. 데후티였다. 그녀는 벽의 못에 걸린 비스와스 씨의 셔츠와 두 벌의 러닝셔츠를 꺼내 얼굴을 파묻고 있었다.

"누나." 그가 속삭였다.

소리를 듣고 비스와스 씨를 보자 그녀의 흐느낌 소리는 비명으로 바뀌었다.

비스와스 씨는 어쩔 줄 몰랐다. "괜찮아, 괜찮다니까." 말해봤자 소용없었다. 그래서 다시 아버지 방으로 돌아갔다. 두 집 떨어져서 살고 있는 엄청 나이 많은 노인인 사드후가 그때 때맞춰 들어와 이빨 사이로 새는 목소리로 무슨 일 있느냐고 물었다.

데후티는 계속해서 비명을 지르고 있었다. 비스와스 씨는 손을 바지 주머니에 집어넣었다. 그의 손가락은 주머니에 난 구멍 안으로 허벅지를 누르고 있었다.

사드후는 데후티를 멀리 데리고 갔다.

바깥에서는 어딘지 알 수 없는 곳에서 개구리가 울다가 뭔가를 빨아 당기는 듯, 꾸륵거리는 소리를 냈다. 귀뚜라미도 벌써 울고 있었다. 비스와스 씨는 어두운 통나무집에서 홀로 겁에 질려 있었다.

*

그 연못은 늪지에 있었다. 잡초가 연못 표면을 다 덮을 만큼 자라서 멀리서 보면 얕은 물웅덩이 정도로 보였다. 사실 연못은 갑작스럽게 깊어지는 구렁 천지였고 마을 사람들이 이 구렁들을 측정조차 할 수 없다고 흔히 생각하고 있었다. 주변에 나무나 언덕이 없었기 때문에 태양이 지긴 했지만, 하늘은 여전히 높고 환했다. 마을 사람들은 조용히 안전한 연못가 주변에 섰다. 개구리들이 개골거리고 푸어미원 새*가 이름

---

* poor-me-one bird: 열대 지방에 사는 야행성 새.

에 걸맞게 슬픈 울음소리를 내기 시작했다. 모기들이 벌써 활발하게 움직이고 있었다. 그래서 마을 사람들은 한 번씩 자기 팔을 찰싹 때리거나 다리를 들어 올려 때리곤 했다.

짐마차꾼 라칸이 말했다. "애가 물속에 너무 오래 있었어."

빕티가 상을 찌푸렸다.

라칸이 셔츠를 벗기 전에 라구가 물에 뛰어들었다. 뺨 가득 숨을 내쉬어 길고 가는 호를 그리며 물을 뱉어낸 그는 깊게 숨을 들이쉬었다. 물이 기름 바른 피부 위로 방울졌다. 하지만 콧수염은 윗입술로 처졌고 머리카락은 이마 가장자리로 쏠려 내려와 있었다. 라구가 올라올 수 있게 라칸이 한 손을 내밀었다. "저 밑에 분명히 뭔가 있어." 라구가 말했다. "그런데 너무 어두워."

멀리서 키 작은 나무들이 저물어가는 하늘 아래로 검게 보였다. 황혼 녘의 오렌지빛 햇살 속에 마치 더러운 엄지손가락으로 문지르기라도 한 듯 회색빛이 배어났다.

빕티가 말했다. "라칸한테 들어가라고 하세요."

누군가 다른 사람이 말했다. "내일까지 기다립시다."

"내일까지?" 라구가 말했다. "모두 다 먹는 물이 오염될 텐데?"

라칸이 말했다. "내가 갈게."

라구가 헐떡이며 머리를 저었다. "**내** 아들이니, **내**가 할 일이야."

"송아지도 그렇지." 다아리가 말했다.

라구는 그의 말을 무시했다. 그는 손으로 머리카락을 매만지고, 양 볼에 가득 숨을 들이쉰 뒤, 손을 옆구리에 갖다 대고 트림을 했다. 잠시 후 다시 물에 들어갔다. 그 연못은 멋지게 다이빙을 할 수 있는 곳은 아니어서 라구는 폼을 잡지 않고 그냥 들어갔다. 물살을 가르자 잔물결이 일었다. 물 위에 어린 햇살이 희미해졌다. 사람들이 기다리는 동안 산에서 시원한 북풍이 불었다. 흔들리는 잡초 사이로 연못 물이 오래된 금화처럼 희미한 광채를 냈다.

라칸이 말했다. "저기 오는구먼요. 뭔가 분명히 갖고 올 거예요."

그들은 다리의 비명 소리로 그 뭔가가 무엇인지 알아차렸다. 사람들이 송아지를 강둑으로 들어 올리는 것을 도울 때, 빕티가 비명을 지르기 시작했다. 프라탑과 프라사드 그리고 모든 여자들이 따라서 비명을 질렀다. 송아지의 한쪽 옆구리는 진흙이 묻어 녹색으로 변해 있었다. 또한 그때까지도 빈약한 사지에 억세고 두툼한 녹색 잡초 넝쿨이 휘감겨 있었다. 라구는 강둑에 앉아 검은 물 안에 있는 자신의 두 다리 사이를 바라보았다.

라칸이 말했다. "내가 지금 들어가서 애를 찾아볼게."

"그러세요, 아저씨." 빕티가 반색했다. "저 사람보고 가라고 하세요."

라구는 아직도 자리를 지키며 앉아 있었다. 도티가 피부에 착 달라붙은 상태로 깊게 숨을 쉬었다. 잠시 후 그는 물에 들어갔고 마을 사람들은 또다시 잠잠해졌다. 그들은 송아지와 연못을 쳐다보며 기다렸다.

라칸이 말했다. "무슨 일이 일어났나 봐."

한 여자가 말했다. "실없는 소리 하지 마세요, 라칸. 라구는 잠수를 잘한다니까요."

"알아요, 알아." 라칸이 말했다. "하지만 물속에서 너무 오래 있잖아요."

이후 모두가 잠잠해졌다. 누군가가 재채기를 했다.

사람들이 돌아보니 약간 떨어진 그늘진 곳에 한쪽 발가락으로 반대쪽 발목을 긁으며 서 있는 비스와스 씨가 보였다.

라칸이 연못으로 뛰어들었다. 프라탑과 프라사드는 서둘러 비스와스 씨를 멀리 데리고 갔다.

"저 자식!" 다아리가 말했다. "저놈이 내 송아지를 죽이더니 지 애비까지 잡아먹었네."

라칸이 정신을 잃은 라구를 데리고 올라왔다. 사람들이 라구를 축축한 잔디밭에서 이리저리 굴리며 입과 코에서 물이 나오게 했다. 하지만 이미 너무 늦은 일이었다.

*

"소식을……" 빕티가 말했다. "소식을 전해야 할 텐데." 그러자 흥분한 마을 사람들이 너도나도 사방에 소식을 전했다. 가장 중요한 전갈은 파고테스에 사는 빕티의 언니 타라에게 보내는 것이었다. 타라는 지위가 있는 사람이었다. 팔자에 아이가 없었지만, 또한 팔자 덕에 단번에 소작농을 벗어나 부자가 된 남자와 결혼했다. 그 사람은 이미 술집과 포목 가게를 소유하고 있었고, 트리니다드에서 처음으로 자동차를 산 사람 중의 한 명이었다.

타라가 오자 일시에 사태가 진정되었다. 그녀는 팔목에서부터 팔꿈치까지 은팔찌를 차고 있었으며, 빕티에게도 그걸 종종 권하곤 했다. "썩 예쁘지는 않지만 이 팔로 한 방 치면 찍소리도 못해." 타라는 귀걸이는 물론 '코꽃'이라는 뜻을 가진 코걸이도 했다. 목에는 순금 목걸이를 걸고, 발목에는 두꺼운 은발찌를 차고 있었다. 이렇게 장신구를 차고 있어도 타라는 활기차고 유능했고, 남편의 명령하는 태도도 그대로 따라 했다. 그녀는 빕티가 슬퍼하게 내버려두고 남은 모든 일을 주관했다. 자신의 펀디트를 모셔 와서는 장황하게 뭘 해야 하는지 말해주고, 프라탑에게는 장례식에서 어떻게 해야 할지를 가르쳐주었다. 심지어 사진사까지 데려왔다.

타라는 프라사드, 데후티 그리고 비스와스 씨에게 점잖게 행동하고 멀리 떨어져 있으라고 당부했다. 그러고 나서 데후티에게 비스와스 씨가 옷을 제대로 갖춰 입었는지 살피게 했다. 집안의 막내인 비스와스 씨를 보며 문상객들은 상을 당한 사람에게 해야 할 예를 표하고 동정심을 보였지만, 또한 약간 두려워하는 태도도 드러냈다. 사람들의 관심에 어리둥절했던 비스와스 씨는 오두막과 마당을 돌아다니다 공기 중에서 처음으로 맡는 낯선 냄새를 느낄 수 있었다. 입에서도 이상한 맛이 느껴졌다. 그는 아직껏 고기를 먹어본 적이 없었다. 그런데 마치 흰 살의 날고기를 먹은 듯이 목구멍 뒤쪽에서 구역질과 침이 반복적으로 올라와서 계속 침을 뱉어야 했다. 마침내 타라가 말했다. "너 왜 그러는 거냐? 애라도 뱄어?"

빕티는 목욕을 했다. 아직 젖어 있는 그녀의 머리카락은 정갈하게 가르마를 타서 붉은색 헤나*로 가르마를 채웠다. 그러고 나서 헤나를 떠내고 가르마에 석탄재를 채워 넣었다. 이제 빕티는 영원히 과부다. 타라가 짧게 비명을 지르자 그 신호에 맞춰 다른 여자들이 곡을 하기 시작했다. 빕티의 젖어 있는 검은 머리카락엔 마치 피가 방울져 떨어지듯 헤나 자국이 계속 남아 있었다.

화장이 금지되어 있어서 라구는 매장될 것이었다.** 그는 제일 좋은

---

* 염색이나 문신에 쓰이는 붉은색의 염료.
** 힌두교도의 전통적인 장례는 강가에서 화장으로 이루어진다. 라구의 장례는 서구 유럽

도티와 재킷을 입고 터번을 쓰고 침실의 관에 누워 있었는데, 목에 걸린 염주가 재킷까지 길게 드리워져 있었다. 관에는 그의 터번 색깔과 잘 어울리는 금잔화가 뿌려져 있었다. 맏아들인 프라탑이 관 주위를 돌며 마지막 의례를 행했다.

"지금 사진을 찍어요." 타라가 말했다. "얼른. 모두 다 나오게 말이야. 마지막이잖아."

망고나무 아래에서 담배를 피우고 있던 사진사가 오두막 안으로 들어오더니 말했다. "너무 어두운데요."

여자들은 곡을 하고 있었지만 관심이 생긴 남자들은 훈수를 두었다.

"밖에서 찍어봐요. 사진기를 망고나무에 기대 세워봐."

"램프를 켜라니깐."

"이렇게 어두울 **리가 없는데** 왜 이러지."

"알긴 뭘 안다고 그래. 사진 한번 안 찍어본 사람들이. 자 이렇게 합시다……"

중국인, 흑인, 유럽 인종의 혈통이 섞인 사진사는 들리는 말을 잘 이해하지 못했다. 결국 사진사와 남자 몇이 관을 베란다로 끄집어내 벽에 걸쳐 세웠다.

"조심해! 라구가 밖으로 안 떨어지게 해."

"맙소사. 금잔화가 밑으로 다 떨어졌네."

"꽃은 그대로 둬요." 사진사가 영어로 말했다. "보기 좋네요. 꽃이 바닥에 있으니까." 그는 삼각대를 초라한 초가지붕의 처마 바로 밑 마당에 세우고 머리를 검은 천 안으로 넣었다.

의 장례 의식에 힌두교 풍습이 약간 혼합된 것이라고 할 수 있다.

타라는 슬픔에 잠긴 빕티를 일으켜 세워 머리카락과 베일을 정돈하고 눈물을 닦아주었다.

사진사가 타라에게 말했다. "다섯 사람을 한꺼번에 정렬해서 세우기는 힘들 것 같은데요. 한쪽에 두 명이 서고 세 명은 반대편에 서게 해야 할 것 같아요. 꼭 다섯 명을 함께 세워야 하나요?"

타라는 확고했다.

사진사가 혀를 찼지만, 타라에게 그런 것은 아니었다. "자, 자, 안 미끄러지게 누가 관 안에 뭐 좀 채워 넣어주세요."

타라가 그렇게 하도록 시켰다.

사진사가 말했다. "그럼 됐습니다. 어머님이랑 큰아드님이 양쪽에 서시고, 어머님 옆에 작은아드님과 따님이, 큰아드님 옆에는 막내아드님이."

남자들이 다른 충고를 더 내놓았다.

"관 쪽을 보라고 해."

"엄마 쪽으로 보게 하라니까."

"막내아들 쪽으로 해."

사진사가 타라에게 "제 쪽을 보라고 하세요"라고 함으로써 그 문제를 해결했다.

타라가 이 말을 통역했고 사진사는 사진기의 검은 천 안으로 들어갔다. 그러나 들어가자마자 그는 다시 나왔다. "관의 가장자리에 어머님과 큰아드님이 손을 올려놓는 것은 어떨까요?"

그 말대로 했고 사진사는 다시 검은 천 안으로 고개를 넣었다.

"잠깐." 이렇게 외친 후 타라는 오두막 안에서 신선한 금잔화 화환을 가지고 나왔다. 그것을 라구의 목에 걸고 난 후 타라가 사진사에게 영어로 말했다. "자 됐수, 지금 찍어요."

*

비스와스 씨는 그 사진을 한 장도 가지고 있지 않았다. 1937년이 되어서야 파고테스에 있는 타라의 멋진 새집 응접실 벽에서 액자에 든 그 사진을 보았다. 다른 장례식 사진들, 타원형 액자에 담긴 가장자리 색이 바랜 죽은 친구와 친척들 사진, 영국 시골의 컬러 사진 사이에서 그 사진은 눈에 잘 띄지도 않았다. 그 사진은 엷은 갈색으로 색이 바랬다. 사진사가 찍은, 아직도 선명히 보이는 연보랏빛의 큰 도장 자국과 심이 무른 검은색 연필로 휘갈겨 써서 얼룩이 진 그의 서명 때문에 일부분이 훼손되어 있었다. 비스와스 씨는 자신의 몸이 작은 것을 보고 놀랐다. 그의 툭 튀어나온 무릎과 유독 가는 팔다리에는 상처 딱지와 습진 자국이 선명하게 보였다. 사진 속의 모든 사람은 검은색으로 윤곽을 그리기라도 한 것처럼 비정상적인 큰 눈으로 노려보고 있었다.

*

타라는 이 사진이 이 가족이 함께 나온 마지막 기록이 될 것이라고 했는데 그 말은 옳은 말이었다. 며칠 후 비스와스 씨, 빕티, 프라탑, 프라사드 그리고 데후티는 패럿 트레이스 마을을 떠났고 그 후 그 가족은 영원히 해체되었다.

이별은 장례식 날 저녁에 시작되었다.

타라가 말했다. "빕티, 데후티를 꼭 내게 맡겨줘야 해."

빕티는 타라가 그런 제안을 해주기를 고대하고 있었다. 4, 5년이 지나면 데후티는 결혼을 해야 될 것이고, 그런 점에서 그 애를 타라에게 맡기는 것은 좋은 일이었다. 예의범절을 배우고, 기품을 갖추고, 타라에게서 지참금까지 받으면 좋은 곳에 시집갈 수도 있을 테니까 말이다.

타라는 "누군가를 데리고 있어야 한다면 식구 중에서 찾는 것이 더 낫지. 내가 항상 그렇게 말했었잖아. 나는 낯선 사람이 내 부엌이나 침실에 기웃거리는 게 싫어"라고 했다.

빕티는 식구 중에서 하인을 삼는 것이 좋다는 생각에 의견이 같았다. 그러자 프라탑과 프라사드 심지어 그런 유의 제안을 받은 적도 없는 비스와스 씨까지도 마치 하인 문제에 대해 지금껏 많이 생각해보기라도 한 듯이 고개를 끄덕였다.

데후티는 바닥에 눈을 깔고 긴 머리카락을 흔들며 자기 생각을 말하기에는 너무 어리다는 식의 말을 몇 마디 더듬거리긴 했지만, 사실 굉장히 기뻐하고 있었다.

타라는 장례식을 위해 데후티가 입은 조젯 치마와 새틴 페티코트를 가리키며 말했다. "새 옷을 입혀. 보석도 끼워주고." 타라는 엄지와 검지로 데후티의 팔목을 재어보았다. 그리고 그녀의 얼굴을 추켜올려 귓불이 드러나게 했다. "귀걸이를 해야겠네. 빕티, 귀에 구멍을 뚫어놓은 건 잘했어. 이제 이 작대기는 필요 없을 거야." 데후티는 귓불에 뚫은 구멍에 코코넛 가지의 가늘고 딱딱한 심을 꽂아두었었다. 타라는 장난치듯 데후티의 코를 잡아당겼다. "코꽃도 해야지. 코꽃 하는 거 좋아하니?"

데후티는 고개를 들지 않고 수줍은 듯 미소 지었다.

타라가 말했다. "글쎄. 요즘은 유행이 만날 바뀌지. 나는 구식이니까 그런 거야." 그녀는 자신의 코꽃을 만지작거렸다. "구식으로 살려면 돈이 많이 든단다."

"쟤가 마음에 들 거야." 빕티가 말했다. "라구가 돈은 없어도 애들 훈련은 잘 시켜놓았어. 훈련, 경건……"

"어련하겠어." 타라가 말했다. "곡할 시간은 끝났어, 빕티. 라구가 얼마나 남겨줬니?"

"아무것도 없어. 나는 잘 몰라."

"무슨 소리야? 나한테까지 숨길 참이야? 마을 사람들 모두 라구에게 돈이 많다고 알고 있던데. 내 생각엔 자그마해도 쏠쏠한 가게를 열 만큼 충분한 돈은 분명 남겨줬을 것 같은데 말이야."

프라탑이 혀를 찼다. "아버지는 노랑이였어요, 그랬다니까요. 돈을 감춰두곤 했죠."

타라가 말했다. "이게 너희 아버지가 가르친 훈련과 경건이니?"

그들은 여기저기를 뒤졌다. 침대 밑에 있는 라구의 상자를 끄집어내고 비밀 공간이 있는지 찾아보았다. 빕티의 제안으로 들보에 숨길 만한 장소로 보이는 이음매도 찾아보았다. 숯검정투성이의 짚불도 찔러보고 서까래 위를 손으로 훑어보았다. 땅바닥도, 대나무를 진흙으로 붙여 이은 벽도 두드려보았다. 라구의 지팡이도 살펴보았으며 라구의 유일한 사치품이라고 할 지팡이의 쇠고리까지 떼어보았다. 침대를 해체하고 그 침대를 얹은 통나무까지 걷어냈다. 그러나 아무것도 찾을 수 없었다.

빕티가 말했다. "그이가 진짜 돈을 가지고 있었을 리가 없어."

"이 바보야." 타라가 이렇게 말했다. 그러고는 화가 난 상태로 빕티에게 데후티의 짐을 싸라고 해서 그녀를 데리고 사라졌다.

*

빕티의 집에서는 요리를 할 수 없었기 때문에, 그들은 사드후의 집에서 식사를 했다. 음식에 소금기가 없어서 비스와스 씨는 한입 씹자마자 날고기를 먹는 듯한 느낌을 받았다. 또 토할 듯이 입에 침이 고였다. 그는 급히 밖으로 나가 뱉어내고 입을 헹구었지만, 그래도 그 맛은 여전히 맴돌았다. 오두막으로 돌아와 빕티가 그를 침대에 누이고 라구의 담요를 덮어주었을 때, 비스와스 씨는 비명을 질렀다. 담요가 털투성이여서 따끔거렸던 것이다. 그가 하루 종일 맡은 신선한 날고기 냄새의 근원지가 그것인 것 같았다. 빕티는 구석구석 다 비치지도 못하는 석유램프의 흔들리는 노란 불빛 아래서 비스와스 씨가 고함을 지르다가 지쳐서 잠이 들 때까지 내버려두었다. 그녀는 어른처럼 코를 고는 프라탑의 콧소리와 비스와스 씨와 프라사드의 무거운 숨소리가 들릴 때까지 양초 심지가 점점 아래로 타들어가는 것을 바라보고 있었다. 그녀는 잠깐씩 잠을 잤다. 오두막 안은 조용했지만 밖에는 모기, 박쥐, 개구리, 귀뚜라미에 푸어미원 새 소리까지 온갖 소음이 끊이지 않고 커다랗게 들렸다. 귀뚜라미 소리가 잠시 끊기면 빕티는 불안해져서 잠에서 깨어났다.

새로운 소음 때문에 빕티는 선잠에서 깨었다. 처음에는 그것이 무슨 소린지 알지 못했다. 그러나 그 소리는 가까운 곳에서 났고 불규칙적이지만 계속 들려서 신경에 거슬렸다. 그 소리는 매일 듣던 소리였지만, 지금 밤에 따로 들으니까 어디서 나는 것인지 알기 어려웠다. 소리가 또다시 들려왔다. 쿵 하는 소리 뒤에 정적이 울리고 길게 찰깍거리다가 좀더 부드러운 쿵 소리가 연속으로 울렸다. 또다시 그 소리가 들렸다. 이어서 병이 깨지는 듯한, 마치 뭔가가 꽉 찬 병이 둔탁하게 깨지는 듯한 또 다른 소음이 들렸다. 그제야 빕티는 그 소음이 정원에서 나고 있다는 것을 깨달았다. 누군가가 예전에 라구가 꽃밭 둘레에 거꾸로 꽂아둔 병에 걸려 비틀거리는 것이었다.

빕티는 프라사드와 프라탑을 깨웠다.

속삭이는 소리와 방 안을 분주하게 오가는 그림자 때문에 깨어난 비스와스 씨는 위험을 쫓아내기 위해서 눈을 감았다. 그러자 즉시 전날처럼, 모든 것이 연극인 듯 아련하게 느껴졌다.

프라탑은 프라사드와 빕티에게 지팡이를 주었다. 조심스럽게 작은 창문의 걸쇠를 벗기고 나서 프라탑은 잽싸고 힘차게 창문을 열었다.

큰 램프가 정원을 비추고 있었다. 한 남자가 정원의 가장자리에 박힌 유리병 사이를 쇠스랑으로 찌르고 있었다.

"다아리!" 빕티가 불렀다.

다아리는 고개를 들지도, 대답을 하지도 않았다. 그저 계속해서 땅에 쇠스랑을 찔러 넣어 흔들며, 단단한 땅에 박힌 뿌리를 조각조각 내고 있었다.

"다아리!"

그가 결혼식 노래를 부르기 시작했다.

"단검을!" 프라탑이 말했다. "단검을 주세요."

"오, 안 돼, 안 돼." 빕티가 말했다.

"내가 가서 저 뱀 같은 아저씨를 찔러버릴 거예요." 이 말을 할 때 프라탑의 목소리는 이미 이성을 잃은 상태였다. "프라사드? 엄마?"

"창문을 닫아라." 빕티가 말했다.

노랫소리가 끊어지고 다아리가 말했다. "그래, 창문 닫고 잠이나 자. 내가 여기서 지켜봐줄 테니깐."

빕티가 작은 창문을 요란하게 닫고 걸쇠를 채웠다. 그리고 손을 걸쇠 위에 계속 올려두었다.

땅 파는 소리와 병 깨는 소리가 계속 들려왔다. 다아리가 노래를 불렀다.

매일 하는 일을 확실하게 하며
누구도 두려워하지 말고 신을 믿으라.

"다아리가 혼자 있지는 않을 거야." 빕티가 말했다. "저 사람 자극하지 마라." 그러고 나서 마치 다아리의 행동을 비웃고 모두를 보호하려는 듯이 덧붙였다. "저 사람은 너희 아버지 돈을 찾는 거야. 한번 해보라고 그래."

비스와스 씨와 프라사드는 곧 다시 잠이 들었다. 빕티와 프라탑은 다아리가 부르는 노래를 끝까지 들으며 그가 땅을 파고 병을 깨뜨리는 짓을 그만둘 때까지 깨어 있었다. 그들은 아무 말도 하지 않았다. 딱 한 번 빕티가 말했다. "너희 아버지는 항상 이 마을 사람들을 조심하라고 그랬었다."

프라탑과 프라사드가 깼을 때는 언제나처럼 사방이 어두웠다. 그들은 일어났던 일에 대해 아무 말도 하지 않았고 빕티는 여느 때처럼 물소 웅덩이로 가라고 그들을 내몰았다. 사방이 밝아지자마자 빕티는 정원으로 갔다. 꽃밭은 파헤쳐졌고, 뿌리가 반쯤 뽑혀 시들고 쭈글쭈글해진 나무가 놓여 있는 흙 위로 이슬이 맺혀 있었다. 다아리가 야채밭은 찔러보지 않았는데도 토마토 덩굴이 잘리고 막대기가 부러지고 호박도 난도질되어 있었다.

"라구 부인!" 한 남자가 길에서 부르고 있었다. 배수로를 펄쩍 뛰어 건너오는 다아리였다.

그는 무심하게 히비스커스 넝쿨의 이슬 맺힌 잎을 하나 따서 손바닥 위에서 으깨더니 입에 넣어 씹으며 빕티에게 다가왔다.

빕티는 화가 치밀었다. "썩 꺼져, 당장! 너 같은 놈도 남자냐? 이 뻔뻔스러운 비렁뱅이야. 뻔뻔하고, 비겁하고."

다아리는 빕티를 지나쳐, 오두막을 지나 정원으로 갔다. 그는 잎을 씹으며 훼손된 밭을 살펴보았다. 다아리는 작업복을 입고 있었고, 허리에는 검은 가죽집에 단검을 차고, 한 손에 양은 도시락 통을 쥔 채 어깨에는 물을 담은 호리병을 걸치고 있었다.

"오, 부인, 뭔 짓을 저렇게 했대요?"

"원하는 걸 찾아서 희희낙락해야 할 텐데 이를 어쩐대, 다아리."

그는 어깨를 으쓱이며 엉망이 된 꽃밭을 내려다보았다.

"사람들이 계속 찾을걸요, 마하라진."*

"댁이 송아지를 잃어버린 건 누구나 다 알아. 하지만 그건 사고였어. 차라리……"

"예, 예, 내 송아지는 사고지요."

"다아리, 당신이 한 짓을 꼭 새겨둘 거야. 라구의 아들들이 절대 당신을 잊지 않을걸."

"그 사람 참 다이빙을 잘했지요."

---

* '마하라자'는 왕에게, '마하라진'은 왕비에게 붙이는 존칭이며, 현재 인도에서는 잘 쓰지 않는 말이다.

"막돼먹은 놈 같으니, 꺼져."

"그럽죠, 뭐." 그는 꽃밭에 히비스커스 잎을 뱉어냈다. "나는 그냥 이 못된 인간들이 다시 올 거라고 말해주려고 한 건데. 차라리 그 사람들을 도와주는 게 어떨까요, 마하라진?"

빕티가 도움을 청할 곳은 없었다. 그녀는 경찰을 믿지 않았다. 그리고 라구는 친구가 없었다. 더욱이 누가 다아리와 한통속인지도 알 수 없었다.

그날 밤, 그들은 라구의 지팡이와 단검을 모두 모아놓고 기다렸다. 비스와스 씨는 눈을 감고 귀를 기울였지만 시간이 지날수록 정신을 바짝 차리는 것이 힘들게 느껴졌다.

오두막 안에서 속삭이는 소리와 인기척에 비스와스 씨는 깨어났다. 멀리서 누군가가 천천히 슬픈 결혼 축가를 부르는 것 같았다. 빕티와 프라사드는 일어나 있었다. 손에 단검을 쥔 프라탑이 창문과 문 사이를 미친 듯이 급하게 왔다 갔다 하는 바람에 석유램프의 불꽃이 빠르게 이리저리 일렁이다가 훅 하는 소리와 함께 꺼져버렸다. 방은 어둠 속으로 빠져들어 갔다. 잠시 후 불씨가 다시 살아나 이들을 구해주었다.

노랫소리가 점점 가까워졌다. 그 소리가 그들 근처에 오자 잡담 소리와 가벼운 웃음소리와 함께 섞여서 들렸다.

빕티는 창문 빗장을 풀고 찰깍하는 소리와 함께 창문을 밀었다. 정원이 랜턴 불빛으로 일렁이는 게 보였다.

"세 명이다." 그녀가 속삭였다. "라칸, 다아리, 오마드."

프라탑이 빕티를 옆으로 밀어내고 창문을 활짝 열며 소리쳤다. "나가, 나가란 말이야. 다 죽여버리겠어."

"쉿." 빕티가 프라탑을 창문에서 끌어내며 창문을 닫으려고 애썼다.

"라구의 아들이구먼." 정원에서 한 남자가 말했다.

"왜 나보고 조용하라고 그래요?" 프라탑이 빕티를 향해 고함쳤다. 눈에서 눈물이 흘러나오고 목소리는 흐느끼고 있었다. "저놈들 모두 다 죽여버릴 거야."

"야, 이 시끄러운 꼬마야." 또 다른 남자가 말했다.

"언젠가 돌아와서 다 죽여버릴 거야," 프라탑이 소리쳤다. "꼭 그럴 거야."

빕티가 그를 마치 어린아이처럼 팔에 안고 진정시키며 부드럽고 차분한 목소리로 말했다. "프라사드, 창문을 닫아. 그리고 가서 자거라."

"그래, 애야." 그들은 다아리의 목소리를 알아들을 수 있었다. "가서 잠이나 자. 매일 우리가 와서 돌봐줄 테니까."

프라사드는 창문을 닫았다. 그러나 그 사람들은 여전히 시끄럽게 떠들었다. 노래하고 이야기하고 쇠스랑과 삽을 느긋하게 휘두르는 소리가 났다. 빕티는 앉아서 정원 쪽으로 난 문을 노려보았다. 프라탑은 손잡이에 웰링턴 부츠 한 벌이 새겨진 단검을 옆에 차고 문 옆 땅바닥에 앉아 있었다. 그는 꼼짝도 하지 않았다. 눈물은 이미 말랐지만 눈은 충혈되고 눈꺼풀도 부어 있었다.

*

결국 빕티는 오두막과 땅을 다아리에게 팔았다. 그리고 비스와스 씨와 함께 파고테스로 떠났다. 그곳에서 그들은 타라와 같이 살지는 않았지만, 그녀가 베푼 선심 덕에 대로로부터 멀리 떨어진 뒷골목에서 타라 남편에게 딸린 친척 몇 명과 함께 생활할 수 있었다. 프라탑과 프라사드는 사탕수수밭의 한가운데인 펠리시티에 있는 먼 친척에게 보내졌다. 그들은 일찌감치 익숙해진 사탕수수 밭일에 투입되었다. 다른 일을 배우기에는 너무 늦은 나이였기 때문이다.

그렇게 하여 비스와스 씨는 자신이 약간의 권리라도 가졌던 유일한 집을 떠나게 되었다. 그다음 35년간 그에게는 자기 집이라고 부를 곳이 없었으며, 모든 것을 빨아들이는 툴시 집안의 세계에서 빠져나와 일으키려고 애를 썼던 그 가족 외에는 가족이라고 부를 사람도 없이 떠돌이로 지내야 했다. 외조부모가 세상을 떠나고, 아버지도 세상을 떠나고, 형제들은 펠리시티의 밭에, 데후티는 타라 집의 하녀로 가 있는 동안 비스와스 씨는 급속하게 성장했으며, 기가 죽어서 계속 무력해지고 완고해지는 빕티와 멀어져갔고, 진정 외톨이라는 느낌 속에서 살았다.

2. 툴시 가(家)에 들어가기 전

　　그 후 비스와스 씨는 아버지의 오두막집이 정확히 어디에 있었는지, 다아리와 다른 사람들이 어디를 팠는지 기억하지 못했다. 라구의 돈을 누가 찾았는지도 알 수 없었다. 라구가 번 돈이 적었으니 찾았다 해도 많지는 않았을 것이다. 그러나 그 땅이 보물을 낳았다. 왜냐하면 이곳은 남부 트리니다드에 있는 땅이었고 빕티가 다아리에게 헐값에 판 땅에 석유가 풍부하게 매장되어 있다는 게 훗날 밝혀졌기 때문이다. 그리고 비스와스 씨가 일요일판 『선데이 센티널』의 '롤리의 꿈이 드디어 이루어지다'라는 특집 면에서 '그러나 금은 검은색이었다. 오직 대지만 노란색이었고 숲만 푸른색이었다'라는 제목의 기사를 쓸 때 어린 시절을 보냈던 곳을 찾아다녔지만, 유정탑(油井塔)과 끊임없이 올라갔다 내려오기를 반복하는 그을린 펌프가 붉은색 금연 표지판으로 둘러싸여 있는 것만을 볼 수 있었다. 할아버지네 집도 이미 사라졌다. 그리고 진흙과 풀로 만든 오두막들이 헐리면서 아무런 흔적도 남겨놓지 않았다. 그 불길한 밤에 파묻었던 그의 탯줄과 얼마 후 매장된 여섯번째 손가락은 이미 먼지가 되었다. 연못의 물은 다 빼냈고 늪지대 전체가 빨간 지붕과, 커다란 각주(角柱) 위에 설치된 물탱크 그리고 깔끔한 정원을 갖춘 흰색 목재 방갈로들이 들어찬 정원 도시로 변했다. 그가 검은 물고기들을 쳐다보던 시내는 댐이 들어서 저수지로 바뀌었으며, 굴곡이 있어 고르지 못했던 강바닥은 매립되어 평평한 잔디밭과 거리 그리고 차로로 변했다. 비스와스 씨의 탄생과 어린 시절을 증언해줄 어떤 사람도 이 세상에는 없었다.

*

그가 파고테스에 있을 때였다.

"니, 몇 살이니?" 캐나다계 미션 스쿨의 교사인 랄이 털투성이의 조그만 손으로 원통형 자를 출석부에 짜증스럽게 치며 물었다.

비스와스 씨는 어깨를 움찔하고 몸무게를 한쪽 맨발에서 다른 쪽으로 옮겼다.

"당신 사람들, 어떻게 할까, 어?" 랄은 낮은 힌두계급 출신에서 장로교로 개종한 사람이었다. 그리고 개종하지 않은 모든 힌두교도들을 경멸했다. 이런 경멸을 표현하는 한 가지 방법으로 그는 이들에게 엉터리 영어로 말했다. "내일 니 출생정명서를 가져와, 알았니?"

"출생정명서?" 빕티가 그 영어 단어를 따라 발음했다. "그런 건 없는데."

"그런 게 없다니, 에이?" 랄이 그다음 날 말했다. "너네들은 어떻게 태어나는지도, 그게 어떤 뭔지도 모르는구나."

　어쨌든 그들은 출생증명서를 가지고 올 날을 대충 정했고 란은 비스와스 씨의 이름을 출석부에 올렸다. 그리고 빕티는 타라와 의논하러 갔다.

　타라는 빕티를 변호사에게 데리고 갔다. 변호사 사무실은 볼품없는 통나무 여덟 개 위에 삐딱하게 목재를 세워 만든 작은 창고였다. 벽에 바른 수성 페인트는 너덜너덜해졌다. 자신이 직접 쓴 게 틀림없는 간판에는 F. Z. 가니─공증, 부동산 양도 전문 변호사라고 적혀 있었다. 창고 문 앞에 있는 부러진 부엌 의자에 앉아서 몸을 앞으로 숙인 채 성냥개비로 이빨을 쑤시며 넥타이를 수직으로 매고 있는 F. Z. 가니는 자기 직업과 전혀 어울려 보이지 않았다. 먼지가 앉은 큰 책들이 먼지투성이의 바닥에 쌓여 있었고, 변호사 등 뒤쪽 부엌 테이블 위에는 역시나 먼지가 앉은 녹색 압지 한 장이 놓여 있었다. 그리고 그 위에는 비스와스 씨가 파고테스로 오는 도중 세인트 조지프의 한 놀이터에서 보았던 회전목마를 장난감으로 만든 것 같은 정교하게 장식된 철제 기계 장치가 놓여 있었다. 이 장난감 회전목마에는 고무도장 두·개가 매달려 있었고, 그 도장 바로 아래에는 자줏빛으로 얼룩진 깡통이 있었다. F. Z. 가니는 나머지 사무 비품을 자기 러닝셔츠 주머니에 넣어 다녔다. 그래서 주머니는 펜, 연필, 종이, 봉투가 들어 있어 뻣뻣했다. 그는 이렇게 비품을 가지고 다녀야만 했다. 왜냐하면 수요일 장날에만 파고테스의 사무실 문을 열었기 때문이다. 다른 장날에는 투나푸나, 아리마, 세인트 조지프, 그리고 타카리구아에서 사무실 문을 열었다. 그는 늘 "하루에 잡일 서너 개만 맡으면 사는 데 아무 문제 없어"라고 말했다.

　도랑 위에 놓인 판자를 디디며 걸어오고 있는 인도인 무리 셋을 보고 F. Z. 가니는 자리에서 일어나 성냥개비를 뱉어낸 뒤 상냥함과 조롱기가 섞인 웃음으로 이들을 반겼다. "마하라진, 마하라진, 그리고 애야." 수입의 대부분을 힌두교도들에게서 벌었지만 이슬람교도였던 그는 힌두교도들을 믿지 않았다.

그들은 계단 두 개를 올라 사무실로 들어갔다. 창고 안이 꽉 찼다. 가니는 이런 분위기를 좋아했다. 그래야 손님을 끌 수 있기 때문이다. 그는 테이블 뒤에 있는 의자를 가져와 거기 앉으면서 손님들은 서 있도록 내버려두었다.

타라가 비스와스 씨에 대해 설명하기 시작했다. 가니의 술에 쩐 커다란 얼굴에 미심쩍어하는 표정이 일자 자극을 받은 그녀의 설명이 점점 장황해졌다.

타라가 잠깐 쉬는 틈을 타 빕티가 "츨생정명서요"라고 말했다.

"오!" 가니가 태도를 바꾸어 말했다. "츨생증명서 말이죠?" 이건 익히 해오던 일이었다. 그는 법률가다운 태도를 취하며 말했다. "여기 진술서요. 언제 츨생했죠?"

빕티가 타라에게 힌두어로 말했다. "언젠지 확실하게 모르겠어. 하지만 시타람 펀디트 님이 분명히 아실 거야. 모헌이 태어난 다음 날에 별자리를 봐주셨거든."

"빕티, 그 사람 천지 뭐 볼 것도 없는 사람이야. 그 펀디트는 아무것도 **몰라.**"

가니는 이들의 대화를 알아들을 수 있었다. 그는 인도 여자들이 공공장소에서 자기들끼리만 알아듣도록 힌두어를 사용하는 것이 마뜩잖았다. 그래서 짜증스럽게 물었다. "츨생일이 언제죠?"

"6월 8일이요." 빕티가 타라에게 말했다. "그날이 **분명해.**"

가니가 말했다. "좋습니다. 6월 8일이라. 아니라고 하실 분 있습니까?" 그는 미소를 지으며 한 손을 테이블 서랍으로 가져가 이리저리 당겨 열었다. 그러고는 종이 한 장을 꺼내 반으로 찢은 다음, 반 장은 다시 서랍에 넣고 이리저리 밀어서 서랍을 닫았다. 그리고 나머지 반 장을 더러운 압지 위에 놓고 자기 이름을 새긴 도장을 찍은 후 서류를 작성할 준비를 했다. "아이 이름은?"

"모헌." 타라가 말했다.

비스와스 씨는 부끄러워졌다. 그는 혓바닥을 윗입술에 대고 울퉁불퉁한 코끝에 닿게 해보려고 애를 썼다.

"성은?" 가니가 물었다.

"비스와스." 타라가 대답했다.

"괜찮은 힌두식 이름이군요." 그는 몇 가지 질문을 더하고는 받아적었다. 그가 일을 끝내자 빕티는 서명 대신 × 표시를 했고 이어 타라가 종이 위에 펜을 휘갈겨가며 엄청 공을 들여 서명했다. F. Z. 가니가 또 한 번 서랍을 억지로 열어 나머지 반 장의 종이를 꺼내 다시 자기 도장을 찍고 기입했고, 이어 또다시 모든 사람이 서명했다.

비스와스 씨는 발은 뒤로 빼고 몸은 앞으로 숙여 먼지투성이 벽에 기대고 있었다. 그는 조심스럽게 침을 흘려 끊어지지 않고 바닥까지 길게 늘어지게 하려고 애를 쓰고 있었다.

F. Z. 가니는 자기 이름을 새긴 도장을 걸어놓고 날짜 도장을 꺼냈다. 그는 톱니바퀴를 이리저리 돌려 거의 말라버린 자색 인주에 세게 누르고 종이 위에 다시 찍었다. 긴 고무 두 개가 떨어져버렸다. "망할 놈의 물건, 부러졌잖아." 이렇게 말한 F. Z. 가니는 귀찮은 내색 없이 도장을 살펴보았다. 그가 설명했다. "연도는 찍는 데 별 문제가 없겠네

요. 1년에 한 번만 옮기니까요. 그런데 월과 일은 매번 돌리거든요." 그는 긴 고무를 들어 올려 꼼꼼히 살펴보았다. "자, 이것들은 이 애에게 주죠. 가지고 놀아라." 그는 펜 하나를 가지고 날짜를 적더니 말했다. "좋아요. 나머지는 내가 처리할게요. 돈이 좀 들 것 같네요. 진술서에, 도장 등등. 다해서 10달럽니다."

빕티는 베일 끝에 붙은 매듭을 만지작거렸고 타라가 계산했다.

"출생증명서가 없는 애들은 더 없나요?"

"세 명 더 있어요." 빕티가 말했다.

"걔들도 데리고 오세요." 가니가 말했다. "걔들 다 데리고 오세요. 장날이면 언제든 돼요. 다음 주는 어떨까요? 이런 일은 당장 처리하는 게 낫지 않을까요?"

이런 식으로 비스와스 씨의 존재를 증명하는 공식적인 공문서가 작성되었다. 그리고 그는 새로운 세상으로 들어갔다.

> 영 영은 영
> 영 이는 영

랄은 어린아이들이 외우는 곡조를 즐겁게 들었다. 그는 특히 개종하지 않은 힌두인들에게 결핍되었다고 생각하던 덕성인 철저함, 훈육, 그리고 스스로가 근성이라고 곧잘 부르는 것을 신봉했다.

> 일 이는 이
> 이 이는 사

"그만!" 랄이 타마린드 나무 회초리를 흔들며 고함쳤다. "비스와스, 영 이는 얼마냐?"

"이요."

"나와. 너, 람걸리, 영 이는 얼마냐?"

"영인데요."

"나와. 거기 엄마 윗옷같이 생긴 셔츠 입은 너, 얼마냐?"

"사입니다."

"나와." 랄은 회초리의 양 끝을 쥐고 빠르게 앞뒤로 구부렸다. 재킷 소매를 따라가면 더러운 소매 밑동과 시커먼 털로 덮인 가는 팔목이 보였다. 재킷은 갈색이었지만 랄의 땀에 전 부분은 샛노란색으로 변해 있었다. 비스와스 씨는 학교에서 랄이 다른 재킷을 입는 것을 본 적이 없었다.

"람걸리, 네 책상으로 돌아가거라. 좋아, 너희 둘. 너희 둘은 이제 영 이가 몇인지 정했니?"

"영입니다." 그들이 함께 훌쩍거리면서 대답했다.

"그래, 영 이는 영이다. 너는 이라고 했지." 랄은 비스와스 씨를 잡아서 바지를 잡아당겨 엉덩이에 밀착시킨 뒤 타마린드 회초리로 때리기 시작했다. 랄은 때리면서 "영 이는 영, 영 영은 영, 일 이는 이"라고 외웠다.

비스와스 씨는 풀려나자 엉엉 울면서 자기 책상으로 돌아왔다.

"그리고, 네 차례다. 딴소리하기 전에 그 윗옷은 어디서 났는지 말해봐."

타는 듯한 붉은색에 뽕이 들어간 소매는 여자들이 입는 윗옷이 틀림없었다. 남자아이들은 이런저런 말을 할 필요 없이 그런 옷은 다 여자 옷이라고 생각했다. 비록 상당수의 남자아이들이 애당초 자기들을 위해 디자인된 게 아닌 옷을 입긴 했지만 말이다.

"그거 어디서 났냐?"

"우리 형수 거예요."

"그래서 형수한테 고맙지?"

아무 대답이 없었다.

"어쨌든, 형수 보거든 이 말 꼭 좀 전해다오. 내가 하고 싶은 말은……" 이 대목에서 랄은 그 애를 잡고 타마린드 회초리를 쓰기 시작했다. "……네가 전해줬으면 하는 말은 영 이는 사가 아니라는 거다. 이렇게 전해라. 영 영은 영, 영 이는 영, 일 이는 이, **이** 이는 사."

비스와스 씨는 다른 것도 배웠다. 그는 『조지 5세* 읽기』 힌두어판에 나오는 힌두어로 된 주기도문 읊는 법을 배우고, 『로열 리더』에 나오는 영국 시를 암송하기도 했다. 랄이 불러주면 비스와스 씨는 받아적었다. 간헐천, 지구대(地溝帶), 분수계(分水界), 해류, 멕시코 만류, 그리고 수없이 많은 사막들에 대해 적은 것을 진지하게 믿지는 않았다. 오아시스에 대해서도 배웠다. 랄은 오아시스를 '오시스'라고 발음하게 가르쳤다. 그래서 그 후 비스와스 씨에게 오아시스란 신선한 물이 고인 좁은 웅덩이 주변으로 며칠 된 나무가 있고 끝없이 먼 곳까지 사방에 흰색 모래와 뜨거운 태양이 있는 곳을 의미하게 되었다. 이글루도 배웠다. 산수 시간에 배운 것은 단순한 이자 계산 정도로, 달러와 센트를 파운드, 실링, 펜스로 바꾸는 법도 배웠다. 랄이 가르친 '역사'라는 과목은 비스와스 씨에게는 지리만큼이나 비현실적인 학교 과목이자 훈육으

---

* George V(1865~1936): 대영제국의 국왕(재위 1910~1936).

로 여겨졌다. 제1차 세계대전에 대한 이야기를 믿기 힘들어 하면서도 처음으로 들은 건 빨간 여자 윗옷을 입은 소년에게서였다.

앨릭이라는 이름의 이 소년과 비스와스 씨는 친구가 되었다. 앨릭의 옷 색깔은 계속해서 사람들을 놀라게 했다. 그러던 어느 날 앨릭은 선명하고 밝고 푸른 옥색 오줌을 눠서 학교를 뒤집어놓았다. 쏟아지는 질문 공세에 그는 "난 몰라. 아마 내가 포르투갈이나 그 비슷한 나라 사람이라서 그런가 봐"라고 대답했다. 그리고 며칠 동안 앨릭은 대부분의 소년들이 자기 민족에 혐오감을 느끼게 할 만큼 엄숙하게 오줌 누는 시범을 보여주었다.

앨릭이 자신의 비밀을 처음으로 털어놓은 사람은 비스와스 씨였다. 어느 날 아침 휴식 시간에 앨릭이 시범을 보이고 난 후, 비스와스 씨도 지퍼를 내리고 푸른색 오줌을 눠 소년들을 놀라게 했다. 큰 소란이 일어났기 때문에 앨릭은 어쩔 수 없이 도드 사의 신장약 병을 끄집어내지 않을 수 없었다. 앨릭이 꼭 가지고 있어야 한다고 말한 여섯 개 정도의 알약을 빼고 약병은 즉시 비워졌다. 알약은 빨간색 윗옷과 마찬가지로 그의 형수 것이었다. "형수가 알면 무슨 짓을 할지 나도 몰라"라고 앨릭이 말했다. 그러고는 여전히 애걸하는 소년들에게 말했다. "너희들도 돈 주고 사. 약국에 가면 많아." 그러자 많은 아이들이 약을 샀고, 일주일 동안 학교의 소변기는 옥색으로 물들었다. 약사는 판매량이 갑자기 늘어난 걸 도드 사의 신장약 연감(年鑑) 덕이라고 생각했다. 그 연감에는 웃기는 이야기들과 함께, 그 알약이 트리니다드인에게 효과가 빨라서 사람들이 제약 회사에 엄청나게 고마워하는 감사 편지를 아주 많이 썼고 사진으로도 찍었다는 이야기가 실려 있었다.

앨릭과 함께 비스와스 씨는 큰길 뒤에 있는 철로에 10센티미터짜리 못을 놓아 납작하게 만든 다음 그것으로 칼이나 총검을 만들었다. 그들은 함께 파고테스 강으로 가서 처음으로 담배를 피웠다. 또 셔츠 단추를 떼어다가 구슬로 바꾸었고, 그 구슬로 앨릭은 더 많은 구슬을 따냈다. 놀이를 천하게 여겨 학교 운동장에서 놀지 못하게 했던 교사가 보기만 하면 뺏어갔기에 계속 보충하느라 애를 먹어가면서 말이다. 그들은 같은 책상에 앉아 이야기하고 회초리를 맞고 결별했다가 항상 다시 화해했다.

그리고 이런 유대 관계를 통해 비스와스 씨는 자신에게 글자를 예쁘게 꾸미는 소질이 있다는 것을 알게 되었다. 정확하지도 않은 야한 그림을 그리는 일에 싫증 났던 앨릭은 글자를 예쁘게 꾸미는 일을 했다. 비스와스 씨는 글자를 따라 그리는 이 일이 재미있었고 날로 그럴싸해졌다. 어느 날 산수 시험 시간에 그는 물탱크에 관한 문제의 답을 찾으려고 한참 끙끙대다가 종이에 '무효'라고 말끔하게 썼다. 그러고는 글자를 색칠하고 음영을 넣는 데 정신이 팔렸다. 시험 시간이 끝났을 때 그가 해놓은 것은 이것밖에는 없었다.

비스와스 씨가 공들여 해놓은 걸 묵묵히 쳐다보고 있던 랄 선생의 화가 폭발했다. "야! 간판장이, 이리 나와."

그는 비스와스 씨를 때리지 않았다. 대신 칠판에 '나는 바보다'라고 쓰게 했다. 비스와스 씨는 멋지고 꼼꼼하게 글자의 윤곽을 그렸고, 반 아이들은 그 말이 맞는다는 듯 낄낄거렸다. 조용히 하라고 타마린드 나무 회초리를 휘두르며 교실을 이리저리 돌아다니던 랄 선생이 비스와스 씨의 팔꿈치를 살짝 건드렸고 이 때문에 한 획이 잘못 씌었다. 비스와스 씨는 이 잘못된 획을 더욱 공들여 장식하여 자기만족과 함께 아이들의 탄성을 얻어냈다. 랄 선생이 비스와스 씨를 회초리질 하거나 칠판을 지우라고 하기에는 이미 늦은 상황이었다. 화가 난 선생이 그를 밀쳤고, 비스와스 씨는 영웅인 양 미소를 지으며 자기 책상으로 돌아갔다.

비스와스 씨는 거의 6년간 랄 선생의 학교에 다녔고 그 기간 내내 앨릭과 친하게 지냈다. 그러나 앨릭의 가정사에 대해서는 아는 것이 거의 없었다. 앨릭은 결코 자기 어머니나 아버지에 대해 말하지 않았고 비스와스 씨가 아는 것이라고는 그가 빨간 여자 윗옷의 주인이자 도드 사 신장약 연감 사진에 찍히지 않은 복용자이며, 앨릭의 말에 의하면 엄청 잘 때린다는 형수와 함께 살고 있다는 것뿐이었다. 비스와스 씨는 이 여자를 한 번도 본 적이 없었다. 그는 앨릭의 집에 가본 적이 없었고 앨릭도 그의 집에 와보지 않았다. 그들 사이에는 자신들의 집을 비밀로 간직한다는 데 대한 암묵적인 동의가 있었다.

학교에 있는 누군가가 뒷골목 토담집의 방 한 칸에 사는 그를 보러 온다면 비스와스 씨는 상처를 받았을 것이다. 그는 그 집에 사는 것이 즐겁지 않았고, 5년이 지난 후에도 그 집을 임시 거처라고 생각했다. 그 오두막에 사는 사람들 대부분이 낯선 사람들이었고, 빕티는 낯선 사람들이 사는 집에서 비스와스 씨에게 애정을 표하는 것을 부끄러워했기에 엄마와의 관계도 만족스럽지 않았다. 또한 그녀가 자신의 운명을 한탄하는 일이 점점 더 잦아졌다. 엄마가 그럴 때마다 비스와스 씨는 자신이 쓸모없다는 생각에 낙담했으며, 엄마를 위로하기보다는 밖에 나가 앨릭을 찾아갔다. 때때로 엄마는 쓸데없이 성질을 부려 타라와 싸우고는 들어주는 사람만 있으면 며칠이고 도로 보수반에 일을 구해서 나가겠다고 위협하듯 중얼거렸다. 그곳에는 머리에 바구니를 이고 돌을 나를 여자들이 필요했기 때문이다. 비스와스 씨는 빕티와 있을 때면 언제나 분노와 우울증에 맞서 견뎌야 했다.

크리스마스가 되자 프라탑과 프라사드가 이제는 수염 난 어른이 되어 펠리시티에서 돌아왔다. 다림질한 카키색 바지, 광택 없는 갈색 신발, 칼라까지 단추를 채운 푸른색 셔츠에 갈색 모자까지, 제일 좋은 옷을 입고 온 그들 역시 낯설게 여겨졌다. 그들의 손은 태양에 그을린 거친 얼굴만큼이나 단단했으며 말 또한 거의 없었다. 프라탑이 비굴해 보이는 한숨을 짓다, 억지로 웃다, 웃음을 멈추고 짧은 문장을 또박또박 끊어가며 틀린 곳 없이 말할 때나, 얼마 전에 산 당나귀와 물밀 듯 쏟아지는 일거리에 대해 말할 때도 비스와스 씨는 크게 관심이 가지 않았다. 당나귀를 사는 것이 비스와스 씨에겐 순전히 코미디처럼 여겨졌고, 이 뚱하게 생긴 프라탑이 정원에 있는 남자들을 죽여버리겠다고 위협하고 성이 나서 오두막집 방 안을 돌아다니며 미치광이처럼 굴던 그 소년이라는 것도 믿기지 않았다.

데후티에 대해 말하자면, 비록 근처에 있는 타라의 집에서 살고 있었지만, 비스와스 씨는 그녀를 거의 보지 못했다. 타라의 재촉으로 타라 남편이 종교 행사를 열어 브라만*에게 식사 대접을 해야 하는 경우를 제외하고 비스와스 씨는 거의 그 집에 가지 않았다. 의식을 베풀 때 비스와스 씨는 정중한 대접을 받았다. 다 떨어진 바지와 셔츠를 벗고 깨끗한 도티로 갈아입으면 그는 완전히 딴 사람이 되었다. 그는 자신에게 공손하게 음식을 갖다 바치는 사람이 바로 누나여야 한다는 사실을 결코 부적절하다고 생각지 않았다. 타라의 집에서 그는 브라만으로 극진한 대우를 받았고 호사를 누렸다. 그러나 예식이 끝나고 돈과 옷 등

---

* 브라만은 힌두교의 전신인 브라만교에서 비롯된 신분 계급 중 가장 높은 계급으로 주로 성직에 종사한다. 이들 중 상당수가 종교인으로 종교 의식을 집전하고 푸자가 끝나면 식사 대접을 받는 것이 관례다.

선물을 챙겨 나가자마자 그는 다시금 토담집의 방 한 칸에서 땡전 한 푼 없는 어머니랑 사는 노동자의 자식일 뿐이었다(F. Z. 가니가 보낸 출생증명서의 **아버지 직업 칸에는 노동자**라고 적혀 있었다). 그리고 평생 동안 비스와스 씨의 지위는 이때와 비슷했다. 툴시 집안의 사위 중 한 사람으로서, 그리고 저널리스트로서, 그는 때때로 부자나 우아한 사람들과 섞여 지냈다. 그들 사이에서 비스와스 씨는 별 무리 없이 편안하게 지냈고 호사스러운 취향을 부리기도 했다. 그러나 언제나 마지막에는 복작대는 허름한 방으로 돌아가는 것이었다.

타라의 남편 아조다는 정이 많다기보다는 후하다는 인상을 주는, 바짝 마르고 신경질적인 얼굴의 마른 남자였다. 비스와스 씨는 그런 이모부가 편하지 않았다. 아조다는 글을 읽을 줄 알았지만 듣는 것이 더 품위 있는 일이라고 생각했다. 그래서 때때로 비스와스 씨는 그 집에 불려가 1페니씩 받고 아조다가 남달리 좋아하는 신문 칼럼을 읽어주었다. '당신의 신체'라는 제목으로 인간의 몸에 생길 수 있는 다양한 위험성을 매일매일 다루는 미국 통신사 칼럼이었다. 아조다는 근엄한 얼굴로 걱정하거나 놀라워하며 들었다. 비스와스 씨는 자신이 왜 이런 고문을 받아야 하는지 이해할 수 없었고, 또한 저자인 새뮤얼 S. 피트킨 박사가 어떻게 꼬박꼬박 계속 칼럼을 쓸 수 있는지 놀라웠다. 그러나 그 박사는 기력을 잃는 법이 없었다. 20년이 지난 후에도 그 칼럼은 여전히 계속 나왔고, 아조다도 그 칼럼에 대한 흥미를 잃지 않았다. 그리고 때때로 비스와스 씨의 아들이 6센트를 받고 그것을 읽어주었다.

이런 식으로 비스와스 씨가 타라의 집에 있을 때는 언제나 데후티의 지위와는 분명히 다른 브라만의 지위 혹은 글을 읽어주는 사람의 지위를 가지고 있었기 때문에 그녀에게 말을 걸 기회가 거의 없었던 것이다.

빕티가 프라탑, 프라사드, 데후티까지 자식들이 결혼하지 않는 것을 걱정하는 것은 분명했다. 비스와스 씨에 대해서는 아무런 계획도 없었다. 그가 아직 어릴뿐더러 받고 있는 교육으로 충분히 먹고살고 평안하게 지낼 수 있을 거라고 생각했기 때문이었다. 그러나 타라는 생각이 달랐다. 그래서 비스와스 씨나 랄 선생이나 모르기는 매한가지인 주식, 채권, 매매를 그가 배우게 되자마자, 그리고 장학관의 방문에 대비하여 『벨의 표준 웅변가』*에 나오는 「라인 강변의 도시 빙겐」**을 배우고 있을 때 타라는 그를 자퇴시켰고 펀디트가 되도록 하겠다고 했다.

비스와스 씨가 학교 소유의 『표준 웅변가』 책을 여전히 가지고 있다는 것을 알게 된 것은 한창 소지품을 꾸리고 있을 때였다. 돌려주기에는 너무 늦었기 때문에 그는 돌려주지 않았다. 비스와스 씨가 어딜 가든 그 책은 함께 갔고, 결국 시킴 스트리트에 있는 집의 대장장이가 만든 책장 안에 놓이게 되었다.

*

푸른 비누와 향 냄새가 나고, 항상 문질러 닦아서 바닥이 희고 매끈하며, 펀디트를 제외한 누구도 지키기 어려워하는 규칙에 맞춰 청결과 위생을 유지하는, 페인트칠이 안 된 넓고 텅 빈 목조 가옥에서 여덟

---

* 미국의 교육자이자 음성학자인 알렉산더 멜빌 벨(Alexander Melville Bell, 1819~1905)의 책이다.
** 영국의 사회 운동가이자 작가인 캐럴라인 노턴(Caroline Norton, 1808~1877)이 1867년에 지은 시이며 민요로 불리고 있다.

달 동안 제이람 펀디트는 비스와스 씨에게 힌두어를 가르치고, 보다 중요한 경전을 소개하고, 다양한 의식에서 그를 지도했다. 아침저녁으로 펀디트가 보는 앞에서 비스와스 씨는 펀디트 가족을 위한 푸자*를 거행했다.

제이람의 자녀들은 모두 결혼해서, 해야 할 일이라고는 남편과 그의 집을 돌보는 것만 남아 꼼짝없이 일만 하는 아내와 함께 살고 있었다. 그녀는 불평하지 않았다. 제이람은 학식으로 힌두교도들의 존경을 받았다. 그는 욕도 얻어먹고 논쟁하기를 좋아해서 배척을 당하면서도, 그 견해로 인기도 많이 얻었다. 그는 신앙심이 돈독했지만 힌두교도들이 꼭 그래야 하는 것은 아니라고 주장했다. 그는 몇몇 집안이 종교 의식을 행한 후에 깃발을 거는 관례에 대해 신랄하게 비판했다. 그런데 자기 앞마당에는 빨간색과 흰색의 삼각기가 새것과 헌것이 뒤섞여 걸려 있는 대나무 막대기가 그야말로 숲을 이루고 있을 정도로 많았다. 그는 고기를 먹지 않았지만 라마**가 사냥할 때 그것을 스포츠라고 생각하지 않았던가, 라고 하며 채식주의를 비난하는 연설을 했다.

그는 「라마야나」***에 힌두어 주석을 붙이는 일을 하고 있었다. 그리고 비스와스 씨의 힌두어 실력을 향상시키기 위해 이 주석의 일부를 받아쓰게 했다. 제이람은 비스와스 씨가 보고 배우도록 심방할 때 그를

---

* 푸자는 힌두교도들이 자신의 집에 있는 사당이나 힌두교 사원에서 치르는 의식으로 종류가 다양하다. 집에서 치르는 푸자는 매일 아침 거행되며 그 집안에서 특별히 섬기는 신이나 중요한 인물에게 공물을 바치고 축복을 받는다. 바치는 공물로는 물, 과일 같은 음식은 물론이고, 향, 목욕, 의복 같은 것도 있다.
** 힌두교의 비슈누Vishnu 신의 일곱번째 화신.
*** 산스크리트어로 쓰인 고대 인도의 2대 서사시 중 하나. 다른 하나는 「마하바라타 Mahabharata」이다.

데리고 다녔다. 펀디트와 함께 갈 때마다 비스와스 씨는 성뉴(聖紐)*와 카스트 신분을 나타내는 온갖 배지를 착용했고, 타라의 집에 있을 때처럼 자신이 극진한 대우의 대상이 되고 있는 것을 느꼈다. 이런 행사에서 비스와스 씨는 제이람이 하는 일 중 기술적인 부분을 맡았다. 그는 불붙인 장뇌**가 담긴 놋쇠 접시를 가지고 다녔다. 그러면 열성적인 신자들이 접시에 동전을 떨어뜨리고 손가락으로 불꽃을 쓰다듬고 그 손가락을 자기 이마에 가져갔다. 그는 툴시*** 이파리를 여러 점 넣고 단맛이 나게 한 축성(祝聖)한 우유를 들고 돌아다니며 한 번에 한 숟가락씩 나누어주었다. 의식이 끝나고 브라만들의 식사가 시작되면 비스와스 씨는 제이람 펀디트 옆에 앉았다. 그리고 제이람이 다 먹고 트림을 하고 음식을 더 달라고 해서 다시 먹고 나면, 그를 위해 탄산수를 타주는 일을 하는 사람이 비스와스 씨였다. 그 후 비스와스 씨는 사당으로 갔다. 그 사당은 작은 바나나 나무들을 심어놓고 밀가루로 장식을 한 흙 연단이었다. 그는 타버린 재물이나 그 밖의 다른 것에 경배하는 일은 하지 않았다. 대신 이리저리 뒤져서 제물로 바친 동전을 샅샅이 찾았다. 그러고 나서 밀가루나 흙 또는 재가 묻어 있거나 아니면 성수에 젖고 거룩한 불로 데워진 그 동전들을 무슨 철학적인 논쟁에 몰두하고 있는 제이람 펀디트에게 가지고 갔다. 제이람은 그를 쳐다보지도 않은 채 가라고 손짓을 하곤 했다. 그러나 집에 도착하면 제이람은 돈을 가져오라고 해서 계산하고, 비스와스 씨가 한 푼이라도 챙긴 게 없는지 확인

---

* Sacred thread: 브라만, 크샤트리아, 바이샤 등 카스트 상위 3계급의 힌두교도들이 재생족(再生族)의 상징으로 화환 모양의 끈을 왼쪽 어깨에서 오른쪽 겨드랑이까지 걸친다.

** 참나무 등에서 나오는 것으로 밀랍과 유사하다.

*** 바질과 유사한 허브이며 힌두교의 종교 의식에 중요하게 사용되는 식물.

하기 위해 그의 몸 구석구석을 뒤졌다. 비스와스 씨는 또한 제이람이 받은 선물을 전부 집으로 가져와야 했다. 주로 면포였고 때때로 가져가기 귀찮은 과일이나 채소 다발일 때도 있었다.

특히 유별나게 컸던 선물은 그로스 마이클 바나나* 한 다발이었다. 덜 익은 상태로 제이람에게 보냈기 때문에 그 바나나는 익을 때까지 커다란 부엌에 매달려 있었다. 시간이 흐르자 푸른색은 점차 옅어지고 반점이 생기면서 노리끼리한 부분이 나타났다. 노란색은 빠르게 확산되고 짙어졌으며, 반점도 갈색이 짙어졌다. 잘 익은 바나나 냄새는 줄기에서 흘러나온 끈적끈적한 진액의 떫은 냄새를 압도하며 집 안을 가득 채웠다. 제이람이나 그의 아내는 겉으로는 별로 신경 쓰는 것 같지 않았다. 그러나 비스와스 씨는 환장을 했다. 그는 바나나가 곧 익을 것이고 제이람과 그의 부인이 다 먹지 못한 채 여러 개가 썩고 말리라는 이성적인 추론을 했다. 또한 바나나 한두 개쯤 없어져도 모를 것이라고 단정했다. 그래서 어느 날 제이람이 외출하고 그의 부인이 부엌에 없을 때 비스와스 씨는 바나나 두 개를 따서 먹었다. 바나나 다발에 생긴 빈 공간을 보고 그는 깜짝 놀랐다. 알아차리고도 남을 지경이었다. 또한 눈에 거슬리기까지 했다.

제이람은 회초리를 드는 사람이 아니었다. 그는 화가 나면 비스와스 씨의 따귀를 때렸다. 그러나 대개의 경우에는 그리 난폭하지 않았다. 예를 들어 푸자를 잘못 드리면 비스와스 씨에게 「라마야나」의 2행시를 열두 편 외우게 하고 다 끝낼 때까지 집 안에 가둬두었다. 그날 하루 종일 비스와스 씨는 바나나를 먹어버린 데 대해 어떤 징벌이 내려질

---

* 1950년대 미국에 가장 많이 수입되던 바나나 품종.

지 궁금했다. 그러면서 비스와스 씨는 글자 꾸미는 솜씨도 이미 제이람에게 보여준 뒤라, 이해하지도 못하는 산스크리트 운문을 마분지 조각에 베껴 썼다.

　제이람이 그날 저녁 늦게 돌아오자 부인이 식사를 차려주었다. 저녁을 먹고 잠시 쉬고 난 후 제이람은 저녁에 항상 하는 버릇대로 텅 빈 베란다로 느긋하게 걸어가며 혼잣말로 그날 벌였던 논쟁을 중얼거리며 검토했다. 먼저 그는 반대편 견해를 인용했다. 그러고 나서 그에 대한 자신의 답변을 여러 가지로 시도해보았다. 마지막으로 현답이라고 할 만한 답변을 끝낼 때쯤 그의 목소리는 높게 떨리고 있었다. 제이람은 그 답을 되풀이해서 말하다가 갑자기 멈추고 찬가를 한 소절 불렀다. 비스와스 씨는 설탕 부대와 밀가루 부대*로 된 자신의 침대에 누워 그 소리를 들었다. 제이람의 부인은 부엌에서 설거지를 했다. 구정물이 대나무관을 지나 홈통까지 흘러갔고 거기에서 요란하게 덤불숲으로 떨어졌다.

　기다리던 비스와스 씨는 잠이 들었다. 깨자 아침이었고 잠시 동안 걱정거리를 잊었다. 하지만 곧 자신이 저지른 잘못이 다시 떠올랐다.

　비스와스 씨는 마당에서 목욕을 하고, 히비스커스 가지를 꺾어 한쪽 끝을 부러뜨려 이빨을 닦고, 가지를 쪼개서 그것으로 혀를 닦았다. 이어 그는 아침 푸자를 드리러 금잔화, 백일초, 협죽도를 정원에서 따

---

* 이 책에서는 설탕 부대나 밀가루 부대를 가지고 이불이나 옷, 차양막 등 다양한 물품을 만들어내는 것을 볼 수 있다. 이 당시의 부대는 결이 곱고 촘촘하고 부드럽고 튼튼한 면직 천으로 만들어졌고, 크기도 컸기 때문에 이런 것들을 만드는 것이 가능했다. 대공황기의 미국 시골에서도 농부들이 각종 부대를 가지고 이불, 가방, 옷, 행주 심지어 속옷까지도 만들었다고 하며, 지금도 일종의 복고풍으로 당시의 설탕 부대와 같은 천으로 비슷하게 만들어진 행주, 가방, 손수건 등이 팔리고 있다.

왔다. 그리고 공들여 장식한 신당 앞에 종교적인 열정도 없이 앉았다. 놋쇠 냄새와 김빠진 백단향 반죽 냄새가 역겨웠다. 훗날 그가 사원과 모스크 그리고 교회에서 알아차릴 수 있는 냄새가 바로 이 냄새였는데, 그 냄새는 언제나 역겨웠다. 비스와스 씨는 기계적으로 신상들을 닦았다. 신상의 홈이 파진 부분이나 날이 선 부분은 오래된 백단향 반죽이 묻어서 검거나 하얬다. 작고 매끈한 자갈을 씻는 것은 더 쉬운 일이었는데, 그 자갈이 왜 중요한지에 대해 아직 설명을 듣지 못했다. 이즈음에 제이람 펀디트는 비스와스 씨가 제사를 소홀히 하고 있지는 않나 보려고 오곤 했지만, 그날 아침에는 나타나지 않았다. 비스와스 씨는 미리 정해진 경전을 노래하며 신선한 백단향 반죽을 신상들과 부드러운 자갈돌에 바르며 생기 있는 꽃으로 신상을 장식하고 종을 울리고 공물인 단맛이 나는 우유를 축성했다. 백단향 자국은 여전히 축축한 상태로 그의 이마 위에 떨어져 내렸다. 이어 비스와스 씨는 약간의 우유를 바치러 제이람을 찾아 나갔다.

목욕을 하고 옷을 입어 기분이 상쾌해진 제이람은 안경을 코에 낮게 걸고 무릎에는 갈색 힌두교 책을 놓고 베란다 한구석에 있는 베개에 기대 앉아 있었다. 비스와스 씨의 맨발 아래에서 베란다가 흔들리자 제이람은 안경 위로 보다가 다시 아래로 내려다보면서 우중충한 책 페이지를 넘겼다. 안경을 끼니 제이람은 더 늙어 보이면서도 도취된 듯, 인자한 듯이 보였다.

비스와스 씨는 놋쇠로 된 우유 항아리를 쥐고 그에게 갔다. "바바."*

---

* 인도에서 나이 많은 어른에게 붙이는 경어.

제이람이 몸을 일으켜 앉아 베개를 정리하고 손바닥 하나를 컵 모양으로 쥐고는, 노는 팔의 손가락을 쫙 펴서 내민 팔의 팔꿈치를 만졌다. 비스와스 씨가 우유를 따랐다. 제이람은 자기 팔목의 안쪽을 이마에 갖다 대어 비스와스 씨를 축복한 뒤 우유를 자기 입에 부었고, 젖은 손바닥으로 가는 흰머리를 쓰다듬고 나서 다시 안경을 조절해 또다시 책을 내려다보았다.

비스와스 씨는 자기 방으로 가서 작업복으로 갈아입고 아침을 먹으려고 나왔다. 그들은 침묵 속에서 밥을 먹었다. 갑자기 제이람이 비스와스 씨에게 자기 놋쇠 접시를 내밀었다.

"이거 먹어라."

양배추 사이로 골을 파고 있던 비스와스 씨의 손가락이 멈추었다.

"물론 먹으려고 하지 않겠지. 네가 왜 그러는지 그 이유도 내가 말해주마. 내가 이 접시의 음식을 먹고 있었으니까 그런 거 아냐."

비스와스 씨는 마르고 지저분해진 느낌이 드는 손가락을 구부렸다가 다시 폈다.

"소니!"

제이람의 아내가 부엌에서 발소리를 크게 내며 오더니 비스와스 씨를 등지고 이들 사이에 섰다. 비스와스 씨는 소니의 발바닥 끝에 진 주름살을 보고, 그녀의 발바닥이 딱딱하고 더럽다는 것을 알게 되었다. 이것은 놀라운 일이었다. 소니는 언제나 방바닥을 닦고 나서 자기 몸을 씻었기 때문이다.

"가서 바나나를 가져와요."

소니는 이마 위로 베일을 끌어 올렸다. "그냥 잊는 편이 더 났겠구먼요. 별일도 아닌데 말이에요."

"별거 아니라니! 바나나가 한 다발이야!"

그녀는 부엌으로 가서 바나나를 안고 다시 돌아왔다.

"소니, 거기 내려놔요. 모헌, 요새 너 말고 이 바나나에 손댈 수 있는 사람은 없었어. 사람들이 선의로 나에게 선물을 줬지, 너보고 준 거냐, 어?" 이어 제이람의 목소리에서 날선 음조가 사라지고, 대중들 사이에서 인자하게 경전을 강독하던 펀디트로 변했다. "시간 낭비하지 말자, 모헌. 항상 네게 말하고 또 말했었지. 이 바나나를 썩게 해서는 안 된다고. 넌 네가 시작한 것을 꼭 끝내야 돼. 자, 시작해라."

비스와스 씨는 제이람의 침착하고 차분한 태도에 마음이 놓이면서도 갑작스러운 그의 명령에 깜짝 놀랐다. 그는 자기 접시를 바라보며 마른 양배추 조각에 파묻혀 있는 손가락 끝을 구부렸다.

"자, 시작해라."

소니는 빛을 가리며 문가에 서 있었다. 밝은 날이었는데도 한쪽으로는 침실들이 붙어 있고 다른 쪽으로는 베란다 지붕이 낮게 붙어 있는 그 방은 어두웠다.

"봐라. 내가 너 먹으라고 껍질도 까놨다."

제이람의 깨끗한 손에 있는 바나나가 비스와스 씨의 얼굴 앞에서 뱅뱅 돌았다. 비스와스 씨는 더러운 손가락으로 그것을 집어서 약간 씹었다. 놀랍게도 맛이 느껴졌다. 그러나 맛이 너무 약해서 큰 쾌감은 없었다. 그렇게 하여 그는 씹으면 맛을 느낄 수 없다는 것을 깨달았다. 그는 맛은 생각하지 않으면서, 머릿속을 가득 채우는 요란하게 우적거리는 소리만을 들으려고 애를 써가며 씹었다. 바나나를 먹을 때 그렇게 요란한 소리가 나는 건 들어본 적이 없었다.

곧 바나나가 없어지고 거대하고 추한 숲 속의 꽃처럼 벌어져 있는 바나나 껍질 한중간에 묻힌 딱딱하고 작은 꼭지만 남았다.

"자, 모헌, 내가 하나 더 까냈다."

비스와스 씨가 그 바나나를 먹는 동안 제이람은 천천히 또 하나의 껍질을 깠다. 그리고 하나 더, 하나 더.

바나나 일곱 개를 먹고 나자 비스와스 씨가 구역질을 했고, 그러자 조용히 울고 있던 소니가 그를 뒤쪽 베란다로 데리고 갔다. 비스와스 씨는 울지 않았는데, 용감해서가 아니라 속이 울렁거리고 불편해서였다. 제이람은 곧바로 일어나 갑자기 기분이 엄청 좋아지기나 한 듯 느긋하게 자기 방으로 갔다.

비스와스 씨는 다시는 바나나를 먹지 않았다. 또한 그날 아침부터 그의 위장이 탈이 나기 시작했다. 그 이후로 흥분하거나 우울해지거나 화가 나면 비스와스 씨의 배는 부풀어 오르다 못해 아플 정도로 팽팽해졌다.

더 직접적인 결과는 변비에 걸린 것이었다. 더 이상 아침마다 변을 볼 수 없었다. 또한 변을 보지 못한 상태로 신들에게 푸자를 행하는 게 신들을 모욕하는 거란 사실도 알게 되었다. 예상치도 못한 때에 배에 신호가 왔고, 그 바람에 비스와스 씨는 제이람의 집을 떠나 랄의 학교와 F. Z. 가니의 낡아빠진 고무도장과 먼지 앉은 책으로 상징되는 세계, 즉 그가 전에 파고테스로 왔을 때 들어섰던 바로 그 세계로 돌아가게 되었다.

어느 날 비스와스 씨는 공포에 질려 일어났다. 변소는 너무 멀었고 어둠 속에서 거기까지 가는 것이 겁났다. 또한 삐걱거리는 목조 가옥을 걸어 지나가 자물쇠를 열고 빗장을 풀다가 혹시 제이람을 깨우게 될까봐도 겁났다. 제이람은 잠자는 것에 요란을 떨어 자신이 정한 시간에 깨워도 종종 화를 내곤 했기 때문이다. 비스와스 씨는 자기 손수건 한 장으로 방에서 개운하게 일을 처리하기로 결정을 내렸다. 제이람과 같이 참석했던 의식에서 받은 면으로 만든 손수건이 수십 장이나 있었던 것이다. 손수건을 처리해야 하는 시간이 되자, 비스와스 씨는 방을 나와 삐걱거리는 마루를 발끝으로 지나 열린 문을 통과하여 창문이 닫힌 뒤쪽 베란다로 갔다. 그는 조심스럽게 꼭대기에 경첩이 달린 데메라라* 창문의 빗장을 열었다. 그러고는 왼손으로 창문이 계속 열려 있도록 잡고, 오른손으로 할 수 있는 한 최대한 멀리 손수건을 던졌다. 그런데 그의 양팔이 너무 짧은 데다 창문이 무거워 숙달되게 처리할 여유 공간이 없었다. 손수건이 멀리 떨어지지 않은 곳에 떨어지는 소리가 들렸다.

창문 빗장을 걸 새도 없이 그는 휭 하니 침대로 돌아왔다. 거기서 그는 새롭게 신호가 오지 않을까를 계속 상상하며 오랫동안 깨어 있었다. 막 잠이 들었을 때 누가 그를 깨우는 것 같았다. 소니였다.

문가에는 우거지상을 한 제이람이 서 있었다. 그가 말했다. "브라만에 너 같은 놈은 없어. 너를 내 집에 데리고 와서 오만 배려를 다 해 줬지. 감사는 바라지도 않았다. 그런데 너는 나를 망하게 할 참이구나. 가서 네가 한 짓을 봐."

그 손수건은 제이람이 애지중지하는 협죽도 나무에 떨어져 있었다. 그 나무의 꽃은 다시는 푸자에 사용될 수 없었다.

"너는 절대 편디트가 되지 못할 거야." 제이람이 말했다. "내가 일전에 네 별자리 점을 봐준 시타람과 얘기를 해봤다. 넌 네 아버지를 죽였어. 난 네가 날 망하게 하도록 가만있지는 않을 거다. 시타람이 너를

---

* 각설탕처럼 결정이 있는 유리로 된 창.

나무에서 멀리 떨어지게 하라고 나에게 특별히 경고했었지. 가서 짐을 싸거라."

이웃 사람들이 소리를 듣고 나와, 비스와스 씨가 도티를 입고 어깨에 봇짐을 메고 걸어서 마을을 지나가는 것을 바라보았다.

*

비스와스 씨가 걷고 또 달구지를 타고 파고테스로 돌아왔을 때 빕티는 환영할 기분이 아니었다. 비스와스 씨는 피곤하고 배고프고 가려웠다. 그는 빕티가 자신을 반갑게 맞이하며 제이람을 저주하고 다시는 낯선 사람에게 보내지 않겠다는 약속을 하리라고 기대했었다. 그런데 뒷골목에 있는 오두막집의 마당을 들어서자마자 자신의 생각이 틀렸다는 것을 알게 되었다. 열려 있는 숯검정투성이의 부엌에서 아조다의 가난한 친척 한 사람과 같이 앉아 옥수수를 갈고 있던 빕티는 지치고 무덤덤해 보였다. 그래서 비스와스 씨는 자신을 보고도 기뻐하기는커녕 경악하는 빕티를 보고도 놀랍지 않았다.

그들은 형식적으로 입을 맞추었고, 빕티는 이것저것을 물었다. 그는 엄마의 태도가 거칠다고 생각했고 엄마가 하는 질문도 공격으로 받아들였다. 그의 대답은 퉁명스럽고 방어적이며 분노에 차 있었다. 엄마는 화가 머리끝까지 치밀어 올라 그에게 고함을 질렀다. 그녀는 비스와스 씨가 배은망덕하고 나머지 자식들도 모두 배은망덕하며, 세상 사람들이 그들 때문에 고통을 겪는데도 고마워할 줄 모른다고 말했다. 잠시 후 화가 가라앉은 엄마는 처음부터 비스와스 씨가 기대했던 상태, 즉 이해심 있게 감싸주려고 하는 상태가 되었다. 하지만 이제는 그게 달갑지 않았다. 엄마는 비스와스 씨가 손을 씻을 수 있게 물을 따라주고, 낮은 벤치에 앉힌 뒤 음식을 가져다주었다(이 음식은 엄마의 것은 아니었다. 왜냐하면 그 음식은 이 집 사람들이 함께 먹는 것으로 빕티는 요리를 하는 노동력만 제공했기 때문이다). 그러고 나서 그를 제대로 돌봐주었다. 그러나 뿌루퉁해 있는 그를 달랠 수는 없었다.

그는 엄마 집이 아닌 오두막으로 그를 맞아들여 엄마 것이 아닌 음식을 차려주었던 그 당시 엄마의 상태가 얼마나 어처구니없고 불쌍한 상태였는지를 알지 못했다. 그러나 그 기억은 남았다. 거의 30년이 지난 뒤 비스와스 씨가 포트오브스페인의 작은 문학 동호회의 회원으로 있을 때, 그는 이 만남을 간단한 무운시*로 써서 읽었다. 당시의 실망감, 뿌루퉁함, 불쾌감은 모두 무시되고 그 대신 그때의 상황은 여행, 환영, 음식, 쉼터라는 알레고리로 미화되었다.

식사를 한 뒤 비스와스 씨는 빕티가 화가 난 또 다른 이유가 있다는 것을 알게 되었다. 데후티가 타라네 마당에서 일하는 소년과 도망을 간 것이었다. 이것은 타라에게 배은망덕일 뿐만 아니라 치욕까지 안겨주는 일이었다. 왜냐하면 마당에서 일하는 소년은 천한 계급 중에서도 가장 천한 사람이었고, 그 일로 훈련된 하인 두 명을 한꺼번에 잃었기 때문이다.**

"더구나 네가 펀디트가 되길 원한 사람이 타라 이모잖니." 빕티가 말했다. "이모에게 뭐라고 해야 할지 모르겠다."

　＊ 약강 5보격의 각운이 없는 시.
＊＊ 인도의 카스트 제도에 의하면 남자는 카스트에 상관없이 아내를 얻을 수 있지만 여자는 동일한 카스트나 그 이상의 카스트 출신의 남자와 결혼할 수 있다. 만약 이를 어길 시엔 공동체에서 쫓겨나거나 린치를 당하게 된다.

"데후티 누나 이야기를 해주세요." 그가 말했다.

빕티는 할 말이 별로 없었다. 아무도 데후티를 보지 못했다. 타라는 다시 그녀의 이름을 입에 올리지 않겠다고 맹세했다. 빕티는 데후티의 행실에 대한 모든 책망을 자신이 응당 대신 받아야 한다는 듯한 태도로 말했다. 그리고 비록 더 이상 데후티에게 아무 상관 않겠다고 말하긴 했지만, 엄마의 태도에는 타라의 분노에서뿐만 아니라 비스와스 씨의 분노에서도 데후티를 보호하려는 감이 보였다.

그러나 비스와스 씨는 분노도 치욕도 느끼지 않았다. 데후티에 대해 물어보면서 정작 떠오른 것은 남동생이 죽었다고 생각하며 더러운 동생 옷에 얼굴을 파묻고 흐느껴 우는 소녀의 모습뿐이었다.

빕티가 한숨을 지었다. "타라가 뭐라고 할지 모르겠다. 가서 이모를 만나는 게 더 낫겠구나."

하지만 타라는 화내지 않았다. 맹세한 대로 데후티에 대해 언급하지도 않았다. 제이람이 이미 비스와스 씨의 비행에 대해서 어느 정도 말을 해두어서, 아조다는 높은 음성으로 숨도 쉬지 못할 정도로 웃으며 비스와스 씨에게 일어난 일을 정확하게 말하라고 닦달했다. 비스와스 씨가 당황하자 아조다와 타라는 재미있어했고, 그러다 결국 비스와스 씨도 따라 웃게 되었다. 그러고 나서 타라 집의 아늑한 뒤뜰 베란다에서(비록 진흙 벽으로 되어 있지만 제대로 된 지주 위에 지었고 산뜻한 초가지붕도 있고 낮게 쌓은 벽 위에는 나무 선반도 설치되어 있으며, 힌두교 신들의 그림 때문에 분위기도 밝았다) 그는 바나나에 대해 처음에는 으스대듯 말했다. 그러나 타라가 측은하게 여기는 것을 눈치챈 비스와스 씨는 선명하게 남은 자신의 상처를 의식하고 북받치는 감정에 울음을 터트렸다. 타라는 그를 가슴에 안고 눈물을 닦아주었다. 이렇게 하여 비스와스 씨가 엄마에게 기대했던 장면은 정작 타라에게서 벌어졌다.

아조다는 버스를 사고, 차량 정비소를 운영하고 있었다. 앨릭이 일하는 곳이 바로 이 정비소였다. 그는 더 이상 빨간 조끼를 입거나 푸른 오줌을 누진 않았지만 기름때가 배는 알 수 없는 일을 했다. 기름때는 그의 털 많은 다리를 검게 만들었다. 기름때가 그의 흰색 운동화를 검게 변하게 했다. 기름때가 그의 손을 손목 너머까지 검게 만들었다. 기름때가 짧은 작업복 바지를 검고 뻣뻣하게 만들었다. 하지만 그에게는 비스와스 씨가 부러워하는 능력이 있었는데, 다름이 아니라 기름때 묻은 손가락과 기름때 묻은 입술 사이에서 때가 묻지 않게 담배를 쥘 수 있는 재주였다. 그의 입술은 여전히 심심하면 뒤틀렸고 작고 우스꽝스러운 눈은 여전히 사팔뜨기였다. 그러나 작고 각진 얼굴의 뺨이 벌써부터 푹 꺼져서 지금은 얼이 빠진 듯하고 방탕한 듯한 태도가 고착되었다.

비스와스 씨는 앨릭과 함께 정비소에서 일하지 않았다. 타라는 그를 술집에 보냈다. 이 사업은 아조다가 처음 한 벤처 사업으로, 이후 야심 찬 사업을 벌이는 데 필요한 자금도 여기서 나왔다. 그러나 아조다가 점점 성공함에 따라 술집의 중요성이 점차 떨어져서 지금은 그의 남동생인 반다트가 운영하고 있었다. 반다트에게는 좋지 않은 소문이 있었다. 듣자니 술에 취해 아내를 때리고 다른 인종의 첩을 들였다는 것이었다.

비록 타라와 상의한 것은 아니지만 빕티는 타라에게 매우 고마워했다. 그리고 비스와스 씨도 돈을 번다는 생각에 마음이 달떴다. 많은 돈을 벌 전망은 없었다. 그는 가게에서 살 것이고 반다트의 아내가 차려 준 식사를 할 것이다. 그리고 때때로 옷 몇 벌을 받을 것이다. 또한 한 달에 2달러를 벌게 될 것이었다.

그 술집은 콘크리트 벽에 골함석판으로 뾰족하게 지붕을 댄 단순한 형태의 건물로, 지면에 지주 없이 세운 길고 높은 건물이었다. 스윙도어 아래로는 젖은 가게 바닥과 술꾼들의 발만 보였다. 문이란 문은 모두 활짝 열어놓고 사는 동네에서 스윙도어는 그 건물에 사악한 분위기가 들게 했다. 그 문은 필요한 것이었다. 그 문을 지나치는 많은 사람들은 인사불성이 될 때까지 술을 마실 작정으로 왔기 때문이다. 하루 중 어느 때든 바닥에 쓰러져 있는 사람들이 있었다. 남자들은 실제 자기 나이보다 더 들어 보였고, 여자들도 마찬가지였다. 아무짝에도 쓸모없는 사람들이 구석에서 울고불고하고 있고, 그들의 한탄 소리는 소음과 취객 인파 속에 묻혔다. 그들은 럼주를 한 번에 들이켰다가 오만상을 쓰고 급하게 물을 마시고는 다시 럼주를 사 마셨다. 욕하는 소리, 뻥치는 소리, 협박하는 소리가 들렸다. 싸움질이 나고 병이 깨지면 경찰이 왔다. 그사이 잔돈, 은화, 지폐가 선반 아래 있는 기름때 긴 서랍으로 들어갔다.

　　그리고 매일 저녁 가게가 비고 잠자던 손님들을 내쫓고 깨진 병과 유리잔을 치우고 바닥을 닦고 나면(아무리 물을 부어도 럼주 원액의 냄새를 없앨 수 없었다) 서랍을 열고 천장에 걸려 있는 긴 전선 고리에 연결된 페트로맥스* 가스램프를 계산대 서랍 옆에 놓았다. 반다트는 돈을 가지런히 쌓아서 그날 수입을 한쪽은 부드럽고 반대쪽은 거친 뻣뻣한 갈색 종이에 기입했다. 반다트는 쉽게 번지는 부드러운 연필로 갈색 종이의 부드러운 면 위에 적었다. 그 가게는 구석이 어두웠다. 더러운 판자와 김빠진 럼주 냄새가 코를 찔렀다. 그리고 시끄러운 저녁의 소

---

* 랜턴 제조로 유명한 독일 회사.

음 속에서는 들리지 않았던 페트로맥스 램프의 불빛이 일렁이는 소리가 지금처럼 조용한 때엔 쉭쉭거리며 커졌으며 그 가운데에서 반다트는 중얼중얼 계산을 했다.

반다트의 목소리는 낮았지만 불평하는 기운이 서려 흐느끼는 것처럼 들렸다. 그는 키가 작고 아조다처럼 코가 뾰족하고 얼굴에 살이 없었다. 하지만 이 얼굴에서 후한 인상이라곤 찾을 수가 없었다. 언제나 괴로운 듯 화가 난 듯이 보였고, 해가 저물 때면 그 어느 때보다 더 심해졌다. 대머리가 되어가고 있는 중이라 앞이마의 둥근 머리 윤곽이 구부정한 코의 윤곽과 비슷해 보였다. 얇은 윗입술은 윤곽이 뚜렷했고, 중간에 똑같이 생긴 혹 두 개가 선명하게 솟아 있었다. 이 혹들은 부풀어 올라 아랫입술을 누르다 못해 사실상 가리고 있었다. 반다트가 계산을 할 때 비스와스 씨는 이 입술의 혹을 열심히 쳐다보았다.

반다트는 비스와스 씨를 타라의 스파이라고 생각하여 믿지 않는다는 것을 분명하게 드러냈다. 그리고 얼마 지나지 않아 비스와스 씨는 반다트가 돈을 훔치고 있고, 이렇게 밤에 열심히 계산을 하는 것이 타라가 일주일에 한 번씩 확인할 때 들키지 않으려고 하는 짓이라는 사실을 알게 되었다. 비스와스 씨는 놀라지도 비난하지도 않았다. 단지 그는 반다트가 쓰는 몇몇 방식에 당황했을 뿐이다.

"이 사람들이 서너 잔을 마시고 또 한 잔을 주문하면 정량대로 채워주지 마라." 그가 말했다.

비스와스 씨는 아무것도 묻지 않았다.

반다트는 눈길을 피하며 설명했다. "그게 그 사람들을 위하는 거야."

반다트가 여러 번 정량에 모자라게 주고 난 뒤 한 잔 값을 쓱싹하려는 순간을 비스와스 씨가 본 적도 있었다. 반다트는 방금 돈을 낸 사람을 정면으로 보면서 잠시 동안 횡설수설하다가 동전을 돌리기 시작했다. 동전을 공중으로 던졌다 받았다 하는 것을 보던 비스와스 씨는 동전이 결국 반다트의 주머니 안으로 들어가게 되리라는 걸 알게 되었다.

반다트는 이 일이 끝나면 곧장 손님들에게 최대한 명랑하게 굴었고, 비스와스 씨에게는 의심의 눈초리로 성이 난 듯이 대했다. 그는 비스와스 씨에게 이렇게 말하곤 했다. "야, 이 자식, 뭘 봐?" 그리고 때로 계산대 너머의 사람들에게 이렇게 말하곤 했다. "쟤 좀 봐. 항상 웃고 있지? 지가 제일 똑똑한 줄 안다니까. 쟤 좀 봐봐."

그러면 술손님이 말한다. "그러네. 진짜 똑똑하네. 잘 지켜봐야겠는걸, 반다트."

이리하여 술손님들에게 비스와스 씨는 아무나 놀려줄 수 있는 '똑똑한 사람' '똑똑한 애'가 되었다.

비스와스 씨는 병에 럼주를 채울 때 침을 뱉어서 복수를 했다. 그는 이 짓을 매일 아침 했다. 럼주는 모두 같은 것이었지만 가격이나 '인디언 메이든' '화이트 콕' '패러키트' 같은 라벨은 서로 달랐다. 각각의 브랜드마다 좋아하는 애주가가 있었다. 그리고 비스와스 씨에게 이 짓은 별것 아니지만 계속해서 부수적인 즐거움을 주는 복수였다.

럼주 병을 채우는 방은 포석을 깔지 않은 마당 근방의 네모형 가게 부속 건물 안에 있었다. 반다트는 방 두 개에서 자기 가족, 그리고 비스와스 씨와 지냈다. 날씨가 맑으면 반다트의 부인은 이 방들이 연결된 계단에서 요리를 했다. 비가 올 땐 오두막에서 요리를 했다. 오두막은 반다트가 술이 취해 있지 않으면서 책임감도 느끼던 시절에 마당에다 골함석판으로 만들어준 것이었다. 나머지 방들은 창고로 쓰거나 다른 가족들에게 세를 주었다. 비스와스 씨가 자는 방은 창문이 없어서 언제나 어두웠다. 그의 옷은 벽에 박힌 못에 걸려 있었다. 책은 작은 바닥 공간을 차지하고 있었다. 그는 딱딱하고 냄새나는 코이어* 매트리스를 바닥에 깔고 반다트의 두 아들과 함께 잤다. 매일 아침 매트리스를 돌돌 말면 바닥에 거친 코이어 부스러기가 떨어졌다. 그는 그 매트리스를 옆방에 있는 반다트의 사주식 침대** 밑으로 밀어 넣었다. 이 일을 다 하고 나면, 하루의 나머지 시간 동안 더 이상 이 방을 쓸 권한이 없는 듯이 느껴졌다.

일요일과 목요일 오후 가게가 문을 닫으면 비스와스 씨는 어디로 갈지 떠오르질 않았다. 때때로 그는 어머니를 보기 위해 뒷골목으로 갔다. 엄마에게 한 달에 1달러씩 주었음에도 불구하고, 엄마는 계속 그가 무기력하고 불행하게 느끼도록 만들었다. 그래서 그는 앨릭을 찾아가는 것을 더 좋아했다. 그러나 요즘 들어 앨릭이 좀처럼 보이지 않는 바람에 비스와스 씨는 결국 타라의 집에 자주 가게 되었다. 뒤쪽 베란다에는 책장이 있었는데 뜻밖에도 검고 커다란 『방대한 지식의 책』 스무 권으로 꽉 차 있었다. 아조다는 미국인 외판원에게 그 책을 사겠다고 말했었다. 계약금을 치르기도 전에 책이 배달되어 왔는데, 그 후 그 책이 잊힌 게 확실했다. 그 외판원은 다시 찾아오지 않았고 누구도 책값을 지불하라고 하지 않았다. 아조다는 그 회사가 망해버린 것 같다며 기쁜 듯이 말했다. 그 책을 읽고 싶은 마음은 없었지만, 거저 얻은 것이었다. 그리고 비스와스 씨가 매주 그 책을 읽으러 와서 책이 유용하다는 것을 증명하자 아조다는 매우 기뻐했다.

---

* coir: 코코스야자의 열매에서 얻는 섬유.
** 각 모서리에 기둥이 있고 그 위로 침대 차양이 드리워져 있는 침대.

최근 비스와스 씨는 일요일의 이 일상에 푹 빠졌다. 그는 오전에 타라의 집으로 가서 아조다를 위해 그가 주중에 빼놓은 '당신의 신체'에 실린 칼럼을 읽어줘 동전을 받고 점심을 얻어먹은 뒤, 자유롭게 『방대한 지식의 책』을 탐구했다. 그는 여러 지역의 민담을 읽었다. 또한 초콜릿, 성냥, 배, 단추, 그리고 그 밖의 많은 물건들이 어떻게 만들어졌는지를 읽고 곧 잊어버렸다. 그리고 '왜 얼음은 물을 차갑게 만드는가, 왜 불은 타는가, 왜 설탕은 달콤한가?' 따위의 질문에 해답을 주는, 예쁘지만 별 도움은 되지 않은 삽화가 실린 글을 읽었다.

"반다트의 아들들도 이 책을 읽게 해줘라." 아조다는 신이 나서 말했다.

그러나 반다트의 아들들은 이 책에 매료되기를 거부했다. 그들은 담배를 배우고 있었다. 또한 그 형제의 머릿속은 성에 관한 추잡스럽고 터무니없는 깨달음으로 가득 차 있었다. 밤이 되면 그들은 속삭이는 목소리로 성적 판타지를 선명하게 엮어냈다. 비스와스 씨도 이야기를 보태려고 애를 써봤지만 재대로 장단을 맞추지는 못했다. 비스와스 씨가 너무 순진하거나 잘못 알고 있으면 그들은 웃었고, 너무 더러운 이야기를 하면 이르겠다고 위협했다. 몇 주 동안 그들은 비스와스 씨가 말해준 유달리 야한 이야기 하나를 가지고 못살게 굴었다. 마침내 격노한 비스와스 씨가 가서 이르겠다고 했는데, 놀랍게도 더 이상 위협하지 않았다. 그러던 어느 날 그가 반다트의 큰아들에게 성에 대한 모든 지식을 어떻게 얻게 되었는지를 묻자, 그 소년이 대답했다. "그거야 엄마가 있으니까 그렇지, 안 그래?"

반다트는 더욱 많은 주말을 가게 밖에서 지냈다. 그의 아이들은 대놓고 반다트의 첩에 대해서 말했다. 처음에는 약간 신이 나서, 그리고 약간의 자부심을 가지고 말했다. 그리고 얼마 후에 반다트와 그의 아내 사이에 말싸움이 더욱 빈번해지자 겁에 질려서 말했다. 반다트가 자기 아들들이 밤에 아무렇지 않게 속삭이곤 하던 추접한 말을 큰 소리로 외치는 경악스럽고 낯 뜨거운 때도 몇 번 있었다. 그때 반다트의 아내가 아무 대꾸를 하지 않는 것은 끔찍했다. 때로 물건들이 던져졌고 그러면 소년들과 비스와스 씨는 비명을 질렀다. 반다트의 아내는 매우 침착한 자세로 와서 아이들을 안심시키려고 애를 쓰곤 했다. 아이들은 엄마가 같이 있어주기를 바랐지만, 그녀는 언제나 옆방에 있는 반다트에게로 돌아갔다.

가게에서 반다트는 매일 더 많은 동전을 돌렸고, 타라가 셈을 하러 오는 금요일 저녁이면 두 사람이 큰 소리로 싸우는 일도 잦아졌다.

그러던 어느 주말에 비스와스 씨는 혼자서 두 방을 차지하게 되었다. 아조다의 친척 중 한 명이 트리니다드 섬의 다른 지방에서 죽었던 것이다. 가게는 토요일에 열지 않았고, 그날 이른 아침 반다트와 식구들은 아조다, 타라와 함께 장례식에 갔다. 보통 때 같으면 숨 막히게 여겨졌던 텅 빈 두 방에 지금은 자유와 타락을 향한 무한한 가능성이 펼쳐졌다. 그러나 비스와스 씨는 악한 것이나 스스로를 만족시켜줄 만한 어떤 것도 생각할 수가 없었다. 담배를 피웠는데 별로 즐겁지가 않았다. 그리고 점점 더 그 방에서 전율이 느껴지지 않았다. 앨릭은 정비소 일을 스스로 그만두었든지, 아니면 해고를 당했든지 해서 지금 파고테스에 없었다. 타라네 집은 문이 닫혔다. 뒷골목 쪽으로는 가고 싶지 않았다. 그러나 자유롭다는 느낌과 시간이 얼마 남지 않았다는 느낌은 남아 있었다. 그는 아무 목표도 없이 대로를 걸어가다가 한 번도 간 적이 없었던 옆길을 따라 내려갔다. 비스와스 씨는 버스를 세워 잠시 타고 갔다. 그는 길가의 좌판에서 음료수와 딱딱한 케이크를 사서 먹고 또 사 먹었다. 오후가 저물어갔다. 한 무리의 남자들이 한 주간의 일을 마치고 주말에 입는 옷을 입고 거리 모퉁이와 가게 밖과 코코넛 수레 주변에 서 있었다. 피로가 몰려오자 비스와스 씨는 하루를 끝내고 자유에서 벗어나고 싶은 간절한 소망이 들기 시작했다. 피곤하고 허전하고 우울했지만, 여전히 흥분되고 여전히 자고 싶지 않은 기분으로 그 어두운 방들로 돌아왔다.

깨어나니 반다트가 바닥에 있는 비스와스 씨의 매트리스를 내려다보며 서 있었다. 술을 먹은 다음이면 으레 그러하듯 빨간 눈 위로 눈꺼풀이 부풀어 있었다. 비스와스 씨는 저녁이 되기 전에 누가 돌아오리라고 생각하지 않았었다. 그는 온전한 하루 동안의 자유를 잃은 것이다.

"빨리빨리, 모르는 척하지 마. 어디다 숨겨놨어?" 반다트의 윗입술에 있는 혹들이 분노로 떨리고 있었다.

"뭘 숨겨요?"

"오, 그래. 똑똑아. 그래서 모르시겠다?" 그러고 난 뒤 반다트는 비스와스 씨를 매트리스에서 *끄*집어내 바지 뒤를 움켜쥐고 발가락이 들릴 때까지 번쩍 들었다. 반다트는 랄의 학교에서 경찰관 체포라고 널리 불렸던 방식으로 이렇게 비스와스 씨를 움켜쥔 채 옆방으로 끌고 갔다. 그곳에는 아무도 없었다. 반다트의 아내와 아이들은 장례식에서 아직 돌아오지 않았다. 말끔하게 접힌 바지 한 벌 위로 셔츠 하나가 의자 등받이에 걸려 있었다. 의자의 자리에는 동전과 열쇠 그리고 상당량의 구겨진 달러 지폐가 놓여 있었다.

"지난밤엔 지폐가 26달러 있었어. 오늘 아침에 보니 25달러야. 응?"

"전 몰라요. 아저씨가 온 줄도 몰랐다고요. 내내 자고 있었단 말이에요."

"자고 있었다고. 그래, 뱀처럼 자고 있었겠지. 두 눈을 다 뜨고 말이야. 큰 눈에 긴 혓바닥을 하고. 타라와 아조다에게 연방 혓바닥을 흔들어대면서 말이다. 뭐 좋은 거라도 생길 줄 알았냐? 그렇게 하면 그 사람들이 푼돈이라도 쥐여줄 거라고 믿었어?" 그는 고함을 지르면서 바지 고리에서 가죽 벨트를 풀었다. "그래? 네가 내 돈을 훔쳤다고 그 사람들에게 가서 말하겠구나?" 그는 팔을 들어서 비스와스 씨의 머리에 벨트를 내려쳤다. 버클이 뼈에 닿을 때마다 날카로운 소리가 났다.

갑자기 비스와스 씨가 울부짖었다. "으아악! 내 눈! 내 눈!"

반다트가 매질을 멈추었다.

비스와스 씨의 광대뼈에 열상이 생겼고 눈 밑에서 피가 흐르고 있었다.

"나가. 더러운 고자질쟁이. 내가 등껍질을 다 벗겨버리기 전에 여기서 나가." 반다트의 입술의 혹이 또다시 떨렸고 벨트를 들어 올릴 때 손도 떨고 있었다.

비스와스 씨가 빕티를 깨웠을 때는 아직 해가 뜨기 전이었고 뒷골목은 조용하고 아무도 없었다.

"모헌! 무슨 일이 생긴 거냐?"

"넘어졌어요. **묻지** 마세요."

"자, 말해다오. 어쩌다 이렇게 됐니?"

"왜 저를 계속 다른 사람들과 살게 해요?"

"누가 널 때렸니?" 빕티가 광대뼈 위에 난 상처 아래를 손가락으로 누르다가 움찔했다. "반다트가 널 때렸니?" 그녀가 그의 셔츠를 벗기고 등 위에 난 채찍 자국을 보았다. "그 인간이 널 때렸어? 널 때린 거야?"

그녀는 비스와스 씨를 자기 방에 있는 침대 위에 엎드리게 했다. 그리고 아기였을 때 이후 처음으로 엄마가 그의 몸을 기름으로 문질러 주었다. 또 갈색 설탕으로 맛을 낸 뜨거운 우유 한 컵도 가져다주었다.

"다신 거기로 돌아가지 않을 거예요." 비스와스 씨가 말했다.

빕티는 그가 기대했던 위로 대신 마치 말싸움이라도 하듯이 말했다. "그럼 어디로 갈 건데?"

그는 성질이 났다. "엄만 나한테 해준 게 아무것도 없어요. 엄만 거지야."

그는 빕티에게 상처를 주고 싶었다. 그런데 그녀는 별로 아파하지 않았다. "내 팔자야. 나한테 뭔 자식 복이 있을라고. 너한테도 마찬가지야. 난 복이라곤 눈곱만큼도 없을 거야. 시타람이 너에 대해 했던 말이 맞아."

"엄마나 다른 사람들이나 심심하면 시타람 타령이야. 정확히 뭐라고 한 거예요?"

"네가 돈을 헤프게 쓰고 거짓말쟁이가 되고 그리고 여자도 밝힐 거라고 했어."

"아하. 한 달에 2달러 받아서 헤프게 쓴다 이거죠. 2달러를 남김없이 말이죠. 참 2백 센트나 되지. 가방에 넣으면 아주 무겁겠네요. 그리고 여자를 밝힌다고요?"

"안 좋게 산다고 했어. 여자들이랑. 그렇지만 너는 너무 어리니까."

"반다트의 아이들이 저보다 더 여잘 밝혀요. 걔들 엄마는 물론이고요."

"모헌!" 그때 빕티가 말했다. "타라가 뭐라고 할지 모르겠구나."

"또 그러시네! 왜 엄만 타라 이모가 뭐라고 할지에만 만날 신경 써요? 엄마가 가서 타라 이모 좀 안 만났으면 좋겠어. 이모한테 바라는 것 없어요. 그리고 아조다 이모부도 자기 몸은 잘 돌볼 수 있어요. 반다트의 아이들에게 이모부에게 읽어주라고 하세요. 나는 이제 그만둘래요."

그러나 빕티는 타라를 만나러 갔다. 그날 오후 장례식 일정과 장례식장 사진사와의 실랑이를 끝내고 막 도착하여 아직까지 상복과 보석을 착용하고 있던 타라가 뒷골목으로 찾아왔다.

"불쌍한 모헌." 타라가 말했다. "그 반다트란 자식은 부끄러운 줄도 몰라."

"돈을 훔치는 게 틀림없어요." 비스와스 씨가 말했다. "여러 번 그랬어요. 매번 훔친다니까요. 언제 훔치는지 언제든지 말해드릴 수 있어요. 동전을 돌려요."

"모헌!" 빕티가 말했다.

"그 사람이 호색한이고 난봉꾼에 거짓말쟁이예요. 내가 아니고."

"모헌!"

"그리고 그 여자에 대해서도 알아요. 그 집 아들들도 그 여자를 알아요. 자랑스럽게 말한다니까요. 아저씨는 아줌마랑 싸우고 때려요. 아저씨가 저한테 무릎 꿇고 빈다 해도 다시 가게로 돌아가지 않을 거예요."

"반다트가 그렇게 하진 않을걸." 타라가 말했다. "그렇지만 아저씨는 미안하다고 하고 있어. 그 돈이 없어진 게 아니래. 자기 바지 주머니 바닥에 있었다며 못 봤다고 하더라."

"제 생각에, 아저씬 술을 너무 많이 마셔요." 그 말을 하니 굴욕감이 새롭게 아려와 비스와스 씨는 울기 시작했다. "있잖아, 엄마. 나에겐 보살펴줄 아버지가 없어서 사람들이 닥치는 대로 막 대해."

타라가 달렸다.

달래주는 것과 자신의 불행을 즐기고 있던 비스와스 씨는 여전히 화가 나서 말했다. "데후티 누나가 이모 집에서 도망간 건 당연해요. 이모가 분명히 심하게 굴었을 거야."

데후티의 이름을 언급한 것은 지나치게 많이 가버린 것이다. 그 즉시 타라의 표정이 굳어지더니 더 이상 아무 말도 하지 않고 긴 스커트 자락을 휘날리며 팔에 건 은팔찌로 요란한 소리를 내며 가버렸다.

빕티는 그녀를 따라 마당까지 달려갔다. "저 앨랑 신경 쓰지 마. 타라 언니. 아직 어리잖아."

"빕티, 괜찮아."

"오, 모헌."

빕티가 다시 방으로 돌아와서 말했다. "네가 우리 모두를 거지로 만들 작정이구나. 내가 여생을 극빈자 수용소에서 보내는 걸 보게 될 거다."

"난 내 힘으로 직업을 구할 거예요. 집도 살 거고요. 이런 생활은 이제 끝이에요." 그는 아픈 팔을 흙벽과 검댕이 묻은 낮은 초가지붕을 향해 흔들었다.

*

월요일 아침 비스와스 씨는 일자리를 구하러 나갔다. 사람들은 어떻게 직업을 구하나? 그는 사람들이 그냥 찾아본다고 생각했다. 그는 대로를 따라 찾아보며 왔다 갔다 했다.

양복집을 지나갈 때 그는 카키색 천을 자르고 시침질을 하고 재봉틀을 다루는 자기 모습을 그려보았다. 이발소를 지날 때는 가죽숫돌에 면도칼을 가는 모습을 그려보았다. 왼쪽 엄지손가락을 보호할 기막힌 장치를 만들어내는 법이 없나를 고민하며 그의 마음은 둥둥 떠다녔다. 그런데 비스와스 씨의 눈에는 뚱뚱한 사람이 골이라도 난 듯 더러운 가게 안에서 바느질을 하고 있는 그 재봉사란 사람에게 호감이 가지 않았다. 그리고 이발사에 대해 말하자면, 비스와스 씨는 한 번도 자기 머리카락을 자르는 사람들을 좋아한 적이 없었다. 또한 예전 제자가 상상도 할 수 없을 만큼 천한 직업인 이발업을 하고 있다는 것을 제이람 펀디트가 알면 얼마나 역겨워할까도 생각해보았다. 그는 계속 걸었다.

비스와스 씨는 보고 있던 어떤 가게에도 들어가고 싶지도 일자리를 구하고 싶지도 않았다. 그래서 스스로에게 어려운 과제를 부과했다. 예를 들어 그는 일정한 거리를 스무 걸음만으로 걸어보고, 만약 실패하면 나쁜 징조로 해석했다. 잠시 동안 엉뚱하게도 장의사에 끌렸다. 평평한 골함석판으로 지은 단층 건물인 그곳은 전혀 슬퍼 보이지 않았다. 대신 신선한 나무와 부레풀 그리고 프랑스산 윤활유 냄새가 풍겼으며, 바닥에는 톱밥과 대팻밥 그리고 아직 깎지 않은 판자 사이에 관들이 놓여 있었다. 한쪽 벽에는 싸구려 관들과 가공하지 않은 나무가 여러 줄로 서 있었다. 광이 나는 비싼 관은 선반 위에 놓여 있었다. 작업대 주변에는 아직 완성하지 못한 관들이 있었고, 그곳을 제외한 모든 곳에 관을 만드는 판자가 널려 있었다. 한쪽 구석에는 아기를 위한 장난감 같은 싸구려 관들이 쓰러질 듯이 쌓여 있었다. 비스와스 씨는 아기들의 장례식을 자주 보았었다. 특히 한 남자가 천천히 자전거를 타고 팔에 관을 끼고 갔던 장례식이 기억에 남았다. 그는 생각했다. '저기서 일을 구해야지. 그리고 반다트를 묻어버릴 거야.' 그는 만물상점*들을 지났다. 참 이상한 이름이다. 마른 상품이라니. 낡아빠진 작은 가게마다 팬이나 접시, 천 두루마리, 밝은색 핀이 꽂힌 카드와 실이 담긴 박스, 옷걸이에 걸린 셔츠, 새로 나온 석유램프, 망치, 톱, 빨래집게 따위가 수북하게 밖에까지 쏟아져 있었다. 폭풍우로 홍수가 나는 바람에 가게 문들이 열리면서 보관하던 오만 물건들이 테이블이나 밖의 땅바닥에까지 쏟아져 잔해가 쌓인 것이었다. 가게 주인들은 가게에 남아 우울한 마음에 넋을 잃고 물건 사이에 끼여 있었다. 점원들은 연필을 귀에 꽂거나 첫 장 아래에 검은 먹지가 슬쩍 보이는 영수증 꽂이를 연필로 두드리면서 가게 밖에 서 있었다. 기름, 설탕, 소금 친 생선에서 눅눅한 냄새가 나는 식료품상들. 축축하지만 신선한 땅 냄새가 풍기는 야채 노점상들. 식료품상의 부인과 아이 들은 기름투성이가 되어 계산대 뒤에 자신만만하게 서 있었다. 야채 노점 뒤에 있는 여자들은 나이가 들어 마르고 슬픔에 잠긴 얼굴로 꼿꼿이 서 있었다. 그게 아니면 젊고 살이 찌고 도전하듯 싸우려고 하는 눈빛으로 쳐다보았다. 흙이 여전히 붙어 있는 보랏빛 고구마 뒤로 눈이 큰 아이들 한두 명이 돌아다니고 있었다. 뒷마당에는 아기들이 연유 박스 위에 누워 있었다. 당나귀 수레, 말 수레, 소 수레가 길에서 덜커덩거리고 딸랑거리는 소리를 끊임없이 냈고, 철테로 감싼 무거운 바퀴가 자갈과 모래 위로 삐걱거리며 지나가다 울퉁불퉁한

---

* 만물상은 영어로 dry goods store(마른 상품을 파는 가게)라고 하며, 식료품groceries과 철물류hard ware가 아닌 마른 상품을 파는 가게라는 뜻으로 시작되었다. 원래 영국에서 마른 상품이란 직물이나 포목을 가리키는 말이었으나 이후 시간이 지나며 옷이나 커피, 곡물, 차 등등 잡다한 물품까지 포함하게 되었다.

길 위에서 흔들렸다. 잠시나마 동물들이 열심히 달리도록 끝이 마디진 긴 회초리가 계속해서 휙휙 소리와 딸까닥거리는 소리를 냈다. 성인 수레꾼들은 수레에 앉아 있었고, 소년 수레꾼들은 자기 동물들이나 경쟁 상대에게 고함을 치거나 휘파람을 불며 서 있었다. 마차 여섯 대가 계속해서 경주를 하고 있었다.

비스와스 씨가 뒷골목으로 돌아왔을 때 그의 결심은 흔들렸다. "아무 직업도 못 얻을 것 같아요." 그는 빕티에게 말했다.

"가서 타라 이모에게 사과하지 그러니?"

"타라 이모는 보기 싫어요. 차라리 죽어버릴 거야."

"너한텐 그게 최상의 방법일 거야. 나한테도 물론이고."

"좋아요, **좋아**. 밥 안 먹을 거야." 그는 분노에 차서 오두막을 나왔다.

분노가 그에게 에너지를 주었다. 그는 피곤해질 때까지 걷기로 결심했다. 대로에서 그는 다른 쪽 방향으로 발길을 옮겼고 F. Z. 가니의 사무실을 지나게 되었다. 장날이 아니라서 평상시보다 더 더러웠고 아무도 없이 문이 닫혀 있었다. 똑같이 생긴 상점들을 지나갔다. 같은 주인, 같은 상품, 같은 점원인 것같이 느껴졌고, 누구를 보나 우울한 기분이 드는 것은 마찬가지였다.

오후 늦게 파고테스에서 몇 킬로미터 떨어진 곳까지 왔을 때, 반짝이는 눈과 반짝이고 두터운 수염을 기른 비쩍 마른 젊은 남자가 비스와스 씨에게 다가와 어깨를 두드렸다. 타라의 집에 있던 행실 나쁜 일꾼이자 지금은 데후티의 남편이 된 람찬드였다. 그를 알아본 비스와스 씨는 어쩔 줄을 몰랐다. 비스와스 씨는 그를 타라의 집에서 가끔 보았지만 말을 나눠본 적은 없었다.

람찬드는 당황스러워하기는커녕 비스와스 씨를 몇 년간 알고 지낸

듯이 굴었다. 그가 몇 가지 질문을 얼마나 빠르게 해댔던지 비스와스 씨는 겨우 고개만 끄덕일 수 있었다. "어떻게 지내? 보니까 참 반갑다. 어머니는 잘 계시지? 잘 계시다고? 잘됐네. 가게는? 웃기는 일이지. 패러키트, 인디언 메이든, 그리고 화이트 콕에 대해선 알고 있지? 내가 지금 그 럼주를 만들고 있어. 너도 알겠지만 다 똑같아."

"알아요."

"타라 밑에서 일했다간 확실히 아무 미래도 없어. 너도 알다시피 난 이 술집에서 일하고 있는데 내가 얼마나 버는지 아니? 자, 한번 맞혀봐."

"10달러."

"12달러야. 크리스마스에는 보너스도 줘. 럼주도 도매가격으로 에누리까지 해주고 말이야. 나쁘지 않지, 그렇지?"

비스와스 씨는 감탄했다.

"데후티가 만날 네 이야기를 하더라. 언젠가 네가 물에 빠져 죽었다고 다들 생각했다던데, 기억나?" 그때 마치 이 사실을 아는 것이 그들 사이에 남은 서먹함을 모두 걷어주기라도 한 듯 람찬드가 덧붙여 말했다. "데후티 누나 보러 가자. 어젯밤에도 데후티가 네 이야길 했어." 그는 잠시 말을 멈추었다. "그리고 뭐든 식사도 할 수 있을 거야."

비스와스 씨는 그가 말을 잠시 멈추었던 사실에 주목했다. 람찬드가 낮은 카스트 계급 사람이라는 사실이 떠올랐다. 비록 한 달에 12달러나 벌고 보너스에 다른 이득까지 보는 사람을 상대로 대로에서 이런 사실을 떠올리는 게 말이 안 되긴 했지만, 어쨌든 람찬드가 자신을 아첨해야 하고 구슬려야 하는 대상으로 여기는 것을 보고 우쭐해졌다. 비스와스 씨는 데후티를 만나러 가겠다고 했다. 람찬드는 기뻐하며 자신이 다른 식구들에 대해서도 잘 알고 있다는 게 드러날 만한 이야기를 했다. 그는 비스와스 씨에게 아조다의 재정 상태가 보이는 것만큼 건실하지 않고 타라가 너무 많은 사람의 비위를 거슬려놨다는 이야기도 했다. 타라는 람찬드의 이름을 다시는 떠올리지 않겠다고 맹세했었다. 하지만 람찬드는 오히려 가능하면 타라 이름을 많이 언급하려고 혈안이 된 것 같아 보였다.

비스와스 씨는 타라의 집에 갈 때나 제이람 펀디트와 심방을 갔을 때 브라만으로서 받는 공손한 대접을 항상 당연하게 여겼다. 그런 대접에 대해 진지하게 생각한 적이 한 번도 없었다. 그저 가끔 노는 놀이의 규칙쯤으로만 여겼다. 람찬드의 집에 들어갈 땐 이건 훨씬 더 놀이와 비슷하다고 생각했다. 그 오두막은 천박함과는 거리가 멀었다. 진흙 벽은 산뜻하게 회칠이 되어 있고 적색, 녹색, 푸른색의 손바닥 문양으로 장식이 되어 있었다(비스와스 씨는 그게 람찬드의 넓은 손바닥과 땅딸막한 손가락이라는 것을 알아챘다). 초가지붕도 깔끔한 새것이었다. 방바닥은 높고 흙으로 단단히 채워져 있었다. 벽에는 달력 그림이 걸려 있고, 베란다에는 모자걸이가 있었다. 뒷골목의 다 부서지고 방치된 그 오두막보다는 이 집이 훨씬 덜 우울해 보였다.

그러나 데후티는 결혼에 만족해하는 것 같지 같았다. 그녀는 자기 집에 있는 소유물들 사이에 사로잡혀 있는 것처럼 불안해했고, 그 물건들이 자신과 아무 관계 없다는 암시를 주려고 애를 썼다. 람찬드가 오두막집의 몇몇 매력적인 곳을 가리키기 시작하자 데후티는 혀를 찼고, 그러자 람찬드는 입을 다물었다. 비스와스 씨는 람찬드가 아까 말한 대로 데후티가 자신에 대해 말했다는 걸 믿을 수 없었다. 그녀는 남편에게 말을 붙이거나 쳐다보는 일이 거의 없었다. 데후티는 무표정하게 안쪽 방에서 자고 있는 못생긴 아기를 데려와 마치 자신이 보여주고 싶어서 데리고 온 것은 아니라는 듯한 태도로 보여주었다. 데후티는 지치고 골이 나 있는 것 같았으며 호감을 사고 싶어 입에 거품을 무는 남편에게 아무런 감흥도 느끼지 못하는 것 같았다. 그러나 그녀는 느긋한 태도 가운데서도 비스와스 씨를 어떻게 해야 환영할 수 있는지 알고, 그것을 분명히 하고 있었다. 비스와스 씨는 누나가 동생에게서 퇴박을 받을까 봐, 또한 동생이 가서 뭐라고 일러줄 것인가를 두려워한다는 것을 깨달았고, 그로 인해 불편해졌다.

예쁜 것과 거리가 멀었던 데후티는 솔직하게 말해서 지금은 추했다. 중국인같이 생긴 눈은 졸린 듯이 보였다. 눈동자는 흐리멍덩했고 흰자위는 더러웠다. 여드름 때문에 붉은 양쪽 뺨은 아래쪽이 불룩하게 솟아 입 근처까지 처졌다. 아랫입술은 마치 뺨의 무게 때문에 뭉개지기라도 한 듯이 튀어나왔다. 그녀는 낮은 벤치에 앉아 있었는데, 긴 치마 뒤쪽을 장딴지와 뒤쪽 넓적다리 사이로 단단히 물려놓고 앞쪽은 무릎 위로 드리워놓았다. 비스와스 씨는 누나가 이미 어른이 되었다는 것에 놀랐다. 무릎을 벌리고 앉아서 모양 좋게 그걸 감추고 있는 자세가 바로 그랬던 것이다. 그런 태도는 성숙한 여자들만 하는 것이라고 비스와스 씨는 생각하고 있었다. 그는 이 여자에게서 옛날 자신이 알았던 소녀를 찾으려고 애를 썼다. 그러나 누나의 지시에 따라 람찬드가 화로를 밝히고 밥할 준비를 하는 동안 그녀가 점점 필요 이상 짜증을 내는 것을 보고 있자니, 현재 데후티의 모습이 옛 모습을 일찌감치 지워버린 것 같은 느낌이 들었다. 이건 손실이다. 비스와스 씨가 이 오두막에 들어오자마자 느끼기 시작했던 비애가 더 커졌다.

람찬드는 부엌에서 나와 흙바닥에 최대한 편안한 자세로 앉았다.

그는 짧은 바지를 입은 한쪽 발을 쭉 뻗고 양쪽 손으로 세운 무릎을 잡았다. 곱슬곱슬하고 두꺼운 그의 머리카락은 기름기로 반짝였다. 그는 비스와스 씨를 보고 미소를 지었고, 아기에게도, 그리고 데후티에게도 미소를 지었다. 그는 비스와스 씨에게 벽에 걸린 달력 그림과 성경학교 주보에 적힌 글을 읽어달라고 부탁했고, 비스와스 씨가 읽는 동안 온전히 기쁜 마음으로 들었다.

"넌 위대한 사람이 될 거야." 람찬드가 말했다. "위대한 사람 말이야. 네 나이에 그렇게 읽다니. 예전에 네가 아조다에게 저런 것들을 읽어주는 소리를 들은 적이 있지. 내 평생 그 사람만큼 건강한 사람도 못 봤는데 말이야. 하지만 언젠간 그 사람도 진짜 병이 들겠지. 그러니 조심하라고 해. 솔직히 말해서 그 사람이 그런 것만 찾으니까 좀 안됐더라. 그런 돈 많은 사람들은 다 안됐더라고." 람찬드가 다른 많은 사람에게도 동정을 느끼고 있다는 것이 드러났다. "지금 프라탑은 말이야. 도대체, 왜 그러는지 모르겠지만 계속 당나귀들을 사 모으다가 이도 저도 못하게 돼버렸나 봐. 지난번 두 마리는 죽었어. 그 소식은 들었어?" 비스와스 씨가 듣지 못했다고 하자 람찬드는 유혈이 낭자했던 당나귀들의 마지막 순간을 말해주었다. 한 마리는 제 발로 죽창에 찔렸다고 했다. 그는 또한 프라사드에 대해 말하며, 프라사드가 신붓감을 찾아다닌다는 이야기도 해주었다. 그리고 분을 삭이며 반다트와 그의 첩에 대해서도 즐기듯이 말했다. 그는 점점 인정 많은 아저씨 같은 태도를 취했다. 그는 확실히 자신의 현재 상황을 완벽하다고 생각하고 있었고, 그 완벽함에 기뻐하는 것 같았다. "집 장식을 다 끝내지 못했어." 그는 벽을 가리키며 말했다. "주일 성경학교 그림을 더 많이 가져와야겠어. 예수와 마리아 말이야, 그렇지, 데후티?" 깔깔 웃으며 그는 씹고 있던 성냥개비를 아기에게 던졌다.

데후티는 짜증을 내며 눈을 감았고 여드름이 난 뺨으로 크게 한숨을 쉬더니 얼굴을 돌려버렸다. 성냥개비는 아이에게 아무런 해도 입히지 않고 떨어졌다.

"보수를 좀 해야겠어." 람찬드가 말했다. "이리 와."

이때 데후티는 혀를 차지 않았다. 그들은 뒤편으로 갔고 비스와스 씨 눈에 오두막에 덧붙여 지어지고 있는 또 다른 방이 보였다. 잔가지를 정리한 나뭇가지들이 땅에 묻혀 있었다. 또 더 작은 나뭇가지로 엮은 서까래도 세워져 있었다. 똑바로 세운 나뭇가지들 사이로는 대나무가 얼키설키 엮여 있었다. 또한 바닥은 북돋아놓았으나 아직 흙을 다 채우진 못했다. "여분의 방이야." 람찬드가 말했다. "다 완성되면 여기 와서 우리랑 같이 있어도 돼."

비스와스 씨의 우울한 기분이 더 깊어졌다.

람찬드가 진흙 벽 위의 선반과 테이블 그리고 의자 등 자신이 공들여 만든 세련된 물건들을 보여주었다. 그들은 계속해서 작은 오두막을 구경했다. 베란다로 돌아와서 람찬드는 모자걸이를 가리켰다. 다이아몬드형 거울 주변으로 균형을 맞추어 여덟 개의 고리가 있었다. "저건 내가 직접 만들지 않은 유일한 물건이야. 데후티가 맘에 들어 하더라고." 그는 바닥을 쿵 하고 발로 차더니 손가락 사이에서 굴리고 있던 작은 흙덩어리를 아기에게 던졌다.

데후티는 눈을 감고 입을 삐죽 내밀었다. "내가? 난 저거 안 좋아했어. 사람들에게 내가 신식 좋아한다고 그만 떠들고 다녔으면 하고 바라긴 했지."

그는 거북한 듯 웃으며 자신의 맨다리를 긁었다. 손톱이 하얀 자국을 남겼다.

"모자걸이에 걸어둘 모자가 어디 있길 하나." 데후티가 말했다. "못생긴 내 얼굴이나 쳐다볼 거울은 싫어."

람찬드가 긁다가 비스와스 씨에게 윙크를 했다. "못생긴 얼굴? 못생긴 얼굴이라고?"

데후티가 말했다. "나는 몇 시간이고 머리 빗느라고 모자걸이 앞에 못 서 있어. 머리카락이 곱길 하나, 곱실거리길 하나."

람찬드는 그 칭찬을 미소로 받아줬다.

그들은 석유램프 불빛 때문에 검은빛이 도는 노란색으로 보이는 베란다에 놓인 낮은 벤치에 앉아 밥을 먹었다. 이미 배가 고팠고 데후티와 람찬드가 자신을 많이 아낀다는 것을 알고 있음에도 불구하고 비스와스 씨는 배가 부풀어 오르고 아파서 먹을 수가 없었다. 비스와스 씨는 함께 공유할 수 없는 그들의 행복을 보고 불편해졌다. 그리고 람찬드의 들뜬 열정이 불안한 기색으로 바뀌는 것을 보았을 때 더욱 고통스러웠다. 데후티의 무뚝뚝한 표정은 바뀌지 않았다. 이렇게 거절당하리라는 것을 예상하고 마음의 준비를 단단히 했던 것이다.

비스와스 씨는 언제 다시 와서 보겠다고 약속한 후 서둘러 떠났다. 그리고 자신이 다시 오지 않으리라는 것과 단단하지는 않았지만 데후티와 자기 사이에 존재했던 고리가 끊겼다는 것 그리고 데후티에게도 자신이 남남이 되었다는 것을 깨닫고 있었다. 계속 일자리를 알아봐야겠다는 열정은 사라졌다. 그는 자신이 결국 타라에게 도움을 청하는 처지로 다시 전락하리라는 것을 항상 알고 있었던 듯했다. 타라는 그를 좋아했다. 아조다도 그를 좋아했다. 사과하면 아마도 다시 정비소에 자리를 줄 것이었다.

＊

그 즈음 앨릭이 다시 파고테스에 나타났다. 앨릭에게 엔진 기름은
전혀 보이지 않았다. 그의 손과 팔과 얼굴에는 다양한 색깔의 페인트가
점으로 혹은 선으로 뿌려져 있었고, 긴 카키색 바지와 하얀 셔츠에도
기름 테가 둘러진 얼룩이 똑같이 뿌려져 있었다. 할 일 없이 불안하게
보낸 긴 일주일의 막바지에 비스와스 씨는 한 손에는 작은 페인트 통을
들고 다른 손에는 작은 붓을 든 앨릭과 마주쳤다. 앨릭은 대로에 있는
카페 앞 사다리에 서서 '휘파람새 카페'라고 자신이 멋지게 써놓은 간
판에 페인트칠을 하고 있었다.

비스와스 씨는 감탄이 절로 나왔다.

"저거 괜찮지?" 앨릭은 사다리를 내려와 뒷주머니에서 페인트가
얼룩진 큰 천을 끄집어내 손을 닦았다. "음영을 넣을 거야. 두 가지 색
깔로. 가로는 파란색, 세로는 녹색으로 말이야."

"그랬다간 엉망이 될걸, 자식아."

앨릭이 입술까지 타들어가 꺼져버린 담배를 뺐었다. "다 칠해놓으
면 비까번쩍할 거야. 하기야 그렇게 해달라고 한 거니까." 앨릭은 계산
대에 기대서 그들을 의심스러운 눈으로 바라보고 있는 휘파람새 카페
의 주인을 향해 경멸스럽다는 듯이 고개를 획 돌렸다. 주인의 등 뒤에
있는 선반은 탄산수 병으로 반쯤 차 있었다. 주인의 목과 러닝셔츠 밖
으로 나온 신체 부위에서 나는 땀내에 끌려 파리들이 주변을 윙윙거리
고 날았다. 취향이 다른 파리들은 쇼윈도에 있는 딱딱한 과자에 붙은
굵은 설탕 위에 앉아 있었다.

비스와스 씨는 앨릭에게 자신의 문제를 설명하며 잠시 의논을 했다. 그런 뒤 그들은 그 작은 카페로 들어갔고, 앨릭이 탄산수를 두 병 샀다.

앨릭이 주인에게 말했다. "여기는 제 조수예요."

주인이 비스와스 씨를 바라보았다. "왜 이렇게 조그마해?"

"어려도 힘은 세요." 앨릭이 말했다. "이 애에게 기회를 줘보세요."

"쟤가 휘파람새를 그릴 수 있을까?"

"이분은 간판에 휘파람새를 많이 그려놓고 싶어 하셔." 앨릭이 비스와스 씨에게 설명했다. "여기저기 돌아다니고 또 글자 뒤에도 있게 말이야."

"케스키디* 카페처럼 말이야." 주인이 말했다. "저 집 간판 보이지?" 주인이 길 건너 비스듬히 옆쪽에 있는 또 다른 카페를 가리켰고 비스와스 씨는 그 간판을 보았다. 글자를 세 가지 색으로 채우고 또 다른 세 가지 색으로 음영을 넣었다. 케스키디 새가 K 위에 서 있고, D 위에 앉아 있고, C에는 매달려 있으며, EE에는 두 마리가 부리를 맞대고 뽀뽀를 하고 있었다.

비스와스 씨는 그릴 수가 없었다.

앨릭이 말했다. "물론 원하신다면 얘가 휘파람새를 그려드릴 수 있어요. 문제는 꼭 따라 하는 것 같아 보일 수도 있다는 겁니다."

"게다가 구식이죠." 비스와스 씨가 말했다.

"그렇게 말해주니 반갑네." 앨릭이 말했다. "내가 이분에게 말하려고 하는 게 바로 그거야. 현대적인 간판에는 글자가 많이 있어요. 포트

---

* 뺨이나 배가 노란 딱새의 일종.

오브스페인에 가보면 가게 간판에는 글자만 있다니까요. 이분에게 말씀드려."

"무슨 글자?" 주인이 말했다.

"음료수, 케이크, 얼음." 비스와스 씨가 말했다.

주인이 고개를 흔들었다.

"개 조심." 앨릭이 말했다.

"난 개가 없어."

"매일 신선한 과일." 앨릭이 계속했다. "벽보는 법으로 금지되어 있음."

주인이 고개를 흔들었다.

"무단 침입자는 고소함. 외국인 환영. 필요한 것을 찾을 수 없으면 물어보세요. 우리 점원이 여러분의 질문에 반갑게 대답해드릴 것입니다."

주인은 곰곰이 생각을 했다.

"일손 필요 없음." 앨릭이 말했다. "들어와서 둘러보세요."

주인은 정신이 번쩍 드는 것 같았다. "내가 여기서 씨름해야 하는 게 꼭 하나 있는데."

"안 사고 자리 차지하는 사람 출입 금지." 비스와스 씨가 말했다.

"법으로." 주인이 말했다.

"안 사고 자리 차지하는 사람 법으로 출입 금지. 좋은 간판이네." 앨릭이 말했다. "얘가 곧바로 그 일을 해드릴 거예요."

이리하여 비스와스 씨는 간판장이가 되었다. 왜 전에는 이런 재능을 쓸 생각을 못했는지 의아할 정도였다. 앨릭의 도움으로 그는 그 카페 간판 작업을 했고 주인을 만족스럽게 할 정도로 결과가 좋아서 유쾌하기도 하고 놀랍기도 했다. 펜과 연필로 글자를 디자인하는 건 익숙했지만 붓으로 페인트를 다룰 수 있을지 걱정스러웠다. 그런데 처음에는 불안하게 퍼지긴 했어도 붓을 아주 부드럽게 눌러 쓸 정도로 나아졌다. 획은 더 선명해지고 곡선도 더 뚜렷하게 나타났다. "곡선을 그릴 때는 손가락으로 천천히 붓을 돌려." 앨릭이 이렇게 말했다. 그 후 곡선을 그릴 때 생기던 문제가 더 줄어들게 되었다. '안 사고 자리 차지하는 사람 법으로 출입 금지'라는 간판을 끝낸 후 그는 앨릭과 더 많은 간판 일을 했다. 필체는 더 분명해지고 획은 대담해졌고 글씨도 더 정교해졌다. 그는 로마자 중에서 R과 S가 가장 아름답다고 생각했다. R처럼 글자 본연의 아름다움을 지키면서 많은 분위기를 표현할 수 있는 철자는 없었다. 그리고 S의 흔들림과 리듬을 무엇과 비교할 수 있으랴? 붓으로는 작은 글자보다 큰 글자를 더 쉽게 그릴 수 있었고, 비스와스 씨와 앨릭이 여러모로 모발에 좋은 '플루코'*와 '앵커 시거렛' 간판으로 긴 말뚝 울타리 전체를 덮어놓고 나니 만족감은 더 깊어졌다. 담뱃갑을 그리는 데 약간의 걱정거리는 있었다. 그들은 닫힌 담뱃갑을 그리고 싶었다. 하지만 계약자들은 열린 것을 원했고, 비스와스 씨와 앨릭에게 담뱃갑은 열리게 하고 또한 구겨진 은박지와 모두 '앵커' 마크가 찍힌 여덟 개의 담배들이 다양한 길이로 나와 있게 그려달라고 요구했다.

*

얼마 후 비스와스 씨는 다시 타라의 집에 가기 시작했다. 타라는 그에게 별다른 악감이 없었다. 단지 아조다가 더 이상 '당신의 신체'를

---

* 포마드 기름 제품 이름.

읽어달라고 하지 않는 것이 실망스러웠을 뿐이다. 지금은 반다트의 아들 중 한 명이 그 일을 하고 있었다. 술집에는 두 가지 일이 일어났다. 반다트의 아내가 출산 중에 사망했고, 반다트는 아들들을 버리고 포트오브스페인에 있는 내연녀와 살러 가버렸다. 아들들은 타라가 거둬주었고 다시는 언급하지 말아야 할 명단에 반다트의 이름도 추가됐다. 그후 몇 년간 어느 누구도 반다트가 어디서 어떻게 사는지 몰랐다. 비록 그가 도심지의 슬럼가에서 갖가지 싸움질을 벌이는 형편없는 사람들에 둘러싸여 지낸다는 소문이 있기는 했지만 말이다.

이리하여 반다트의 아들들은 추하고 더러운 술집에서 벗어나 안락한 타라의 집으로 오게 되었다. 그것은 비스와스 씨 자신이 여러 번 거쳐온 경로이기도 했다. 그래서 이 소년들이 잘 적응하여 반다트를 잊고 다른 곳에서 사는 걸 상상하는 것조차 어렵게 된 것이 비스와스 씨에게 놀라운 일은 아니었다.

*

비스와스 씨는 간판 페인트칠을 계속했다. 만족스러운 일이었지만, 일감이 불규칙적으로 들어왔다. 앨릭은 어떤 때는 일을 하고 또 어떤 때는 일을 구하지 못해 이리저리 거리를 떠돌아다녔다. 가끔 공동 작업을 하기도 했다. 비스와스 씨는 몇 주간 일거리가 없어서 철자를 읽고 디자인하거나 그림을 연습하며 지내기도 했다. 그는 병을 그리는 법을 배웠다. 크리스마스를 대비해 미리 준비하는 차원에서 산타클로스를 그리고 또 그리다가, 산타클로스를 빨강, 분홍, 흰색과 검은색으로 간단하게 줄이는 디자인도 하게 되었다. 일단 일이 들어오면 한꺼번에 몰려들었다. 9월이면 거의 모든 가게 주인들이 그해 크리스마스 간판은 절대 필요 없다고 한다. 12월쯤이 되면 주인들은 생각을 고쳐먹었고, 결국 비스와스 씨는 산타클로스, 장식용 나무, 딸기, 눈 덮인 글자 들을 밤늦게까지 그리게 되었다. 완성된 간판들은 뜨거운 햇볕을 받아서 얼마 지나지 않아 기포가 생겼다. 때때로 영문도 모르게 새 간판 수요가 물밀듯 몰리기도 했다. 그러면 한 2주 동안 한 구역에 간판장이들이 떼로 몰려들었다. 왜냐하면 어떤 가게 주인도 경쟁 업체 작업을 했던 사람을 고용하기를 원치 않았기 때문이다. 그러면 모든 간판을 그 직전에 한 것보다 더 많은 공을 들이라는 요구를 받게 되고, 대로의 전 구간이 읽기 어려운 간판으로 휘황찬란해진다. 평범함을 필요로 하는 것은 오직 '지역 선거 사무소'를 위한 포스터들뿐이었다. 비스와스 씨는 이런 포스터를 수십 장 그렸는데, 그중 많은 것을 면포 위에 작업했다. 그는 이것들을 뒷골목의 베란다 흙벽에 길게 펴서 핀으로 고정해야 했다. 페인트가 새어 나오는 바람에 벽은 여러 색깔로 쓰인 내용들이 서로 겹쳐져 희미하게 얼룩졌다.

지나치게 화려한 글자를 좋아하는 가게 주인들의 취향을 만족시키기 위해 비스와스 씨는 외국 잡지를 훑어보았다. 글자 때문에 잡지들을 보다가 내용을 읽게 된 일을 계기로 비스와스 씨는 일 없이 보내는 몇 주간 파고테스의 가판대에서 구할 수 있는 소설류를 읽게 되었다. 그는 홀 케인*과 마리 코렐리**의 소설을 읽었다. 이 소설들은 그를 중독성이 있는 세계로 이끌었다. 특히 풍경과 기후에 대한 묘사들이 그를 매료했다. 그런 묘사를 읽으며 그는 매일 이글거리는 태양 아래 재미라곤 찾

---

* Hall Caine(1853~1931): 영국의 소설가.
** Marie Corelli(1855~1924): 영국의 인기 작가.

을 수 없는 지금 이 목초지에서 로맨스를 찾아봤자 소용없다는 것을 알게 되었다. 그렇지만 서구인들에겐 별로 호감이 가지 않았다.

비스와스 씨는 점점 더 뒷골목에서 사는 것이 짜증스러워졌다. 크리스마스나 선거가 있고 가게 주인들이 서로 일을 맡기려고 했지만, 그의 수입은 얼마 되지 않고 일정하지 않았다. 그럼에도 불구하고 위험을 감수하고서라도 이사를 하고 싶었다. 그러나 항상 이사하자고 노래를 불렀던 빕티는 지금에 와선 자신이 여기서 너무 오래 살았고 늙은 나이에 낯선 사람들 사이에서 살고 싶지 않다고 했다. "내가 여기를 떠난다고 쳐. 언젠가 네가 결혼하게 되면 그때 나는 어디로 가니?"

"난 절대 결혼 안 할 거예요." 이 말은 빕티가 비스와스 씨의 결혼을 봐야 자신의 평생 숙원이 이뤄지는 거라고 말하기 시작하면, 그가 항상 위협조로 하는 말이었다. 프라탑과 프라사드는 이미 결혼한 상태였다. 프라탑은 18개월마다 애를 하나씩 낳는 키가 크고 예쁜 여자랑 결혼을 했고, 프라사드는 기절할 정도로 못생겼지만 다행히 애는 못 낳는 여자와 결혼했다.

"그렇게 말하면 못써." 빕티가 말했다. 그녀는 아직도 비스와스 씨의 말을 모두 진지하게 받아들여서 그를 짜증나게 만들었다.

"뭐 어때요? 내가 아내를 여기로 데리고 왔으면 좋겠어요?" 그는 엉망진창인 건 물론이고 요새는 언제나 페인트나 기름, 테레빈유 냄새가 나는 방을 왔다 갔다 하다 바닥에 쌓인 먼지투성이 갈색 잡지와 책더미를 발로 찼다.

비스와스 씨는 뒷골목 집에 머물며 새뮤얼 스마일스*의 책을 읽었

---

* Samuel Smiles(1812~1904): 영국의 전기 문학 작가이자 사회사업가. 의학 공부를 했지만 진로를 바꿔 언론인의 길로 들어섰다. 그의 저서 중에서 자아 발전을 주제로 한 일

다. 그는 스마일스의 책을 소설일 거라고 믿고 샀다가 광팬이 되었다. 새뮤얼 스마일스의 책은 여느 소설가의 책만큼이나 낭만적이고 좋았다. 그리고 비스와스 씨는 새뮤얼 스마일스 작품 속 주인공들의 모습에서 자신을 볼 수 있었다. 그는 젊고, 가난하고, 스스로 분투노력하고 있다고 상상을 했다. 그러나 언제나 유사점이 끊어지는 지점이 왔다. 그 주인공들은 확실한 야망을 가지고 있을뿐더러 자신의 야망을 추구할 수 있고 그 야망의 의미가 인정되는 나라에서 살았다. 비스와스 씨에겐 야망이 없었다. 또한 이 뜨거운 땅에서 가게를 열든지 버스를 사는 것 외에 할 수 있는 일이 뭐가 있겠는가? 그가 무엇을 발명할 수 있겠는가? 그러나 그는 의무적으로 노력했다. 초보적인 과학 책자를 사서 읽었다. 아무 일도 일어나지 않았다. 초보적인 과학 책자에 몰두하게만 되었을 뿐이다. 그는 비싼 『호킨스의 전기 가이드』*를 7권이나 사서 간단한 나침반이나 부저, 도어벨을 만들었고 전기자(電機子)를 어떻게 돌아가게 하는지를 배웠다. 그런데 그 이상 나아갈 수가 없었다. 실험은 더욱 복잡해졌고, 호킨스가 아무렇지 않게 언급했던 장비들을 트리니다드 어디에서 찾을 수 있는지도 몰랐다. 전기 작업에 관한 그의 관심은 사그라졌고, 마법 세계에서 살고 있는 새뮤얼 스마일스의 영웅들에 대해 읽는 것으로 만족하게 되었다.

그러나 아직까지도 낭만이 가능한 땅에서 살고 있다고 스스로를 설득할 수 있는 그런 시절도 있었다. 예를 들어 급하게 해야 할 일이 생겨

련의 강의를 모은 교훈적 작품 『자조Self-Help』는 세계적인 베스트셀러가 되었다. 그 밖에도 『인격Character』『검약Thrift』『의무Duty』 등 많은 저서가 있다.
＊ 일반인들이 전기 장치의 원리를 이해할 수 있게 하기 위한 책으로 1914년에 출간되었으며, 여러 권이 한 세트로 이뤄져 있다.

밤늦게까지 가스등 불빛에 기대 작업을 할 때면 흥분이 되었고 불빛 때문에 오두막이 다르게 보였다. 그러면 그는 평범한 아침이 밝아오고 그 간판이 먼지투성이의 뜨거운 길 위로 문이 달린 어수선한 가게 위에 걸리게 될 거란 사실을 잊을 수 있었다.

한때 정해진 정거장 없이 일정한 경로를 돌며 다른 버스들과 경쟁하며 달리는 아조다의 버스에서 차장을 한 적도 있었다. 비스와스 씨는 긴박하게 움직이며 요란하게 경쟁하는 것이 즐거웠다. 그래서 그럴 필요가 없는데도 위험하게 발판에서 멀리 발을 떼고 매달려서 길거리에 있는 사람들에게 "투나푸나, 나파리마, 상그리 그란데, 구아야구아야레, 케카케케어, 마하트마 간디 가요. 그리고 돌아옵니다"라고 외쳤다. 이곳들은 트리니다드 섬의 네 가장자리를 돌아오는 미지의 경로 위에 있는 지명들로 아메리카 원주민의 언어로 된 장엄한 이름이었으며, 케카케케어*란 곳은 바다 너머에 있었다.

어떤 때는 앨릭이 사람들의 눈을 피해 파고테스에 와서 음탕한 표정으로 환락에 대한 이야기를 하며 비스와스 씨를 어떤 집으로 데리고 간 적도 있었다. 처음 그곳에 갔던 때는 겁이 났지만 다음에는 마음이 끌려서 갔고 결국 재미를 들였다. 비스와스 씨는 반다트의 아들들과도 함께 갔다. 그런데 그들은 자기들이 나쁜 짓을 한다는 생각만으로 쾌락의 즐거움을 얻는 것 같아 보였다.

그리고 책이나 잡지가 주는 흥분과도 다르고, 그런 집에 방문할 때 얻는 흥분과도 또 다른 흥분을 느낄 때가 있었다. 어떤 얼굴과 어떤 미

---

* 트리니다드와 베네수엘라 사이에 있는 섬으로 원래 스페인어로 달팽이를 의미하는 'El Caracol'에서 유래한 이름이다. 제2차 세계대전 전에는 나병 환자 촌이었고 2차 대전 당시에는 미군이 주둔했으며 지금은 무인도다.

소와 어떤 웃음을 흘낏 볼 때였다. 그러나 자신이 경험한 것 때문에 한 소녀가 가슴 아프게 사랑스러운 대상이라고 생각하는 단계를 이미 벗어나 있었다. 그렇게 부드럽고 사랑스러운 존재가 사납고 추한 남자들의 눈길을 반갑게 받아들일 수 있는 것은 놀라운 일이었다. 그리고 그를 사로잡을 수 있는 사람이 지금은 거의 없었다. 몇 가지 특징들, 어떤 목소리 톤이나 어떤 피부 상태, 지나치게 벌어져 있는 야한 입술은 마지막에 가서는 항상 반감을 일으켰다. 특히 그런 입술은 꿈속에서 추하고 야하게 부풀어 올라 그에게 더럽다는 느낌만 남겨놓았다. 사랑은 그가 생각하는 것만으로도 당황스러운 어떤 것이었다. 그는 여간해서 사랑이라는 단어를 입 밖에 내지 않았고, 설령 말을 한다 해도 그것은 앨릭이나 반다트의 아들들처럼 조롱 삼아 내뱉는 바로 그런 단어였다. 그런데 그는 비밀스럽게 그걸 믿고 있었다.

제대로 알지도 못하면서 앨릭이 말했다. "너는 너무 걱정을 지나치게 하고 있어. 그런 건 기대하지도 않은 순간에 오는 법이야."

그런데 그는 걱정하지 않을 수 없었다. 더 이상은 단순하게 살 수가 없었다. 그는 사랑을 기다렸고, 사랑의 달콤함과 로맨스를 만들 수 있는 세상을 기다리기 시작했다. 그는 그날이 올 때까지 모든 인생의 즐거움을 미루었다. 그리고 그가 아르와카스의 하누만 하우스에 가서 샤마를 보았을 때는 바로 그렇게 기대에 찬 상태일 때였다.

3. 툴시 가

아르와카스 하이 스트리트의 목재와 골함석판으로 지은 부실한 건물들 가운데 하누만 하우스는 외계의 하얀 요새처럼 서 있었다. 콘크리트 벽은 보이는 것만큼 두꺼웠고, 1층 툴시 가게의 좁은 문이 닫히면, 그 집은 커다랗게, 난공불락으로, 텅 비었다. 측면의 벽에는 창문이 없었고, 2층과 3층의 창문들은 전면을 향해 가느다랗고 길게 나 있었다. 납작한 지붕을 에워싼 난간 꼭대기에는 인자한 원숭이 신 하누만의 콘크리트 조각상이 놓여 있었다. 땅에서 보면 하얀 신상의 모습이 뚜렷이 잘 보이지 않았는데, 보일 때에는 약간 사악한 듯이 보였다. 돌출된 부분에 먼지가 앉아서 마치 얼굴을 아래에서 위로 비추는 것 같은 효과가 났기 때문이다.

툴시 집안은 힌두교도들 사이에서 경건하고 보수적인 지주 집안으로 평판이 좋은 편이었다. 툴시 집안을 알지 못하는 다른 동네에서도 이 집안을 일으킨 툴시 펀디트에 대해서는 익히 들어 알고 있었다. 툴시 펀디트는 최초의 자동차 사고 사망자 가운데 한 명이었고, 불손하게 빈정대는 아주 유명한 노래에 나오는 사람이었다. 그래서 외지인에게 그 사람은 가공의 인물이었다. 힌두교도들 사이에서 툴시 펀디트에 대해 도는 소문 중에는 낭만적인 것도 있었고 비방 조의 것도 있었다. 그가 트리니다드에서 이룬 재산은 노동에서 나온 것은 아니었는데, 어떻게 노동자로 이민을 갔는지는 미스터리로 남았다. 갱단 출신 이민자 한두 명은 법을 피해 왔었다. 한두 명은 가족이 폭동에 가담하여 그 여파를 피해 오기도 했다. 툴시 펀디트는 어느 부류에도 속하지 않았다. 그의 집안은 아직까지도 인도에서 부유했다(주기적으로 편지가 왔다). 그리고 그는 트리니다드로 온 대다수의 인도인들과는 달리 옛날부터 지위가 높았다고 알려져 있었다. 반면 이민자 대다수는 라구나 아조다처럼 가족과 연락이 끊겨 어느 지방에서 가족을 찾아야 될지 모를 정도였다. 그의 고향 지역에서 트리니다드까지 툴시 펀디트에 대한 존경은 지속되었고 그가 떠난 지금 그 존경심은 그의 가족으로 이어졌다. 그 가족에 대해 알려진 것은 거의 없었다. 특정 종교 행사 때만 외부인들이 하누만 하우스에 출입할 수 있었기 때문이다.

비스와스 씨는 세스라고 불리는, 콧수염을 기르고 큰 덩치에 힘도 좋은 툴시 부인의 제부와 한참 동안 인터뷰를 하고 난 후 '툴시 가게'의 간판을 그리러 하누만 하우스에 왔다. 세스는 비스와스 씨가 제시한 가격을 깎고 나서 비스와스 씨가 인도 사람이기 때문에 일을 준다고 말했다. 그는 또다시 가격을 깎고 나서 비스와스 씨가 힌두교도인 것을 다행으로 생각해야 된다고 말했다. 또 약간 더 깎고 나서는 간판이 진짜 필요한 것은 아니지만 비스와스 씨가 브라만인 관계로 부탁을 들어준 것이라고 했다.

툴시 가게는 형편없었다. 정면을 보면 공간이 엄청 넓은 것 같지만 실제로는 사다리꼴 모양으로 설계되어 안쪽 공간이 넓지 않은 건물이었다. 창문은 없었고 정면에 있는 좁은 문 두 개와, 안뜰로 나 있는 덮개를 씌운 뒤편의 문 하나를 통해서만 빛이 들어왔다. 벽은 두께가 고르지 않아 여기는 휘고 저기는 튀어나왔으며, 가게 안은 괴상하고 아무 것도 없이 거미줄만 쳐진 구석 천지였다. 두껍고 추한 둥근 기둥도 괴상하긴 마찬가지였는데, 그 기둥의 숫자를 보고 비스와스 씨는 당황스러웠다. 왜냐하면 그가 해야 할 일 중 하나가 이 기둥 모두에 간판을 그리는 것이었기 때문이다.

그는 뒷벽 상단을 엄청나게 큰 간판으로 장식하는 일부터 시작했다. 상품을 진열했다기보다는 쌓아놓고, 점원들도 뻣뻣하고 열의가 없는 엄숙한 가게에 어울리지 않게 명랑하고 짓궂어 보이는 『펀치』*의 삽화를 비스와스 씨는 여기다가 아무 생각 없이 그렸다.

비스와스 씨는 점원들이 모두 이 집 식구들이라는 것을 알고 깜짝 놀랐다. 그다음부터는 결혼하지 않은 소녀들을 이전처럼 마음대로 눈을 굴려 쳐다볼 수가 없었다. 그래서 일을 하는 틈에 최대한 소녀들을 꼼꼼히 살펴보다가 다른 사람들이 샤마라고 부르는 열여섯 살쯤 되어 보이는 소녀가 가장 매력적이라는 결론을 내렸다. 그녀는 중키에 호리호리하면서도 야무지고 잘생겼다. 비스와스 씨는 그녀의 목소리가 마음에 들지 않았다. 하지만 미소에 매료되었다. 그 미소가 아주 매력적이라 며칠 뒤 천박하게 여겨지고 위험할 수도 있었지만 말을 걸어보고

---

* *Punch*: 1841년에서 1992년 그리고 1996년에서 2002년까지 출판된 영국의 주간 잡지.

싶다는 생각이 들었다. 가게 매니저라기보다 농장 감독관처럼 옷을 입고 불현듯 험악한 모습으로 나타나곤 하는 세스는 물론, 언니와 형부들이 항상 주변에 있다는 사실이 그를 주저하게 만들었다. 그러나 그는 점점 더 노골적으로 샤마를 바라보았다. 자신의 시선을 그녀가 알아차리면 비스와스 씨는 시선을 돌리고 마치 부드럽게 휘파람을 부는 입 모양을 하고 바쁘게 페인트칠을 했다. 사실 그는 휘파람을 불 줄 몰랐다. 그가 하는 것이라고는 호색한같이 벌어진 윗니의 틈을 통해 소리가 들릴락 말락 하게 공기를 내뿜는 것뿐이었다.

그녀가 그의 시선에 여러 번 반응을 보이자 비스와스 씨는 둘 사이에 어떤 교감이 생겼다고 느꼈다. 아조다의 정비소에서 또다시 수리공으로 일하면서 버스와 간판에 칠을 하던 앨릭을 파고테스에서 만났을 때 비스와스 씨는 이렇게 말했다. "아르와카스에 여자 친구가 있어."

앨릭은 축하해주었다. "내가 말했지. 아무것도 기대하지 않을 때 온다고. 지금까지 뭣 땜에 안달복달했냐?"

그리고 며칠 후 반다트의 큰아들이 말했다. "모헌, 네게 드디어 여자 친구가 생겼다는 말을 들었어." 그는 가르치러 들었다. 그가 다른 인종의 여자와 사고를 쳐서 벌써 아이를 낳은 사실은 잘 알려져 있었다. 그는 아이가 있다는 것과 사생아라는 것 모두를 자랑하고 다녔다.

아르와카스의 소녀에 대한 소문이 퍼지자 비스와스 씨는 파고테스에서 의기양양해했다. 그러다가 주걱턱에, 잘난 척하는 반다트의 작은아들이 말했다. "이봐, 새빨간 거짓말 같은데."

그다음 날 하누만 하우스로 갈 때 비스와스 씨의 주머니에는 쪽지가 들어 있었다. 그는 그것을 샤마에게 줄 작정이었다. 그녀는 오전 내내 바빴다. 점심을 먹기 위해 가게 문을 닫는 정오 직전이 되어서야 가게가 잠잠해졌고, 그녀의 계산대도 한산해졌다. 그는 자기 방식으로 휘파람을 불며 사다리 아래로 내려왔다. 내려와서는 계속해서 페인트 통을 쓸데없이 쌓고 또 쌓기 시작했다. 그러고 나서 멍하게 상을 찌푸리고 가게 주변을 어슬렁거리며 거기에 없는 페인트 통을 찾아다녔다. 그는 샤마의 계산대를 지나가다 그녀에게 시선을 주지 않은 채 두루마리 천 아래에 쪽지를 놓았다. 그 쪽지는 구겨지고 약간 더러워져서 효과가 있을 것 같지 않았다. 그러나 그녀는 그 쪽지를 보았다. 그러고는 시선을 돌리며 미소를 지었다. 공모나 즐거움의 미소는 아니었다. 비스와스 씨에게 바보짓을 했다고 말하는 미소였다. 그는 자신이 정말로 바보 같다는 생각이 들어서 쪽지를 다시 가져오면 안 되는 건지, 그리고 샤마를 포기해야 하는지를 생각해보았다.

그가 머뭇거리는 동안 뚱뚱한 흑인 여자 한 명이 샤마의 계산대로 가서 살색 스타킹을 달라고 했다. 그 스타킹은 당시 트리니다드의 농촌 지역에서 상당히 유행하던 것이었다.

샤마가 여전히 미소를 지으며 상자를 내려놓더니 검은색 면 스타킹 한 켤레를 들어 올렸다.

"이런!" 그 여자의 헐떡이는 숨소리가 가게 안 구석구석을 울렸다. "너 나하고 장난하냐? 이 망할 것이 건방지게 잘난 척을 해?" 그녀가 욕을 해대기 시작했다. "나하고 **장난하냐고**!" 그 여자는 계산대에 있는 상자들과 천 두루마리들을 잡아 끌어내어 바닥에 패대기쳤다. 그녀가 "나하고 **장난하냐고**!"라며 고함을 지를 때마다 뭔가가 박살이 났다. 툴시의 사위 중 한 사람이 여자를 달래려고 달려왔다. 여자가 그의 등을 후려치자 그는 뒤로 물러났다. 그 여자는 "노마님은 어디 계셔?" 하며 찾더니 마치 많이 아픈 듯이 "엄마! 엄마!" 하고 부르며 고함을 질렀다.

샤마에게서 미소가 사라졌다. 그녀의 얼굴에 겁먹은 기색이 뚜렷하게 나타났다. 비스와스 씨는 그녀를 달래고 싶은 마음이 없었다. 샤마가 지금 너무 어린아이 같아 보여서 쪽지를 보낸 게 더욱 부끄러워질 뿐이었다. 쪽지를 감추고 있던 천 두루마리는 이미 땅으로 패대기쳐졌고, 쪽지는 계산대에 구겨져 처박힌 놋쇠 야드 자의 한쪽 끝에 끼여 훤히 드러나 보이고 있었다.

그는 계산대 쪽으로 움직였다. 하지만 연방 후려치는 그 여자의 뚱뚱한 팔에 쫓겨 다시 되돌아왔다.

잠시 후 가게에는 침묵이 감돌았다. 그 여자의 팔도 잠잠해졌다. 계산대 오른쪽에 있는 뒷문을 통해 툴시 부인이 나타났다. 그녀는 타라처럼 보석을 휘감고 있었다. 타라처럼 힘이 넘쳐 보이진 않았지만 품위는 더 있었다. 부인의 얼굴은 별로 통통하지 않았는데도 마치 운동을 하지 않은 듯 늘어져 있었다.

비스와스 씨는 페인트 통과 붓이 있는 곳으로 돌아갔다.

"**부인**, 저 좀 봐요." 그 여자는 화가 나서 숨도 제대로 쉬지 못했다. "저 좀 봐요, **부인**. 저 애 좀 패줘요. 저 거만하고 버릇없는 당신 딸 좀 때리라고요."

"알았어요, 아가씨, 알았어." 툴시 부인이 얇은 두 입술을 반복적으로 다물었다. "무슨 일인지 말해봐요." 부인은 천천히 정확한 영어로 말했고, 그 모습을 보던 비스와스 씨는 깜짝 놀라 걱정이 한가득 들었다. 툴시 부인은 지금 계산대 뒤에 있었고, 쪼글쪼글하다기보다는 그녀의 얼굴처럼 잔주름이 잡혀 있다고 할 손가락이 놋쇠 자를 문지르고 있었기 때문이다. 부인은 경청하는 와중에 때때로 들썩거리는 입술을 베일의 끝자락으로 눌렀다.

지금 바쁘게 붓을 씻어 닦아 말리면서 털이 유연해지도록 털 사이에 비누를 바르고 있던 비스와스 씨는 툴시 부인이 건성으로 듣고 있으며 눈은 '당신을 사랑합니다. 당신과 대화를 나누고 싶습니다'라고 적힌 쪽지에 꽂혀 있다고 확신했다.

　툴시 부인은 샤마에게 힌두어로 비스와스 씨가 깜짝 놀랄 만큼 저속한 욕을 했다. 부인의 표정은 평온했다. 툴시 부인은 이 문제를 더 진지하게 처리하겠다고 약속한 뒤 그 여자에게 살색 스타킹을 공짜로 주었다. 그 여자는 다시 자기 이야기를 하기 시작했다. 문제가 이미 해결되었다고 간주한 툴시 부인은 스타킹을 공짜로 주지 않았냐고 되풀이해 말했다. 그 여자는 서두르지 않고 끝까지 이야기했다. 그러더니 뭐라 중얼거리고 커다란 엉덩이를 요란하게 실룩거리며 천천히 가게를 나갔다.

　그 쪽지는 툴시 부인의 손에 있었다. 부인은 계산대 위로 쪽지를 쥐고 눈에서 멀리 띄우더니 입술을 베일로 토닥거려가며 쪽지를 읽었다.

　"샤마, 이건 남부끄러운 짓이야."

　"엄마, 전 몰랐어요." 이렇게 말한 샤마가 매질을 당하게 될 소녀처럼 울음을 터트렸다.

　비스와스 씨의 눈을 덮고 있던 콩깍지가 완전히 떨어져 나갔다.

　턱까지 베일을 쥐고 있던 툴시 부인이 여전히 쪽지를 보며 멍하니 고개를 끄덕였다.

　비스와스 씨는 슬그머니 가게를 나갔다. 그는 대로에 있는 시엉 부인의 커다란 카페로 들어가 정어리 롤과 탄산수 한 병을 주문했다. 정어리는 말라빠졌고 양파는 역했다. 또 딱딱한 빵 부스러기가 입술 안쪽에 상처를 입혔다. 자신이 그 쪽지에 서명을 하지 않았기 때문에 안 썼다고 잡아뗄 수도 있다는 생각이 들자 그나마 안심이 되었다.

　가게로 되돌아와서 비스와스 씨는 아무 일도 없었던 듯이 행동하며, 샤마를 다시는 쳐다보지 않겠다고 결심했다. 그는 조심스럽게 붓을 손질하여 일을 시작했다. 아무도 그에게 관심을 보이지 않자 안심이 됐다. 또한 샤마가 그날 오후 가게에 없어서 더욱 안심이 되었다. 그는 가벼운 마음으로 흰색 회반죽 기둥의 울퉁불퉁한 표면에다 『펀치』에 나온 개의 윤곽을 그렸다. 개 아래 자를 대어 평행선을 몇 개 긋고 '할인! 할인!'이라는 글자를 그렸다. 개는 붉은색을 칠하고, '할인'의 첫 글자는 검은색으로 두번째 글자는 파란색으로 칠했다. 그는 사다리에서 한두 칸 아래로 내려오면서 선을 여러 개 더 그렸고, 그 선 사이에다 툴시 가게가 제공하는 약간의 할인에 대한 세부 사항을 적었다. 자신이 골라놓은 글씨체로 적을 때, 그는 기둥의 일부를 붉은색으로 칠하고, 골라놓았던 글자들은 흰색 도료로 칠했다. 붉게 칠한 부분의 위쪽과 아래쪽에는 작은 원들을 흰색 도료로 칠해두었다. 이어서 이 원에 붉은색 붓질로 음영을 주었다. 마치 커다란 붉은색 장식판이 기둥 위에 나사로 고정되어 있는 것 같은 모양을 만들었다. 이것은 앨릭이 고안해낸 것 중의 하나였다. 그는 이 일을 하느라 오후 내내 바빴다. 샤마는 가게에 다시 나타나지 않았고, 그래서 잠시 동안 그는 아침에 일어났던 일을 잊어버렸다.

　가게가 문을 닫고 비스와스 씨가 일을 마치는 4시 직전에 세스가 하루 종일 들판에서 보낸 것 같은 모습으로 나타났다. 그는 진흙투성이의 구두를 신고 얼룩이 묻은 카키색 토피*를 쓰고 있었다. 그는 땀에 전

---

* 햇볕을 가리는 용도로 인도인들이 쓰는 일종의 모자.

카키색 셔츠 주머니 안에 검은색 공책과 아이보리색 담뱃대를 가지고 다녔다. 세스는 비스와스 씨에게 오더니 무뚝뚝하고 근엄한 어조로 말했다. "가기 전에 노마님이 자넬 보자고 하시네."

비스와스 씨는 그 말투에 화가 났고, 세스가 그에게 영어로 말을 한 것 때문에 머리가 복잡해졌다. 그는 아무 말도 하지 않고 사다리에서 내려와, 세스가 자신을 쳐다보고 서 있는 동안 붓을 씻고 소리도 나지 않는 휘파람을 불었다. 앞문에 빗장이 걸리고 봉도 채우고 나니 툴시 가게는 어둡고 따뜻하고 아늑했다.

그는 세스를 따라 뒷문을 지나 한 번도 가본 일이 없는 눅눅하고 어두침침한 안뜰로 갔다. 거기서 보니 툴시 가게가 훨씬 작은 듯이 여겨졌다. 뒤돌아보니까 양쪽 가게 문에 괴이하게 채색해 실물 크기로 새겨놓은 하누만 상이 보였다. 안뜰 건너편에는 처음 지었던 툴시네 집이 틀림없다고 짐작되는 크고 오래된 회색 목조 가옥이 보였다. 그가 가게에 있을 때는 그 집의 크기를 알 수가 없었다. 길에서 보면 그 집은 앞의 큰 콘크리트 건물에 거의 가려져 있었다. 그리고 콘크리트 건물과 그 집은 지은 지 얼마 안 되어 페인트칠도 안 한 목조 다리로 연결되어 있었다. 그 다리는 안뜰의 지붕 역할도 했다.

그들은 금이 간 짧은 콘크리트 계단을 올라가 목조 가옥의 홀로 들어갔다. 홀에는 아무도 없었다. 세스는 가서 씻어야 한다고 말하고 비스와스 씨를 내버려두고 갔다. 담배와 오래된 나무 냄새가 나는 널찍한 홀이었다. 연녹색 페인트는 색이 바래고 더러웠으며, 흰개미가 목재를 휩쓸고 지나간 자국으로 인해 썩은 나무는 새나무처럼 보였다. 그때 비스와스 씨는 또다시 놀랐다. 문을 통해 끝 쪽에 있는 부엌이 보였다. 그 부엌의 벽은 진흙으로 되어 있었다. 홀보다 위치가 낮았고 빛도 전혀 들어오지 않는 것 같았다. 문이 활짝 시커멓게 열려 있었다. 주변 벽과 위 천장에는 검댕이 얼룩져 있었다. 결과적으로 어둠이 마치 딱딱한 고체이기라도 한 듯 부엌을 채우고 있었다.

이 홀에서 가장 중요한 가구는 니스칠이 안 된 긴 소나무 테이블로, 결이 고왔고 표면은 정으로 다듬어져 있었다. 설탕 부대로 만든 해먹이 방 한 귀퉁이에 매달려 있었다. 오래된 재봉틀, 아기 의자, 검은 비스킷 드럼통*이 한쪽 구석을 차지하고 있었다. 모양이 다른 많은 수의 의자, 스툴, 벤치가 사방에 흩어져 있었고, 특히 단단한 편백나무 각재(角材)로 대충 장식물을 조각해놓은 낮은 벤치는 예전에 결혼식에서 쓰던 물건임을 말해주는 선황색으로 칠해져 있었다. 보다 우아한 가구들(종이나 바구니, 그 밖에 전혀 사용한 것 같아 보이지 않는 물건들 사이에 파묻혀 있는 옷장, 책상, 피아노)이 층계참을 꽉 막고 있었다. 홀의 다른 편에는 특이하게 만든 고미다락이 있었다. 마치 벽의 꼭대기에 엄청나게 큰 서랍이 삐져나와 있는 것처럼 보였다. 어둡고 먼지까지 앉은 그 텅 빈 공간은 비스와스 씨가 구별할 수 없는 온갖 종류의 물품으로 꽉 차 있었다.

층계가 삐걱대는 소리가 들리고 은발찌를 한 발목 위로 긴 흰색 스커트와 긴 흰색 속치마가 춤추는 것이 보였다. 툴시 부인이었다. 부인은 천천히 움직였다. 비스와스 씨는 부인의 얼굴에서 부인이 오후 내내 자고 있었다는 것을 알아챘다. 부인은 그가 있는 걸 못 본 척하며 벌써 피곤하다는 듯이 벤치에 앉아 보석을 찬 팔을 테이블에 내려놓았다. 그는 팔찌를 낀 매끈한 손 안에 부인이 쪽지를 쥐고 있는 것이 보였다.

---

* 원통형으로 생긴 큰 드럼통. 툴시 집안에서는 실제로 이 통에 비스킷을 담아놓았다.

"네가 이걸 썼니?"

비스와스 씨는 뭔지 모르겠다는 듯이 굴려고 최선을 다했다. 그는 쪽지를 세게 노려보며 그걸 잡으려고 한 손을 내밀었다. 툴시 부인이 쪽지를 잡아당겨 치켜들었다.

"그거요? 저는 안 썼어요. 뭣 땜에 그런 쪽지를 쓰겠어요?"

"네가 놓는 걸 봤다는 사람이 있어서 그런다."

조용하던 바깥이 시끄러워졌다. 안뜰 한쪽 편에 있는 골함석판 울타리 대문을 계속해서 크게 치는 소리가 나더니, 학교에서 돌아오는 어린아이들이 발을 끄는 소리와 잡담을 하는 소리로 안뜰이 가득 찼다. 아이들은 집의 한쪽 옆을 따라, 튀어나온 고미다락 때문에 생긴 회랑 아래를 지나갔다. 한 아이는 울고 있었다. 다른 아이는 왜 우는지 설명했다. 어떤 여자가 조용하라고 고함을 질렀다. 부엌에서도 부산한 소리가 났다. 동시에 사람들이 북적이는 분위기가 그 집에 감돌았다.

세스는 바닥에 구두 소리를 요란하게 내며 홀로 돌아왔다. 씻고 나서 토피는 쓰지 않은 모습이었다. 흰머리가 간간히 있는 축축한 머리카락은 납작하게 빗질이 되어 있었다. 그는 테이블 사이로 툴시 부인 맞은편에 앉아 담뱃대에 담배를 넣었다.

"뭐라고요?" 비스와스 씨가 말했다. "내가 **쪽지** 놓는 걸 본 사람이 있다고요?"

세스가 소리 내어 웃었다. "부끄러워할 것 없어." 그는 입술로 담뱃대를 꽉 물면서 입술 가장자리를 벌려 웃었다.

비스와스 씨는 당황스러웠다. 만약 그들이 자기 말을 빌미로 다시는 이 집에 오지 말라고 하면 더 이해가 빨랐을 것이다.

"내가 너희 집안을 잘 알고 있지." 세스가 말했다.

바깥 회랑과 부엌은 계속 시끄러웠다. 한 여자가 놋쇠 접시와 푸른색 테두리가 있는 양은 컵을 가지고 시커먼 문에서 나왔다. 그녀는 한마디 말도 없이 좌우를 살펴보지도 않고 툴시 부인 앞에 그것들을 차리고, 시커먼 부엌 안으로 급하게 다시 사라졌다. 컵 안에는 우유를 섞은 차가 있었고, 접시에는 로티와 카레를 얹은 콩이 있었다. 또 다른 여자가 비슷한 음식을 가져와 마찬가지로 공손하게 세스에게 주었다. 비스와스 씨는 이 두 여자가 샤마의 언니들인 것을 알아보았다. 여자들의 옷과 태도에서 이미 결혼했다는 것을 알 수 있었다.

커다란 로티 한 조각에 콩을 퍼 담은 툴시 부인이 세스에게 말했다. "쟤도 좀 먹일까?"

"먹고 싶냐?" 마치 비스와스 씨가 먹고 싶다고 하면 재미있을 것 같다는 듯이 세스가 말했다.

비스와스 씨는 눈앞의 음식이 마음에 들지 않아 고개를 흔들었다.

"의자를 당겨서 여기 앉아라." 툴시 부인이 이렇게 말하더니 겨우 들릴락 말락 하게 목소리를 올려서 "시, 이 애에게 차 한 잔 갖다줘"라고 했다.

"내가 너희 집안을 알아." 세스가 되풀이해 말했다. "너희 아버지는 누구냐?"

비스와스 씨는 이 질문을 피해갔다. "저는 파고테스에 사는 아조다의 조카입니다."

"물론." 세스가 능숙하게 담뱃대에서 담배를 꺼내 바닥에 털고 구두로 뭉개버리더니 콧구멍 아래로 그리고 입 위로 연기를 내뿜었다. "아조다를 알아요. 그 사람에게 땅을 좀 팔았지요. 단쿠의 땅 말이에요." 그가 툴시 부인에게 고개를 돌리며 말했다.

"오 그렇지." 툴시 부인은 무장을 단단히 한 팔을 접시 위로 높게 들어 올려 계속 먹었다.

시라는 사람이 아까 툴시 부인의 시중을 들던 여자라는 게 밝혀졌다. 그녀는 샤마와 닮았지만 키가 더 작고 더 억세 보이고 생김새는 덜 예뻤다. 베일이 이마 있는 곳까지 품위 있게 내려져 있었지만, 비스와스 씨에게 차 한 잔을 전해줄 때 노골적으로 적대감을 드러내며 쳐다보았다. 비스와스 씨도 되받아 빤히 쳐다보려고 했는데 너무 늦어버렸다. 그녀가 이미 고개를 돌려서 가벼운 맨발로 기운차게 걸어가버렸기 때문이다. 그는 길쭉한 컵을 입으로 가져가 천천히 요란하게 한 모금을 마신 뒤, 컵에 비친 자기 모습을 곰곰이 바라보며 이 가족 안에서 세스의 지위가 어떤 것인지를 생각해보았다.

그가 컵을 내려놓을 때 누군가 다른 사람이 한 명 들어왔다. 이 사람은 키가 크고 마른 체격에 웃는 인상이었으며 흰옷을 입고 있었다. 얼굴은 그을렸고 손은 거칠었다. 그는 숨을 헐떡이며 수도 없이 한숨을 쉬고 웃고 침을 삼켜가며 세스에게 여러 가지 동물에 대한 보고를 했다. 피곤해 보이고 싶고 아양을 떨고 싶어서 안달이 난 것 같아 보였다. 세스는 기분이 좋은 것 같았다. 시가 다시 부엌에서 나와 그 남자를 따라 위층으로 올라갔다. 그 사람이 시의 남편인 게 분명했다.

비스와스 씨는 차를 또 한 모금 마시고 찻잔에 비친 자기 모습을 다시 곰곰이 보던 중에 모든 부부에게 각자의 방이 있는지가 궁금해졌다. 그는 또한 지금 그에게 들리듯 바깥 회랑에서 소리치고 비명을 지르고 두들겨 맞고(엄마에게만 맞는 거겠지?) 부엌문에서 그를 몰래 쳐다보다가 반지 낀 손에 의해 끌려 나가는 어린아이들을 어떻게 정리해서 재울까도 궁금했다.

"그러니까 네가 정말 그 아이를 좋아한다는 거지?"

컵을 들고 있던 비스와스 씨가 툴시 부인이 질문을 하고 있다는 것을 깨닫기까지는 약간의 시간이 걸렸다. 또한 그 아이가 누군지 깨닫기까지도 약간의 시간이 흘렀다.

만약 아니라고 하면 너무 무자비할 것 같다는 생각이 들었다. "예." 비스와스 씨가 말했다. "그 애를 좋아합니다."

툴시 부인은 음식을 씹으며 아무 말이 없었다.

세스가 말했다. "내가 아조다를 알아. 가서 그 사람을 한번 만나볼까?"

얼떨떨함과 놀라움, 이어서 공포가 비스와스 씨를 내리눌렀다. "그애." 그는 필사적인 어조로 말했다. "그 애는 어떻대요?"

"그 애가 어떻다니?" 세스가 말했다. "그 애는 좋은 애야. 읽고 쓸줄도 약간은 알고."

"약간 읽고 쓸 줄 안다고요……" 비스와스 씨가 시간을 벌려고 애를 쓰며 따라 말했다.

세스가 오른손으로 능숙하게 로티와 콩을 싸서 먹으며 왼손으로는 가로젓는 손짓을 했다.

"아주 약간. 그만하면 잘하는 거지. 걱정할 필요는 없어. 한두 해지나면 다 잊어버릴 거야." 그리고 그는 약간 웃었다. 씹을 때마다 매번 의치에서 소리가 났다.

"그 아이……" 비스와스 씨가 말했다.

툴시 부인이 그를 응시했다.

"제 말은." 그가 말했다. "그 아이는 아나요?"

"아무것도 몰라." 세스가 달래듯이 말했다.

"제 말은." 비스와스 씨가 말했다. "그 아이는 제가 좋대요?"

툴시 부인이 뭔 소린지 모르겠다는 듯이 쳐다보았다. 씹다가 으적거리는 소리가 잠시 느려지더니 놀고 있는 손으로 비스와스 씨의 쪽지를 들어 올리며 그녀가 말했다. "뭐가 문제야? **넌** 걔가 싫어?"

"좋지요." 비스와스 씨가 힘없이 대답했다. "좋아해요."

"그게 중요한 거잖아." 세스가 말했다. "우리는 억지로 하라고 하고 싶진 않다. 우리가 너한테 억지로 시키고 있니?"

비스와스 씨는 여전히 잠자코 있었다.

세스는 또다시 비웃듯 잠시 소리 내어 웃더니 컵을 입술에서 멀리 떨어지게 해서 입에 차를 부었고, 붓는 사이에 딸깍거리는 소리를 내며 씹었다. "야, 우리가 너한테 억지로 시키는 거야?"

"아뇨." 비스와스 씨가 말했다. "억지로 시키는 건 아니에요."

"됐어, 그러면. 뭐가 그리 문제야?"

툴시 부인이 비스와스 씨에게 미소를 지었다. "이 불쌍한 애가 수줍은 모양이구나. **나는** 알지."

"나는 수줍지도 **않고** 화난 것도 **아니에요.**" 비스와스 씨가 말했다. 그리고 자신의 목소리가 너무 공격적이라 깜짝 놀라며 부드럽게 말을 계속 이어갔다. "단지, 음, 단지, 내가 결혼을 생각할 정도의 돈이 없다고나 할까요."

오늘 아침 가게에서 보았던 것처럼 툴시 부인의 표정이 엄해졌다. "그럼 왜 이런 쪽지를 썼지?" 그녀가 쪽지를 흔들었다.

"아하! 이 자식 걱정은 하지 마세요." 세스가 말했다. "돈이 없다! 아조다의 가족인데 돈이 없다!"

비스와스 씨는 설명해봤자 소용이 없을 거라고 생각했다.

툴시 부인이 조금 더 차분해졌다. "만약 너희 아버지가 돈 걱정을 했다면 그분도 결혼을 안 했겠지."

세스가 진지하게 고개를 끄덕였다.

비스와스 씨는 툴시 부인이 "너희 아버지란" 말을 사용한 것이 의아했다. 처음에는 부인이 세스에게만 말하는 것이라고 생각했다. 그런데 곧바로 그는 이 말에 보다 폭넓고 경악할 만한 함의가 있다는 것을 깨닫게 되었다.

어린아이와 여자 들이 부엌문 밖으로 얼굴을 내밀어 엿보고 있었다.

세상은 너무 좁고, 툴시 가는 지나치게 대가족이었다. 그는 덫에 걸린 것 같은 기분이 들었다.

그로부터 수년 뒤 하누만 하우스에서, 쇼트힐스의 집에서, 그리고 포트오브스페인의 집의 한 칸짜리 방에서, 아이들 몇 명이 옆 침대에서 자고 있고, 장난꾸러기이자 검은 면 스타킹을 주었던 샤마는 다른 아이들과 아래층에서 잘 때, 비스와스 씨는 그날 밤 자신이 나약하고 주변머리 없게 굴었던 것을 얼마나 자주 후회했던가. 일어난 그 일들이 실제보다 더 큰 규모였고, 더 계획적이었으며, 어처구니없지는 않은 사건이었다고 실제보다 미화하려고 여러 번 노력하지 않았던가!

그리고 그날 저녁 가장 어처구니없는 일이 곧 터졌다. 하누만 하우스를 떠나 파고테스로 자전거를 타고 오며 그는 사실 의기양양한 기분이 들었던 것이다! 한쪽 끝에는 숯검정이 긴 부엌이 있고 한쪽에는 가구가 비좁게 들어서 있는 층계참이, 또 다른 쪽에는 거미줄투성이의 어두운 고미다락이 있는, 곰팡이가 슨 커다란 홀 안에서 비스와스 씨는 세스와 툴시 부인, 그리고 툴시네 모든 여자와 아이 들에게 기가 죽어 겁을 먹고 있었다. 그들은 낯설고 너무 강해 보였다. 그는 그때 그 집에서 풀려나는 것 외에는 아무것도 원하지 않았다. 그런데 지금 그가 느끼는 이 의기양양한 기분은 안도감 때문에 생긴 것이 아니었다. 그는 자신이 큰 사건에 연루되었다고 느꼈다. 자신이 높은 지위를 얻었다고 느꼈다.

비스와스 씨가 가는 길은 카운티 로드와 이스턴 메인 로드 사이를 따라가는 길이었다. 길 양쪽에는 크기는 크지만 아직 완성되지 않고 페인트칠도 안 된 상태인데도 때가 묻고 곰팡이가 슬고 목조 골격의 뼈대만 앙상하게 서 있는 집들이 길게 열 지어 있었다. 집 주인들은 대충 마감한 한두 개의 방에서 지냈다. 완성되지 않아 판자나 깡통, 또는 천으로 매운 칸막이 사이로 쳐다보면 사람들이 사는 방 안에 길게 쳐진 빨랫줄 위로 마치 깃발처럼 식구들이 입을 옷이 걸려 있었다. 침대는 보이지 않았지만, 테이블과 의자, 그리고 수많은 박스는 눈에 띄었다. 비스와스 씨는 하루에 두 번 자전거를 타고 이 집들을 지나갔다. 그러나 그날 저녁 그는 이 집들을 처음 보는 듯한 눈으로 쳐다보았다. 그날 아침까지 그를 기다리고 있던 그런 실패에서 단번에 벗어나게 되었던 것이다.

그날 저녁 앨릭이 친근하게 놀리듯 "야, 그 계집애는 잘 지내니?"라고 물어보았을 때 비스와스 씨는 행복한 마음으로 말했다. "글쎄, 그 집 엄마를 봤어."

앨릭은 얼떨떨해했다. "그 집 엄마를? 도대체 어쩌다 그 지경까지 간 거야?"

비스와스 씨는 다시 엄습하는 공포를 느꼈지만 이렇게 말했다. "괜찮아. 나도 철든 거지. 좋은 집안이잖아. 돈도 있고. 땅도 많고. 더 이상 간판 그리는 일을 안 해도 될 거야."

앨릭은 믿는 것 같지 않았다. "어떻게 일을 그렇게 후딱 해치웠
냐?"

"그러니까 내가 그 여자애를 봤잖아. 내가 그 여자애를 봤는데, 그
여자애도 나를 쳐다보고 있었던 거지. 그래서 나도 쳐다보고. 그래서
내가 몇 마디 근사한 말을 했더니 그 애도 나를 좋아하는 것 같더라고.
그리고, 음, 간단히 말해서 내가 엄마 좀 보자고 했지. 부자들이야, 집
도 크고."

그러나 비스와스 씨는 걱정이 되었다. 하누만 하우스로 다시 가야
되나 마나를 고민하며 그날 저녁을 보냈다. 자신이 자발적으로 했다는
느낌이 슬슬 들었고, 바보짓을 했다고 믿고 싶지는 않았다. 어쨌거나
그 여자애는 인물이 좋았다. 지참금도 쏠쏠할 것이었다. 이 사실을 뒤
집을 거라고는 누구에게 설명할 수도 없는 자신의 두려움과 애석함뿐이
었다. 영원히 로맨스를 잃게 될 것만 같은 두려움과 애석함 말이다. 왜
냐하면 하누만 하우스에서는 어떤 로맨스도 가능하지 않기 때문이다.

아침에는 모든 것이 너무나 평소와 같아서 자신이 느끼는 두려움과
후회가 진짜가 아닌 것 같았고, 그래서 유별나게 굴어야 할 이유도 없
는 것 같았다.

그는 툴시네 가게로 다시 가서 기둥에 페인트칠을 했다.

그는 점심에 초대되어 홀에서 놋쇠 접시 위에 담긴 철 지난 렌즈콩
과 시금치, 그리고 수북한 밥을 먹었다. 소나무 테이블에 끼인 지 얼마
안 된 음식 찌꺼기 위로 파리가 윙윙거리며 날았다. 그는 음식도 싫었
고 놋쇠 접시에 먹는 것도 싫었다. 먹지는 않고 그의 옆에 앉아 있기만
하던 툴시 부인은 눈은 접시에 고정한 채 한 손으로 파리를 쫓으며 이
야기를 걸었다.

어느 순간엔가 툴시 부인이 고미다락 밑 벽에 걸린 액자에 든 사진을 보라고 가리켰다. 가장자리를 비롯해 여기저기가 희미해진 그 사진은 터번을 쓰고 재킷과 도티를 입고 목에 염주를 두르고 이마에 카스트 표시*를 하고 왼팔 팔꿈치 안에 접은 우산을 끼고 있는 수염 난 사내의 것이었다. 그 사람이 툴시 펀디트였다.

"우리는 말싸움을 한 적이 없었어." 툴시 부인이 말했다. "가령 내가 포트오브스페인에 가고 싶은데, 그이는 아니라 하자고. 우리가 그런 일로 싸웠을 것 같은가? 아니지. 우린 앉아서 의논을 했어. 그러면 펀디트는 이렇게 말하곤 했지. '그래 좋아, 갑시다.' 아니면 내가 말하는 거야. '좋아요, 가지 **마요**.' 우리는 그런 식이었어."

그녀는 거의 눈물을 쏟기 일보 직전이었다. 그래서 비스와스 씨는 음식을 씹는 중에도 진지한 티를 내려고 애썼다. 그는 천천히 씹으며 그만 먹어도 되지 않나 고민했다. 그런데 먹는 것을 멈추면 툴시 부인도 말을 멈췄다.

"이 집은," 툴시 부인이 코를 풀고 베일로 눈물을 닦으며 피곤에 겨워 힘없이 손을 흔들면서 말했다. "이 집은 펀디트가 자기 손으로 지은 집이야. 이 벽들은 콘크리트가 아니야. 그걸 알고 있었니?"

비스와스 씨는 계속 먹었다.

"이 벽들이 콘크리트처럼 보였지, 그렇지?"

"예, 콘크리트처럼 보였어요."

"**누구나** 다 콘크리트로 봐. 그런데 다들 잘못 안 거야. 저 벽들은 진흙 벽돌로 만든 거야. 진흙 벽돌." 그녀는 비스와스 씨의 접시를 응시

---

* 힌두교 신자가 이마에 찍는 표시.

하며 되풀이해서 말했고, 비스와스 씨가 대꾸하기를 기다렸다.

"진흙 벽돌이라고요!" 그가 말했다. "그럴 거라곤 생각도 못했네요."

"진흙 벽돌이야. 그이가 벽돌 하나하나를 다 직접 만들었어. 바로 여기, 실론*에서 말이야."

"실론이라고요?"

"이 뒷마당을 그렇게 불러. 거기 가본 적이 없니? 아주 멋진 곳이야. 꽃나무도 많고. 펀디트는 꽃도 잘 가꿨어. 거기에는 벽돌 공장이랑 이것저것 많이 있어. 이 집에 대해 모르는 사람들이 많아. 실론. 이런 이름들을 차차 익혀야 할 거야." 부인이 큰 소리로 웃자 비스와스 씨는 공포의 칼날에 찔리는 것 같은 느낌이 약간 들었다. "그리고 말이야." 부인이 계속 말했다. "어느 날 펀디트가 우리 모두를 인도로 다시 데리고 갈 준비를 하려고 포트오브스페인으로 가고 있었어. 잠시 다녀오려고 말이야. 그런데 차가 와서 그이를 치는 바람에 죽은 거야. 죽었다고." 그녀는 되풀이해서 말하고 나서 기다렸다.

비스와스 씨는 급하게 삼키고 난 뒤 말했다. "충격이 크셨겠네요."

"충격적이었지. 딸 하나밖에 결혼을 안 했는데 말이야. 교육시켜야 될 사내애가 둘이나 있었고. 충격이었어. 게다가 우린 돈도 없었지."

이건 비스와스 씨에게 새로운 소식이었다. 그는 놋쇠 접시를 내려다보고 열심히 음식을 씹어 먹으며 자신이 당황하고 있다는 것을 감추었다.

"그러자 세스가 아버지도 죽었는데 결혼시키는 데 너무 요란 떨

---

* 스리랑카의 옛 이름.

지 말자고 하더군. 그래서 나도 그러자고 했어. 알겠지?" 부인은 팔찌를 무겁게 찬 팔을 들어 올려 즐겨 짓는 어색한 댄서의 동작을 흉내 냈다. "북이니 춤이니 큰 지참금이니. 우리는 그런 거 안 믿어. 뽐내기 좋아하는 사람들이나 그러라고 해. 그런 사람들이 누군지 자네도 알잖아. 언제나 끝내주게 잘 차려입는 사람들 말이야. 그런데 그 사람들이 어디에서 나오는지 한번 가서 봐. 카운티 로드에 있는 집들 알지. 반쯤 지어놓은 것 말이야. 가구도 없이. 우린 절대 그런 사람들이 아니야. 그러니까 결혼한다고 요란 떠는 것은 나 같은 구식 사람들에게나 어울리는 거지. 자네에겐 아니야. 사람이 어떤 식으로 결혼하는가가 중요한 문제라고 생각하나?"

"별로 그렇진 않아요."

"자네를 보니 **그**이랑 약간 닮은 것 같네."

비스와스 씨는 부인의 눈길을 따라 벽에 걸린 툴시 펀디트의 다른 사진들을 보았다. 그중에는 사진관에서 일몰을 배경으로 화분에 심은 야자수 옆에서 찍은 사진도 있었다. 또 다른 사진에는 카메라 가까이에 놓여서 세밀한 부분까지 선명히 보이는 부서진 통 외에는 아무것도 없는 하이 스트리트 너머로 하누만 하우스의 정면이 보이고 그 아래로 펀디트가 작고 희미한 모습으로 서 있었다(어떻게 그 거리가 텅 빌 수 있는지 비스와스 씨는 의아했다. 아마도 일요일 아침이거나 주민들을 차단했을 것이다). 펀디트가 난간 뒤에 서 있는 사진도 있었다. 모든 사진에 그는 접은 우산을 들고 있었다.

"그이는 자네를 좋아했을 거야." 툴시 부인이 말했다. "자네가 자기 딸들 중의 한 명과 결혼할 것을 알면 자랑스러워했을 거야. 자네 직업이나 돈 같은 거는 신경 쓰지도 않았을걸. 펀디트는 항상 중요한 것은 혈통이라고 했어. 난 자네를 보자마자 좋은 집안 출신이라는 것을 알았어. 호적 등기소에서 간단하게 작은 예식을 치르는 게 자네가 해줘야 할 일의 전부야."*

비스와스 씨는 자신이 동의했다는 것을 깨닫게 되었다.

*

하누만 하우스 안에서는 모든 것이 간단하고 합리적으로 보였다. 하지만 밖으로 나온 비스와스 씨는 놀란 가슴을 진정하지 못했다. 결혼이 가지고 올 문제에 대해 시간을 두고 충분히 생각한 적이 없었다. 그런데 이제 보니 그 문제들은 실로 엄청난 것 같았다. 어머니는 어떻게 할 것인가? 어디서 살 것인가? 그는 돈도 직업도 없다. 왜냐하면 간판을 그리는 일은 한 소년이 엄마와 함께 살 만한 돈을 버는 정도이지, 결코 기혼 남성의 안정적인 직업이 될 수 없었기 때문이다. 집을 사기 위

---

* 인도의 결혼 풍습은 지방에 따라 차이가 있지만 일반적으로 수일 혹은 한 달까지 지속될 정도로 화려하다. 결혼 예식 기간에는 일가친척이 모두 모여 며칠간 먹고 자면서 결혼식을 하는 것은 물론, 수백 수천이 행렬을 이루어 동네를 돌며 결혼 행진을 하고, 친인척이 아닌 사람들에게까지 모두 결혼 음식을 나누어준다. 그리고 인도의 결혼 풍습 중 가장 악습이라고 할 지참금 제도dowry는 신부의 부모가 신랑에게 결혼식 전, 당일, 후 세 차례에 걸쳐 돈을 주는 것으로(그 이상도 있다), 여성 차별과 남녀 성비 불균형, 여아, 신부 살해와 같은 여타 사회 문제의 원인이 되고 있다. 툴시 부인은 아들이 둘이지만 딸은 최소한 14명이나 된다.

인도에서의 결혼은 아직까지도 부모들이 결혼 당사자들의 의사와 상관없이 배우자를 지정하는 중매결혼이 대부분이며, 종교, 인종, 계급, 경제력 등을 모두 고려해야 하기 때문에 적절한 배우자를 구하기는 쉽지 않다. 비스와스 씨가 브라만 계급이고 툴시 가도 같은 계급이어서 종교, 인종, 계급 측면에서 이 두 집안의 결혼은 적절하다고 할 수 있다. 그러나 비스와스 씨의 결혼은 화려한 결혼식과 결혼 지참금이 없다는 점에서 전통적인 결혼식과는 차이가 있다.

해서는 먼저 직업을 얻어야 한다. 그는 많은 시간이 필요했지만 툴시 집안은 그의 사정을 아는데도 아무것도 주지 않았다. 그는 그들이 직업이나 집 혹은 둘 다를 얻는 데 도움이 될 보통 수준 이상의 지참금을 줄 생각을 한 게 아닌가 하고 짐작했다. 그는 세스와 툴시 부인하고 그런 문제에 대해 이야기를 나누고 싶었다. 그런데 등기소에서 통지서가 오자마자 이들에게 가까이 갈 수가 없었다.

파고테스에는 비스와스 씨가 의논할 만한 사람이 없었다. 순전히 부끄럽다는 이유로 그는 타라나 빕티 그리고 앨릭에게 곧 결혼할 거란 얘기를 하지 못했다. 하누만 하우스에서는 딸과 사위 그리고 아이 들이 뒤섞인 혼잡 속에서 비스와스 씨는 길을 잃은 듯이 느껴졌고, 자신이 별로 중요한 사람이 아니라고 생각했으며, 심지어 겁에 질리기도 했다. 어느 누구도 그를 특별히 신경 쓰는 사람이 없었다. 때때로 일상적인 식사에 끼는 경우도 있었다. 그러나 아직까지 샤마의 언니들이 남편에게 해주는 일에서 보았듯, 예를 들어 국자를 준비한다든가, 질문을 한다든가, 정식으로 관심을 보여주는 것같이 사소한 시중을 들어주며 그에게만 특별히 관심을 쏟아줄 아내도 없었다. 샤마는 좀처럼 볼 수 없었고, 혹 봤다고 해도 그녀는 일부러 그를 못 본 척했다.

자신이 내린 결정을 번복할 수 있다는 생각은 전혀 들지 않았다. 마치 모든 법적·도덕적인 방식으로 약속을 한 것 같은 느낌이 들었다. 그러던 어느 날 비스와스 씨는 빕티에게 잠시 일 때문에 출타할 수도 있다고 말하고는 옷가지 몇 벌을 들고 하누만 하우스로 이사를 갔다. 따지고 보면 반만 거짓말인 셈이었다. 그는 자신이 말려든 일들이 어떤 확실한 실체가 있다든지, 어떤 식으로든 자신을 바꾸게 되리라고 도저히 믿을 수가 없었다. 그러기에는 그 나날들이 너무 평범했다. 어떤 특이한 일도 그에게 닥치지 않았다. 간단히 말해서 그는 자신이 전혀 변하지 않은 상태로 그 뒷골목으로 돌아가게 될 것이라고 생각했다. 돌아갈 수 있다는 것을 보장하기 위한 방편으로 그는 자신의 옷 대부분과 모든 책들을 오두막집에 남겨두었다. 빕티에게 거짓말을 한 것은 어느 정도는 돌아가겠다는 것을 확실하게 해두기 위한 것이기도 했다.

관공서에 걸맞아 보이는 황토색 책상 위에 놓인, 모양이 다른 두 화병에 종이꽃을 꽂고 마치 아이들이 소꿉장난이라도 하듯 등기소에서 간단하게 식을 올린 뒤 비스와스 씨와 샤마는 목조 가옥 꼭대기 층에 있는 기다란 방의 일부를 할당받았다.

그리고 지금 그는 조심하고 있었다. 그는 지금 도망가야겠다고 생각하고 있었다. 도망갈 길을 확실하게 남겨놓기 위해 그는 마지막으로 해야 할 책무를 피하는 것이 중요하다고 생각했다. 그는 샤마를 껴안지도 만지지도 않았다. 뿐만 아니라 자기에게 말 한마디 하지 않았을뿐더러 그날 아침 가게에서 지은 조롱조의 미소가 여전히 연상되는 사람과 어떻게 시작해야 하는 건지도 아마 몰랐을 것이다. 유혹해주기를 바라지 않았기에 그는 샤마를 쳐다보지도 않았고, 그녀가 방에서 나가면 마음이 편안해졌다. 그는 남은 하루를 그 집에서 들리는 소음을 들으며 자신이 있는 곳에 갇혀 꼼짝 않고 지냈다.

그날도 그다음 날도 비스와스 씨에게 지참금이니 집이니 직업이니 하는 것에 대해 말하는 사람은 한 명도 없었다. 그는 툴시 부인과 세스가 의논해야 할 문제가 있다고 생각하지 않기 때문에 의논한 적이 없었다는 것을 깨달았다. 툴시 집안의 구성은 단순했다. 툴시 부인에겐 하녀가 한 명뿐이었다. 세스와 툴시 부인은 블래키라고 부르고, 다른 사람들은 미스 블래키라고 부르는 흑인 하녀였다. 미스 블래키가 하는 일은 확실하지 않았다. 딸들과 그들의 자녀들은 빗자루질에, 빨래에, 요리도 하고, 가게에서 일도 했다. 툴시 집안의 남편들은 세스의 감독하에 툴시 집안의 땅에서 일하고 툴시 집안의 동물들을 돌보고 또 가게에서 일했다. 그 보답으로 그들은 음식과 거처와 약간의 돈을 받았다. 그들의 자녀들은 보살핌을 받았다. 그리고 그들은 바깥사람들에게는 툴시 집안과 연줄이 있다는 점에서 존경도 받았다. 그들의 이름은 잊혔다. 그냥 툴시네 집안사람이 되었다. 툴시 집안에는 돈과 지위를 가진 남편을 잡아 결혼해서 대박이 난 딸들도 있었다. 그들은 남편과 같이 사는 힌두교 관습을 따랐고, 툴시 집안의 구성원이 되지는 않았다.

이때까지 비스와스 씨는 자신이 툴시 집안사람들에게 아주 많은 호의를 받아왔다고 생각하고 있었다. 그런데 그 집안이 어떻게 딸들을 처분하는가를 보고 나니 세스와 툴시 부인이 그를 결혼하게 구슬리려고 이틀 연속 그렇게 애를 쓴 것에 대해 의구심이 들었다. 샤마와 그를 결혼시키려 한 것은 단지 그가 적당한 카스트를 가졌기 때문이었고, 시라고 불리는 딸이 일자무식인 코코넛 장수와 결혼하게 된 이유와 같았다.

비스와스 씨는 돈도 지위도 없었다. 고로 그가 툴시 집안의 식구로 들어가게 되리라고들 기대하고 있었다.

그는 즉시 반발했다.

자신에게 무엇을 기대하는지 모르는 척하며 비스와스 씨는 툴시 가게의 간판 일이 끝나면 샤마와 함께, 아니면 그녀를 놔두고라도 도망가야겠다고 결심했다. 아마 그녀를 놔두고 가야 할 가능성이 더 높을 듯했다. 그들은 아직 아무 말도 하지 않았다. 또한 워낙 주의했기 때문에 그는 그 긴 방에서 그녀와 관계를 맺는 일을 시작조차 하지 않았다. 그는 그녀가 철저히 툴시 집안사람이라고 확신했다. 그리고 그녀가 언니,

형부, 조카, 질녀 들에게 둘러싸여, 비스와스 씨가 결혼한 지 2주도 채 안 되었는데 자기 가슴을 찢어놓고 가족들에게 문제를 일으키려 오만 짓을 다한다면서 홀에서 펑펑 울 때 그는 주의를 기울이기를 잘했다고 생각했다.

엄청나게 화가 난 비스와스 씨는 붓과 옷을 꾸리기 시작했다.

"그래요, 옷 챙겨서 나가요." 샤마가 말했다. "딸랑 싸구려 카키색 바지와 낡고 더러운 셔츠만 들고 이 집에 왔었지."

비스와스 씨는 하누만 하우스를 떠나 파고테스로 돌아왔다.

*

그는 변한 것도 없고, 결혼도 하지 않은 것 같은 느낌이 들었다. 몹시 무서운 일을 당했지만 잘 마무리하고 도망친 것뿐이었다.

그러나 파고테스에 오자 자신의 결혼이 비밀이 아니라는 것을 알게 되었다. 빕티는 기쁨의 눈물을 흘리며 그를 맞이했다. 그녀는 그가 자신을 실망시키지 않을 것을 이미 알고 있었다고 말했다. 지금까지 말하지는 않았지만 언제나 그가 좋은 집안으로 장가가리라고 생각해왔다는 것이다. 그녀는 이제 행복하게 죽을 수 있다. 그녀가 오래 산다면 노년에 호강할 일이 생길 것이다. 비스와스 씨가 비밀로 한 것을 자책해서는 안 된다. 그건 단지 어머니에 대해 걱정을 하지 않은 것일 뿐이고, 살아야 할 자신의 삶이 있으니까 그런 거다.

그리고 빕티는 말리는데도 불구하고 다음 날 가장 좋은 옷을 입고 아르와카스로 갔다. 그녀는 우아한 툴시 부인과 수줍은 샤마 그리고 어마어마한 하누만 하우스에 기가 눌려서 돌아왔다.

그녀가 말하는 집은 비스와스 씨가 알고 있는 집이 아니었다. 그 집 거실에는 왕좌같이 생긴 두 개의 커다란 마호가니 의자가 있고, 대리석으로 상판을 덮은 테이블 위로 야자수 화분과 양치류를 담은 엄청나게 큰 놋쇠 화병이 놓여 있으며, 종교화와 힌두교 신상도 여러 점이 있다고 말했다. 빕티는 거실 위에 있는 기도실에 대해서도 말했는데, 중간에 있는 사당만 빼고는 마치 사원처럼 멋지고 흰빛이 나는 낮은 방으로 기다란 기둥들이 서 있다고 했다.

그녀는 앞쪽의 콘크리트 건물, 아니 진흙 벽돌로 만든 집의 위층만을 본 것이었다. 비스와스 씨는 빕티에게 그 건물의 그쪽 부분이 방문객, 툴시 부인, 세스, 그리고 툴시 부인의 어린 두 아들들을 위해 마련된 곳이라고 말하지 않았다. 그리고 그 집 식구들이 '옛날 바라크 집'이라고 부르는 오래된 목조 가옥에 대해 입을 다물고 있는 게 더 낫겠다고 생각했다.

그는 앨릭이나 반다트의 아들과 마주치고 싶지 않아서 뒷골목에 숨어 이틀을 보냈다. 셋째 날이 됐을 때 그는 빕티가 줄 수 있는 것보다 더 큰 위로를 받을 필요가 있다고 느끼고 저녁 무렵 타라네 집으로 갔다. 비스와스 씨는 옆문으로 들어갔다. 외양간에서 이른 저녁에 늘 듣던 소리, 즉 소들이 새로 짚불을 깐 외양간에서 느긋하게 돌아다니며 바스락거리는 소리가 들렸다. 부엌 바깥쪽에 있는 뒤쪽 베란다는 불빛으로 따뜻했다. 그는 누군가가 고저 없이 낮은 음성으로 무언가를 크게 읽는 소리를 들었다.

반다트의 어린 아들이 '당신의 신체'를 읽는 동안 아조다가 머리를 뒤로 젖히고, 상을 찌푸린 채 눈은 감고, 눈썹은 걱정으로 파르르 떨면서 천천히 흔들의자를 흔들고 있는 것이 보였다.

반다트의 아들은 비스와스 씨를 보고 읽기를 멈추었다. 그의 눈은 재미있다는 듯이 빛이 났고 주걱턱으로는 조소를 머금고 있었다.

아조다는 눈을 뜨고 사악한 기쁨에서 나오는 비명을 질렀다. "어이 새신랑!" 그는 영어로 소리쳤다. "어이 새신랑!"

비스와스 씨는 미소를 지으며 당황한 표정을 하고 있었다.

"타라, 타라." 아조다가 불렀다. "와서 결혼한 당신 조카 좀 봐요."

무거운 표정으로 부엌에서 나온 타라는 비스와스 씨를 껴안고 한참 동안 울었다. 그래서 비스와스 씨는 자신이 결혼을 했으며 이제는 되돌릴 수도 없다는 것에 슬픔과 함께 깊은 상실감을 느끼기 시작했다. 그녀는 베일 끝자락의 매듭을 풀어서 20달러짜리 지폐를 끄집어냈다. 그는 잠시 사양하다가 받았다.

"새신랑!" 아조다가 또 소리쳤다.

타라는 비스와스 씨를 부엌으로 데리고 가 밥을 차려주었다. 베란다에서 나방들이 계속 석유램프의 유리 기둥으로 몸을 던지고, 반다트의 아들이 계속해서 '당신의 신체'를 읽는 동안 타라와 비스와스 씨는 이야기를 나누었다. 그녀는 얼굴과 목소리에서 불만과 실망감을 감추지 못했고, 이를 본 비스와스 씨는 툴시 집안에 대한 사무친 이야기를 할 용기가 생겼다.

"그래서 지참금은 좀 주디?" 그녀가 물었다.

"지참금요? 그 사람들은 그렇게 구식이 아니라더군요. 그래서 땡전한 푼 안 줬어요."

"등기소에서 한 거야?"

그는 소금에 절인 망고를 한 조각 베어 물며 고개를 끄덕였다.

"그게 현대적인 풍속이지." 타라가 말했다. "그리고 보통 현대적

풍속이 돈이 아주 적게 드는 법이고."

"그 사람들 간판 값도 안 주더라고요."

"달라고는 했어?"

"예." 그는 거짓말을 했다. "그런데 그 사람들이 어떤지 이모는 몰라요." 툴시 집안이 어떻게 구성되어 있는지를 설명하고, 자신이 그린 간판도 아마 그 가족의 노력에 보태는 헌신으로 간주했으리라고 말했다면 비스와스 씨는 창피했을 것이다.

"이 문제는 내게 맡겨라." 타라가 말했다.

그는 실망했다. 자신이 풀려났고, 다시 돌아갈 필요가 없으며, 툴시가와 샤마에 대해서는 잊어버리라고 타라가 말해주길 원했던 것이다.

그래서 타라가 하누만 하우스에 가서 좋은 소식이라며 듣고 돌아왔을 때 조금도 더 기쁘지 않았다. 그 소식은 그가 하누만 하우스에서 영원히 살게 되지는 않으리라는 것이었다. 툴시 집안은 그를 가능한 빨리 '체이스'라는 마을에 있는 가게로 보내 새 출발을 시키겠다는 결정을 이미 내렸던 것이다.

그는 결혼을 했고 죽음 외에 어떤 것도 지금 그 사실을 바꿀 수 없었다.

"그 사람들이 자기네는 널 도와주길 바랄 뿐이라고 하더라." 타라가 말했다. "이 결혼이 연애결혼이니까 지참금이라든가 근사한 결혼식 따위는 필요 없다고 네가 말했다고 하던데." 그녀의 목소리에 책망이 들어 있었다.

"연애결혼이라고!" 아조다가 외쳤다. "라비다트야, 들어봐라." 아조다가 반다트의 어린 아들 배를 쳤다. "연애결혼이래!"

라비다트가 경멸이 담긴 미소를 보냈다.

비스와스 씨는 분노와 비난을 담아 라비다트를 쳐다보았다. 그는 그 누구보다도 라비다트에게 이 결혼에 대한 책임이 있다고 생각했다. 자신이 샤마에게 쪽지를 쓴 게 라비다트가 놀렸기 때문이었다고 말하고 싶었다. 그 대신 아조다가 낄낄거리고 비명을 지르는 것을 못 들은 체하며 말했다. "연애결혼요? 연애결혼은 무슨. 그 사람들 거짓말하고 있는 거예요."

타라가 실망한 듯, 지친 듯 말했다. "그 사람들이 나한테 연애편지를 보여주더라." 그녀는 영어로 이 말을 했다. 이 말은 사악하게 들렸다.

아조다가 또 비명을 지르며 자지러졌다. "연애편지래! 모헌!"

반다트의 아들은 계속 미소 짓고 있었다.

이들의 기분이 타라에게까지 전염된 것 같았다. "툴시 부인은 네가 간판 일을 계속하고 싶어 하고 또 하누만 하우스가 일하기에 제일 좋은 곳이라고 생각했다고 하더구나." 타라가 빙그레 웃기 시작했다. "애, 다 해결됐어. 네 아내에게 돌아가도 돼."

타라가 '아내'라는 단어를 강조해서 말하자 비스와스 씨는 상처를 받았다.

"네 무덤을 네가 판 거야." 그녀가 좀더 동정적인 어조로 덧붙였다. "그래도 내가 너에게 좋은 계획을 세워놨단다."

"진작 그런 말씀 좀 하시지 그러셨어요." 그가 비꼬는 기색 없이 이렇게 말했다.

"가서 아내를 데려와!" 아조다가 말했다.

비스와스 씨는 아조다를 무시하고 타라에게 영어로 물었다. 힌두어는 너무 친밀하고 부드러웠다. "이모는 그 여자애가 마음에 들어요?"

타라는 어깨를 으쓱거리더니 자신이 상관할 바 아니라고 대답했다.

비스와스 씨는 이 말을 듣고 마음이 아팠다. 이 말은 비스와스 씨의 외로움을 더욱 부각시키는 말이었기 때문이다. 타라가 샤마에게 관심 있어 했다면 모든 것이 더 참을 만했을 텐데. 그는 자신도 똑같이 무관심한 척해야겠다고 생각했다. 그는 가벼운 마음으로 아조다에게 미소를 되돌려주며 타라에게 물었다. "그 사람들이 지금 나 때문에 몹시 화가 나 있을 것 같은데, 그렇죠?"

비스와스 씨의 말투 때문에 타라는 화가 났다. "뭐가 문제니? 거기 사는 다른 남자들처럼 너도 벌써부터 그 사람들이 겁나기 시작한 거니?"

"겁나냐고요? 아뇨. 이모는 나를 몰라요."

그러나 비스와스 씨가 다시 돌아가야겠다고 마음먹는 데는 며칠이나 더 걸렸다. 그는 자기 권리가 뭔지도 몰랐고, 체이스에 가게가 있다고 믿지도 않았으며, 계획 또한 불투명했다. 단지 다시 뒷골목으로 돌아올 것 같지는 않았던 그는 짐을 몽땅 싸 가지고 갔다. 빕티는 그동안 내내 기쁨에 겨워 울고 있었다. 그는 카운티 로드의 아직 마무리되지 않은 채 열려 있는 집들을 자전거를 타고 지나며 하누만 하우스의 닫힌 현관 뒤에서 얼마나 많은 밤을 보내게 될까 하고 생각했다.

*

"뭐예요?" 샤마가 영어로 말했다. "당신 벌써 왔어요? 파고테스에서 게 잡는 데 싫증 났나 보죠?"

비록 그의 직업도 모험과 위험을 필요로 했지만, 게잡이는 천한 직업 중에도 가장 천한 것으로 간주되었다.

"당신들이 여기서 게 잡는 걸 도와줘야겠다고 생각했어." 비스와스 씨는 이렇게 대답해서 홀에서 나는 낄낄거리는 소리를 잠재웠다.

다른 대꾸는 없었다. 그는 침묵, 빤히 쳐다보는 눈초리, 적대감, 그리고 아마도 약간의 공포를 대면하게 되리라고 예상했었다. 그를 빤히 쳐다보기는 했다. 시끄럽기도 매한가지였다. 공포에 대해 말하자면 착각은 자유였다. 그리고 적대감이 있었는지는 확실히 알 수 없다. 그가 돌아온 것에 대한 관심은 일시적이고 피상적인 것이었다. 누구도 그가 없다거나 돌아왔다거나 하는 말을 하지 않았으며, 세스도 툴시 부인도 그가 떠나기 전에 그랬던 것처럼 그에 대해 거의 신경 쓰지 않았다. 그는 빕티나 타라가 다녀갔다는 것에 대해 아무것도 듣지 못했다. 그 집엔 사람들이 너무 많고 너무 붐볐다. 그가 그 집에서 중요한 일을 하지 않는 이상 그런 사건들은 사소한 것이었다. 그의 지위는 지금 확실히 정해졌다. 그는 골칫덩이에, 충성심도 없고, 신뢰할 수도 없다. 그는 나약하고 따라서 경멸받아 마땅하다.

그는 체이스에 있는 가게에 대해 더 이상 무슨 얘기를 들으리라고 기대하지 않았다. 그리고 실제로도 그랬다. 그런 가게가 정말 있는지도 의심스럽기 시작했다. 그는 계속 간판을 그렸고 가능한 한 많은 시간을 집 밖에서 보냈다. 하지만 아르와카스에서는 잘 알려지지 않았던 터라 일거리가 거의 없었다. 손에 쥔 것이라고는 시간밖에 없는 세월을 보내다가 그는 『트리니다드 센티널』의 아르와카스 지역 기자였지만 자기와 마찬가지로 일거리가 일정치 않은 미시르라는 남자와 만나게 되었다. 그들은 직업, 힌두교, 인도, 그리고 각자의 가족에 대해 이야기를 나누었다.

옆으로 난 높은 문을 밀어 열고 들어가서 안뜰을 가로지른 뒤 홀을 지나고 계단을 올라가서 베란다를 따라가다가 서재를 지나고 다른 부부와 나눠 쓰는 긴 방으로 가는 것이 비록 짧은 여정이기는 하지만 매일 오후 비스와스 씨는 하누만 하우스로 돌아가기 위해 각오를 새삼스럽게 다져야만 했다. 그는 그 긴 방에서 바지와 러닝셔츠를 벗고 잠자리에 누워 한쪽 팔을 괸 채 책을 읽었다. 빕티가 밀가루 포대로 만들어 준 그의 바지는 형편없는 것이었다. 아무리 많이 빨아도 여전히 글자가 훤히 보였고 심지어 단어가 통째로 보이기도 했다. 게다가 무릎까지 오는 길이여서 그를 실제보다 더 작아 보이게 만들었다. 얼마 지나지 않아 아이들이 이 바지에 대해 알게 되었다. 그러나 홀에서 나는 웃음소리와 논평, 또 샤마의 간청 따위에 굴복하고 싶지 않았던 비스와스 씨는 계속해서 그 옷을 입고 활보했다.

어린아이들에게 비밀이 들통 나지 않는 것은 불가능했다. 어두워지자마자 서재와 위층 베란다 전체에 아이들을 위한 이불이 펴졌다. 밤이 깊어가면서 더욱더 많은 이불이 펴졌고 오래된 2층은 자는 아이들로 발 디딜 틈이 없었다. 옛날 집 위층과 콘크리트 집을 연결하는 나무다리까지 자는 아이들로 가득 채워졌다. 다리 건너편으로는 빕티에게 감동을 주었던 '새 방'이라고 불리는 격리된 거실 공간이 있었다. 설령 그 공간이 세스와 툴시 부인, 그리고 그녀의 두 아들을 위해 준비된 곳이 아니라 해도 비스와스 씨는 그곳에 가고 싶지 않았을 것이다. 그곳은 커다란 놋쇠 항아리와 상아 상판을 얹은 테이블이 있는 금지된 방이었다. 빕티가 왕좌 같다고 묘사한 두 의자 말고는 앉을 데가 전혀 없었다. 그리고 그 방은 툴시 펀디트가 인도를 방문할 때 가지고 온 무겁고 추한 여러 힌두교 신상으로 중압감을 주게끔 되어 있었다. "분명 성물 가게에서 도매로 샀을 거야"라고 비스와스 씨는 나중에 샤마에게 말했다. 그 방 위쪽에는 그 방보다 더 출입하기 힘든 기도실이 있었는데, 배의 선실로 통하는 계단만큼이나 가파른 계단(신앙심을 시험하는 수단인지 아니면 툴시 펀디트가 트리니다드 섬의 다른 대부분의 건축가처럼 만들면서 딴생각을 했는지)으로 거실과 연결되어 있었다. 기도실에는 가구가 전혀 없었지만 바닥은 응당 성스럽게 꾸며져 있었다. 그는 향과 백단향 나무 냄새가 참을 수 없다고 생각했다.

그렇게 비스와스 씨는 잠자는 아이들에게 둘러싸여서 그 긴 방에서 살았다. 그 방에서 그에게 할당된 부분은 짧고 좁았다. 그 긴 방은 원래 베란다였는데 공간을 막아 여러 개의 침실로 나눈 것이었다. 그는 샤마에게 거기로 음식을 가져오라고 해서 바지를 입은 채 엉덩이를 웅크리고 앉아서 왼손을 장딴지와 허벅지 뒤 사이에 쑤셔 넣은 자세로 밥을 먹었다. 이럴 때 샤마는 그가 아래층에서 보는 샤마, 철저한 툴시 집안 식구이자 그 집 식구들이 비스와스 씨에게 떠맡겼던 적대적인 샤마가 아니었다. 세심하게 여러 가지 방식으로, 그리고 주로 침묵을 통해 샤마는 비스와스 씨가 좀 괴상하긴 하지만 자기 사람이며 운명이 자신에게 준 이 사람을 포용하고 받아들이겠다는 마음을 보여주었다. 그러나 아직 그들 사이에 우애 같은 것은 거의 없었다. 그들은 영어로 이야기했다. 그녀는 좀처럼 그가 하는 일에 대해서 묻지 않았고 그는 나중에 불리하게 사용될 만한 정보를 누설하지 않으려고 주의했다. 비록 단지 부끄러워서 자기가 벌어들인 것에 대해 말하지 못한 것도 있었지만 말이다.

비스와스 씨가 툴시 집안에 대한 복수를 했던 때도 바로 밥을 먹는 시간이었다.

"오늘 꼬마 신들은 어떻게 지냈어, 어?" 그는 이렇게 묻곤 했다.

샤마의 남동생들 얘기였다. 장남은 포트오브스페인에서 가톨릭 고등학교*에 다니고 있었고 매주 주말에 집에 왔다. 작은아들은 고등학교에 들어가려고 지도를 받고 있었다. 하누만 하우스에서 그들은 오래된 위층의 난리 법석과는 상관없이 살았다. 그들은 거실에서 공부하고, 거실과 떨어진 침실 중 한 곳에서 잤다. 그 침실들은 작고 조명이 형편없었지만, 벽이 두껍고 어둑어둑해서 호화롭고 안전한 분위기가 감돌았다. 그 형제들은 종종 기도실에서 푸자를 드렸다. 그들은 아직 어렸지만 세스와 툴시 부인의 회의에 참석하는 것이 허락되었고 그들의 의견은 누이들이나 자형들에게 지당한 말인 듯이 인용되었다. 학업을 돕기 위해서 최상의 음식은 당연히 그들 몫으로 챙겨주었고, 특히 생선 같은 두뇌에 좋은 특별 음식을 주었다. 형제는 사람들에게 얼굴을 내밀 때 항상 의젓하면서 때로는 엄한 자세를 취했다. 때때로 그들도 가게에서 일을 했는데 항상 현금 보관함 옆에서, 교과서를 앞에 편 채로 있었다.

"신들은 안녕하셔?"

샤마는 대답을 안 하곤 했다.

"그리고 두목은 오늘 안녕하시고?" 그건 세스를 말하는 것이었다.

샤마는 대답을 하지 않았다.

"그리고 늙은 여왕님은?" 그건 툴시 부인을 말하는 것이다. "늙은 암탉은? 늙은 암소는?"

"당신에게 이 집안으로 장가와달라고 **부탁한** 사람은 없었잖아요."

"집안? 집안? 이 빌어먹을 양계장을 집안이라고 하는 거야?"

---

* 트리니다드의 교육은 초등학교 5학년 때 입학시험을 치러 중학교에 가고, 다시 입학시험을 쳐서 고등학교college로 간다. 칼리지는 7년, 5년, 2년 과정이 있다. 영연방 국가에서 칼리지는 고등학교와 대학교 명칭에 모두 사용된다.

그 말과 함께 비스와스 씨는 놋쇠 항아리를 끼고 데메라라 창문으로 갔다. 거기서 그는 시끄럽게 목을 가시며 동시에 그 집안에 대한 욕지거리 삼매경에 빠졌다. 목을 가시는 소리가 자기 말을 못 알아듣게 하리라는 것을 알기 때문이었다. 그러고는 물을 아래 마당에 일부러 요란하게 뱉었다.

"조심해요. 부엌이 바로 아래예요."

"알아. 그냥 당신 식구 몇 명에게 뱉어주고 싶어서 그래."

"그랬다가 아무라도 귀찮은 기색 하나 없이 당신에게도 침을 뱉어줄 텐데, 참 좋겠네요."

*

집안에 사람들이 가득 함께 살면서도 이야기는 단 한 사람하고만 하는 경향이 있었다. 그래서 몇 주가 지나자 비스와스 씨는 함께 뭉칠 사람을 찾기로 했다. 하누만 하우스 내의 인척 관계는 아주 복잡해서 비스와스 씨는 아직까지 몇 명만 알고 있었다. 그런데 두 자매가 친하면 두 남편도 친하게 지내고, 두 남편이 친하면 두 아내도 친하게 지낸다는 점을 발견하게 되었다. 친한 자매끼리는 남편들의 장애, 병명, 치료법에 대한 이야기를 나누었는데 그런 의논은 어쩔 수 없이 영어로 했다.

"그이는 요즈음 등이 아프대."

"녹용을 한번 써봐. 우리 그이도 등이 아팠어. 도드 사의 신장약과 비첨 사와 카터 사의 간장약, 그리고 백여 군데 되는 다른 회사의 작은 알약들도 다 먹어봤는데 그래도 녹용만큼 효과 있는 게 없었어."

"우리 그인 녹용을 안 좋아해. 슬론 사의 연고와 캐나다산 힐링 기름을 더 좋아하거든."

"우리 그인 슬론 사의 연고는 안 좋아해."

친한 자매는 상대방의 아이들에 대해 솔직하게 말하고 때때로 애들을 매질하는 것으로 우애를 돈독하게 다졌다. 두들겨 맞은 아이가 엄마들 간의 우애를 잘 모르고 불평이라도 하면 그 애 엄마는 이렇게 말하곤 했다. "잘 맞았다. 이모가 때려주니 내 속이 다 시원하다. **이모가** 앞으로도 계속 네 버릇을 고쳐놓을 거야." 그러고 나서, 맞은 아이의 엄마는 다른 엄마의 아이를 때릴 차례를 기다리곤 했던 것이다.

샤마와 시 사이에는 눈에 띌 정도로 우애가 있었고 비스와스 씨는 전직 코코넛 장수인 시의 남편과 잘 지내보기로 결심했다. 그의 이름은 고빈드였다. 구식이고 특별한 것이라곤 없었지만, 키가 크고 덩치가 좋고 잘생긴 사람이었다. 비스와스 씨는 그렇게 잘생긴 사람이 코코넛 장수를 하다가 지금은 들판에서 막일을 해야 하는 게 부당하다고 생각했다. 고빈드가 세스와 함께 있는 걸 보면 마음이 아팠다. 잘생긴 그의 얼굴이 어디로 보나 힘이 빠진 듯 보였기 때문이다. 고빈드의 눈은 작아지고 빛이 나면서 쉴 새 없이 움직였다. 말을 더듬었고 침을 삼키고 긴장한 듯 엷게 웃었다. 마침내 풀려나서 한참 후에 긴 소나무 테이블에 앉아 밥을 먹을 때면 그는 또 달라졌다. 시끄럽게 쉴 새 없이 말을 하고 콧김을 뿜고 한숨을 지으며 마치 먹는 일에도 열성을 보이고 싶은 듯, 자신이 정말 열심히 일해서 어떤 것이라도 먹을 식욕이 당기고 있다는 것을 증명하고 싶어 안달이라도 난 듯, 그리고 동시에 어떤 음식이라도 상관하지 않는다는 것을 나타내고 싶어 죽겠다는 듯이 공격적으로 먹었다.

비스와스 씨는 고빈드를 동료 피해자이자, 이미 툴시 집안에 항복하고 굴욕을 당하는 사람이라고 생각했다. 그는 자신이 광대이자 말썽쟁이라는 평을 받았던 사실을 잊고 있었지만, 자신이 접근하는 것을 고빈드가 경계하고 있다는 것은 알았다. 저녁 때 몇 번 고빈드는 비스와스 씨에게 억지로 끌려 바깥으로 나가는 고통스러운 일을 겪었다. 회랑 아래 앉아 신경질적으로 긴 다리를 흔들며 미소를 짓고 혀를 차며 때가 낀 들쑥날쑥한 손톱으로 이빨을 쑤시는 고빈드의 모습은 편안해 보이지 않았다. 둘은 서로 할 말이 없었다. 여자들에 대해서 말을 나눌 수 없는 것은 물론이고, 고빈드는 인도나 힌두교에 대해서도 말하고 싶어 하지 않았다. 그래서 비스와스 씨는 툴시 집안에 대해서만 말할 수 있었다. 그는 세스 밑에서 일하는 것이 어떤지 물어보았다. 고빈드는 괜찮다고 했다. 툴시 부인에 대해 어떻게 생각하냐고 물었다. 장모도 좋다고 했다. 장모의 두 아들도 좋다고 했다. 모든 사람이 다 괜찮다고 했다. 그래서 비스와스 씨는 일에 대해 이야기했다. 고빈드는 약간 더 관심을 보였다.

"자네는 간판 그리는 일을 그만둬야 해." 그가 어느 날 저녁에 이렇게 말했다. 비스와스 씨는 놀라기도 하고, 다른 누구도 아닌 고빈드가 그런 충고를 그렇게 당연하다는 듯 하는 것에 대해서 조금 화가 나기도 했다.

"그분들은 들에서 일할 운전수들을 찾고 있거든." 고빈드가 말했다.

"간판 그리는 일을 그만두라고요? 그러면 내 독립은요? 안 되지. 내 신조는 '내 배는 내가 젓는다'*라고요." 비스와스 씨는 『표준 웅변가』에 나오는 시를 인용하여 말했다.

---

* 자립한다는 의미.

"형님은 어때요? 그분들이 얼마나 주는데요?"

"충분히 줘."

"물론 그렇겠지요. 그렇지만 그 사람들은 착취하는 거예요. 그 사람들을 위해 일하느니 차라리 게를 잡거나 코코넛을 팔겠어요."

예전 직업을 언급하자 고빈드는 불안하게 웃으며 다리를 신경질적으로 흔들었다.

"형님은 분명히 꼬마 신들이 들판에 가는 건 못 봤을 거예요."

"꼬마 신?"

비스와스 씨가 설명을 해주었다. 그는 나머지 것에 대해서도 설명을 해주었다. 고빈드는 미소를 지으며 혀를 차고 때때로 웃으면서도 아무런 말도 하지 않았다.

*

어느 늦은 오후 샤마가 비스와스 씨에게 주려고 음식을 가지고 올라와서 말했다. "이모부가 당신 좀 보자네요." 이모부는 세스였다.

"이모부가 날 보잔다고? 이봐, 가서 이모부에게 날 보고 싶으면 직접 이쪽으로 오시라고 전해."

샤마의 표정이 진지해졌다. "당신 뭔 짓 하면서 뭐라고 떠들고 다닌 거예요? 모든 사람을 다 적으로 만들고 있잖아요. 그러면서 신경도 안 쓰지. 하지만 나는 어떻게 해요? 당신은 나한테 해주는 것도 없으면서 다른 사람들이 해주는 것도 못하게 막고 있잖아요. 짐 싸서 나간다고 말하고 다니는 게 잘하는 일인가요? 하지만 그게 말뿐인 건 당신도 알잖아요. 당신 가진 게 대체 뭐가 있어요?"

"아무것도 없다. 그래도 이모부 보겠다고 아래로 내려가진 않을 거야. 이 집 다른 사람들처럼 손짓하고 부른다고 쪼르르 달려가진 않을 거라고."

"가서 직접 말해요. 남자답게 말하라고요. 가서 남자답게 굴어요."

"난 안 내려갈 거야."

샤마가 고함을 지르자 결국 비스와스 씨는 바지를 입었다. 계단을 내려오니 용기가 사그라지기 시작했고, 그래서 그는 자신이 자유인이며 언제든 원할 때 그 집을 떠날 수 있다고 스스로에게 말해줘야만 했다. 홀에서 "예. 이모부, 부르셨어요?"라고 자신이 하는 말을 스스로 듣자니 창피스럽기 그지없었다.

세스는 긴 담뱃대에 담배를 끼우고 있었다. 비스와스 씨에게 그 정교한 물건은 더 이상 가식으로 보이지 않았다. 그것은 더 이상 세스의 거친 노동복이나 면도하지 않은 수염 난 거친 얼굴과 대비되는 물건도 아니었다. 그것은 이미 그의 외모의 일부였다. 비스와스 씨는 세스의 상처 난 두꺼운 손가락의 미묘한 움직임에 온 신경을 쏟으면서도, 동시에 홀에 사람이 가득 찬 것을 느낄 수 있었다. 그러나 어느 누구도 목소리를 높이지 않았다. 속삭이는 소리, 먹는 소리, 희미한 목소리, 겉으로 보기에 멀리서 싸우는 것 같은 소리 들이 점점 더 조용해졌다.

"모헌," 세스가 마침내 말했다. "여기에서 얼마나 살았지?"

"두 달이요, 이모부." 그는 자신이 고빈드와 얼마나 비슷한 말투로 말하고 있는지를 확실히 느끼지 않을 수 없었다.

툴시 부인도 와서 긴 테이블 뒤 벤치에 앉았다. 평소와 다르게, 잘 웃지 않는 두 꼬마 신들도 와 설탕 부대로 만든 해먹에 앉아 발을 바닥에 내리고 있었다. 딸들은 테이블 한쪽 끝에서 각자 자기 남편에게 음식을 차려주고 있었다. 딸들과 그 자녀들이 부엌의 시커먼 문 근처에 빽빽이 모여 있었다.

"밥은 잘 먹었어?"

세스 앞에서 비스와스 씨는 위축감을 느꼈다. 세스의 조용한 태도, 부드러운 회색 머리카락, 아이보리색 담뱃대, 부풀어 오른 단단한 팔뚝 등, 그의 모든 것이 위압적이었다. 그 말을 마친 세스는 자기 팔뚝을 쓰다듬으며 곧추선 털이 다시 원래 자리로 눕는 것을 바라보았다.

"잘 먹었냐고요?" 비스와스 씨는 그 형편없는 식사와 배가 부른 때와 좀처럼 충족되지 않는 식욕에 대해 생각해보았다. "예, 잘 먹었습니다."

"자네가 먹는 음식을 누가 주는 건지 알고 있나?"

비스와스 씨는 대답하지 못했다.

세스는 웃으며 담뱃대를 입에서 끄집어내고 가슴 깊숙한 곳에서 기침을 했다. "형편없는 인간 같으니. 남자가 결혼을 하면 다른 사람이 먹여 살려줄 거라고 기대하면 안 돼. 사실 남자가 아내를 먹여 살려야지. 내가 결혼했을 때 자네 장모의 어머니가 나를 먹여 살려줄 거라고 바랐을 것 같아?"

툴시 부인이 팔찌 긴 팔을 소나무 테이블에 문지르며 고개를 흔들었다.

신들의 표정이 엄숙했다.

"그런데 자네가 여기서 별로 행복하지 않다는 말을 들었어."

"누구에게 별로 행복하지 않다는 말을 한 적이 없는데요."

"내가 두목이라며, 응? 그리고 장모는 늙은 여왕이고 늙은 암탉이고. 그리고 애들은 두 신이라며, 응?"

신들이 험악한 표정을 지었다.

비스와스 씨가 세스에게서 고개를 돌려 테이블 저 끝에서 밥을 먹는 사람들 사이에 있는 고빈드를 바라보자, 다른 열댓 개의 얼굴들도 일제히 따라 얼굴을 돌렸다. 고빈드는 이 심문에는 아무 관심도 없다는 듯 미소 짓는 얼굴로 야만스럽게 음식에 달려들어 먹고 있었고, 그동안 시는 고개를 숙이고 베일을 내린 채 충실하게 시중들며 서 있었다.

"응?" 처음으로 세스의 목소리에 짜증이 섞이더니, 자신의 기분이 안 좋은 상태라는 것을 보여주기 위해 힌두어로 이야기하기 시작했다. "이게 감사구나. 자네는 땡전 한 푼 없이 여기 손님으로 왔어. 우리는 자네를 받아들였고, 딸 하나를 주었어. 자네를 먹여 살렸고, 잠잘 곳을 주었지. 그런데 자네는 가게에서 일하는 것도, 들에서 일손 돕는 것도 거절했어. 좋아. 하지만 그러면서도 자넨 우리에게 등을 돌리고 모욕했어!"

비스와스 씨는 그런 생각은 해본 적도 없었다. 그가 말했다. "죄송합니다."

툴시 부인이 말했다. "어떤 **생각**을 한 것 가지고 미안해할 것까지 있겠나?"

세스는 탁자 끝에서 음식을 먹고 있는 사람들을 가리켰다. "저 애들에게는 무슨 별명을 붙여줬지, 응?" 먹고 있던 사람들은 고개도 들지 않고 먹는 데 더욱 열중했다.

비스와스 씨는 아무 말도 하지 않았다.

"아, 아직 쟤들 별명은 안 지은 모양이군. 나하고 장모하고 두 아이에게만 별명을 지어준 거야?"

"죄송합니다."

툴시 부인이 말했다. "누가 그렇게 미안해할 것까지……"

세스가 부인의 말을 가로막았다. "그러니까 우리는 들에 가서 일할 사람을 원해. 가족들과 그런 일 하는 게 별로인가? 그리고 자네가 뭐라고 했다더라? 자기 배는 자기가 젓는다 그랬지. 어이, 이 사람 좀 봐." 세스가 홀에 대고 말했다. "뱃사공 비스와스."

아이들이 미소를 지었다. 딸들은 베일을 이마 위로 잡아당겼다. 그리고 그 남편들은 밥 먹다가 얼굴을 찡그렸다. 해먹에 있는 신들은 무서운 눈초리로 층계참을 빤히 쳐다보며, 발을 땅에 대고 천천히 해먹을 흔들었다.

"자네 집안 내림이로군." 세스가 말했다. "자네 아버지가 뛰어난 잠수부라고 하던데. 그런데 그렇게 열심히 노를 저어서 지금 어디까지 왔나?"

비스와스 씨가 대답했다. "제가 들일은 잘 몰라서요."

"오호! 읽고 쓸 줄 알기 때문에 손에 흙은 못 묻히시겠다, 그거야? 내 손 좀 보게." 그는 울퉁불퉁하고, 휘어지고, 놀랍도록 짧은 자기 손톱을 보여주었다. 털투성이 손등은 긁히고 색이 변해 있었다. 손바닥은 딱딱했는데, 어떤 곳은 닳아서 반들반들했고 어떤 곳은 찢어져 있었다. "내가 읽고 쓸 줄 모른다고 생각해? 쟤들 모두 합친 것보다 내가 더 잘 읽고 쓸 줄 알아." 그는 한 손을 흔들며 딸들과 그들의 남편, 그리고 그들의 아이들을 가리켰다. 그는 다른 손바닥을 해먹에 앉아 있는 신들에게 펴 보이며 그들은 예외라는 손짓을 했다. 그의 눈동자엔 즐거운 기색이 돌았다. 그는 담뱃대를 문 입의 한쪽 구석을 벌려 웃었다. "여기 애들은 어떤가, 모헌? 신들 말이야."

작은아들 신이 이마를 찡그렸다가, 표정이 없어질 때까지 눈을 크게 더 크게 뜨면서 작고 통통한 입을 앙다물려고 했다.

"자네는 **저 애들**도 읽고 쓸 줄 모른다고 생각하나?"

"쟤들이 가게에 있을 때 한번 보게." 툴시 부인이 말했다. "읽고 물건 팔고. 읽고 먹고 물건 팔고. 읽고 먹고 돈 세고. 쟤들은 자기 손이 더러워지는 걸 겁내지 않아."

'돈 가지고 그럴 리는 없죠'라고 비스와스 씨는 마음속으로 그녀에게 대답했다.

작은 신이 해먹에서 일어나서 말했다. "자형이 들판에서 일하기가 싫다면 그거야 자형 맘이죠. 보기 좋네요, 엄마. 엄마가 선택한 사위들이 제대로 대접을 해주고 있네요."

"앉아라, 오와드." 툴시 부인이 말했다. 그녀는 세스에게 고개를 돌렸다. "얘가 성질이 좀 못됐잖아."

"저 애 탓이 아니에요." 세스가 말했다. "원래 뱃사공들은 자기 노는 자기가 저어가며 떠나는 법이거든요. 그런 거지, 안 그래, 비스와스? 그런데 문제가 터지면 이리로 다시 달려오겠지. 세스는 바로 여기에 있다가 도우려고 애썼던 바로 그 사람들에게 모욕이나 당하고. 알겠니? **난** 괜찮다 치자. 하지만 그렇다고 쟤들까지 언짢게 생각하지 말아야 할 이유가 있을지 모르겠다."

작은 신은 더 심하게 얼굴을 찡그렸다. "우리 아버지가 돌아가셨기 때문에 엄마 음식을 먹는 사람들이 엄마를 암탉이라고 불러도 된다고 생각하는 건 아닌가요? 나는 비스와스 자형이 엄마에게 사과해야 한다고 생각해요."

"사과, 사아과." 툴시 부인이 말했다. "그렇다고 뭐가 달라지겠니. 어떤 **감정**을 느낀 것 가지고 사과까지 해야겠니."

스스로에게 약점이 있고 또 그 약점을 분하게 생각하는 사람에게는 어디로 튈지 모르게 갑자기 작동하여 최후의 굴욕에서 벗어나게 만들어주는 어떤 메커니즘이 있다. 그때까지 자신의 불손한 행동을 더할 나위 없이 사악한 배은망덕으로 여기고 있던 비스와스 씨는 이때 갑자기 이성을 잃었다.

비스와스 씨가 소리쳤다. "당신들 모두 지옥에나 가! 이 망할 놈들, 난 누구한테도 사과 안 할 거야."

경악 그리고 심지어 두려움이 사람들의 얼굴에 나타났다. 비스와스 씨는 정신이 들면서 이를 알아차렸다. 그러더니 돌아서서 계단을 달려 올라가 긴 방으로 갔고 거기에서 넘치는 에너지로 짐을 꾸리기 시작했다.

"다른 사람들을 저 지경으로 만들어놓고 당신은 아무렇지도 않죠, 그렇죠?" 샤마였다. 그녀는 맨발로 문가에 서서 이마 위로 베일을 낮게 드리운 채 그날 아침 가게에서처럼 놀란 표정을 짓고 있었다.

"가족! 가족!" 비스와스 씨가 옷가지와 『자족』『벨의 표준 웅변가』, 일곱 권으로 된 『호킨스의 전기 가이드』 책을 위쪽 모서리에 둥근 연유 통 자국이 남아 있는 종이 상자 안으로 쑤셔 넣으며 말했다. "1분도 더는 여기에 못 있겠어. 저 망할 어린 자식이 나한테 저렇게 말하게 내버려두다니! 쟤는 다른 자형들에게도 모두 저렇게 말하나?"

너무 힘차게 짐을 싸는 바람에 짐을 금방 다 꾸려버렸다. 그러나 화는 점차 가라앉기 시작했고 이렇게 또다시 금방 집을 나가버리는 것이 새색시처럼 웃기는 행동을 하는 게 아닌가 하고 곰곰이 생각했다. 비스와스 씨는 샤마가 뭔가를 말해서 자신의 분노에 다시 불을 지펴주기를 바랐다. 그녀는 조용히 있었다.

"가기 전에," 그가 연유 통 케이스를 풀었다 다시 싸면서 말했다. "당신이 두목에게 전해줬으면 하는 말이 있어. 두목이 이 집에서 제일 센 사람이 분명하니까 말이야. 가서 가게에서 그린 간판 값을 아직 안 줬다고 말해줬으면 좋겠어."

"왜 직접 가서 말하지 그래요?" 샤마는 지금 화가 나서 거의 울기 직전이었다.

비스와스 씨는 세스에게 가서 돈을 달라고 하는 장면을 애써 그려 보았다. 도저히 할 수 없었다. 그가 말했다. "당신이나 다른 사람들이나 모두 날 좀 건드리지 마. 내가 그 사람과 말하고 싶을 거 같아? **당신**은 두목이랑 오랫동안 잘 알고 지냈잖아. 그 사람은 당신에게 두번째 아버지 같은 사람이야. 당신이 말해야 돼."

"그러면 이모부가 당신이 그분에게 빚진 것을 달라고 하면 어쩔래요?"

"내가 당장 당신 통해서 주면 되잖아."

"당신이 빚진 게 이모부가 당신에게 빚진 것보다 많아요."

"그 사람 빚이 내 빚보다 많아."

그들의 대화는 평범한 말싸움으로 변하며 김이 빠졌다. 그사이 그에게 남은 화는 다 사라졌다. 비스와스 씨는 다음에 뭘 해야 할지 약간 어리둥절한 상태이긴 했지만 오히려 기분이 상쾌해지기까지 했다.

그가 결정을 내리기도 전에 시와 세스의 부인인 파드마가 노크도 하지 않고 방에 들어왔다. 시는 울고 있었다. 파드마는 비스와스 씨에게 가족의 유대와 가문의 이름을 위해 성급하게 행동하지 말아달라고 애원했다.

그는 몹시 화가 나서 파드마와 시에게 등을 돌리고 무거운 발걸음으로 그 작은 방을 왔다 갔다 했다.

여자들이 들어오자 샤마의 태도가 변했다. 그녀는 더 이상 화내거나 간청하지 않았고 그 대신 순교자나 된 듯이 굴었다. 그녀는 낮은 벤치에 뻣뻣하게 앉아 턱 아래에 엄지손가락을, 무릎에 팔꿈치를 괴고, 작은 신이 조금 전에 홀에서 했던 것처럼 멍한 표정이 될 때까지 눈을 크게 떴다.

"가지 마요, 제부." 시가 흐느꼈다. "처형이 이렇게 간청하고 있잖아요." 그녀는 그의 발목을 잡으려고 애썼다.

그는 가볍게 뛰어 피하면서도 곤혹스러운 표정을 지었다.

흐느끼던 시는 그가 당황하는 것을 눈치채고 해명했다. "친타가 제부에게 이렇게 간청하고 있잖아요." 그녀는 자신의 마음이 얼마나 아픈지, 또 자신의 간청이 얼마나 진심 어린 것인지를 알리기 위해 자기 이름을 언급했다. 그러더니 통곡하기 시작했다.

그에게 거의 매달리다시피 하는 행동을 통해, 친타는 비스와스 씨의 불순한 언동을 세스에게 일러바친 자가 바로 자기 남편 고빈드임을 거의 자백한 것이나 다름없었다. 또한 고빈드가 승리를 즐기고 있다는 것을 말해주는 거나 마찬가지였다. 남편들이 말싸움을 할 때 승리한 남편의 아내가 할 의무는 패배한 남편을 달래는 것이고, 패배한 남편의 아내가 할 일은 분노를 내색하지 않고 자기가 겪는 불행이 양쪽 남편 모두에게 똑같이 책임이 있다는 것을 교묘히 표시하는 것이라는 사실을 비스와스 씨는 알고 있었다. 샤마는 친타가 들어온 뒤 패배자의 아내라는 역할을 맡아 그 어려운 역을 처음으로 훌륭하게 수행하려고 애쓰고 있었다.

이런 미묘한 굴욕에 항의할 방법은 없었다. 그 순간까지 비스와스 씨는 자신에게 적이 있다고 느껴본 적이 없었다. 사람들은 그저 그에게 관심이 없을 뿐이었다. 그런데 지금 한 명의 적, 그 적이 모습을 드러낸 것이다. 비스와스 씨는 달아나지 않기로 결심했다.

이렇게 결심하고 나자 그는 벌써 이긴 것 같은 느낌이 들었다. 그는 승리자로서, 친타와 파드마를 넓은 아량으로 바라보았다. 친타는 흐느끼며 자신의 눈을 베일로 가볍게 두드렸다. 비스와스 씨는 친절하게 그녀에게 말했다. "남편에게 『가제트』에서 일자리를 구해보라고 그래요. 타고난 기자던데." 이 말은 친타의 반짝이는 눈에서 흐르는 눈물에 아무런 영향도 미치지 못했다. 샤마는 여전히 순교라도 하는 듯한 자세로 앉아 눈을 크게 뜨고 무릎을 벌려 치마를 무릎 사이로 늘어뜨린 채 꼼짝도 하지 않았다. "도대체 당신 뭘 생각하는 척하는 거야, 어?" 그녀는 듣지 않았다. 파드마는 피곤한 기색으로 계속 점잖게 행동했다. 비스와스 씨는 그녀에게 아무 말도 하지 않았다. 파드마는 툴시 부인과 닮긴 했지만 더 살쪘고 더 늙어 보였다. 그녀의 얇고 건강하지 않은 피부는 번들거렸고, 마치 속에서 열이 올라 괴로운 듯 계속해서 부채질을 하고 있었다. 한 번 간청을 하고 난 다음에는 비스와스 씨를 쳐다보지도, 말을 붙이지도 않았다. 울지도, 평소보다 슬픈 듯이 보이지도 않았다. 사람들을 위한 이런 식의 임무를 지금까지 너무나 많이 해본 탓에 친타처럼 열정적으로 할 수는 없었다. 어느 때건 이 집에서는 세스와 말다툼을 하지 않은 남자가 없었다. 파드마는 그냥 와서 간청하고 앉아서 불편한 표정을 지었다. 그녀는 홀에서든 다른 곳에서든 세스가 하는 행동에 동의하거나 질녀의 남편들이 하는 행동에 반대를 표한 적이 없었다. 그 때문에 파드마는 존경을 받았고 훌륭한 중재자가 되었다.

가차 없는 어조로 짜증을 내며 비스와스 씨가 말했다. "좋아요, 좋

아. 눈물 닦으세요. 안 나갈게요."

친타는 큰 소리로 짧게 한 번 흐느꼈다. 그것은 그녀의 눈물이 끝났다는 표시였다.

"하지만 내 성질 또 건드리지 말라고 해요. 그럼 됐어요."

파드마는 한숨을 쉬며 무겁고 아픈 몸을 일으켰다. 그리고 더 이상한 마디 말도 하지 않고 친타와 함께 방을 나갔다.

샤마도 자세를 풀었다. 눈을 약간 가늘게 뜨고, 턱을 받치던 손가락을 치웠다. 조용하게 울기 시작하더니 몸이 편안하게 풀렸다. 비스와스 씨는 이 모습을 보고 감탄하면서도 격분했다. 그녀의 팔이 점점 둥글어져가는 것 같았다. 어깨도 둥글게 수그러들었다. 등도 구부러졌다. 눈길도 부드러워져 마침내 눈물이 그렁그렁해졌다. 팔목은 부러진 듯 무릎 위에 놓였다. 손도 느슨하게 펼럭였다. 긴 손가락은 마치 마디마디가 다 부러진 듯이 생기 없이 흔들렸다.

"미워 죽겠지?" 비스와스 씨가 말했다. "미워 죽겠다고 **말해!**"

*

고빈드에게 실망한 비스와스 씨는 무시했던 동서들에게서 장점을 찾으러 다니기 시작했다. 하리는 키가 크고 창백하고 조용한 남자로, 임신한 아내의 감시를 받으며 별로 열성적이지는 않았지만 효과적인 방식으로 천천히 수북하게 쌓인 밥을 다 먹느라 긴 테이블에서 많은 시간을 보냈다. 그는 더 많은 시간을 화장실에서 보냈고, 그로 인해 공포의 대상이 되었다. "하리가 화장실에 가려고 하면, 언제 단수될지 알려줄 때처럼 벨을 눌러줘야 해." 비스와스 씨가 샤마에게 말했다. 하누만 하우스에서 하리는 보통 아픈 남자로 통했다. 그의 아내가 슬프지만 자랑스러운 표정으로 여러 의사가 내린 무서운 진단에 대해 말해줬기 때문이다. 하리야말로 들에서 일하기에 가장 적합하지 않은 사람인 듯 보였다. 그 가늘고 부드러운 목소리로 일꾼들에게 명령을 내리고, 게으른 사람들을 꾸짖고, 대드는 사람들에게 고함을 질러 제압하는 모습을 상상하기 어려웠다. 사실 그는 펀디트가 될 훈련도 받았고 성향도 펀디트였다. 들에서 입던 옷을 도티로 갈아입고 위층 베란다에서 멋있게 문양을 새긴 카슈미르산 독서대에 놓인 흉하게 생긴 몇 권의 두꺼운 힌두교 책을 읽고 있을 때만큼 그가 행복해 보인 적이 없었다. 그는 신들이 없을 때 푸자를 행했고 요즘도 때때로 가까운 친구들을 위해 의식을 행하기도 했다. 그는 누구도 화나게 하지 않았고 누구도 기분 좋게 해주지 않았다. 그저 자신의 병과 음식과 종교 서적에 푹 빠져 있었다.

밭에서 해야 할 일을 하고 베란다에서 책을 읽고 화장실에 들락거리면서 하리에겐 한가한 시간이 거의 없었다. 그래서 그가 긴 테이블에 있을 때만 다가갈 수 있었다. 그런데 그때 대화를 나누기는 쉽지 않다. 하리는 매번 40번씩 음식을 씹어야 한다고 생각해서, 요란하게 소리를 내면서 먹는 일에 열중하고 있었던 것이다.

어느 날 저녁 비스와스 씨는 하리 옆에 앉아, 되새김질하는 동물같이 흘깃 쳐다보는 그의 눈초리와 하리 아내의 걱정스러운 눈길을 받으며 하리가 한 입을 넣어 우적우적 씹고 갈아 뭉갤 때까지 기다렸다. 그러고 난 뒤 그는 서둘러서 물어보았다. "아리아파* 사람들에 대해 어떻게 생각해요?"

---

* 아리안 사마즈Aryan Samaj라는 혁신적인 힌두교 분파.

아리아파는 인도에서 온 힌두교 개신종파 선교사로, 카스트는 중요하지 않고, 힌두교는 개종자를 받아들여야 하며, 우상은 타파하고, 여성은 교육을 받아야 된다는 등, 교조적 정통파인 툴시 집안이 소중하게 여기는 교리와 상반되는 설교를 펼쳤다. 비스와스 씨의 질문은 이에 대해 묻고 있는 것이었다.

"아리아파 사람들에 대해서 어떻게 생각해요?" 비스와스 씨가 물었다.

"아리아파 말이야?" 하리가 이렇게 말하고 또 한 입을 먹기 시작했다. 말투에서 재수 없는 인간이 별 쓸데없는 질문을 다 한다고 생각하는 게 드러났다.

하리 부인의 얼굴에 심히 걱정스러운 표정이 번졌다.

비스와스 씨가 자포자기한 듯 연이어 말했다. "예, 아리아파 말이에요."

"그 사람들에 대해서 별로 생각 안 해봤는데." 그러고는 그렇게 키가 크고 느린 사람이 의외로 쥐처럼 생긴 날카롭고 작은 흰 이를 드러내며 고추를 약간 베어 물었다. "내가 듣기로," 계속 말하는 그의 목소리에선 즐거워하면서도 책망하는 기색이 아주 약간 느껴졌다. "자네가 그 사람들에 대해 많이 생각해왔다고 하더군."

*

비스와스 씨는 거의 아리아파 개종자였다.

비스와스 씨에게 팡카즈 라이의 설교를 들으러 가자고 부추긴 것은 놈팡이 신문기자인 미시르였다. "알다시피 팡카즈는 글도 못 읽는 트리니다드의 펀디트가 아니야." 미시르가 말했다. "팡카즈는 대학도 졸업 했고 게다가 법학 학위도 있어. 그리고 진짜 웅변가야. 순수주의자지." 비스와스 씨는 순수주의자가 뭔지 물어보지는 않았지만 미시르가 존경 스럽게 발음했기 때문에 끌렸다. 또한 이 단어는 순수함과 결벽은 물론, 우아함과 교양까지도 풍기고 있었다.

그를 끌어당기는 다른 점도 있었다. 나스 집안의 가정에서 그 모임이 열린다는 점이었다. 나스 집안은 땅과 비누 공장을 소유하고 있었고, 아르와카스에서 툴시 집안의 가장 큰 라이벌이었다. 나스 가와 툴시 가는 전 세대에 걸쳐 서로 적대감을 가지고 있었는데 힌두교와 이슬람교 사이의 적대감과 마찬가지로 오래전에 굳어져서 의문의 여지가 없는 것이었다. 나스 집안이 현대 포트오브스페인 풍의 새집을 짓고 난 뒤 그 적대감은 점점 더 심한 독기를 품고 있었다.

팡카즈 라이를 만났을 때 비스와스 씨는 순수주의자라는 말을 떠올렸다. 그 사람은 순수주의자다. 그는 딱 달라붙는 길고 검은 인도식 코트를 입고 있었고 우아했다. 비스와스 씨는 그와 악수를 나누며 그의 품위에 압도당했고, 팡카즈 라이가 자기처럼 키가 작고 못생긴 코를 가지고 있다는 점을 발견하고 흐뭇해했다. 그의 눈꺼풀은 유별나게 무겁고 축 늘어져 있어서 웃긴다거나 사악하다거나 자애롭다거나 거드름을 피운다는 인상을 만들 수 있었다. 눈꺼풀이 3밀리 정도 내려가면 미소는 비록 희미하지만 효과적인 비웃음으로 바뀌었다. 이것은 그가 정통 힌두교의 관행을 조롱하기 시작할 때 특히 효과가 있었다. 그는 훌륭한 순수주의자답게 허세를 부리지 않고 미리 자신이 할 말을 음미하기라도 하듯 천천히 연설을 했다. 그리고 따로 떼어놓으면 평범한 단어나 구절인데 그렇게 균형 있고 아름다운 문장으로 완성될 수 있다는 것도 비스와스 씨에게는 놀라운 사실이었다. 종교가 생긴 지 수천 년이 지난 뒤 우상은 인간의 지성과 신을 모독하는 것이며, 출생은 중요한 것이 아니고, 한 인간의 카스트는 오직 그의 행동에 의해 결정될 수 있다는 등 팡카즈 라이가 하는 모든 말에 자신도 의견이 같다는 것을 느꼈다.

말을 마친 팡카즈 라이는 자신의 저서 『유일한 길인 개혁』을 나누어주었고 비스와스 씨는 서명을 부탁했다. 팡카즈 라이는 그 이상을 해주었다. 비스와스 씨의 이름은 물론 "사랑하는 친구"라고 써주었던 것이다. 이 문구 아래에 비스와스 씨는 이렇게 썼다. "모헌 비스와스에게 그의 사랑하는 친구인 학사이자 법학사 팡카즈 라이가 선물하다."

그는 하누만 하우스로 돌아와 책과 서명을 샤마에게 보여주었다.

"그래서요?" 샤마가 말했다.

"당신네들이 그분을 왜 싫어하는지 얘기해볼까. 당신네는 자기네 카스트가 높다고 하지. 그런데 팡카즈가 당신들을 뭐라고 부를지 생각해본 적 있어? 한번 보자. 팡카즈라면 대장 황소를 어디에 배치할지 궁금하군. 하! 암소들도 거느리고. 그를 소몰이꾼으로 만드는 거야. 아니야. 그건 좋은 직업이야." 그는 자신이 소를 몰던 시절을 떠올렸다. "세스를 죽은 동물의 가죽을 벗기는 무두장이로 만들어야겠다. 그래, 바로 그거야. 큰 황소는 무두장이 카스트의 일원이다. 그리고 두 신은 어떻게 할까? 당신은 팡카즈가 그 애들을 어디에 배치할 것 같아?"

"그냥 당신이 두고 싶은 데다 두세요."

"거리 청소부? 어린 세탁부? 이발사? 그래. 어린 이발사. 팡카즈는 걔네들을 보자마자 이발이 하고 싶어질 거야. 당신 어머니는 어떻게 할까?" 그는 잠시 말을 멈추었다. "샤마! 방금 떠올랐어. 팡카즈는 아마 당신 어머니는 힌두교도가 아니라고 말할 거야. 내 말은, 한번 생각해봐. 가장 사랑하는 딸을 등기소에서 결혼시키다니. 두 어린 이발사들은 가톨릭 고등학교에 보내고. 팡카즈가 당신 어머니를 보면 곧장 십자가 모양을 지을 거야. 로마 가톨릭 교도. 당신 엄마가 바로 그거야!"

"입 좀 다물지 그래요." 샤마가 상냥하게 말하려고 했지만, 비스와스 씨의 눈에는 그녀가 점점 화가 나고 있는 것이 확실하게 보였다.

"로오마 가아톨릭! 로마 고양이, 개 같은 년. 당신 엄마가 팡카즈를 속여 넘길 수 있을 것 같지? 자, 이제 팡카즈가 당신 엄마에게 희망의 메시지를 전하는 것을 보게 될 거야. 힌두교도는 개종자를 받아들이고 그들을 자신들과 똑같이 대해야 한다. 그리고 높은 카스트로 태어났다고 해서 높은 카스트가 될 수는 없다, 라고 말이야. 희망의 메시지지. 그리고 뭐 어째? 아니, 당신 엄마는 오지게 감사해야 할 판에 그분 욕이나 하다니. 발에 키스하면서 감사해야 해. 알아?"

"당신이 궁지에 처박힐 건 뻔하지만, 그 팡카즈 라이가 그 전에 구해주면 좋겠네요. 계속해봐요."

"샤마."

"그만하고 잠이나 주무시지."

"샤마, 우리에겐 다른 문제가 있어. 신실한 힌두교도가 로마 가톨릭을 믿는 여자랑 결혼할 수 있다고 생각해? 정말 신실한 힌두교도라면 말이야. 샤마, 당신 생각은 어때? 내 생각엔 당신네 가족은 몽땅 천한 카스트뿐인 것 같은데."

"똑똑히 알아두세요. 당신이 바로 그곳으로 장가왔다는 걸."

"그곳으로 장가왔다고. 하! 그래서 내가 좋았던 것 같아? 내가 행복한 것처럼 **보여**?"

"왜 당신은 행복해 보여야만 해요? 그러니까 비참하죠. 당신 평생 하루에 세 끼 제대로 먹어본 적 처음이죠? 세 끼를 꼬박꼬박 먹으니까 장이 운동을 너무 많이 하는 거예요."

"내 위장을 다 훑어버렸다고 할까. 내가 이 집에서 제일 많이 먹는 음식과 음료수가 소다 파우더*랑 물이니까."

그는 발로 벽을 밀다가 엄지발가락으로 희미한 연꽃 문양 중 하나를 따라 동그라미를 그렸다.

*

비스와스 씨는 하리와 함께 아리아파에 대해 좀더 진지하게 대화를 나누려고 했다. 그는 하리가 제이람 펀디트나 다른 펀디트처럼 논쟁을 반길 거라고 기대했다. 그런데 그 긴 테이블에서 만났을 때 하리가 싸늘한 태도를 보이고 그의 아내가 기겁을 하자, 비스와스 씨는 그가 음식을 먹도록 내버려두었다.

하리가 옷을 갈아입고 위층 베란다에 앉아 활기 없는 태도로 어떤 경전을 중얼거리며 읽을 때, 화도 나고 뭔가 반응을 끌어내고 싶었던 비스와스 씨는 『유일한 길인 개혁』을 꺼내 보여주며 하리의 관심을 서명 쪽으로 가게 만들었다. 하리는 잠시 책을 보더니 "으음" 하고 말했다.

하리의 관심을 끄는 데 실패한 비스와스 씨는 이 희망의 메시지를 보다 지적 수준이 떨어지면서 욱하는 성질이 있는 다른 동서들에게는 보여주지 않는 것이 현명하리라고 결정했다.

일주일쯤 지나서 세스가 비스와스 씨와 홀에서 마주치자 웃으면서

---

* 빵을 부풀리거나 소화를 돕기 위해 쓴다.

말했다. "자네하고 **친한** 친구 팡카즈 라이는 어떻게 지내?"

"왜 물어보시는 거죠?" 비스와스 씨는 하누만 하우스에서 상대방이 힌두어를 쓸 때조차 자신은 거의 영어를 썼다. 그것이 그의 원칙 중하나가 되었다. "점쟁이 양반 하리에게 물어보시죠."

"라이가 감옥에 갈 뻔했다는 건 알아?"

"어떤 사람들은 아무 소리나 막 지껄이죠." 그러나 비스와스 씨는그 순수주의자에 대한 이 뉴스에 마음이 뒤숭숭했다.

"이 아리아파들은 여자에 대해 온갖 말을 하지." 세스가 말했다. "왜 그런지 알아? 여자들을 자기 우두머리로 올려놓고 싶어서 그러는 거야. 너도 라이가 나스의 며느리를 희롱한 건 알고 있지? 그래서 사람들이 그 사람보고 떠나라고 했어. 그런데 그 사람이 떠날 때 다른 물건도 많이 없어졌다더라."

"하지만 그분은 학사 학위가 있어요."

"그리고 법학사 학위도 있지. 나도 알아. 나는 증조할머니라도 아리아파에게는 안 맡겨."

"비열한 거짓말이에요. 그분은 소중한 친구예요. 순수주의자고요. 팡카즈는 그런 짓 안 해요. 그분이 말하는 걸 못 들어보셨죠? 그래서 그래요."

"어쨌건 나스의 며느리는 들었지. 그 여잔 자기가 들은 걸 좋아하지 않았던 거고."

"스캔들, 스캔들. 당신들, 보수적인 사나타니스트*가 파놓은 스캔

---

* 힌두교의 한 종파. 라르수람 마자라즈 박사Dr. Rarsuram Majaraj가 2000년 4월 25일 『뉴스데이Newsday』에 쓴 「2000년 인구조사: 사나타니스트 힌두교도는 누구인가?Census 2000: who is a Sanatanist Hindu?」에 따르면 트리니다드 토바고 공화국의 힌두교도

들일 뿐이에요."

"만약 내가 마음대로 할 수 있다면 아리아파 놈들 거시기를 몽땅 확 잘라버릴 텐데. 자네보고 개종하라는 소리는 아직 안 하던가?" 세스가 말했다.

"상관 마세요."

"들으니까 흑인 혼혈인들을 개종시켰다고 하던데. 모헌! 자네하고는 형제가 되겠군."

비스와스 씨는 베란다에서 도티와 러닝셔츠를 입고 염주를 건 채 책을 읽고 있는 하리를 보았다.

"안녕, 펀디트 양반!" 비스와스 씨가 말했다.

멍하니 비스와스 씨를 바라보던 하리는 다시 책으로 눈을 돌렸다.

비스와스 씨는 여러 색깔의 유리를 칸칸이 채운 문을 지나 서재로 갔다. 한쪽 벽 전체를 채운 책장은 하리가 한 권 한 권 다 읽은 종교 문학으로 꽉 차 있었다. 제본된 책은 거의 없었다. 많은 책이 인쇄가 되었다기보다는 얼룩이 묻은 듯 보였고, 가장자리가 갈색으로 변한 커다란 종이들을 느슨하게 엮어서 쌓아놓은 것에 불과했다. 각각의 종이에는 위쪽의 종이와 아래쪽의 종이에서 배어든 자국이 일부 남아 있었다. 잉크는 황갈색으로 변했고 글자마다 기름 자국이 번져 있었다.

비스와스 씨는 서재를 나와 다시 베란다 쪽으로 걸어갔다. 화려한 푸른색 유리 칸을 통해 머리를 내민 비스와스 씨는 베란다에서 하리 쪽을 향해 큰 소리로 외쳤다. "안녕, **신** 양반."

웅얼거리며 책을 읽던 하리는 듣지도 않았다.

인도인 중 가장 많은 수가 속한 종파이다.

172

"당신 형부 중 한 명에게 또 별명을 지어줬어." 그날 저녁 비스와스 씨는 담요에 누워 오른발을 왼쪽 무릎 위에 얹고 엄지발가락에서 부러진 발톱을 떼어내며 샤마에게 그렇게 말했다. "변비 걸린 성인."

"하리 말이에요?" 샤마는 자신도 이 게임에 동참하기 시작했다는 것을 느끼며 몸을 일으켰다.

그는 자기의 말랑말랑하고 노란 장딴지를 찰싹 때리며 손가락으로 그 살을 쑤셔보았다. 장딴지는 스펀지처럼 들어갔다.

그녀가 그의 손을 치웠다. "그런 짓 하지 말아요. 그러고 있는 것 도저히 못 봐주겠네. 좀 부끄러운 줄 알아요. 당신같이 젊은 사람이 살이 그렇게 물러터져서."

"여기서 먹는 음식이 모두 부실해서 그런 거야." 그는 여전히 그녀의 손을 잡고 있었다. "그리고 사실은 하리에게 별명을 굉장히 많이 붙여놓았지. 성령.* 어때?"

"여보!"

"그리고 저 두 신들은 어떨까? 걔들이 원숭이 두 마리 같다고 하면 당신은 충격을 받겠지? 그러니까 집 밖에는 콘크리트로 만든 원숭이 신이 있고 안에는 살아 있는 원숭이 신이 둘이나 있네. 사람들이 여기를 원숭이 집이라고 부르면 되겠군. 어라, 원숭이, 황소, 암소, 암탉. 젠장, 여기는 영락없이 동물원이야."

"그러면 당신은요? 멍멍 짓는 강아진가요?"

"인간의 가장 친한 친구지." 그는 다리를 들어 올려 축 처진 얇은 장딴지를 흔들었다. 그러고는 손가락으로 찔러가며 장단지가 계속 흔

---

* 기독교 신의 삼위, 즉 성자·성부·성령 중 하나. 영어로 '홀리 고스트(Holy Ghost, 거룩한 유령)'이다.

들리게 했다.

"그 짓 그만해요!"

지금 샤마의 머리는 말랑말랑한 그의 팔에 안겨 있었고, 그들은 나란히 누워 있었다.

*

비스와스 씨는 동서들을 모두 포기하고 나스 가의 아리아파 무리와 어울려 다니는 데 만족했다. 팡카즈 라이는 더 이상 이들과 같이 있지 않았고 누구도 그 사람에 대해 말하려 들지 않았다. 팡카즈의 자리는 학사(교수)라고 자신을 소개한 슈블로찬이라고 하는 남자가 이어받았다. 그는 순수주의자가 아니었다. 유식한 척하며 힌두어를 썼지만 영어는 거의 못했고, 미시르에게 지속적으로 괴롭힘을 당하고 있었다. 미시르는 토론이나 결의안을 만드는 데 열심이었다. 그의 지도하에서 교육이 중요하고 조혼(早婚)은 폐지되어야 하며 젊은 사람은 자기의 배우자를 고를 수 있어야만 된다는 결의안이 통과되었다.

부모가 한 선택 때문에 고통을 겪었던 미시르는 이렇게 말했다. "현행 체제는 봉지에 고양이를 담는 것*과 같을 뿐입니다."

(비스와스 씨는 미시르가 쓰는 용어를 좋아했다. "당신 가족이 당신에

* 봉지에 담긴 고양이를 산다는 것은 잘 알아보지도 않고 산다는 의미가 있다. 힌두교도 간의 결혼 대부분이 중매결혼이며, 조혼 역시 일반적 풍습 중의 하나다. 전통 힌두교 법전인 마누 법전에는 여자아이가 초경을 하기 전에 결혼을 시키는 것이 가장 이상적이라고 되어 있다. 현대에 들어와 1976년에 개정된 조혼 금지법에서는 남자는 21세, 여자는 18세 이상이 되어야 결혼할 수 있도록 규정되었지만, 실제 조사에 의하면 여전히 수십만 명의 어린이들이 조혼을 한 상태로 있고 그중에는 서너 살에 결혼을 한 사례도 있다. 조혼은 높은 여성 문맹률이나 유아 사망률과 같은 다른 사회 문제와도 연관이 깊다.

게 한 짓이 바로 그거야. 봉지에 담은 고양이를 몽땅 결혼시켜 처분한 것."
그날 저녁 그는 샤마에게 그렇게 말했다.

"당신이 어디서 그런 말을 주워듣고 오는지 내가 모를 거라고 생각 마요." 샤마가 말했다. "계속해요.")

미시르가 말했다. "봉지에 담긴 고양이랑 결혼해서 내가 뭘 얻었는지 한번 봐. 모헌, 너는 어때? 봉지 안의 고양이랑 결혼해서 행복해?"

비스와스 씨가 말했다. "사실 봉지에 담긴 고양이랑 결혼한 것은 아니야. 여자를 먼저 보긴 봤지."

"먼저 어린아이를 보게 해줬다는 말이겠지." 미시르가 정통 교리 중 어떤 것에 대해 본능적으로 반응하는가와는 상관없이 그가 몹시 화가 난 것은 분명했다.

"그러니까 그 여자가 그냥 가게에서 천이나 양말, 리본을 팔았거든. 내가 그 여자를 봤고 그러고 나서……"

"너무 오래되어 혼돈스럽지, 그렇지?"

"저, 꼭 그런 건 아니었어. 그냥 그러고 난 뒤에 일이 터졌어."

"몰랐어." 미시르가 말했다. "그럼 넌 네가 얻을 여자를 직접 달라고 부탁한 거네? 그래도 어쨌든 나는 이 봉지 안에 새끼 고양이를 담아서 파는 결혼 사업에 모두가 반대한다는 사실을 말할 수 있다고 생각해."

"물론 반대한다고 말할 수 있지." 비스와스 씨가 말했다.

"자, 그러면 어떻게 우리 생각을 대중들에게 알릴까?" 미시르가 말했다. 비스와스 씨는 미시르의 태도가 점점 더 팡카즈 라이와 닮아가고 있는 것을 깨달았다. "설득을 해야 할 거야."

"평화로운 설득이지." 슈블로찬이 말했다.

"평화로운 설득. 무함마드처럼 시작하자. 작게 시작하자. 너희 집에서부터 시작하는 거야. 너의 아내부터 시작하자. 그리고 난 뒤 계속 나아가는 거야. 나는 여기 있는 모든 사람이 오늘 저녁 이 말을 이웃에게 전하겠다는 결심을 하고 집으로 돌아갔으면 싶어. 그리고 친구들이여, 여러분에게 나는 얼마 안 있어서 아르와카스가 아리아니즘*의 요새가 될 것이라고 약속하겠습니다."

비스와스 씨가 말했다. "잠깐만, 그렇게 빠르게는 안 돼. 너희 집부터 시작하는 게 어떨까? 너는 우리 집안을 잘 몰라. 내 생각에는 우리집 식구들은 빼놓는 게 더 좋을 것 같아."

"이런 나쁜 놈." 미시르가 말했다. "넌 3억 명의 힌두인들을 개조하길 바라면서, 막일하고 사는 구식 집안에는 겁을 먹는단 말이야?"

"이봐, 내 말 좀 들어봐. 너는 우리 집을 잘 몰라."

"좋아." 미시르가 약간 김이 빠져서 말했다. "자, 그러면 평화로운 설득이 안 통한다고 가정해봐. 그냥 가정만 해보자고. 친구들이여, 그러면 어떻게 해야 할까요? 어떤 수단으로 우리가 간절하게 바라는 개조를 이룰 수 있을까요?" 이 마지막 두 문장은 팡카즈 라이가 한 연설 중에서 나온 것이었다.

비스와스 씨가 말했다. "무력으로. 유일한 길이야. 무력에 의한 개조."

"나도 같은 생각이야." 미시르가 말했다.

"잠깐, 여러분." 학사인 (게다가 교수라는) 슈블로찬이 일어서면서 말했다. "여러분은 비폭력이란 신조를 무시하고 있는 거예요. 모르겠어

---

* 아리아니즘Aryanism은 흔히 독일 나치당의 인종주의를 의미하지만, 여기서는 아리안 사마즈파의 개혁 힌두교 사상을 말하는 것이다.

요?"

"잠시 동안만 무시하는 거예요." 미시르가 짜증을 내며 말했다. "아주 잠시 동안만요."

슈블로찬은 앉았다.

"그러면 평화적 설득을 하고 난 후 군사적 개조가 따라와야 한다는 결의안을 통과시킬 수 있을 것 같아. 괜찮지?"

"나도 그렇게 생각해." 비스와스 씨가 말했다.

"야, 이거 기삿거리가 되겠는걸." 미시르가 말했다. "『센티널』에 당장 전화해야지."

다음 날 『센티널』의 지역 뉴스 난에 2단 크기로 아르와카스 아리안 연합the AAA 회의록에 대한 기사가 실렸다. 비스와스 씨의 이름도 주소와 함께 실려 있었다.

비스와스 씨는 홀에 있는 긴 테이블에 그 신문을 펼쳐놓고 표시까지 해놓았다. 그리고 그날 저녁 『유일한 길인 개혁』을 읽고 있을 때 샤마가 올라와 세스가 그를 보잔다고 말했는데도 비스와스 씨는 아무 대꾸도 하지 않았다. 소리가 안 나는 자기 방식의 휘파람을 불며 비스와스 씨는 바지를 입고 그 가족의 조사위원회와 한판 붙으려고 내려갔다.

"자네 이름이 여러 신문에 났더군." 세스가 말했다.

비스와스 씨가 어깨를 으쓱했다.

신들은 우거지상을 하고 해먹을 천천히 흔들고 있었다.

"뭘 할 작정이야? 이 집안에 먹칠을 하려고? 여기 이 아이들이 가톨릭 고등학교에 다니려고 애쓰는 게 보이지 않나? 이런 일이 애들에게 어떻게 도움이 될 거라고 믿나?"

신들은 감정이 상한 듯 보였다.

비스와스 씨가 말했다. "질투하는 거예요. 다들 질투하는 거예요."

"사람들이 질투해서 자네에게 득 되는 게 뭐가 있나?" 툴시 부인이
물었다.

큰아들 신이 눈물을 흘리며 일어났다. "식구 중 누가 날 모욕하는
데 이 해먹에 앉아 당하고만 있지는 않을 거예요. 엄마. 이건 엄마 잘못
이에요. 엄마 사위니까요. 엄마가 여기로 데려와서 아버지 돈으로 밥을
먹여줬더니, 아들들 욕이나 먹게 하고 말이에요."

엄청난 비난이었다. 그러나 툴시 부인은 아들을 잡고 끌어안으며
베일로 눈물을 닦아주었다.

"괜찮다, 얘야." 세스가 말했다. "널 돌봐줄 내가 있잖니." 그는 비
스와스 씨를 보았다. "괜찮아." 그는 영어로 말했다. "네가 한 짓이 어
떤 건지 알겠지. 너는 이 집안이 망했음 싶을 거야. 이 식구들이 감옥에
가는 게 보고 싶잖아. 식구들이 널 먹여줬더니 너는 나와 장모가 감옥
에 가길 바라는군. 넌 아버지도 없는 이 애들이 교육도 못 받고 세상 풍
파에 부대끼며 살기를 원하겠지. 다 좋다. 이 집은 벌써 공화국*이나 마
찬가지니까."

딸과 사위 들은 꼼짝도 않고 회개라도 하듯 우울한 태도로 있었다.
세스가 엉뚱하게 공화국을 언급한 것은 그들 모두를 꾸지람하는 것이었
다. 비스와스 씨의 태도로 인해 다른 사위들까지 의심받게 된 것이다.

세스가 계속해서 말했다. "그러니까 자네는 여자애들이 교육을 받

---

* 트리니다드 토바고 공화국은 1962년에야 독립했으며 세스가 지금 이 말을 할 때는 영연
방 식민지 상태였다. 비스와스 씨가 결혼했을 것이라고 추정되는 1930년대는 전염병 창
궐, 카카오 가격 하락, 세계적인 경제 공황의 여파로 트리니다드의 경제가 침체되었던
시기다. 특히 1937년에는 그라나다에서 이주한 T. U. B. 버틀러의 폭동이 발생하고 노동
운동이 태동했다.

고 남편을 선택하는 것을 보고 싶다는 거지. 자네 누이가 했던 그런 짓 말이야."

딸과 사위 들은 긴장이 풀렸다.

비스와스 씨가 말했다. "우리 누나는 여기 있는 사람 누구보다 나아요. 그리고 훨씬 더 잘 살아요. 훨씬 깨끗한 곳에서 사는 건 물론이고요."

세스는 팔꿈치를 테이블에 괴고 자기 구두를 내려다보며 슬픈 듯 담배를 피웠다. 그가 힌두어로 부드럽게 말했다. "검은 시대, 검은 시대가 마침내 왔군. 처형, 우리가 뱀 한 마리를 들였어요. 제 잘못이에요. 절 책망하세요."

"제가 여기 있게 해달라고 부탁한 적 없다는 건 아시죠." 비스와스 씨가 말했다. "저도 옛날 방식을 신봉했었죠. 장모님이 절 딸과 결혼시키면서 이것저것 약속했잖아요. 지금까지 전 아무것도 못 받았어요. 장모님이 약속한 것을 주는 날 제 스스로 나갈 겁니다."

"그러니까 자네는 여자애들이 읽고 쓰는 법을 배우고 남자 친구를 골랐으면 한다는 거지? 걔들이 짧은 바지를 입는 걸 보고 싶다는 거지?"

"짧은 바지 이야기는 안 했는데요. 장모님이 제게 약속한 것에 대해 말하고 있는 겁니다."

"짧은 바지. 연애편지. 연애편지! 자네가 샤마에게 썼던 연애편지 기억나나?"

샤마가 깔깔 웃었다. 이제 자매와 그 남편 들은 편안하게 앉아 깔깔거리고 있었다. 툴시 부인이 짧게 웃음을 터트렸다. 오직 신들만이 험악한 표정이었다. 하지만 여전히 큰아들을 껴안고 있던 툴시 부인이 아들을 살살 달래 웃게 만들었다.

그래서 이 만남은 패배로 끝났다. 그러나 지금까지 기가 죽어 있었던 비스와스 씨는 의기양양해했다. 그는 지금 툴시 집안에 대항하는 운동(지금 그는 이 상황을 그렇게 생각했다)에서 자신이 이기고 있다는 것을 의심치 않았다.

*

아리아파 연합을 통해 예상치도 않았던 지원이 왔다.

그 단체는 작은 사탕수수밭 소유주의 아내인 위어 부인의 관심을 끌었다. 부인은 노동자에게는 보수를 잘 주지 않았지만, 부리고 있는 일꾼들의 종교에 관심이 있었고, 또한 영적인 복지를 걱정하고 있다는 것을 보여주어 노동자들에게 존경을 받았다. 일꾼 대부분이 힌두교도였고 위어 부인은 힌두교에 특별히 관심이 많았다. 힌두교도들을 한꺼번에 개종시키려는 게 그녀의 궁극적인 목표라는 소문이 있었지만, 미시르는 그렇지 않다고 했다. 그는 사실상 자신이 그녀를 개종시켰다고 했다. 더군다나 부인은 아리아인의 모임에도 왔다. 그리고 몇몇 아리아인에게 차를 마시러 오라고 초대했다. 비스와스 씨와 미시르, 슈블로찬과 다른 사람 두 명이 갔다. 미시르가 이야기를 했다. 위어 부인은 들으면서 결코 반대 의견을 말하지 않았다. 미시르는 책과 팸플릿을 주었다. 위어 부인은 그것들을 읽으려니까 기대가 된다고 말했다. 그들이 떠나기 직전 위어 부인은 모두에게 마르쿠스 아우렐리우스의 『명상록』과 에픽테토스*의 『강연』 그리고 그 밖의 많은 소책자를 주었다.

---

* Epiktētos(?55~?135): 스토아학파의 대표적인 철학자.

그 후 며칠 동안 하누만 하우스는 잘 알려지지 않은 기독교 종파의 선전 공세를 당해야 했다. 위어 부인의 소책자들은 긴 테이블, 가게, 부엌, 그리고 여러 침실에서 발견되었다. 종교화 한 점은 화장실 안쪽 못에 걸려 있었다. 소책자 한 권이 사당 기도실에서 발견되자 세스는 비스와스 씨를 불러서 말했다.

"자네가 다음으로 할 일은 애들에게 찬송가를 가르치기 시작하는 걸 거야. 도대체 누가 자네를 펀디트로 만들려고 애를 썼었는지 이해가 안 가네."

비스와스 씨가 말했다. "글쎄, 내가 이 집에 오니까 훌륭한 힌두교도가 되려면 먼저 훌륭한 가톨릭 신자가 되어야 한다는 생각이 들던데요."

큰 신은 자기를 비아냥거린다는 것을 알고 벌써 울 준비를 다 마치고 해먹에서 일어났다.

비스와스 씨가 말했다. "처남 좀 보세요. 어린 잭 호너.* 손을 셔츠에 넣어서 십자가상을 꺼내려고 하네요."

큰 신은 정말로 십자가 목걸이를 하고 있었다. 이 집 사람들은 그 물건이 이국적이면서 호감이 가는 부적이라고 생각했다. 큰 신은 행운의 부적을 많이 몸에 걸치고 있었는데 그처럼 가치 있는 사람은 응당 보호를 잘 받아야 하기 때문이라고들 생각했다. 시험 바로 전주 일요일에는 하리가 축수한 물로 툴시 부인이 그를 목욕시켰다. 발바닥은 라벤더 향이 나는 물에 담갔다. 그리고 기네스 흑맥주 한 잔도 마시게 했다. 십자가, 성뉴, 목걸이, 뭐가 들었는지 모를 향주머니, 오만 가지 희한한 팔

* 동화책 주인공. 어린 잭 호너는 크리스마스 파이에 손가락을 찔러서 자두를 꺼낸다.

찌와 축성한 동전을 지니고, 양쪽 바지 주머니마다 라임을 하나씩 넣고 나서야 그 입이 딱 벌어지게 성스러운 인물은 하누만 하우스를 나갔다.

"처남도 자기를 힌두교도라고 해?" 비스와스 씨가 말했다.

샤마가 비스와스 씨의 입을 다물게 하려고 애를 썼다.

작은 신이 해먹에서 내려와 발을 동동 굴렀다. "우리 형님 욕하는 소릴 들으면서 이 해먹에 더는 못 있겠어요, 엄마. **엄마는** 상관 안 하시죠."

"뭐라고!" 비스와스 씨가 말했다. "내가 누굴 욕했다고? 그 가톨릭 고등학교에서는 처남 눈을 감게 하고 입은 벌리게 해서 성모송을 읊게 하잖아. 그건 어때?"

"여보!" 샤마가 말했다.

큰 신이 울고 있었다.

작은 신이 말했다. "**엄마는** 상관 안 하시는 거죠."

"비스와스!" 세스가 말했다. "너 내 손맛 한번 볼래?"

샤마가 비스와스 씨의 셔츠를 잡아당기자, 그는 마치 이길 수 있으니 계속했으면 하는 주먹싸움에서 끌려 나가기라도 하는 듯 몸부림을 쳤다. 그러나 그는 이미 세스의 위협을 알아들었고, 그래서 천천히 자신이 계단으로 끌려가게끔 몸을 맡겼다.

중간쯤에서 그들은 세스가 자기 아내를 부르는 소리를 들었다. "파드마! 빨리 와서 처형 좀 봐드려. 기절하려고 해."

누군가 계단을 달려 올라갔다. 친타였다. 그녀는 비스와스 씨는 쳐다보지도 않고 샤마에게 비난조로 말했다. "엄마가 기절하셨어."

샤마가 비스와스 씨를 험악한 눈으로 바라보았다.

"기절하셨다고, 그래?" 비스와스 씨가 말했다.

친타는 더 이상 아무 말도 하지 않았다. 그녀는 서둘러서 콘크리트 집으로 가서 툴시 부인의 침실인 장미방을 준비했다.

비스와스 씨가 안전하게 방으로 들어가는 것을 보자마자 샤마는 그를 내버려두고 나갔고 비스와스 씨는 그녀가 서재를 가로질러 아래층으로 달려가는 소리를 들었다.

툴시 부인은 자주 기절했다. 이런 일이 생길 때마다 즉시 복잡한 의례가 거행되었다. 장미방을 준비하도록 딸 한 명이 급파된다. 그리고 세스의 아내인 파드마의 지시에 따라 다른 딸들이 툴시 부인을 거기까지 모셔 간다. 역시 종종 일어나는 일인데 만약 파드마까지 병이 나면 수실라가 파드마의 역할을 대신했다. 이 집안에서 수실라의 위치는 독특했다. 그녀는 과부이자 외아들마저 앞세운 딸이었다. 그녀는 고생을 많이 했다고 해서 대접을 받았다. 스스로 권위 있는 태도를 고수하긴 했지만 지위가 확립되어 있지 않은 관계로, 때로는 툴시 부인처럼 높아 보이다가 또 때로는 미스 블래키의 지위보다 낮아 보이기도 했다. 오직 툴시 부인이 병에 걸릴 때만 수실라는 자신의 권위를 확실하게 세울 수 있었다.

이어 장미방에서는 기절한 툴시 부인에게 딸 한 명이 부채질을 했다. 두 명은 부드럽고 빛이 나며 놀랄 만큼 단단한 툴시 부인의 다리를 마사지했다. 한 명은 풀어헤친 부인의 머리카락에 베이럼 향유를 적시고 이마를 마사지했다. 나머지 딸들은 옆에 서서 파드마나 수실라의 지시를 따를 준비를 하고 있었다. 신들도 엄숙한 표정을 짓고 그곳에 같이 있곤 했다. 마사지와 베이럼 향유를 바르는 일이 끝나면 툴시 부인은 엎드려 누워서 작은 신에게 발바닥에서 어깨까지 좀 밟아달라고 부탁했다. 예전엔 큰 신이 이 임무를 맡았는데 지금은 자라서 너무 무거워졌기 때문이다.

사위들은 시키지도 않았는데 왜 조용히 있어야 하는지 알고 있는 아이들과 함께 목조 가옥에 남겨졌다. 모든 활동이 중단되었다. 집 안이 쥐 죽은 듯이 조용해졌다. 툴시 부인을 기절시키는 일에는 항상 사위 중의 한 명에게 책임이 있었다. 그러면 침묵과 적대감이 그를 쫓아다녔다. 만약 그 사위가 친근하게 말을 걸려고 하면 그 즉시 여러 시선이 그의 경박함을 나무랐다. 그가 구석에서 우울하게 있거나 자기 방으로 가면 냉정하고 배은망덕하다고 비난을 받았다. 그 사위는 홀에 머물러 있어야 하고, 뉘우치고 불안해하는 모든 조짐을 보여주어야 했다. 그 사위는 장미방에서 나오는 발소리를 기다렸다. 그리고 바쁘게 움직이는 화난 처형들의 쓴소리를 못 들은 척하고 말을 걸어가며 툴시 부인의 상태에 대해 낮은 소리로 물어보았다. 그다음 날이 되면 그 사위는 계면쩍은 표정으로 양처럼 온순해져서 내려왔다. 툴시 부인의 상태는 으레 좋아졌다. 툴시 부인은 그 사위를 못 본 척했다. 그러나 그날 저녁이 되면 용서한 것 같은 분위기가 돌곤 했다. 마치 아무 일도 없었다는 듯이 사람들이 그 분란의 원인 제공자에게 말을 걸면 그는 최선을 다해 대답했다.

비스와스 씨는 홀에 가지 않았다. 그는 긴 방의 이불 위에서 뒹굴며 미시르가 계획하고 있는 한 잡지에 "새 아리아인"에 대해 쓰기로 약속한 기사의 주제에 대해 생각하며 끼적거리고 있었다. 그는 집중할 수가 없었다. 잠시 후 한 레스토랑의 간판을 써준 이래로 써볼 만도 하고 철자들이 아름답게 조합되었다고 생각한 글자인 'RES'를 여러 가지 글씨체로 반복해가며 종이를 채웠다.

방에서 녹용 냄새가 났다.

"당신은 참 좋겠어요, 엄마도 기절하게 하고. 그렇죠?"

샤마였다. 그녀의 손에는 아직도 기름기가 남아 있었다.

"어느 쪽 발을 문질렀어?" 비스와스 씨가 물었다. "발을 만지도록 허락해줘서 엄청 기뻤겠어. 왜 당신 자매들은 늙은 암탉을 돌보는 데 그렇게 혈안이 되어 있는지 참 이해가 안 가. 늙은 암탉이 당신들을 돌봐줬어? 그냥 달랑 집어다가 늙은 코코넛 장수랑 게잡이에게 치워버렸잖아. 그런데 모두 달려가서 발을 문지르네, 머리와 손에 정신 드는 약을 짜 넣네, 난리를 치잖아."

"그거 알아요, 당신 말하는 걸 들으면 당신이 3센티짜리 못에 걸어놓을 옷만 들고 이 집에 왔다고는 아무도 안 믿을 거예요."

이 말은 자주 써먹는 공격이었다. 그는 못 들은 척했다.

다음 날 아침 그는 혼자 내려가서 경쾌하게 인사했다. "안녕, 안녕, 여러분 모두 안녕하세요." 아무도 대답하지 않았다. 그는 말했다. "샤마, 샤마, 이봐, 밥 줘, 밥." 샤마가 그에게 큰 컵으로 차를 가져다주었다. 아침은 차와 비스킷이었다. 그 비스킷은 제조업자가 회수해 가는 커다란 드럼통 안에서 나왔다. 가장 큰 이코노미 사이즈로, 주로 카페 주인이 그런 대량 구매 방식을 썼다. 그가 드럼통에 뛰어들어 지푸라기를 치워가며 비스킷을 찾는(재미있는 일이었다. 왜냐하면 지푸라기와 섞인 비스킷 냄새가 음식 냄새보다 나았으니까 말이다) 짓을 하고 있는 동안 툴시 부인이 거의 파드마만큼이나 나이 들고, 피곤하고 무거운 모습으로 혼자 들어왔다. 부인의 베일은 이마 아래까지 내려와 있었고 때때로 화장수에 적신 손수건으로 코를 눌렀다. 틀니를 빼놓으니 부인은 노쇠해 보였다. 그러나 그녀의 노쇠함에는 영원히 살 것 같아 보이는 특징이 있었다.

"기분 좀 나아지셨습니까, 장모님?" 비스와스 씨가 비스킷 몇 개를 이 빠진 양은 접시에 담으며 말했다. 그의 목소리는 매우 명랑했다.

홀이 조용해졌다.

"그래, 사위." 툴시 부인이 말했다. "기분은 좀 좋아졌어."

이번은 비스와스 씨가 놀라 자빠질 차례였다.

('내가 당신 엄마를 잘못 봤어.' 그날 아침에 집을 나가기 전 그는 샤마에게 이렇게 말했다.

"장모님은 절대 늙은 암탉이 아니야. 물론 늙은 암소도 아니고."

"당신이 감사가 뭔지 알게 돼서 기쁘네요." 샤마가 말했다.

"장모님은 암여우야. 늙은 암여우. 그걸 뭐라 하더라? 당신은 기억날 거야. 『맥두걸 문법』책 기억나? 애벗(남자 수도원장), 애비스(여자 수도원장), 스태그(수노루), 로우(암노루), 하트(수사슴), 힌드(암사슴), 폭스(여우), 그리고 암여우가 뭐더라?"

"말 안 할래요."

"한번 찾아봐야지. 하여튼 별명이 변했다는 걸 기억해. 장모는 늙은 암여우야.")

그는 층계참에서 때투성이로 찌그러져 못쓰게 된 피아노 앞에 놓인 찢어진 등나무 의자에 깊이 몸을 파묻으며, 부순 비스킷을 차에 넣어 홀짝거리며 먹고 있었다. 그는 비스킷 조각이 부풀어 오르는 것을 보다가, 가라앉으려고 하면 숟가락으로 건졌다. 그리고 난 뒤, 차를 흠뻑 머금어 축 처진 비스킷이 숟가락에서 떨어지기 전에 재빨리 입에 집어넣었다. 주변에 있던 다른 아이들도 그를 따라 했다.

작은 신이 층계를 내려왔다. 그는 아침 푸자를 드리고 있었다. 작은 도티에 작은 러닝셔츠를 입고 염주를 두르고 작은 카스트 표시를 찍은 그는 마치 장난감 성자처럼 보였다. 그는 불붙은 장뇌 한 덩어리를 담은 놋쇠 접시를 들고 돌아다녔다. 그 장뇌는 기도실의 신상에게 향을 바치는 데 이미 사용된 것이었다.* 지금은 모여 있는 식구들에게 주려고 들고 온 것이었다.

작은 신은 먼저 툴시 부인에게 갔다. 부인은 자기 가슴에 손수건을 놓은 후 손가락으로 불붙은 장뇌를 집어서 이마로 가지고 갔다. "라마, 라마." 그녀가 말했다. 그러더니 덧붙였다. "그걸 모헌 자형에게 가지고 가거라."

또다시 홀이 조용해졌다. 비스와스 씨는 또다시 깜짝 놀랐다.

수실라가 전날 환자 간호로 생긴 권위에 결사적으로 매달리며 말했다. "그래, 오와드. 그걸 모헌 자형에게 갖다줘라."

신은 인상을 찌푸리며 머뭇거렸다. 그러고 나서 혀를 차더니 층계참을 쿵쾅거리며 올라가 향기 나는 불붙은 장뇌를 비스와스 씨에게 주었다. 비스와스 씨는 양은 컵에서 젖은 비스킷을 또 끄집어냈다. 그러더니 입을 숟가락 밑으로 가져가 떨어지려 하는 비스킷을 입안에 넣고는 요란하게 씹으며 말했다. "그거 그냥 가져가도 돼. 난 그런 우상 숭배는 안 하걸랑."

방금까지 화가 나 있던 신은 멍해졌다가 이어서 따지고 구슬리려 했다. 하지만 다음 순간 비스와스 씨가 거절한 것에 대한 두려움에 온몸이 얼어버렸다. 그는 꼼짝 않고 서 있었고 장뇌는 타다가 접시 위에서 녹아버렸다.

홀이 조용해졌다.

---

* 장뇌는 좀약이나 화장품 등의 원료로 쓰이는 물질이며 힌두교도들은 신과 여신에게 이 향을 바친다.

툴시 부인은 아무 말도 하지 않았다. 자신이 연약하고 피곤하다는 사실도 잊은 채 부인은 일어나 천천히 계단을 올라갔다.

"여보!" 샤마가 소리쳤다.

샤마의 고함에 신은 정신이 들었다. 눈에 분노의 눈물이 가득 찬 상태로 홀로 걸어 내려온 신이 말했다. "**난** 자형에게 뭘 주러 가고 싶지 않았어요. 않았다니까요. 자형이 어떻게 사람들을 대하는지 이제 알겠네요."

수실라가 말했다. "쉿. 접시를 들고 울면 안 되지."

"여보!" 샤마가 말했다. "지금 뭔 짓거리를 한 거예요?"

비스와스 씨는 숟가락으로 바닥에 가라앉은 비스킷 부스러기를 다 긁어 먹어가며 컵을 비우더니 일어나서 말했다. "뭘 했냐고? 난 아무 짓도 안 했어. 그저 이런 우상 숭배를 믿지 않을 뿐이야. 그게 다야."

"**이봐!**" 미스 블래키가 크게 가르랑거리는 목소리를 냈다. 그녀는 화가 나 있었다. 그녀는 가톨릭 신자였고 매일 아침 미사에 갔다. 하지만 오랫동안 매일 힌두교 의식이 거행되는 것을 봐왔기에 그 의식을 자신의 미사만큼이나 신성 불가침한 것으로 여겼다.

"우상은 진짜 신을 섬기기 위한 디딤돌일 뿐이에요." 비스와스 씨는 홀에 있는 사람들에게 팡카즈 라이의 말을 인용하며 말했다. "우상은 정신적으로 미개한 사회에서만 필요한 거예요. 저기 저 어린애를 한번 보세요. 오늘 아침에 자기가 어떤 일을 하고 있었는지 알고나 있을까요?"

신이 발을 구르며 날카로운 목소리로 말했다. "당신보다는 잘 알거야. 이, 이 **기독교 신자**야!"

미스 블래키가 아까보다 더 많이 화가 난 듯 또 가르랑거리는 소리를 냈다.

수실라가 신에게 말했다. "푸자를 행하는 동안 화를 내면 안 된다. 오와드. 그건 좋지 않아."

"자형이 나와 엄마와 사람들을 저런 식으로 모욕하는 건 괜찮고요?"

"그냥 내버려둬. 지가 뿌린 씨는 지가 거두게 될 테니까."

*

긴 방에서 비스와스 씨는 페인트 도구들을 모으며 되풀이해서 노래를 불렀다.

> 눈 오고 바람 부는데,
> 바람 불고 눈 오는데.

가사와 곡조는 그 옛날 랄의 학교 합창대가 캐나다 선교팀에서 보낸 중요 방문객을 환대하기 위해 부른 「황혼의 산책」*을 기초로 했다.

그러나 옆문을 통해 하누만 하우스를 나오자마자 비스와스 씨의 기개는 사라져버리고 우울한 기분이 들었다. 그 상태는 하루 종일 갔다. 그는 일을 잘할 수가 없었다. 그는 골함석판으로 된 말뚝에 커다란 간판을 칠하는 일을 해야 했다. 물결무늬 표면 위에 글자를 그리는 일은 몹시 힘든 일이었다. 또한 주문받은 대로 암소와 문을 그리는 일 때문

---

* 스코틀랜드 전래 민요.

에 미칠 것 같았다. 그가 그린 암소는 뻣뻣하게 일그러져 슬퍼 보였으며, 그 광고의 나머지 부분이 보여주는 경쾌함까지 없애버렸다.

하누만 하우스로 돌아갈 때 비스와스 씨는 지치고 짜증이 난 상태였다. 홀에서 불만에 찬 공격적인 눈초리를 받자니 그날 아침에 자신이 거둔 승리가 떠올랐다. 그때 자신이 누렸던 기쁨은 지금 상태에서는 역겨움으로 변해버렸다. 그렇게 즐겁게 했던 반(反)툴시 운동이 지금은 의미 없고 치욕스럽게 여겨졌다. 긴 방에서 비스와스 씨는 만약 말 한마디로 이 방에서 사라질 수 있다면 나에 대해 말해줄 수 있는 게 무엇이 남게 될까를 생각했다. 옷 몇 벌과 책 몇 권. 홀에서는 여전히 고함 소리와 주먹으로 치는 소리가 계속될 것이다. 푸자도 행해질 것이고 아침이면 툴시 가게는 문을 열 것이다.

그는 많은 집에서 살아왔다. 그런데 그가 없는 그 집들을 상상해보는 게 얼마나 쉬운 일인지! 지금 이 순간 제이람 펀디트는 저녁 때 책을 읽을 것을 기대하면서 모임에 나갔거나 집에서 식사를 하고 있을 것이다. 소니는 문가에 서서 방 쪽으로 그림자를 드리운 채 사소한 명령 신호를 기다리고 있을 것이다. 타라네 뒤쪽 베란다에서는 아마 아조다가 눈을 감고 흔들의자에 앉아 라비다트가 읽는 '당신의 신체'를 듣고 있을 것이다. 그리고 라비다트는 숨 쉴 때 술과 담배 냄새를 숨기려고 어색한 자세로 비스듬히 앉아 있을 것이다. 근처에서 타라는 소 치는 사람을 닦달하거나(지금쯤 우유를 짜는 시간이니까) 아니면 하인이나 하녀 중 누군가를 다그치고 있을 것이다. 이곳 중 어느 곳도 그를 그리워하지 않을 것이다. 어느 곳에서도 그는 언제나 방문객이자 일상을 뒤엎는 방해꾼 이상이었던 적이 없었기 때문이다. 뒷골목에 사는 빕티는 그를 생각하고 있을까? 그러나 그녀 자신도 집 없는 떠돌이였다. 더 옛날로 거슬러 올라가면 늪지에 있던 진흙과 풀로 만든 집도 있다. 아마 지금은 부수고 갈아엎었겠지. 그 이상으로 거슬러 올라가면 허공. 비스와스 씨에 대해 말해줄 것이 아무것도 없었다.

그는 발자국 소리를 들었다. 샤마가 쌀, 카레를 얹은 감자, 렌즈콩, 코코넛 처트니*를 담은 놋쇠 접시를 가지고 방으로 들어왔다.

"이 망할 놈의 놋쇠 접시는 싫다고 내가 몇 번 말해야 알아들어?"

그녀는 접시를 바닥에 놓았다.

비스와스 씨는 접시를 빙 돌아서 걸어갔다. "학교에서 위생에 대해 안 가르쳐줬어? 쌀, 감자, 전분이라면 욕이 다 나오네." 그가 자기 배를 톡톡 쳤다. "내 배가 터졌으면 좋겠지?" 샤마를 보고 그의 의기소침하던 기분이 분노로 변했던 것이다. 그렇지만 그는 익살맞게 말했다.

샤마가 말했다. "내가 항상 그랬죠. 자기 밥벌이는 해야 불평이라도 할 수 있다고."

그는 창문 쪽으로 가서 손을 씻고 입을 헹군 뒤 침을 뱉었다.

누군가가 밑에서 고함을 질렀다. "거기 위에! 뭔 짓을 했는지 한번 봐!"

"내 이럴 줄 알았어." 샤마가 창문 쪽으로 달려가며 말했다. "언젠가 이런 일이 생길 줄 알았어. 당신이 사람 머리 위에 침을 뱉었어요."

그는 관심이 생겨서 밖을 내다보았다. "누군데? 늙은 암여우야, 아니면 신들 중 하나야?"

"오와드에게 침을 뱉었어요."

그들은 오와드가 투덜대는 것을 들었다.

---

* 인도 음식에 함께 나오는 양념.

비스와스 씨는 물을 또 한 모금 들이켜서 입을 헹궜다. 그러고 나서 창문에 최대한 멀리 떨어져 기댄 상태에서 뺨을 부풀린 다음 힘차게 뱉었다.

"내가 못 본 줄 알아?" 큰 신이 고함쳤다. "비스와스 씨, 당신이 무슨 짓거리를 하는지 똑똑히 보여요. 여기 똑바로 서 있다가 다시 침을 뱉으면 엄마한테 가서 이를 거예요."

"이 개새끼야, 가서 일러라." 비스와스 씨가 침을 뱉으며 중얼거렸다.

"여보!"

"이런, 이럴 수가!" 신이 소리쳤다.

"야, 운 좋은 어린 원숭아!" 비스와스 씨가 말했다. 그가 침을 피했던 것이다.

"여보!" 샤마가 고함을 지르면서, 비스와스 씨를 창가에서 끌어냈다.

그는 천천히 놋쇠 접시를 피해 걸어 나왔다.

"걸어요." 샤마가 말했다. "힘이 다 빠질 때까지 걸어요. 그리고 자기 먹을 걸 스스로 벌 때까지 기다렸다가 다른 사람이 주는 음식에 대해 불평해요."

"누가 당신에게 나보고 그런 말 하라고 시켰어? 당신 엄마야?" 그는 윗니를 아랫니 뒤로 당겼다. 그런데 밀가루 부대로 만든 바지 때문에 위협적인 인상을 주지는 못했다.

"당신에게 그런 말 전하라고 시킨 사람은 아무도 없어요. 내가 생각한 거라고요."

"당신 스스로 생각한 거라고, 어?"

그는 놋쇠 접시를 쥐고 바닥에 밥을 흘려가며 데메라라 창문 쪽으로 달려갔다. 그 망할 음식을 몽땅 집어 던져줄 거라고 결심했다. 하지만 그의 폭력성이 가라앉아버렸다. 창가에서 또 다른 생각, 즉 접시를 던졌다간 누군가가 죽을 수도 있다는 생각이 든 것이었다. 그는 세게 던지려던 몸짓을 거두고 접시를 약간 기울였다. 밥풀 몇 알만 남긴 채 렌즈콩과 기름기가 돌면서 거품이 인 카레가 길게 자국을 남기며 스르르 미끄러져 내렸다.

"오 맙소사, 오 마압소사!"

이 소리는 처음에는 가벼운 비명 소리였다가 곧 길게 지속되는 큰 소리로 변했다. 이어 집 안의 온 사방에서 아기들이 따라서 비명을 질러댔다. 갑자기 비명 소리가 모두 멈추더니 몇 초 후(훨씬 더 긴 시간처럼 느껴졌다) 비스와스 씨는 깊은 곳에서 울려 나오는 꺼림칙하고, 듣는 사람을 물러서게 만드는 애처로운 울음소리를 듣게 되었다. "엄마에게 가서 일러줄래." 신이 고함쳤다. "엄마, 와서 엄마 사위가 나한테 무슨 짓을 했는지 한번 보세요. 그 인간이 더러운 음식을 나한테 쏟았어요." 사이렌처럼 숨을 들이켜고 나서 그 고함 소리는 계속되었다.

샤마는 순교라도 하듯 자세를 잡고 앉았다.

아래층에는 난리 법석이 났다. 여러 사람이 동시에 고함을 지르고 아기들은 비명을 지르고 이에 뒤이은 고함 소리와 쫑알거리는 소리까지, 홀은 흥분한 사람들이 돌아다니는 소음으로 메아리쳤다.

무거운 발자국 소리로 계단이 흔들리고 문에 달려 있는 유리 칸들이 덜커덩거리더니, 고빈드가 요란한 소리를 내며 서재를 지나 비스와스 씨의 방으로 들어왔다.

"네가 그랬지!" 고빈드가 숨을 헐떡이며 그 잘생긴 얼굴을 찡그린 채 고함쳤다. "오와드의 얼굴에 침을 뱉은 게 너지."

비스와스 씨는 겁에 질렸다.

그는 계단에서 더 많은 발자국 소리가 나는 것을 들었다. 고함 소리가 점점 더 다가왔다.

"침을 뱉어?" 비스와스 씨가 말했다. "난 누구에게도 침을 뱉지 않았어. 그냥 목을 가시고, 창문 밖으로 상한 음식을 버렸을 뿐이야."

샤마가 비명을 질렀다.

고빈드가 비스와스 씨를 향해 몸을 날렸다.

놀라서 꼼짝도 못하고 두려움에 멍해 있던 비스와스 씨는 고빈드에게 소리를 지르지도 주먹으로 되갚아주지도 못한 채, 속수무책으로 두들겨 맞기만 했다. 그는 심하게 맞았고 턱도 여러 번 강타를 당했다. 주먹으로 칠 때마다 고빈드는 "네가 그랬지?"라고 물었다. 비스와스 씨는 여자들이 방에 모여들어 비명을 지르고 흐느껴 울다가 고빈드와 자신을 향해 뛰어드는 것을 희미하게 느꼈다. 그는 신이 바로 자기 귀에 대고 고함지르는 것을 똑똑히 알고 있었다. 그것은 마치 냉정하게, 고의적으로 긁는 것 같은 소음이었다. 갑자기 고함 소리가 멈췄다. "그래, 이 인간이 그랬어!" 신이 말했다. "이 인간이야. 이 인간이 오래전부터 매를 번 거야." 그리고 고빈드가 주먹으로 때리고 발로 찰 때마다, 신은 마치 자신이 직접 때리기라도 하는 듯 씩씩거렸다. 여자들이 비스와스 씨와 고빈드에게 달려들자 머리카락과 베일이 흘러내렸다. 베일 하나가 비스와스 씨의 코를 간질거렸다.

"우리 남편 좀 막아." 친타가 고함쳤다. "안 막으면 고빈드가 비스와스를 죽여버릴 거야. 성질나면 무섭다니까." 그녀가 짧고 날카로운 통곡 소리를 터트렸다. "말려, 말리라니까. 안 말리면 고빈드가 교수대로 갈 거야. 날 과부로 만들기 전에 멈추게 해."

움푹 꺼진 가슴을 두들겨 맞고, 부드럽게 솟아오른 배에 연타를 당하면서도 정신이 꽤나 멀쩡하다는 게 비스와스 씨 스스로도 놀라웠다. 저 여자는 왜 그리 울고 있나? 하고 생각했다. 아, 저 여자가 과부가 될 모양이구나. 그런데 나랑 무슨 상관이 있나? 그는 팔로 고빈드를 안으려고 했지만, 그의 등을 두드리는 것 이상은 할 수 없었다. 고빈드는 비스와스 씨가 두드리는 것조차 못 느끼는 것 같았다. 그가 알아챘다면 비스와스 씨는 놀랐을 것이다. 그는 고빈드를 할퀴고 꼬집고 싶었지만, 그렇게 하는 것은 너무 남자답지 못한 짓이라는 생각이 들었다.

"죽여버려요!" 신이 소리쳤다. "죽여버려요. 고빈드 아저씨."

"오와드, 오와드," 친타가 말했다. "어떻게 그런 말을 해?" 그녀는 신을 자기 쪽으로 잡아당겨 그의 머리를 가슴에 안았다. "너도 그래? 너도 날 과부로 만들고 **싶니**?"

신은 안겨서 잠자코 있었다. 하지만 머리를 돌려 싸우는 것을 바라보며 계속 소리를 질렀다. "죽여. 고빈드 아저씨. 죽여버려요."

여자들이 고빈드를 말리려 했지만 소용이 없었다. 기껏해야 그가 팔을 좀 약하게 휘두르도록 할 수 있을 뿐이었다. 하지만 짧게 치는 그의 연타는 강력했다. 내려칠 때마다 비스와스 씨에게 매번 느낌이 왔다. 주먹이 더 이상 고통스럽지도 않았다.

"죽여버려요. 고빈드 아저씨!"

그렇게 거들어주지 않아도 될걸 하고 비스와스 씨는 생각했다.

이웃들이 소리쳤다.

"무슨 일이에요, 아주머니? 아주머니! 툴시 부인! 세스 씨! 무슨 일이죠?"

이웃들의 긴박하고 놀란 목소리를 듣자 비스와스 씨는 겁이 났다. 그는 자신이 갑자기 큰 소리로 말하는 것을 들었다. "아이고, 신이시여! 나 죽네. 나 죽어. 저 사람이 날 죽여요."

공포에 질린 그의 목소리에 집 안이 조용해졌다.

그 목소리가 고빈드의 팔을 멈추게 했다. 그 목소리는 신의 입도 다물게 했고, 이어서 신의 머릿속에 흑인 경찰관, 법원, 교수대, 무덤, 관 같은 영상이 휙 하고 지나갔다.

여자들이 고빈드와 비스와스 씨를 놓고 일어났다. 무거운 숨을 헐떡이던 고빈드도 비스와스 씨의 몸에서 일어났다.

비스와스 씨는 이렇게 숨 쉬는 사람은 진짜 싫은데 하고 생각했다. 그리고 고빈드의 냄새가 얼마나 지독한지! 그 냄새는 땀 냄새가 아니라 기름, 즉 몸에서 나오는 기름 냄새였다. 다음 순간 비스와스 씨의 마음속에는 고빈드의 얼굴에 난 여드름이 떠올랐다. 저런 남자랑 결혼하는 것은 정말 얼마나 역겨울까!

"그이가 저 사람을 죽였나요?" 친타가 물었다. 그녀도 좀더 안정을 찾은 상태였다. 그녀의 목소리에는 자부심과 진지한 걱정이 어려 있었다. "말해봐요. 제부, 말해봐요. 당신 처형에게 말해봐요. 누가, 무슨 말이든 좀 시켜봐."

고빈드가 그의 가슴에서 떨어져 나갔기 때문에 비스와스 씨의 유일한 관심은 자신이 제대로 옷을 입고 있는지 확인하는 것이었다. 그는 자기 바지가 무사하기를 바랐다. 그는 손을 아래로 움직여 확인해보았다.

"저 사람은 괜찮아." 수실라가 말했다.

누군가가 그를 향해 몸을 구부려 내려다봤다. 기름, 빅스 베이퍼럽, 마늘, 익히지 않은 채소 냄새로 그 사람이 파드마라는 것을 알 수 있었다. "괜찮나, 자네?"라고 물으며 그녀는 비스와스 씨를 흔들었다.

비스와스 씨는 얼굴이 벽을 향하도록 옆으로 돌아누웠다.

"저 사람은 괜찮아요." 고빈드가 말했고 이어 영어로 덧붙였다. "다들 왔기에 망정이지, 참. 안 그랬으면 저 인간 때문에 내가 교수대 위에서 흔들리게 될 뻔했네요."

친타가 흐느꼈다.

샤마는 시종일관 낮은 벤치에 앉아 무릎 위로 스커트를 드리우고 한 손으론 턱을 괸 채 노려보는 것 같은 눈에 눈물이 가득한 상태로 순교하는 자세를 유지하고 있었다.

"나한테 침을 뱉어, 어?" 신이 말했다. "계속 해보시지. 지금도 침 한번 뱉어보지 그래? 우리 종교를 비웃어보라고. 내가 푸자를 드릴 때 비웃어보란 말이야. 푸자를 드리는 게 선한 일이라는 건 나도 안다고, 알아?"

"괜찮다. 얘야." 고빈드가 말했다. "내가 있을 때 아무도 너나 장모님을 모욕하지 못할 거야."

"고빈드, 그 사람을 그냥 놔둬." 파드마가 말했다. "오와드, 그 사람을 그냥 놔둬라."

사건은 끝났다. 사람들이 모두 나갔다.

조금 전처럼 자기들만 남겨지자 샤마는 문가를 뚫어져라 보고 있고, 비스와스 씨는 엷은 녹색 벽에 그려진 연꽃을 바라보았다.

그들은 홀이 다시 북적거리는 소리를 들었다. 아직 먹지 못한 그날 저녁 식사가 평소와는 달리 즐겁게 차려지고 있었다. 노래를 부르고 손바닥으로 치고 낄낄거리거나 아기처럼 말하며 아기들을 얼렀다. 어린아이들도 보통 때와 달리 명랑한 분위기 속에서 꾸중을 들었다. 아래층에 있는 모든 사람 사이에는 잠시 동안이나마 새로운 유대 관계가 생겼고 비스와스 씨는 자기 존재만큼이나 이 유대감을 분명히 느낄 수 있었다.

"가서 연어 한 통만 갖다줘." 그가 벽을 향하고 있는 머리를 돌리지도 않은 채 샤마에게 말했다. "그리고 보리빵도 좀."

그녀는 목구멍이 간질거렸다. 샤마는 기침을 하고 한숨을 쉬면서 몰래 침을 삼켰다.

이 모습을 보니 비스와스 씨는 더욱 지쳤다. 그는 바지를 느슨하게 걸친 상태로 일어나 샤마를 바라보았다. 그녀는 여전히 문 너머의 서재를 빤히 쳐다보고 있었다. 그는 얼굴이 무겁다고 느꼈다. 그는 한 손을 한쪽 뺨에 대고 턱을 움직여보았다. 턱이 뻣뻣하게 움직였다.

샤마의 커다란 눈에서 눈물이 흘러내려 뺨을 따라 떨어졌다.

"왜 그래? 누가 당신도 때렸어?"

그녀는 턱을 괸 손을 치우지 않은 채 머리를 흔들어 눈물이 떨어지게 했다.

"가서 연어 한 통 갖다 달라니까. 캐나다산 말이야. 그리고 빵하고 핫 소스도 좀 가져와."

"왜 그래요? 이 판국에 배가 고파요? 애라도 생겼어요?"

그는 샤마를 때려주고 싶었다. 하지만 방금 이런 일이 생기고 난 직후 그러면 웃기는 꼴이 될 것 같았다.

"당신, 애라도 생겼어요?" 샤마가 되풀이해서 말했다. 그녀가 일어나더니 스커트를 흔들어 폈다. 아래층에 있는 사람들의 주의라도 끌려는 듯 큰 소리로 그녀가 말했다. "가서 직접 사 먹어요. 앞으로 **나한테** 이래라 저래라 하지 말고 말이야." 그녀는 코를 풀어 닦고 나서 나가버렸다.

그는 혼자 남았다. 그는 벽에 있는 연꽃 문양을 발로 찼다. 소리가 나자 그는 깜짝 놀랐고 발가락도 아팠다. 그는 또다시 쌓여 있는 책을 조준하여 찼다. 책이 흔들리기는 했지만, 그 움직이지 못하는 물체는 불평도 없이 놀라울 정도로 잘 참고 견뎠다. 『벨의 표준 웅변가』표지의 구부러진 모퉁이는 자신에게 생긴 상처를 조용히 고발하는 것 같아 보였다. 그는 책을 집으려 몸을 숙였지만, 그렇게 하는 것은 자기 경멸의 표시라고 단정했다. 차라리 샤마가 보고 다시 정리하게 내버려두는 게 더 나았다. 그는 한 손으로 얼굴을 쓰다듬었다. 얼굴이 무겁고 감각이 없었다. 양 눈동자를 모아 밑을 보니 뺨이 부풀어 오른 게 보였다. 턱도 아팠다. 전신이 아프기 시작했다. 아까 그렇게 맞으면서도 아무 느낌이 없었다는 게 참 희한했다. 사람이 놀라면 아무것도 못 느끼게 되는 법이다. 아마 동물도 마찬가지일 것이다. 그래서 정글에서 사는 것도 참을 만한가 보다. 다시 말해 신의 섭리의 일부분이다. 그는 창문 옆에 걸려 있는 싸구려 거울 쪽으로 갔다. 그 전까지는 이 거울 앞에 똑바로 서서 제대로 본 적이 없었다. 그곳은 거울을 두기에 참 어처구니없는 장소였다. 그는 그 거울을 아래로 끌어내릴 만큼 충분히 화가 난 상태였다. 그런데 그러지 않았다. 그는 깨금발로 서서 어깨 너머로 거울에 비친 자기 모습을 보았다. 그는 얼굴이 무거웠던 것은 알고 있었지만 그렇게 괴상하게 보일 줄은 몰랐다. 하지만 그는 방에서 나가 또 잠시 집에서 나가 연어와 빵과 핫 소스를 사야만 했다. 참 안된 일이지만 고통은 뒤에 오는 법이다. 바지를 입으며, 벨트 버클의 철컥거리는 소리가 너무나도 또렷하고 거칠게 들리자 그는 즉시 소리를 죽였다. 셔츠를 입으면서 단추 두 개를 풀자 꺼진 가슴이 보였다. 그러나 어깨는 꽤 넓었다. 그는 열심히 운동해서 몸을 만들면 좋겠다는 생각을 했다. 그러나 곰팡내 나는 그런 부엌에서 만든 질 안 좋은 음식을 먹으며 몸을 만드는 것이 어떻게 가능하겠는가? 그들은 성금요일*에만 연어를 먹었다. 이것이 정통 로마 가톨릭파 힌두교도인 툴시 부인의 영향인 것은 두말할 나위도 없었다. 모자를 이마 아래까지 푹 눌러쓰고 나니, 어두워서 이 얼굴로 나가도 되겠다는 생각이 들었다.

계단을 내려올 때쯤 재잘거리는 소리가 왁자해졌다. 층계참을 지나며 조용해지기를 기다렸지만 왁자한 소리가 또다시 들렸다.

그가 두려워했던 상황이 벌어졌던 것이다.

샤마는 그를 쳐다보지 않았다. 흥겹게 지껄이는 자매들 가운데서 그녀가 가장 쾌활했다.

파드마가 말했다. "샤마, 모헌에게 먹을 것 좀 갖다주지그래."

고빈드는 쳐다보지도 않았다. 그는 별거 아닌 일로 웃고 있는 것처럼 보였으며, 예의 그 야만인 같은 요란한 방식으로 카레라이스를 털북숭이 손 전체에 흘리고, 팔목에까지 뚝뚝 떨어뜨려가며 먹고 있었다. 비스와스 씨는 그 사람이 곧 재빠르게 후루룩 핥아 손을 닦으리란 것을 알고 있었다.

비스와스 씨는 홀에 있는 모든 사람을 등진 채 말했다. "이곳의 질 나쁜 음식은 아무것도 안 먹을 거예요."

"그래요, 아무도 당신에게 먹어달라고 애걸복걸하지도 않을 거예요." 샤마가 말했다.

그는 눈 위쪽 모자 테를 둥글게 말고, 홀의 전등 불빛으로만 조명을 하는 안마당으로 걸어 내려갔다.

신이 말했다. "여기 첩자 지나가는 것 본 사람 없어요?"

---

* 예수가 십자가에 매달려 죽은 날. 2세기경부터 기독교에서는 예수의 십자가 처형을 기념하여 해마다 고난 주간 중에 이날을 기념한다.

비스와스 씨는 웃음소리를 들었다.

하이 스트리트 건너편 자전거방의 처마 밑에 있는 굴 장수 노점에는 두꺼운 스펀지 같은 심지가 달린 커다란 촛대에서 노르스름하게 연기가 감도는 불빛이 비치고 있었다. 회색, 검은색, 노란색으로 각도에 따라 다른 색이 나는 굴이 한 무더기 쌓여 있었다. 갈색 종이를 꼬아 막아놓은 병 두 개에는 핫 소스가 담겨 있었다.

비스와스 씨는 연어는 일단 접어두고 길을 건너가 그 남자에게 물었다. "굴 얼마예요?"

"1센트에 두 개요."

"한번 까봐요."

즐거운 일로 마음이 풀린 그 남자가 큰 소리로 불렀다. 어두운 곳 어디선가 한 여자가 달려왔다. "자 빨리." 그 남자가 말했다. "저것 좀 까게 도와줘." 그들은 좌판 위에 한 양동이의 물을 놓더니 굴을 씻어서 짧고 뭉툭한 칼로 깐 뒤 다시 씻었다. 비스와스 씨는 핫 소스를 껍질에 부어서 들이켜고 다른 굴을 향해 손을 뻗었다. 핫 소스로 입술이 얼얼했다.

그 굴 파는 남자는 술이라도 취한 듯 힌두어와 영어를 섞어서 말했다. "우리 아들놈은 아주 물건이에요. 그놈이 단단히 문제가 있다는 감이 오더라고. 어느 날 개가 울타리에 깡통을 놓더니 집 안으로 달려 들어오데. 그러더니 '아빠 그 총 주세요. 빨리요. 총 주세요'라고 하는 거야. 내가 총을 줬지. 그놈이 창문으로 달려가더니 쏘데요. 깡통을 떨어뜨리는 거야. 그러면서 그러더라고. '보세요. 내가 일을 쐈어요. 야망을 쐈어요. 그것들 다 죽었어.'" 촛불 때문에 움푹 들어간 곳에는 그림자가 지고, 관자놀이와 눈썹 위와 코를 따라서, 또 광대뼈를 따라 빛이 비치자 굴 파는 남자의 모습은 더욱 극적으로 보였다. 갑자기 그 사람이 칼을 집어 던지고는 좌판 밑에서 막대기를 끄집어냈다. 그는 그 막대기를 비스와스 씨 앞에서 휘둘렀다. 그가 말했다. "어떤 사람이든, 누구든 나오라고 그래."

그 여자는 본 척도 하지 않았다. 그녀는 계속 굴을 벌려서 붉게 긁힌 손바닥에 얹고 못생긴 껍데기를 억지로 비틀어 살아 있는 굴을 원래 붙어 있던 곳에서 잘라내 방금 벌려놓은 깨끗한 껍질 안쪽에 놓았다.

그 남자가 말했다. "누구에게든 말해."

"그만!" 비스와스 씨가 말했다.

그 여자는 양동이에서 손을 끄집어내고 물이 뚝뚝 떨어지는 굴을 쌓여 있는 곳에 다시 올려놓았다.

그 남자는 막대기를 치웠다. "그만하라고?" 그는 슬픈 듯한 표정으로 놀래주는 일을 멈추었다. 그는 텅 빈 껍질을 세기 시작했다. 그 여자는 어둠 속으로 사라졌다.

"26." 그 남자가 말했다. "13센트요."

비스와스 씨는 계산했다. 신선한 생굴 냄새가 지금은 그의 속을 불편하게 하고 있었다. 배가 묵직할 정도로 가득 찼지만 만족스럽지는 않았다. 핫 소스 때문에 입술에 물집이 생겼다. 그리고 고통이 밀려왔다. 그럼에도 불구하고 그는 시엉 부인의 가게로 갔다. 지붕이 높고 마치 굴 같은 그 카페엔 희미하게 불이 켜져 있었다. 파리가 여기저기 앉아 있었고, 시엉 부인은 호저* 같은 머리를 중국어 신문 위로 구부린 채 계산대 뒤에서 반쯤 잠이 들어 있었다.

---

* 몸에 길고 뻣뻣한 가시털이 덮여 있는 동물.

비스와스 씨는 연어 한 통과 빵 두 덩어리를 샀다. 빵은 모양새도 냄새도 오래된 것처럼 보였다. 그는 현재 상태에서 빵을 먹으면 구역질만 날 뿐이라는 것을 알고 있었지만, 툴시 집안에선 가게에서 빵을 사는 걸 흑인들이나 하는 무책임하고 비위생적인 습관쯤으로 간주하기 때문에 그 집안의 금기 사항 하나를 위반하는 만족은 줄 것이었다. 연어는 역했다. 깡통 맛이 나는 것 같았다. 그러나 억지로라도 끝까지 먹어야 한다고 생각했다. 먹으면 먹을수록 불쾌감이 더해졌다. 비밀스럽게 뭘 먹는 것은 결코 좋았던 적이 없었다.

*

그러나 그가 굴욕적이라고 생각한 것이 사실은 그의 승리였다.

그다음 날 아침 세스가 그를 호출하더니 영어로 말했다. "어젯밤 늦게 카라피차이마에서 돌아와 밥 먹고 누우려고 했는데, 제일 먼저 들은 소식이 자네가 오와드를 때려눕히려고 했다는 거야. 우린 더 이상 자네가 여기 있는 걸 못 봐주겠어. 자네도 자네 노는 직접 젓기를 원하니까. 좋아. 얼른 가서 노나 저어. 궁둥이가 젖어도 다시 돌아와서 나나 장모를 괴롭힐 생각은 하지 마. 자네가 오기 전에 우리 집안은 결속이 잘된 훌륭한 집안이었어. 또 까불어서 **내가** 자네에게 손을 대기 전에 나가는 게 더 낫겠어."

그리하여 비스와스 씨는 가게가 있는 체이스로 이사를 가게 되었다. 그들이 이사를 나갈 때 샤마는 임신 중이었다.

4. 체이스

체이스는 사탕수수밭 한가운데 길게 흩어져 있는 낙후된 토담집 정착촌이었다. 체이스로 외지인이 가는 경우는 거의 없었다. 그곳에 사는 사람들은 농장과 도로에서 일을 했다. 사탕수수밭 너머의 세상은 멀리 떨어져 있었고, 마을 사람들은 수레나 자전거, 도매업자들의 밴이나 트럭, 혹은 정해진 시간이나 정해진 노선도 없이 간간이 다니는 사설 버스로 마을을 나갈 수 있었다.

비스와스 씨에게 그곳은 마치 어린 시절을 보냈던 곳으로 다시 돌아가는 것과 같았다. 달라진 것이 있다면 사방을 둘러쌌던 어둠과 미스터리가 이제는 사라졌다는 것이다. 그는 사탕수수밭 너머로 무엇이 있는지 길이 어디로 이어지는지 알고 있었다. 그 길들을 따라가면 체이스와 별반 다르지 않은 마을들로 간다. 그 길을 따라가면 아마도 비스와스 씨가 그린 간판으로 장식한 가게나 카페가 있는 허름한 마을로 가게 될 것이다.

그런 마을에 사는 사람들은 잡화를 구하고 경찰에 고소를 하거나 법정에 출두하기 위해 가끔 고단한 여행을 해야 했다. 체이스에서는 만물상이나 경찰서, 심지어 학교도 유지할 수 없었기 때문이다. 가장 중요한 공공건물 두 곳이 술집이었다. 그래도 소규모 식료품점은 많이 있었는데, 그중 한 군데가 비스와스 씨의 가게였다.

비스와스 씨의 가게는 녹슨 함석지붕을 얹은 작고 좁은 가게였다. 지면과 거의 같은 높이인 콘크리트 바닥은 닳아서 조약돌처럼 울퉁불퉁했고 흙으로 덮여 있었다. 벽은 기울어지고 휘어졌다. 벽의 콘크리트 회반죽은 금이 가고 여러 군데 조각조각 떨어져 나가 진흙과 타피아 풀 그리고 대나무 껍질이 드러나 있었다. 벽은 쉽게 흔들렸지만 타피아 풀과 대나무 껍질 때문에 놀랄 만큼 유연성이 있었다. 그래서 그 후 6년 동안 누가 벽에 기대거나 벽을 향해 설탕이나 밀가루 부대를 던질 때마다 비스와스 씨는 걱정이 그치지 않았음에도 불구하고 그 벽은 무너지지 않았고, 처음 봤을 때의 휘청거리던 상태보다 더 나빠지지도 않았다.

가게 뒤쪽에는 회반죽을 바르지 않은 진흙 벽으로 만든 방이 두 개가 있었다. 또한 오래되어 거친 짚불을 엮어 만든 지붕 한쪽이 바깥 회랑까지 덮어주고 있었다. 흙을 다져 마련한 바닥이 부서져서 낮 동안 볕이 들면 옆집 닭들이 흙 목욕을 하러 여기로 왔다.

부엌은 마당에 버려진 가건물을 이용했다. 구부러진 나뭇가지로 수직 골조를 세운 다음 각양각색의 골함석판으로 지붕을 대고, 양철 부품, 천 조각, 대나무, 가게 박스에서 나온 마분지 등을 닥치는 대로 이용해서 벽을 만든 건물이었다. 한쪽 벽에 창문을 위한 공간을 내어놓았지만 원래 의도했던 직사각형 모양이 비딱하게 변해버렸다. 길이가 맞지 않는 나무로 만든 창문은 가로대 두 개로 고정되어 있었는데, 그 가로대도 납작해지도록 망치질을 한, 커다란 녹슨 못 때문에 쪼개져 있었다. 또한 직사각형인 창문으로는 삐딱하게 변형된 공간을 제대로 채워주지 못했다. 부엌은 작았고, 비록 트인 마당에 있긴 했지만 언제나 어두웠다. 낮에 창문을 통해 바라보거나 밤에 큰 촛대나 횃불로 비춰보면, 마치 자기 다리처럼 검고 털투성이인 거미줄을 만들 수 있는 새로운 품종의 거미가 벽에서 자라고 있기라도 하듯, 벽은 숯검정으로 검게 그을고 보풀이 일어나 있었다. 모든 것에서 장작 연기 냄새가 났다.

그래도 빈 땅은 있었다. 마을 사람들은 버려진 땅이라 하고 나중에 비스와스 씨가 '배린 땅'이라고 부른, 큰 키의 덤불이 얽혀 있어서 보이지 않는 경계선까지 뻗은, 뒤쪽의 빈 땅이었다. 한쪽 편으로는 버려진 땅이 더 많았다. 그곳은 한때 잘 경작되었던 땅이었지만 지금은 마을 사람들의 소를 위한 방목장이 되었다. 소들은 거기에서 잡초나 쐐기풀, 잎이 뾰족한 풀과 뒤죽박죽 섞인 야생초를 먹었다.

툴시 집안은 세스의 말에 따라 이 아무 쓸모 없는 땅을 샀다. 그는 지역도로위원회의 일원이어서 비스와스 씨의 가게가 있는 바로 그곳에 트럭이 다닐 도로가 생기게 되리라는 정보를 얻었는데, 이후 무의미한 정보였던 걸로 밝혀졌다.

*

비스와스 씨는 하누만 하우스에서 별로 어렵지 않게 이사를 했다. 옮길 거라고는 옷, 책과 잡지 몇 권, 페인트 장비밖에 없었다. 샤마의 물건은 그보다 더 많았다. 옷이 많았고, 게다가 떠나기 직전 툴시 부인에게서 툴시 가게의 선반에서 곧바로 꺼낸 천 몇 두루마리도 받았다. 취사도구, 컵, 접시 같은 것을 사겠다고 생각한 사람도 역시 샤마였다. 비록 툴시 가게에서 원가로 사기는 했지만 말이다. 비스와스 씨는 자신이 저축한 돈, 즉 하누만 하우스에 머무는 동안 간판을 그려서 모은 돈이 이사 가기 전에 녹아 없어지는 것을 보고 심란해했다.

이들이 가진 물건은 당나귀 수레를 겨우 채웠다. 체이스에서 기다리던 군중들은 안타까운 눈으로, 몇몇은 적대감을 품고 이들이 체이스에 도착하는 모습을 관심 있게 지켜보았다. 적대감은 경쟁 가게 주인들에게서 나온 것이다. 그리고 샤마의 짐 하나 위에 불안하게 자리 잡고 앉아, 원가로 사긴 했어도 값비싼 팬들이 쨍그랑거리는 소리를 듣고 있던 비스와스 씨는 샤마가 직접 쏘아대는 적대감도 무시할 수 없었다. 그녀는 여행하는 내내 계속 순교자의 자세로 말없이 수레의 목책 너머 길을 빤히 쳐다보며, 툴시 가게의 위탁 판매품 중 하나였으나 3년이 지나도록 팔리지 않아 세스가 뒤늦은 결혼 선물로 주었던, 복잡한 문양으로 멋지게 디자인된 일본제 커피잔 세트를 담은 상자를 무릎 위에 놓고 있었다. 몇 달 전에 문을 닫았다고 알고 있는 그 가게가 없어도 체이스가 꽤 잘 살고 있다는 것을 눈치채지 않을 수 없었다.

"한 재산 벌 만한 곳이네요." 그가 수레꾼에게 말했다.

수레꾼은 애매모호한 표정으로, 비스와스 씨나 군중이 아닌 자기 당나귀를 똑바로 쳐다보며 그 동물의 눈을 겨냥해 살짝 채찍질을 하면서 고개를 끄덕였다.

샤마는 한숨을 쉬었다. 비스와스 씨에게 그가 바보이자 지겹고 창피스러운 인간이라고 생각한다는 걸 말하는 듯한 그런 한숨이었다.

수레가 멈추었다.

"워워." 소년 몇이 소리쳤다.

험한 표정을 지어가며, 일에 정신이 팔린 듯, 또 본인이 바란 대로 자신은 위험한 인물인 듯한 인상을 줘가며, 비스와스 씨는 수레꾼이 짐을 내리는 것을 돕느라 바빴다. 그들은 먼지 냄새를 풍기는 뒷방을 지나 늦은 오후 알갱이가 굵은 갈색 설탕과 오래된 코코넛 기름 냄새로 훈훈하고 어두운 가게로 꾸러미와 박스를 옮겼다. 훤하게 트인 바깥세상에서 빛이 들어와 앞문 판자 틈새로 흰색 선을 그렸다. 가게 안에서 이들은 도둑처럼 조용히 움직였다.

계산대에 펼쳐놓은 이들의 짐은 공간을 많이 차지하지는 않았다.

"첫 짐만 이 정도예요." 비스와스 씨가 수레꾼에게 말했다. "와야 할 물건들이 더 많이 있어요."

수레꾼은 아무 말도 하지 않았다.

"아." 비스와스 씨는 수레꾼에게 삯을 줘야 한다는 걸 기억했다. 돈이 또 나갔다.

그 남자는 때 묻은 푸른색 지폐를 받고 떠났다.

"**저 사람**이 우리 짐을 날라주는 건 이번이 마지막일 거야." 비스와스 씨가 말했다. "분명해."

물건을 채운 문 닫힌 상점에 침묵이 돌았다.

"한 재산 벌 만한 곳이네." 비스와스 씨가 말했다.

그는 눈이 어두움에 적응하자 주변을 둘러보았다. 꼭대기 선반에서 이전 가게 주인이 버린 게 분명한 깡통 몇 개가 보였다. 비스와스 씨는 이 인물에 대해 곰곰이 생각해보았다. 이 깡통 안에는 야망과 절망이 들어 있었다. 색이 바랜 깡통 라벨은 쥐에게 물어뜯기고 파리똥이 앉아 있었다. 몇 개는 라벨조차 없었다.

　수레꾼이 수레를 좁은 도로에서 돌리며 당나귀에게 고함을 치는 소리가 들렸다. 마을 사람들이 거드는 소리, 잘하라고 소년들이 고함치는 소리, 여러 번 내리치는 채찍 소리와 불규칙적으로 어정쩡하게 내딛는 말발굽 소리가 들렸다. 이어서 마구가 부딪치고 또 한 번 채찍과 고함 소리가 난 후 마을 아이들의 환호 속에서 수레가 떠났다.

　샤마는 울기 시작했다. 그러나 이번에는 표정 없는 눈에서 눈물을 흘리는 식으로 조용히 울지는 않았다. 그녀는 계산대 위에 놓은 일본제 커피잔 세트 상자에 기대어 마치 어린아이처럼 흐느껴 울었다. "당신이 바란 게 이거군요. 자기 배의 노를 젓고 싶어 했잖아요. 내 평생 이렇게 치욕스럽기는 처음이에요. 사람들이 서서 웃습디다. 당신이 원하던 자기 노는 자기가 젓는다는 게 **이거**네요." 그녀는 한 손으로 자기 눈을 가리고 다른 한 손으로는 계산대 위에 있는 짐들을 향해 손을 저었다.

　그는 샤마를 위로해주고 싶었다. 그런데 자기 자신도 위로가 필요했다. 어떻게 가게가 이렇게 황량할 수 있나! 얼마나 기가 막힌 일인가 말이다! 자수성가를 꿈꿀 때는 상황이 이 정도일 거라곤 결코 생각해본 적이 없었다. 오후가 저물었다. 하누만 하우스는 따뜻할 것이고 시끄럽게 부산을 떨고 있을 것이다. 여기서 비스와스 씨는 침묵을 깨기가 두렵고, 가게 문을 열고 햇빛 속으로 들어가는 것이 두려웠다.

　결국 그를 위로해준 사람은 샤마였다. 그녀가 즉시 울음을 멈추고 길고 깨끗하게 코를 풀더니 빗자루질을 하고 물건을 제자리에 놓고 치우기 시작했던 것이다. 그는 샤마를 따라다니며 쳐다보다가 뭔가 하라는 말을 들으면 기분 좋게 도와주었고, 일을 제대로 못한다고 그녀가 타박을 해도 그 소리를 듣는 게 좋았다.

대충 챙겨서 나갔던 예전 입주민 톨시 집에다가 가구 두 점을 버려두고 갔다. 지금 이 가구들은 비스와스 씨에게 넘겨졌다. 뒷방 중 한 곳에는 주철로 만든 커다란 사주식 침대*가 있었는데, 침대 차양은 벌써 없어졌고 검은색 에나멜페인트는 벗겨지고 광택도 희미했다.

"냄새 한번 맡아봐요." 샤마가 매트리스 밑에 까는 판자를 비스와스 씨의 코에 갖다 대며 말했다. 코를 찌를 정도로 아린 침대 진드기 냄새였다. 그녀는 판자에 등유를 끼얹었다. 그러면서 이렇게 한다고 벌레가 죽지는 않을 것이라고 말했다. 어쨌든 잠시 동안은 잠잠하게 있을 것이다.

그리고 몇 년 동안 비스와스 씨는 어느 토요일 아침의 등유와 진드기 냄새를 특별히 기억하게 될 것이었다. 판자는 교체했다. 매트리스도 바꿨다. 그러나 진드기는 여전히 남아 체이스에서 그린 베일로, 다시 포트오브스페인으로, 쇼트힐스의 집으로, 마지막으로 시킴 스트리트의 집에까지, 그래서 그 사주식 침대가 그 집 위층의 두 침실 가운데 한 침실의 공간을 거의 꽉 채울 때까지, 그 침대가 가는 곳이면 어디든지 따라왔다.

가게에 딸려 온 또 다른 가구는 작고 낮은 부엌 테이블이었다. 깔끔하게 잘 만들어진 것이라 마당에 있는 부엌이 아닌 침실에 놓았다. 먼지를 털고 썻고 닦는 과정을 수차례 거치고 난 후 샤마는 비로소 이 테이블에 자기 옷과 천 두루마리를 놓았다. 그리고 그 아래 바닥에는 일본제 커피잔 세트가 든 꾸러미를 놓았다. 비스와스 씨는 더 이상 커

---

* 각 모서리에 기둥이 있고 그 위로 침대 차양이 드리워져 있는 침대.

피잔 세트와 그 물건을 대하는 샤마의 태도가 웃기다고 생각하지 않았다. 샤마에게 고마운 나머지 그녀의 커피잔 세트에도 마음이 풀린 것이다. 자기 마음속에서 일어난 그러한 변화는 스스로도 예상치 못한 것이었다. 그러나 샤마에게 일어난 변화는 놀라 자빠질 수준이었다. 하누만 하우스를 떠나는 마지막 순간까지 반항했던 그녀가 이제는 그 버려진 집에 매일이라도 이사를 들어가는 것처럼 행동했던 것이다. 그녀는 결단력 있게 행동했고, 필요 이상으로 호들갑스럽게 굴었다. 그렇게 열심히 가게와 집을 왔다 갔다 하며 그들은 정적과 외로움을 몰아냈다.

더욱 신기한 것은 그녀가 마당에 있는 부엌에서 음식을 만드는 일이었다. 비스와스 씨는 그 음식을 단순한 음식이라고 볼 수 없었다. 처음으로 자기 소유의 집에서 식사가 준비된 것이다. 그는 부끄러웠다. 그리고 샤마가 그 일을 특별 행사처럼 취급하지 않아서 기뻤다. 그녀는 툴시네 가게에서 원가로 산 신식 기름 램프의 불빛 옆에서 침실의 테이블에 비스와스 씨만을 위한 음식을 차려 먹이며 하누만 하우스의 연꽃으로 장식한 긴 방에서 늘 그랬듯 한숨을 쉬거나 빤히 쳐다보거나 지친 표정을 짓는 일 따위를 하지 않았다.

*

몇 주가 지나자 그 집은 더 깨끗해지고 살기도 좋아졌다. 썩어가고 쓸모없다는 인상이 아예 없어진 건 아니었지만, 점차 사라지고 있었고 관리도 잘되어가고 있었다. 가게 벽은 어떻게 할 수가 없었다. 아무리 닦아도 기름과 설탕 냄새가 빠지지 않았다. 계산대 뒤에 있는 낮은 선반들과 콘크리트 바닥 위에 놓은 두 판자는 말라버린 기름때로 시커멓고 먼지가 덕지덕지 눌어붙어 표면이 거칠었다. 그들은 사방에 소독약을 뿌리다가 연기에 거의 질식할 뻔했다. 그러나 시간이 갈수록 그들의 열정도 줄어들었다. 이전 세입자를 생각하는 횟수가 점점 더 줄어들었다. 그리고 뗏자국도 점점 익숙해져 결국 자신들의 것이 되었고, 그러고 나니까 견딜 만해졌다. 부엌만 약간의 보수를 했다. "이건 오직 신의 은총이 있어서 아직 서 있는 거야." 비스와스 씨가 말했다. "판자 하나라도 빼내면 전체가 다 무너져버릴걸." 침실의 흙바닥과 회랑을 보수한 뒤, 약간 더 높게 흙을 다지고 회반죽을 바르고 나자 뗏자국은 없어지고 은은한 회색빛이 돌았다. 일본제 커피잔 세트는 박스에서 꺼내 테이블에 진열했다. 그곳에 놓으니 좀 위험해 보이기는 했다. 그러나 샤마는 더 좋은 장소를 찾을 때까지 거기 두고 싶다고 말했다.

그들이 하는 모험에 대해 비스와스 씨가 계속 느껴온 감정은 이런 것이었다. 그 모험은 일시적인 것이고 절대 진짜가 아니며 어떻게 되든 상관없다는 것. 그는 첫날 오후부터 그것을 느꼈다. 그리고 그 느낌은 그가 체이스를 떠날 때까지 계속되었다. 그들에게 진정한 삶이 곧 시작될 것이지만, 다른 곳에서 그럴 것이라는 느낌 말이다. 체이스는 잠시 쉬는 곳, 준비를 하는 곳이다.

그동안 비스와스 씨는 가게 주인이 되었다. 이전에 그는 물건을 파는 것이 생활비를 버는 방법으로 꽤 쉬운 일인데 왜 사람들이 다른 일을 힘들게 하는지 의아하게 생각한 적이 한두 번이 아니었다. 예를 들자면 파고테스의 장날에 밀가루 한 포대를 사서 뜯은 후 한쪽에 국자와 저울을 놓고 밀가루 앞에 앉아 있으면 된다. 그러면 웃기게도 사람들이 와서 밀가루를 사고 주머니에 돈을 넣어준다. 너무나도 간단한 과정처럼 보여서 비스와스 씨는 자신은 해도 제대로 안 될 것 같다고 생각했다. 그런데 저축한 돈의 나머지로 물건을 채워 가게 문을 연 지금, 그는 실제로 사람들이 와서 사고 진짜 돈을 건네는 것을 보았다. 초창기에는 물건을 팔았을 때마다 자신이 고도의 신용 사기에 성공이라도 한 것 같은 생각에 날아갈 듯한 기분을 감추기가 어려웠다.

꼭대기 선반에 있는 깡통(손이 안 닿아서 못 내렸다)을 생각해보면, 지금 자신이 거둔 성공이 기쁘기도 했지만 또한 그만큼 이해도 안 되는 것이었다. 첫 달이 끝났을 때 비스와스 씨는 37달러라는 엄청난 이윤을 낸 것을 알게 되었다. 그는 장부 기입에 대해 아는 것이 없었다. 정사각형의 갈색 가게용지에 외상으로 준 물건을 기록해야 한다고 말한 사람은 바로 샤마였다. 이 정사각형 용지를 대못에 고정해놔야 한다고 한 사람도 샤마였다. 그 대못을 박은 사람도 샤마였다. 계산을 하고 속기 사용 공책(공책 표지에 그렇게 적혀 있었다)에 천천히 둥글고 멋진 미션 스쿨 필체로 기록을 한 사람도 바로 샤마였다.

이 몇 주 동안 그들만 있을 때 감돌던 어색함이 차차 줄어들었다. 그런데 아직까지 이 새로운 관계가 익숙지 않아, 비록 말다툼을 한 건 아니었지만 필요할 때만 무뚝뚝하게 대화를 나누었다. 비스와스 씨는 이런 친밀한 관계가 당황스러웠고, 특히 샤마가 음식을 차려줄 때 그랬다. 음식을 차리고 시중드는 분위기는 기분 좋은 것이었지만 동시에 거북했다. 그 분위기는 비스와스 씨를 긴장시켰고, 그래서 갑자기 그 분위기가 깨어지자 기쁘기까지 했다.

어느 날 저녁 샤마가 말했다. "집들이 축성식을 해야 해요. 그러니까 하리에게 우리 가게와 집에 와서 축성식을 하라고 하고, 엄마와 이모부 그리고 다른 사람들도 오라고 하세요."

그는 크게 놀라기도 했고, 화도 머리끝까지 났다. "도대체 날 뭘로 보는 거야?" 그는 영어로 물었다. "내가 바락포르*의 대왕이라도 된 거 같아? 도대체 그 망할 놈의 하리는 왜 오라고 해서 여기를 축복하냐고? **여기를?** 당신이 직접 한번 봐." 그는 부엌을 가리키며 가게 벽을 손으로 쳤다. "보다시피 형편없어. 이 위에서 당신 식구한테 밥 차려주면 정말 가관이겠다."

그러자 샤마는 지난 몇 주간 비스와스 씨가 듣지 못했던 소리를 들려주었다. 한숨 소리를, 그 옛날의 진 빠지는 샤마의 한숨 소리를 들려준 것이다. 그러고는 아무 말도 하지 않았다.

그 후 며칠간 그는 새로운 것을 배웠다. 그것은 바로 여자가 어떻게 바가지를 긁는가 하는 것이다. 비스와스 씨는 '바가지'라는 단어를 오직 외국 책과 잡지에서만 보고 알았을 뿐이었다. 그는 어찌할 바를 몰랐다. 아내를 때리는 사회에 살고 있는데 왜 여성들이 바가지를 긁어도 되는지, 아니면 어쩌다 바가지가 그렇게 효과를 내는지 이해가 가질 않았다. 예외적인 여성도 있다는 건 알고 있었다. 예를 들어 툴시 부인과 타라는 절대 맞을 일이 없었다. 그러나 그가 알고 있는 대부분의 여자들은 과부가 된 툴시 집 딸 수실라와 비슷했다. 수실라는 잠시 함께 살았던 남편에게 얻어맞은 것을 자랑스럽게 말했다. 그녀는 맞는 것이 자신의 훈육을 위해 필요한 부분이라고 생각했고 종종 트리니다드의 힌두교 사회가 몰락하고 있는 것은 겁 많고 나약하여 아내를 때리지 않는 남편 집단이 부상하고 있기 때문이라고 여겼다.

비스와스 씨가 바로 그런 남편 집단에 속해 있었다. 그래서 샤마가 바가지를 긁었던 것이다. 얼마나 바가지를 잘 긁었던지 첫눈에도 샤

---

* 인도 서부 벵갈 지역의 군사 요충지. 인도가 영국 식민지일 때 두 번의 반란이 일어났다.

마가 바가지를 긁고 있다는 걸 알아볼 수 있었다. 그는 이렇게 젊은 여자가 이런 외래 기술을 이렇게 능숙하게 보여줄 수 있다는 게 놀라웠다. 귀띔을 받았어야 했으나 못 받았던 게 몇 가지 있었던 것이다. 샤마는 집안 살림을 꾸려본 적이 없었는데도 체이스에서는 언제나 능숙한 가정주부처럼 행동했다. 그리고 임신 중이다. 그녀는 애를 여럿 낳아본 것처럼 쉽게 생각했다. 임신에 대해 말하거나 특별한 음식을 먹거나 특별한 준비를 하지도 않았고, 너무나 편안하고 여상스럽게 행동해서 비스와스 씨는 때때로 그녀가 임신 중이라는 것을 잊고 지내기도 했다.

그래서 샤마는 바가지를 긁었다. 우선 우울한 표정으로 입을 닫고, 그다음엔 정확하고 간단하고 큰 소리로 효과적으로 이야기했다. 그녀는 비스와스 씨를 무시하지는 않았다. 그녀는 그가 있다는 걸 똑똑히 알고 있으며, 또한 그의 존재가 자신을 절망스럽게 한다는 점을 확실히 했다. 밤이 되면 비스와스 씨 옆에서 그의 몸을 건드리지도 않으면서 요란하게 한숨을 쉬고, 그가 막 잠에 빠지려고 하면 요란하게 코를 풀었다. 그녀는 무거운 몸으로 짜증을 내며 이쪽저쪽으로 몸을 뒤척였다.

처음 이틀간 비스와스 씨는 모른 척했다.

셋째 날이 되자 그가 물었다. "당신, 무슨 일이야?"

그녀는 테이블에 앉은 그의 옆에서 한숨을 쉬어가며, 그가 먹는 동안 쳐다보기만 하고 아무 대답도 하지 않았다.

그가 다시 물었다.

그녀는 "고마운 줄도 모르고!"라고 하더니 일어나서 방을 나가버렸다.

그는 입맛이 떨어졌지만 계속 먹었다.

그날 밤 샤마는 여러 번 코를 풀고 침대에서 뒤척였다.

비스와스 씨는 참고 버티려는 태세를 세웠다.

그러자 샤마가 조용해졌다.

비스와스 씨는 자신이 이겼다고 생각했다.

그런데 잠시 후 샤마가 마치 소리를 내는 게 부끄럽기라도 한 듯 아주 낮은 소리로 코를 훌쩍였다.

비스와스 씨는 침묵을 유지하며 자기 숨소리에 귀를 기울였다. 숨소리는 규칙적이었지만 부자연스러웠다. 그는 눈을 뜨고 초가지붕을 쳐다보았다. 서까래와 그 아래로 짚불이 마치 자기 눈으로 떨어질 듯 위험하게 느슨히 매달려 있는 것이 보였다.

샤마가 신음 소리를 내더니 큰 소리로 코를 풀었다. 한 번, 두 번, 세 번. 그러고 나서 그녀가 사주식 침대에서 나가자 침대가 덜커덩거렸다. 갑자기 입을 다물고 힘차게 방을 나갔다. 화장실은 마당 바로 뒤쪽에 있었다.

몇 분 후, 그녀가 돌아왔을 때 비스와스 씨는 패배를 인정했다. "이봐, 무슨 일이야?" 그가 물었다. "잠이 안 와?"

"늘어지게 잘 자고 있었어요." 그녀가 말했다.

그다음 날 아침에 그는 말했다. "알았어, 늙은 여왕과 두목, 하리와 두 신들, 그 밖의 다른 사람들에게 오라고 해서 가게 축성식을 하자고."

*

샤마는 이 일을 잘해야겠다고 다짐했다. 노동자 셋이 사흘 동안 마당에 커다란 텐트를 지었다. 대나무를 수직으로 세우고 코코넛 가지로 지붕을 만드는 간단한 일이었다. 그러나 이웃마을에서 대나무를 운반해

와야 했고, 일꾼들이 불만을 터트려가며 제대로 알지도 못하는 근로자 보상법에 대해 지껄이고 난 후에는 코코넛 나무에 올라가 가지를 따오는 데 대한 추가 수당을 줘야 했다. 엄청난 양의 음식을 샀다. 그리고 준비를 돕기 위해, 자매들이 집들이 축성식을 하기 사흘 전부터 체이스에 오기 시작했다. 그들이 도착하면서 비스와스 씨의 불평도 멈추었다. 그는 툴시네 집 식구 모두가 올 건 아니라고 생각하며 자신을 달랬다.

세스와 미스 블래키 그리고 두 신을 빼고 모두 왔다.

"오와드와 셰카는 공부 중이야." 툴시 부인이 영어로 말했는데, 두 신이 학교에 있다는 얘기였다.

툴시 부인은 무표정한 얼굴로 마당을 돌아다니다 문을 열어 안을 찬찬히 들여다보았다.

그날 펀디트 역할을 맡을 예정이었던 성인(聖人) 하리는 비스와스 씨가 기억하는 그대로 부드러운 말소리에 안색이 창백했다. 펠트 모자가 그의 머리에 얌전히 얹혀 있었다. 그는 비스와스 씨에게 아무런 악감이나 반가움, 혹은 관심도 없이 인사했다. 그러고 나서 하리는 자신을 위해 준비된 침실로 들어가서 조그마한 판지 옷가방에 넣어 온 펀디트의 복장으로 갈아입었다. 그가 펀디트가 되어 나타나자 모든 사람은 새롭게 존경심을 가지고 그를 대접했다.

부모가 누구인지 비스와스 씨도 대부분 잘 모르는 아이들이 사방에 떼로 몰려다녔다. 여자애들은 뻣뻣한 새틴 드레스를 입고 길고 축축한 머리에 커다란 레이온 리본 머리띠를 하고 있었고, 남자애들은 판탈롱 바지에 밝은색 셔츠를 입고 있었다. 그리고 아기들도 있었다. 아기들은 엄마의 품에서 자거나, 담요 위에서 자거나, 텐트 아래의 마대 자루 위에서 자거나, 가게의 구석구석에서 자고 있었다. 또 요란하게 울거나 원기 왕성하게 마당을 걸어다녔다. 그 밖에도 기어 다니는 아기, 고함치는 아기, 그냥 조용히 있는 아기들이 있었다. 즉 자신들이 할 수 있는 온갖 일을 다 하고 있었다.

고빈드는 비스와스 씨에게 묵례만 하고 아무 말도 없이 텐트로 가 앉았다. 그런데 거기에서는 다른 사위들이랑 말하고 큰 소리로 웃었다.

친타와 파드마는 냉랭하게 비스와스 씨의 안부를 물었다. 파드마가 그렇게 물어본 것은 그것이 세스의 대리인으로서 자신의 의무였기 때문이었다. 친타가 물어본 것은 파드마가 그렇게 하기 때문이었다. 이 두 여자는 함께 상당한 시간을 보냈는데, 비스와스 씨는 이와 같은 친밀한 관계가 고빈드와 세스 사이에도 있지 않나 하는 의심이 들었다.

또한 아이 없는 과부 수실라는 권위가 생긴 이 기간을 즐기고 있는 것 같았다. 그녀는 지금 툴시 부인에게 딱 붙어 함께 돌아다니고, 살펴보고, 쑤시고 다니고, 힌두어로 조용하게 쑥덕거리고 있었다.

비스와스 씨는 자신이 자기 마당에서 이방인이 된 것을 알게 되었다. 그러나 그 마당도 자기 것이 아니지 않나? 툴시 부인과 수실라는 비스와스 씨의 것이라고 생각하는 것 같지 않았다. 마을 사람들도 그렇게 생각하지 않았다. 그들은 항상 그 가게를 툴시 가게라고 불렀다. 심지어 비스와스 씨가 간판에 페인트칠을 해 문 위에 걸어놓았을 때도 그랬다.

희망 식품점

M. 비스와스 소유

도시 가격으로 상품 제공

방 하나는 하리에게 주고, 또 하나는 툴시 부인에게 주고, 가게는 아기들로 가득 차고 나니 비스와스 씨에겐 물러나 있을 데가 아무 곳도 없었다. 그는 가게 앞에 서서 셔츠 밑의 배를 쓰다듬으며 나중에 샤마랑 벌이게 될 말싸움을 연습하고 있었다.

아이들이 뛰어 몰려가고 연달아 고함 소리가 가게에서 터져 나왔다.

그러자 확고한 권위로 높아진 수실라의 목소리가 들렸다. "여기서 나가. 가서 훤한 곳에서 놀아. 너희들이 지금 애들 깨우고 있는 거 안 보여? 다 큰 애들이 왜 이렇게 어두컴컴한 곳을 좋아하는 거야?"

모든 자매들은 비록 그 징후가 미약하거나 숨겨진 것일지라도 애들 사이에 혹시 성적인 경향이 나타날까 봐 항상 경계하고 있었다.

비스와스 씨는 이어서 어떤 역겨운 소동이 벌어질지 짐작하고 있었다. 그는 그 소동이 싫어서 가게에서 나와 구석으로 갔다. 거기 산울타리 밑에서 비스와스 씨는 소꿉놀이를 하고 있는 어린아이들과 마주쳤다.

"넌 할머니야." 한 소녀가 다른 소녀에게 그렇게 말했다. 그리고 어떤 남자애에게 "너는 세스야"라고 말했다.

비스와스 씨는 주춤했다. 그런데 (누구 집 새끼였더라?) 그 여자애가 비스와스 씨를 보더니 소꿉놀이를 할 때 속삭이던 목소리를 높여서, 분명 악의를 가지고, 이렇게 말했다. "그리고 누가 모헌 할 거야? 너 보즈가 해. 흰색 칠부 바지를 입고 있잖아. 싸움도 잘하고."

비스와스 씨의 마음에 확 죽여버리고 싶다는 생각이 들게 만드는 어린애들의 웃음소리가 한바탕 일어났다. 비록 서둘러 자리를 뜨긴 했지만 보즈라는 아이가 어떻게 생겼는지 보고 싶다는 생각도 조금 들었다.

샤마의 언니들이 도착한 이후 지난 사흘 동안 샤마는 툴시 가 사람이 되었고 또다시 낯선 사람이 되었다. 이제 그는 그녀에게 다가갈 수가 없었다. 텐트에서 의식이 곧 거행될 참이었기 때문에 샤마는 하리 앞에 앉아 머리를 수그리고 그가 말하는 지시 사항을 듣고 있었다. 목욕재계를 해서 그녀의 머리는 아직 젖어 있었고 머리부터 발끝까지 흰색 옷을 입고 있었다. 샤마는 마치 희생 제물이 되기를 기다리는 사람처럼 보였다. 비스와스 씨는 그녀 등의 굽은 선이 보기 좋다고 생각했다. 하리의 지위처럼 그녀의 지위도 일시적인 것이었지만 의식이 진행되는 동안에는 가장 높은 것이었다.

비스와스 씨는 그 의식을 보고 싶지 않았다. 그것을 본다는 것은 다른 사위들과 함께 텐트 안에 앉아 있는 것을 의미했기 때문이다. 그리고 굴종하는 듯, 도취된 듯한 샤마의 등을 바라보다간 결국 자신이 격노하게 될 걸 알았기 때문이다. 또한 계속 돌아다니다 보면 아마도 툴시 군대의 몇몇 부대원들이 저지를 약탈을 막을 수 있다는 생각도 들어서였다.

바로 그때 그가 우려하던 일이 가게에서 터졌다.

그는 가게로 거의 달려가다시피 했다. 앞문이 닫혀 어두웠으므로 조심해야 했다. 가게에선 계산대 위나, 굴러 떨어지는 것을 막기 위해 놓아둔 베개나 박스 옆 등 여기저기서 자고 있는 아기들의 냄새가 났다. 계산대 아래와 계산대 뒤의 마루 판자 위에서도 아기가 자고 있었다. 그러다가 천천히 어둠 속 한구석에 웅크리고 있던 아이들 한 무리의 윤곽이 드러났다. 그 애들은 조용히 뭔가에 열중하고 있었다. 그 애들만큼이나 조용히 집중해가며 비스와스 씨는 아기들 사이를 지나 계산대를 향해 갔다.

이 아이들 무리는 손발이 착착 맞게 탄산수 병들을 깨고 병목에 있던 유리구슬을 끄집어내고 있었다. 천 조각으로 병을 싸서 소음을 줄였다. 병 하나당 8센트의 보증금이 달려 있었다. 가장 아래 칸 선반에 있는 사탕 항아리도 엉망이었다. 파라다이스 플럼스 사탕 양이 엄청나게 줄어 있었다. 고무처럼 쫀득쫀득하고 오래 먹을 수 있는 민트 사탕인 민트팁스도 마찬가지였다. 소금에 절인 자두도 그랬다. 제대로 열지 못해서 비틀어놓은 깡통 뚜껑도 많았다. 비스와스 씨는 한 손을 뻗어 병 하나의 뚜껑을 제자리에 놓았다. 끈적끈적했다. 그러다가 병뚜껑을 떨어뜨렸다. 한 아기가 큰 소리로 울어대는 바람에 구석에 있던 아이들이 누군가가 있다는 것을 알게 되었다. 이어 비스와스 씨가 "패주기 전에 얼른 나가" 하고 고함을 쳤다. 그러면서 동시에 가게 주인으로서의 숙련된 수완을 발휘하여, 순식간에 계산대의 한쪽 가장자리를 들어 올려 출입구를 열고 구석에 있는 아이들 앞으로 가서 섰다.

그는 한 아이의 셔츠 칼라를 잡아 들어 올렸다. 그 남자애는 크게 소리를 질렀고, 같이 있던 여자애들도 소리를 질렀으며, 가게 안의 아기들도 소리를 질렀다.

바깥에서 어떤 여자가 물었다. "무슨 일이야? 무슨 일이야?"

비스와스 씨가 잡고 있던 아이를 놓자 그 애는 밖으로 달려 나가 아기들보다 더 큰 소리로 비명을 질렀다.

"모헌 이모부가 날 때렸어, 엄마. 모헌 이모부가 날 때렸다니까."

그 애 엄마인 게 분명한 또 다른 여자가 말했다. "아무 짓도 안 했는데 때리진 않았겠지." 그녀의 어조는 비스와스 씨가 감히 그러지는 않았을 거라는 투였다. "네가 틀림없이 뭔가 잘못했겠지."

"난 잘못한 것 없어요, 엄마." 소년이 영어로 말하며 울부짖었다.

"걔는 잘못한 것 없어요, 엄마." 여자애 중 한 명의 입에서 나온 말이었다. 비스와스 씨는 그 애가 누군지 알고 있었다. 땅딸막하고, 업신여기는 듯이 쳐다보는 커다란 눈과 축 처지고 두꺼운 입술을 가졌으며, 놀랄 만큼 몸을 잘 비틀어서 종종 하누만 하우스에 손님이 오면 그걸 보여주곤 하던 애였다.

"이 벼락 맞을 거짓말쟁이야!" 비스와스 씨가 말했다. 그는 소리쳐 우는 아기를 어르려 들어오고 있는 여자를 지나쳐 가게 밖으로 뛰쳐나왔다. "아무 짓도 안 했다고? 그러면 누가 저 소다수 병들을 몽땅 깨놨냐?"

텐트 안에서는 하리가 침착하게 낮은 소리로 중얼거리고 있었다. 샤마는 고치 안의 하얀 번데기처럼 몸을 숙이고 앉아 있었다. 사위들은 꼼짝하지 않고 경건한 자세로 담요 위에 앉아 있었다.

비스와스 씨에겐 아이 아버지와 맞짱 뜰 일이 없기를 바랄 정도의 정신은 있었다.

파드마는 예의 느린 걸음으로 가게로 들어갔다 나오더니 법관처럼, **"병 몇 개가 깨졌네"**라고 말했다.

"그리고 병 한 개당 8센트예요. 별거 아닌 게 아니라니깐요!" 비스와스 씨가 말했다.

남자아이의 엄마가 갑자기 격노해 히비스커스 덤불로 뛰어가 회초리로 쓸 가지를 부러뜨렸다. 히비스커스는 단단한 나무였기 때문에 그녀는 그 가지를 여러 번 앞뒤로 구부려야 했다. 찢어진 잎들이 마당에 떨어졌다.

소년이 지른 고함 소리는 진정한 고뇌를 가슴 깊이 담아서 내는 소리였다.

아이 엄마는 애를 때리다가 회초리를 두 개나 부러뜨렸는데, 때리면서 이렇게 말했다. "**이 회초리**가 네 것이 아닌 물건에 손대면 안 된다는 걸 가르쳐줄 거다. **이 회초리**가 어린애라고 봐주지 않는 사람은 건드리면 안 된다는 걸 가르쳐줄 거야." 그녀는 비스와스 씨가 깡통 뚜껑을 만져 끈끈해진 손으로 셔츠 칼라를 잡아서 생긴 자국을 보았다. "그리고 **이 매**가 어른이 네 옷을 더럽히게 내버려두면 안 된다는 걸 가르쳐줄 거야. 그 어른들이 네 옷을 빨아줄 필요가 없다는 것도 **이 매**로 알게 해주마. **너는 어른이야. 너는 옳은 것을 알아. 틀린 것도 알고. 너는** 어린애가 아니야. 그래서 네가 **어른**이고 **어른**의 매도 맞을 수 있다고 생각하고 **널** 때리는 거야"라고 말했다.

체벌은 간단히 벌을 주는 것으로 끝나지 않았고 거창하게 확대되었다. 자매들은 구경하러 나와서, 우는 아이를 안아 흔들며 대단찮은 일인 듯 이렇게 말했다. "애 잡겠어, 수마티." 그리고 "그만둬, 수마티. 많이 때렸잖아."

수마티는 계속 때렸고 중얼거리는 것도 멈추지 않았다.

텐트 안에서 하리가 영창(詠唱)을 하고 있었다. 샤마의 꼼짝하지 않는 등을 보며 비스와스 씨는 그녀의 기분이 좋지 않다는 것을 꿰뚫어 볼 수 있었다.

"축성식 잔치 한번 잘한다!" 비스와스 씨가 말했다.

매질은 계속되었다.

"이건 그냥 남 보라고 하는 짓이에요." 비스와스 씨가 말했다. 그는 이런 식의 매질을 많이 봐와서 나중에 "수마티, 참 진짜 잘 때리더라"라고 감탄조로 말하는 날이 오리라는 것도 알고 있었다. 그리고 자매들이 자기 자식들에게 "그날 체이스에서 수마티 아들이 맞듯이 너도 맞아볼래?" 하고 말하는 날이 오리라는 것도 알고 있었다.

그 소년은 울음을 그치고 마침내 풀려났다. 그 애는 한 이모에게 달려가서 위로를 받으려 했다. 자기 아기를 달래고 있던 그 이모는 그 소년도 달래주면서 아기에게 말했다. "자, 형한테 뽀뽀해. 오늘 엄마한테 진짜 세게 맞았단다." 이어 소년에게는 "자, 네가 어떻게 애를 울려 놨는지 한번 봐"라고 했다. 훌쩍거리는 소년이 울부짖는 아기에게 뽀뽀를 하고 나자 소음은 가라앉았다.

"좋아!" 눈에 눈물이 그렁그렁한 수마티가 말했다. "좋아, 이제 모두 다 만족했겠지. 그리고 소다수 병은 몽땅 재생된 병일 거예요. 병 하나 때문에 8센트씩 손해 보는 사람은 없을 거예요."

"나는 누구에게 애 때리라고 한 적 없네요." 비스와스 씨가 말했다.

"아무도 그런 말을 한 적은 없죠." 수마티의 말은 딱히 누구를 향하는 게 아니었다. "그냥 이제 모두 만족할 거라고 말하는 거예요."

수마티는 텐트로 가서 여자와 소녀 들에게 할당된 구역에 앉았다. 소년은 남자들 사이에 앉았다.

길에는 마을 사람들이 열 지어 서 있었고 낯선 사람도 몇 명 있었다. 그들은 아까의 매질에는 별로 관심이 없었다. 비록 그 마을에 사는 아이들을 예상했던 시간보다 더 빨리 모여들게 하기는 했지만 말이다. 사람들은 이 의식이 끝난 후 나누어줄 음식 때문에 온 것이었다. 비스와스 씨는 초대도 안 받았으면서 기대는 양껏 하고 온 손님들 사이에서 마을의 가게 주인 두 명을 보았다.

음식은 마당에 파놓은 불구덩이 위에서 수실라의 관리 감독하에 이미 다 만들어져 있었다. 자매들은 하누만 하우스에서 경조사용으로 가지고 온 엄청나게 큰 가마솥을 가끔 휘저었다. 그들은 땀을 흘리며 불평을 하긴 했지만 즐거워했다. 그럴 필요가 없는데도 몇 명은 지난밤을 뜬눈으로 새우며 감자 껍질을 벗기고 쌀을 씻고 채소를 다듬고 노래를 하고 커피를 마셨다. 그들은 쌀 몇 통, 렌즈콩 몇 양동이, 야채, 차 몇 통, 커피, 그리고 엄청난 양의 차파티 빵을 준비했다.

비스와스 씨는 비용을 계산하는 것을 포기했다. 그는 "이러다 거지 되기 십상이지"라고 말했다. 그러고는 히비스커스 울타리를 따라 걸으며 잎을 따서 씹은 후 뱉어냈다.

"여기에 작지만 꽤 괜찮은 부동산을 가지고 있군, 모헌."

주철로 된 사주식 침대에서 휴식을 취한 후에도 피곤한 표정을 짓고 있던 툴시 부인이었다. 그녀는 '부동산'이라는 영어 단어를 썼다. 그 단어에선 탐욕적이고 자기만족적인 냄새가 났다. 차라리 '가게'나 '장소'라는 말을 썼더라면 비스와스 씨가 더 좋아했을 것이다.

"좋다고요?" 부인이 비꼬려고 한 말인지 아닌지 잘 몰라서 비스와스 씨가 물었다.

"작지만 꽤 괜찮은 부동산이지."

"가게 벽이 다 떨어지고 있는데요."

"안 떨어질 거야."

"침실 지붕도 새고요."

"항상 비가 오는 건 아니지 않나."

"저는 늘 잠도 제대로 못 잔답니다. 새 부엌도 필요하고."

"내 눈엔 부엌이 멀쩡하던데."

"그러면 누가 내내 밥만 먹는답니까? 우리는 방 하나가 더 필요해요."

"뭐가 문젠가? 지금 당장 하누만 하우스를 줬으면 하는 거야?"

"하누만 하우스는 필요 없어요."

"저기," 툴시 부인이 말했다. 그들은 지금 회랑에 있었다. "자네에게 여분의 방이 전혀 필요 없어. 밤에 이 기둥 아래에 설탕 부대를 몇 개 매달면 되잖아. 그러면 방 하나가 더 생기는 셈이지."

그는 툴시 부인을 바라보았다. 툴시 부인은 진지하게 말하고 있었다.

"아침에는 치우면 되고. 그러면 다시 회랑이 생기는 거지." 그녀가 말했다.

"설탕 부대를요?"

"그냥 예닐곱 개면 돼. 그거면 충분하지."

비스와스 씨는 '설탕 부대 하나에 널 집어넣어서 아주 묻어버리면 좋겠다'라고 생각했다. 그가 말했다. "설탕 부대 몇 개 보내주실래요?"

"자네가 가게 주인이잖아. 나보다 더 많겠는데." 부인이 말했다.

"걱정 마세요. 그냥 농담이에요. 그냥 저에게 석탄 담는 드럼통이나 보내주세요. 그거 하나면 온 식구를 다 집어넣을 수 있겠죠. 그건 모르셨어요?"

부인은 너무 놀라 말을 잇지 못했다.

"왜 사람들이 집을 짓는지 모르겠어." 비스와스 씨가 말했다. "요즘엔 집이 있었으면 하는 사람이 없더라고요. 그냥 석탄 담는 드럼통 하나만 있으면 하더라고요. 한 사람당 하나씩. 아이가 태어나면 그냥 석탄 통 하나 더 얻어 오면 되고. 장모님은 도통 집이라곤 못 보셨겠어요. 대여섯 개 되는 석탄 통이 두세 줄씩 마당에 서 있을 테니까요."

툴시 부인은 베일로 입술을 두드리고는 몸을 돌려 마당으로 걸어갔다. 그녀는 희미한 목소리로 "수실라"라고 불렀다.

"그리고 하누만 하우스에서 하리에게 통에다 축수하라고만 하면 되겠네요." 비스와스 씨가 말했다. "여기 체이스까지 데리고 올 필요도 없이요."

수실라가 오더니 비스와스 씨를 사납게 째려보고 자기 팔을 툴시 부인에게 내밀었다. "어머니, 무슨 일이에요?"

가게 안에서 한 아기가 깨어나 울어 젖히는 바람에 툴시 부인이 하는 말이 들리지 않았다.

수실라는 툴시 부인을 텐트 안으로 모시고 갔다.

비스와스 씨는 침실로 갔다. 창문은 닫혀 있고 방은 어두웠으나, 사물을 분명히 알아볼 정도의 빛은 들어왔다. 그의 옷이 벽에 걸려 있고, 침대는 툴시 부인이 쉬고 난 뒤라 구겨져 있었다. 비스와스 씨는 자신의 결벽증도 잊은 채 침대에 누웠다. 오래된 짚의 곰팡내가 베이럼 향유, 소프트 캔들,* 캐나다산 치료용 오일, 암모니아 같은 툴시 부인의 약 냄새와 섞여 있었다. 그는 자신이 작은 남자라고 생각하지 않았는데, 진흙 벽의 못에 볼품없이 걸린 옷은 작은 남자의 옷이 분명했다. 우스꽝스럽고 가짜 같은 그런 옷이었다.

만약 새뮤얼 스마일스라면 자신을 보고 무슨 생각을 할지 궁금했다.

그러나 아마 자신도 바뀔 수 있을 것이었다. 떠나자. 샤마를 떠나고 툴시 집안은 잊어버리자. 모든 사람을 다 잊어버리는 거다. 그런데 어디로 가지? 그리고 뭘 하지? 무엇을 할 수 있을까? 버스 차장이 되거나, 사탕수수밭 혹은 도로에서 노동자로 일하는 것, 가게를 운영하는 것 말고 말이다. 새뮤얼 스마일스는 이런 일보다 더 나은 것을 알고 있었을까?

---

* soft candle: 수지, 고래 기름으로 만드는 초. 관절염이나 동상을 치료하는 민간요법에 쓰인다.

잠이 들락말락한 상태로 있을 때 그는 문이 덜커덩거리는 소리를 들었다. 평상시의 소리가 아니었다. 그것은 목적을 가진 소리였다. 그는 그게 샤마의 손이라는 것을 느꼈다. 그는 눈을 감고 자는 척했다. 그는 고리가 올려졌다가 다시 내려오는 것을 느꼈다. 그녀는 문으로 들어왔다. 흙바닥 위인데도 발걸음이 묵직했다. 주목을 끌려고 하는 게 분명했다. 그는 사주식 침대의 한쪽에 그녀가 서서 자신을 내려다보고 있는 것을 느꼈다. 몸이 굳었다. 그의 숨결이 달라졌다.

"음, 오늘 당신이 정말 자랑스러웠어요." 샤마가 말했다.

그 말은 비스와스 씨가 기대한 말이 전혀 아니었다. 체이스에서 그녀가 헌신적으로 보살펴주는 것에 익숙해진 나머지, 둘이 있을 때만이라도 자기편을 들어주리라고 기대했던 것이다. 그에게서 부드럽다고 할 만한 것이 모두 빠져나갔다.

샤마가 한숨을 쉬었다.

그는 일어났다. "축성은 다 끝났어?"

그녀는 아직도 축축하고, 길게 뻗어 있는 머리카락을 뒤로 넘겼다. 그러자 샤마의 이마에 찍힌 백단향 나무 자국을 볼 수 있었다. 여자의 이마에 있으니까 그 표시가 무척 이상해 보였다. 그 표시는 그녀의 표정을 겁나리만큼 거룩하고 낯설게 했다.

"뭘 기다려? 나가서 제대로 축성하게 돕지."

그가 격하게 화를 내자 그녀는 놀라서 한숨을 쉬거나 말도 못 붙인 채 방을 나갔다.

비스와스 씨는 그녀가 자기 대신 변명하는 것을 들었다.

"그이 머리가 아프대요."

그는 샤마의 어조가 서로 친한 자매끼리 허약한 남편에 대해 의논할 때의 어조라는 것을 깨달았다. 그 어조는 샤마가 자매 한 명과 친교를 나누고 지지를 표해달라고 간청하는 그런 것이었다.

그는 샤마가 그러는 것이 싫었지만, 누군가가 대답해주기를 그리고 비록 두통에 불과하지만 그의 병에 대해 가여운 마음으로 의논해주기를 바라는 자신을 발견했다.

그런데 아무도 심지어 "아스피린 한 알 가져다주지"라는 말조차 하지 않았다.

어쨌든 그는 샤마가 애를 써준 게 기뻤다.

*

집들이 축성식 때문에 비스와스 씨의 재산은 심각하게 줄어들었다. 또한 그다음부터 가게 일은 예전만 못해지기 시작했다. 비스와스 씨가 먹여 살린 가게 주인 중 한 명이 사업체를 팔았다. 다른 사람이 이사를 왔고, 그 사람의 사업이 번창했다. 체이스에서 사업이 진행되는 양상이란 그런 것이었다.

비스와스 씨가 말했다. "자, 한 가지 분명한 것은 그 집이 축복을 받았다는 거야. 공짜 음식이 이 마을로 안 들어오게 되는 꼴을 손 놓고 보고만 있을 사람들이 아니지?"

"당신이 외상을 너무 많이 줬어요." 샤마가 말했다. "그 사람들이 돈을 내도록 만들어야 해요."

"가서 때리기라도 하란 말이야?"

이어 샤마가 속기사용 공책을 꺼내자 비스와스 씨가 말했다. "왜, 덧셈하다가 당신 머리가 터졌으면 좋겠어? 내가 지금 당장 셈해줄 수 있어. 영 영은 영."

그녀는 집들이 축성식 비용을 계산하고 나서 눈에 띄는 외상을 모두 더했다.

비스와스 씨가 말했다. "난 알고 싶지 않아. 난 알고 싶지 않을 뿐이라고. 이 집에서 다시 축복을 가져가게 만드는 게 어떨까? 하리가 그런 것도 할 수 있을 거라고는 생각 안 해?"

그녀는 이런 가설을 펼쳤다. "사람들이 창피스러워 하는 거예요. 외상이 너무 많아서요. 우리 고향 가게에서도 그런 일이 종종 일어났어요."

"내가 무슨 생각을 하고 있는 줄 알아? 문제는 내 얼굴이야. 내가 가게 주인의 얼굴을 하고 있다는 생각이 안 들어. 나는 외상을 주고는 못 받아내는 그런 형의 얼굴을 하고 있단 말이야." 그는 거울에 비친 얼굴을 꼼꼼히 살펴보았다. "저 코. 끝에 못생긴 혹이 달린 저 코. 저 중국인 같은 눈. 자, 여보, 한번 가정해봐. 당신이 나를 처음으로 본다고 가정해보라고. 나를 보고 그렇게 상상해보란 말이야."

그녀가 보았다.

"좋았어. 눈을 감아. 자 이제 떠봐. 당신은 나를 처음 본 거야. 당신은 그냥 나를 보는 거야. 내가 어떤 것 같아?"

그녀는 아무 말도 하지 못했다.

"그게 그 빌어먹을 놈의 문젯거리라니까. 나는 무엇으로도 안 보인다니까. 가게 주인, 변호사, 의사, 노동자, 감독관, 내가 그런 형 인간으론 전혀 보이지 않는 거 말이야."

새뮤얼 스마일스 우울증이 그를 덮쳤다.

*

샤마는 갈피를 못 잡을 여자였다. 툴시 가게에서 일했고 하누만 하우스의 계단을 까불거리며 오르락내리락하던 그 위트 넘치는 장난꾸러기 소녀 안에는 완전히 자라서 풀려나기만을 기다리고 있는 것 같은 아내, 주부, 그리고 이제는 엄마라는 또 다른 샤마들이 있었다. 비스와스 씨와 함께 있으면 그녀는 계속해서 까불고 불평도 하지 않고 자신이 임신했다는 것도 거의 의식하지 못하는 것 같았다. 그런데 언니들이 방문해서 그 임신이 자기네들 툴시 집안의 일이며 비스와스 씨와는 아무 상관도 없는 일이라는 것을 명확하게 하자 샤마에게 변화가 생겼다. 그녀는 여전히 불평하진 않았지만, 고통을 겪는다기보다는 참고 견디고 있는 사람인 양 굴었다. 부채질을 하거나 종종 침을 뱉기도 했는데 그런 것은 그녀가 전에 혼자 있을 때는 절대 하지 않던 행동이었다. 임산부는 그렇게 행동한다고들 하기는 하지만 말이다. 언니들의 마음을 움직여 동정을 얻으려고 애쓰는 것은 아니었다. 오히려 그녀는 언니들을 실망시키거나 스스로 낙담하지 않으려고 노심초사했다. 그래서 그녀의 발이 부어오르기 시작했을 때 비스와스 씨는 "당신은 완벽히 정상이야. 모든 것이 정상적으로 잘되어가고 있어. 당신은 당신 언니들하고 똑같아"라고 말해주고 싶었다. 왜냐하면 샤마가 인생에서 기대하고 있는 것이 이런 것이었기 때문이다. 즉 인생의 모든 단계를 통과하고, 모든 역할을 수행하며, 이미 존재하는 모든 감정 가운데 자신의 몫을 가지는 것. 탄생이나 결혼을 기뻐하고, 아프거나 힘들면 근심하고, 죽을 때 슬퍼하는 따위라는 것은 의심할 여지가 없었기 때문이다. 인생이란 기껏

해야 이미 존재하는 이런 감정의 패턴일 뿐이다. 사람들이 똑같이 기다리고 있는 슬픔과 기쁨은 결국 하나였다. 샤마와 그녀의 언니들, 그리고 그들 같은 여성들에게 야망이란, 이렇게 표현해도 될지 모르겠지만, 계속해서 무언가가 아니지 않도록 하는 것이다. 즉 결혼을 못한 게 아닌 것, 무자식이 아닌 것, 도리를 다하지 못하는 딸이나 자매, 아내, 엄마, 과부가 되지 않는 것이 그것이다.

언니들의 도움을 몰래 받아 아기 옷을 만들었다. 상당히 많은 비스와스 씨의 밀가루 부대가 사라졌다. 그것은 나중에 기저귀가 되어 나타났다. 그리고 샤마가 하누만 하우스로 가야 할 때가 되었다. 수실라와 친타가 그녀를 데려가려고 왔다. 비스와스 씨는 계속해서 이들이 온 이유를 모르는 척했다.

그러다 그는 샤마가 자신을 위한 준비도 해두었다는 것을 알게 되었다. 그의 옷을 세탁하고 수선해둔 것이었다. 그리고 작은 정사각형 가게용지에 아주 간단한 음식 조리법을 연필로 적어둔 것이 부엌 선반 위에 놓여 있었다. 미션 스쿨 다닐 때의 필체로 첫 두세 줄은 잘 썼지만 그다음부터는 엉망인 메모였다. 비스와스 씨는 놀라지는 않았지만 감동을 받았다. 문법이나 구두점은 무시되어 있는 게 특히 뭉클했다. 전에 샤마가 말할 때 듣기만 했던 어구들이 그대로 종이 위에 자필로 옮겨진 게 얼마나 예뻐 보이던지! 예를 들어, 밥 짓는 법을 설명하면서 "소금을 약간만 집어서 넣어요"(그는 그녀가 소금을 집으려 긴 손가락들을 오므리는 모습을 상상할 수 있었다)라고 썼다. 그리고 '손잡이 없는 푸른색 양은 냄비'를 사용하라고 그에게 말하고 있었다. 그녀가 **아궁이** 앞에 쭈그리고 앉아서 얼마나 자주 그에게 "손잡이 없는 푸른색 냄비 좀 주세요"라고 했던가.

가게에서 무료한 시간을 보내며 그는 이름을 고르기 시작했다. 주로 남자아이 이름이었다. 여자아이가 태어나리라고 전혀 생각하지 않았다. 그는 가게용지에다 그 이름들을 적고 혀를 굴려 발음해보고 시험 삼아 손님들에게 불러보기도 했다.

"크리쉬나다 하리프라탑 고쿨나스 다모다르 비스와스. 이거 이름으로 어때요? K. H. G. D. 비스와스. 아니면 크리쉬나다 고쿨나스 하리프라탑 다모다르 비스와스. K. G. H. D."

"아이 이름을 짓는 일은 펀디트에게 맡겨야 하는 것 아냐?"

"우리 집 애는 누구든 펀디트가 이름을 짓게 하지는 않을 거예요."

그리고 진이 빠질 정도로 난해한 책인 콜린스 클리어 타이프 출판사에서 나온 『셰익스피어』의 마지막 장에 마치 대를 잇는 일이 벌써 이루어진 것처럼 커다란 글씨로 그 이름들을 적었다. 만약 하누만 하우스의 긴 방에서 그가 발길질을 해대는 바람에 못쓰게 되지만 않았어도, 아직까지 그가 가장 좋아하는 책인 『벨의 표준 웅변가』를 이용할 수도 있었을 것이다. 그 책은 표지가 너덜거렸고 마지막 장이 찢어진 채 카키색 판지가 드러나 있었다. 그는 그 콜린스 클리어 타이프 사의 『셰익스피어』를 랄의 학교에서 그가 일부분을 낭송했던 『줄리어스 시저』라는 작품을 읽으려고 샀다. 다른 희곡들은 도저히 읽을 수가 없었다. 그래서 그 책은 거의 읽지 않은 상태로 있었던 것이다. 그런데 지금 비스와스 씨 가족의 기록을 남길 곳으로 그 책은 적합하지 않다는 사실이 드러났다. 마지막 페이지에 잉크가 심하게 번졌던 것이다.

그리고 아기는 딸이었다. 그러나 좋은 시간에 태어났다. 그리고 별문제 없이 태어났다. 아기는 건강했다. 샤마도 더할 나위 없이 건강했다. 샤마에게 뭘 더 바라겠는가. 그는 가게 문을 닫은 뒤 자전거를 타고 하누만 하우스로 갔고, 아이 이름이 벌써 지어졌다는 것을 알게 되었다.

"사비 좀 보세요." 샤마가 말했다.

"사비라고?"

그들은 모든 자매가 출산하는 곳인 툴시 부인의 장미방에 있었다.

"좋은 이름이에요." 샤마가 말했다.

좋은 이름이라. 체이스에서 오는 내내 비스와스 씨는 이름을 가지고 씨름을 했고 사로지니 라크쉬미 카말라 데비라고 결정했었다.

"세스 이모부와 하리가 지었어요."

"뻔하지 뭐." 턱을 아기 쪽으로 휙 돌리며 그가 영어로 물었다. "그 사람들이 출생 신고도 했어?"

침대 옆 대리석으로 상판을 얹은 테이블 위에 놓인 놋쇠 접시 밑에 종이 한 장이 깔려 있었다. 샤마가 그 종이를 그에게 주었다.

"야! 출생 신고를 했다니 기쁘네. 정부도 사람들도 내가 태어난 걸 믿으려 하지 않았는데 말이야. 각종 문서에 서명해서 증명해야 했었지."

"우리 모두 다 등록되어 있어요." 샤마가 말했다.

"당신네들 모두가 등록되어 **있겠지**." 그는 증명서를 보았다. "사비? 그런데 여기엔 그런 이름이 없는데. 바소라는 이름밖에 안 보여."

그녀가 눈을 크게 떴다. "쉬!"

"사람들이 내 아이를 바소라 부르게 하지는 않겠어."

"쉬이!"

그는 어떻게 된 것인지 깨달았다. 바소가 아이의 진짜 이름이고, 사비는 부르는 이름이었던 것이다. 진짜 이름은 그 사람에게 위해를 가하려 할 때 사용될 수도 있다. 반면 부르는 이름은 어떤 능력은 없고 단지 편리해서 쓰는 이름이다. 그는 딸을 바소라고 부르지 않아도 되어서 안심했다. 하지만 무슨 이름이 그래!

"하리가 그렇게 정했어? 성령님 말이야."

"세스 이모부와 같이요."

"뻔하지, 펀디트와 깡패 두목 짓인 건."

"여보, 지금 뭐 하는 거예요?"

그는 출생증명서에 열심히 뭔가를 갈겨쓰고 있었다.

"봐." 증명서 상단에는 '진짜 부르는 이름: 라크쉬미. 아버지인 모헌 비스와스가 서명함'이라고 써놓았다. 아래에는 날짜가 있었다.

두 사람 모두 함부로 바꾸면 안 되는 정부 문서의 권위가 도전받는 듯이 느껴졌다.

그는 샤마가 놀라는 것을 즐기며 하누만 하우스로 온 이후 처음으로 그녀를 꼼꼼하게 바라보았다. 그녀의 긴 머리가 느슨하게 베개 위에 펼쳐져 있었다. 샤마가 그를 보려면 턱으로 자기 목을 눌러야만 했다.

"당신 턱이 두 개네." 그가 말했다. 그녀는 대답하지 않았다.

갑자기 그가 펄쩍 뛰었다. "이게 도대체 뭐야."

"보여줘봐요."

그는 아내에게 증명서를 보여주었다. "봐, 아버지 직업. 노동자. 노동자라니! 내가! 당신네 식구들은 어떻게 이런 적의를 품을 수 있지, 여보?"

"난 못 봤어요."

"보나마나 세스 짓이야. 보라고. 정보 제공자 이름: R. N. 세스. 직업: 부동산 관리인."

"이모부가 왜 이렇게 했는지 모르겠네요."

"이봐, 다음에 정보 제공자가 필요하면 나에게 알려줘. 라크쉬미 바소 사비에게 전화를 건다. 안녕, 라크쉬미. 라크쉬미, 나야, 너희 아빠. 직업이, 직업이 뭐라더라, 애야? 화가, 페인터?"

"꼭 페인트공처럼 들리네요."

"간판장이? 가게 주인? 이런, 그건 안 돼!" 그는 증명서에 갈겨쓰기 시작했다. "부동산 소유주." 그리고 증명서를 샤마에게 주면서 이렇게 말했다.

"하지만 당신을 부동산 소유주라고 할 수는 없죠. 그 가게는 어머니 거잖아요."

"그렇다고 나를 노동자라고도 부를 수도 없지."

"이러다가 잡혀갈 수도 있어요."

"그러라지."

"당신, 나가는 게 낫겠어요."

아기가 손발을 움직였다.

"안녕, 라크쉬미."

"사비."

"바소."

"쉬이!"

"그 늙은 깡패하고 말을 해봐야겠어. 누구냐고? 그 늙은 전갈 있잖아. 늙은 전갈좌."

그는 근방에 약품 냄새가 풍기고 세숫대야와 기저귀 꾸러미가 놓인 어두운 방을 나와 양 끝에 큰 의자 두 개가 왕좌처럼 놓여 있는 거실로 들어갔다. 그러고는 나무 계단을 지나 보통 하리가 앉아서 볼품없는 형태의 경전을 읽는 낡은 2층으로 갔다. 그는 자신이 하누만 하우스에서 새로 태어난 아기의 아버지니까 주목을 많이 받게 될 거라고 예상하고, 부끄러운 마음으로 계단을 내려가 홀에 들어갔다. 아무도 그를 유심히 쳐다보지 않았다. 홀에는 우울한 표정으로 밥을 먹고 있는 아이들 천지였다. 그들 가운데서 비스와스 씨는 곡예사처럼 몸을 잘 구부리던 아이와 체이스에서 소꿉놀이를 하던 아이를 알아봤다. 유황 냄새가 났는데 가만히 보니 아이들은 밥을 먹고 있었던 게 아니라 연유와 함께 섞은 노란 가루를 먹고 있었다.

그가 물어봤다. "그게 뭐니, 응?"

곡예사가 상을 찌푸리더니 말했다. "유황과 연유예요."

"요새 음식이 너무 비싸서 그러니, 어?"

"습진인가 뭔가 때문이에요." 소꿉놀이 하던 애가 말했다.

그 애는 손가락을 연유에 적셨다가 유황에 적시고 다시 입으로 가져가 빨아 먹었다. 그러더니 급한 손놀림으로 그 짓을 되풀이했다.

툴시 부인이 검은 부엌문에서 나왔다.

"유황과 연유라." 비스와스 씨가 말했다.

"단맛 나라고 그러는 거야." 툴시 부인이 말했다. 부인은 또다시 비스와스 씨를 용서한 것이었다.

"단맛 나라고 그런대!" 곡예사가 큰 소리로 속삭였다. "내 발 봐." 그 애는 자기의 재주로 특별한 면허장을 받았다.

"습진에 굉장히 좋아." 툴시 부인이 곡예사 옆에 앉아 접시를 받아 들고, 아까 곡예사가 계속 테이블 쪽으로 유황을 쏟는 바람에 접시 테두리에 붙은 유황을 흔들어 모았다. "모헌, 자네 딸은 보았나?"

"라크쉬미 말인가요?"

"라크쉬미라니?"

"라크쉬미요. 제 딸 말이에요. **제**가 그렇게 이름을 지었어요."

"샤마는 좋아 보이더군." 툴시 부인이 쏟아진 유황을 테이블에서 쓸어 손바닥에 주워 담아 곡예사가 지금까지 손도 대지 않은 연유 위에 털어 부었다. "내가 그 애보고 장미방에 있으라고 했어, 모헌."

비스와스 씨는 아무 말도 하지 않았다.

툴시 부인이 벤치를 손으로 두드렸다. "여기 와서 앉게, 모헌."

그는 툴시 부인 옆에 앉았다.

"주님께서 주신다네." 툴시 부인이 갑자기 영어로 말했다.

비스와스 씨는 놀란 감정을 감추며 고개를 끄덕였다. 그는 툴시 부인이 철학적인 발언을 할 때의 방식을 알고 있었다. 부인은 천천히, 그러면서도 지극히 엄숙하게 여러 가지 간단하면서도 서로 상관없는 말을 했다. 그 결과, 뭐가 뭔지는 잘 모르겠지만 하여튼 심오한 기분이 들게 했다.

"모든 건 조금씩 조금씩 오는 법이지." 그녀가 말했다. "우리는 용서해야만 해. 자네 장인이 옛날에 말했듯이 말이야." (그녀는 벽에 걸린 사진을 가리켰다.) "자네에게 좋은 것이 자네에게 좋은 것이야. 자네에게 안 좋은 것은 자네에게 안 좋은 것이고."

비스와스 씨는 본의 아니게 엄숙하게 들으며 동의의 표시로 고개를 끄덕였다.

툴시 부인은 코를 훌쩍이고 나서 베일로 코를 눌렀다. "자네가 우리 사위이자 애아버지로 아이들과 같이 이 홀에 앉아 있을 거라고 1년 전에 누가 생각했겠나? 인생이란 이렇게 놀랄 만한 일로 가득 차 있어. 그런데 실제로는 별로 놀랍지도 않았지. 모헌, 자네는 지금 한 생명을 책임지고 있어." 부인은 울기 시작했다. 그녀는 비스와스 씨의 어깨에 손을 얹었는데, 그를 위로하려고 그런 게 아니라 그에게 위로해달라고 보채는 몸짓이었다. "나는 샤마에게 내 방을 쓰라고 허락했어. 장미방 말이야. 자네가 미래를 걱정하고 있는 것을 알아. 말할 필요 없어. 나도 아니까." 부인은 그의 어깨를 토닥거렸다.

그는 툴시 부인의 분위기에 말려들었다. 그는 유황과 연유를 먹고 있는 아이들을 잊고서 마치 자신이 진지하게 그리고 절망적으로 미래에 대해 생각했다고 시인하기라도 하듯이 고개를 끄덕였다.

툴시 부인은 그를 이런 기분에 휘말리게 해놓고 나서 자신의 손을 치우고 코를 풀고 눈물을 닦았다. "무슨 일이 생기든, 자네는 계속 살아가게 될 거야. 무슨 일이 생기든지. 주님께서 자네를 데려가기 알맞은 때가 되었다고 생각하실 때까지 말이야." 마지막 문장은 영어였다. 그 문장 때문에 깜짝 놀라서 정신이 들었다. "주님께서 자네 장인에게 한 것처럼 말일세. 하지만 그 시간이 오기 전까지는 그들이 아무리 자네를 굶기든 자네에게 어떤 대접을 하든, 어쨌든 자네를 죽이지는 못할 거야."

비스와스 씨는 생각했다. 그들? 그들이 누구야?

이어 세스가 진흙이 묻은 구두를 신고 요란하게 홀로 들어왔다. 아이들은 유황 가루를 열심히 먹어댔다.

"모헌." 세스가 말했다. "자네 딸을 보았나? 자넨 참 나를 잘 놀래주는군."

곡예사가 낄낄거렸다. 툴시 부인도 미소를 띠었다.

이 배신자. 비스와스 씨가 생각했다. 이 늙은 암여우 배신자.

"음, 자네는 어른이 되었어, 모헌." 세스가 말했다. "남편이자 아버지이지 않나. 다시는 어린아이처럼 행동하지 말게. 그 가게는 아직 파산 안 했나?"

"좀 있어보십시오." 비스와스 씨가 일어나면서 말했다. "어쨌든 하리가 축복해준 지 이제 겨우 넉 달밖에 안 지났습니다."

곡예사가 웃었다. 비스와스 씨는 처음으로 그 소녀에게 너그러운 감정을 느꼈다. 용기를 얻은 그가 덧붙였다. "하리에게 축복을 다시 가져가라고 부탁할 수도 있을까요?"

더 큰 웃음소리가 들렸다.

세스가 자기 아내에게 밥 달라고 소리를 질렀다.

먹을 것에 대해 말하니까 아이들이 눈을 반짝이며 쳐다보았다.

"오늘 너희들 모두 밥 없을 줄 알아." 세스가 말했다. "이렇게 해야 흙장난하면 습진에 걸린다는 것을 배울 거 아냐."

툴시 부인이 비스와스 씨 옆으로 왔다. 그녀는 또다시 엄숙해져 있었다. "조금씩 조금씩 온다네." 그녀가 그렇게 속삭이는 동안 처형들이 놋쇠 접시와 식기 들을 가지고 부엌에서 나왔다. "자네는 생각 못 해봤을 거야. 자네 첫아이가 이런 곳에서 태어나리라고는."

그가 머리를 흔들었다.

"기억해, 그들은 자네 목숨을 빼앗을 수 없어."

그 '그들'이 또 나왔다.

비스와스 씨가 말했다. "오, 그러니까 지금 식구가 셋이란 말이죠."

부인은 그의 어조에서 불길한 감을 느꼈다.

"통 하나 보내주세요." 그가 큰 소리로 말했다. "작은 석탄 통으로요."

*

그는 옆문을 통해 나와 자전거를 끌고 긴 통로를 지나갔다. 그 통로에는 저녁이면 벌써 모여들어 담배를 피우며 환담을 나누는 나이 든 인도 태생 사람들로 가득 차 있었다. 그는 미시르의 낡아빠진 작은 목조 가옥으로 자전거를 끌고 가서 불빛이 비치는 창문으로 그를 불렀다.

미시르가 레이스 커튼 사이로 목을 내밀며 말했다. "어이, 반가운 친구. 들어와."

미시르는 아내와 아이들을 장모 집으로 짐 싸서 보냈다고 했다. 비스와스 씨는 싸웠거나 임신을 해서겠거니 했다.

"식구들 없이 죽어라고 일만 했어." 미시르가 말했다. "소설을 쓰고 있어."

"『센티널』에 낼 거야?"

"**단편**소설들이야." 미시르가 예의 성급한 성질을 드러내며 말했다. "앉아서 들어봐."

미시르의 첫번째 소설은 몇 달째 일거리가 없어 굶주리고 있는 한 남자에 관한 이야기였다. 그의 다섯 아이도 굶주리고 있었다. 그리고 아내는 또다시 아기를 가졌다. 때가 12월이라 가게에는 음식과 장난감이 넘쳤다. 크리스마스이브에 그 남자는 일자리를 얻었다. 그런데 그날 저녁 집으로 가다 멈추지 않는 자동차에 치여 쓰러져 죽었다.

"참 어이없는 비극이군." 비스와스 씨가 말했다. "차가 멈추지 않았다는 대목이 마음에 들어."

미시르가 미소를 짓고는 잔인하게 말했다. "하지만 인생이 그런 거야. 이건 동화가 아니야. '옛날 옛날에 한 임금님이 살았습니다'라는 말도 안 되는 이야기가 아니라고. 이것도 한번 들어봐."

두번째 이야기도 몇 달 동안 일이 없어서 굶고 있는 남자에 관한 이야기였다. 대가족을 먹여 살리느라 그는 자기 물건들을 팔기 시작했고, 끝내 2실링짜리 마권밖에는 남지 않게 된다. 그 사람은 마권을 팔고 싶지 않았지만, 아이 한 명이 많이 아파서 약이 필요했다. 그는 그 마권을 1실링에 팔고 약을 샀다. 그런데 결국 아이는 죽고, 마권은 상금을 땄다.

"어이없는 비극이야." 비스와스 씨가 말했다. "그래서 어떻게 됐어?"

"그 남자 말이야? 왜 **나**한테 물어? 상상력을 동원해봐."

"이런 빌어먹을, 더러운 놈의 세상."

"이런 일에 대해서 사람들이 알아야 해." 미시르가 말했다. "삶에 대해서 알아야지. 너도 네 이야기를 소설로 써봐야 해."

"이봐, 난 그럴 시간이 없어. 체이스에 작은 부동산이 있거든." 비스와스 씨가 잠시 말을 멈추었는데 미시르는 아무 반응이 없었다. "너도 알다시피 결혼도 했잖아. 책임져야 할 일들이지." 그가 또 말을 멈추었다. "딸도 있고."

"이런 세상에!" 미시르가 역겹다는 듯이 소리를 질렀다. "**이런!**"

"이제 막 태어났어."

미시르는 동정한다는 듯이 머리를 흔들었다. "봉지에 고양이를 담아서 나눠주는 거야. 봉지 안의 고양이 말이야. 그게 다 이 봉지에 고양이 담아주는 사업에서 생긴 거야."

비스와스 씨는 화제를 바꾸었다. "아리아파들은 어떻게 지내?"

"그걸 네가 왜 물어봐? 넌 진짜로는 관심 없잖아. **아무도** 관심 없어. 그 사람들은 그냥 동화나 몇 편 들려주면 행복해들 하지. 현실과 직면하길 원하지 않으니까. 그리고 슈블로찬은 바보 멍청이야. 너, 사람들이 팡카즈 라이를 인도로 다시 돌려보낸 건 알고 있어? 가끔 멍하니 있다 보면 그 사람이 거기서 어떻게 지낼까 궁금해져. 내 생각에 그 불쌍한 사람이 다 떨어진 옷을 입고 시궁창에서 굶고 지낼 거 같아. 직업 같은 건 못 구하고 말이야. 있지, 너 팡카즈를 소재로 좋은 소설 하나 쓸 수 있겠다."

"내가 말하려는 게 바로 그거야. 그 사람은 순수주의자였어."

"타고난 순수주의자."

"미시르, 너 아직도 『센티널』에서 일해?"

"한 줄에 빌어먹을 한 푼씩 받고 있지. 왜?"

"오늘 진짜 말도 안 되게 웃기는 일이 일어났거든. 내가 오늘 뭘 봤는지 알아? 머리 두 개 달린 돼지."

"어디서?"

"바로 여기서. 하누만 하우스 말이야. 그 사람들 밭에서."

"하지만 툴시 집안 같은 힌두인들은 돼지를 안 키우잖아."*

"너도 놀랄걸. 물론 죽은 돼지였어."

천성적으로 개혁을 원하는 성향이 있었음에도 불구하고 미시르가 실망하고 화가 난 건 분명했다. "요즈음은 돈이면 뭐든지 해. 그래도 이야기는 되네. 당장 전화 걸어야지."

비스와스 씨가 미시르의 집을 떠나며 말했다. "입주 노동자. 이 표

---

* 힌두교도들은 유대교도나 이슬람교도나 마찬가지로 돼지고기를 먹지 않는다. 이들은 쇠고기도 먹지 않는다.

현이 그 사람들에게 맞을 거야."

*

3주 후에 샤마는 체이스로 돌아갈 예정이었다. 비스와스 씨는 회랑에 아기를 위한 해먹을 걸어놓고 기다렸다. 가게와 뒷방은 점점 엉망이 되어갔고 버려진 캠프처럼 냉기가 돌았다. 그러나 샤마가 라크쉬미를 데리고 오자마자(샤마가 '그 애 이름은 사비에요'라고 우겨서 그 애는 사비로 불렸다) 그 방들은 또다시 비스와스 씨가 사는 공간, 그리고 그가 자기 권리를 주장하거나 자신의 가치를 설명하지 않아도 자신의 지위를 가질 수 있는 장소가 되었다.

비스와스 씨는 곧바로 자신이 가장 행복해하는 바로 그런 것들에 대해 오히려 불평을 늘어놓기 시작했다. 사비가 울면 마치 그게 샤마가 멋대로 놔둬서 그런 것인 양 말했다. 식사가 늦어지면 함께 요리하는 누군가가 있다는 생각에서 우러나오는 즐거움은 숨기고 마치 화가 난 듯이 굴었다. 그가 이렇게 화를 벌컥 내도 샤마는 예전부터 그래왔듯 아무 대꾸를 하지 않았다. 그녀는 마치 감상적으로 죽고 못 사는 유대감보다는 이런 식의 유대감을 더 좋아하는 듯 무뚝뚝하게 대응했다.

그는 아기 목욕시키는 것을 보는 걸 즐겼다. 샤마는 이 일을 능숙하게 잘했다. 그녀는 마치 몇 년간 애들 목욕을 시켜온 사람 같았다. 왼쪽 팔과 손으로 아기의 등과 흔들거리는 머리를 받쳤다. 그리고 오른손으로 비누칠을 해서 씻겼다. 마지막으로는 어린아이를 대야에서 수건으로 재빠르고 부드럽게 옮겼다. 집안일로 손이 갈라진 하누만 하우스 출신의 누군가가 같은 손으로 이렇게 부드럽게 일을 잘할 수 있다는 것이 그는 놀라웠다. 목욕이 끝나면 샤마는 사비를 코코넛 기름으로 마사지 하고 어떤 명랑한 노래에 맞춰 팔다리 운동을 시켰다. 똑같은 일이 과거 비스와스 씨와 샤마가 아기였을 때 이들에게도 행해졌었다. 똑같은 노래도 불리었다. 아마 이런 절차는 천 년 전부터 발전해왔을 것이다.

성유를 바르는 일은 해가 지고 주변 덤불숲이 노래를 부르기 시작하는 저녁마다 되풀이되었다. 그리고 약 6개월 후 모티가 가게로 와서 계산대를 세게 내려친 것도 바로 이 시간이었다.

*

모티는 이 마을 사람이 아니었다. 그는 흰머리, 부실한 치아, 우거지상의 얼굴을 지닌 키 작은 사람이었다. 또 우중충한 점원 같은 옷을 입고 있었다. 셔츠를 단정하게 입었지만 지저분했고, 바지에 묻은 기름 때도 훤히 눈에 보였다. 셔츠 주머니에는 만년필 하나와 몽당연필 한 자루 그리고 때 묻은 종이 몇 장 같은, 시골 선비가 가지고 다닐 만한 물건을 지니고 다녔다.

그는 신경질적인 목소리로 돼지기름을 조금 달라고 했다.

비스와스 씨는 힌두교도로서 양심상 돼지기름을 들여놓을 수는 없었다. "하지만 버터는 있습니다." 그는 붉은색의 묽게 산패된 버터가 가득 들어 있는 냄새나는 커다란 깡통을 떠올리며 말했다.

모티는 머리를 흔들더니 자전거 탈 때 바짓단을 묶는 집게를 풀었다. "그냥 1센트어치 파라다이스 플럼스 사탕이나 주세요."

비스와스 씨는 네모난 하얀 종이 곽에 세 개를 담아주었다. 모티는 가지 않았다. 그는 파라다이스 플럼스를 입에 넣으며 말했다. "당신이 돼지기름을 갖다놓지 않은 게 마음에 드네요. 존경스럽습니다." 그는 잠시 말을 멈추더니 눈을 감고 파라다이스 플럼스를 깨물어 부수었다. "당신 같은 위치에 있는 분이 돈 몇 푼 때문에 종교를 저버리는 일을 하지 않아서 기쁘군요. 요즈음 어떤 힌두교도 가게 주인은 본인이 직접 소금에 절인 소고기를 팔고 있다는 걸 아세요? 고작 몇 푼 더 받으려고 요."

비스와스 씨도 알고 있었다. 그리고 비위가 약해 그 같은 일을 하지 못해서 아쉬워하고 있었다.

"그리고 다른 일도 있어요." 모티가 파라다이스 플럼스를 부숴 먹으면서 말했다. "돼지에 대해선 들어보셨나요?"

"툴시 돼지요? 나한텐 놀랄 일도 아니에요."

"모든 사람이 다 그러는 건 아니라 참 다행이에요. 예를 들면 당신 같은 분도 있죠. 그리고 시바란도요. 시바란이라고 혹시 아십니까?"

"시바란?"

"시바란을 모르다니! L. S. 시바란 몰라요? 민사법원에서 사실상 모든 일을 맡아서 해온 사람 말이에요."

"오, 그 사람." 비스와스 씨가 여전히 모르면서 이렇게 대답했다.

"아주 독실한 힌두교도예요. 확실한 건 그 법원에서 제일 뛰어난 변호사 중 한 명이라는 거죠. 우린 그분을 자랑스럽게 생각해야 해요. 당신 전에 있던 사람, 그 사람 이름이 뭐죠? 어쨌든 당신 전에 있던 사람은 시바란 씨에게 아주 고마워했었어요. 그분이 없었다면 그 사람은 지금쯤 거지가 됐을 겁니다."

모티는 파라다이스 플럼스를 하나 더 입에 집어넣고는 군데군데 빈 선반을 멍하니 바라보았다. 모티의 눈길을 따라가보니 시바란이 도와

쳤던 사람이 남겨놓은 반쯤 부식된 라벨 달린 깡통들이 보였다.

"그럼 모두 두키네로 가는 건가요, 예?" 모티가 더욱 친숙하게 영어로 말을 했다. 두키는 체이스에 가장 최근에 생긴 가게의 주인이었다. "이건 부끄러운 일이에요. 평생 외상으로 먹고사는 사람이 있다는 건 부끄러운 일이에요. 강도나 다름없는 거니까요. 멍그루를 보세요. 멍그루 아십니까?"

비스와스 씨는 그를 잘 알았다.

"멍그루 같은 사람은 감옥에 가야 돼요." 모티가 말했다.

"저도 그렇게 생각해요."

"그런데 감옥에 안 가죠." 모티가 눈을 감고 파라다이스 플럼스를 부수며 조심스럽게 이야기했다. "그 사람은 거지라서 돈을 못 내는 것처럼 구는데요. 멍그루는 나나 당신이 꿈도 못 꿀 만큼 부자예요." 이 얘기는 비스와스 씨에게 새로운 것이었다.

"지금쯤 감옥에 갔어야 했는데." 모티가 다시 같은 말을 했다.

비스와스 씨가 멍그루에게 속았던 것은 아니라고 말하려는 찰나 모티가 말했다. "그 사람은 자기처럼 무례하고 막돼먹은 가게 주인은 안 털어요. 한 방 제대로 맞을까 봐 겁나서요. 그 인간은 마음이 여리고 착한 사람을 찾아서 털어 먹지요. 멍그루가 당신을 봤다 칩시다. 당신이 착하게 생겼다고 생각하면 **다음** 날 그 사람 부인이 2센트에 이것 3센트에 저것 하는 식으로 한 바퀴 도는 거예요. 그리고 그 여자는 돈이 없다는 것을 깜박했다고, 내일이 월급날이니까 기다릴 수 있냐고 하지요. 그럼 당신은 튼튼한 종이봉투에 물건을 싸서 그 여자가 기분 좋게 집으로 가게 해줍니다. 그런 다음 당신은 앉아서 다음 월급 때까지 기다리는 거죠. 다음 월급날 멍그루는 잊어버립니다. 그 사람 아내도 잊죠. 그 사람들 모두 닭을 잡고 럼주도 사느라 바빠서 당신을 기억하지 못하죠. 2, 3일 후가 되면 어, 어, 부인에게 갑자기 당신 생각이 나요. 그 여자가 또 고함을 쳐대죠. 더 많은 외상을 달라고요. 멍그루 이야기는 저한테 하지도 마세요. 나는 그 인간을 너무 잘 알아요. 누가 그 인간을 감옥에 처넣을 배짱만 있었어도 감옥에 있었을 인간이에요."

그 이야기는 압축하여 극화한 것이었지만 비스와스 씨는 그 이야기가 사실이라는 것을 인정했다. 그는 자신이 까발려진 듯이 느껴져서 아무 말도 하지 않았다.

"장부를 한 번만 보여줘봐요." 모티가 말했다. "멍그루가 당신한테 얼마나 빚을 졌는지 보게요."

비스와스 씨는 마을 사람들의 입맛을 사로잡지 못했던 음료수인 사이드랙스의 색 바랜 광고판 위, 선반 사이에 걸려 있던 못의 몸통 부분을 잡아뗐다. 그 못은 보푸라기가 일고, 울긋불긋한 긴 솔처럼 변해버렸다. 제일 밑에는 낙엽처럼 바삭하게 말려진 종이들이 있었다.

"세상에!" 모티는 종이를 자세히 살피면서 더욱 심각한 표정을 지었다. 많이 볼 수는 없었는데 밑에 있는 종이를 보기 위해서는 제일 위에 있는 종이들도 같이 떼어내야 했기 때문이다. 그러더니 비스와스 씨에게서 고개를 돌려서 자신의 낡은 자전거 뒷바퀴가 보이는 출입구 근처에 시선을 고정한 채 생각에 잠긴 듯이 깜깜한 밖을 바라보았다. 그는 슬픈 표정으로 파라다이스 플럼스를 빨았다. "당신이 시바란을 모른다는 게 참 안됐어요. 시바란이라면 지금 당장 해결해주실 텐데. 그분은 당신 전에 있던 사람도 도와줬었어요. 시바란이 아니었다면 그 사람은 지금 거지가 되었을 거예요. 거지. 웃기는 일은, 외상을 준 불쌍한 가게 주인은 제대로 먹지도 못하고 넝마를 입은 채 자기 아이들이 굶주리고 아파하는 것을 지켜봐야 했는데, 그동안 그 사람들은 외상으로 살이 찌고 부자가 되고 있는 걸 생각지도 못했을 거라는 거죠."

비스와스 씨는 미시르의 단편소설에 나오는 주인공이 된 자신을 그려보며 놀라움을 숨길 수가 없었다.

"알겠네요." 모티가 자기 발목 근처에 바지 집게를 고정했다. "가봐야겠어요. 이야기 재미있었습니다. 만사형통하시길 빕니다."

"그런데, 시바란을 안다면서요." 비스와스 씨가 말했다.

"물론 알지요. 그렇지만 그분에게 가서 제 친구 한 사람을 도와달라고 물어볼 수나 있을지 모르겠네요. 아시다시피 바쁜 분이거든요. 민사법원의 거의 모든 일을 다 취급하고 계시니까요."

"하지만 말은 건네볼 수 있잖아요?"

"그렇긴 하죠." 모티가 분명치 않게 대답했다. "말은 해드릴 수 있어요. 하지만 시바란은 거물이거든요. 그냥 한두 가지 시답잖은 일로 귀찮게 할 수는 없을 거예요."

비스와스 씨는 손으로 못에 박힌 종이를 아래위로 쓰다듬었다. "그분에게 맡길 일이 여기 많아요." 비스와스 씨가 저돌적으로 말했다. "시바란에게 말 좀 해줘요."

"알았어요. 가서 말해드리죠." 모티가 자기 자전거에 탔다. "하지만 아무것도 약속은 못 드려요."

비스와스 씨가 뒷방에 가보니 사비는 잠이 들어 있었다.

"멍그루와 나머지 다른 사람들 일을 처리할 거야." 비스와스 씨가 샤마에게 말했다. "시바란에게 그 사람들 뒤를 캐라고 해야겠어."

"시바란이 누구예요?"

"누가 시바란이냐니! 시바란을 모른다는 말이야? 민사법원에서 사실상 모든 일을 다 처리하는 사람이잖아."

"나도 알아요. 그 남자가 하는 말을 나도 들었어요."

"그럼 도대체 왜 나한테 물어?"

"그 사람들 고소하기 전에 누구한테 조언을 듣는 게 더 낫다는 생각은 안 드나요?"

"조언? 누구한테? 그 늙은 깡패랑 늙은 암여우한테? 그 사람들이 모르는 게 없다는 건 알아. 당신이 말해줄 필요도 없어. 하지만 그 사람들이 법을 알겠어?"

"세스 이모부는 여러 사람을 고소해봤어요."

"그리고 고소하는 족족 졌지. 나도 다 알아. 두말할 필요도 없지. 아르와카스에 사는 사람이라면 모두 다 세스와 그가 고소한 사람들에 대해 알아. 세스가 모든 걸 아는 건 아니야."

"이모부는 의사 공부도 했었어요. 의사인가 약사인가."

"의사 공부를 했다고! 아마 말 의사겠지. 당신 눈에는 그 사람이 의사 같아 보여? 그 사람 손은 본 적 있어? 살찌고 두껍잖아. 연필도 제대로 못 쥘걸."

"예전에 찬라우티 종기를 세스 이모부가 쨌다니까요."

"그래. 이건 딴 이야기지만 꼭 해야겠어, 어. 미리, **미리** 말하는 거야. 우리 애 중 누구에게 종기가 나더라도 세스가 쨰주는 건 싫어. 그리고 그 사람이 우리 애들 누구에게라도 그 빌어먹을 유황이랑 연유를 처방 내리는 것도 싫어."

*

　멍그루는 그 마을 막대기 싸움* 선수들의 대장이었다. 그는 키가 크고 비쩍 마르고 무뚝뚝한 사람으로 커다란 팔자(八字) 콧수염 때문에 외양이 사나워 보였다. 그 수염 때문에 마을 사람들은 그를 머시**라고 불렀고 나중에는 모치라고 불렀다. 그는 막대기 싸움 챔피언이었다. 멍그루는 공격 범위가 넓고 기술이 뛰어났으며 반격 능력도 탁월했다. 막는 동작을 찌르는 동작으로 얼마나 능숙하게 잘 바꾸었던지 두 동작이 하나로 느껴질 정도였다. 모든 대전에서 그는 각 단계마다 연습이라도 한 듯이 잘 싸웠다. 체이스의 젊은 남자들을 규합해 격투기 모임을 결성하여 기독교 축제와 무슬림 호세인***이 열릴 때 마을의 명예를 지킬 준비를 한 것이 바로 멍그루였다. 사람들은 그의 지도하에 그의 마당에서 횃불 불빛에 기대어 저녁마다 지칠 줄 모르고 연습을 했다. 마을 소년들은 그 저녁 연습을 구경하러 갔다. 샤마가 말리는 데도 불구하고 비스와스 씨도 거기에 갔다.

　비스와스 씨는 경기만큼이나 막대기 검을 만드는 과정을 좋아했다. 파우이나무****의 껍질에 문양을 새기고 모닥불에 굽는다. 그러면 탄 나무 껍질이 벗겨지고 하얀 나무에 문양을 새긴 부분만 탄 자국이 남게 되는 것이다. 갓 구운 파우이나무 냄새처럼 좋은 냄새도 없었다. 나무 속 측

---

　* stick fighting: 트리니다드 토바고를 비롯한 카리브 해 연안 국가에서 하는 찬린다 Canlinda라고 불리는 막대기를 이용한 일종의 무술이다.
　** 콧수염을 영어로 머스태시moustache라고 하는데 그 음을 딴 별명이다.
　*** 트리니다드 토바고에서 힌두교도와 이슬람교도가 함께 축하하는 축제 이름.
**** 중앙아메리카와 남아메리카에 흔한 나무. 트럼펫 트리trumpet tree라고도 불린다.

량할 수 없이 깊은 곳에 갇혀 있던 그 냄새는 희미하지만 먼 곳까지 오랫동안 퍼졌다. 이 마을과 비슷한 마을, 이 마당과 비슷한 마당에서, 이와 비슷한 모닥불 위에서 라구가 굽던 파우이나무의 향기처럼 희미한 향기였다. 진흙 벽 위를 비추고 밤을 막아주던 불에서 저녁이 요리될 때와 서늘하고 새롭고 낯설던 아침들과 초가지붕 위로 약한 소리를 내며 떨어지던 비와 지붕 아래의 따뜻함을 사진이 아닌 감각으로 느끼게 하는 냄새였다. 그 느낌은 파우이나무 향기만큼이나 희미하고, 슬프게도 덧없이 사라지는 것이었으며, 또한 손에 잡히거나 명확한 기억으로 전환되지 않는 것이기도 했다.

그 후 윗부분을 새긴 막대기 검을 대나무 죽통에 담긴 코코넛 기름에 적셔 힘과 탄력성을 더한다. 이어서 멍그루는 막대기 검을 자기가 아는 나이 많은 막대기 싸움 선수에게 가지고 가서 그 검에 죽은 스페인 사람의 영혼이 '올라타게' 했다. 그렇게 함으로써 그 의식은 낭만적이고 경이로우면서 신비롭게 끝났던 것이다. 비스와스 씨가 아는 바에 따르면 영혼을 태우는 이유는 약 백 년 전에 스페인 사람들이 트리니다드 섬에서 전투에 지면서 자손들도 사라졌지만, 그들의 불굴의 용기에 대한 기억은 남아 있기 때문이었다.* 그 후 그 기억은 다른 대륙에서 건너와서 스페인 사람이 뭔지도 모르는 어떤 민족에게 전해졌다. 이 사람들은 시간이나 거리가 다 잊힌 그곳에 진흙과 풀로 오두막을 지었고,

---

* 1498년 콜럼버스의 3차 항해에서 트리니다드가 발견된 후 1542년 스페인 초대 총독이 부임할 때까지 스페인 사람들의 트리니다드 원주민 정복 전쟁이 계속되었고 여러 번의 실패가 있었다. 16세기부터 19세기 영국 식민지 시대가 될 때까지 이곳에는 스페인, 네덜란드, 프랑스인, 그리고 미국 남부의 도망 노예 들이 계속 유입되었다. 영국의 식민지가 되고 난 뒤에는 영국의 정책에 의해 인도인, 중국인이 들어왔고 미국 흑인도 계속 유입되었다.

그 안에서 자신들도 얼마나 위대한지 잘 모르는 '알렉산더'라는 이름으로 아이들에게 겁을 주었던 것이다.

멍그루의 본업은 도로 보수반 일꾼이었다. 그는 자신이 정부에서 일한다고 말하는 것을 좋아했고, 일을 전혀 하지 않는 걸 더 좋아했다. 그는 자신이 마을의 명예를 지키고 있으니 마을은 자신의 생계를 책임 져야 한다는 점을 명백하게 내세웠다. 그는 횃불을 밝힐 송진 기름과 '영혼을 올라타게' 하는 비용과 전투 때 막대기 싸움 선수들이 입을 비싼 복장을 위한 기부금을 요구했다. 처음에 비스와스 씨는 기꺼이 기부했다. 얼마 후 무술을 위해 헌신하는 게 더 나았던 멍그루는 몇 주씩 이나 도로 보수 일을 나가지 않고 비스와스 씨와 다른 가게 주인에게 외상을 긋고 살았다. 비스와스 씨는 멍그루를 극진히 대우했다. 그는 멍그루에게 외상을 주지 않는 것은 불충스러운 일이라 여겼고, 멍그루 를 보며 그의 빚을 떠올리는 것은 부적절할 뿐만 아니라 위험한 것이 라고 생각했다. 멍그루는 계속해서 더 많은 것을 요구했다. 비스와스 씨는 다른 손님들에게 불평했다. 그 사람들은 멍그루에게 말을 전했다. 비스와스 씨는 그 사실을 알고 겁에 질렸는데, 멍그루는 폭력을 쓰는 대신 점잖게 대응을 했다. 그 점잖은 태도는 샤마가 입을 다물고 한숨 을 쉬는 것만큼이나 아무것도 아닌 듯 보이는 것이었지만 비스와스 씨 에게 위협적인 것이었다. 멍그루는 비스와스 씨와 대화를 거부하고 가 게를 지나갈 때마다 아무렇지도 않게 침을 뱉었다. 멍그루의 계산서는 지불되지 않은 채 남아 있었다. 그리고 비스와스 씨는 손님을 몇 명 더 잃었다.

*

모티는 비스와스 씨가 예상한 것보다 더 일찍 돌아와서 말했다. "당신은 운이 좋아요. 시바란이 당신을 돕기로 결정했거든요. 그분에게 당신이 내 친구이자 훌륭한 힌두교도라고 했어요. 말할 필요도 없이 아주 신실한 힌두교도라고요. 그분이 당신을 돕겠답니다. 바쁜데도 말이죠." 그는 셔츠 주머니에서 종이를 꺼내 원하는 종이를 골라 계산대에 찰싹 소리가 나게 놓았다. 상단에 약간 비스듬하게 찍힌 연보라색 도장에는 L. S. 시바란이 사무 변호사 겸 부동산 양도 전문 변호사라고 적혀 있었다. 그 밑에 인쇄된 문장들 사이에는 여러 개의 점선이 있었다. "시바란이 당신 서류를 받자마자 끝까지 다 작성할 겁니다." 모티는 법률 용어를 말할 때 영어를 썼다.

비스와스 씨가 떨리는 마음으로 읽었다. '이 서한의 비용 1달러 20센트($1.20C)와 함께 일체 경비가 10일 이내에 지불되지 않으면 귀하에 대한 법적 소송 절차가 진행될 것입니다.' 그 밑으로 또 점선이 있고 L. S. 시바란이 '친애하는'이란 말 뒤에 사인을 해놓았다.

"대단해, 대단해, 이봐요." 비스와스 씨가 말했다. "법적 소송 절차. 사람들을 고소하는 게 이렇게 쉬운 건지 몰랐어요."

모티가 들릴락말락한 소리로 툴툴댔다.

"이 편지 비용으로 1달러 20센트라니." 비스와스 씨가 말했다. "그럼 내가 그 비용을 치르지 않아도 된다는 말인가요?"

"시바란이 이 사건에서 당신을 변호하지 않는다면요."

"1달러 20센트라. 당신 말은 시바란이 이 점선을 채운 것만으로 그 돈을 받는다는 거 아닌가요? 참, 배우고 볼 일이네. 영 일 같지도 않구먼."

"전문가가 되면 자기 맘대로 하는 법이지요." 모티가 이 말을 할 때 그의 목소리에는 아련한 슬픔이 묻어 있었다.

"하지만 1달러 20센트라니. 이봐요, 5분 써주고 1달러 20센트라니."

"시바란이 오만 가지 크고 무거운 책을 다 읽으며 몇 년에 몇 년을 더 공부하고 나서야 이런 편지를 보낼 자격을 얻었다는 건 잊고 계시는군요."

"이봐요, 아들을 셋 낳아야겠네. 하나는 의사를 시키고 하나는 치과 의사를 시키고 나머지 하나는 변호사를 시키는 거야."

"참 멋진 가족이네요. 만약 아들이 있다면 말이죠. 그리고 당신이 돈이 있다면요. **그런** 데서는 외상 같은 건 안 주니까요."

비스와스 씨는 샤마의 장부를 가지고 왔다. 모티는 외상 난을 다시 한 번 보자고 했다. 그런데 그 난을 보고 있던 그의 얼굴이 어두워졌다. "여기 많은 곳에 서명이 안 되어 있네요." 그가 말했다.

비스와스 씨는 오랫동안 외상하는 사람들에게 서명을 하라고 하는 게 결례라고 생각해왔다. 그가 대답했다. "하지만 그 사람들은 지난번 주인한테도 서명은 안 했었어요."

모티가 불안하게 웃었다. "걱정 마세요. 서류나 이런 것 없이도 시바란이 돈을 찾아주는 경우를 봤으니까요. 하지만 이 문제 때문에 일이 많아진다는 것은 알아두세요. 당신이 절실하다는 것을 시바란에게 보여주셔야 해요."

비스와스 씨는 선반 아래에 있는 서랍 쪽으로 갔다. 서랍은 컸지만 무겁지는 않아서 쉽게 대충 당겨서 열 수 있었다. 나무 안쪽은 기름이 묻어 있고 놀라울 만큼 하였다. "1달러 20센트라고요?" 그가 말했다.

누가 "으흠" 하고 목을 가다듬었다. 샤마였다.

"안녕하세요, 사모님." 모티가 말했다.

아무 대답이 없었다.

비스와스 씨는 돌아보지 않았다. "1달러 20센트라고?" 그가 서랍에 든 동전들을 짤랑거리며 되풀이해서 말했다.

모티는 언짢은 기색으로 말했다. "시바란 같은 분이 당신 사건을 맡는 데 1달러 20센트로는 턱도 없어요."

"5달러." 비스와스 씨가 말했다.

"그거면 되겠습니다." 모티가 10달러를 기대했다는 듯한 말투로 말했다.

"2달러." 비스와스 씨가 계산대로 기세 좋게 걸어와서 빨간 지폐(2달러짜리) 한 장을 내려놓았다.

"다 됐네요." 모티가 말했다. "세지 않아도 돼요."

"그리고 1달러짜리 한 장." 비스와스 씨가 푸른 지폐(1달러짜리)를 내려놓았다. "1달러짜리 두 장. 1달러짜리 세 장."

"5달러." 모티가 말했다.

"시바란에게 내가 보냈다고 전해요."

모티는 지폐를 한쪽 주머니에 넣고 샤마의 속기사용 노트는 엉덩이쪽 주머니에다 넣었다. 바지 집게를 고정하고 나서 위를 올려다보며 비스와스 씨의 어깨 너머로 미소와 함께 '사모님, 안녕히 계세요'라고 인사했다. 그러고는 신이 나서 뒤도 안 돌아보고 흔들거리는 자전거로 여기저기에 색이 바래고 납작해진 앵커 담뱃갑이 떨어져 있는 금이 간 먼지투성이의 노란 흙 마당을 가로질러 갔다. 그는 길에서 "됐어"라고 소리치더니 안장 위로 폴짝 뛰어올라 서둘러 페달을 밟았다.

"됐어, 이봐요, 모티!" 비스와스 씨가 다시 불렀다.

비스와스 씨는 손바닥으로 계산대 모서리를 누르며 한 자리에 계속 서 있었다. 그 길과 망고나무와 반대쪽이 많이 기울어진 오두막의 옆벽과 중앙 산맥의 낮은 산 쪽으로 펼쳐지고 간간히 나무도 몇 그루 서 있는 사탕수수밭을 쳐다보면서 말이다.

"이제 됐어!" 그가 말했다. "누가 당신을 조각상으로 바꾸었나 보지?"

샤마가 한숨을 쉬었다.

"난 내가 내 맘대로 할 수 있다고 생각해."

"그리고 전문직이기도 하고요." 샤마가 말했다.

"그 사람에게 10달러를 줬어야 했는데."

"많이 늦은 건 아니에요. 서랍을 싹 비워서 쫓아가지 그래요?"

샤마는 그렇게 비스와스 씨의 화를 돋우고 말싸움을 하고 싶게 만들어놓은 뒤, 출입구를 나가 뒷방으로 갔다. 그곳에서 잠시 발 구르는 소리와 한숨짓는 소리가 엄청나게 나더니 그녀는 잘 알려진 힌두 노래를 부르기 시작했다.

천천히, 천천히
형제자매들이
그의 시체를 메고 물가로 간다.

비스와스 씨는 비극에서 그리고 죽음을 세부적으로 묘사하면서 즐거움을 느끼는 힌두교도들의 습성을 가지고 있지 않았다. 그래서 종종 샤마에게 이 화장(火葬) 노래를 부르지 말라고 부탁했다. 지금 그는 샤마가 달콤하고 애처롭게 이 노래를 끝까지 부를 때까지 듣고 있어야만 했다. 결국 초조함을 이기지 못하고 뒷방으로 가보니 샤마가 제일 좋은 새틴 민소매 옷에 고급 베일을 걸친 채 완전히 옷을 갖춰 입은 사비에게 부츠를 신기고 있었다.

"**안녕!**" 그가 말했다.

샤마가 부츠의 한쪽 끈을 매고 다른 쪽을 신기고 있는 게 보였다.

"어디 가게?"

그녀가 나머지 부츠 끈도 맸다.

마침내 그녀가 힌두어로 말했다. "당신이야 부끄러운 게 뭔지 잊었겠죠. 하지만 모든 사람이 그런 건 아니에요. 그 점을 기억하세요."

그는 남편과 함께 사는 툴시 가의 자매들이 싸우고 난 뒤 하누만 하우스로 종종 돌아간다는 것을 알고 있었다. 그곳에서 그들은 불평을 하고 동정을 사고, 오래 있지만 않으면 대우도 잘 받았다. "좋아." 그가 말했다. "짐 싸서 가. 그 원숭이 집에서 당신에게 상이라도 줄 테니까."

샤마가 떠나고 난 뒤 그는 가게 문가에 서서 배를 쓰다듬으며 채무자들이 들판에서 돌아오는 모습을 보았다. 그에게 즐거움을 주는 유일한 것이라고는 며칠 후에 저 인간들이 얼마나 놀라게 될까 하고 생각하는 것뿐이었다. 가게에 꼼짝 않고 있던 비스와스 씨가 일으켜놓은 격동이 체이스를 휘감을 것이었다.

　　　　　　　　　　　　　　*

　"비스와스!" 멍그루가 길에서 소리쳤다. "나와, 내가 들어가기 전에."

　그날이 왔구나. 멍그루는 한 손에 문서 한 장을 들고 그걸 다른 손으로 치고 있었다.

　"비스와스!"

　한 무리의 사람들이 몰려들기 시작했다. 많은 사람이 문서를 들고 있었다.

　"고소장." 멍그루가 말했다. "저 인간이 나에게 고소장을 보냈어. 난 저놈이 고소장을 씹어 먹게 만들 거야. 비스와스!"

　비스와스 씨는 느긋하게 계산대 판을 들어 올리고 작은 문을 연 후 가게 앞으로 갔다. 법은 그의 편이었다(그는 진짜 법을 동원하려 하고 있었다). 그리고 이 법이 자신을 완벽하게 보호해줄 것이라고 생각했다. 그는 문기둥에 기대어 벽이 흔들리는 것을 느끼며 혹시 벽이 무너지지 않을까 하는 두려움을 눌러가며 다리를 꼬았다.

　"비스와스! 네가 이 고소장을 씹어 먹게 할 거야."

　길에서 여자들이 비명을 질렀다.

　"쳐봐." 비스와스 씨가 말했다.

　"고소장 말이야." 멍그루가 마당 안으로 들어서면서 말했다.

　"날 건드리기만 하면 고소해버릴 거야."

　멍그루는 여전히 앞으로 다가왔다.

　"내가 고소하면 너는 감옥에서 카니발을 보내게 될걸."

이 말의 효과는 놀랄 만했다. 카니발이 채 한 달도 안 남아 있었다. 멍그루가 멈춰 섰다. 막대기 싸움에서 가장 중요한 두 달을 지도자 없이 지내게 될 걸 내다본 멍그루의 제자들이 당장 그에게 달려들어 제지했다.

"난 당신들 모두를 목격자로 소환할 수 있어." 자신이 어떻게 이 위기에서 벗어났는지 그 이유도 모르면서 비스와스 씨가 말했다. "저 인간이 날 건드리게 놔둬. 그랬다간 당신들 모두 **내** 증인으로 법원에 출석해야 할 거야." 비스와스 씨는 그 사람들에게 먼저 요구하면 법적으로 그 사람들을 엮을 수 있다고 믿었다. "아내에게 오라고 할 수는 없지." 그가 계속 말했다. "아내는 목격자가 될 수 없거든. 하지만 여기 있는 당신들 모두에게는 요구할 수 있지."

"고소장, 저놈이 나에게 고소장을 보냈어." 멍그루는 중얼거리며 위신이 깎이지 않게 천천히 제자들이 자신을 붙잡고 길 쪽으로 데리고 가도록 내버려뒀다.

"자." 비스와스 씨가 말했다. "한 사람이 고소장을 받았군. 시바란이 저 인간에게 오래전에 보냈어. 더 얘기해줄까? 개나 소나 나와 맞붙을 수 있다고 생각해선 안 될 거야. 이제 겨우 한 사람이 고소장을 받았다고. 내가 이 일을 끝내기 전에 더 많은 사람들이 **고소장을** 받게 될 거야. 나한테 따지러 오지 마. 시바란에게 가서 말하란 말이야."

*

일주일 후 가게에 다시 나타난 모티는 사업가 같아 보였다. 그는 비스와스 씨에게 인사를 하자마자 셔츠 주머니에서 종이 한 장을 꺼내 계산대에 펼치고 만년필로 이름에 표시를 하기 시작했다. "자, 라타니는 완불했고요." 그가 말했다. "두크니도 돈을 냈어요. 소헌도 돈을 냈고요. 갓베르단도 내고, 라탄도 돈을 냈어요."

"우리가 그 사람들에게 겁을 준 거 맞죠, 그렇죠? 그러니까 그 사람들에게 법적 소송 절차는 필요 없는 거죠?"

"잰키는 시간을 좀 달라고 했습니다. 프리탐도요. 하지만 그 사람들도 돈을 낼 겁니다. 다른 사람들이 모두 완불하는 걸 보면 그럴 겁니다."

"좋아요, 좋아요." 비스와스 씨가 말했다. "그 사람들 돈은 지금 당장 처리할 수 있어요."

모티가 종이를 접었다.

"그리고요?" 비스와스 씨가 말했다.

모티는 자기 주머니에 종이를 넣었다.

비스와스 씨는 뭔가를 기다리는 건 아니라는 것처럼 말했다. "그리고 멍그루는요?"

"그 사람 이야기를 물어줘서 고맙군요. 사실 그 사람이 약간 문제를 일으켰습니다." 모티가 바지 주머니에서 긴 봉투를 꺼내 비스와스 씨에게 건네줬다. "당신 겁니다."

그것은 빳빳한 종이에 적힌 법무장관의 서한이었다.

비스와스 씨는 분노와 근심 속에서 믿기지 않는다는 듯이 그 서한을 읽었다.

"여기 빌어먹을 이름을 찍어놓은 망할 놈의 이슬람교도가 누구요? 그 사람도 사무 변호사 겸 부동산 양도 전문 변호사인가요? 시바란이 민사법원의 모든 일을 다 처리한다고 생각했는데."

"아뇨, 아니에요." 모티가 달래듯이 말했다. "이 일은 순회 형사재판소 관할이에요."

"형사재판소라니, **형사재판소**! 그럼 시바란 때문에 내가 이런 일을 당한단 말인가요!"

"시바란이 당신을 이런 지경으로 몬 건 아니죠. 당신 자신이 한 거지. 일정표를 보세요."

"오, 세상에! 봐. 보라고. 멍그루가 **자기** 신용을 훼손했다고 **나를** 고소했어!"

"그리고 그 사람이 유리해요. 사람들에게 멍그루가 당신에게 빚졌다고 말하지 말았어야 했어요. 나는 시바란이 의뢰인들에게 '나한테 모든 걸 맡기고 입은 닫아두시오. 당신 입을 꼭 닫으란 말이오. 입은 꼭 닫고 모두 나한테 맡기시오'라고 얘기하는 걸 듣고 또 들었어요. 하지만 의뢰인들은 말을 듣지 않죠. 자기 마음대로 떠들었다가 곧장 교수대로 가는 의뢰인도 봤어요."

"시바란이 나한테는 그런 빌어먹을 얘기는 해주지 않았잖아요. 그 망할 놈을 본 적도 없는데."

"그분이 지금 당신을 보자십니다."

"뭔 소린지 한번 따져봅시다. 멍그루가 나에게 빚을 졌어요. 내가 그렇게 이야기했고 그의 신용에 손상을 입혔어요. 그래서 지금 그는 돈을 지불하지 않고는 외상으로 물건을 사러 다닐 수 없게 되었죠. 그래서 그가 나를 고소했고. 이 어처구니없는 일이 정확히 무슨 일이랍니까? 이 종이쪽지들은 뭐예요?"

"서명이 안 되어 있잖아요. 제가 그 문제에 대해 경고했던 건 분명히 기억하시죠. 그런데 당신이 안 들었잖아요. 의뢰인들은 듣질 않는다니까. 이건 심각한 일이에요. 시바란이 이 문제를 엄청나게 걱정하고 있어요. 두말할 필요도 없죠."

"좋아요. 이 문제로 시바란이 걱정을 한다 쳐요. 그럼 나는 어떻게 해야 하나요?"

"시바란은 당신이 법정에서 이길 가능성이 별로 없다고 생각하세요. 이런 일은 법정 밖에서 합의를 보는 게 더 낫다고 하세요."

"당신 말은 돈을 쓰라는 거군요. 좋아요. 파운드든 실링이든 펜스든 달러든 센트든, 누가 얼마나 받아야 하는지 들어봅시다. 이게 시바란이 민사법원에서 모든 일을 해결하는 방식인가요, 네?"

"알겠지만 시바란이 원하는 건 당신을 궁지에서 구출하는 것뿐이에요. 이 사건을 KC라든가 다른 사람에게 가지고 가서, 당신에게 자리에 앉으라는 말을 하기도 전에 수백 기니를 지불하는 방법을 택하셔도 돼요. 아무도 당신이 뭘 하든 막지 않을 테니까요."

비스와스 씨는 이런 얘기를 들었다. 그는 멍그루의 변호사인 매마우드와 시바란 사이에 우정 어린 논의가 이미 있었다는 것과, 그래서 이 소송이 제기되었고 비스와스 씨가 아무것도 모르는 사이에 사실상 해결까지 되었다는 것을 알고 경악했다. 멍그루는 백 달러에 기꺼이 자신의 소송을 취하할 의향이 있는 듯했다. 양측 변호사 수임료도 또한 백 달러에 달했다. 비록 비스와스 씨의 상황을 잘 아는 시바란이 자신은 비스와스 씨가 채무자에게 받을 수 있는 돈만큼만 받겠다고 했지만 말이다.

비스와스 씨가 말했다. "나머지 다른 사람들도 멍그루처럼 굴면 어쩌죠? 다른 사람들이 모두 고소한다고 한번 생각해봐요."

"그런 건 생각하지 마세요." 모티가 말했다. "괜히 병만 납니다."

이 일이 정리되자마자 비스와스 씨는 샤마에게 돌아오라고 빌려고 아르와카스로 자전거를 몰고 갔다. 그는 그녀에게 무슨 일이 생겼는지 말하지 않았다. 그리고 그가 돈을 빌린 곳은 툴시 부인이나 세스가 아니라 미시르로부터였다. 미시르가 언론, 문학, 종교 활동과 함께 2백 달러의 자본금을 가지고 고리대금업을 시작했던 것이다.

이후 체이스에서 지낸 기간 중 절반 이상을 비스와스 씨는 이 빚을 갚으며 보냈다.

*

체이스에서 비스와스 씨가 산 기간은 모두 합쳐 6년이었는데, 이 기간은 지루하고 쓸모없이 뭉뚱그려 지나가서 나중에는 한순간처럼 여겨졌다. 어쨌든 그는 나이를 먹었다. 좀더 나이 들어 보일 수 있게 생겼으면 하고 처음부터 바랐던 주름살도 생겼다. 그런데 이 주름살은 그가 원했던 것같이 위압적인 분위기를 풍기며 찡그리게 해주는 그런 명확한 주름살이 아니었다. 그 대신 그의 주름살은 희미하고 선이 복잡하며 별 볼 일 없게 생겼다. 뺨도 처지기 시작했다. 조명을 제대로 비추면 광대뼈가 약간 돌출되어 보였다. 그리고 순전히 피부로 된 이중 턱도 생겼는데 이집트의 조각상에 붙은 뻣뻣한 수염처럼 매달려 있어 잡아당길 수도 있었다. 팔다리의 피부도 탄력을 잃었다. 그의 배는 계속해서 불러오고 있었지만 살이 찐 것 때문은 아니었다. 원인은 소화 불량이었으며 이것 때문에 위통이 생겨 지속되었다. 그래서 쌀이나 밀가루 포대만큼 매클린 사의 위장약도 샤마의 구매 물품의 많은 부분을 차지하게 되었다.

비스와스 씨는 비록 이렇게 갑갑한 사회 안에 살면서도 무엇인가 더 고상한 목적이 자신을 기다리고 있을 것이라는 생각을 그만둔 적이 없었지만, 새뮤얼 스마일스의 책을 읽는 건 그만두었다. 새뮤얼 스마일스 때문에 그는 심하게 낙담했다. 대신 종교와 철학으로 관심을 돌렸다. 그리고 힌두교 경전을 읽었다. 또한 위어 부인이 주었던 마르쿠스 아우렐리우스와 에픽테토스를 읽었다. 아르와카스에서 낡고 때에 찌든 『초감각적인 삶』*이란 책을 사서 한 노점상으로부터 감사와 존경을 받았다. 그리고 나서 그는 『일어나 걸어라』라는 제목의, 대부분이 대문자로 쓰인 책을 얻어 기독교에 잠시나마 입문하기도 했다. 어릴 때 그는 외국의 궂은 날씨를 묘사한 글을 읽는 것을 좋아했었다. 그런 글을 읽으면 자신이 알고 있는 유일한 날씨인 더위나 소나기를 잊을 수 있었기 때문이다. 그런데 지금은 비록 철학책들이 위안을 주긴 했지만 그 책들이 그의 현재 상황과 어울리지 않는다는 느낌을 지울 수가 없었다. 그 책들은 치워버려야 했다. 가게가 기다리고 있었다. 돈 문제가 기다리고 있었다. 도로가 근방에 있었고, 그 도로는 우중충한 푸른빛이 도는 넓은 평야를 지나 작고 더운 정착촌으로 향했다.

비스와스 씨는 적어도 일주일에 한 번은 가게를 떠나 샤마를 떠나 아이들을 떠나 그 길로 갈 생각을 했다.

종교는 하나의 취미였다. 그림 그리기는 남은 또 하나의 취미였다. 그는 붓을 가져와서 가게 문 안쪽과 계산대 앞면을 풍경으로 도배했다. 그는 가게 옆에 있는 버려진 들판이나 가게 뒤편 복잡하게 뒤얽힌 덤불숲, 혹은 길 건너의 오두막집이나 나무, 혹은 멀리 보이는 센트럴 산

---

* 독일 신학자 야코프 뵈메(Jacob Böhme, 1575~1624)가 쓴 종교 서적.

맥의 낮고 푸른 산은 그리지 않았다. 대신 우아하게 굽이치는 풀밭, 선하게 생긴 뱀 같은 넝쿨이 감겨 있는 잘 다듬어진 나무들, 그리고 완벽하게 생긴 꽃이 바닥에 환하게 피어 있는 멋있고 가지런하게 잘 정돈된 숲의 정경을 그렸다. 바닥의 꽃들은 한 시간 거리 안에서 볼 수 있는 썩어가고 모기에 감염된 그런 꽃이 아니었다. 그는 샤마의 초상화를 그리려고 시도했다. 그래서 두꺼운 밀가루 부대에 그녀를 앉혔다(이 자세의 상징은 '너희 가족에겐 밀가루 부대가 딱 어울린다'라는 것이었는데 이걸 생각하니 기분이 좋아졌다). 그런데 샤마의 옷과 밀가루 부대를 그리는 데 너무 많은 시간이 걸렸다. 결국 미처 얼굴 그리는 건 시작하기도 전에 샤마가 포기하고 다시는 앉으려 들지 않았다.

그는 수없이 많은 소설을 읽었다. 특히 리더스 라이브러리 출판사에서 나온 소설들을 많이 읽었다. 그리고 미시르의 그 당혹스러운 단편소설이 포트오브스페인 잡지에 실린 것에 자극을 받아 자신도 글을 써보려고 했다(미시르의 소설은 한 굶주린 남자가 은인에 의해 구출되었다가 몇 년 후에 부자가 된다는 내용이다. 어느 날 해변을 따라 드라이브를 하던 그 남자는 누군가가 바다에서 도와달라고 소리치는 것을 듣고 예전의 그 은인이 위험에 빠진 것을 알게 된다. 그는 즉시 바다로 뛰어들었는데 물에 잠겨 있던 바위에 머리가 부딪혀 죽고 그 은인은 살아난다). 하지만 비스와스 씨는 어떤 이야기도 만들어낼 수가 없었다. 미시르가 가진 비극적인 상상력이 없었던 것이다. 글의 주제가 아무리 고통스럽더라도 글을 쓰기만 하면 그와는 상관없이 빈정대고 익살스럽게 되는 것이었다. 그가 할 수 있는 것이라고는 모티, 멍그루, 시바란, 세스 그리고 툴시 부인을 일그러뜨리고 독설을 퍼붓는 것이 다였다.

또 몇 가지 괴상한 일에 푹 빠져서 몇 주를 소진하기도 했다. 그는 손톱을 굉장히 길게 기른 뒤 그걸 쳐들어 손님들을 놀라게 했다. 뺨과 이마가 벌겋게 되도록 얼굴을 이쑤시개로 찌르기도 하고, 매질이라도 당한 것처럼 보일 때까지 입술 가장자리를 누르고 있기도 했다. 얼굴이 작은 구멍들로 움푹 패면 그 구멍을 찬찬히 쳐다보다 모양이 완벽하다 싶으면 좋아했다. 그리고 한번은 얼굴에 여러 가지 색깔의 연고를 두드려 바르고는 가게 문가에 서 있다가 아는 사람이 오면 인사를 하기도 했다.

그는 이런 짓들을 샤마가 없을 때 했다. 그때는 설령 싸우지 않아도 샤마가 하누만 하우스로 가는 일이 점점 더 빈번해졌고 더 오래 머물러 있었다.

사비가 태어나고 3년이 흘렀을 때 샤마는 아들을 낳았다. 비스와스 씨는 콜린스 클리어 타이프 출판사에서 나온 『셰익스피어』의 제일 마지막 장에 적어두었던 이름으로 지어주지 않았다. 세스는 아이를 아난드라 부르자고 제안했다. 새로운 이름을 마련하지 못했던 비스와스 씨는 동의했다. 이후 아난드만 샤마와 함께 돌아왔다. 사비는 하누만 하우스에 남았다. 툴시 부인이 그렇게 하기를 원했기 때문이다. 샤마도 그걸 원했다. 사비 자신도 마찬가지였다. 사비는 놀기가 좋은 데다 아이들이 많았기 때문에 하누만 하우스를 좋아했다. 체이스에서는 따분해서 가만히 있질 않았고 못되게 굴었다.

"엄마." 어느 날 사비가 샤마에게 말했다. "날 친타 이모에게 보내고 대신 비디아다르를 데리고 살면 안 돼요?"

비디아다르는 친타가 최근에 낳은 아기로 아난드보다 몇 달 일찍 태어났다. 어쩌다 시작이 되었는지 아무도 모르는 어떤 전통 덕분에 친타는 방문객들이 하누만 하우스로 가지고 오는 모든 맛난 음식을 나누어주는 이모가 되어 있었다. 사비가 이런 요구를 한 건 바로 이 때문이었다.

샤마는 그 이야기를 농담 삼아 했고, 비스와스 씨가 화를 내자 이해하지 못했다.

일주일에 한 번씩 비스와스 씨는 로열 앙필드 자전거를 타고 사비를 보러 하누만 하우스로 갔다. 종종 안으로 들어갈 필요도 없었다. 왜냐하면 사비가 주랑에서 그를 기다리고 있었기 때문이다. 매번 갈 때마다 그는 사비에게 6센트짜리 은전을 주면서 걱정스럽게 물었다.

"혹시 누구에게 맞았니?"

사비가 고개를 흔들었다.

"고함치는 사람은?"

"다들 서로 고함지르던데요."

사비에게는 보호자가 필요 없을 듯했다.

어느 토요일에 그는 사비가 무거운 부츠를 신고 있는 것을 보았다. 무릎 높이의 옆면에는 철로 만든 기다란 밴드가 붙어 있고, 그 위로 끈이 달린 부츠였다.

"누가 이걸 신겨줬어?"

"할머니." 사비는 불만이 없었다. 그녀는 부츠와 철 밴드와 끈을 자랑스러워했다. "이거 무거워, 무거워."

"왜 할머니가 그걸 신겨줬어? 벌주려고 그런 거야?"

"다리 곧게 만들려고 그런대요."

사비는 오 다리였다. 비스와스 씨는 그 다리를 펼 방법이 있으리라고 믿지 않았기 때문에 방법을 찾아내려고 애쓴 적도 없었다.

"그 부츠 참 흉하다." 이 말이 그가 할 수 있는 유일한 것이었다.

"그걸 신으면 절뚝발이 같아 보일 거야."

사비는 그 말에 상을 찌푸렸다. "아이참, **나는** 좋은데." 그러면서 6센트를 받았다. "어쨌든 괜찮아요." 사비는 이모들이 다 그렇듯 똑같이 손을 뒤로 뻗어 골반을 짚은 자세로 멀리 쳐다보았다.

툴시 집안의 식구는 계속 불어갔다. 그 집에 사는 딸들에게서 새 아기들이 태어났다. 분가해 살던 사위 한 명이 죽자 그 가족들이 하누만 하우스로 왔고 그 사람들이 입은 검은색, 흰색 그리고 엷은 자주색 상복은 눈에 띄고 멋있어 보였다. 하지만 모든 사람이 이 기독교적 관습을 좋아한 것은 아니었다. 그래서 샤마는 거의 이들이 오자마자 새로 온 사람들의 천박한 예의범절과 말씨에 관한 이야기를 체이스로 가지고 왔다. 샤마에 따르면 심지어 절도와 저속한 행실에 관한 소문도 돌았는데, 그 과부가 사태를 무마하고 싶은 나머지 상을 당한 자기 자식들을 볼만하게 두들겨 패는 일이 벌어졌으며, 그렇게 한 것을 사람들이 잘했다고 했다는 것이었다.

비스와스 씨는 이 모든 걸 불편해했다. 또한 사비가 지금 상을 당한 그 사람들과 그들의 잘못된 행실과 그들이 받은 벌에 대해서만 말해서 마음이 상했다.

"가끔 걔들 엄마가 할머니 손에 맡기기도 해요." 사비가 말했다.

"봐라, 사비. 할머니든 다른 누구든 너에게 손대면 즉시 아빠에게 알려줘야 돼. 야단친다고 가만히 있지 마. 내가 당장 너를 집으로 데려올 테니까. 그냥 아빠에게 말만 해."

"그리고 할머니가 빔라를 장미방 침대에 묶어서 눈을 가리고 여기저기 막 꼬집었어요."

"세상에!"

"빔라는 당해도 싸요. 그 애 말하는 꼬라지하고는."

비스와스 씨는 사비도 눈을 가린 채 꼬집힘을 당했는지 알고 싶었다. 하지만 물어보기가 겁났다.

"오, 난 할머니가 좋아요." 사비가 말했다. "할머니는 웃기는 분인 것 같아. 그리고 할머니도 나를 좋아해요."

"그래?"

"날 어린 뱃사공이라고 불러요."

그는 할 말이 없었다.

또 어떤 날에는 사비가 이렇게 말했다. "할머니가 나한테 생선을 먹으라고 해요. 난 싫은데."

"그럼, 그냥 안 먹으면 되지. 그냥 버려. 그 사람들이 주는 질 나쁜 음식은 아무것도 먹지 마."

"하지만 못 먹겠다고 못하겠어요. 할머니가 뼈까지 다 발라서 직접 먹여주신단 말이에요."

비스와스 씨는 체이스로 돌아와 샤마에게 말했다. "이봐 우리 딸에게 온갖 질 나쁜 음식 좀 그만 먹이시라고 당신 엄마에게 말 좀 전해줬으면 좋겠어. 알아들었어?"

그녀는 그 일에 대해 알고 있었다. "생선이요? 하지만 두뇌 발달에 생선 대가리가 좋아요, 알잖아요."

"내가 볼 때 당신 집 사람들은 생선 대가리를 너무 많이 먹는 것 같아. 그리고 그 사람들이 애보고 어린 뱃사공이라고 그만 불렀으면 해. 누구든지 내 아이에게 별명 짓는 거 난 싫어."

"그러면 당신이 지어준 별명은 어떻고요?"

"난 그냥 그 사람들이 그만했으면 싶어. 그게 다야."

*

비스와스 씨는 체이스에선 단지 잠시 머무를 뿐이라는 믿음을 포기하지 않았기 때문에 전혀 보수를 하지 않았다. 부엌은 여전히 비스듬하고 위험했다. 그는 새 방을 만들기 위해 회랑의 한쪽 면을 막는 일도 하지 않았다. 그리고 2,3년 후에 꽃을 피우고 열매를 맺을 나무를 심는 일이 가치 있는 일이라고 생각하지도 않았다.

그런 점에서 비스와스 씨가 어느 날 그 집과 가게에 자신이 머문 흔적이 너무 많다는 생각을 하게 된 것은 참 이상한 일이었다. 자기 이전에는 아무도 살지 않았던 것 같았다. 또한 자기 이후 누군가가 그 방들을 돌아다니고 그가 그랬듯이 그 방에 익숙해지는 것을 상상하기도 어려웠다. 해먹의 줄이 매달려 있던 서까래가 닳자 반들반들하게 파인 자국이 생겼다. 줄도 더 검어졌다. 그리고 그의 손과 샤마의 손이 닿았던 부분은 진흙 벽의 아래쪽에 툭 튀어나온 부분이 반들거리듯 그렇게 반들거렸다. 지붕의 이엉에는 검댕이 더 많이 묻고 까끄라기가 더 많이 생겼다. 뒷방에서는 비스와스 씨의 담배 냄새와 페인트 냄새가 났다. 창턱과 회랑 기둥은 항상 기대는 바람에 깨끗하게 닦여 있었다. 가게는 더 우중충하고 더 지저분해지고 더 많이 냄새가 났지만 전반적으로는 참을 만했다. 가게에 딸려 왔던 테이블은 모양이 많이 바뀌어서 예전부터 자기 것이었던 것처럼 느껴지게 되었다. 비스와스 씨는 그 테이블에 니스칠을 하려고 했는데, 그 지역 시더나무로 만든 목재가 얼마나 흡수력이 좋은지 도무지 끝이 나지 않았다. 착색제와 니스를 연거푸 바르고 또 바르다가 열에 받친 비스와스 씨는 숲을 그릴 때 쓰던 녹색 페인트

중 아무거나 가지고 칠해버렸다. 그 위에 풍경을 그리겠다는 생각은 샤마가 말리는 바람에 포기했다.

그리고 대수롭지 않게 여겼던 그 몇 해가 살림을 사 모으는 해가 된 것 또한 부조리한 일이었다. 이제 그들은 체이스에서 당나귀 수레를 타고 이사를 나갈 수가 없었다. 그들은 흰색 나무로 만들고 망을 붙인 부엌 찬장을 구입했다. 이 찬장 역시 니스칠을 하기가 어중간해서 페인트칠을 해놓았다. 또한 한쪽 다리가 다른 다리들보다 짧아서 밑을 받쳐 줘야만 했다. 그리고 그들은 무의식적으로 이 찬장에 기대어서도 또 함부로 다루어서도 안 된다는 것을 알고 있었다. 그들은 모자걸이도 사들였는데 모자가 있어서가 아니라 그것이 아주 가난한 사람들만 빼고 모두 가지고 있는 가구이기 때문이었다. 결과적으로 비스와스 씨는 모자도 샀다. 그리고 샤마가 고집을 피워서 커다랗고 깨끗한 거울이 달려 있고 가구용 니스칠이 되어 있는 화장대도 사들였다. 장인이 만든 작품이었다. 그들은 그 화장대를 보호하려고 침실의 어두운 구석에 기다란 목재를 깔고 그 위에 화장대를 놓았다. 그래서 거울은 거의 무용지물이었다. 처음 긁혔을 때는 거의 재앙인 것처럼 난리를 쳤다. 그 후 그 화장대는 더 많이 긁히고 크게 떨어져 나가는 곳이 생겼고 샤마는 예전보다 덜 닦게 되었다. 하지만 화장대는 여전히 새것 같아서 낮은 초가지붕 아래에서 놀라울 만큼 비싸 보였다. 빛내는 것을 두려워해본 일이 없는 샤마는 옷장도 사길 원했지만, 비스와스 씨가 옷장이 관을 연상시키며 또한 자기들 옷은 화장대 서랍에 두거나 벽의 못이나 사주식 침대 밑의 옷가방에 두면 된다고 해서 포기했다.

*

비스와스 씨가 보기에 처음에는 하누만 하우스에 질서가 없는 듯했다. 하지만 얼마 지나지 않자 사실은 파드마 밑에 친타, 친타 밑에 샤마, 샤마 밑에 사비, 사비보다 한참 밑에 **자신**이 있는 식으로 아래로 내려가는 수직적 질서가 엄격하다는 사실을 알게 되었다. 자기 자식이 없었을 때 비스와스 씨는 이 아이들이 어떻게 살아남았는지 의아했다. 이제 그는 이 공동체 안에서 아이들은 자산이자 미래의 부와 영향력의 원천으로 간주된다는 것을 알게 되었다. 사비가 대접을 제대로 받지 못하는 건 아닌가 하는 그의 걱정은 기우였다. 그것은 사비가 생선을 싫어하는 것을 극복하게 하려고 툴시 부인이 일부러 애를 쓰는 것을 보고 비스와스 씨가 놀랐던 것이 기우였던 것과 마찬가지였다.

오직 이 이유 때문에 하누만 하우스에 대한 그의 태도가 바뀌었던 것은 아니었다. 하누만 하우스는 체이스보다 더 현실적이면서 덜 노출된 세계였다. 그래서 그 집 문밖에 있는 모든 것은 이질적이고 별로 중요하지 않으며 무시해도 되는 것으로 여겨졌다. 그는 그런 성소 같은 곳이 필요했다. 그래서 얼마 지나지 않아 하누만 하우스는 그가 소년일 때 타라 이모 집이 했던 것과 같은 역할을 하게 되었다. 그는 그곳에서 적대적이라기보다는 무관심하게 대접을 받았기 때문에 군중 속에서 잊히고 싶다는 생각이 들 때마다 하누만 하우스에 갈 수 있었다. 그래서 더욱 자주 하누만 하우스에 갔으며 입을 다물고 잘 보이려고 노력하는 일도 더 많아졌다. 실제로 노력했다. 그러면서도 큰 잔치라도 벌어지고 모든 사람이 열성에 열성을 보태며 즐겁게 열심히 일할 때 비스와스 씨

본인은 덤덤했다.

무관심은 용인으로 변했다. 지금은 결혼을 준비하고 있는 그 소녀 곡예사처럼 자신도 옛날에 한 행동 때문에 일종의 면허장을 받게 되었다는 것을 알고 기쁘기도 하고 놀랍기도 했다. 때때로 그에게 비꼬는 말을 해달라는 요청이 들어왔고, 그가 하는 말은 거의 매번 큰 웃음을 불러일으켰다. 신들은 거의 언제나 집에 없었기 때문에 비스와스 씨는 그들을 거의 보지 못했다. 그러나 신들과 만나는 게 비스와스 씨는 좋았다. 그 사람들과의 관계가 바뀐 탓도 있었지만, 그들만이 진지하게 이야기를 나눌 수 있는 유일한 사람이라는 생각이 들었던 것이다. 비스와스 씨가 아리아파 사람들의 인습 타파주의를 버렸기 때문에 그들은 함께 종교에 관해 토론했다. 홀에서 하는 이들의 토론은 가족들에게는 볼거리가 되었다. 비스와스 씨는 언제나 논쟁에서 졌다. 왜냐하면 그가 하는 말의 요지는 너무 익살스럽다 하여 받아들여지지 않았기 때문이다. 이런 것을 사람들은 좋아했다. 중요한 종교 의식 때문에 손님이 오면 그의 입지는 더욱 튼튼해졌다. 얼마 지나지 않아 비스와스 씨는 하리처럼 일은 아주 못하지만 매우 똑똑하기 때문에 다른 사위들처럼 육체적인 일을 시켜서는 안 된다고 정해졌다. 그는 거실에서 펀디트들과 논쟁을 하는 임무를 부여받았다.

그는 이런 의식이 열리는 날이면 전날 오후에 하누만 하우스로 가서 그곳에서 밤을 보냈다. 그럴 때면 옛날에 가졌던 은밀한 갈망이 마음속에 떠올랐다. 소년이었을 때 그는 아조다와 제이람 펀디트를 부러워했다. 저녁이 되어 제이람이 목욕을 한 뒤 깨끗한 도티를 입고 베란다에서 안경을 낀 채 책을 놓고 베개 사이에 앉아 있고, 그동안 그의 아내가 부엌에서 요리하는 모습을 얼마나 자주 보았던가! 그때 그는 어른

274

이 된다는 것이란 제이람처럼 편안하고 태평하게 사는 것이라고 생각했다. 그리고 아조다가 의자에 앉아 머리를 뒤로 젖히면 그 즉시 그 의자는 어떤 의자보다 더 편안해 보였다. 비록 건강 염려증에 결벽증까지 있었지만 아조다는 참 먹음직스럽게 음식을 먹었기 때문에 비스와스 씨는 아조다와 밥을 함께 먹으며 이모부의 접시에 있는 음식이 더 맛있을 것이라고 생각하곤 했다. 저녁 늦게 잠자리에 들기 전에 아조다는 슬리퍼를 바닥에 두고 다리를 흔들의자 위로 끌어올려 천천히 흔들어가며 눈을 지그시 감고 한 번 홀짝일 때마다 긴 숨을 쉬어가며 한 잔의 뜨거운 우유를 마셨다. 그러면 비스와스 씨의 눈에는 아조다가 이 세상 최고의 진미를 먹고 있는 듯이 보였다. 그는 자신이 어른이 되면 아조다가 하듯이 모든 것을 즐기는 생활이 가능하다고 믿었고, 그래서 흔들의자를 사서 저녁 때 뜨거운 우유 한 잔을 먹겠노라고 스스로에게 다짐했다. 그런데 하누만 하우스에 불이 환하게 켜지고 행복하고 활발하게 웅성거리는 이런 저녁에 잘 닦아놓은 거실 바닥에 놓인 쿠션 사이에 앉아 뜨거운 우유 한 잔을 가지고 오라고 해도 정확히 그 상상과 일치되는 즐거움을 경험하지 못했다. 대신 타라 이모네 집에 가서 아조다에게 '당신의 신체'를 읽어주던 옛날에 느끼곤 했던 불안함이 자신을 괴롭히는 것이었다. 그 시절 비스와스 씨는 마당을 걸어 나가자마자 자신이 아무것도 아닌 존재로, 즉 메인 로드의 술집으로 그리고 뒷골목의 오두막집으로 돌아간다는 것을 알고 있었다. 지금은 체이스에 있는 어두운 가게, 팔리지 않는 캔 음식이 놓인 선반, 새 마분지와 프린터의 잉크가 풍기는 기분 좋은 냄새가 사라지고 파리가 알을 낳고 칙칙하게 변한 진열대, 그리고 헐렁해서 덜거덕거리며 돈도 몇 푼 들어 있지 않은 기름기 밴 서랍이 떠오르는 것이다. 그리고 미래에 대한 걱정이 언제나 그의 머릿속에 자리 잡고 있었다. 그 미래란 그다음 날 아니면 그다음 주 혹은 그다음 해와 같이 자신의 이해력이 미치며 별다른 두려움이 없는 그런 미래가 아니었다. 그가 두려워하는 미래는 시간이라는 잣대로 생각할 수 없는 것이다. 그것은 꿈속에서 보았던 것과 같은 암흑, 즉 허공이며 내일, 다음 주, 다음 해가 지나고 나면 그가 떨어지게 될 곳이었다.

몇 년 전에 그는 아주 멀리, 잘 알지도 못하는 마을까지 정해져 있지 않은 노선을 달리는 아조다의 합승 버스에서 차장 일을 했다. 때는 늦은 오후였고 사람들이 신통찮은 시골길을 따라 차를 타고 다시 돌아가고 있었다. 버스 전등이 희미하게 비쳤고, 차는 태양과 경주라도 하듯 달렸다. 태양이 떨어졌다. 그리고 짧은 해거름 동안 그들은 길에서 많이 떨어진 개간지에 서 있는 외로운 오두막 한 채를 지나가게 되었다. 허술한 초가지붕 처마 아래서 연기가 피었다. 저녁이 준비되고 있었다. 그리고 어두컴컴한 가운데 한 소년이 오두막에 기대어 양손으로 등짐을 지고 길을 빤히 쳐다보고 있었다. 그 애는 러닝셔츠만 걸치고 있었다. 그 러닝셔츠가 하얗게 빛이 났다. 짧은 순간에 어둠 속에서 버스는 요란한 소리를 내며 덤불숲을 지나고 평평한 사탕수수밭을 지났다. 그 오두막이 어디에 있었는지는 기억에 없지만 그 영상은 비스와스 씨에게 남았다. 어쩌다 거기 지었는지 알 수 없는 토담집에 기대 있던 한 소년의 모습. 해 저무는 어두운 하늘 아래에서 그 길과 그 버스가 어디로 향하는지 모르는 한 소년의 모습 말이다.

종종 거실에서, 펀디트들과 쿠션 그리고 조각상들 사이에서 툴시가 사람들이 이런 행사 때 내놓는 엄청난 양의 음식을 먹을 때면 이 극한의 적막감이 그를 덮쳤다. 그러면 비스와스 씨는 불안한 마음으로 자신이 누리는 복을 헤아리며 어떻게든 다른 사람들처럼 이 순간을 즐기라고 스스로에게 명령했다.

하지만 샤마와 함께 하누만 하우스와 체이스에서 즐겁게 살려고 더욱 노력을 기울이면서도 계속해서 화가 치밀어 올랐다. 매번 방문할 때마다 그는 샤마에게 툴시 집 식구들에 대한 험담을 했다. 그가 하는 욕설은 과장을 하거나, 웃기려고 하는 것이 아니었다.

"위선이란 게 이런 거예요." 샤마가 말했다. "그 사람들 면전에서 그렇게 말하지 그래요?"

그는 샤마가 자신을 하누만 하우스로 다시 돌려보내려는 음모를 꾸민다고 생각하기 시작했다. 또한 체이스에서 잠시 동안만 살 거라고 비스와스 씨가 믿게끔 그녀가 부추긴 게 아닌지 의문이 들었다. 그녀는 절대로 그에게 집수리를 하라고 채근하지 않았지만, 하누만 하우스에서 무슨 일이 있거나 그 유명한 벽돌 제조소*를 철거할 때나 창문틀에 차양을 걷어 올릴 때면 언제나 거기에 관심을 가졌다. 샤마에게 체이스는 점점 더 시간만 보내는 장소가 되었다. 샤마는 언제나 하누만 하우스를 집이라고 불렀다. 하누만 하우스는 그녀의 집일뿐만 아니라 사비의 집이고 아난드의 집이지만 결코 비스와스 씨의 집이 될 수 없었다. 비스와스 씨는 그 사실을 매년 크리스마스 때마다 깨달았다.

툴시 집안사람들은 가게에서 크리스마스를 경축하고 집에서도 경축했는데 두 행사 모두 종교와는 하등 관계가 없었다. 그것은 순전히 툴시식 축제였다. 모든 사위는, 심지어 세스도, 하누만 하우스에서 쫓겨나 원래 식구들에게 돌아갔다. 미스 블래키도 자기 종족에게 돌아갔다.

---

* 툴시 펀디트가 하누만 하우스를 세울 때 쓴 벽돌을 직접 만들었던 장소이다. 뒷마당에 있는 이곳을 툴시 부인은 '실론'이라고 불렀다.

비스와스 씨에게 크리스마스는 지루하고 우울한 날이었다. 그는 파고테스로 어머니와 타라 그리고 아조다를 보러 갔는데, 이들은 모두 크리스마스가 뭔지 모르는 사람들이었다. 어머니는 엄청 울었다. 얼마나 울컥해하던지 자신을 보고 기쁜 게 맞는지 알쏭달쏭할 지경이었다. 매번 크리스마스 때면 어머니는 똑같은 얘기를 했다. 비스와스 씨가 말하는 게 아버지 같다는 얘기. 그가 말할 때 눈을 감고 있으면 아버지가 다시 살아온 것 같다는 얘기. 어머니는 자신에 대해서는 거의 아무 말도 없었다. 어머니는 현 상태에 만족했고 어느 아들에게도 짐이 되길 원하지 않았다. 그녀의 인생은 끝났으며, 더 이상 할 일도 없이 죽음을 기다리고 있었다. 어머니에게 동정심을 느끼려면 비스와스 씨는 어머니의 얼굴이 아니라 가느다란 머리카락을 봐야만 했다. 그런데 그 머리카락은 아직 검은색이었다. 만약 그게 흰머리였으면 좀더 다정하게 굴었을 텐데, 검은 머리라서 동정심만 들 뿐이었다. 갑자기 어머니가 일어나며 차를 끓여주겠다고 했다. 가난한 어머니가 내올 것이라고는 그게 다였던 것이다. 어머니가 회랑으로 나가 누군가와 이야기하는 소리가 들렸다. 어머니의 목소리가 많이 달랐다. 구슬프게 훌쩍거리는 목소리가 아니라 능력 있고 원기 왕성한 여성의 확신에 찬 목소리였다. 어머니는 차는 약간 넣고 우유는 많이 넣어서 장작 연기 맛이 나는 미적지근한 차를 가지고 왔다. 그러면서 비스와스 씨에게 마실 필요는 없다고 말했다. 그는 의무감으로 어머니를 껴안았다. 이런 제스처는 그에게 고통을 주었고, 자신이 쓸모없는 존재라고 생각하게 했다. 어머니는 아무 대답도 없이 울면서 아까와 같은 이야기를 했다. 어머니는 비스와스 씨에게 토마토와 배추와 상추를 줄 테니 싸가지고 가라고 했다. 집 밖으로 나가자 어머니의 목소리와 태도가 또 한 번 바뀌었다. 비스와스 씨는 버거운 액수였지만 1달러를 어머니에게 건넸다. 어머니는 놀라워하지 않고, 고맙다는 말도 없이 돈을 받았다. 뒷골목을 떠나 타라 이모네 집으로 갈 때면 그는 언제나 기뻤다.

*

마침내 샤마가 체이스에서는 더 이상 못 살겠다고 했다. 그녀는 가게를 포기하고 하누만 하우스로 다시 돌아가기를 원했다. 이리하여 그들 사이의 케케묵은 말싸움이 다시 시작되었다. 다만 다른 것은 지금 샤마가 하는 모든 말이 옳은 말이고 가슴을 후벼 파는 말이라는 것이다.

"우리는 여기에서 아무것도 못 하고 있어요." 샤마가 말했다.

"좋아, 새뮤얼 스마일스 부인. 이봐. 이 가게에서, 이 더럽고 낡은 계산대 뒤에서 일하는 사람은 바로 나란 말이야. 정확하게 내가 이 가게에서 해야 할 일이 뭔지 말해봐. 말해보라고."

"내가 말하려는 게 그런 뜻이 아니라는 거 알잖아요."

"내가 방적기나 직조기를 만들기를 바라는 거야? 증기 기관이라도 발명할까?"

이런 말싸움은 결국 욕설로 끝이 났고 그 후 며칠간은 서로 말도 하지 않았다.

그들은 체이스에서 마지막 2년을 이런 상호 적대적인 상태에서 보냈다. 오직 하누만 하우스에서만 평화로웠다.

그녀는 세번째 임신을 했다.

"원숭이 집에 애가 하나 더 생겼군." 비스와스 씨가 아내의 배를 손으로 쓰다듬으며 말했다.

"당신과는 상관없는 일이잖아요."

비록 농담 삼아 한 말이었지만, 이 말이 또 다른 심각한 말싸움으로 이어졌다. 이 말싸움이 평소 수준을 뛰어넘게 되자 분을 참지 못한 비스와스 씨가 샤마를 때렸다.

두 사람 모두 깜짝 놀랐다. 그녀는 한창 말하던 중에 입을 다물었다. 그 후 한참 동안 그 마저 끝내지 못한 문장이 마치 방금 말하기라도 한 듯 생생하게 비스와스 씨의 가슴속에 남았다. 샤마가 비스와스 씨보다 강했다. 샤마는 입을 다물고, 자기도 때려달라는 비스와스 씨의 부탁을 거절했다. 그러자 그의 굴욕감은 극에 달했다. 샤마는 아난드에게 옷을 입히고 아르와카스로 갔다.

당시는 연을 날리는 시기였다. 오후에 바람이 산에서 북쪽으로 불면 몇 킬로미터에 걸쳐서 긴 꼬리를 단 각양각색의 연들이 평지 위의 청명한 하늘에서 아래로 떨어지다가 마치 올챙이처럼 꿈틀거렸다. 이때까지 그는 2, 3년 후면 자기도 아난드와 함께 연을 날릴 거라고 생각하고 있었다.

*

그는 이번에는 샤마가 먼저 오도록 해야겠다고 결심했다. 그래서 몇 달 동안 하누만 하우스에 사비를 만나러 가지도 않았다. 하지만 아이가 태어났으리란 판단이 섰을 때, 비스와스 씨는 결심을 꺾고 가게 문을 닫았다(도대체 무엇 때문에 그는 빗장을 걸면서 마지막으로 그 문을 닫는 것이라는 걸 스스로 깨닫게 되었을까?). 그리고 로열 앙필드 자전거를 침실에서 끄집어내서 아르와카스까지 타고 갔다. 손잡이를 손바닥으로 세게 누르고 팔목 안쪽을 바깥으로 향하게 해서 유난스럽게 자세를 똑바로 세우고 낮은 안장에 앉은(배를 바짝 죄어야 소화 불량으로 인한 복통을 가라앉힐 수 있었다) 자세 때문에 눈에 띄는 한 작은 남자가 말이다. 그는 발을 페달에 착 붙여 얹은 채 쉬지 않고 천천히 자전거를 타고 갔다. 때때로 고개를 숙이고 등을 둥글게 구부려 연달아 여러 번 얕은 트림을 했다. 그렇게 하니까 좀 시원한 것 같았다.

비스와스 씨는 어두워져서야 아르와카스에 도착했다. 전조등이 나간 채 자전거를 모는 것을 보면 일 없이 놀던 경찰관들이 열심히 쫓아와서 딱지를 끊었기 때문에 그는 걱정으로 노심초사해하고 있었다. 가로등은 없었고, 노란색 연기만 나는 야간 노점상의 횃불 빛과 커튼을 친 문과 창문으로 새어 나오는 희미한 가정집 불빛뿐이었다. 어둠 속에서 회색으로 커다랗게 보이는 하누만 하우스의 주랑에서는 벌써 늙은 노인들이 저녁 회합을 가지고 있었다. 그들은 땅바닥에 간 거적 위나, 이 시각이면 툴시 가게의 상품이 비워진 테이블에 쭈그리고 앉아서, 붉게 불꽃이 타오르며 마리화나와 태운 삼베 냄새가 나는 담뱃대를 빨고 있었다. 추운 날씨는 아니었지만 많은 노인이 머리와 목에 스카프를 두르고 있었다. 이 소품 때문에 그들은 외국 사람처럼 보였다. 비스와스 씨에게는 낭만적으로 보였다. 지금이야말로 그들이 살아 있는 시간이다. 노인들은 영어를 할 줄 몰랐고 자신들이 살고 있는 땅에 관심도 없었다. 이곳은 잠시 들렀는데 예상했던 것보다 오래 머물러 있는 곳이었다. 그들은 언제나 인도로 돌아갈 거라는 말을 했지만 막상 기회가 오면 대다수가 미지의 땅이 무서워서 혹은 친숙해진 임시 거주지를 떠나기가 두려워서 거절했다. 그러면서 매일 저녁 그 튼튼하게 지은 친숙한 집의 주랑에 모여서 마리화나를 피우고 이야기를 하면서 계속해서 인도 이야기를 하는 것이다.

비스와스 씨는 커다란 옆문을 통해 안으로 들어갔다. 홀에는 석유 램프 한 개가 켜져 있었다. 늦은 시간인데도 아이들이 여전히 밥을 먹고 있었다. 몇 명은 긴 테이블에, 몇 명은 홀 근처에 있는 벤치와 의자에, 두 명은 해먹에, 몇 명은 계단에, 몇 명은 층계참에, 그리고 두 명은 사용하지 않는 피아노에 앉아 있었다. 어린 툴시 자매 두 사람과 미스 블래키가 아이들을 보고 있었다.

어느 누구도 비스와스 씨를 보고 놀라지 않았다. 그래서 그는 고마움을 느꼈다. 그는 사비를 찾았지만 어디 있는지 알아내기가 힘들었다. 사비가 그를 먼저 보고 미소를 지었다. 하지만 테이블에서 나오지는 않았다. 그는 사비에게 다가갔다.

"오랜만이에요." 사비가 이렇게 말하자 비스와스 씨는 그 애가 실망한 건지 아닌지 알 수가 없었다.

"6센트는 잊었니?" 그는 사비의 양철 접시 위에 놓인 음식을 찬찬히 살폈다. 카레콩과 구운 토마토, 그리고 말라빠진 팬케이크였다.

"엄마는 어디 계시니?"

"엄마가 아기를 또 낳았어요. 알고 있었어요?"

그는 아버지를 잃은 아이들을 살펴보았다. 그 애들은 볼썽사나운 상복을 입는 것을 이미 포기했다. 그런데도 그 애들의 옷은 달랐다. 그는 이 아이들을 잘 몰랐지만, 그 아이들은 비스와스 씨를 이따금씩 방문하는 아버지라 생각하며 호기심에 차서 바라보았다.

"아빠가 엄마를 때렸다고 엄마가 그랬어요." 사비가 말했다.

아버지 없는 아이들이 비스와스 씨를 두려움과 반감이 섞인 눈으로 바라보았다. 그들의 또 다른 특징은 모두 눈이 크다는 것이었다.

비스와스 씨가 웃었다. "엄마가 그냥 농담한 거야." 그는 영어로 말했다.

"엄마는 위층에서 미나를 마사지하고 있어요." 사비도 영어로 말했다.

"미나라고? 또 딸이네." 그는 두 툴시 자매의 주의를 끌려고 애쓰며 가벼운 마음으로 말했다. "이 집은 딸 천지로군."

자매가 킥킥거리고 웃었다. 비스와스 씨는 그들에게 고개를 돌려 미소를 보냈다.

샤마는 장미방이 아닌 두 집 사이에 놓인 나무다리에 있었다. 어린애 냄새가 나는 비눗물이 담긴 대야가 바닥에 있었고, 사비가 말한 대로 샤마는 전에 사비와 아난드(잠든 채로 침대에 있었는데 이 아이의 남은 평생 동안 더 이상 마사지는 없었다)에게 해준 것처럼 미나를 마사지하고 있었다.

샤마는 비스와스 씨를 보았지만, 아기에게서 눈을 떼지 않았다. 그녀는 아기의 팔다리를 이리저리 접으며 마지막에 웃는 것으로 끝나는 노래를 불러가며, 아기의 팔다리를 위로 함께 뭉쳐 박수를 치게 한 뒤 다시 놓아주었다.

비스와스 씨는 보고 있었다.

미나의 옷을 입히면서 샤마가 말했다. "밥은 먹었어요?"

그는 머리를 흔들었다. 헤어진 지 한 시간밖에 안 된 것 같았다. 그뿐이 아니었다. 샤마가 식사에 관해 물을 때 그녀의 목소리에는 그들이 음식 때문에 수없이 싸웠던 것을 떠올리게 하는 어떤 실마리도 들어 있지 않았다. 그는 샤마가 만든 음식을 안 먹겠다고 하고, 때로는 사비의 접시에서 보았던 음식만큼이나 상상을 초월할 정도로 엉망인 음식을 던져버린 다음, 가게에서 연어나 정어리 통조림을 따곤 했다. 툴시네 식구들이 요리를 제대로 못하기 때문이 아니었다. 그 사람들은 맛있는 음식은 종교적인 행사를 위해 남겨둬야 한다고 생각했다. 다른 때 그런 음식을 먹는 것은 육욕적인 탐닉을 의미했다. 행사 전에는 평범한 음식을 먹다가 행사 당일에는 지나치게 기름진 음식을 먹고, 다시 그다음 날에는 곧바로 다시 평범한 음식으로 돌아감으로써 비스와스 씨의 소화력은 반복해서 충격을 받았다.

샤마는 미나가 자신의 가슴에서 잠이 들자 침대에 있는 아난드 옆에 뉘었다. 떨어지지 않도록 애 옆에 베개를 놓고 페인트칠을 하지 않은 벽 위 선반에 있는 석유램프는 껐다.

비스와스 씨와 샤마가 베란다를 지나가고 있을 때, 아이들은 무리지어 매트에 앉아 책을 읽거나 카드놀이 또는 체커를 하고 있었다. 아이들은 이런 게임을 최근에 배워서 굉장히 진지하게 열중하고 있었다. 게임을 하는 것이 아이들에게 특별히 좋은 지적 훈련이라고 다들 생각하는 분위기였다. 책을 읽기에는 아직 어린 사비는 눈이 큰 아이들 중 한 명과 짐 꾸리기 게임*을 하고 있었다. 모든 아이들이 속삭이면서 대화를 했다. 샤마는 까치발로 걸었다.

"어머니가 편찮으세요." 샤마가 말했다.

아이들이 늦게 저녁을 먹는 것과 많은 수의 자매들이 보이지 않는 이유가 설명이 되었다.

샤마는 홀에 비스와스 씨를 위해 음식을 차렸다. 하누만 하우스의

---

* 당나귀 게임Donkey라고도 부르는 카드놀이로 카리브 해 연안 국가에서 아이들이 하는 놀이다.

음식은 형편없었지만 예상치 못한 방문객을 위한 음식은 항상 있었다. 음식이 모두 차가웠다. 팬케이크는 눅진눅진했다. 겉은 딱딱했지만 안의 반죽은 그나마 조금 나았다. 그는 불평하지 않았다.

"오늘 돌아갈 거예요?" 샤마가 영어로 물었다.

그는 자신이 돌아갈 생각이 전혀 없었다는 것을 그때 알았다. 그는 아무 말도 하지 않았다.

"그러면 여기서 자는 게 더 나을 거예요."

바닥에 빈자리가 있는 한, 잠잘 자리도 있는 것이다.

자매 몇 명이 홀 안으로 들어왔다. 그들은 카드를 여러 벌 끄집어냈다. 자매들은 여러 그룹으로 나뉘어 진지한 얼굴로 카드놀이에 열중했다. 친타는 카드놀이를 능숙하게 했다. 그녀는 자기 카드를 섞고 여러 번 다시 정렬한 다음 표정 없이 그러나 안절부절못하며 다른 도박꾼들을 빤히 쳐다보거나 콧노래를 흥얼거렸으며 절대 말을 하지 않았다. 친타는 자기 카드가 뭔지 밝히기 전엔 카드를 보고 상을 찌푸렸다가 약간 들어보고는 다시 내려놓고 계속 그 카드를 두드렸다. 이어 불현듯 그 카드를 테이블에 소리 나게 던졌다. 그리고 여전히 상을 찌푸린 채 트릭을 모았다.* 그녀는 이기면 너그러웠지만 지면 치사하게 굴었다.

비스와스 씨는 이 모습을 구경하고 있었다.

샤마는 위층 베란다 아이들 사이에 비스와스 씨의 잠자리를 마련해주었다.

다음 날 아침 비스와스 씨가 시끄러운 소리를 듣고 일어나 홀로 내

---

* 이들이 하는 게임은 브리지라는 게임으로 '트릭'이라는 점수 단위로 계산된다.

려가보니 자매들이 아이들을 학교에 보낼 준비를 하고 있었다. 이때가 하루 중에서 어떤 아이가 어떤 엄마 자식인지 제대로 쉽게 구분할 수 있는 유일한 시간이었다. 비스와스 씨는 샤마가 학생 가방에 필기용 석판과 석필(石筆), 연필, 지우개, 표지에 영국 국기가 그려진 연습장, 트리니다드 토바고의 교육부 장관인 J. O. 커터리지 장군이 쓴 『넬슨의 서인도 제도인 읽기 책』* 1단계를 넣는 것을 보고 깜짝 놀랐다. 마지막으로 샤마는 오렌지 한 개를 휴지에 싸서 가방에 넣었다. "선생님 갖다드려." 그녀가 사비에게 말했다.

비스와스 씨는 사비가 학교에 가기 시작했다는 것을 몰랐다.

샤마는 벤치에 앉아 다리 사이에 사비를 끼고 머리를 빗질하여 땋고 파란 교복의 주름을 바로잡은 후 밀짚모자의 매무새를 정돈해주었다.

엄마와 딸은 이 일을 여러 주 동안 해왔다. 그리고 그는 아무것도 몰랐다.

샤마가 말했다. "오늘 또 신발 끈이 느슨해지면 다시 묶을 수 있겠니?" 샤마는 몸을 구부려 사비의 신발 끈을 풀었다. "어떻게 묶는지 보자."

"못하는 거 엄마도 알잖아요."

"지금 당장 묶어봐. 안 그러면 내가 패줄 거야."

"못한단 말이에요."

---

* 커터리지 장군Captain J. Cutteridge은 1934년부터 1942년 사이 트리니다드의 교육부 장관이었다. 이 당시 트리니다드는 영국의 식민지였다. 그는 『넬슨의 서인도 제도인 읽기 책Nelson's West Indian Reader』이라는 제목으로, 총 5단계의 읽기 책을 냈다. 이 중 1학년용은 프라이머스Primers라고 불렸으며 총 2권으로 이루어져 있다. 이 책에는 주로 유럽 백인 작가가 영어로 쓴 시나 단편소설이 수록되어 있었고, 식민지 시대가 끝나고 난 후에도 1990년대까지 교재로 쓰였다. 비스와스 씨는 이 책으로 공부하지 않았고 이 책 전에 나온 『로열 리더Royal Reader』를 배웠다.

"이리 와봐." 비스와스 씨가 사람이 북적거리는 와중에 부끄러움도 잊은 채 부정(父情)을 보이며 말했다. "내가 묶어줄게."

"안 돼요." 샤마가 말했다. "자기가 직접 묶는 법을 배워야 돼요. 안 그러면 할 수 있을 때까지 집에 가둬두고 패줄 거야."

이런 말은 하누만 하우스에서 예사로 하는 말이었다. 체이스에서 샤마는 절대 이렇게 말하지 않았다.

그때까지는 아무도 관심을 보이지 않았다. 그런데 샤마가 홀 주변에 항상 놓아두는 히비스커스 나무 회초리 묶음에서 하나를 고르자 자매와 아이들은 소리를 줄여가며 곧 일어날 일을 보려고 들떠서 기다렸다. 나쁜 짓을 저질렀다기보다는 제대로 못해서 벌을 받는 것이기 때문에 많이 맞을 것 같지는 않았다. 그리고 샤마는 자신이 소극(笑劇)에 나오는 배우일 뿐이고, 체이스 집들이 축성식 때의 수마티처럼 대단한 비극 배우는 아니라는 걸 안다는 듯 우스꽝스럽게 몸을 떨며 돌아다녔다.

사비에게서 눈을 떼지 못하던 비스와스 씨는 자신이 신경질적으로 킬킬거리고 있다는 것을 깨닫게 되었다. 아직 밀짚모자를 쓰고 있던 사비는 바닥에 쭈그리고 앉아 끈을 묶었다가 다시 풀리는 것을 보고 두 겹으로 고리를 크고 단단하게 만들다가 손톱과 이빨로 다시 풀어야 했다. 어떤 면에서는 사비 역시 관객들을 위한 연기를 하고 있었다. 사비가 실패할 때마다 잘한다는 듯이 웃음이 터졌기 때문이다. 심지어 손에 회초리를 들고 있는 샤마조차 자신이 화를 내는 역할을 하는 중에 이런 여흥거리가 끼어드는 것을 상관하지 않았다.

"좋아." 샤마가 말했다. "내가 마지막으로 보여줄게. 잘 봐둬. 자, 한번 해봐."

사비가 또다시 만지작거렸지만 별 소용이 없었다. 이번에는 웃음소리가 아까보다 작았다.

"넌 내가 창피해하는 게 좋은 모양이구나." 샤마가 말했다. "여섯 살이 다 돼가는 너같이 큰 계집애가 신발 끈도 묶을 줄 모르다니. 제이, 이리 와봐."

제이는 별로 비중이 없는 자매의 아들이었다. 엉덩이에 갓난애를 하나 더 달고 있는 엄마가 그 애를 앞으로 내보냈다.

"제이가 하는 걸 봐." 샤마가 말했다. "쟤 엄마는 구두끈을 안 묶어 줘도 되잖아. 그런데 너보다 한 살 더 어려."

"14개월 어리지." 제이의 엄마가 말했다.

"그래, 14개월이나 어려." 샤마가 사비에게 짜증을 퍼부으며 말했다. "너 나한테 반항하는 거니?"

사비는 여전히 쭈그리고 앉아 있었다.

"빨리빨리 해!" 갑자기 샤마가 지나치게 크게 소리를 지르자 사비는 펄쩍 뛰어 일어나 또다시 신발 끈을 붙잡고 엉성한 몸짓으로 씨름을 했다.

아무도 웃지 않았다.

허리를 숙인 샤마는 히비스커스 회초리로 사비의 맨다리를 때렸다.

비스와스 씨는 얼굴에 미소를 거두지 않은 채 바라보고 있었다. 그는 가래가 끓는 것같이 작은 소리로 샤마에게 그만두라고 간청했다.

사비가 울었다.

과부 수실라가 계단 꼭대기로 와서 위압적으로 말했다. "어머니 생각도 좀 해."

그들 모두 알고 있었다. 아픈 사람을 위해 조용해야 한다는 것을. 그리하여 그 일은 끝이 났다.

소극을 비극으로 바꾸기에는 이미 때를 한참 놓친 샤마는 갑작스레 화를 내고 발을 쾅쾅 구르며 부엌으로 갔다. 하지만 주목하는 사람은 거의 없었다.

체이스에서 매질을 잘했던 수마티는 사비를 자신의 긴 스커트 쪽으로 끌어당겼다. 사비는 그 안으로 들어가서 엉엉 울다가 그 치마로 코를 풀고 눈물도 닦았다. 수마티가 사비의 신발 끈을 묶어준 다음 데리고 나가 학교로 보냈다.

체이스에서 샤마는 사비를 때린 적이 거의 없었고 때려도 몇 대 찰싹거리는 정도였다. 그런데 하누만 하우스에서는 자매들이 툴시 부인에게 매질당한 것을 자랑스럽게 이야기했다. 기억에 남을 만한 매질은 계속 들먹여졌고, 별것 아닌 작은 일도 큰 사건과 결부하여, 살인 사건의 일부분이기라도 한 듯, 끔찍하고 전설적인 것으로 만들었다. 그리고 자매들 사이에는 누가 가장 심하게 매질을 당했나 하는 일종의 라이벌 의식도 있었다.

비스와스 씨는 커다란 검은 통에서 꺼낸 비스킷과 붉은색 버터, 달고 진하며 미지근한 차로 아침을 먹었다. 샤마는 화가 난 상태였지만 의무에 충실했고, 적절히 행동했다. 남편이 먹는 것을 쳐다보며 샤마의 분노는 점점 더 방어적으로 변했다. 결국 샤마는 엄하기 짝이 없는 태도로 말했다.

"당신 아직 어머니 안 봤죠?"

그는 무슨 말인지 알아들었다.

그들은 장미방으로 갔다. 수실라는 들어오라는 말을 하고 자신은 즉시 밖으로 나갔다. 갓을 씌운 석유램프가 약하게 빛을 내고 있었다. 두꺼운 벽돌 벽에는 미늘창을 닫아서 햇볕이 들어오지 않았다. 외풍을

막으려고 창틀을 천으로 막아놓았다. 암모니아, 베이럼 향유, 럼주, 브랜디, 소독제, 그리고 각종 해열제의 냄새가 났다. 붉은 사과 문양이 그려진 흰색 침대 차양 아래서 이마에 붕대를 감고, 관자놀이에는 소프트 캔들 덩어리를 점점이 붙이고, 콧구멍에는 무슨 흰색 약을 채워놓은 채 누워 있는 툴시 부인을 겨우 알아볼 수 있었다.

샤마는 눈에 띄지 않도록 그늘진 구석에 있는 의자에 앉았다.

대리석으로 상판을 올린 테이블 옆에는 병과 항아리, 그리고 유리잔이 어지럽게 놓여 있었다. 마사지용 약을 담은 작은 푸른색 항아리들과 마사지용 약을 담은 작은 흰색 항아리들, 베이럼 향유를 담은 기다란 녹색 병, 눈약과 코 안에 넣는 약이 든 작고 네모진 병들, 럼주가 들어 있는 둥근 병, 브랜디가 든 납작한 병, 정신이 돌아오게 하는 약이 든 타원형의 진보랏빛 병, 슬로안 사의 도포제 병, 호랑이 고약이 든 작은 깡통, 그리고 분홍빛 침전물이 든 혼합물과 그 전날 밤부터 세워놓아서 진흙물처럼 누르스름한 찌꺼기가 앉은 약이 있었다.

비스와스 씨는 힌두어로 툴시 부인과 말을 하고 싶지는 않았지만 힌두어가 입 밖으로 나왔다. "어머님, 좀 어떠세요? 어젯밤에는 너무 늦어서 혹시 주무시는 데 방해가 될까 봐 못 봤어요." 변명을 늘어놓고 싶은 건 아니었다.

"자네는 어떤가?" 툴시 부인이 예상과 달리 부드럽게 코맹맹이 소리로 물었다. "나 같은 늙은이가 어떤지가 뭔 대수겠나."

부인은 팔을 뻗어 정신이 돌아오게 하는 약이 든 병을 잡고 코로 들이켰다. 이마에 감겨 있던 붕대가 눈 쪽으로 떨어졌다. 부드러운 어조가 고통스러우면서도 권위 있는 목소리로 바뀌며 말했다. "와서 내 머리 좀 눌러줘, 샤마."

샤마는 민첩하게 말을 따랐다. 샤마는 침대 모퉁이에 앉아서 붕대를 풀고 툴시 부인의 머리를 풀어 헤친 뒤 다시 여러 부분으로 나누고 나서 자기 손바닥에 베이럼 향유를 부어 나누어놓은 머리에 발랐다. 그녀가 베이람 향유를 툴시 부인의 두피에 바르자 향유가 스며들어 머리카락이 질퍽거렸다. 툴시 부인은 편안해 보였다. 부인이 눈을 감고 하얀색 약을 콧구멍 속으로 약간 더 짜 넣고 난 뒤 입술을 얇은 숄로 토닥거렸다.

"자네 딸은 봤는가?"

비스와스 씨가 웃었다.

"딸이 둘이라." 툴시 부인이 말했다. "그런 면으로 우리 집안은 운이 안 좋았지. 자네 장인이 돌아가셨을 때 내가 얼마나 걱정을 했을지 한번 생각해보게. 시집보내야 하는 딸이 열네 명이었어. 그리고 딸들을 결혼시킬 때 어떻게 살게 해줄 수 있는지 알 수 있는 사람은 없어. 그 애들은 자기 운명에 맞게 살아야 하는 거야. 시어머니, 시누이. 게으른 남편들. 마누라 때리는 남편들."

비스와스 씨는 샤마를 바라보았다. 그녀는 툴시 부인의 머리에만 온 신경을 쏟고 있었다. 샤마의 긴 손가락이 누를 때마다 툴시 부인은 눈을 감았고, 하던 말을 끊어가며 "아아" 하고 신음 소리를 냈다.

"그런 게 바로 어머니란 사람이 참고 견뎌내야 하는 것이지." 툴시 부인이 말했다. "난 상관 안 해. 사람들이 다른 사람에게 뭔가를 기대할 수 없다는 것을 알 정도로 오래 살았으니까. 내가 자네에게 5백 달러를 주었다 쳐. 그렇다고 자네가 나를 볼 때마다 굽실거리고 발에다 뽀뽀라도 해주길 내가 바랄 거라고 생각하나? 아니야. 나는 자네가 나에게 침을 뱉어주길 바랄 거야. 난 그걸 **바란다고**. 자네가 또 5백 달러가 필요해서 나에게 온다고 쳐. '지난번에 자네에게 5백 달러를 주었는데 자네가 내게 침을 뱉었지. 그러니까 이번에는 5백 달러를 줄 수 없네'라고 내가 말할 것 같지, 그렇지? 내가 그렇게 말할 것 같잖아? 아니야. 나는 나에게 침을 뱉는 사람이 다시 나에게 오길 **바라네**. 난 마음이 곱거든. 그리고 고운 마음을 가진다는 건 고운 마음을 가진다는 거지. 자네 장인은 나보고 '우리 신부,'(라고 말하곤 하셨지. 장인은 죽는 날까지 날 그렇게 불렀어) '우리 신부,' 당신은 내가 아는 사람 중에서 가장 마음이 고운 사람이야. 그런 고운 마음씨는 조심해야 돼요. 사람들이 그런 고운 마음을 이용하고 짓밟으려 하니까'라고 말씀하시곤 했어. 그러면 나는 '고운 마음을 가진다는 건 고운 마음을 가진다는 거예요'라고 하곤 했지."

부인이 눈을 누르자 눈물이 뺨을 타고 흘러내렸다. 베개 위로 그녀의 축축한 흰 머리카락이 펼쳐져 있었다. 지금 여기에 흰머리의 여자가 있다. 비스와스 씨는 그 여자에게 약간의 애정도 느낄 수 없었다.

그러다가 그는 자신이 어둠 속에서 뭘 보지 못하고 있었는지를 깨달았다. 샤마의 뺨 역시 젖어 있었던 것이다. 그녀가 시종일관 조용히 울고 있던 게 분명했다.

"난 괜찮아." 툴시 부인이 말했다. 그녀는 코를 풀고 베이럼 향유를 더 바르라고 했다. 샤마는 베이럼 향유를 손바닥에 가득 따라서 툴시 부인의 얼굴을 촉촉하게 적시고 툴시 부인의 코를 손바닥으로 눌렀다. 부인의 얼굴이 번쩍거렸다. 툴시 부인은 눈에 베이럼 향유가 들어가지 않게 눈을 꼭 감고 입으로 요란하게 숨을 쉬었다. 샤마가 손을 치우자 툴시 부인이 말했다. "하지만 세스는 뭐라고 할지 모르겠네."

신호라도 보낸 듯이 세스가 들어왔다. 그는 비스와스 씨와 샤마를 못 본 척하고 툴시 부인에게 안부를 물으면서 부인이 걱정스러우며 부인을 괴롭히는 인간들을 도저히 못 봐주겠다는 식의 말을 했다. 그는 침대의 다른 쪽에 앉았다. 침대가 삐걱거렸다. 그가 한숨을 쉬었다. 발의 위치를 바꾸며 짜증난 듯이 구두로 바닥을 두드렸다.

"우린 대화를 하는 중이었어요." 툴시 부인이 부드럽게 말했다.

샤마가 약간 흐느꼈다.

세스는 혀를 찼다. 매우 짜증이 난 듯한 소리였다. 마치 자신도 감기나 두통이 있어서 상태가 아주 안 좋다는 걸 드러내는 듯했다. "노를 젓는 건지, 지랄을 하는 건지." 이렇게 말할 때 그의 목소리는 걸걸하면서 불분명했다.

"마음 쓰지 마세요." 툴시 부인이 말했다.

세스는 자기 넓적다리를 잡고 바닥을 내려다보았다.

그때 비스와스 씨는 툴시 부인의 말과 샤마의 눈물에서 자신이 아까 짐작했던 것이 옳았다는 확신이 들었다. 즉 이 장면이 미리 계획되어 있었다는 것, 그리고 벌써 의논이 되었을 뿐만 아니라 결정도 내려진 상황이라는 거였다. 또 이 장면을 미리 계획한 샤마는 그의 창피를 덜어주고 그 창피 중 일부를 자기 자신에게 돌리려고 울고 있었던 것이다. 그녀가 흘리는 눈물은 다른 의미로 보면 의식 같은 것이었다. 다시 말해 운명이 자신에게 점지해준 남편 때문에 닥쳐온 고난에 대한 눈물인 것이었다.

"그러니까 그 가게를 어떻게 할까?" 세스가 영어로 물었다. 그는 여전히 화가 난 상태였고 사무적으로 말하긴 했지만 지친 목소리였다.

비스와스 씨는 생각이 나질 않았다. "가게 자리가 나빠요." 그가 말했다.

"오늘 나쁜 자리가 내일은 좋은 자리가 될 수 있지." 세스가 말했다. "여기저기에 돈을 몇 푼 던져놓는 거야. 그러면 결국 공공사업으로 트럭이 다닐 도로가 나게 되는 거잖아? 그렇지?"

샤마가 흐느끼는 소리가 툴시 부인의 머리카락에서 베이럼 향유가 질퍽거리는 소리와 섞였다.

"빚도 있나?"

"글쎄요, 많은 사람이 저에게 빚을 졌지만 갚지는 않을 겁니다."

"멍그루와 있었던 일 이후로 그렇겠지. 내 생각에 자네는 트리니다드에 사는 사람 중에서 시바란과 매마우드에 대해 모르는 유일한 사람일 거야."

샤마는 대놓고 크게 울었다.

갑자기 세스가 비스와스 씨에게서 주의를 돌렸다. 그는 "차!" 하고 소리치고는 자기 구두를 보았다.

"신경 쓰지 말게." 툴시 부인이 말했다. "난 자네가 고운 마음씨를 가지지 않았다는 것을 알아. 하지만 신경 쓰지는 말아."

세스가 한숨을 쉬었다. "그러니까 그 가게를 어떻게 하냐고?"

비스와스 씨는 자신도 모르겠다는 듯 어깨를 으쓱였다.

"보험에 들고 나서 불을 내는 건 어때?" 세스는 이 말을 한마디로 '**보험 화재**'라고 줄여서 말했다.

비스와스 씨에게 이 같은 말은 대형 금융 거래 영역에 속하는 이야기처럼 느껴졌다.

세스는 자신의 큰 팔을 가슴 위로 올려 팔짱을 꼈다. "이게 지금 자네가 할 수 있는 유일한 일이야."

"보험 화재라고요." 비스와스 씨가 말했다. "그렇게 해서 얼마나 벌 수 있을까요?"

"보험 화재를 내지 **않는** 것보다는 많이 벌겠지. 가게는 처형 거고. 물건은 자네 것이잖나. 물건 값으로 75달러나 100달러는 받아야겠지."

큰 금액이었다. 비스와스 씨는 미소를 지었다.

그러나 세스는 이 말만 했다. "그건 그렇고, 그다음은 어떻게 할 건가?"

비스와스 씨는 생각해보는 척하려고 애썼다.

"자넨 아직도 들판에서 손을 더럽힐 수 없을 만큼 당당하다고 생각하나?" 그러더니 자기 손을 펼쳐 보였다.

"착한 마음씨." 툴시 부인이 중얼거렸다.

"그린 베일에서 일할 운전사가 필요한데." 세스가 말했다.

샤마가 크게 흐느껴 울다가 갑자기 툴시 부인의 머리를 내버려둔 채 비스와스 씨에게 달려들며 말했다. "한다고 해요, 여보. 한다고 하라니까요. 내가 빌게요." 샤마는 비스와스 씨가 그 일을 받아들이기 쉽게 만들어주고 있는 것이었다. "저이는 할 거예요." 그녀가 세스에게 소리쳤다. "저이는 할 거라니깐요."

세스는 화난 표정으로 고개를 돌려버렸다.

툴시 부인은 신음 소리를 냈다.

여전히 울고 있던 샤마는 침대로 돌아가 손가락으로 툴시 부인의 머리카락을 눌렀다.

툴시 부인이 "아아" 소리를 냈다.

"전 들일은 아무것도 모릅니다." 비스와스 씨가 자기 자존심을 조금이라도 추스르려고 애쓰며 말했다.

"아무도 자네에게 애걸복걸하진 않아."

"신경 쓰지 말게." 툴시 부인이 말했다. "자네도 오와드가 내게 늘 하는 말을 알지 않나. 그 애는 항상 내가 딸들을 치워버리는 방식을 나무랐지. 그 애 말이 맞았던 것 같아. 하지만 그때는 오와드가 온종일 읽고 배우면서 고등학교에 갈 준비를 하고 있었지. 나는 너무 구식이었고." 부인의 말에는 오와드나 자기의 구식 방식에 대한 자부심이 어려 있었다.

세스가 일어났다. 그가 구두를 바닥에 끌 때, 침대에서 요란한 소리가 나는 바람에 툴시 부인이 약간 놀랐다. 그러나 세스의 화는 이미 가라앉아 있었다. 그는 카키색 셔츠 주머니의 단추가 달린 덮개 사이로 삐져나온 상아 담뱃대를 끄집어내어 입에 물고 휘파람을 불듯 불었다. "오와드. 모헌, 자네 그 애 기억나나?" 그는 담뱃대 양쪽으로 입을 벌려 웃었다. "늙은 암탉 아들 말이야."

"과거는 과거야." 툴시 부인이 말했다. "어릴 때는 어린애같이 행동하지. 어른이 되면 어른처럼 행동하고."

샤마는 툴시 부인의 머리를 힘 있게 쥐어짜서 툴시 부인이 계속 '아, 아' 소리를 내느라 다른 말을 많이 하지 못하도록 만들었다. 그녀는 베이럼 향유로 툴시 부인의 머리카락과 얼굴을 씻고 난 뒤 자기 손을 툴시 부인의 코와 입 위에 놓았다.

"이 보험 화재는," 비스와스 씨가 가벼운 목소리로 말했다. "누가 처리할 건가요?" 그는 이미 이 허가받은 광대 역할로 돌아가고 있었다.

처음으로 샤마가 웃었다. 세스도 따라 웃었다. 툴시 부인이 개구리 우는 소리를 내자 샤마가 툴시 부인의 입에서 손을 떼어 부인이 웃을 수 있게 해주었다.

툴시 부인은 침을 튀기기 시작했다. 웃느라고 목이 막힌 상태에서 그녀가 영어로 말했다. "저 애가 프라이팬에서 뛰어 나와서 불……"

모두 야단이 났다.

"불속으로 뛰어들었구먼."*

흥겨운 분위기는 확산되었다.

"노 젓기는 이제 그만." 세스가 말했다.

"보험 화재를 당장 처리할 건가요?" 비스와스 씨가 높은 목소리로 빠르게 말했다.

"먼저 가구를 옮겨놓아야지." 세스가 말했다.

"내 화장대!" 샤마가 외쳤다. 그러고는 마치 비스와스 씨를 떠나올 때 그 가구를 챙기는 것을 깜박 잊었던 게 놀랍다는 듯 손을 입으로 가지고 갔다.

세스가 말했다. "자네도 알다시피 자네가 보험 화재를 처리하는 게 최선이야."

샤마가 말했다. "안 돼요, 이모부. 저이에게 그런 생각 불어넣지 마세요."

"저 사람은 상관하지 마시고," 비스와스 씨가 말했다. "저하고만 얘기하시죠."

세스가 다시 침대에 앉았다. "그러니까 보라고." 세스의 목소리는 흥에 겨웠고 작은아버지답게 인자했다. "자넨 이 문제를 멍그루에게 덮어씌워야 해. 경찰서에 가서 멍그루의 머리에 자네 목숨을 얹으라고."

"멍그루 머리에 내 뭐를 얹으라고요?"

"경찰한테 싸웠던 이야기를 하란 말이야. 경찰에게 멍그루가 자넬

---

* 여우를 피하려다 호랑이를 만난다는 뜻의 영어 속담이다.

죽이겠다고 위협했다고 말해. 그러면 자네에게 무슨 일이 생기는 순간, 경찰은 제일 먼저 멍그루를 잡게 될 거야."

"이모부 말씀은 경찰이 제일 먼저 저를 잡게 될 거라는 말씀이시겠죠. 제가 정리해서 설명해볼게요. 내가 바퀴벌레처럼 네 다리를 하늘 높이 뻣뻣하게 쭉 뻗고 뒤집혀 죽어 널브러진 다음에 경찰서에 걸어가서 '여러분에게 이러이러한 이야기를 했지 않습니까'라고 말해줬으면 하신다는 거잖아요."

자기 농담에 아직도 낄낄거리고 있던 툴시 부인이 가까스로 처음 영어로 한 말은 또 웃어서 미안하다며 비스와스 씨에게 양해를 구하는 것이었다.

"자, 자네 목숨을 멍그루의 머리에 얹어놓으란 말이야." 세스가 말했다. "체이스로 가서 잠자코 있어. 1주일, 2주일, 3주일이라도 그냥 있어. 그러고 나서 약간씩 준비를 하게. 샤마가 화장대를 챙기게 하고. 반휴일인 목요일 가게 여기저기에 (자네가 자는 곳은 말고) 석유를 뿌리는 거야. 그리고 한밤에 성냥불을 붙여. 시간이 약간 걸릴 거야(많이는 아니야). 그러고 난 뒤 밖으로 뛰어나가 멍그루라고 고함을 지르기 시작해."

비스와스 씨가 말했다. "이모부 말은 이 동네에서 매일 저 모든 자동차에 불이 나는 이유가 그거란 건가요? 그리고 저 집들이 전부 불이 나는 이유도요?"

5. 그린 베일

그 후 비스와스 씨가 그린 베일을 떠올릴 때면 언제나 나무 생각이 났다. 그 나무들은 키가 크고 곧았으며, 나무둥치를 가리고 가지가 없는 것처럼 보일 만큼 길게 축 처진 잎이 달려 있었다. 잎 중 반은 죽은 잎이었다. 그리고 꼭대기에 있는 나머지 잎은 검푸른색이었다. 마치 모든 나무의 잎이 무성한 상태에서 일시에 말라 죽기라도 한 듯, 모든 나무의 뿌리로부터 비슷한 속도로 죽음이 퍼지고 있었다. 그러나 이 죽음은 영원히 막아둘 수 있는 것이었다. 혀처럼 생긴 검푸른 잎은 천천히 희미한 노란색으로 변했다가 그을리기라도 한 듯 갈색으로 변하여 얇아지고 아래로 말려들어가 다른 죽은 잎들 위로 더 이상 떨어지지 않고 매달려 있었다. 그리고 단검처럼 날카롭게 생긴 새 잎들이 돋았다. 그런데 그 잎들에도 신선함이 없었다. 왜냐하면 이 잎들은 늙어서 세상으로 나온 잎들이었던 것이다. 이 잎들도 아무런 반짝임 없이 죽기 전에 크기만 커갈 뿐인 것이다.

　사방에 있는 그 나무들 너머로 막힘 없는 평원이 있다는 것을 상상하기는 어려웠다. 그린 베일은 습지에다 그늘지고 무더운 곳이었다. 나무가 길을 어둡게 가렸고 썩어가는 잎사귀들은 풀밭의 도랑을 틀어막았다. 그 나무들이 바라크 건물을 둘러싸고 있었다.

　바라크 건물을 보자마자 비스와스 씨는 무슨 수를 쓰더라도 이제 자신의 집을 지어야 할 때가 되었다고 생각했다. 그 건물은 한 집당 방하나가 배정되었는데, 긴 방 하나를 열두 개로 나누어서 열두 가족이 살고 있었다. 이 긴 방은 목재로 지어 낮은 콘크리트 지주 위에 세워놓았다.* 벽의 회반죽은 오래되어 가루가 일어나고, 옷을 표백하다 돌 위에 남긴 자국과 흡사한 얼룩이 있었다. 이 얼룩에는 곰팡이가 슬고 수증기가 찼으며 회색, 녹색, 검은색의 반점이 있었다. 긴 회랑을 만들려고 한쪽으로 튀어나오게 해둔 함석지붕은 대충 칸막이를 해서 열두 개의 부엌 공간으로 나눠놓았는데 이 공간은 완전히 뚫려 있었기 때문에 비가 세게 오면 열두 명이 밥을 하다가 열두 개의 석탄 아궁이를 들고 열두 개의 방으로 들어가야 했다. 중간에 있는 방 열 개에는 각각 앞에는 문이, 뒤에는 창문이 있었다. 양쪽 끝에 있는 방에는 앞문과 뒤 창문, 옆 창문이 있었다. 운전사인 비스와스 씨는 마지막 방을 배정받았다. 뒤 창문은 전에 살던 세입자가 못으로 막아놓고 신문으로 메워놓았

---

* 그린 베일과 포트오브스페인에서 비스와스 씨가 살았던 집은 일종의 고상가옥이다. 1층에는 기둥만 세워 열린 공간으로 만들고 2층에 집을 짓는 것을 고상가옥이라고 하는데, 주로 열대 지방이나 한대 지방에서 해충, 습기, 열기, 추위 등을 막기 위해서 짓는다. 최근에는 1층을 주차장으로 쓰기 위해서 이런 형태의 집을 짓기도 한다. 포트오브스페인에서 비스와스 씨가 살던 집에선 툴시 부인이 이 기둥만 있는 1층에 벽을 만들어 더 많은 사람이 살 수 있게 하기도 했다.

다. 신문으로 벽을 위에서 아래까지 다 덮어놓아서 창문이 있는 자리는 짐작으로만 알 수 있을 뿐이었다. 틀림없이 글을 읽을 줄 아는 사람이 한 짓이 분명했다. 뒤집힌 면이 한 장도 없었다. 비스와스 씨는 이 오래된 신문 안에 밀봉되어 기이한 느낌을 자아내는 당대 저널리즘의 활기와 흥분에 자신이 지속적으로 노출되고 있는 듯한 느낌을 받았다.

그들은 부엌 찬장, 녹색 부엌 테이블, 모자걸이, 철제 사주식 침대, 비스와스 씨가 체이스에서 이사 오기 직전에 샀던 흔들의자, 샤마가 하누만 하우스에 가서 오래 집을 비운 동안 그녀를 생각나게 해주었던 화장대 같은 그들의 모든 가구를 이 방 안으로 옮겨왔다.

화장대의 작은 서랍 하나만이 비스와스 씨의 소유였다. 나머지 것은 모두 그와 상관없는 것이어서, 어쩌다 뭘 열어보면 침범하는 듯한 느낌이 들기도 했다. 그린 베일로 이사를 가면서 비스와스 씨는 이 서랍 안에 샤마와 아이들의 좋은 옷들과 함께 샤마의 결혼증명서와 아이들의 출생증명서가 들어 있다는 것을 알게 되었다. 미션 스쿨을 다닐 때 받았던 성서와 성화는 종교적인 내용 때문이 아니라 지난날 샤마 자신이 뛰어났던 것을 회상하는 도구로 간직했다. 노섬벌랜드*의 펜팔 친구에게서 받은 한 뭉치의 편지도 있었다. 학교 교장이 교육의 일환으로 펜팔을 시켰던 것이다. 비스와스 씨는 바깥 세계를 동경했다. 그래서 바깥세상으로 자신을 데려다줄 수 있는 소설을 읽었다. 그러나 그는 다른 사람들은 몰라도 샤마가 그런 세상과 접촉했을 거라고 생각해본 적이 한 번도 없었다.

"혹시 당신이 쓴 답장 중에 가지고 있는 건 없어?"

---

* 잉글랜드의 북동쪽에 있는 주.

"교장 선생님이 읽고는 게시판에 붙여두시곤 했어요."
"당신이 쓴 편지를 읽었으면 **좋겠는데**."

*

이리하여 비스와스 씨는 운전사이자 부감독이 되었고 한 달에 25달러의 월급을 받았다. 이 월급은 노동자들이 받는 임금의 두 배였다. 세스에게 말했던 것처럼 비스와스 씨는 농장 일은 전혀 몰랐다. 그는 평생 사탕수수밭에 둘러싸여 살았다. 그렇지만 그가 아는 것이라고는 호랑가시나무 장식, 산타클로스, 눈 덮인 글자가 출현할 시기가 되면 가게 간판이 붉은색 푸른색으로 갑자기 화려해지듯, 이 키가 큰 식물이 화살같이 생긴 꽃을 피우며 희푸른색으로 갑자기 자라난다는 것뿐이었다. 사탕수수 수확 축제도 알긴 했다. 하지만 태우기, 잡초 뽑기, 괭이질, 도랑 파기에 관해서는 아는 것이 없었다. 또한 언제 새로 꺾꽂이한 가지를 심어야 하는지, 언제 새 사탕수수 나무 주변에 오래된 겉잎 더미를 쌓아야 하는지도 몰랐다. 그는 세스에게 지시를 받았다. 세스는 토요일마다 점검도 하고 노동자에게 봉급도 주기 위해 그린 베일로 왔다. 세스는 비스와스 씨의 방 밖에 있는 부엌 공터에서 녹색 부엌 테이블을 이용해 이런 일들을 했다. 그리고 비스와스 씨에게는 그 옆에 앉아 각각의 노동자가 한 일의 목록을 읽도록 시켰다.

비스와스 씨는 아버지인 라구가 운전사들을 보며 얼마나 감탄하고 존경했었는지 알지 못했다. 그렇지만 노동자들이 가장자리가 톱니 모양으로 되어 있고 돈이 숨을 쉬게 작고 둥근 구멍을 뚫어놓은 푸른색과 녹색의 돈주머니에 대해서 경외심을 가지고 있다는 것은 느낄 수 있었다. 그래서 마치 그 돈주머니가 귀찮은 물건이기라도 한 양 대수롭지 않게 취급하며 모종의 쾌감을 느꼈다. 그럴 때면 때로 형들도 다른 들판에서 이와 비슷하게 고분고분한 태도로 느리게 움직이는 줄을 서 있겠구나 하는 생각도 떠올랐다.

토요일이면 비스와스 씨는 이렇게 권력을 즐겼다. 그러나 다른 요일에는 사정이 달랐다. 실제로 그는 매일 아침 긴 대나무 작대기를 들고 나가 노동자들에게 할 일을 할당해주었다. 그러나 노동자들은 그가 이 일을 전혀 모르며 감시자이자 세스의 대리인으로 거기 있을 뿐이라는 것을 알고 있었다. 그들은 비스와스 씨를 속일 수 있었고 실제로도 그렇게 했으며, 일주일 동안 비스와스 씨가 소심하게 타이르는 것보다 토요일에 세스가 한 번 꾸중하는 것을 더 무서워했다. 비스와스 씨는 창피해서 세스에게 불평도 못했다. 그는 토피를 샀는데, 다소 작은 편인 그의 머리에는 모자가 너무 컸고, 조정을 해보았지만 잘 안 되어서 귀까지 내려왔다. 그걸 본 후 얼마 동안 노동자들은 비스와스 씨를 보기만 하면 자기 모자를 눈 위까지 끌어내리고 머리를 뒤로 젖히면서 그가 있는 쪽을 쳐다보았다. 젊고 뻔뻔한 노동자 두세 명은 그 자세로 그에게 말을 걸기까지 했다. 비스와스 씨는 세스처럼 말을 타야 한다고 생각했다. 또한 그는 말 등에 올라서 양편의 노동자에게 채찍질을 하는 전설적인 감독관들에게 공감을 느끼기 시작했다. 그러던 어느 토요일 그는 세스의 말에 올라탔는데 몇 미터도 못 가서 떨어졌다. 그러면서 "이 말이 가려는 곳으로 내가 가고 싶지 않아서"라고 말했는데 그 모습은 영락없이 세스 옆을 따라다니는 어릿광대 같아 보였다.

월요일이 되자 한 노동자가 다른 노동자에게 "이랴!" 하고 소리쳤다. 그 노동자는 "어이쿠!"라고 화답했다.

비스와스 씨가 세스에게 말했다. "더 이상 이 사람들과 이웃해서 못 살겠어요."

세스가 말했다. "자네를 위해 집을 지어주지."

그러나 말뿐이었다. 세스는 집 이야기를 다시는 꺼내지 않았고, 비스와스 씨는 그 바라크 건물에서 계속 살았다. 그는 노동자들이 말도 못하게 막돼먹었다고 말하기 시작했다. 이곳에 처음 왔을 때 어떻게 이 사람들이 겨우 3달러를 가지고 일주일 동안 살 수 있는가 하고 물었던 질문은 왜 그렇게 많이 주는가 하는 질문으로 바뀌었다. 그는 화풀이를 샤마에게 했다.

"당신이 이리로 나를 끌어들였잖아. 당신하고 당신 집 식구들이 말이야. 나를 좀 봐. 내가 세스 같아 보여? 날 보면 이 일이 내가 할 만한 일인지 알 수 있을 거 아냐."

그는 들판에서 땀에 젖고 가렵고 먼지가 묻은 채 파리와 다른 곤충에게 쏘여 피부가 찢어지고 쓰리고 아픈 상태로 돌아왔다. 땀을 흘리거나 피곤하거나 얼굴이 타는 듯한 느낌이 드는 것까지는 괜찮았다. 그러나 가려운 것과 손톱에 흙이 말라붙는 것은 마치 석판을 긁는 석필 소리나 콘크리트를 긁는 삽 소리같이 매우 고통스러워서 싫었다.

진흙과 동물의 똥, 그리고 오래된 물웅덩이 위로 푹푹 빠지는 점액질의 모래가 있는 바라크 건물의 마당을 볼 때면 구역질이 났다. 특히 샤마가 만든 팬케이크나 생선을 먹을 때 더욱 그랬다. 방에 있는 녹색 테이블에서 밥을 먹으려고 자리를 잡을 때는, 앞문 뒤에 숨고 옆 창문은 등을 지고 앉아, 함석지붕 아래에 매달린 검은 보푸라기 같은 걸 보지 않으려고 애썼다. 밥을 먹을 때는 벽에 있는 신문을 읽었다. 눅눅하고 검은 옛 신문 냄새와 오래된 담배 냄새를 맡으니 나뭇가지를 묻은 땅바닥에 놓인 침대 밑에 있던 아버지의 상자 냄새가 떠올랐다.

그는 시도 때도 없이 목욕을 했다. 바라크 건물에 욕실은 없었지만 뒤편 지붕의 물이 빠지는 홈통 아래로 물통이 있었다. 아무리 물이 모이자마자 목욕을 해도, 언제나 그 물의 표면에는 특정한 종류의 애벌레와 잘 뛰고 젤리 같으면서 수염도 달려 나름 완벽하게 생긴 벌레들이 있었다. 비스와스 씨는 물통 옆에 놓인 기다란 판자 위에서 바지를 입고 나막신을 신고 서서 조롱박 바가지로 자기 몸에 물을 끼얹었다. 목욕을 하는 도중에는 인도 가요와 「눈 오고 바람 부는데」라는 노래를 불렀다. 목욕이 끝나면 바지를 벗은 채 허리에 수건을 두르고 나막신을 신고 방으로 돌진했다. 그의 방에는 옆문이 없었기 때문에 비스와스 씨는 빙 돌아서 앞쪽으로 뛰어가야 했고 열두 개의 부엌과 열두 개의 방에서 보는 시야 안으로 들어오고 나서야 자기 방으로 갈 수 있었다.

어느 날은 수건이 떨어져버렸다.

그는 농장에서 끔찍한 하루를 보내고 나서 샤마에게 말했다. "당신이, 당신하고 당신네 식구가 나를 이 농장으로 내몰았어."

하루 종일 바라크 건물에서 굴욕스러운 하루를 보냈던 샤마는 역대 최악의 음식 중 하나를 만들어놓고, 이제 말을 할 수 있을 정도로 자란 아난드에게 옷을 입혀 하누만 하우스로 데리고 가버렸다.

토요일 날 세스가 노동자들에게 임금을 지불하고는 미소를 지으며 말했다. "자네 내자가 화장대 오른쪽 제일 위쪽 서랍을 뒤져서 분홍색 조끼를 찾고 중간 서랍 왼쪽 바닥에서 아들 바지를 찾아 오라더군."

"물어보세요, 어느 아들 말이죠?"

그러나 비스와스 씨는 그 낯선 서랍을 찾아보았다.

"내가 깜빡할 뻔했는데." 세스가 가기 직전에 말했다. "체이스의 가게 말이야. 그러니까, 보험 화재 처리가 이제 다 끝났네."

세스가 바지 주머니에서 지폐 다발을 끄집어내 마술사처럼 펼쳐 보였다. 그는 다발을 한 장 한 장 세어 비스와스 씨의 손에 건네주었다. 그가 하누만 하우스의 장미방에서 말했던 75달러였다.

비스와스 씨는 감동했고 고마웠다. 그는 그 돈을 저금하고, 자기 집을 지을 수 있을 때까지 더 모아야겠다고 결심했다.

비스와스 씨는 집에 대해서 진지하게 생각을 해왔고 자신이 원하는 집이 어떤 것인지도 정확하게 알고 있었다. 그는 무엇보다 진짜 자재로 지은 진짜 집을 원했다. 그는 진흙으로 벽을 쌓고 흙으로 바닥을 다지고 나뭇가지로 서까래를 만들고 풀로 지붕을 얹은 그런 집은 원하지 않았다. 목재로 사개 물림 처리*를 한 벽을 원했다. 함석지붕과 목재로 된 천장을 원했다. 콘크리트 계단을 걸어서 작은 베란다로 올라가기를 원했다. 채색된 칸막이 창이 달린 문을 통해 작은 거실로 들어가길 원했다. 그 거실에서 작은 침실로 그리고 또 다른 작은 침실로, 이어서 다시 작은 베란다로 돌아갈 수 있기를 바랐다. 그 집을 높은 콘크리트 지주 위에 지으면 1층이라기보다 2층이 될 것이고, 나중에 증축할 수 있는 공간도 생길 것이다. 마당에 있는 창고는 부엌으로 사용할 것이다. 지붕을 얹은 통로로 집과 연결된 깨끗한 창고 말이다. 그리고 집에 페인트칠을 할 것이다. 지붕은 붉은색으로, 외벽은 초콜릿색으로 덧칠을 한 황토색 벽으로 하고, 창틀은 흰색으로 칠할 것이다.

비스와스 씨가 집 이야기를 하면 샤마는 겁을 먹고 성을 냈으며 심지어 말다툼을 하기도 했다. 그래서 그는 이런 상상이나 계획 같은 것

---

* 요철 식으로 나무를 붙인 판자.

을 그녀에게 말하지 않았다. 그리고 그녀가 하누만 하우스에서 오랜 기간을 보내는 일이 계속되었다. 이제 샤마는 자매들에게 왜 왔는지 굳이 설명을 하지 않아도 되었다. 툴시 토지의 일부이고 또한 아르와카스에 인접한 외각에 있는 그린 베일은 하누만 하우스의 연장으로 간주되었기 때문이다.

  샤마가 가끔 하누만 하우스에서 보내준, 돌처럼 차가운 음식은 먹기 싫고 캔 음식에도 질린 비스와스 씨는 직접 요리를 배웠다. 석탄 아궁이를 다룰 줄 몰랐던 그는 휴대용 석유 버너를 샀다. 때때로 그는 이른 저녁에 산보를 나갔다. 또한 때때로 방에 남아 책을 읽기도 했다. 피곤하지도 않은데 아무 일도 할 수 없거나 음식이나 담배가 맛이 없을 때도 있었다. 그런 때가 되면 사주식 침대에 누워 벽에 붙은 신문을 읽었다. 그는 얼마 지나지 않아 많은 내용을 암기하게 되었다. 그리고 대문자로 쓰인 숨이 막힐 듯한 기사의 첫 줄, '어제 놀라운 장면들이 목격되었다'가 그의 마음을 사로잡았다. 비스와스 씨는 세스와 노동자들과 같이 있을 때 무심결에 이 글을 혼자 중얼거렸다. 어느 저녁에는 방에서 그 구절이 머리에 떠올라 계속 되풀이되다가 영문도 모르게 아득해지고 짜증까지 일어났다. 그런 일이 생기고 나자 비스와스 씨는 그 구절을 떨쳐버리고 싶어졌다. 그는 앵커 담뱃갑과 코멧 성냥갑에 그 구절을 적었다. 그리고 오래되고 미적지근한 물 몇 리터를 들이켠 것 같은 느낌과 함께 남아 있는 피곤한 공허감을 떨치기 위해 마분지 조각에 종교적인 글귀를 적기도 했다. 그런 다음에는 그것을 신문 옆 벽에 걸어놓았다. 힌두어 잡지에서 본 '나나 그를 믿는 사람은 내가 손을 놓지 않을 것이며 그도 나의 손을 놓치지 않으리라'라는 문장을 마분지 위에 베껴 쓰고는 종이로 막은 창문 위 벽에 걸어놓았다.

사탕수수에서 화살같이 생긴 꽃이 나왔다. 들판 사이의 골목과 길은 깨끗하고 푸른 골짜기처럼 보였다. 그리고 아르와카스에는 눈과 산타클로스를 기념하는 가게 간판이 걸렸다. 툴시 가게에는 종이로 만든 호랑가시나무 장식이 걸렸지만 크리스마스 간판은 걸리지 않았다. 비스와스 씨가 쓴 옛날 간판들이 여전히 걸려 있었다. 이미 색이 바래 있었다. 벽과 기둥의 수성 페인트는 여기저기 벗겨져 나가고 『펀치』지 개의 코 한쪽 부분이 없어졌다. 천장 근처에 있던 글자들은 먼지와 검댕이 묻어 희미하게 보였다. 사비는 아버지가 이 간판들을 그렸다는 것을 알고 자랑스러워했다. 그러나 그 간판에서 보이는 명랑함은 그녀에게 당혹스러운 것이었다. 사비는 우중충한 바라크 건물의 방에 갔을 때 만나고, 가끔 자기를 만나러 오기도 하는 우중충한 남자를 그 간판들과 연관 지을 수가 없었다. 사비는 크리스마스가 가까이 다가올수록 점점 상실감을 심하게 느끼면서 아버지가 하누만 하우스에서 엄마랑 다른 사람들과 행복하게 살았던 시절, 즉 자신은 기억할 수 없는 어느 때인가 그 간판들이 그려졌으리라고 생각했다.

크리스마스는 1년 중에 그 간판의 명랑함이 의미를 가지는 유일한 때였다. 그때가 되면 툴시 가게는 깊은 낭만과 끝없는 기쁨이 있는 장소가 되었다. 소박한 잡화점으로 어둡고 조용하며 선반에는 코를 찡하게 하거나 때로는 불쾌한 냄새를 발산하는 천 두루마리가 꽉 차 있고, 테이블에는 값싼 가위, 나이프, 숟가락, 초라한 회색 종이를 사이에 끼운 먼지 앉은 푸른 테두리의 양은 접시가 탑을 이루고, 머리핀 박스나 바늘, 핀, 실이 어지럽게 놓여 있던 장소에서 탈바꿈을 했던 것이다. 이제 온종일 시끄럽고 혼잡했다. 툴시 가게와 다른 모든 가게들 그리고 심지어 시장의 노점상까지도 축음기를 틀었다. 기계로 만든 새가 휘파람을 불었다. 인형도 삑삑 소리를 냈다. 장난감 트럼펫도 소리를 냈다. 팽이는 윙윙거렸다. 계산대에서 튕긴 장난감 자동차를 손으로 잡으면 공중에서 계속 바퀴가 돌면서 웽웽거리는 소리를 냈다. 양은 접시와 머리핀은 뒤쪽으로 치워지고, 대신 향기 나는 톱밥이 채워진 하얀 상자에 담긴 짙은 색 포도가 그 자리를 차지했다. 서로의 향기가 겹쳐져 풍기는 붉은색 캐나다산 사과도 있었다. 수없이 많은 장난감, 인형, 상자 안에 포장된 게임 용품, 반짝거리는 신제품 유리그릇, 새 도자기 등 모든 새것 냄새가 나는 것들도 자리를 차지하고 있었다. 옻칠이 된 일본제 쟁반도 있었는데 마치 한 벌의 카드처럼 하나 위에 하나씩 정말로 아름답게 잘 쌓아놓아서 이 쟁반들이 가게에 갈색 종이와 끈만 남겨두고 하나씩 따로 팔려 나간 뒤 결국은 누추한 부엌들과 다 쓰러져가는 집에서 윤기를 잃은 채 부서져서 버려지는 것으로 끝나리라 생각하면 슬프기까지 했다. 만져보면 부드럽게 까끌까끌하며 거기에 걸맞은 좋은 향기가 나는 아트지로 만든 부커스 약국 연감도 쌓여 있었는데, 농담이나 이야기, 사진, 퀴즈, 수수께끼에다 툴시 집안 아이들이 벌써 점선에 이름과 주소를 적어놓고 모두 다 출전하겠다고 했지만 실제로 그럴 일은 없는 대회의 상까지 적혀 있었다. 또한 종이로 만든 호랑가시나무 장식, 나선형으로 말아서 장식한 주름 종이 리본, 손가락과 옷에 달라붙는 솜으로 만든 눈과 서리, 그리고 옷, 풍선, 랜턴 같은 장식품들도 있었다.

자매들은 상을 찌푸리고 피곤하다고 불평하며 자신들이 즐기고 있다는 것을 감추었지만 아무도 속지 않았다. 툴시 부인은 때때로 가게에 나와 아는 사람에게 말을 걸고 때로는 물건을 팔기도 했다. 두 신들은 근엄한 표정으로 어슬렁거리며 감독을 하거나 계산서에 서명을 하거나 돈을 확인했다. 큰 신은 특히 이번 크리스마스 때에 더욱 엄해져서 아이들이 두려워했다. 그의 태도는 점점 이상해졌다. 그는 아직도 가톨릭 고등학교에 다니고 있었고, 몇 안 되는 적당한 집안에서 신붓감을 찾으려는 노력도 계속되고 있었다. 그는 시도 때도 없이 화를 내고 눈물을 흘리고 자살하겠다고 위협하며 결혼을 하지 않으려고 했다. 이런 큰 신의 태도는 으레 있기 마련인 부끄러움으로 치부되었고, 자매와 사위 들이 재미있어하는 놀림거리가 되었다. 그러나 그가 집을 떠나서 밧줄과 소프트 캔들을 사겠다는 말을 하면 아이들은 겁을 집어먹었다. 아이들은 큰 신이 소프트 캔들을 가지고 뭘 하려고 하는지는 알지 못했다. 그래도 아이들은 멀찌감치 떨어져 있었다.

크리스마스이브 아침이면 가장 심하게 북적였지만 오후가 채 다 지나가기도 전에 분위기는 확연히 식었다. 전시해놓은 물건들은 더 이상 신비로워 보이지 않았다. 화사한 모습이 어지럽게 변하고 이어서 그 어지러운 모습에서 싼 티가 나게 되는 것이다. 그래서 크리스마스가 오기도 전에 가게에는 크리스마스가 벌써 지나간 것처럼 여겨졌다. 그리고 오후 동안 홀과 부엌으로 관심이 몰리게 된다. 그곳에서는 매질 잘하던 수마티가 빵을 굽는 일을 담당하고 딱히 잘하는 게 없는 샤마는 수마티를 돕는 여러 조수 중 한 명이 되었다. 부엌에서 풍기는 냄새는 더욱 맛있게 느껴졌는데, 그 이유는 언제나 하누만 하우스에서는 축제 당일 전까지 먹는 음식이 늘 먹는 형편없는 음식이었기 때문이다.

툴시 가게가 문을 닫으면 장난감은 어둠 속에 남겨지고 그 어둠 속에서 장난감은 재고품으로 바뀌게 될 것이다. 그리고 사위들은 하누만 하우스를 떠나 자기 가족에게 갈 준비를 했다. 비스와스 씨는 밤에 자전거를 타고 그린 베일로 돌아가면서 사비와 아난드를 위한 선물을 준비하지 않았다는 것을 기억했다. 하지만 그 애들은 비스와스 씨에게서 선물을 기대하지 않을 것이다. 왜냐하면 크리스마스 아침에 자기들 스타킹에서 선물을 찾게 되리라는 것을 알기 때문이다.

자매들이 바빴기 때문에 아이들은 평소보다 부실한 저녁 식사를 해야 했다. 식사가 끝나면 스타킹을 차지하려는 전쟁이 시작되었다. 가져갈 만한 스타킹은 없었다. 거의 대부분이 여자애들인, 운 좋은 아이들은 며칠 전에 스타킹을 확보하지만 남자아이들은 베갯잇으로 만족해야 했다. 자지 말고 깨어 있자는 말이 오갔지만, 아이들은 하나둘씩 카드놀이에서 나가떨어져 부엌에서 자기들 엄마가 부르는 노랫소리에 맞춰 잠이 들었다.

아난드는 깨어나서 깜짝 놀랐다. 바닥에 깔린 잠자리의 발치에 놓여 있던 자기 베갯잇이 텅 빈 듯이 보였기 때문이다. 하지만 베갯잇을 흔들어보니 다른 아이들이 받은 것과 같은 게 들어 있었다. 몇 주 동안 가게에서 보았던 풍선 한 개, 가게 상자 안에 있는 것을 보았던 검푸른 포장지에 싸인 빨간 사과 한 개, 그리고 양철 호루라기 한 개가 들어 있었다. 사비는 스타킹 안에서 풍선 하나와 사과 하나 그리고 작은 고무 인형을 찾았다. 선물을 비교한 후 시샘해야 할 이유가 전혀 없다는 결론이 나자 아이들은 사과를 먹고 풍선을 불며 양철 호루라기로 가느다란 소리를 냈다. 많은 호루라기들이 침 때문에 혹은 근본적인 기계적 결함 때문에 소리를 내지 못하게 됐다. 그리고 대부분의 남자아이들은 아래층의 툴시 부인에게 키스를 하러 가기 전에 풍선을 터트렸다. 혐오스러운 어른으로 자라게 될 이 소년들은 자기 호루라기를 크게 한 번 불고, 자기 사과를 베어 물고, 잘 불리지도 않는 풍선을 불었다. 여자아이들도 마찬가지였다. 여자아이들도 성취하는 것보다는 소유하고 기대하는 것을 더 좋아하는 듯 보였다. 그러고 나서 만족의 정도가 각기 다른 아이들은 아래층으로 내려가, 긴 소나무 테이블에 앉아서 기다리고 있는 툴시 부인을 보았다. 행복한 표정의 산타클로스들, 즉 아이들의 어머니들도 역시 기다리고 있다. 불만이 있는 아이 하나가 툴시 부인에게 키스하는 것을 잊어버리고 참을성 없이 음식을 보려고 서둘러 가면, 그 애 어머니가 다시 불러들였다.

드럼통에서 나온 비스킷과 차를 아침으로 먹고 난 아이들은 점심을 기다렸다. 더 많은 호루라기가 고장 났고 더 많은 풍선이 터졌다. 계집애들은 남자아이들이 터트린 풍선 조각을 얻어 불어서 여러 가지 색깔의 포도송이를 만들고는 그걸 뺨에 문질러 마치 거친 바닥에 무거운 가구가 끌리는 듯한 소리를 냈다. 점심은 훌륭했다. 점심을 먹고 난 뒤 아이들은 수마티가 만든 케이크, 친타가 나누어주는 지역산 가짜 체리브랜디 음료수, 역시 친타가 만든 아이스크림을 먹는 티타임을 기다렸다. 모두가 친타에게 아이스크림을 만드는 특별한 재능이 있을 거라고 기대하는 분위기였지만, 매년 맛을 본 결과 그렇지 않다는 걸 알 수 있었다. 그저 그런 맛이었다. 저녁은 평소 음식처럼 형편없었다. 크리스마스는 끝났다. 그리고 하누만 하우스의 여느 크리스마스 때처럼 이번 크리스마스도 기대의 연속이었을 뿐이라는 게 드러났다.

바라크 건물에는 사과도 스타킹도 케이크를 굽는 것도 아이스크림을 만드는 것도 어떤 세련된 것도 기다리고 있지 않았다. 자포자기하고 먹고 마시는 것으로 하루를 시작해서 아이를 때리는 대신 아내를 때려가며 하루를 끝냈다. 비스와스 씨는 어머니를 보러 가서 타라 이모 집에서 저녁을 먹었다. 복싱 데이*에 그는 형들을 만나러 갔다. 형들은 별

---

* Boxing Day: 영국 등의 나라에서 크리스마스 다음 날을 복싱 데이라고 부른다. 영국의 하인들이 크리스마스에는 주인들의 시중을 드느라 명절을 쉬지 못하는 대신 그다음 날

볼 일 없는 집안 출신의 별 볼 일 없는 여자들과 결혼했고 크리스마스를 자기 아내와 함께 보냈다.

그다음 날 비스와스 씨는 자전거를 타고 그린 베일에서 아르와카스로 갔다. 하이 스트리트 쪽으로 돌았을 때, 또다시 문을 열고 아무렇게나 크리스마스 상품을 진열해 할인가에 팔고 있는 가게들이 눈에 보이자 깜박 잊었던 선물 생각이 났다. 그는 자전거에서 내려 연석에 기대놓았다. 바지 집게를 벗기도 전에 눈꺼풀이 두둑하고 계속 혀를 차고 있는 한 가게 주인이 그에게 말을 걸었다. 그 가게 주인은 비스와스 씨에게 담배를 권하며 불을 붙여주었다. 말이 오갔다. 그러고 나서 비스와스 씨는 자기 어깨에 팔을 감은 그 남자와 함께 가게 안으로 사라졌다. 몇 분이 채 지나지 않아 비스와스 씨와 가게 주인은 다시 나타났다. 그들은 둘 다 담배를 피우고 신이 나 있었다. 한 소년이 자기가 들고 있던 커다란 인형의 집에 반쯤 가려진 채 가게에서 나왔다. 인형의 집은 비스와스 씨의 자전거 핸들에 놓였고 한쪽은 비스와스 씨가 잡고 다른 쪽은 소년이 잡아주어 하이 스트리트로 자전거가 굴러갔다.

인형의 집에는 방마다 멋있는 가구들이 갖춰져 있었다. 부엌에는 비스와스 씨가 실제로는 한 번도 본 적이 없는 스토브와 찬장과 싱크대가 있었다. 하누만 하우스로 다가가면서 비스와스 씨의 흥분은 식어갔다. 자신의 낭비에 경악했고, 그러고 나자 겁이 났다. 월급보다 많은 돈을 썼던 것이다. 이제 와서 인형의 집을 되돌려줄 수도 없었다. 사람들이 계속 비스와스 씨를 쳐다보았다. 그리고 아난드를 위해서는 아무것도 사지 않았다. 언제나 이런 식이었다. 아이들을 생각하면 주로 사비

주인으로부터 후한 선물을 받은 데서 유래한 날이며, 가게에서 크리스마스에 팔지 못한 상품들을 싼값에 처분하기도 한다.

생각이 났다. 그 애는 체이스에서 보낸 첫 몇 달간의 한 부분이었기에 비스와스 씨는 그 애를 잘 알고 있었다. 아난드는 철저하게 툴시 집안에 속해 있었다.

하누만 하우스에 도착하기도 전에 식구들은 이미 인형의 집에 대해서 알고 있었다. 홀은 자매들과 그들의 아이들로 빽빽했다. 툴시 부인은 소나무 테이블 옆에 앉아 입술을 베일로 토닥이고 있었다.

인형의 집을 내려놓자 아이들은 탄성을 질렀다. 뒤이은 침묵 속에서 사비가 앞으로 나와 소유주로서 인형의 집 옆에 섰다.

"자, 어떻습니까?" 비스와스 씨가 특유의 빠르고 높은 목소리로 홀에 있는 사람들에게 물었다.

자매들은 입을 다물고 있었다.

그때 언제나 과묵하고 풀이 죽어 있고 불편한 심기를 드러내던 세스의 부인 파드마가 세스의 형제 중 한 명이 누군가의 딸을 위해 만들었다는 엄청나게 큰 인형의 집에 대해 길고도 복잡한 이야기를 하기 시작했다. 그 아이는 보기 드물게 예쁜 아이였는데 그걸 받은 직후 어린 나이에 죽었다고 했다. 비스와스 씨는 믿을 수가 없었다.

파드마가 말하는 동안 여자애 남자애 할 것 없이 아이들이 인형의 집 주변으로 모여들었다. 비스와스 씨는 이 상황이 전혀 마음에 들지 않았지만, 아이들이 문을 열어봐도 되는지 침대를 만져봐도 되는지 사비에게 허락을 구하며 그 애의 소유권을 인정해주자 기분이 좋아졌다. 심지어 사비는 그 집을 살펴보면서 자신이 이 모든 것에 익숙하다는 인상을 주려고 애쓰기까지 했다.

"딴 애들을 위해선 뭘 가지고 왔나?"

툴시 부인이었다.

"여유가 없어서요." 비스와스 씨가 명랑한 어조로 말했다.

"난 줄 때는 모두에게 준다네." 툴시 부인이 말했다. "나는 가난하지만 모두에게 다 준다고. 하지만 내가 산타클로스와 경쟁할 수 없는 건 확실하군."

부인의 목소리는 평이했다. 그래서 농담으로 받아들인 비스와스 씨는 미소를 지을 수 있었다. 하지만 부인을 쳐다보자 부인의 얼굴이 분노로 굳어진 것이 보였다.

"비디아다르, 쉬바다르!" 친타가 고함을 질렀다. "당장 이리 와. 너희 게 아닌 건 그만 건드려."

그 말이 신호이기라도 한 듯이, 자매들은 별안간 애들에게 달려들어 자기 것이 아닌 것을 건드리는 아이들에게 끔찍한 벌을 주겠다고 위협했다.

"네 등껍질을 벗겨줄 테다."

"네 몸의 뼈란 뼈는 다 부숴버릴 거야."

매질을 잘하는 수마티가 말했다. "매 자국으로 퉁퉁 붓게 만들 거야."

"사비, 가서 그것 치워봐." 샤마가 속삭였다. "위층으로 가지고 가거라."

툴시 부인은 입을 토닥거리면서 일어나 말했다. "샤마, 너희 집으로 돌아가기 전에 나한테 알려주면 참 고맙겠구나." 부인은 힘겹게 위층으로 올라갔고 환자 방을 관할하는 과부 수실라가 걱정스럽게 따라갔다.

기분이 상한 자매들이 가까이 몰려들었고, 샤마는 혼자 서 있었다. 샤마의 눈이 공포로 커졌다. 그녀는 책망하듯이 비스와스 씨를 노려봤다.

"그러니까," 그가 명랑하게 말했다. "난 집으로 가는 게 더 낫겠네요. 바라크 건물로요."

그는 사비와 아난드를 재촉하여 함께 주랑으로 나가자고 했다. 사비는 기꺼이 나갔다. 아난드는 평소 때처럼 어쩔 줄 몰라 했다. 사비와 비교해서 이 사내아이가 실망스럽다는 느낌이 들 수밖에 없었다. 아난드는 나이보다 작고 마르고 머리만 커다란 게 아파 보였다. 그 애는 보호가 필요한 것 같았지만, 비스와스 씨와 함께 있으면 부끄러워서 말을 잘 못했고 항상 아버지에게서 풀려나고 싶은 듯이 보였다. 그때 비스와스 씨가 팔을 두르자, 아난드는 코를 킁킁대면서 더러운 얼굴을 비스와스 씨의 바지에 비비며 풀려나려고 애썼다.

"아난드도 같이 놀게 해줘야 한다." 비스와스 씨가 사비에게 말했다.

"걘 남자잖아요."

"걱정하지 마." 비스와스 씨가 아난드의 비쩍 마른 등을 문질렀다. "너도 다음에는 선물을 받을 거야."

"난 차가 좋아요." 아난드가 비스와스 씨의 바지에 대고 말했다. "큰 차 말이에요."

비스와스 씨는 그 애가 말하는 게 뭔지 알았다. "좋아." 그는 말했다. "차를 사줄게."

아난드는 즉시 비스와스 씨를 밀치고 문으로 달려가 말 타는 시늉과 채찍을 휘두르는 시늉을 하며 마당으로 들어가면서 소리를 질렀다. "난 차를 가질 거다! 난 차를 가질 거다!"

비스와스 씨는 차를 샀다. 그러나 약속대로 아난드가 원하는 큰 차가 아니라 태엽으로 가는 소형차였다. 토요일 날 노동자들에게 봉급을 주고 난 후 그것을 가지고 아르와카스로 갔다. 그가 도착하자 주랑에서

부터 주의가 쏠렸다. 옆문을 밀어 열자 아이들이 경외감과 기대에 찬 목소리로 그가 왔다는 소식을 서로에게 전달하는 게 들렸다. "사비, 너희 아빠가 너 보러 왔어."

사비는 엉엉 울면서 홀의 문으로 나왔다. 비스와스 씨가 안아주자 사비는 크게 울음을 터트렸다.

아이들은 조용히 있었다. 그는 계단이 계속 삐걱거리는 소리를 들었고, 저 끝 어두컴컴한 부엌에서 무겁게 발을 끌며 속삭이는 소리가 나는 것도 알아챘다.

"말해봐." 그가 말했다.

사비는 통곡하느라 목이 멨다. "그걸 다 부숴버렸어요."

"한번 보자!" 그가 소리쳤다. "보자고!"

그가 크게 화를 내자 사비는 몹시 놀라 울음을 그쳤다. 사비는 계단을 걸어 내려갔고, 그도 사비를 따라 홀 끝에 있는 주랑을 지나 마당으로 나가, 반쯤 차 있는 물에 짙푸른 하늘이 비치는 구리 솥을 지나, 시장에서 살아 있는 생선을 사서 잡을 때까지 헤엄치게 놔두는 리벳 못으로 접합한 검은 탱크까지 갔다.

그리고 그곳, 옆 마당에서 자라는 아몬드나무의 헐벗은 가지 아래에서 비스와스 씨는 나무와 양철과 골함석판으로 만든 먼지투성이의 삐딱한 울타리 앞에 버려진 그것을 보았다. 그가 예상한 것은 부서진 문, 망가진 창문, 널이 떨어져 나간 벽이나 지붕 정도였다. 하지만 그 정도가 아니었다. 인형의 집은 더 이상 존재하지 않았다. 단지 장작 한 묶음만을 볼 수 있을 뿐이었다. 어느 부분도 온전한 데가 없었다. 그 집의 섬세한 연결 부위가 다 노출되고 쓸모없게 되어버렸다. 뜯어져 나간 페인트 표면 밑으로, 아직도 밝은색이며 아직도 벽돌 모양 그대로인 부분 안으로, 도끼로 빠개고 산산조각을 낸 나무가 허옇게 맨살을 드러내고 있었다.

"세상에!"

부서진 집의 모습과 아버지의 침묵 때문에 사비는 새삼스럽게 울었다.

"엄마가 다 부쉈어요."

그는 다시 집으로 달려갔다. 어깨가 벽의 귀퉁이를 스쳐서 셔츠와 그 밑의 피부가 찢어졌다.

그때 자매들은 계단과 부엌에서 나가 홀에 앉아 있었다.

"샤마!" 그가 고함을 질렀다. "샤마!"

사비가 마당에서 계단을 걸어 천천히 올라왔다. 자매들이 시선을 비스와스 씨에서 사비에게로 돌렸다. 사비는 문가에서 자기 발을 내려다보며 서 있었다.

"샤마!"

그는 한 자매가 속삭이는 것을 들었다. "가서 샤마 이모 좀 불러와. 빨리."

그는 아난드가 아이들과 자매들 사이에 있는 것을 발견했다.

"얘, 이리 와!"

아난드가 자매들을 쳐다보았다. 그들은 아이를 거들어주지 않았다. 아난드는 꼼짝도 하지 않았다.

"아난드, 내가 불렀잖아! 당장 이리 와."

"얘, 가봐." 수마티가 말했다. "몇 대 맞기 전에."

아난드가 머뭇거리는 동안 샤마가 왔다. 샤마는 부엌문을 열고 들어왔다. 베일이 이마까지 덮고 있었다. 평소답지 않게 순종적인 모습이었다. 그녀는 많이 놀란 듯했지만 결연한 모습이었다.

"이 쌍년!"

쥐 죽은 듯이 조용했다.

자매들은 자기 아이들을 계단 위로, 부엌 안으로 몰아넣었다.

사비는 문가의 비스와스 씨 뒤에 그대로 서 있었다.

"나보고 뭐라 해도 어쩔 수 없어요." 샤마가 말했다.

"당신이 인형 집을 부쉈어?"

샤마의 눈이 공포와 죄의식과 부끄러움으로 커졌다. "그래요." 그녀가 과장스러울 만큼 침착하게 말했다. 그러더니 아무렇지도 않은 듯 말을 이었다. "내가 부쉈어요."

"누구 좋으라고 그랬어?" 그의 목소리는 통제력을 잃고 있었다.

그녀는 대답하지 않았다.

그는 그녀가 외로워 보이는 것을 알아차렸다. "말해봐." 그가 소리를 질렀다. "이 사람들 좋으라고 그런 거야?"

친타가 일어나 긴 치마를 펴더니 계단으로 걸어가기 시작했다. "듣기 싫은 소리 듣고 대거리하느니 나가야겠다."

"다른 사람 좋으라고 그런 게 아니라 내가 좋아서 한 거예요." 샤마가 아까보다 더욱 단호하게 말하는 것을 보자 비스와스 씨는 자매들의 응원으로 그녀가 힘을 얻었다는 것을 알게 되었다.

"내가 당신이나 당신 가족들을 어떻게 생각하는지 알지?"

자매 둘이 또 계단으로 올라갔다.

"당신이 무슨 생각을 하든 관심 없어요."

갑자기 비스와스 씨의 분노가 사그라졌다. 고함 소리는 머릿속에서 울리고 있었지만, 그는 놀라고 부끄럽고 피곤했다. 무슨 말을 해야 할지 생각이 나질 않았다.

샤마는 그의 태도에 변화가 생긴 것을 알아차리고 편안하게 기다렸다.

"가서 사비 옷 입혀." 비스와스 씨가 조용히 말했다.

샤마는 움직이지 않았다.

"가서 사비 옷 입히라니까!" 그의 고함 소리에 사비가 겁을 집어먹고 비명을 지르기 시작했다. 사비는 덜덜 떨었고 비스와스 씨가 건드리자 불안해했다.

마침내 샤마가 그의 말에 따라 움직였다.

사비는 뒤로 물러섰다. "딴 사람이 옷 입혀주는 거 싫어요."

"가서 쟤 옷 싸."

"저 애를 데리고 가려고요?"

이번에는 그가 입을 다물 차례였다.

부엌으로 내쫓겼던 아이들이 문밖으로 얼굴을 내밀었다.

샤마는 홀 끝까지 걸어가 계단으로 갔다. 층계 아래쪽에 앉아 있던 자매들이 샤마가 지나갈 수 있게 무릎을 당겨주었다.

즉시 모든 사람들의 긴장이 풀렸다.

수마티가 흥이 난 목소리로 말했다. "아난드, 너도 아버지랑 같이 갈 거야?"

아난드는 고개를 문 안으로 다시 집어넣었다.

홀은 다시 분주해졌다. 아이들이 돌아오고 자매들은 부엌과 홀 사이를 분주히 왔다 갔다 하며 저녁을 차렸다. 친타가 돌아와서 가벼운 마음으로 노래를 부르기 시작하자 다른 자매들도 따라서 노래를 불렀다.

연극은 끝났다. 리본과 빗, 작은 판지 옷가방을 들고 다시 등장한 샤마는 아까 그녀가 나갈 때만큼 주의를 끌진 못했다.

손을 내밀어 옷가방을 주면서 샤마가 말했다.

"애는 당신 딸이잖아요. 애한테 뭐가 좋은 건지 당신도 알죠. 당신이 저 애를 이때까지 먹여 살렸고. 그렇잖아요……"

그는 윗니를 아랫니 뒤로 당기며 입을 다물었다.

친타가 노래를 멈추더니 사비에게 말했다. "애, 너희 집에 갈 거니?"

"애 발에 신발 좀 신겨줄게요." 샤마가 말했다.

하지만 그 말의 뜻은 사비의 발을 씻겨주며 늑장을 부리겠다는 의미였다. 그래서 샤마가 사비의 머리카락을 빗질하려고 할 때 비스와스 씨는 샤마를 밀어내고 사비를 밖으로 데리고 나왔다. 하이 스트리트에 와서야 아난드가 생각났다.

장날은 끝났고, 거리는 부서진 박스와 찢어진 종이, 밀짚, 썩어가는 야채들, 동물의 똥으로 지저분했다. 비가 오지 않았는데도 물웅덩이가 많이 있었다. 횃불에 의지해 행상인들과 그들의 부인과 피곤한 아이들은 노점의 물건을 치우고 달구지에 올라탔다.

비스와스 씨는 옷가방을 자전거의 짐칸에 묶었다. 그리고 그와 사비는 아무 말도 없이 하이 스트리트의 끝까지 걸어서 갔다.

붉은 황톳빛이 나는 경찰서가 시야에서 사라지자 그는 사비를 자전거 핸들 위에 태워 잠깐 뛰어가다가 힘을 들여 조심스럽게 안장에 폴짝 앉았다. 자전거가 휘청거렸다. 사비가 그의 왼팔을 잡자 균형은 더욱 심하게 흔들렸다. 하지만 곧 그들은 아르와카스를 벗어났고 길 양쪽으로 말이 없는 사탕수수만이 보였다. 칠흑같이 어두웠다. 자전거에는 전조등이 없어서 몇 미터 앞밖에는 볼 수가 없었다. 사비가 떨었다.

"무서워하지 마."

이들 앞에서 불빛 하나가 번쩍했다. 껄끄러운 남자 목소리가 거칠게 말했다. "어디로 가려고 그러십니까?"

흑인 경찰관이었다. 비스와스 씨가 브레이크를 당겼다. 자전거가 왼쪽으로 기울었고 사비가 땅으로 미끄러지며 떨어졌다.

경찰관이 자전거를 점검했다. "면허증 없죠? 면허증도 없고. 전조등도 없고. 짐도 끌고 가고. 자, 이제 당신은 멋지게 한 건 위반한 걸로 접수되었어요." 그는 뇌물을 받기를 바라며 잠시 말을 멈추었다. "좋아요. 그러면 이름과 주소는요?" 그는 자기 수첩에 적었다. "좋아요. 곧 출두해야 할 겁니다."

그래서 그들은 그린 베일까지 가는 남은 길을 걸어서 갔다. 어둠 속을 헤쳐 죽은 나무 밑을 지나 바라크 건물까지 말이다.

*

그들은 비참한 한 주를 보냈다. 비스와스 씨는 아침 일찍 바라크 건물을 나갔고 오후 서너 시가 되어서야 돌아왔다. 그 시간 내내 사비는 혼자 있었다. 바라크 방 한 칸에서 아들과 며느리, 그리고 다섯 아이와 지내는 한 노파가 사비를 불쌍하게 여겨 정오에 음식을 가져다주었다. 이 음식을 사비는 절대 먹지 않았다. 배고픔도 낯선 사람이 요리한 음식에 대한 그 애의 불신을 이길 수 없었던 것이다. 사비는 접시를 방으로 가지고 가서 신문 위에 음식을 비우고 접시를 씻은 후 다시 노파에게 가져가서 감사하다고 하고 비스와스 씨를 기다렸다. 그가 돌아오면 사비는 밤을 기다렸다. 밤이 오면 아침을 기다렸다.

사비를 즐겁게 해주기 위해서 비스와스 씨는 소설을 읽어주었고,

322

아우렐리우스와 에픽테토스에 대해 상세히 설명해주었으며, 벽에 걸려 있는 인용구를 가르치고, 꼼짝하지 말고 앉아 있으라고 해놓고 훌륭하지도 않은 솜씨로 그 애를 열심히 스케치했다. 사비는 기가 죽고 유순해졌다. 또한 무서워했다. 때때로, 특히 나무 사이를 산책할 때, 비스와스 씨는 문득문득 사비의 존재를 깜박한 듯이 보였다. 사비는 아버지가 보이지 않는 사람과 격렬한 논쟁을 반복하여 벌이면서 혼자 중얼거리는 소리를 들었다. 그는 '덫'에 걸려 '구덩이'에 빠졌다. 비스와스 씨가 '덫'이라고 말하는 것을 사비는 여러 번 들었다. "그게 너와 너희 가족이 네게 한 짓이야. 이 덫으로 나를 구덩이에 빠뜨린 것 말이야." 사비는 비스와스 씨의 입이 분노로 실룩거리는 것을 보았다. 또한 아버지가 저주를 퍼붓고 위협하는 것을 들었다. 바라크 건물로 돌아가면 비스와스 씨는 사비에게 매클린 사의 위장약 여러 봉을 물에 타서 달라고 했다.

두 사람 모두 토요일 오후가 되기를 기다렸다. 그때가 되면 세스가 와서 사비를 하누만 하우스로 데리고 갈 것이었다. 더 이상 사비가 머물러 있지 않아도 되는 좋은 이유가 있었다. 사비의 학교가 월요일에 개학할 예정이었던 것이다.

*

토요일에 세스가 왔다. 그는 혼자가 아니었다. 그와 함께 샤마와 아난드, 그리고 미나까지 왔다. 사비는 그들을 맞이하려고 길까지 달려갔다. 비스와스 씨는 못 본 척했고, 세스는 까부는 아이들을 보며 미소를 지었다. 세스와 그의 아내 사이에도 말다툼이 있었는지는 모르겠지만, 자매들과 남편 사이의 말싸움에는 참견하지 않는 것이 그의 방침이었다. 그러나 비스와스 씨는 세스가 미소를 짓고 있긴 하지만 실은 샤마의 보호자로 왔다는 것을 알고 있었다.

비스와스 씨는 즉시 녹색 테이블을 마당으로 가지고 나가 방에서 약간 떨어진 곳에 놓았다. 노동자들이 줄을 서니 그들에 가려 샤마는 보이지 않았다. 세스 옆에 앉아서 일꾼들이 한 일과 봉급을 소리쳐 말하고 장부에 기입하는 동안 비스와스 씨는 사비가 신이 나서 샤마와 아난드에게 말하는 것을 들었다. 그는 샤마가 상냥하게 속삭이며 대답하는 것을 들었다. 얼마 지나지 않아 샤마는 자기가 이 아이들을 꾸중해도 아이들이 자신을 사랑한다는 것을 확인했다. 샤마의 지금 목소리와 하누만 하우스에서의 목소리는 얼마나 다른가!

그는 샤마가 전과 다른 태도인 것을 알고는 있었지만, 왠지 사비에게 배신당한 것 같은 느낌이 들었다.

노동자들은 봉급을 받았다. 세스는 들판을 돌아보고 싶어 했고 비스와스 씨가 꼭 동행해야 할 필요는 없었다.

샤마는 부엌에 앉아 팔에 미나를 안고 옹알이를 하면서 놀았다. 사비와 아난드는 그 모습을 쳐다보고 있었다. 비스와스 씨가 지나가자 샤마가 흘깃 보았지만 미나와의 대화를 멈추지는 않았다.

사비와 아난드가 걱정스럽게 올려다보았다.

비스와스 씨는 방으로 가서 흔들의자에 앉았다.

샤마가 큰 소리로 말했다. "아난드, 가서 아버지에게 차 한 잔 드실 건지 여쭤봐라."

아난드가 부끄럽고 걱정스러운 표정으로 와서 중얼거리며 메시지를 전했다.

비스와스 씨는 대답하지 않았다. 그는 아난드의 커다란 머리와 가는 팔을 찬찬히 들여다보았다. 팔꿈치 밑의 피부가 부풀어 있고, 습진 때문에 생긴 자줏빛 흉터가 있었다. 이 애한테도 유황과 연유를 먹였을까?

아난드는 기다리다가 밖으로 나갔다.

비스와스 씨는 의자를 흔들었다. 마루의 널판은 넓고 거칠었다. 널판 하나의 가운데가 휘어서 삐걱거렸다. 흔들의자가 놓이는 곳이면 어디든지 널빤지가 삐걱거리고 부러졌다.

사비가 미나를 방으로 데리고 오더니 비스와스 씨는 쳐다보지도 않고 조심스럽게 애를 침대에 눕혔다.

샤마는 아궁이에 부채질을 했다.

불을 지피고 싶은 본능이 일어난 사비가 급하게 방을 나가며 말했다. "엄마, 석탄이 엄마 옷에 묻겠어요. 제가 할게요."

이리하여 이들 모두 인형의 집에 대해서 새까맣게 잊어버리게 되었다. 비스와스 씨는 발을 의자에 올리고 머리를 뒤로 기울인 채 눈을 감고 의자를 흔들었다. 마루 판자가 삐걱대며 응답했다.

"아난드, 이거 아버지에게 갖다드려라."

그는 아난드가 다가오는 소리를 들었지만 눈을 뜨지 않았다. 차를 받지 말고 요란하게 수놓은 샤마의 옷에 그걸 내던지며, 미소와 함께 애매모호한 표정을 짓고 있어야 하나 말아야 하나를 생각해보았다.

그는 눈을 뜨고 아난드로부터 잔을 받아 홀짝거렸다.

세스가 돌아와 모든 사람에게 자비로운 미소를 지으며 계단에 앉았다. 샤마가 세스에게 큰 컵으로 차를 가져다주자 그는 중간중간 코로 소리를 내고 중간중간 한숨까지 쉬어가며 단 세 모금 만에 다 들이켰다. 그는 모자를 벗고 축축한 머리카락을 매만졌다. 그러다 갑자기 웃기 시작했다. "모헌, 자네가 사고 쳤다는 소식을 들었네."

"사고요? 아, **사고**! 사소한 거예요. 별일 아니에요. 정말로 시시한 사고예요."

"자네는 참 웃기는 뱃사공이야. 아직 출두일은 안 됐나?"

"기다리고 있습니다."

"그리고 사비, 너도 아직 출두 안 했지?"

사비는 마치 어두운 길에서 무서워했던 일도, 경찰관의 손전등 불빛을 보았던 일도 없었던 것처럼 미소를 지었다.

"자, 걱정하지 마라." 세스가 일어났다. "이 사람들은 그냥 우리가 가진 달러 지폐가 자기네들 거하고 다른지 봤으면 하는 것뿐이니까. 내가 해결할게. 자네가 고소를 당해서 득 될 사람은 없겠지."

그 말과 함께 세스는 떠났다.

비스와스 씨는 눈을 감고 시끄러운 바닥 위에서 의자를 흔들었고, 아이들은 또다시 걱정을 하고 있었다.

그는 어두워지고 밥 먹을 시간이 될 때까지 의자에 앉아 있었다. 바라크 방 여기저기에서 석유램프가 켜졌다. 저 아래에서 술 취한 사람이 욕을 하고 있었다.

사비와 아난드는 계단에 앉아 밥을 먹었다. 비스와스 씨는 녹색 테이블에서 밥을 먹으며 기력을 조금 되찾았고, 이에 맞춰 샤마는 좀더 우울해했다. 식사가 끝나갈 때쯤 되자 비스와스 씨는 심지어 익살도 부리기 시작했다. 그는 왼손을 장딴지와 넓적다리 사이에 쑤셔 넣고 의자에 쭈그리고 앉아서 희롱하듯이 물었다. "왜 원숭이 집에서 계속 안 있었어?"

샤마는 대답하지 않았다.

그가 손을 씻고 옆 창문 밖으로 입을 헹구고 나자, 샤마가 계단에 앉아 밥을 먹었다. 그는 그녀를 바라보았다.

"울고 있는 거야, 응?"

그녀의 커다란 눈동자에서 천천히 눈물이 흘러내렸다.

"그럼 지금 당신 화난 거야?"

눈물 한 방울이 그녀의 뺨을 타고 내려와 윗입술에 매달려 떨리고 있었다.

"간지럽지 않아?"

입이 반쯤 차 있었지만 그녀는 씹기를 멈추었다.

"음식이 형편없다고 말하지 마세요."

그녀는 마치 스스로에게 말하듯 이렇게 말했다. "애들만 없었어 도……"

"애들만 없었으면, 뭐?"

그녀는 우울한 표정으로 생각에 잠겨 계속 요란하게 음식을 씹었다.

한쪽 구석에서 사비와 아난드가 자려고 포대와 이불을 폈다.

"당신이 와서," 샤마가 말했다. "당신이 와서 앞뒤 살펴보지도 않고 나한테 대놓고 마구 욕을 하기 시작해서 사람을 뒤집어놓고……"

그녀의 사과가 시작된 것이다. 그는 끼어들지 않았다.

"당신은 내가 뭘 참고 사는지 몰랐잖아요. 밤낮없이 수군댔다고요. 여기서 쑥덕쑥덕. 저기서 쑥덕쑥덕. 친타는 하루 종일 한 소리씩 해대고. 애들이 사비와 말이라도 섞으려고 하면 모두들 자기 애들을 때렸어요. 아무도 나와 말하려고 하지 않고요. 모두 내가 걔들 아버지를 죽이기라도 한 것처럼 굴었다고요." 그녀는 말을 멈추더니 울부짖었다. "그래서 언니들 맘을 풀어줘야 했어요. 내가 인형 집을 부수니까 다들 풀어지더라고요. 그때 당신이 왔죠. 당신은 이것저것 알아보지도 않고……"

"말 그대로 경기병대의 돌격*이네. 당신 생각에 친타라면 고빈드가 산 인형 집을 부쉈을 것 같아? 고빈드라면 그런 걸 사줬겠어? 말해봐. 당신, 그 형부가 음식 재료로 뭘 쓰는지 한번 말해봐, 어? 흙이야? 당신 생각엔 친타라면 고빈드가 사 온 인형 집을 부술 것 같아?"

그녀의 눈물이 접시에 떨어졌다.

나중에 그녀는 설거지 그릇들 위로 눈물을 떨어뜨리며 우는 사이사이에 여러 번 울음을 멈추더니 먼저 코를 풀고, 다음에는 부드러운 목소리로 슬픈 노래를 부르다가, 마지막으로는 한 주 동안 사비의 태도가 어땠는가를 물었다.

그는 사비가 노파의 음식을 어떻게 버렸는지를 말해주었다. 샤마는 다행스러워하며 그 애가 얼마나 예민한지를 보여주는 다른 사례들을 들려주었다. 아직도 걱정 때문에 깨어서 자는 척하고 있던 사비는 그 이야기를 들으며 기분이 좋았다. 또다시 샤마는 사비가 생선을 싫어했다는 것과 툴시 부인이 그 싫어하는 것을 어떻게 고쳐주었는지를 말했다. 그녀는 아난드에 대해서도 이야기를 했는데, 아난드가 약해서 비스킷을 먹으면 입에서 피가 난다고 했다.

이제 샤마만큼 누그러진 비스와스 씨는 그게 영양 부족의 징후라고 생각한다는 말은 하지 않았다. 그 대신 그는 자신이 지을 집에 대해 이야기했고 샤마는 별 열의는 없었지만 토 달지 않고 들었다.

"집이 완성되면 당신한테 금 브로치를 사줄게, 여보!"

---

* 크림 전쟁에서 영국 경기병대가 수훈을 거둔 것을 기념으로 쓴 테니슨의 유명한 시.

"그런 날이 오면 좋겠어요."

그들은 토요일에 왔었다. 사비는 월요일에 학교에 가기 위해 돌아가야 했다.

"여기 있어." 비스와스 씨가 말했다. "첫날엔 많이 배우지 않잖아."

"아빠가 어떻게 알아요?" 사비가 말했다. "아빠도 학교에 다닌 적 있어요?"

"그래, 얘야. 나도 학교에 다녔었어. 너만 학교에 다닌 건 아니란다. 알겠지."

"여기 있으려면 선생님께 이유를 말해드려야 해요."

"내가 당장 한 장 써줄게. 친애하는 선생님. 제 딸 사비가 첫 주에는 학교에 갈 수가 없습니다. 이제까지 할머니와 같이 살다가 심각한 영양실조에 걸렸기 때문입니다."

일요일 저녁에 샤마는 사비와 아난드를 데리고 아르와카스로 돌아갔다. 그녀가 또다시 하누만 하우스로 간 것이다. 그리고 이런 식으로 그 남은 세월 동안 그녀는 왔다 갔다 했다. 그는 나무와 벽에 붙은 신문들과 종교적 인용구와 자신의 책들과 함께 홀로 남겨졌다는 생각을 멈출 수가 없었다.

한 가지 위안거리가 있긴 했다. 사비가 자기 자식이라고 소유권 주장을 했으니까 말이다.

부활절에 그는 샤마가 넷째를 임신한 것을 알게 되었다.

한 아이는 소유권 주장을 했고, 한 아이는 적대적이고, 한 아이는 아직 모른다. 그리고 또 한 아이가 생겼다.

덫!

그가 두려워하던 미래가 닥쳤다. 그는 허공 속으로 떨어지고 있었다. 꿈에서만 만났던 공포가 다른 방에서 코고는 소리와 삐걱거리는 소리, 때때로 아이들의 울음소리를 들으며 깨어 있는 밤에도 그를 찾아왔다. 아침에 느꼈던 안도감은 계속해서 사라져갔다. 음식과 담배가 맛이 없었다. 항상 피곤했고 항상 안절부절못했다. 그는 자주 하누만 하우스로 갔다. 그러나 그곳에 도착하자마자 나가고 싶어졌다. 때때로 그는 아르와카스로 자전거를 타고 가다 하이 스트리트에서 마음을 바꾸어 하누만 하우스로 가지 않고 길을 돌려 그린 베일로 돌아오기도 했다. 밤에 방문을 닫으면 마치 수감된 듯한 느낌이 들었다.

그는 스스로에게 말을 걸고 고함을 치고 할 수 있는 모든 것을 요란하게 했다.

아무도 대답하지 않았다. 아무것도 변하지 않았다. '어제 놀라운 장면들이 목격되었다.' 그 신문은 옛날처럼 밝은 분위기였고 인용구들도 진지했다. '나는 그를 놓지 않을 것이며 그도 또한 나를 놓지 않을 것이다.' 그러나 지금 비스와스 씨의 주변에 있는 모든 것들, 나무, 가구, 심지어 그가 붓과 잉크로 쓴 글자에도 그 모양과 자세에 경계심과 기대가 어려 있었다.

*

수확 철이 끝나가던 어느 토요일 세스는 농장에 변화가 있을 거라고 발표를 했다. 노동자들에게 몇 년간 빌려주었던 20에이커에 달하는 땅을 회수하겠다는 것이었다. 세스와 비스와스 씨는 이 오두막에서 저 오두막으로 다니며 그 좋지 않은 소식을 알렸다. 세스는 노동자의 오두막에 들어가기가 무섭게 활기를 잃어버렸다. 그는 피곤한 표정으로 피곤한 목소리를 냈다. 그런 뒤, 건네주는 차 한 잔을 받아 들고 힘없이 마셨다. 이어서 마치 그 문제가 아무것도 아니라는 듯, 오직 자신만 힘들며 노동자에게서 땅을 회수하는 건 순전히 그들에게 이득을 주기 위한 것이라는 취지의 언급을 했다. 노동자들은 공손하게 듣다가 세스와 비스와스 씨에게 차를 더 마실 건지 물었다. 세스는 어서 더 달라고 하고 참 좋은 차라고 말했다. 그러고는 팔다리가 가늘고 눈이 커다란 아이들과 놀아주며 웃게 만들고는 사탕 사 먹으라고 동전을 준다. 애들 부모는 세스가 버릇을 망쳐놓는다고 나무란다.

세스는 집에서 나와 비스와스 씨에게 말했다. "저 비렁뱅이들 믿지 마. 저 인간들이 문젯거리를 왕창 만들어놓을 거다. 잘 지켜봐."

노동자들은 땅에 대해 비스와스 씨에게 아무 말도 하지 않았고, 농작물이 수확되는 동안에도 아무 문제가 없었다.

땅이 텅 비자 세스가 말했다. "그 사람들이 뿌리를 파내려고 할 거야. 못하도록 막아."

얼마 지나지 않아 비스와스 씨는 이미 뿌리 일부가 파헤쳐졌다고 보고를 해야만 했다.

세스가 말했다. "그 사람들 중 한두 사람을 말채찍으로 쳐야 할 것 같아."

"아니요, 그러지 마세요. 이모부는 매일 저녁에 집에 가시면 아르와카스에서 푹 주무시잖아요. 전 여기 있어야 돼요."

결국 그들은 경비원을 고용하기로 했다. 그러자 더 이상 문제는 생기지 않았고, 새로운 작물을 키울 땅이 준비되었다.

"이게 다 필요가 있을까요?" 비스와스 씨가 물었다. "경비원에게 월급을 준다든지 하는 이 모든 것이요?"

"한두 해 지나면 아무 문제도 없을 거야." 세스가 말했다. "사람들이란 모든 일에 익숙해지기 마련이니까."

세스의 말이 맞는 것 같았다. 소작지를 뺏긴 노동자들은 매일 비스와스 씨를 만나는데도 불구하고 다른 노동자들을 시켜 메시지를 보내는 것에 만족했다.

"두키난은요, 당신이 참 착한 분이고 해를 입히려고 그런 게 아니란 걸 안다고 하더라고요. 그 집 애가 다섯이에요, 아시죠?"

"내가 그런 게 아니야." 비스와스 씨가 말했다. "내 땅도 아니고. 나는 그저 일만 하고 월급만 받을 뿐이야."

처음 노동자들이 희망을 가슴에 품고서 받아들였던 것은 포기로 바뀌었다. 그리고 포기는 적대감이 되었는데, 그 감정은 자신들이 무서워하는 세스가 아니라 비스와스 씨에 대한 적대감이었다. 비스와스 씨는 더 이상 조롱받지 않았다. 하지만 아무도 그를 보고 미소 짓지 않았고 들판에서 나가기만 하면 그를 못 본 척했다.

매일 저녁 그는 자기 방의 빗장을 잠갔다. 입을 다물자마자 정적이 느껴졌고 비스와스 씨는 그 정적을 깨고 그 방과 방 안의 물건들에서 느껴지는 긴장감에 맞서기 위해 몸을 움직여야만 했다.

삐걱거리는 판자 위에서 심하게 의자를 흔들고 있던 어느 날 밤, 그는 흔들의자의 힘이 자기 손과 발 그리고 신체의 보다 연약한 부분을 갈거나 부수거나 상처를 줄 수 있지 않을까 하는 생각을 했다. 그는 즉시 근심스러운 마음으로 일어나 손으로 샅을 감싼 채 혀를 차면서 가운데가 휜 널빤지를 따라 의자가 흔들거리며 비스듬히 움직이는 소리를 주의 깊게 들어보았다. 의자가 점점 조용해졌다. 그는 의자에서 눈을 뗐다. 벽 위로 자신의 눈에 구멍을 낼 수 있는 못 하나가 보였다. 창문이 덫을 놓고 난도질을 할 가능성이 있었다. 문도 그렇게 할 수 있었다. 녹색 테이블의 모든 다리가 짓누르고 부서뜨릴 수 있었다. 화장대에 달린 바퀴도 그럴 수 있었다. 서랍도 그랬다. 그는 보고 싶지 않아서 침대에 머리를 처박고 누웠다. 머릿속에 떠오르는 물건의 형체를 쫓아내기 위해 글자의 모양새에 집중해가면서 R 자를 여러 디자인으로 그려보았다. 결국 그는 손으로 신체의 취약한 부분을 가린 채 잠이 들었다. 온몸을 다 가릴 수 있는 손이 있었으면 하는 생각이 들었다. 아침이 되자 조금 나아졌다. 두려움은 벌써 잊어버렸다.

*

하누만 하우스에는 많은 변화가 있었다. 비스와스 씨는 일주일에 두세 차례나 그곳에 갔지만, 멀리서만 그 변화를 알 수 있었고 관심도 가지 않았다. 곡예사를 비롯한 한 떼의 아이들이 결혼을 해서 집을 떠났다. 결혼은 또한 큰 신에게도 닥쳤다. 비록 얼마 동안 결혼을 미루려고 하는 듯이 보이기는 했지만 말이다. 툴시 부인이나 그 딸들을 만족시킬 만큼 적합한 집안 출신의 아름답고 학식 있고 부유한 신부를 찾는 것은 실패했다. 왜냐하면 자기 결혼식은 카스트만 맞으면 기회가 되는 대로 급하게 해치웠던 딸들이 남동생의 신부만은 더 적절한 관심을 기울여서 선택해야 한다고 생각하고 있었기 때문이다. 그 후 얼마 동안 기독교로 개종하여 비록 타락했을지라도 카스트가 맞는 집안 출신의 학식 있고 아름답고 부유한 아가씨를 찾는 작업이 이어졌다. 결국은 이슬람교도라는 오점만 없으면 학식 있고 아름답고 부유한 인도인 처녀는 누구라도 좋다고 다들 동의했다. 시작을 어떻게 했든지 간에 석유

사업 집안은 지나치게 대단한 집안이었다. 그래서 그들은 음료수 집안, 얼음 장수 집안, 운송업 집안, 영화관 집안, 그리고 주유소 집안 가운데서 찾았다. 그리고 마침내 주유소 하나, 화물 트럭 두 대, 영화관 하나, 그리고 약간의 땅을 소유한, 신앙심이 그다지 깊지 않은 장로교 집안에서 여자 한 명을 찾았다. 양쪽 모두 서로의 단골이었고 지금도 단골이라는 것을 믿어 의심치 않았다. 원활하고 빠른 협상을 거친 후 등기소에서 결혼식이 이루어졌다. 그리고 큰 신은 힌두교 관습이나 집안 전통과는 달리 신부를 집으로 데리고 오지도 않고, 처가의 화물 트럭, 영화관, 땅, 그리고 주유소를 보살피러 하누만 하우스를 영원히 떠났다. 자살 이야기도 더는 꺼내지 않았다.

그가 나가고 난 뒤 남은 아들도 뒤따라 집을 떠났다. 툴시 부인은 포트오브스페인으로 살러 갔는데, 그 도시에 혼자 있는 작은 신을 보살피려 한 것도, 그를 보살펴주는 다른 사람을 신뢰하지 않아서 그런 것도 아니었다. 부인은 집을 한 채가 아닌 세 채를 샀다. 한 채는 주거용으로, 다른 두 채는 세를 주기 위해서였다. 부인은 매주 일요일 저녁에 신과 함께 포트오브스페인으로 갔다가 금요일 오후에 돌아왔다.

하누만 하우스에 확립되어 있던 서열은 부인이 없는 동안에는 어느 정도 그 의미를 잃었다. 과부 수실라는 존재감이 거의 없는 거나 마찬가지였다. 여러 자매가 권력을 잡으려고 시도했고, 수많은 입씨름이 잇달아 벌어졌다. 화가 난 자매들은 보란 듯이 자기 가족만 챙기면서 때로는 하루나 이틀쯤 따로 음식을 해먹기까지 했다. 세스의 아내인 파드마만이 유일하게 계속 존경을 받았지만, 권위를 내세우려는 어떤 시도도 보이지 않았다. 세스는 모든 사람의 복종을 강제로 이끌어냈지만, 그렇다고 화합을 강요할 수는 없었다. 화합은 툴시 부인과 어린 신이 돌아오는 매주 주말이 되어서야 생겼다.

그러다가 학교 방학이 시작되기 직전이 되자 모든 입씨름이 싹 없어졌다. 집을 닦고, 청소하고, 놋쇠에 윤을 내고, 통행세라도 받을 듯이 마당도 깨끗하게 청소했다. 사위들은 줄리망고, 바나나 송이, 특히 커다란 자줏빛 껍질의 아보카도 배 따위의 작은 신에게 바칠 공물을 준비하려고 서로 경쟁했다.

비스와스 씨는 아무것도 가지고 오지 않았다. 샤마는 불평을 했다.

"그러면 우리 아들은 어쩌고?" 비스와스 씨가 말했다. "북적거리는 통에 보이지도 않지? 누가 돌봐주고 있는데? 그 애도 공부 안 한대?"

아난드가 학기 중간쯤에 미션 스쿨에 가기 시작했기 때문에 꺼낸 말이었다. 아난드는 학교를 싫어했다. 아이는 신발을 물에 담갔다. 그러자 매질을 당하고 젖은 신발을 신은 채로 학교에 보내졌다. 또 커터리지 장군의 『초급 읽기 책』을 잃어버리고 도둑맞았다고 했다. 그래서 또 매질을 당하고 한 권을 더 받았다.

"아난드는 겁쟁이예요." 사비가 비스와스 씨에게 말했다. "걔는 아직도 학교를 무서워해요. 또 친타 이모가 어제 아난드에게 뭐라고 했는지 알아요? '정신 차리지 않으면 너도 너희 아빠같이 풀 베는 사람이 될 거다.'"

"풀 베는 사람이라고! 잘 들어, 사비. 다음번에 친타 이모가 그렇게 떠벌이면," (문법에 맞는 말을 떠올리기 위해 잠시 쉬었다가) "다음번에 친타 이모가 그렇게 떠벌이면,"

사비가 미소를 지었다.

"마르쿠스 아우렐리우스와 에픽테토스를 읽어봤냐고 물어봐라."

사비에게는 친근한 이름들이었다.

"도온 – 도온 – 도온." 비스와스 씨가 중얼거렸다.

"도온 – 도온?"

"돈 말이야. 도온 – 도온 – 도온을 세는 것. 그게 너희 외가 식구들이 통통하고 작은 손을 기꺼이 더럽히는 유일한 일이지. 새겨들어. 다음에 친타 이모나 다른 누군가가 날 풀 베는 사람이라고 하거든 풀 베는 사람이 게잡이보다는 낫다고 그래라. 알아들었어? 풀 베는 사람이 게잡이보다 낫다고."

그렇게 그는 혼자서 캠페인을 벌였다. 그는 마당에 있는 검은 탱크에서 푸른 등을 가진 커다란 게가 어색한 자세로 기어 나오려고 하는 것을 보았다. "우와!" 그가 홀에서 말했다. "탱크 안에 큰 게들이 있네요. 어디서 난 거예요?"

"고빈드가 어머니와 오와드를 위해 사 왔어요." 친타가 자랑스럽게 말했다.

"게를 샀다고요?" 비스와스 씨가 말했다. "다들 고빈드가 게를 잡았다고 하겠군요."

비스와스 씨는 그다음 하누만 하우스에 갔을 때 사비가 이미 자신의 메시지를 전달했다는 것을 알 수 있었다.

친타는 툴시 부인이 없을 때 곧잘 취하는 남자 같은 태도로 곧장 그에게 와서 말했다. "제부, 제부가 이 집에 오기 전까지 여기에는 게잡이가 없었다는 걸 좀 알아줬으면 하네요."

"예? 뭐가 없었다고요?"

"게잡이요."

"게잡이요? 게잡이 말이에요? 아니 여기 많이 있지 않나요?"

"마르쿠스 아우렐리우스 아우렐리우스." 친타가 부엌으로 물러가며 말했다. "샤마, 네가 아이들 키우는 방식에 간섭하고 싶은 생각은 없다만, 넌 다 영글지도 않은 애들을 다 큰 성인처럼 다루는 것 같아."

비스와스 씨는 사비에게 윙크를 했다.

곧 친타가 다시 홀에 나왔다. 무슨 말을 할지 생각하고 있는 게 분명했다. 엄숙한 표정으로 쓸데없이 의자와 벤치를 다시 정열하고, 툴시 펀디트의 사진과 손질된 나무와 폭포를 배경으로 교활하게 생긴 미녀의 얼굴이 나오는 커다란 중국 달력을 바로잡았다. "사비." 친타가 마침내 입을 열었을 때 그녀의 목소리는 부드러웠다. "넌 학교에서 초급반이니까 커터리지 장군 책에 나오는 시는 꼭 알아야 돼. 네 아버지는 그 시를 모를 것 같구나. 너희 아버지는 초급반까지 못 가봤을 테니간."

비스와스 씨는 커터리지 장군의 책으로 배우지 않고 『로열 리더』로 배웠다. 그럼에도 불구하고 그는 말했다. "초급반이라고? 난 월반했어요. 나는 입문반에서 곧장 두번째 등급으로 올라갔지."

"그럴 줄 알았어요, 제부. 하지만 얘, 사비, 너는 내가 어떤 시를 말하는지 알겠지. 이 시는 '필로디시'*에 관한 시야. 아기 돼지들. 알지?"

"**난** 알아요, **난** 알아!" 한 소년이 소리쳤다. 신발 끈을 잘 묶던 그 애는 사비보다 14개월 어린 제이였다. 그 애는 과시욕이 강한 사람으로 성장했다. 제이는 홀의 중간으로 달려가 등짐을 지고 외우기 시작했다. "아기 돼지 삼형제, 앨프리드 스콧개티 경 지음."**

---

* *felo-de-se*: 라틴어로 '자살'이라는 뜻.

** 앨프리드 스콧개티 경(Sir Alfred Scott-Gatty, 1847~1918): 영국의 작곡가이자 작가다. 이 시는 원래 그의 작품집 『작은 목소리를 위한 작은 노래*Little Songs for Little Voices*』에 나오는 동요로 트리니다드 토바고의 초등학교 교과서에 실려 있다.

한 돼지우리에 행복한 늙은 암돼지가 살았네.

그리고 암돼지는 아기 돼지 세 마리를 낳았지.

엄마가 뒤뚱뒤뚱 걸으며 하는 말, "꿀! 꿀! 꿀!"

하지만 아기 돼지들은 "쉬! 쉬!"

"사랑하는 아기 형제들아," 한 장난꾸러기 돼지가 말했네.

"사랑하는 아기 돼지들아," 그가 말했네.

"우리도 어른이 될 때를 위해 '꿀! 꿀! 꿀!'이라고 하자꾸나.

"'쉬! 쉬!'라고 우는 건 너무 유치해."

제이가 외우는 동안 친타는 리듬에 맞춰 고개를 까닥거렸고, 미소를 지으며 사비를 빤히 쳐다봤다.

얼마 후 이 어린 돼지들이 죽었네.

모두 다 '필로디시'로 죽었네.

"꿀! 꿀! 꿀!"이라고 우는 것이 너무 어려워서.

"쉬! 쉬!"라고 울 수밖에 없었는데.

"이 짧은 노래에서 얻을 수 있는 교훈은,"* 친타가 제이와 함께 시를 계속 읊으며 사비 쪽으로 손가락을 흔들어가며 말했다. "쉽게 얻을

---

* 이 노래의 마지막 부분을 친타가 읊고 있는 것이다. 그 마지막 부분은 "이 짧은 노래에서 얻을 수 있는 교훈은/쉽게 얻을 수 있는 교훈은/네가 어려서 '쉬! 쉬!'라고만 할 수 있을 때/'꿀! 꿀! 꿀!'이라고 하지 말라는 것이네"이다. 친타는 이 시를 거의 완벽하게 외우고 있으나 원작에서 '플로리시(pleurisy, 늑막염)'라고 한 것을 '필로디시'로 잘못 알고 있다. 아기 돼지들은 어린데도 불구하고 분수를 모르고 어른 돼지처럼 꿀꿀거리다 늑막염으로 죽었다.

수 있는 교훈은,"

비스와스 씨가 말했다.

"필로디시라고? 꼭 게잡이 이름처럼 들리는군."

친타는 마지막 수를 놓친 것이 화가 나서 발을 구르고 울먹거리며 부엌으로 돌아갔다.

"샤마." 친타가 다 찢어지는 목소리로 말하는 것이 비스와스 씨의 귀에도 들렸다. "제부에게 내 성질 좀 그만 건드리라고 해. 안 그러면 내가 그이(남편인 고빈드)에게 다 말할 거야. 그이가 제부하고 심사가 뒤틀리면 어떤 일이 벌어지는지 너도 알잖아."

"알았어요, 친타 언니. 내가 말해볼게."

샤마가 나와서 성난 기색으로 말했다. "여보. 친타 언니 그만 좀 긁어요. 언니가 그런 농담 못 받아주는 거 알고 있잖아요."

"농담이라고! 뭔 농담? 게잡이는 농담이 아니지. 당신도 알잖아."

며칠 후 친타는 맺힌 한을 풀었다.

비스와스 씨가 하누만 하우스에 도착해보니 저녁 식사는 이미 끝났고 아이들이 삼삼오오 홀 주변에 앉아서 1학년 읽기 책을 읽거나 읽는 척하고 있었다. 이 집의 경제 원칙 중 하나는 가능한 많은 아이들이 책 한 권을 함께 쓴다는 것이었다. 그래서 아이들은 손을 입에 대고 규칙적으로 페이지를 넘겨가면서 자기네들끼리 잡담하는 것을 감출 수 있었다. 비스와스 씨가 들어오자 애들은 즐겁고 기대에 찬 표정으로 그를 바라보았다.

친타가 미소를 지었다. "아들 보러 오셨어요, 제부?"

페이지를 넘기는 소음이 손으로 입을 가리고 낄낄거리는 소리와 함께 들렸다.

사비가 책 한 권 주변으로 모인 무리에서 빠져나와 비스와스 씨에게 다가왔다. 기분이 안 좋아 보였다. "아난드는 위층에 있어요." 계단 중간쯤에 왔을 때 사비가 속삭였다. "지금 무릎 꿇고 있어요."

홀에서는 친타가 노래를 부르고 있었다.

"무릎을 꿇어? 뭣 땜에?"

"학교에서 똥을 싸서 집으로 와야 했거든요."

두 사람은 서재를 지나 비스와스 씨와 샤마가 결혼 후에 머물렀던 긴 방으로 갔다. 벽에 있는 연꽃 장식은 예전처럼 희미했고, 그가 고개를 내밀어 입을 가셨던 데메라라 창문은 부러진 빗자루로 고정되어 열려 있었다.

아난드는 구석에서 벽을 보고 무릎을 꿇고 있었다.

"오후부터 계속 무릎 꿇고 있었어요." 사비가 말했다.

비스와스 씨는 이게 진짜라는 느낌이 들지 않았다. 아난드는 홀로 내버려져 있었고, 피로한 기색도 없이 이제 막 시작한 듯 무릎을 똑바로 꿇고 있었다.

"그만 일어나라." 비스와스 씨가 말했다.

그 말에 아난드가 화를 내며 짜증스럽게 대답하자 그는 깜짝 놀랐다.

"사람들이 나에게 무릎을 꿇으라고 **했으니까** 무릎 꿇고 **있을 거예요.**"

비스와스 씨는 아난드가 성질내는 것을 처음 보았다. 그는 소년의 얇은 무명 셔츠 아래로 드러난 좁은 쇄골을 보았다. 그리고 가는 목과 커다란 머리를. 헐렁하고 작은 바지를 끼어 입은 습진 흉터가 남은 가는 다리를. 그 시커먼 발바닥(신발은 집 밖에서만 신어야 된다)과 엄지발가락을.

"아난드가 겁을 먹었어요." 사비가 말했다.

"뭣 땜에 겁을 먹어?"

"선생님에게 교실을 나가도 되느냐고 묻는 게 겁났대요. 또 교실을 나가서도 겁을 먹었어요. 학교 화장실 쓰는 게 겁났던 거예요."

"**더럽고 냄새나는** 곳이야." 아난드가 무릎을 일으키더니 시선을 그들 쪽으로 돌리며 불쑥 말했다.

"진짜 그래요." 사비가 말했다. "그러고 나서, 음……"

아난드가 울었다.

"아난드가 교실로 다시 갔더니 선생님이 집으로 가는 게 어떻겠냐고 하셨대요."

아난드는 코를 훌쩍거리면서 손가락으로 바닥 판자 사이의 홈을 따라 만지작거리며 고개를 숙이고 있었다.

"수업이 끝나고 아이들이 아난드 뒤로 걸어갔대요. 모두들 웃으면서 말이에요."

"집에 와서 엄마에게 맞았어요." 아난드가 말했다. 그 애는 불평하지 않았다. 화는 내고 있었다. "엄마가 나를 **때렸어. 엄마가** 나를 때렸어." 반복해서 말하는 동안 그 말에 서린 분노가 가라앉았다. 그 대신 동정해달라는 간청 조가 되었다.

비스와스 씨는 익살을 떨었다. 제이람 펀디트의 집에서 자신이 저질렀던 비행에 대해 이야기하고 자신의 모습을 우스꽝스럽게 묘사하는 한편, 아난드가 창피해하는 것을 놀리기도 했다.

아난드는 위를 올려다보거나 미소를 짓지는 않았다. 그래도 울음은 그쳤다. 아난드가 말했다. "다신 그 학교에 가지 않을 거야."

"나와 같이 가고 싶니?"

아난드는 대답하지 않았다.

그들은 함께 홀로 내려왔다.

비스와스 씨가 말했다. "이봐, 샤마, 다시는 이 애 무릎 꿇게 하지 마, 알겠어?"

과부 수실라가 말했다. "우리가 어렸을 때 그런 짓을 하면 어머니는 강판 위에서 무릎을 꿇고 있게 하셨지."

"글쎄요, 우리 애들이 처형처럼 크지 않았으면 좋겠어요. 그게 다예요."

아이도 없고 남편도 없고 게다가 이제는 툴시 부인의 보호도 받지 못하는 수실라는 자신의 이점이 사라진 신세를 한탄하고 울면서 위층으로 올라갔다.

친타가 말했다. "제부, 아들을 집으로 데리고 가실 건가요?"

비스와스 씨의 기분이 가라앉아 있다는 걸 알아챈 샤마가 엄한 말투로 말했다.

"아난드는 아무 데도 못 가요. 그 애는 여기 남아서 학교에 가야 해요."

"왜?" 친타가 물었다. "제부가 저 애를 가르치면 되잖아. ABC는 분명히 알 텐데 말이야."

"사과apple 할 때 A, 박쥐bat 할 때 B, 그리고 게crab 할 때 C 말이죠." 비스와스 씨가 말했다.

아난드는 비스와스 씨를 따라 밖으로 나왔지만 아버지가 떠나는 것을 내켜하지는 않았다. 아이는 아무 말도 하지 않았다. 그냥 자전거에 매달려 가끔씩 자전거에 몸을 문질렀다. 비스와스 씨는 아이의 소심함에 화가 났지만, 아들의 허약한 몸과 다른 애들처럼 학교에서 오자마자 갈아입는, 그 조심스럽게 기운 '집 옷'을 입은 모습을 보니 또다시 가슴이 아렸다. 아난드의 색 바랜 카키색 짧은 바지는 천을 덧대서 아주 장관이었다. 주머니가 있을 자리에는 갈라진 틈만 벌어져 있었고, 장식품은 떨어지고 헤벌어진 장식 끈이 달려 있었다. 그 아이의 셔츠는 낡고 기워졌으며 칼라 부분은 뜯겨 나가 있었다. 구불구불한 바느질에, 자른 부분은 불규칙하고, 주머니 장식이 서투르고 이상한 것이, 비스와스 씨는 그 셔츠를 만든 사람이 틀림없이 샤마일 거라고 짐작할 수 있었다.

비스와스 씨가 물었다. "나하고 같이 가고 싶니?"

아난드는 고개를 숙이고 미소만 지으며 엄지발가락으로 자전거 페달을 돌렸다.

곧 어두워질 것이었다. 비스와스 씨에겐 전조등이 없었고(비스와스 씨가 산 자전거 전조등과 펌프는 모두 사자마자 도둑맞았다) 여느 자전거 타는 사람들이 그러하듯 길을 잘 보려고 그런다기보다 경찰관을 얼렁뚱땅 속이려고, 밝힌 초를 입구가 벌어진 봉투 안에 넣어 한 손에 들고 자전거를 운전하는 잔머리를 굴리지도 못했다.

그는 자전거를 타고 하이 스트리트로 내려갔다. '레드로즈 차는 좋은 차입니다'라고 적은 간판이 걸린 가게를 지나자마자 그는 뒤를 돌아보았다. 아난드가 아직까지 주랑 아래에서 밑부분에 연꽃 문양이 새겨진 두꺼운 흰색 지주들 옆에 서 있었다. 그 애는 황혼 녘에 낮은 오두막집 밖에 서 있던, 비스와스 씨가 옛날에 보았던 그 소년처럼 서서 빤히 쳐다보고 있었다.

비스와스 씨가 그린 베일에 도착했을 때는 이미 어두웠다. 나무 밑은 캄캄했다. 바라크 건물에서 나는 소리는 서로 섞이지 않고 뚜렷하게 잘도 들렸다. 짧은 잡담, 음식 튀기는 소리, 고함 소리, 아이가 우는 소리. 세계 지도에서는 점 하나에 불과한 어떤 섬, 그 섬의 지도 안에서도 점 하나에 불과한 변변찮은 장소에서 나는 소리들이 별빛이 비치는 하늘로 쏘아졌다. 죽은 나무들이 바라크 건물의 티 없이 검은 벽 한 면을 에워싸고 있었다.

그는 방문을 잠갔다.

*

그 주에 그는 더 이상 기다릴 수 없다고 결심했다. 바로 집을 짓는 일을 시작하지 않으면 다시는 못하게 될 것이다. 아이들은 하누만 하우스에서 살고 자신은 바라크 건물의 방에서 지내고, 그러면 그가 허공으로 떨어지는 걸 막아줄 것은 아무것도 없을 것이다. 매일 밤 그는 공포에 사로잡혀 고통스러워했다. 매일 아침 결심을 다시 굳히다가, 토요일 날 세스에게 부지에 대한 말을 꺼냈다.

"땅을 빌려달라고?" 세스가 말했다. "빌려달라고? 이봐, 자네, 땅은 있어. 그냥 장소를 골라서 지으면 안 되겠나? 빌린다는 말은 하지 말게."

비스와스 씨가 마음에 두고 있는 부지는 바라크 건물에서 2백 미터 정도 떨어진 곳으로, 나무 때문에 바라크 건물에서는 보이지 않고, 또 비가 오고 나면 진흙물이 흐르는 얕은 물웅덩이가 생겨 바라크 건물과 분리되는 곳이었다. 나무가 길도 가리고 있었다. 하지만 그 땅을 집 지을 부지라고 생각하고 보니 그 나무들이 안 어울릴 것 같지 않았다. 그리고 그는 그 장소를 쉼터라고 생각하기를 좋아했다. 이 단어는 그가

『로열 리더』를 통해서 알게 된 워즈워스*의 시에서 나오는 말이었다.

일요일 아침 코코아를 조금 마시고 가게에서 산 빵과 붉은 버터를 먹고 난 비스와스 씨는 건축업자를 찾아갔다. 건축업자는 아르와카스에서 별로 멀지 않은 작은 흑인 거주지 안의 찌그러진 목조 가옥에서 살고 있었다. 도랑을 건너자마자 형편없는 필체로 쓰인 알림판이 조지 매클린이 목수이자 가구장이라는 것을 알려주었다. 이 알림판에는 작고 삐뚤삐뚤한 글씨체로 상당한 양의 부가 정보가 빽빽하게 적혀 있었다. 매클린 씨는 또한 대장장이이면서 페인트공이었다. 그는 양철 컵을 만들고 땜질도 했다. 신선한 달걀도 팔았다. 종교 의식에 쓸 염소도 있었다. 그리고 그가 하는 일의 모든 보수가 일에 비해서 싼 편이었다.

비스와스 씨가 소리쳤다. "안녕하세요!"

누렇고 단단한 땅에 세워진 판잣집에서 한 흑인 여자가 옥수수가 가득 담긴 커다란 호리병을 한 손에 들고 나왔다. 큰 몸집을 제대로 가려주지 못하는 꽉 끼는 면직 옷을 입고, 컬 클립에 꼬불꼬불한 머리카락을 신문지를 꼬아서 집어놓고 있었다.

"목수 일 하시는 분 집인가요?" 비스와스 씨가 물었다.

여자가 불렀다. "조지!" 뚱뚱한 여자치고 그녀의 목소리는 놀라울 만큼 가늘었다.

집 측면에 있는 문 쪽에서 매클린 씨가 나타났다. 그는 비스와스 씨를 의심스러운 듯 바라보았다.

그 여자는 마당 끝으로 걸어가 옥수수를 뿌리며 닭들에게 모이를 먹으러 오라고 크게 꼬꼬 소리를 냈다.

---

* 윌리엄 워즈워스(William Wordsworth, 1770~1850): 영국의 낭만파 시인.

비스와스 씨는 어떻게 말을 시작해야 할지 몰랐다. 그냥 "집을 짓고 싶어요"라고 할 수는 없었다. 필요한 돈을 다 가지고 있지도 않았고, 매클린 씨를 속이거나 까발려져 조롱거리가 되고 싶지도 않았다. 그는 수줍게 말했다. "의논해보고 싶은 작은 일거리가 있어서요."

매클린 씨는 밖으로 나와 콘크리트 계단 아래로 내려왔다. 중년에 키가 크고 마른 사람이었다. 그는 자신의 알림판처럼 열성적이면서도 불안정해 보였다. 직업으로 하는 일은 신통찮았다. 그 지역에는 그 사람이 완성하지 못하고 내버려둔 일이 널려 있었다. 뼈대를 드러내고 썩고 있는 주택 골조, 콘크리트와 다듬은 목재로 시작했다가 진흙 벽과 나뭇가지로 마무리한 집들이 그것이었다. 그가 벌이를 보충하기 위한 일을 한다는 증거는 마당 주변에도 있었다. 뒤쪽에 있는 열린 광 안에는 대팻밥 속에 반쯤 끝낸 바퀴가 있었다. 여기저기에서 비스와스 씨는 염소 똥을 볼 수 있었다.

"무슨 일인데요?" 매클린 씨가 물었다. 그는 팔을 뻗어 창문을 당겨 닫았다. 창문이 덜커덩거리며 빛이 났다. 창문 안쪽에는 양철 컵이 줄로 연결되어 매달려 있었다.

"집에 관한 겁니다."

"아하, 수리 말인가요?"

"꼭 그런 건 아니고요. 아직 짓지는 않았습니다만, 사실은……"

"조지!" 매클린 부인이 소리쳤다. "와서 저 망할 놈의 몽구스*가 또 무슨 짓을 했는지 봐요."

매클린 씨는 집 뒤로 갔다. 비스와스 씨는 그가 차분한 목소리로

---

* 고양잇과의 육식 동물.

속삭이는 것을 들었다. "에이 성가신 놈." 그는 곧 다시 돌아와서 나뭇가지로 바지를 두들겼다. "그러니까 당신 집을 지어달라는 거요?"

비스와스 씨는 자신이 신중하게 말하는 것을 비꼬는 것이라고 잘못 이해하고 변명하듯 말했다. "으리으리한 집은 아니고요."

"참 잘됐네요. 요샌 너도 나도 큰 저택을 세우려고 하는데 말이죠. 카운티 로드를 자세히 보신 적이 있나요?" 그가 잠시 말을 멈췄다. "2층집으로 지을 건가요?"

비스와스 씨가 고개를 끄덕였다. "2층집이요. 작은 걸로. 아담한 걸로요. 그 정도로도 충분히 만족할 수 있어요." 그는 매클린 씨 때문에 불안해하며 계속 말했다. "실제 가진 돈보다 더 많이 가진 척하는 것은 불필요하다고 생각해요."

"당연하죠." 매클린 씨가 말했다. 그는 나뭇가지로 마당에 똥을 싸고 있는 닭 몇 마리를 때려 집 바닥 아래에 두껍게 흙먼지가 쌓인 곳으로 쫓아 넣었다. 그러고 나서 바닥에 똑같이 생긴 사각형 두 개를 붙여서 그렸다. "침실은 두 개를 원하시지요."

"그리고 거실도요."

매클린 씨가 같은 크기의 사각형을 하나 더 추가했다. 여기에 반 정도 크기의 사각형을 더 추가하면서 말했다. "그리고 회랑도 하나 있어야죠."

"바로 그거예요. 그렇게 근사하지는 않아도 돼요. 작고 아담한 걸로."

"회랑에서 앞 침실로 가는 문도 원하시고. 나무 문이죠. 그리고 거실과 연결되는 또 다른 문이 있으면 하실 겁니다. 채색 창이 있는 걸로요."

"예, 예."

"회랑 한쪽 면은 판자로 막았으면 하시겠죠. 정면 쪽으로 멋진 난간이 있었으면 하시고. 그리고 집 정면에는 난간을 댄 괜찮은 콘크리트 디딤돌도 있었으면 하시겠죠."

"예, 예."

"앞쪽 침실에는 유리 창문이 있었으면 하시고. 돈이 있다면 흰색으로 칠하려고 하실 거예요. 뒤쪽 창문은 그냥 판자로 하고요. 그리고 뒤쪽에 평범한 나무로 계단을 만들고요. 거기에는 난간이나 뭐나 그런 건 필요 없으실 거고요. 부엌은 직접 짓고 싶으실 건데 아마 마당에 지으실 테지요."

"바로 그겁니다."

"이게 당신이 가지게 될 작고 멋진 집입니다. 많은 사람이 이런 집을 좋아하죠. 비용은 250에서 300달러 정도 들 겁니다. 일은, 글쎄……" 그는 비스와스 씨를 보면서 맨발로 천천히 땅에 그린 그림을 지웠다. "잘 모르겠어요. 요즘은 바빠서요." 그는 헛간에 있는 아직 완성되지 않은 바퀴를 가리켰다.

암탉 한 마리가 알을 낳았다는 걸 알리려고 꽥꽥거렸다.

"조지! 레그혼 종(種)이에요."

닭들 사이에서 한 마리가 엄청나게 큰 소리로 울면서 날개를 퍼덕였다.

매클린 씨가 말했다. "저놈 참 재수 좋네. 안 그랬으면 곧장 냄비 안으로 들어갔을 텐데."

"지금 당장 집 전체를 다 지어야 하는 건 아니에요." 비스와스 씨가 말했다. "아시다시피 로마는 하루 만에 지어지지 않았잖아요."

"사람들이 그럽디다. 하지만 로마는 지어졌지요. 어쨌든 시간 나는 대로 가서 부지부터 한번 볼 수는 있을 거예요. 부지는 있지요?"

"예, 예. 부지는 있어요."

"그럼, 2, 3일 뒤에 봅시다."

매클린 씨는 그날 오후 일찍 모자를 쓰고 구두를 신고 다린 셔츠를 입고 왔다. 두 사람은 함께 부지를 보러 갔다.

"이건 진짜 작은 쉼터라고나 할까요." 비스와스 씨가 말했다.

"경사진 땅이잖아요!" 매클린 씨가 놀라워하며 기쁜 듯한 말투로 말했다. "높은 지주가 있어야 되겠는걸요."

"한쪽은 높게, 한쪽은 낮게요. 실제로 보면 근사할 거예요. 그리고 이쪽 길로 가는 작은 통로도 생각해봤어요. 계단으로요. 흙을 파내서 만들죠. 양쪽에는 정원을 만들고요. 장미, 엑조라, 협죽도, 부겐빌레아, 포인세티아. 그리고 '꽃 중의 여왕'*도 약간 심어야죠. 길 쪽으론 대나무로 만든 소박하고 작은 다리도 만들고요."

"멋지겠네요."

"그냥 생각만 하고 있어요. 집에 대해서. 콘크리트로 지주를 세우면 멋질 거예요. 하지만 콘크리트를 그대로 두진 않을 겁니다. 그러면 보기에 좋지 않을 테니까요. 석회를 바르고 매끄럽게 하는 거예요."

"무슨 말인지 알겠어요. 시작만 하는데도 150달러는 주셔야 한다는 건 알고 계세요?"

비스와스 씨가 머뭇거렸다.

"제가 개인적인 일에 끼어들려고 하는 게 아닌 건 아시죠. 나는 그

---

* Queen of Flowers: 인도인들이 '아주나Ajuna'라고 부르는 꽃. 4월에 꽃이 핀다.

저 당장 얼마나 쓰길 바라시는지 알고 싶을 뿐이에요."

비스와스 씨는 매클린 씨와 거리를 두고 습지 위 덤불과 잡초 그리고 쐐기풀 사이를 걸어갔다. "한 백 달러 정도." 그가 말했다. "하지만 이달 말이면 조금 더 줄 수 있을 거예요."

"백 달러라."

"됐습니까?"

"예, 좋습니다. 착수금으로는요."

그들은 잡초 사이를 지나 잎으로 막힌 도랑을 건너 좁은 자갈길로 들어섰다.

"매달 조금씩 지을 거예요." 비스와스 씨가 말했다. "조금씩, 조금씩."

"예, 조금씩, 조금씩요." 매클린 씨는 무덤덤했지만 그의 조심성 중에서 일부는 사라져버리고 없었다. 그는 부추기는 듯이 들리는 말도 했다. "일꾼을 좀 구해야겠어요. 요즈음엔 좋은 일꾼 구하는 게 우라지게 어렵거든요." 그는 일꾼이란 말을 맛깔스럽게 했다.

일꾼이란 말을 들으니 비스와스 씨도 신이 났다. "예, 일꾼도 구해야죠." 그는 매클린 씨에게 생계를 의지하는 사람들이 있다는 게 놀라웠지만 티내지 않고 말했다.

"하지만 몇 푼이라도 빨리 마련하는 게 더 나아요." 매클린 씨가 이제는 친구처럼 말했다. "안 그랬다간 콘크리트 지주는 못 세울 거요."

"콘크리트 지주는 꼭 있어야 돼요."

"그랬다간 **당신이** 지을 집은 일렬로 콘크리트 지주가 있고 그 위에는 아무것도 없는 게 될 거요."

그들은 계속 걸어갔다.

"일렬로 석탄 통을 놓지요." 비스와스 씨가 말했다.

매클린 씨는 뭔 소린지 묻지 않았다.

"그냥 석탄 통 하나만 보내주세요. 예, 이 늙은 년. 그냥 석탄 통 하나만요."

*

비스와스 씨는 아조다에게 돈을 빌리기로 결정했다. 그는 세스나 툴시 부인에게 부탁하고 싶지는 않았다. 그리고 미시르에게 부탁하지도 않았다. 그들 관계는 그가 미시르에게 멍그루와 시바란 그리고 매마우드에게 줄 돈을 빌리고 난 후 차가워졌다. 하지만 아조다에게 가는 것도 내키는 일은 아니었다. 그는 바라크 건물의 마당 밖으로 걸어 나갔다. 그런데 큰 길에 도착하기도 전에 다음 주 일요일까지 이 문제를 묻어두기로 결정했다. 그는 다시 바라크 방으로 왔다. 그리고 차라리 하누만 하우스에서 오후를 보내야겠다고 생각하고 자전거를 탈 때 사용하는 바지 밴드를 찼다. 하지만 그곳에서 어떤 꼴을 보게 될지 자명했기 때문에 밴드를 다시 풀었다. 결국 그를 밖으로 나가게 만든 것은 바로 그 방이었다. 비스와스 씨는 버스를 두 번이나 타고 늦은 오후에 파고테스에 도착했다.

그는 함석으로 만들고 페인트칠은 하지 않은 넓은 쪽문을 지나 타라네 집 마당으로 들어갔고 차고와 외양간으로 향하는 자갈길을 따라 걸어 내려갔다. 마당의 이쪽 부분은 그가 처음 본 이래 달라진 게 아무것도 없었다. 자두나무는 항상 적막하게 서 있었다. 그 나무는 주기적으로 열매를 맺었지만, 회색 가지는 잎이 거의 없고 말라비틀어진 게 부러질 것 같았다. 그는 더 이상 고철 더미를 어디에 쓰는지 궁금해하지 않았고, 녹슨 자동차가 다시 움직여서 멀리 가게 될 것이라는 어린 시절의 희망도 벌써 포기했다. 거름을 섞은 풀 더미는 크기는 달라졌어도 항상 있던 그곳에 있었다. 짭짤한 수익을 내는 다른 사업도 많았고, 또 이는 비용과 수고가 드는 일이었지만, 아조다는 여전히 마당에 암소 두세 마리를 키웠다. 그 암소들은 그의 애완동물이었다. 그는 여가 시간 대부분을 외양간에서 보냈고, 외양간을 개선하는 작업을 멈추지 않았다.

외양간에서 우유 양동이가 삐걱거리는 소리와 중얼거리며 말하는 소리가 들렸다. 그날은 일요일이었다. 아조다가 외양간에 있는 게 분명했다. 비스와스 씨는 보지 않았다. 그는 타라가 혼자 있을 때 먼저 만나려고 서둘러 뒤쪽 베란다로 갔다.

하녀 한 명이 있기는 했지만 타라는 혼자 있었다. 이모가 그를 아주 따뜻하게 반겨주어서 비스와스 씨는 금세 자신이 온 이유가 창피스럽게 느껴졌다. 직설적으로 부탁하려던 결심은 실패로 돌아갔다. 왜냐하면 타라에게 어떻게 지내는지 묻자 그녀가 장황하게 대답했기 때문이다. 결국 돈을 부탁하는 대신 동정을 표해야 했다. 타라는 정말로 건강이 안 좋아 보였다. 호흡은 가빴고 쉽게 움직일 수도 없었다. 그리고 몸에 살도 더 찌고 피부도 더 처졌다. 머리카락도 가늘어져 있었다. 눈도 이미 광채를 잃었다.

하녀가 그에게 차를 한 잔 가져다주었고 타라는 그 소녀를 따라 부엌으로 들어갔다.

책장의 제일 위 선반은 여전히 아조다가 값을 치르지 않은 『방대한 지식의 책』이 어수선하게 섞여서 자리 잡고 있었다. 아래쪽 선반에는 잡지, 자동차 제조사 카탈로그, 3개 국어로 인도 영화를 소개하는 삽화가 포함된 팸플릿이 있었다. 벽에 걸려 있던 성화는 미국과 영국의 자동차 유통사에서 준 달력과 액자에 넣은 엄청나게 큰 인도 여배우 사진에 자리를 양보한 뒤였다.

타라는 다시 베란다로 돌아와서 비스와스 씨에게 저녁을 먹고 갔으면 한다고 했다. 그는 그럴 생각이었다. 다른 모든 것을 떠나서 그는 이 집 음식을 좋아했다. 타라는 아조다의 흔들의자에 앉아 애들 안부를 물었다. 그는 애가 하나 더 생길 것이라고 말했다. 타라는 툴시 집안에 대해서 물었고 그는 최대한 간략하게 대답했다. 비록 두 집이 서로 관련된 일은 별로 없었지만 두 집안 사이에 반감이 존재하는 것을 비스와스 씨는 알고 있었다. 매일 아침 푸자를 치르고 힌두교의 모든 축일 의식을 행하는 툴시 집안은 아조다를 돈과 안락과 현대식을 추구하면서 신앙에서 멀어진 사람으로 간주했다. 아조다와 타라는 한마디로 말해 툴시 집안을 비열한 집안이라고 생각했고, 자신들은 비스와스 씨가 그 집안에 장가간 것을 재앙으로 여긴다는 것을 거리낌 없이 드러냈다. 타라와 함께 툴시 집안에 대해 말하는 건 비스와스 씨에게 이중으로 당혹스러운 일이었다. 왜냐하면 비록 그도 자기 아이들을 걱정하긴 했지만, 타라의 견해에 동의하지 않기가 어려웠기 때문이다. 특히 비스와스 씨가 타라의 깨끗하고 한적하고 편안한 집에서 자신이 알기로도 훌륭한 식사를 기다리고 있을 때는 더욱 그랬다.

소 치는 사람이 외양간에서 나와 부엌에 있는 소녀를 부르더니 창문을 통해 우유가 든 양동이를 건네주었다. 그러고 나서 그는 마당의 저수탑에서 웰링턴 부츠를 씻더니, 부츠를 벗고 나서 발과 손과 얼굴을 씻었다.

비스와스 씨는 더욱더 이곳에 온 목적을 타라에게 말하기가 거북해졌다.

그러다가 시간이 너무 늦어졌다. 반다트의 둘째 아들인 라비다트가 들어오자 타라와 비스와스 씨는 침묵에 빠졌다. 타라와 아조다가 아는 한 라비다트는 아직 총각이었다. 비록 그가 형 재그다트와 마찬가지로 다른 인종의 여자와 살고 있고 정확히는 모르지만 그 여자에게서 아이 몇 명을 낳았다는 것을 다들 알고 있었지만 말이다. 그는 샌들을 신고 짧은 카키색 반바지를 입고 있었다. 짧은 셔츠는 축 처져서 헐렁했다. 단추는 하나도 안 채우고 짧은 소매를 거의 겨드랑이까지 바싹 말아 올려 입고 있었다. 마치 자신의 주걱턱을 가릴 수는 없지만 나머지 부분은 최대한 보여주기를 원하는 것 같았다. 라비다트는 대칭이 잘 맞고 잘 발달되어 있으면서 천박하게 근육이 붙지 않은 우월한 신체를 가지고 있었다. 그는 비스와스 씨에겐 겨우 고개만 까딱하고 타라는 못 본 척했다. 의자에 대자로 앉았을 때 얇게 두 군데 피부가 접히는 곳이 허리인 것 같아 보였다. 접힌 살이 멋진 몸매의 아름다움을 손상할 뻔했다. 라비다트는 혀로 이를 차더니 영화 팸플릿을 책장에서 꺼내 손가락 끝으로 두드리고 거칠게 숨을 쉬면서 작은 눈으로 집중해서 보았다. 주걱턱의 조소 어린 표정이 더욱 확연하게 눈에 띄었다. 라비다트는 팸플릿을 책장에 다시 던지더니 말했다. "잘 지내나, 모헌?" 그는 대답을 기다리지도 않고 부엌을 향해 소리 질렀다. "이봐, 밥!" 그러고 나서 입을 꽉 다물었다.

"오호! 유부남!"

외양간에서 돌아온 아조다였다.

라비다트는 다리 자세를 바로잡았다.

비스와스 씨가 대답하기도 전에 아조다는 미소를 거두고 라비다트에게 한 화물 트럭의 상태에 대해 말했다.

라비다트는 의자에서 자세를 고쳐 앉더니 고개도 들지 않고 혀로 이를 찼다.

아조다의 목소리가 불만스러운 듯 높아졌다.

라비다트는 어정쩡하게 성을 내며 불손한 태도로 설명했다. 그는 아랫입술의 안쪽을 씹으려고 애쓰는 듯했는데 목소리는 깊었지만 뭐라고 말하는지는 분명하지 않았다.

갑자기 아조다가 화물 트럭에 대한 관심을 접고 비스와스 씨에게 장난꾸러기 같은 미소를 보냈다.

타라가 흔들의자에서 일어났다. 아조다가 거기에 앉아 자기 얼굴에 부채질을 하면서 셔츠의 단추를 풀자 흰색 털이 나 있는 가슴이 드러났다. "유부남, 애가 지금 몇이나 되지? 일곱, 여덟, 열둘?"

라비다트는 불편한 듯 미소를 지으며 일어나 부엌으로 갔다.

비스와스 씨는 자신이 용감해져야 된다고 생각하고 말하기 시작했다. "어젯밤 늦게," 그가 말했다. "어머니가 편찮으신 건 아닌지 갑자기 걱정이 되어서요. 그래서 오늘 뵈러 온 김에 이리로 와서 이모부께 인사를 드려야겠다는 생각이 들더군요."

하녀가 아조다에게 줄 우유 한 잔을 가져왔다. 아조다는 마치 힘을 주면 잔이 깨지기라도 할 것처럼 우유를 공손하게 받아 쥐었다. 그가 말했다. "모헌에게도 좀 줘. 자네도 우유가 이렇게 신선할 때 특히 몸에 좋다는 건 알겠지."

비스와스 씨도 우유를 받아 마셨다. 그는 이야기가 끊기는 게 반가

왔다. 자기가 방금 급조해낸 말도 안 되는 이야기가 설득력 있게 들리지 않아서 조용히 넘어가면 좋겠다는 생각이 든 것이다.

"어머니는 어떤데?" 타라가 물었다. "난 아무 소식 못 들었는데."

"아, 어머니요. 괜찮으세요. 그냥 좋지 않은 예감이 든 것뿐이었어요."

아조다는 부드럽게 의자를 흔들었다. "일은 잘 되어가나, 모헌? 난 자네가 들일에 적합할 거란 생각을 해본 적이 없어. 그렇지 타라?"

"저, 사실은," 비스와스 씨가 명랑하게 말했다. "제가 말하고 싶은 게 그겁니다. 아시다시피 이 일은 안정된 일……"

아조다가 말했다. "모헌, 자네, 영 안 좋아 보이는군. 그렇지 타라? 쟤 얼굴 좀 봐. 그리고 뭐……" 그는 낄낄거리고 웃느라고 말을 멈추고 나서 영어로 말했다. "봐, 봐. 얘한테 똥배가 생겼어." 아조다는 길고 가는 손가락으로 비스와스 씨의 배를 찔러댔고, 비스와스 씨가 움찔하니까 개가 짖는 듯한 작은 웃음소리를 냈다. "유방이네." 그가 말했다. "네 배가 유방처럼 말랑말랑해. 꼭 여자같이 말이야. 요새 젊은것들은 다 배가 나오더군." 그는 비스와스 씨를 보며 윙크를 했다. 그러고 나서 고개를 뒤로 기울여 크게 말했다. "라비다트조차 똥배가 나오던걸."

타라는 잠시 가슴이 울리도록 웃었다.

라비다트가 입에 음식을 가득 넣고 씹으며 부엌에서 나와서, 뭐라고 하는지 알아들을 수 없는 말을 했다.

아조다가 얼굴을 찌푸렸다. "그 상판 좀 부엌으로 치워. 입에 음식 넣고 말하는 거 보기 싫다고 했잖아."

라비다트는 급하게 삼켰다. "똥배요?" 그가 아랫입술을 물어뜯으면서 말했다. "나한테 똥배가 있다고요?" 그는 셔츠를 어깨에서 벗고 숨을 들이쉬어 배의 근육 윤곽이 드러나게 만들었다. 조소 어린 그의 입 위로 작은 눈이 반짝거렸다.

아조다가 미소를 지으며 말했다. "그래, 라비다트. 가서 먹어. 그냥 놀린 거야." 그 모습을 보고 나자 아조다는 기분이 좋아졌다. 그는 라비다트의 몸이 자신의 몸인 양 자랑스러워했다. 그가 비스와스 씨에게 말했다. "좋은 음식을 먹고 운동을 많이 해야지." 그는 어깨를 뒤로 젖혀서 배를 내밀며 자신의 단단하고 긴 손가락으로 비스와스 씨의 부드러운 손을 잡으며 말했다. "어떤지 한번 느껴봐. 자, 한번 보라고." 비스와스 씨는 대답을 하지 않았다. 아조다가 비스와스 씨의 손가락 하나를 잡아 자기 배 위로 세게 잡아당겼다. 비스와스 씨는 손가락이 뒤로 구부러지는 것을 느꼈다. 그는 아조다의 손아귀에서 손가락을 비틀어 뺐다. 아조다가 말했다. "거기. 강철처럼 단단하지. 아마 넌 아직도 베개를 베고 자겠지?"

비스와스 씨가 몰래 아픈 손가락을 옆 손가락에 문지르면서 고개를 끄덕였다.

"난 베개를 써본 적이 없어. 베개를 쓰는 건 자연의 섭리가 아니야. 아이들에게 처음부터 습관을 들이라고. 베개를 쓰지 말라고 말이야. 오! **네** 명이라고!" 아조다가 또다시 개 짖는 것 같은 작은 웃음을 웃었다. 그러고는 의자에서 펄쩍 뛰어올라 베란다로 걸어가더니 흥분한 듯 바깥에 있는 누군가에게 고함을 질렀다. 소몰이꾼이 집에 갈 차비를 하는 소리를 듣고 저녁 인사를 했던 것이다. 그가 고용인에게 말할 때 언제나 쓰는 목소리였다. 소몰이꾼이 대답을 하자 아조다는 의자로 다시 돌아왔다. "이봐, 유부남!"

"저, 제가 말씀드린 것처럼," 비스와스 씨가 말했다. "제가 하는 일은 안정된 일입니다. 그리고 작은 집을 짓는 일을 시작했어요."

"그래 잘됐다, 모헌." 타라가 말했다. "아주 잘됐어."

"난 자네가 어떻게 하누만 하우스에서 사는지 모르겠네." 아조다가 말했다. "그 집에 몇 명이나 사나?"

"한 2백 명 돼요." 비스와스 씨가 말하자 그들은 모두 웃었다. "그러니까 제가 지으려는 집은 적당한 집이 될 건데요……"

"모헌, 자네가 해야 할 일이 뭔 줄 아나?" 아조다가 말했다. "사나토겐*을 먹어야 돼. 한 병 가지고는 안 되고. 정량을 다 먹어야 돼. 그러지 않으면 효과가 없어."

타라가 고개를 끄덕였다.

라비다트가 부엌에서 다시 나왔다. "집이 어쩌고 하는 걸 들었는데, 뭐지, 모헌? 집을 지어? 돈은 어디서 났어?"

"쟤는 돈을 저축했단다." 아조다가 성을 내며 말했다. "너하곤 달라. 넌 땅속에 구멍이나 파고 살게 될 거다, 라비다트. 네 돈으로 도대체 뭘 하고 다니는지 모르겠다." 이와 같이 우회적으로 아조다는 라비다트의 바깥 생활을 언급했다.

"제 얘기 좀 들어보세요, 큰아버지!" 라비다트가 말했다. "난 돈 없이 태어났어요, 아시죠? 그리고 돈을 벌 마음도 없어요. 아버지도 그랬죠." 비스와스 씨의 누나를 언급하는 게 금지되어 있듯 그의 아버지에 대해 언급하는 것도 금지되었기에 그가 한 말은 아조다의 성질을 건드렸다.

아조다가 얼굴을 찌푸리더니 더욱 힘차게 의자를 흔들었다.

---

* 종합 영양제.

그리고 비스와스 씨는 돈 부탁은 벌써 물 건너갔다는 것을 깨달았다.

아조다의 표정은 고용인들은 잔뜩 겁먹게 하지만 실상은 아무런 의도도 없이 걸핏하면 짓곤 했던, 근심 어리고 언짢아하는 그런 표정이 아니었다. 그 표정은 화가 난 표정이었다.

라비다트는 아조다를 못 본 척하면서 비스와스 씨에게 미소를 지으며 물었다. "토담집이야?"

"아니. 콘크리트 기둥이 있는 집. 침실 두 개에 거실. 함석지붕하고 다른 것도 다 있는 집이야."

그러나 라비다트는 듣고 있지 않았다.

"타라!" 아조다가 말했다. "만약 내가 이놈을 도랑에서 건져주지 않았으면 지금 어디에 있을까? 내가 이 모든 음식을 먹여주지 않았으면……" 말이 끝나자마자 흔들의자가 뒤로 튕겨날 정도로 빠르게 자리에서 일어난 아조다가 라비다트에게 가서 그의 알통을 잡았다. "이 녀석에게 어떻게 이런 알통이 생겼지?"

"만지지 마세요!" 라비다트가 고함을 질렀다.

비스와스 씨가 펄쩍 뛰었다. 아조다가 손을 획 치웠다.

"만지지 마세요!" 라비다트의 작은 눈에서 눈물이 솟아났다. 그는 많이 아픈 듯이 눈을 꽉 감고 한쪽 발을 높이 들더니 다시 온 힘을 다해 바닥을 내리쳤다. "큰아버지가 날 낳은 건 아니잖아요. 애들 만지고 싶으면 직접 낳으라고요. 큰아버지가 먹여줬다고 내가 뭘 해줘야 하나요. 뭘요?"

타라가 일어나더니 라비다트의 등을 손으로 쓰다듬었다. "됐어, 됐어, 라비다트. 극장에 갈 시간이다." 그가 하는 일 중의 하나는 하루에 두 번 극장에 가서 매출액을 확인하는 것이었다.

씩씩거리고 툴툴대면서 뭔 소린지도 모를 소리를 씹어대며 그는 뒤쪽 베란다에서 본관 쪽으로 계단 두 개를 올라갔다.

아조다는 흔들의자를 자기 쪽으로 끌어당겨 앉아 기분 좋게 흔들었다.

타라가 비스와스 씨에게 미소를 지었다. "쟤들을 어떻게 다뤄야 할지 모르겠구나, 모헌."

"감사해야지!" 아조다가 말했다.

"너희 집에 대해 말해다오, 모헌." 타라가 말했다.

"당신이 저놈들을 바라크 집에서 데리고 나와서 얻은 게 이것이로군."

"집 말인가요?" 비스와스 씨가 말했다. "오, 사실 별거 아니에요. 작은 집이죠. 아이들을 위해서 지으려는 거예요."

"우리도 이 집을 완전히 다시 짓고 싶어." 타라가 말했다. "그런데 어려움이 많지. 뭔가 좋은 집은 짓고 싶은데 서류는 얼마나 많고 허가는 얼마나 많이 받아야 하는지. 우리가 이 집을 지을 땐 그런 거 없었어. 하지만 너는 똑같은 걱정을 하진 않을 것 같구나."

"아, 그렇죠." 비스와스 씨가 말했다. "그런 건 전혀 걱정 없어요."

스스로 자랑스럽게 여기는 가볍고 정확한 몸짓으로 자리에서 펄쩍 일어난 아조다는 문을 열고 마당으로 갔다.

타라가 말했다. "저 두 사람은 항상 싸워. 그런데 별것 아니란다. 내일이면 또 아버지와 아들처럼 지낼 거야."

그들은 외양간에서 아조다가 집에 간 소몰이꾼을 욕하는 소리를 들었다.

라비다트의 형인 재그다트가 들어와서 특유의 명랑한 목소리로 물었다. "큰아버지는 왜 저렇게 골이 나셨어요, 큰어머니?" 그러고는 낄 낄거리고 웃었다.

재그다트를 볼 때마다 비스와스 씨는 그가 장례식에서 방금 돌아온 것 같다고 느꼈다. 홀가분해하는 태도에다 옷 또한 그런 분위기였기 때문이다. 그 옷은 몇 년간 변함이 없었다. 검은 구두, 검은 양말, 검은 가죽 벨트를 찬 검푸른 서지 바지, 하얀 셔츠, 손목 위로 보이는 하얀 커프스단추, 화려한 넥타이까지 착용하고 있었다. 이런 복장으로 나타나서는 이제 막 장례식에서 돌아온 것처럼 코트를 벗고 커프스단추를 풀고 검은 넥타이를 원래 자리에 놓고 나서 엄숙하게 보낸 오후에 일종의 보상이라도 하는 듯한 자세를 취했던 것이다. 그의 눈은 라비다트의 눈만큼이나 작았지만 더 생기 있어 보였다. 얼굴은 더 넓었다. 그는 토끼 같은 이빨을 보이며 더 자주 웃었다. 그가 반지를 낀 털 난 손으로 비스와스 씨의 등을 세게 후려치며 말했다. "모헌, 잘 지냈어!"

"재그다트, 잘 지냈어." 비스와스 씨가 말했다.

"모헌이 집을 짓는단다." 타라가 말했다.

"집들이에 우리를 초대하러 온 건가요? 우리는 널 크리스마스 때 밖에 못 봤는데. 다른 땐 먹지도 않는가 보지? 아니면 돈 버느라고 그런 거야?" 그러면서 재그다트는 크게 웃었다.

아조다가 외양간에서 돌아왔다. 아조다, 비스와스 씨, 재그다트는 베란다에서 함께 밥을 먹었다. 타라는 부엌에서 혼자 먹었다. 아조다는 말이 없이 뚱했고, 재그다트도 조용했다. 음식은 맛있었지만 비스와스 씨는 맛을 즐기지 못한 채 먹었다.

비스와스 씨는 식사 후에 타라만 따로 만나고 싶었다. 그런데 아조다가 베란다에 있는 흔들의자에 계속 앉아 있었다. 그리고 얼마가 지나자 비스와스 씨는 떠나야 할 때라는 생각이 들었다. 하녀가 부엌 설거지를 끝냈고, 밤 시간의 침묵으로 인해 원래 시간보다 더 많이 지나간 듯한 느낌이 들었다.

타라가 아이들을 위해 과일을 약간 가지고 가라고 말했다.

아조다가 걸걸한 목소리로 말했다. "비타민 C, 타라, 그 애에게 비타민 C를 많이 줘."

타라는 순순히 오렌지를 가방에 가득 채웠다.

그러자 아조다가 안으로 들어갔다.

그가 사라지자마자 타라는 자줏빛 껍질의 커다란 아보카도 몇 개를 가방에 넣었다. 하누만 하우스에서는 툴시 부인과 신만 먹을 수 있게 따로 챙겨두는 과일이었다. "곧 익을 거야." 그녀가 말했다. "애들이 좋아할 거다."

그는 아이들이 어디서 살고 자기가 어디서 사는지 설명하고 싶지 않았다. 그런데 그는 이모에게 돈을 부탁하지 않아도 돼서 기뻤다.

"이모부가 성질낸 거 미안하다." 그녀가 말했다. "하지만 별 뜻은 없어. 저 애들이 좀 힘들게 굴어서 그렇지. 쟤들이 항상 저이에게 돈을 달라고 하는데, 가끔 화를 낸다고 나무랄 수도 없지 않니. 게다가 이모부에 대해서 오만 소리를 다 하고 다니거든. 이모부는 아무 말도 안 하셔. 하지만 다 알고 있지."

비스와스 씨는 아조다에게 작별 인사를 했다. 그의 방은 깜깜했지만 문이 열려 있었다. 아조다는 침대에서 베개도 없이 옷을 모두 입은 채 누워 있었다. 비스와스 씨가 가볍게 노크를 했지만 아무 대답이 없었다. 벽에 있는 선반에 신문이 흐트러져 있었다. 방에는 가구가 네 점밖에 없었다. 침대, 의자, 작은 서랍장과 검은 철제 금고였다. 철제 금고 위에는 신문과 잡지가 덮여 있었다. 비스와스 씨가 막 나가려고 할 때 아조다가 부드러운 말투로 "난 안 자고 있어, 모헌. 그런데 요즈음엔 먹고 나면 꼭 쉬어야 돼. 내가 말을 안 한다거나, 일어나지 않아도 불쾌하게 생각하진 마라" 하는 소리가 들렸다.

버스를 타기 위해서 큰길로 가는 도중 비스와스 씨는 누군가가 부르는 소리를 들었다. 재그다트였다. 그는 자기 손을 비스와스 씨의 어깨에 놓고 은밀히 담배를 권했다. 아조다가 담배를 못 피우게 했기 때문에 재그다트에게 담배는 여전히 스릴 있는 것이었다.

재그다트는 기분 좋게 말했다. "노인네들에게 뭐 좀 짜내려고 온 거지, 아니야?"

"뭐, 내가? 나는 그냥 어르신들 좀 뵈려고 온 거야, 자식아."

"노인네는 그렇게 말하지 않던데."

재그다트는 대답을 기다리다가 비스와스 씨의 등을 쳤다.

"하지만 난 아무 소리 안 했는걸."

"모헌, 이봐 친구. 옛날에 써먹던 요령 한번 써본 거잖아. 빙고 놀이 하던 시절에 말이야."

"난 아무 짓도 하려고 하지 않았어."

"아니, 아니야. 네가 그러려고 했다고 내가 깔볼 거라고 생각하지 마. 나도 그 짓 말고 매일 뭘 할 수 있겠어? 하지만 그 노인네는 예리하단 말이야. 네가 짐작도 하기 전에 냄새를 맡을 수 있지. 그래서 뭐? 그래도 아이들 땜에 집을 짓겠단 말이야?"

"너도 얘들 땜에 집을 지으려고?"

재그다트의 좋던 기분이 갑자기 확 가라앉았다. 그는 마치 돌아가려는 듯 반쯤 돌아서더니 멈춰 서서 화난 듯이 목소리를 높여 말했다.

"그래서 그 사람들이 내 얘기를 퍼트린다는 거지, 그렇지? 너한테도 말했어?" 그는 고함을 질렀다. "**오 세상에!** 돌아가서 저 인간들 의치를 박살 내버리겠어. **모헌!** 뭔 소린지 알지?"

그 집 식구들에게는 멜로드라마적인 기질이 흐르는 것 같았다. 비스와스 씨가 말했다. "그분들은 아무 말도 안 했어. 하지만 내가 널 어렸을 때부터 알아왔다는 걸 잊지 마. 옛날 재그다트라면 지금쯤 작은 학교라도 세울 만큼 밖에다 애를 낳았을 거라고 짐작한 거야."

여전히 돌아가려는 자세를 취하고 있던 재그다트가 긴장을 풀었다. 그들은 계속 걸었다.

"그냥 네댓 명 정도야." 재그다트가 말했다.

"무슨 뜻이야, 넷이야, 다섯이야?"

"음, 네 명." 재그다트는 약간 풀이 죽었고 얼마 후 다시 입을 열었을 때는 서글픈 어조였다. "있잖아, 지난주에 아버지를 보러 갔었어. 헨리 스트리트에서 튀기들이 득시글대는 다 찌그러진 집의 작은 콘크리트 방에 살고 있더라고. 그리고," (그의 목소리가 다시 높아졌다.) "그 망할 놈. (그가 소리를 질렀다.) 그 망할 놈은 우리 아버지 돕는 일은 죽어라고 안 하더라."

불 켜진 창문에 커튼이 올라갔다. 비스와스 씨는 재그다트의 소매를 잡아당겼다.

재그다트의 목소리는 감상적인 효심에 잠겼다. "모헌, 그 노인네 기억나?"

비스와스 씨는 반다트를 잘 기억하고 있었다.

"아버지 얼굴이," 재그다트가 말했다. "자꾸 작아지는 거야." 작은 눈을 반쯤 감고 한 손의 손가락을 뭉쳐서 들어 올리는 그의 동작이 매우 섬세해서 마치 펀디트가 종교 의식을 거행하는 듯했다. "오, 그랬어." 그는 계속 말했다. "큰아버지는 너에게 줄 비타민 A와 비타민 B를 항상 준비해놓고 있지. 하지만 진짜 도움이 필요할 땐 거기 가지 마. 예를 들어볼까. 한번은 큰아버지가 정원사를 고용했어. 다 떨어진 옷을 입고 마르고 병들고 진짜 굶주리고 있는 노인이었어. 너와 나처럼 인도인이었고. 하루에 30센트 벌어. **30센트라고!** 지금도 그 불쌍한 사람은 살림살이가 전혀 나아지지 않는데도 뜨거운 태양 밑에서 일하고 있다고. 잡초 뽑고 괭이질하면서. 태양은 이글이글 타지, 땀도 나지, 등이 부서져라 아픈 3시쯤 아마 쉬고 싶었던지 그 노인이 차 한 잔 달라고 했어. 뭐, 그 사람들이 차 한 잔을 주긴 하더라. 하지만 그날 일이 끝나니까 그 노인 일당에서 6센트를 챙겼더라고."

비스와스 씨가 말했다. "이모네에서 오늘 나한테 먹여준 식사 청구서를 보낼 거라는 뜻이야?"

"웃고 싶으면 웃어. 하지만 저 사람들은 가난한 사람들을 그런 식으로 다뤄. 저 사람들이 신에게는 뇌물을 줄 수 없어서 위안이 돼. 이봐, 신은 선하잖아."

그들은 비스와스 씨가 반다트 밑에서 일하던 가게에서 별로 멀지 않은 큰길에 도착했다. 그 가게는 지금 한 중국인이 소유하고 있었고 커다란 간판이 그 사실을 알려주고 있었다.

재그다트와 작별해야 하는 순간이 왔다. 하지만 비스와스 씨는 그와 작별하여 한밤중에 혼자 그린 베일로 돌아가는 버스에 오르고 싶지 않았다.

재그다트가 말했다. "첫째 애가 진짜 똑똑해."

비스와스 씨는 몇 초가 지난 뒤에야 재그다트가 소문이 자자한 자신의 사생아 중 한 아이에 대해 말하고 있다는 것을 깨달았다. 그는 재그다트의 넓적한 얼굴에서, 그 밝고 활기찬 작은 눈에서 불안함을 느꼈다.

비스와스 씨가 말했다. "잘됐다. 그 애에게 '당신의 신체'를 읽어달라고 하면 되겠네."

재그다트가 웃었다. "모헌, 넌 안 변했군."

재그다트에게 어디로 가는지 물어볼 필요는 없었다. 그는 자기 가족에게 가고 있었다. 그렇다면 그도 역시 분열된 삶을 살고 있는 것이다.

"그 여자는 사무실에서 일해." 재그다트가 또다시 불안한 모습으로 말했다.

비스와스 씨는 마음이 뭉클했다.

"스페인 여자야." 재그다트가 말했다.

비스와스 씨는 그게 붉은 피부를 가진 흑인을 완곡하게 표현하는 말이라는 걸 알고 있었다. "난 그런 여자 감당 못 하겠는데."

"하지만 충실해." 재그다트가 말했다.

희미한 불빛의 삐거덕거리는 버스 나무 의자에 앉아 심하게 흔들리면서 고요한 들판을 지나고 빛 하나 없이 죽은 듯 고요한 집이나 외따로 떨어져 밝게 불이 켜진 집들을 지나는 동안 비스와스 씨는 더 이상 오후에 완수해야 했던 일에 대해 생각하지 않았다. 대신 앞으로 닥칠 밤에 대해 생각했다.

*

다음 날 일찍 매클린 씨가 바라크 건물에 나타나서 다른 급한 일을 다 미루고 비스와스 씨의 집을 지을 준비가 되었다고 말했다. 그는 싸구려긴 하지만 점잖은 정장을 입고 있었다. 다림질을 한 그의 셔츠는 짜깁기가 되어 있었지만 보기 좋게 깔끔했다. 카키색 바지는 깨끗했고 칼날같이 주름을 잡아놓았는데, 너무 낡아서 주름이 오래가지는 않았다.

"얼마 정도로 시작하기로 결정하셨나요?"

"백 달러요." 비스와스 씨가 말했다. "이달 말이면 좀더 생길 거예요. 콘크리트 지주는 못 세우겠네요."

"그건 잠깐 유행하는 것이에요. 두고 보세요. 제가 평생 동안 끄떡없을 두꺼비 지주를 만들어줄게요. 별 차이 없을 거예요."

"옛날엔 그게 멋있었죠."

"멋있고 좋았어요." 매클린이 말했다. "음, 난 자재와 일꾼들을 알아보기 시작해야겠어요."

자재는 그날 오후에 왔다. 두꺼비 지주는 조잡해 보였다. 완전히 둥글지도, 완전히 똑바르지도 않았다. 하지만 서까래에 쓸 새 목재와 여러 장의 신문지에 싸여서 온 새 못을 보고 나자 비스와스 씨는 기분이 좋아졌다. 그는 못을 한 줌씩 들었다가 떨어뜨려보았다. 그 소리가 듣기 좋았다. "못이 이렇게 무거운지 몰랐네." 그가 말했다.

매클린 씨는 뚜껑에 자기 이름 첫 글자가 적힌, 커다란 나무 옷가방같이 생긴 도구 상자를 가지고 왔다. 그 안에는 낡은 손잡이와 기름을 먹인 날카로운 칼날이 달린 톱, 여러 개의 끌, 드릴, 수평자, 제도용 티자, 대패, 쇠망치, 나무망치, 반들반들하고 술 장식이 달린 머리가 있는 쐐기, 하얀 얼룩이 묻은 오래된 실타래, 그리고 분필 한 개가 들어 있었다. 그의 연장은 그의 옷과 비슷했다. 다시 말해, 낡았지만 보관이 잘되어 있었다. 그는 자재를 이용해 대충 작업대를 만들고 비스와스 씨에게 그 작업대는 나중에 해체하여 집 지을 자재로 쓸 것이고 손상도 거의 없을 것이라고 장담했다. 비스와스 씨가 또다시 문자 못을 모두 대충 박아놓았기에 괜찮다고 설명해주었다.

일꾼도 왔다. 에드거라는 근육질의 순혈 흑인이었다. 그 사람의 짧은 카키색 바지는 천을 덧대 헐렁했고, 흙이 묻어 갈색으로 변한 러닝셔츠는 구멍 천지였다. 또한 그 구멍들은 그의 탄탄한 몸 때문에 타원형으로 벌어져 있었다. 에드거가 부지를 단검으로 정리하자 축축하고 풍성한 풀밭이 남았다.

비스와스 씨가 들판에서 돌아오자 건축 계획에 따라 흰색으로 표시한 자리에 빗자루질이 되어 있는 것을 볼 수 있었다. 지주를 박을 구멍 자리가 표시되어, 에드거가 구멍을 파고 있었다. 멀지 않은 곳에는 매클린 씨가 돌 위에 평평하게 뉘어 만들어놓은 골조가 있었다. 그가 전에 자기 마당에 그렸던 디자인과 놀라울 만큼 정확하게 일치했다.

"회랑, 거실, 침실, 침실." 비스와스 씨는 목재 위를 뛰어다니며 말했다. "회랑, 침실, 침실, 거실."

공기 중에서 톱밥 냄새가 났다. 잔디 위로 짙은 붉은색과 크림색 톱밥이 떨어지면 이내 에드거의 맨발과 매클린 씨의 낡고 바랜 작업화에 밟혀 가루가 되어 검고 축축한 흙과 섞였다.

매클린 씨는 비스와스 씨에게 일꾼을 구하는 게 어렵다는 말을 했다. "샘을 데리고 오려고 했었는데요." 그가 말했다. "그런데 그 사람이 좀 별난 구석이 있고 무신경해서요. 지금 있는 에드거는 두 사람 몫을 확실하게 합니다. 딱 하나 문제가 있다면 항상 저 사람에게서 눈을 떼면 안 된다는 겁니다. 잘 보세요."

에드거는 무릎 깊이의 구덩이를 파고도 계속해서 삽으로 검은 흙을 규칙적으로 퍼내고 있었다.

"그만하라고 말해야만 해요." 매클린 씨가 말했다. "안 그랬다간 이쪽으로 파 들어가서 저쪽으로 나올 거요. 어쨌든, 사장님, 목 좀 축이는 게 어떨까요?" 그는 술 마시는 시늉을 했다. 처음 일을 하던 며칠간은 일을 다 마치고 술을 마시려고 하더니 이제는 기회만 생기면 마셨다.

비스와스 씨가 고개를 끄덕이자 매클린 씨가 소리쳤다. "에드거!"

에드거는 계속 구덩이를 팠다.

매클린 씨가 자기 이마를 툭툭 쳤다. "제가 말한 게 무슨 뜻인지 아시겠죠?" 그는 손가락 두 개를 입에 넣어 휘파람을 불었다.

에드거가 위를 쳐다보더니 구덩이에서 뛰어 올라왔다. 매클린 씨가 그에게 술집에 가서 럼주를 조금 사오라고 시켰다. 에드거는 자기 소지품이 있는 곳으로 달려가더니 먼지가 끼고 짓뭉개진 작은 펠트 모자를 손에 잡아 머리에 푹 눌러쓰고 달려갔다. 몇 분 후 그는 한 손으로는 병을 들고 다른 한 손으로는 모자를 쥐고 여전히 달리면서 돌아왔다.

매클린 씨가 병을 열면서 "사장님과 이 집을 위하여"라고 외치고는 술을 마셨다. 그가 병을 에드거에게 건네주자 에드거도 "사장님과 이 집을 위하여"라고 외치고는 병을 닦지도 않고 마셨다.

매클린 씨는 작업 공간을 많이 필요로 했다. 다음 날 그는 다른 골조를 짰고 그것을 바닥 골조 옆 땅바닥에 내려놓았다. 이 새로 만든 골조는 뒷벽 골조였다. 비스와스 씨는 뒷문과 뒤 창문의 모양을 알아볼 수 있었다. 에드거는 구덩이를 파는 일을 마치고 두꺼비 지주 세 개를 세우고 나서 근처 공공사업부에서 버린 돌무더기에서 가지고 온 돌들로 지주를 더 튼튼하게 세웠다.

비스와스 씨는 이해가 되지 않는 것이 한 가지 있었다. 골조만 거의 85달러였다. 남은 15달러를 매클린 씨와 에드거가 나눠서 갖는데, 매클린 씨가 말한 대로라면 그 일은 여드레에서 열흘 정도 걸리는 일이 었다. 그러나 그들 둘 다 희희낙락했다. 비록 매클린 씨가 임금에 대해 작은 소리로 불평을 하긴 했지만 말이다.

그날 오후 매클린 씨와 에드거가 떠나고 난 뒤 샤마가 왔다.

"세스 이모부에게 들었어요. 이게 다 뭐예요?"

그는 그녀에게 바닥에 있는 골조, 세워놓은 지주 세 개, 흙무더기를 보여주었다.

"땡전 한 푼 안 남기고 가진 돈을 모두 이 일에 써버렸겠군요."

"한 푼도 남김없이." 비스와스 씨가 말했다. "회랑, 거실, 침실, 침실."

그녀의 임신은 확연히 눈에 띄기 시작했다. 그녀는 숨을 헐떡이며 부채질을 했다. "참 좋겠네요. 하지만 애들하고 나는 어쩐대요?"

"무슨 말이야? 아버지가 집을 지어서 걔들이 부끄러워할까 봐?"

"걔들 아버지가 자기보다 훨씬 많이 가진 사람들과 경쟁하려고 작정하고 있으니까요."

그는 그녀가 왜 화났는지 알고 있었다. 그는 원숭이 집에서 여기서 수군수군, 저기서 수군수군하면서 속삭이고 있는 모습을 상상할 수 있었다. 그가 말했다. "당신이 하누만 하우스라는 커다란 석탄 통에서 여생을 보내고 싶어 한다는 건 알고 있어. 하지만 아이들도 거기서 키우려고 하지는 마."

"이 집 다 지을 돈을 어디서 구해올 거죠?"

"그 문제로 골치 썩이지 마. 당신이 걱정을 좀더 많이 좀더 일찍 했으면 벌써 집이 생겼겠다."

"그러는 당신은 나가서 돈을 흥청망청 썼죠. 거지가 되고 **싶은** 게 지."

"이런! 이렇게 내 속을 후벼 파고 또 파는 짓 좀 그만해."

"누가 뭘 판다고 그래요? 이봐요." 그녀가 에드거가 흙을 쌓아놓은 것을 가리키며 말했다. "당신이야말로 제대로 파시는구먼."

그는 노기가 섞인 엷은 웃음을 지었다.

얼마 동안 그들은 잠잠했다. 그러다 그녀가 말했다. "첫 지주 박기 전에 펀디트는커녕 그 비슷한 사람도 불러오지 않았겠죠."

"이봐. 지난번에 하리가 와서 가게를 축성할 때 복은 충분히 받았다고. 기억 안 나?"

"하리를 데려와서 축성을 안 하면 그 집에서 사는 건 물론이고 한 발짝도 들여놓지 않을 거예요."

"하리가 축성을 했다간 아무도 그 집에서 못 산다고 해도 전혀 놀라지 않을 거야."

하지만 샤마가 골조와 지주를 다시 되돌릴 수는 없었다. 그래서 비스와스 씨는 결국 허락했다. 샤마는 하리에게 전할 긴급한 전갈을 가지고 하누만 하우스로 갔다. 그리고 그다음 날 아침 비스와스 씨는 하리가 축성을 다 끝낼 때까지 기다리라고 매클린 씨에게 말했다.

하리는 일찍 왔는데 관심도 적대감도 없이 그저 무기력하고 무관심했다. 그는 평상복 차림으로 조그마한 판지 옷가방에 펀디트가 쓰는 도구를 담아 가지고 왔다. 그는 바라크 건물 뒤에 있는 통 중에서 하나를 골라 목욕을 하고, 비스와스 씨의 방에서 도티로 갈아입은 다음, 놋으로 된 통과 약간의 망고 잎사귀와 다른 도구를 가지고 건물 부지로 갔다.

매클린 씨는 에드거에게 구덩이를 깨끗이 치우라고 시켰다. 하리는 작고 구슬픈 목소리로 기도문을 외웠다. 구덩이 안으로 망고 잎에 적신 물을 몇 방울 떨어뜨리고 또 다른 망고 잎에 싸두었던 1센트짜리 동전 과 몇 가지 다른 물건도 떨어뜨렸다. 의식을 거행하는 내내 매클린 씨 는 모자를 벗고 경건하게 서 있었다.

의식이 끝나자 하리는 바라크 건물로 돌아가 바지와 셔츠로 갈아입 고 떠났다.

매클린 씨는 놀란 것 같았다. "이게 다예요?" 그가 물었다. "다른 인도 사람들은 음식이다 뭐다 막 나눠 주던데 그런 것도 없어요?"

"집이 다 지어지면 그러죠 뭐." 비스와스 씨가 대답했다. 매클린 씨는 실망을 잘 참았다. "그렇겠네요. 제가 잊고 있었어요."

에드거는 축성한 구멍에 지주를 박고 있었다.

비스와스 씨는 매클린 씨에게 말했다. "개인적인 생각이지만, 멀쩡 한 동전을 낭비하는 짓 같아요."

주말이 되자 집이 형태를 드러내기 시작했다. 바닥 골조는 이미 얹 어졌고 벽 골조들도 자리를 잡았다. 지붕도 윤곽이 나타났다. 월요일이 되자 매클린 씨의 작업대를 자재로 쓰기 위해 부수고 이어서 뒤편 계단 도 올렸다.

그때쯤 매클린 씨가 말했다. "사장님이 자재를 더 구하면, 그때 다 시 오겠습니다."

*

비스와스 씨는 매일 부지로 가서 집의 뼈대를 살펴보았다. 나무로 된 지주들은 걱정한 것처럼 형편없지는 않았다. 멀리서 보니 지주들이 원통형의 직선으로 솟아, 골조의 다른 부분이 네모형인 것과 대조를 이루고 있었다. 그는 이 집이 스타일을 잘 살렸다고 결론을 내렸다.

비스와스 씨는 바닥용 판자를 사야 했다. 그는 미국삼엽송, 그중에서도 흔해 보이는 13센티미터 넓이로 된 것이 아니라 지붕에서 간혹 쓰이는 게 보이는 6.5센티미터 넓이로 된 것을 원했다. 그는 벽에 쓸 사개 물림 방식의 넓은 판자도 사야 했다. 그리고 지붕에 얹을 골함석판도 필요했다. 철이 아닌 비싼 돌판처럼 보이는 은색 판에 삼각형의 푸른색 도장이 찍힌 새 함석판 말이다.

그달 말에 그는 25달러 수입에서 15달러를 집을 위해 챙겨두었다. 그런데 돈을 쓸 일이 많아서 결국 10달러만 남았다.

둘째 달 말에는 8달러밖엔 더 모으지 못했다.

그때쯤 세스가 한 가지 제안을 가지고 나타났다.

"실론에 노마님이 옛날 벽돌 공장에서 가지고 온 함석판을 좀 놔둔 게 있다네." 그가 말했다.

그 공장은 비스와스 씨가 체이스에서 살 때 철거되었다.

"5달러야." 세스가 말했다. "왜 진작 그 생각을 못했는지 몰라."

비스와스 씨는 하누만 하우스로 갔다.

"집은 잘돼가요, 제부?" 친타가 물었다.

"왜 물으시는 거죠? 하리가 축성했잖아요. 하리가 뭘 축성하면 어떻게 되는지 잘 아시면서."

아난드와 사비가 비스와스 씨를 따라 뒤로 갔다. 그곳은 옆집에 새로 생긴 쌀 방앗간에서 날아온 왕겨로 모든 것이 까슬했다. 그리고 철판들이 마치 오래된 카드 한 벌처럼 울타리에 기대어 쌓여 있었다. 그 판들은 모양이 다양했고, 굽고, 휘고, 녹이 많이 슬었으며, 모퉁이는 돌돌 말려서 기분 나쁘게 생긴 갈고리형으로 변해 있었다. 골판은 여기저기가 납작했고, 만지면 위험할 정도로 사방이 못 구멍투성이였다.

아난드가 말했다. "아빠, **저걸** 사용할 건 아니지요?"

"판잣집 같은 집을 만들 거예요?" 사비가 말했다.

"자네 집을 덮을 뭔가가 필요하겠지." 세스가 말했다. "비를 피할 수 있으면, 굳이 비를 막아주는 게 뭔지 보려고 밖으로 뛰어나가진 않을 거 아닌가. 3달러에 사 가게."

비스와스 씨는 새 골함석판의 가격과 앙상하게 노출되어 있는 자기 집의 골조를 다시 생각해보았다. "좋습니다." 그가 말했다. "보내주세요."

학교에서의 사건 이후 차츰 기가 살아난 아난드가 말했다. "**좋았어!** 얼른 사서 아빠 낡은 집에 얹어요. 지금 어떻게 보이든 나는 상관없어."

"작은 뱃사공이 한 명 더 생겼군." 세스가 말했다.

그러나 비스와스 씨도 아난드와 같은 생각이었다. 그는 지금 집이 어떻게 보이는가는 별로 상관하지 않았다.

그린 베일에 도착하니 매클린 씨가 보였다.

그들은 둘 다 당황했다.

"스웜플랜드에서 일을 하고 있었어요." 매클린 씨가 말했다. "그냥 여기를 지나가던 중이었는데 한번 와봐야겠다는 생각이 들어서요."

"며칠 전에 한번 찾아가려고 했습니다." 비스와스 씨가 말했다. "그런데 어떤지 아시지요. 18달러 정도 모았습니다. 아니 15달러요. 방금 아르와카스에 갔다가 지붕에 얹을 함석판을 좀 샀습니다."

"제때 잘 사셨네요, 사장님. 그러지 않았으면 쏟아부은 돈이 다 쓸모없게 됐을 거예요."

"새 함석판은 아니에요. 내 말은 완전히 새것은 아니라는 겁니다."

"함석판이라면 언제든지 새것같이 보이도록 할 수 있어요. 약간만 페인트칠을 해도 얼마나 달라질 수 있는지 깜짝 놀라실 겁니다."

"여기저기 구멍도 좀 있어요. 약간요. 아주 작은 구멍이요."

"매스틱 시멘트*로 쉽게 때울 수 있습니다. 별로 비싸지도 않아요, 사장님."

비스와스 씨는 매클린 씨의 어조에서 뭔가 다른 분위기를 느꼈다.

"사장님이 바닥재로 미국삼엽송을 깔고 싶어 하시는 건 압니다. 미국삼엽송이야 좋죠. 보기도 좋고 냄새도 좋고 청소하기도 좋고요. 그런데 불이 너무 잘 붙습니다. 정말 쉽게 붙어요."

"저도 같은 생각을 했어요." 비스와스 씨가 말했다. "푸자를 할 때 항상 미국삼엽송을 사용해요." 그건 향이 빨리 나게 제물을 태우기 위해서였다.

"사장님, 제가 삼나무 널판을 좀 가지고 있는데요. 스윔플랜드에 사는 어떤 사람이 7달러에 삼나무 한 더미를 다 주겠다고 했어요. 삼나무 45미터에 7달러면 진짜 싼 거지요."

비스와스 씨는 망설였다. 모든 나무 중에서 삼나무가 가장 마음에 안 들었기 때문이다. 색깔은 좋지만 냄새도 독하고 잘 빠지지도 않았다. 매우 약한 나무라서 손톱으로도 자국을 낼 수 있고 이빨로도 물어뜯어 조각을 낼 수 있었다. 튼튼하게 만들려면 두꺼워야만 했다. 하지만 두꺼우면 보기가 싫었다.

"자, 사장님. 저도 그게 질이 좋지 않은 판자라는 것은 압니다. 하

---

* 단열이나 방수에 사용하는 접착재료.

지만 저를 아시잖아요. 제가 대패질을 다 끝내면 아주 평평하게 될 거고, 판자를 잘 짜 맞춰서 그 사이로 얇은 종이 한 장 못 들어가게 할 수 있어요."

"7달러라고 했죠. 그럼 당신 몫으로 8달러가 남겠군요." 마루를 깔고 지붕을 올릴 비용이 없다는 뜻이었다.

그러자 매클린 씨가 화를 냈다. "힘든 일이에요." 그가 말했다.

주말이 되자 골함석판이 아난드, 사비, 샤마가 탄 화물 트럭에 실려 도착했다.

아난드가 말했다. "수실라 숙모가 함석판을 화물 트럭에 실을 때 인부들에게 막 고함질렀어요."

"세게 집어 던지라고 하던?" 비스와스 씨가 말했다. "그렇게 말했어? 그 사람들이 골함석판에 흠집을 더 많이 내길 바랐겠지? 안 봐도 뻔해."

"아니, 아니. 이모가 빨리 일 안 한다고 말했어요."

비스와스 씨는 인부들이 짐을 내릴 때마다 수실라의 악감정 탓으로 돌릴 만한, 튀어나온 곳이나 움푹 팬 곳을 찾으려고 함석판을 살펴보았다. 녹이 슨 금을 볼 때마다 그는 짐을 부리는 사람들을 멈추게 했다.

"이봐. 당신들 중에서 누가 이렇게 했어? 나 지금 정말 화가 나서 당신들 줄 돈 삭감하라고 세스 씨에게 말할 거야." 몹시 형식적이고 불길한 단어인 '삭감'은 재그다트에게 들어 배운 말이었다.

풀밭 위에 쌓아놓은 함석판 때문에 그곳은 버려진 공터처럼 보였다. 함석판의 어느 골도 다른 골과 맞지 않았다. 그리고 너무 높이 쌓아 올려 흔들거렸고 위태해 보였다.

매클린 씨가 말했다. "망치로 펼 수 있어요. 이제 서까래에 대해 의논해야겠네요, 사장님."

비스와스 씨는 서까래를 잊어버리고 있었다.

"자, 사장님, 이런 식으로 한번 생각해보세요. 서까래는 밖에서는 안 보입니다. 안에서만 보이죠. 안에서도 천장을 얹으면 서까래를 감출 수 있어요. 그러니까 나뭇가지를 쓰면 돈도 안 들고 더 낫지 않을까 싶은데요. 잘 다듬기만 하면 최고급 서까래로 만들 수 있어요."

그런데 매클린 씨가 일을 시작할 때 그는 혼자였다. 비스와스 씨는 에드거를 다시 보지 못했고 그에 대해 물어보지도 않았다.

매클린 씨는 '배린 땅'으로 가서 나뭇가지를 가져와 손질해서 서까래로 만들었다. 그는 서까래가 주골조(主骨彫)에 놓이는 부분마다 새김눈을 표시한 다음 거기에 못을 박았다. 보기에는 튼튼해 보였다. 매클린 씨가 얇은 가지를 사용했기 때문에 십자형 서까래로 쓰기에는 약하고 울퉁불퉁하고 다루기가 힘들었다. 얇은 가지들이 흔들거리는 것 같았고 비스와스 씨가 보기에는 토담집 서까래 같았다.

그런 다음 골함석판에도 못을 박았다. 골함석판을 다루는 것은 위험했다. 매클린 씨의 몸무게와 휘두르는 망치의 타격으로 서까래가 흔들렸다. 아래의 잡초와 골조 위로는 녹이 뒤덮였다. 그날 매클린 씨가 도구들을 나무 상자에 넣고 집으로 가고 난 뒤, 비스와스 씨는 그 지붕 아래에, 단 하루 전만 해도, 심지어 그날 아침만 해도 트여 있었던 그 집의 그늘에 서 있는 것이 기뻤다.

골함석판이 다 올라가고 회랑을 제외한 모든 방에 지붕을 얹어놓으니 그 집은 더 이상 칙칙하거나 서글퍼 보이지 않았다. 매클린 씨의 말이 맞았다. 골함석판은 나뭇가지로 만든 서까래를 가려주었다. 그러나 지붕에 난 구멍들은 별처럼 반짝거렸다.

매클린 씨가 말했다. "매스틱 시멘트에 대해 말씀드린 일이 있지요. 하지만 그건 제가 함석판을 보기 전 일이고요. 그 시멘트 값이면 함석판 새것을 대여섯 장은 삽니다."

"그래서 어떻게 하라고요? 그냥 집에 앉아서 비나 맞고 있을까요?"

"뜻이 있는 곳에 길이 있다고들 하지 않습니까. 피치*를 쓰면 돼요. 많은 사람들이 피치를 씁니다."

사람들은 아스팔트 길의 눈에 잘 안 띄는 부분 중 자갈은 없고 피치가 많이 덩어리진 곳에서 그것을 공짜로 가져왔다. 매클린 씨는 작은 돌을 지붕 구멍에 넣고 피치로 봉합했다. 그는 함석판의 가장자리와 금 간 곳의 아래쪽을 피치로 붙였다. 그 일은 더디고 시간이 많이 걸리는 일이었다. 일을 다 끝내자 지붕에는 직선으로 내려갔다가 가로로 꺾인 지그재그 모양의 불규칙적인 선들로 이뤄진 검은색의 희한한 문양이 생겼다. 또한 피치 때문에 붉은색, 적갈색, 갈색, 선황색, 회색, 은색이 복잡하게 섞인 오래된 함석판 위로 온 사방에 줄무늬와 얼룩이 생겼고, 부풀어 오른 곳도 있었다.

그러나 효과는 있었다. 이맘때엔 오후가 되면 늘 비가 왔는데, 그래도 지붕 아래의 땅은 젖지 않았다. 바라크 건물이나 다른 곳에서 온 닭들이 그 안식처에 와서 땅을 파고 먼지를 일으켰다.

거칠고 가시 많은 삼나무 바닥재가 오자 그곳에는 삼나무 향기가 진동했다. 매클린 씨가 대패질을 하자 목재는 더 짙은 색이 나는 것 같았다. 그는 목재를 자신이 말한 대로 깔끔하게 맞추어서 머리가 없는 못으로 못질을 하고 구멍은 톱밥 섞은 왁스로 메웠는데, 말라서 굳으니

---

* 아스팔트의 재료.

까 거의 표시가 나지 않았다. 뒷방과 거실의 일부에도 마루를 깔고 나니, 조심만 하면 침실까지 곧장 걸어가는 것도 가능해졌다.

일이 끝나자 매클린 씨가 말했다. "자재를 더 구하면 꼭 연락 주세요."

그는 8달러를 받고 2주 동안 일했다.

비스와스 씨의 생각에 그가 삼나무 값으로 7달러를 지불했을 것 같지는 않았다. 5달러나 6달러쯤 지불했을 것이다.

그 집은 이제 바라크 건물 아이들의 놀이터가 되었다. 아이들은 위로 올라갔다가 다시 뛰어내렸다. 많은 아이들이 심하게 뛰어내렸지만 바라크 건물 아이들이라 그런지 거의 다치지 않았다. 그 애들은 두꺼비 지주와 삼나무 바닥에 못을 박고, 아무 이유 없이 못을 구부렸다. 못을 납작하게 해서 칼을 만들기도 했다. 또한 바닥과 골조의 가로대에 작은 홈 발자국을 냈다. 그래서 진흙이 마르자 바닥이 더러워졌다. 아이들은 닭을 쫓아냈고 비스와스 씨는 아이들을 쫓아내려고 애를 썼다.

"이 빌어먹을 개자식들아! 한 놈 걸리기만 하면 발을 잘라버릴 거야. 정말로 그러는지 안 그러는지 한번 보라고."

*

사탕수수가 더 자라자 쫓겨난 노동자들의 불만은 커져갔고, 비스와스 씨는 우정 어린 경고처럼 전해지는 위협을 받았다.

세스는 종종 노동자들의 배신이나 위험성에 대해 말하곤 했는데, 이제는 그냥 "겁먹지 마"라고만 했다.

그런데 비스와스 씨는 인도인 구역에서 일어났던 많은 살인 사건에 대해 알고 있었다. 얼마나 계획을 잘 짜서 저지른 사건이었던지 법정까지 간 것이 거의 없었다. 그는 마을 사이, 그리고 집안 사이에서 대담하고 교묘하고 충성스럽게 자행된 분쟁에 대해서도 알고 있었는데, 정작 그 일을 저지른 사람들은 월급 받고 사는 고분고분하고 별 볼 일 없는 바로 그 노동자들이었다.

비스와스 씨는 조심해야겠다고 다짐했다. 그는 단검과 아버지의 유품인 목검을 침대 옆에 두고 잠을 잤다. 그리고 아르와카스의 중국인 카페 주인인 시엉 부인에게 털이 많고 갈색과 흰색이 섞여 혈통을 알 수 없는 강아지 한 마리를 얻었다. 바라크 건물에서 잔 첫날에 강아지를 밖에 두자, 낑낑거리며 문을 발톱으로 긁다가 계단에서 떨어지면서도 계속 울어대는 통에 안으로 데리고 들어왔다. 비스와스 씨는 다음 날 아침에 깨어서 강아지가 침대 위의 자기 옆에 누워 눈만 뜨고 있는 것을 발견했다. 비스와스 씨가 놀라서 몸을 움직이자마자 강아지는 바닥으로 뛰어내렸다.

그는 강아지를 목적에 걸맞게 준비시킬 요량으로 타잔이라고 불렀다. 그런데 타잔은 사교적이고 호기심이 많으며 닭들에게만 무섭게 군다는 것이 드러났다. "당신 개 때문에 암탉들이 알을 안 낳아요"라고 닭 주인들이 불평을 했는데, 타잔이 종종 입 가장자리에 깃털을 몇 개 붙이고 있거나, 계속해서 방 안으로 트로피라도 되는 양 깃털을 가지고 오는 것으로 봐서는 사실인 게 틀림없었다. 그러다가 어느 날 타잔이 달걀 한 개를 먹게 되었고 즉시 달걀에 입맛을 들이게 되었다. 암탉은 덤불이나 자기들이 생각하기에 은밀한 곳에 알을 낳았다. 타잔은 곧 그 장소를 암탉 주인만큼이나 잘 알게 되어, 종종 입에 노랗고 끈적끈적한 달걀 물을 묻힌 채 바라크 건물로 돌아왔다. 암탉 주인들은 복수를 했다. 어느 날 오후 비스와스 씨는 타잔의 주둥이가 닭의 똥으로 더럽혀진 것과 타잔이 그때까지 경험해보지 못한 끝없는 불쾌감으로 엄청 고통스러워하는 것을 보았다.

비스와스 씨의 방에는 포스터가 더 늘어났다. 그는 이제 검고 붉은 잉크와 여러 가지 색깔의 연필을 사용해서 좀더 천천히 작업을 했다. 그는 백지를 복잡한 장식으로 채웠다. 그가 그린 글자도 복잡하고 화려해졌다.

소설책을 읽는 게 도움이 되겠다는 생각으로 그는 리더스 라이브러리 판의 염가 도서를 많이 샀다. 그 책의 표지는 짙은 자줏빛으로 금박을 입히고 장식을 한 글자가 적혀 있었다. 아르와카스의 좌판에서는 그 책들이 매력적으로 보였지만, 방에 가지고 오니 만지는 것도 싫어졌다. 도금한 금색이 손가락에 묻었고, 표지를 보면 관을 덮는 천이 떠올랐다. 또한 죽음을 연상시키는 색깔의 천으로 덮어놓은 장의사의 말[馬]이 생각났다.

태양이 밝게 비쳤지만 비가 내렸다. 지붕은 새지 않았다. 그러나 아스팔트가 녹아서 죽 늘어났다. 그러면서 가늘고 검은 뱀들이 무수히 생겨 점점 커졌다. 때때로 그 뱀들이 떨어졌는데, 떨어지면서 오그라들어 죽었다.

어느 늦은 밤 비스와스 씨가 석유램프를 끄고 침대에 들자 밖에서 발자국 소리가 들렸다.

그는 계속 들으며 누워 있었다. 다음 순간 그는 침대에서 벌떡 일어나 목검을 쥐고 일부러 부엌 찬장, 테이블, 샤마의 화장대를 두드려보았다. 그러고는 문 옆에 서서 요란하게 하프도어의 위쪽을 열어젖히고 아래쪽으로 자기 몸을 가렸다.

어둠, 고요하고 무채색인 바라크 건물의 마당, 그리고 달빛 어린 하늘을 배경으로 검게 서 있는 죽은 나무밖에는 보이지 않았다. 두 집 건너에서 불 하나가 비추고 있었다. 누군가가 밖에 있거나 아이가 아픈 거였다.

그때 계단에 있던 타잔이 촐랑거리며 기분 좋아 죽겠다는 듯 짖어대며 꼬리를 심하게 흔들다가 문의 아래쪽에 부딪혔다.

그는 개를 방 안으로 들어오게 해서 쓰다듬었다. 털이 축축했다.

관심을 보여준 것에 기뻐 난리를 치는 타잔이 주둥이를 비스와스 씨의 얼굴에 들이밀었다.

"달걀!"

잠시 동안 타잔이 머뭇거렸다. 아무런 위협도 보이지 않자, 타잔은 계속해서 자기 뒷발을 옮겨가며 꼬리를 두 배는 더 힘차게 흔들었다.

비스와스 씨는 타잔을 껴안았다.

그날 이후 비스와스 씨는 석유램프를 켜고 잠을 잤다.

그는 자기 집이 타서 무너지지 않을까 두려워하기 시작했다. 침대에 들어가면 그 두려움은 배가되었다. 매일 아침 그는 일어나자마자 옆 창문을 열어서 나무 너머로 부서진 것 같은 징후가 있는지를 살펴보았다. 들판에서도 그 점이 걱정되었다. 그러나 집은 언제나 멀쩡하게 서 있었다. 그 얼룩덜룩한 지붕과 골조, 두꺼비 지주와 나무로 만든 계단이 말이다.

샤마가 오자 비스와스 씨는 자신의 걱정거리를 말해주었다.

샤마가 말했다. "사람들은 그런 걱정 안 할 거예요."

그 후 그는 샤마에게 말한 것을 후회했다. 왜냐하면 세스가 와서 "그러니까 그 사람들이 집을 태워 없앨까 봐 걱정한다면서…… 그래?

걱정하지 말게. 그 사람들 그렇게 한가하지 않으니까"라고 말했기 때문
이다.

매클린 씨가 두 번 왔다가 갔다.

매일 비가 내리고, 태양은 이글거리고, 집은 회색이 더 짙어지고,
한때는 신선하고 향기가 좋았던 톱밥은 흙과 섞였고, 아스팔트 뱀은 지
붕에서 더 길게 늘어져 더 많이 죽어갔다. 비스와스 씨는 더욱더 공을
들여서 위로의 메시지를 써서 벽에 붙였다. 정신적으로는 혼란스러웠
으나 그의 손은 아무 생각 없이 묵묵히 일했다.

*

그러던 어느 날 저녁 그의 마음속에 커다란 평온이 자리를 잡았다.
그리고 그는 결심했다. 그는 너무나 오랫동안 이 상황을 일시적인 것이
라고 간주했다. 그러나 이제부터 이 모든 시간을 짧지만 소중한 시간으
로 여기리라 다짐했다. 시간이란 되돌릴 수 없는 것이다. 어떤 행동도
단순히 다른 행동으로 이어지기만 하는 것은 아니다. 모든 행동은 되돌
릴 수 없는 그의 삶의 한 부분이었다. 그러므로 성냥갑을 열고 성냥에
불을 댕기는 것 같은 모든 행동에도 생각이 동반되어야 하는 것이다.
그래서 그는 천천히, 마치 팔다리가 익숙하지 않은 듯 정신을 힘껏 모
아 집중하여 저녁 목욕을 하고, 음식을 조리하고, 그것을 먹고, 설거지
하고, 그 밤을 보내려고 (아니 이용하고, 즐기고, 살기 위해서) 흔들의자
에 자리를 잡았다. 그 집은 중요하지 않았다. 이 방에서의 그 밤이 중요
한 모든 것이었다.

그리고 얼마나 마음을 굳게 먹었던지, 그는 지난 몇 주간 하지 못했

던 일을 했다. 비스와스 씨는 리더스 라이브러리 판『노트르담의 꼽추』*를 꺼냈다. 그는 손으로 표지를 넘겼다. 공을 들여 책장을 펴고 나서 세게 힘을 주자 책등이 몇 군데 뜯어졌고 한 군데는 완전히 떨어져 나갔다. 그래도 그는 다리를 의자 위로 올리고 등을 동그랗게 말아 편안한 자세를 취하고는 평소답지 않게 입맛을 다시며 책을 읽기 시작했다.

마음이 맑아졌다. 그는 빅토르 위고와 상관없는 모든 문제를 가장자리로 밀어냈다. 덤불 속에 빈터를 만든 것이다. 그것은 자기 마음속에 그린 그림이었다. 그의 마음이 자신의 다른 부분과 완전히 분리되었된 것이다.

그 그림의 이미지가 변했다. 그것은 더 이상 숲이 아니라 굽이치는 검은 구름이었다. 조심하지 않으면 그 구름은 그의 머릿속으로 다 몰려들 것이다. 그는 구름이 머리를 누르는 것을 느꼈다. 그는 위를 쳐다보고 싶지 않았다.

이러한 생각이 비스와스 씨 앞에 있는 테이블에 똑바로 세워져 있던 석유램프가 일으킨 착각에 불과했던 게 확실한가?

그는 의자에서 더욱 동그랗게 몸을 말고 다시 입맛을 다셨다.

그러자 너무 겁이 나서 울음이 나올 것만 같았다.

왜 두려워해야 하나? 누구를? 에스메랄다를? 콰지모도를? 염소를? 군중을?**

사람들이었다. 그는 옆방과 바라크 건물의 아래쪽에서 들리는 사람들의 소리를 들을 수 있었다. 길에도 집에도 그들이 없는 곳이 없었다. 그들은 벽에 붙은 신문과 사진, 흔해빠진 광고용 그림 속에 있었다. 비

---

* 빅토르 위고가 1831년에 발표한 소설.
** 『노트르담의 꼽추』에 나오는 등장인물들.

스와스 씨가 들고 있는 책 안에도 있었다. 모든 책 안에 있었다. 비스와스 씨는 랄 선생님이 "오지스"라고 발음하는 오아시스조차 없는 모래와 모래와 모래, 그리고 엄청나게 방대한 흰 고원 한가운데에 찍힌 점처럼 사람이 없어 자신의 안전이 보장되는 풍경을 생각하려고 애썼다.

정말 비스와스 씨는 현실 속의 사람들을 무서워한 걸까?

그는 실험을 해야만 했다. 하지만 왜 해야 할까? 그는 무섭다는 생각을 해본 적 없이 이제까지 사람들 사이에서 평생을 보냈다. 그는 술집 계산대 너머로 사람들과 얼굴을 마주보며 지냈다. 학교도 갔었다. 장날에 사람으로 붐비는 큰 도로도 걸어 내려갔었다.

그런데 왜 지금? 왜 갑자기?

지난 과거의 평온함과 용기가 마치 기적이었던 것처럼 여겨졌다.

그의 손가락에 관보(官褓) 같은 책의 표지에서 떨어진 금박이 묻었다. 그 손가락들을 자세히 보자 빈터가 점점 커지고 그 안으로 검은 구름이 굽이쳐 들어왔다. 얼마나 두꺼운지! 얼마나 어둡던지!

그는 발을 내리고 꼼짝 않고 앉아서 램프를 쳐다보았지만 아무것도 보이지 않았다. 어둠이 그의 머릿속을 채웠다. 그의 모든 삶은 이제까지 좋았었다. 그리고 전에는 그걸 몰랐다. 그는 걱정과 근심으로 그 삶을 완전히 망쳤다. 썩어가고 있는 집에 대한, 그리고 무식한 노동자들의 위협에 대한 걱정과 근심으로.

이제 그는 다시는 사람들 사이로 갈 수 있을 것 같지 않았다.

그는 어둠에 굴복했다.

그가 몸을 일으켜 하프도어의 위쪽을 열었다. 아무도 보이지 않았다. 바라크 건물은 잠에 빠져 있었다. 그는 자신이 진짜 두려워하는 건지 아닌지를 알아내기 위해 아침이 올 때까지 기다려야만 했다.

아침에 그에게 잠시나마 완전히 평온한 상태가 왔다. 그는 지난밤 무엇인가가 자신을 괴롭히고 피곤하게 만들었던 것을 기억했다. 그래서 침대에 계속 남아 기억을 되살렸다. 그러자 그때의 고통이 다시 되돌아왔다. 그는 일어났다. 이불이 엉망이었다. 매트리스는 군데군데 속이 드러나 음산하고 오래된 코코넛 잎 냄새를 풍겼다. 어젯밤에 그의 행동이 그랬듯, 천천히 조심스럽게 상념들이 다시 찾아왔고, 비스와스 씨는 각각의 생각들을 완전한 하나의 문장으로 형태를 잡을 수 있었다. 그는 생각했다. "이 침대는 엉망이다. 그러므로 나는 잠을 제대로 못 잤다. 밤새도록 내가 두려워했던 게 분명하다. 그러니까 그 두려움이 아직 내 안에 있는 거다."

갈라진 틈새를 통과한 햇살에 나부끼는 먼지가 훤히 비치는, 닫힌 창문 너머의 바깥세상이 세계이다. 바깥세상에는 사람들이 있었다.

그는 벽에 걸려 있는 익숙한 어구 몇 개를 크게 읽어보았다. 그러고 나서 최대한 그 어구들을 깊이 느끼려고 애쓰며, 눈을 감고 천천히 한 음절 한 음절 읊었다. 이어 그는 머릿속에서 손으로 그 어구들을 써보는 시늉을 했다.

그러고는 기도를 했다.

그러나 심지어 기도 속에도 사람들의 이미지가 보였고, 그래서 기도는 비딱하게 흘러가버렸다.

그는 옷을 입고 문의 위쪽을 열었다.

타잔이 기다리고 있었다.

'나를 보니 좋은가 보네.' 그는 생각했다. '넌 동물이고 내가 머리와 손을 가지고 있으니까 어제의 나와 같은 사람이라고 생각하겠지. 내가 널 속이고 있는 거야. 난 온전한 내가 아니야.'

타잔이 꼬리를 흔들었다.

그는 문의 아래쪽 반을 열었다.

사람들!

공포가 그를 사로잡아 상처라도 낸 것처럼 아팠다.

달걀 얼룩이 묻은 타잔이 눈을 반짝이며 그에게 달려들었다.

비스와스 씨는 슬픈 마음으로 타잔을 쓰다듬어주었다. "난 어제와 그제 이렇게 하는 것이 좋았는데. 그때는 온전한 나였는데."

어제, 어젯밤은 이미 어린 시절처럼 아득했다. 그리고 그의 공포 속으로 한 번도 즐겨보지 못한 채 이제는 사라져버린 행복한 삶을 그리워하는 슬픔이 섞여 들었다.

그는 매일 아침에 하는 일을 하기 시작했다. 모든 행동을 시작하는 순간 고통은 잊었다. 지나가고 나서야 그 맛이 느껴지는 자유로운 찰나 말이다. 예를 들어서 매일 아침 히비스커스 가지의 분질러진 꼭지로 이를 닦기 위해 그 가지를 꺾을 때 그는 자연스레 자기 집이 밤 동안 부서지진 않았는지 보려고 나무 너머를 쳐다보았다. 그다음 순간 그 집이 사실 별거 아니라고 생각하게 되었던 일이 기억났다.

비스와스 씨는 용감하게 자신을 위협에 노출시키며 물통에서 목욕을 하려고 옷을 벗었다.

노동자들이 일어났다. 그는 헛기침 소리, 침 뱉는 소리, 아궁이에 부채질하는 소리, 프라이팬이 지글거리는 소리, 새롭고 활기찬 아침의 잡담 같은 아침의 소리를 들었다. 어제까지는 별 볼 일 없던 사람들이 이제는 각자 한 명 한 명씩 개별적으로 눈에 들어왔다.

그는 그들을 바라보며 점검했다.

공포.

태양이 떠올라 풀밭의 이슬과 지붕과 나무를 비추었다. 서늘한 태양이었고, 하루 중 기분 좋은 시간이었다.

행동을 할 때처럼, 사람을 만날 때도 비슷한 일이 일어났다. 사람들을 만나면서 비스와스 씨는 어제 그랬던 것처럼 말을 하기 시작했다. 그러다 의문이 또다시 일어나고, 그러면 필연적으로 답이 생겼다. 또 하나의 관계가 엉망이 되고, 또 한 조각의 현재가 부서졌다.

그가 아직 침대에 누워 있을 때 평소처럼 행복하게 이미 시작되었던 그날은, 피곤할 정도로 미친 듯이 질문을 던지며 끝나가고 있었다. 그는 보고, 질문하고, 두려워했다. 그러면서 그는 다시 질문했다. 그 과정이 찰나에 스쳐갔다.

그러나 오후가 되면서 비스와스 씨는 약간 나아졌다. 어린아이들은 두렵지 않았다. 애들은 그에게 슬픔만을 채워줄 뿐이었다. 이제는 그에게 영원히 금지되어버린, 아름답고 선량한 수많은 것들이 그 어린아이들을 기다리고 있었다.

그는 방으로 가 침대에 누워서 잃어버린 모든 행복을 생각하며 눈물을 흘리지 않을 수가 없었다.

*

비스와스 씨가 할 수 있는 일은 없었다. 질문은 끊이지 않고 계속되었다. 한 사진 뒤에 또 한 사진, 한 그림 뒤에 또 한 그림, 한 이야기 뒤에 또 한 이야기. 그는 벽에 붙은 신문을 보지 않으려고 애썼지만 항상 점검해야 했고 항상 두려워했으며 그러고 난 뒤 항상 불안해했다.

비스와스 씨는 결국 침대에 누워 있는 것이 아무 쓸데없다는 생각이 들자 자리에서 일어났다. 그리고 하루 종일 해왔던 결심들을 다시금 하게 되었다. 정상적으로 행동하기 위해, 사소한 결심이나 곧 잊을 거면서 사소한 반항을 하려고 애쓰려는 걸 참아야겠다는 결심 말이다.

그는 하누만 하우스로 자전거를 타고 가겠다고 결심했다.

남자든 여자든 멀리서 보기만 해도 공포로 발작이 일어나는 것 같았다. 그러나 그는 이미 그런 일에 익숙해졌다. 살아가며 겪는 고통의 일부가 되었던 것이다. 그러면서도 자전거를 타고 가는 동안 이 고통의 깊이를 새삼스럽게 발견했다. 24시간 동안 보지 못했던 모든 물체는 완전하고 행복했던 그의 과거의 한 부분이었다. 모든 들판, 모든 집, 모든 나무, 모든 길모퉁이, 모든 튀어나온 곳과 침하한 곳, 즉 지금 그가 보고 있는 모든 것은 자신의 공포에 의해 오손(汚損)된 것이다. 그러므로 단지 세상을 보는 것만으로 그는 조금씩 그의 현재와 과거를 파괴하고 있는 것이다.

그러면서 비스와스 씨에게는 건드리지 않은 상태로 남아 있기를 바라는 것이 몇 가지 있었다. 타잔을 속이는 것은 아주 나쁜 일이었다. 그는 아난드와 사비를 속이는 것도 원하지 않았다. 그는 방향을 바꾸어 자전거를 다시 돌려서 이미 무서워하는 것이 당연하게 된 들판을 지나 그린 베일로 돌아갔다.

전날 자신이 한 모든 행동을 최대한 되풀이하면 자신에게 닥친 일을 물리칠 수도 있다는 생각이 떠올랐다. 그래서 그 전날 그가 신중하게 행동했듯이, 조심스럽게 목욕을 하고, 요리를 하고, 밥을 먹고, 그리고 앉아서 『노트르담의 꼽추』를 폈다.

하지만 독서를 해봤자 지난밤이 기억나고, 공포를 발견하게 된 사실이 떠오르고, 손에는 금박이 묻을 뿐이었다.

아침마다 마음이 평온한 시간이 점점 짧아졌다. 매일 아침 점검해보는 이불은 언제나 지난밤이 괴로웠음을 증언해주었다. 일상적인 행동을 시작하는 시간과 질문을 하는 시간 사이에 있는 평온기가 점점 짧아졌다. 친숙한 사람들을 만나는 시간과 질문하는 시간 사이에 평안함도 점점 줄어들었다. 그러다가 결국 평온이 완전히 사라지고 모든 행동이 엉뚱하고 부질없다고 여겨지게 되었다.

그러나 신문으로 덮인 방에서 상상을 하는 것보다는 진짜 사람들과 함께 밖에 있는 것이 언제나 더 나았다. 비스와스 씨는 모래와 눈이 있는 버려진 풍경을 상상하며 스스로를 계속 위로하려고 했지만, 들판과 길이 텅 비고 모든 것이 고요해지는 일요일 저녁이 되면 고뇌가 깊어져 유독 심하게 아렸다.

그는 계속해서 아무런 경고도 없이 자신을 찾아온 오손이 은밀하게 다시 사라졌다는 것을 나타내는 어떤 징조를 찾아다녔다. 이불을 검사하는 것이 그중 하나였다. 손톱을 보는 것도 그중 하나였다. 언제나 손톱은 다 물어뜯겨 있었다. 하지만 때때로 손톱 하나에서 하얗고 얇은 테두리를 볼 때도 있었다. 비록 이 테두리가 계속 유지되지는 않았지만, 비스와스 씨는 그것이 나타났다는 게 해방이 가까워졌다는 뜻이라고 생각했다.

그러던 어느 날 저녁, 손톱을 물어뜯다가 이빨이 약간 부러졌다. 그는 부러진 조각을 입에서 꺼내 손바닥 위에 놓았다. 누렇고 감각도 전혀 없었으며 아무 쓸모도 없었다. 그는 그것이 이빨의 한 부분이었다는 것을 인정하기 어려웠다. 만약 그 조각이 땅으로 떨어졌더라면 결코 못 찾았을 것이다. 결코 다시 자랄 수 없는 자신의 일부분이었던 것이다. 그는 그걸 간직해야겠다고 생각했다. 그러나 곧바로 창가로 걸어가 그것을 밖으로 던졌다.

어느 토요일 완성되지 않은 집 옆에 있을 때 세스가 말했다. "무슨 일인가, 모헌? 자네 혈색이 이것 색깔 같군." 그는 커다란 손을 한 회색 기둥에 놓고 있었다.

그리고 매클린 씨가 찾아왔다. 그가 아는 누군가가 약간의 목재를 싼값에 내놓았다는 것이었다. 방 하나의 벽을 만들기에는 충분한 양이었다.

그들은 집을 보러 갔다. 매클린 씨는 아스팔트가 지붕에 매달려 있는 것을 보았지만 아무 말도 하지 않았다. 뒷방 바닥은 균열이 생기고 가운데가 휘어지면서 오그라들기 시작했다. 매클린 씨가 말했다. "그 사람은 이 나무들이 경화 처리가 되었다고 했어요. 그런데 삼나무는 진짜 웃기는 나무네요. 전혀 경화 처리가 되질 않으니까 말이죠."

새 목재를 샀다. 삼나무였다.

"사개 물림은 아니에요." 매클린 씨가 말했다.

비스와스 씨는 아무 말도 하지 않았다.

매클린 씨는 이해했다. 집을 짓는 사람들이 이런 무덤덤한 상태가 되는 것을 보고 또 봐왔기 때문이었다.

뒷방에 벽이 생겼다. 일부분에만 바닥이 깔린 거실로 들어가는 문이 만들어져 설치되었다. 아직 짓지도 않은 앞 침실로 가는 문도 만들어지고, 문틀에 못이 박혔다. "사고도 방지하고, 또 사장님이 당장 이사하고 싶어 하실 것을 대비해서요." 매클린 씨가 말했다. 비스와스 씨는 문을 판자로 만들기를 원했었다. 하지만 그는 두 개의 가로대가 못질되어 있는 삼나무 널판을 샀다. 창문도 똑같은 방식으로 만들어져 설치되었다. 새로 산 검은색 걸쇠가 새 나무 위에서 빛이 났다.

"잘 어울릴 겁니다." 매클린 씨가 말했다.

비스와스 씨의 바쁘고 피곤했던 마음속에 이런 생각이 들었다. '하리가 이 집을 축성했다. 샤마가 그 사람에게 축성하라고 시켰지. 그들이 함석판을 주고 그들이 축성했어.'

그는 꿈 때문에 잠을 제대로 자지 못했다. 그는 툴시 가게에 있었다. 사방에 사람들이 가득했다. 두껍고 검은 실 두 줄이 그를 추적했다. 그가 그린 베일로 자전거를 타고 가자 실은 길어졌다. 실 하나가 새하얗게 변했다. 검은 실은 점점 더 두꺼워지면서 검붉은색으로 변하고 괴물처럼 길어졌다. 그것은 검은 고무 뱀이었다. 그 뱀한테 웃기게 생긴 얼굴이 생겼다. 그 뱀은 쫓아가는 것이 웃기다고 생각하고 이제는 뱀이된 흰 실에게 그렇게 말했다.

그 집을 지나가다 검은 뱀이 지붕에 걸린 것을 본 비스와스 씨는 두꺼비 기둥을 만지며 말했다. "하리가 이 집을 축성했어." 그는 그 옷가방과 흐느끼는 기도 소리와 망고 잎으로 물을 뿌리는 것과 동전을 떨어뜨리던 것을 기억했다. "하리가 이 집을 축성했어."

그는 언덕 위에, 나무도 없이 갈색과 푸른색이 섞인 언덕 위에 있었다. 그곳은 더웠지만 바람은 서늘했고 머리카락이 나부꼈다. 한 여자가 언덕 기슭에 있었다. 그 여자는 울면서 비스와스 씨에게 도움을 청하러 왔다. 그는 그녀의 고통을 느낄 수 있었지만 그 여자의 눈에 띄고 싶지 않았다. 그가 어떤 도움을 줄 수 있단 말인가? 그리고 그 여자(샤마, 아난드, 사비, 비스와스 씨의 어머니)는 계속해서 언덕 위로 올라오고 있었다. 그는 그 여자가 흐느껴 우는 소리를 듣고 가버리라고 고함치고 싶었다.

타잔이 문밖에서 낑낑거렸다.

발톱에 상처를 입었던 것이다.

"넌 달걀을 너무 좋아했어."

이어서 소작지를 뺏긴 노동자들이 기억났다.

며칠 밤이 지난 뒤 그는 개 짖는 소리와 고함 소리에 깨어났다.

"운전사! 운전사!"

그는 하프도어의 위쪽을 열었다.

"두키난의 들판에 사람들이 불을 냈어요." 경비원이 말했다.

비스와스 씨는 옷을 입고 서둘러 현장으로 갔고 흥분한 노동자들이 뒤를 따랐다.

크게 위험한 일이나 손해는 없었다. 두키난의 소작지는 작았고, 다른 들판과는 오솔길과 수로로 분리되어 있었다. 비스와스 씨는 인접한 들판의 가장자리를 막고 있는 등나무를 자르라고 명령했다. 그리고 큰 불이 났다고 생각하고 멀리서 왔던 노동자들은 비록 눈앞의 불에 실망하긴 했지만 열심히 일해주었다. 불이 그들의 몸을 밝게 비추고 냉기를 몰아냈다.

붉고 노란 큰 불길은 사그라졌다. 사탕수수 찌꺼기들이 검붉은 연기를 내며 그을음을 만들고 탁탁 소리를 내며 넘어졌다. 이어서 불길의 한 중심에 있는 붉은 심지가 드러났다가 빠르게 열이 식으며 검회색으로 변했다. 불이 붙은 부스러기들이 붉게 반짝이며 올라갔다가 검은색으로 변하며 크기가 줄어들었다. 뿌리부터 줄기까지 숯처럼 이글거리고 타올랐다. 그래서 여기저기 흙 자체에 불이 붙은 것 같아 보였다. 노동자들은 사탕수수 뿌리와 줄기를 막대기로 쳤다. 재가 치솟았다. 연기는 회색에서 흰색으로 변하면서 엷어졌다.

위험이 사라진 바로 그때 비스와스 씨는 한 시간 넘게 자신에게 질문을 하지 않았다는 것을 깨달았다.

곧바로 질문과 공포가 다시 찾아왔다.

노동자들이 바라크 건물로 돌아가면서 나누는 잡담 소리가 잠시 들렸다. 곧 그는 혼자가 되었다.

그러나 그 시간이 한 가지 사실을 증명해주었다. 그가 곧 낫게 되리라는 것이었다.

이 일이 있고 나서 많은 실망스러운 일이 뒤따라 생겼다. 얼마 지나지 않아 그는 자유로운 이 기간을 대단치 않게 여기게 되었다. 마치 아침에 일어나 자신이 온전한 상태라고 생각하지 않게 되었던 것처럼 말이다.

*

학교에서 크리스마스 방학이 시작되면서 또다시 사탕수수 끝이 뾰족해지고 아르와카스에는 크리스마스 가게 간판이 걸리게 되었다. 샤마는 세스를 통해서 며칠간 아이들을 데리고 그린 베일로 오겠다는 말을 전했다.

비스와스 씨는 두려운 마음으로 기다렸다. 그들이 오기로 한 날 그는 그들을 오지 못하게 막을 어떤 사고가 터지기를 바랐다. 하지만 어떤 사고도 터지지 않으리라는 걸 알고 있었다. 만약 뭔가가 터지게 하려면 자신이 그렇게 만들어야 하는 것이다. 그는 아이들이 누가 자신들을 죽였는지 모를 방법으로 아난드와 사비와 자기 자신을 없애버리겠다고 결심했다. 아침 내내 그는 아난드와 사비를 단도로 찌르고 독살하고 목을 조르고 불로 태우는 상상에 사로잡혔다. 그래서 아이들이 오기도 전에 그들과 그의 관계는 이미 뒤틀려 있었다. 비스와스 씨는 미나와 샤마에 대해서는 상관하지 않았다. 그들을 죽이고 싶지는 않았다.

그들이 왔다. 그들이 오자마자 그 계획은 비현실적이고 어처구니없게 여겨졌다. 포기하고 싶은 마음과 엄청난 피로감만 느껴질 뿐이었다. 그리고 기만과 그 유난스러운 고통을 피하고 싶을 뿐이었다. 심지어 아난드와 사비가 자신을 만지고 키스하도록 내버려두면서도 비스와스 씨 본인은 이들에 대해서 질문을 하고, 이들에게 두려워하는 기색이 있는지 찾아보고, 또 이들이 그 기만을 보았는지, 그의 마음속에서 진행되고 있는 것을 간파할 수 있는지 궁금해했다.

샤마에 대해서는 걱정하지 않았다. 단지 그녀가 별 생각 없이 만사 태평인 것이 부럽기만 했다. 그리고 샤마를 보자마자 그녀가 미워지기 시작했다. 임신한 샤마는 모습이 괴상망측했다. 그녀가 앉아 있는 자세가 싫었다. 그는 그녀가 밥 먹을 때 내는 소음을 유심히 들었다. 그는 샤마가 아이들에게 법석을 떨며 암탉처럼 소리를 지르는 것이 싫었다. 그는 그녀가 임신 때문에 숨을 헐떡이고 부채질을 하고 땀을 흘리는 것이 보기 싫었다. 그는 그녀 옷의 주름 장식이나 자수 그리고 그 밖의 다른 장식품 때문에 속이 울렁거렸다.

샤마, 사비, 그리고 미나는 바닥에 깐 이부자리 위에서 잠이 들었다. 아난드는 사주식 침대에서 비스와스 씨와 같이 잤다. 비스와스 씨는 아이와 닿을까 봐 두려워 두 사람 사이에 베개로 둑을 쌓았다.

그의 피로감은 깊어졌다. 일요일인 그다음 날 그는 거의 침대에서 나오지 않았다. 전에는 방에서 나가야 한다고 느꼈던 반면에 이제는 나가고 싶지 않았다. 그는 아프다고 했고 말라리아에 걸린 것처럼 구는 게 쉽다는 것을 알게 되었다.

세스가 왔을 때 비스와스 씨는 그에게 말했다. "말라리아인 것 같아요."

일주일이 지난 뒤에도 피로감은 그를 떠나지 않았다. 침대에 똑바로 앉아 그는 아난드를 위해 연과 장난감 수레를 만들었고 사비를 위해서는 성냥갑을 이용하여 서랍장을 만들었다. 집에 오래 있을수록 떠나고 싶지 않았다. 점점 더 기력이 떨어졌다. 그렇지만 가끔 밖으로 나와야 될 때도 있었다. 그럴 경우 그는 서둘러 초조하게 돌아가 침대에 다시 몸을 뉘어야만 편안함을 느꼈다.

그는 계속해서 샤마를 의심스러운 눈길로 미워하고 역겨워하면서 꼼꼼하게 관찰했다. 그는 그녀에게 직접 말을 걸지는 않고 아이들 중 한 명을 통해서 말했다. 얼마간 시간이 흐르자 샤마도 알아차렸다.

어느 날 아침 비스와스 씨가 침대에 누워 있을 때 샤마가 와서 처음에는 손바닥을, 다음에는 손등을 그의 이마에 놓았다. 그는 그 행동에 화가 나기도 하고, 기분이 좋기도 하고, 불안을 느끼기도 했다. 샤마는 방금까지 채소를 썰고 있었고 그는 그녀의 손에서 나는 채소 냄새를 참을 수가 없었다.

"열은 없어요." 그녀가 말했다.

샤마는 비스와스 씨의 셔츠를 풀고 크고 검고 낯선 자신의 손을 창백하고 부드러운 그의 가슴에 놓았다.

그는 고함을 지르고 싶었다.

그가 말했다. "그래, 아직까지 충분히 살이 오르진 않았어. 다시 데려다놓고 더 먹여야 될 거야. 이봐, 차라리 손가락을 만져보는 게 어때?"*

---

* 헨젤과 그레텔의 마녀가 아이들을 잡아먹기 전에 충분히 살이 올랐는지 알려고 손가락을 만져본 것을 말한다.

그녀가 손을 치웠다. "뭔가 마음속에 있죠, 여보?"

"뭔가 마음속에 있죠?" 그가 따라 말했다. "내 마음속에 뭔가가 있어. 당신도 그게 뭔지 알잖아." 그는 격렬하게 화를 냈다. 그 정도로 그녀가 역겨웠던 적은 없었다. 그러나 비스와스 씨는 그녀가 그곳에 계속 있어주기를 바랐다. 비스와스 씨는 반쯤은 샤마가 자신을 진지하게 대해주기를 바랐고, 또 반쯤은 그녀를 웃기고 당황하게 만들기를 바라면서 빠르고 높은 목소리로 말했다. "내 마음속에 뭔가 있다는 건 맞는 말이야. 구름. 작고 검은 구름들이 많이 끼어 있지."

"뭐라고요?"

"웃기는 일이네. 당신이 욕을 하거나 진실을 말해주면 사람들이 처음엔 항상 당신 말을 못 들은 척했을 텐데, 그거 몰랐어?"

"내 일도 아닌데 간섭한 내 잘못이에요. 내가 여기 왜 왔는지 모르겠어. 아이들만 아니었어도……"

"그래서 당신네들이 똘똘 뭉쳐서 하리에게 그 작고 검은 상자를 들려 보낸 거지, 그렇잖아? 당신네 식구는 모두 날 정말 바보 같다고 생각하는 거지?"

"검은 상자라뇨?"

"내가 뭘 말하는지 알잖아? 처음 듣지는 않았을 텐데."

"이봐요. 난 지금처럼 당신 얘기나 들어주면서 여기 서 있을 시간 없어요, 알아들었어요? 진짜 열이나 있었으면 좋았을 텐데. 그러면 입은 다물고 있었을 텐데 말야."

그는 이 말싸움을 즐기기 시작했다. "나한테 진짜 열이 있었으면 하고 바란다는 건 나도 **알아**. 당신네들 모두 내가 죽는 걸 보고 싶어 한다는 것도 알아. 그러면 그 늙은 암여우는 울고, 어린 신들은 웃고, 당신은 울겠지? 옷도 더럽게 잘 빼입고 말이야. 좋겠다, 그렇지? 그게 당신네들 모두가 원하는 바라는 건 나도 **알아**."

"옷 빼입고, 분 바르고? 내가? 당신이 그런 거 사줘는 봤어요?"

갑자기 비스와스 씨에게 공포가 밀려들면서 서늘한 기운이 들었다.

세스와 그 땅과 골함석판, 하리와 검은 상자, 축성식, 그리고 샤마가 오고 난 후의 이 피로감.

그는 죽어가고 있었다.

그들이 그를 죽이고 있었다. 그는 이 방에 그대로 남아서 죽을 것이다.

샤마는 부엌에서 해먹에 누운 아이를 어르고 있었다.

"나가!"

샤마가 올려다보았다.

그가 침대에서 펄쩍 뛰어나와 지팡이를 움켜쥐었다. 온몸이 차가웠다. 그의 심장은 굉장히 빠르고 고통스럽게 뛰고 있었다.

샤마는 방으로 통하는 디딤돌을 올라갔다.

"나가! 안으로 들어오지 마. 나한테 손대지 마!"

미나가 울고 있었다.

"여보." 샤마가 말했다.

"이 방으로 들어오지 마. 이 방에 다신 발도 들이지 마." 그는 지팡이를 휘둘렀다. 그는 창가로 가서 지팡이를 휘두르며 그녀를 보다가 걸쇠를 잠그기 시작했다. "날 건드리지 마." 비스와스 씨가 고함을 쳤다. 그의 목소리에는 흐느낌이 뒤섞여 있었다.

그녀가 문을 막았다.

하지만 비스와스 씨는 이미 창문을 떠올리고 있었다. 그는 창문을 밀어 열었다. 창문이 흔들거리며 열렸다. 빛이 방 안으로 들어오자 신선한 공기가 오래된 판자와 신문에서 나는 곰팡내와 뒤섞였다(그는 이것들에서 얼마나 곰팡내가 나는지 잊고 있었다). 바라크 건물의 마당 너머로 길 위에 줄지어 서서 그의 집을 가려주고 있는 나무들이 보였다.

샤마가 그를 향해 다가갔다.

비스와스 씨는 비명을 지르며 소리 내어 울기 시작했다. 그는 손바닥으로 창턱을 누르며 그 위로 올라가려고 애쓰다가 뒤돌아 그녀를 봤다. 놀고 있는 손이 없어서 지팡이를 방어 무기로 쓸 수가 없었다.

"뭐 하는 거예요?" 그녀가 힌두어로 물었다. "이봐요, 그러다가 다쳐요."

그는 타잔, 사비 그리고 아난드가 창 밑에 있는 것을 깨달았다. 타잔이 꼬리를 흔들며 짖었고 벽을 타고 뛰어오르려고 하고 있었다.

샤마가 가까이 다가왔다.

그는 창턱에 있었다.

"오 세상에!" 비스와스 씨가 고함을 지르며 고개를 위아래로 흔들었다. "저리 가."

샤마가 그에게 손을 댈 수 있을 만큼 가까이 왔다.

그가 그녀를 찼다.

샤마가 고통스럽게 날카로운 외마디 비명을 질렀다.

비스와스 씨는 자신이 샤마의 배를 걷어찼다는 것을 깨달았지만, 이미 너무 늦었다.

바라크 건물에서 여자들이 샤마의 비명 소리를 듣고 달려 나와 그녀를 도와 방에서 끌어냈다.

사비와 아난드가 방 앞에 있는 부엌 터로 달려왔다. 타잔은 놀라서 사비와 아난드 그리고 여자들과 비스와스 씨 사이를 뛰어다녔다.

"짐 싸서 친정으로 가요." 바라크 건물 여자들 중 한 사람인 두크니가 말했다. 그녀도 종종 매를 맞았고 남편이 부인을 때리는 것을 많이 봤다. 그런 일들은 모든 여자를 자매로 묶어주었다.

사비가 겁에 질린 듯 방으로 가서 아버지는 쳐다보지도 않고 짐을 옷가방에 챙겼다.

비스와스 씨가 노려보면서 고함을 쳤다. "애들 데리고 가버려. 가버리라고!"

바라크 건물 여자들에게 둘러싸인 샤마가 소리쳤다. "아난드, 빨리 짐 싸."

비스와스 씨가 창턱에서 뛰어내렸다.

"**안 돼!**" 그가 말했다. "아난드는 당신과 안 갈 거야. 당신 딸들이나 데리고 가." 그는 자신이 왜 그렇게 말했는지 알 수 없었다. 사비는 그가 잘 아는 유일한 아이였는데, 일부러 그 애에게 상처를 준 것이다. 또한 자신이 아난드가 머물러 있기를 바라는 건지도 몰랐다. 아마도 샤마가 그 이름을 말했기 때문에 자신도 그렇게 말한 것 같았다.

"아난드." 샤마가 말했다. "가서 짐 싸라."

두크니가 말했다. "그래, 가서 짐을 싸거라."

그러자 많은 여자들이 말했다. "애, 지금 당장."

"저 애는 당신과 그 집에 안 갈 거야." 비스와스 씨가 말했다.

아난드는 비스와스 씨도 여자들도 쳐다보지 않은 채, 타잔을 쓰다듬으며 아까부터 있던 부엌 터에 그대로 남아 있었다.

사비가 옷가방과 신발 한 켤레를 가지고 방에서 나왔다. 그러더니 발의 먼지를 털고 한쪽 신발의 버클을 죄었다.

그제야 울기 시작한 샤마가 힌두어로 말했다. "사비, 신발 신기 전에 발부터 씻으라고 여러 번 말했지."

"알았어요, 엄마. 가서 씻을게요."

"지금은 괜찮다." 두크니가 말했다.

다른 여자들도 말했다. "그래, 괜찮아."

사비는 다른 쪽 신발의 버클도 죄었다.

샤마가 말했다. "아난드, 나와 같이 갈래, 아니면 아버지랑 계속 있을래?"

손에 지팡이를 쥔 비스와스 씨가 아난드를 바라보았다.

아난드는 계속 타잔을 쓰다듬고 있었고, 타잔은 머리를 위로 치켜든 채 반쯤 눈을 반쯤 감고 있었다.

비스와스 씨는 녹색 테이블로 달려가 어설프게 서랍을 잡아당겼다. 그는 포스터를 그릴 때 쓰는 긴 크레용 상자를 들어 아난드에게 보여주었다. 그가 상자를 흔들었다. 크레용이 소리를 냈다.

사비가 말했다. "아난드, 가서 옷 입어."

여전히 타잔을 쓰다듬고 있던 아난드가 말했다. "난 아버지랑 같이 있을래." 낮고 짜증 난 목소리였다.

"아난드!" 사비가 말했다.

"걔한테 강요하지 마." 다시 평정을 찾은 샤마가 말했다. "그 애는 남자니까 자기가 뭘 하는지 알 거야."

"아난드." 두크니가 말했다. "네 엄마잖아."

아난드는 아무 말도 하지 않았다.

샤마가 일어나자 그녀를 빙 둘러싸고 있던 여자들이 원을 넓혔다. 샤마가 미나를 안고 나서자 사비도 옷가방을 챙겨 따랐다. 그들은 드문드문 나 있는 생명력 질긴 풀 사이의 진흙길을 따라 걸으며, 앞에 있는 암탉과 닭을 쫓아내가며 도로 쪽으로 갔다. 타잔은 뒤를 따라가다가 닭을 보고 진로를 바꾸었다. 화가 난 암탉에게 한 번 쪼인 타잔은 샤마와 사비와 미나가 어디 있는지 찾으려고 두리번거렸다. 그들은 이미 사라진 뒤였다. 타잔은 바라크 건물과 아난드에게로 다시 터벅터벅 돌아왔다.

비스와스 씨는 상자를 열어 아난드에게 뾰족하게 깎아놓은 크레용을 보여주었다. "이것 가져. 이제 네 거야. 이것으로 하고 싶은 대로 해도 돼."

아난드가 고개를 흔들었다.

"하기 싫은 거야?"

타잔이 아난드의 다리 사이로 들어와 쓰다듬어달라는 듯 고개를 들고 눈을 감고 있었다.

"그럼 뭘 하고 싶어?"

아난드가 고개를 흔들었다. 타잔도 머리를 흔들었다.

"그럼 왜 여기 남았어?"

아난드는 화가 난 것 같았다.

"왜?"

"왜냐하면……" 이 말은 자기 자신과 아버지에 대한 분노가 차올라 가늘게 폭발하듯 터져 나왔다. "왜냐하면 아빠만 남겨두고 가려고 해서요."

그날 나머지 시간 동안 그들은 거의 말을 하지 않았다.

비스와스 씨의 본능이 옳았다. 샤마가 가자마자 피곤이 사라졌다. 그는 또다시 불안을 느끼게 되었지만, 가슴을 졸이는 혼란은 이미 친숙해져서 반갑다시피 했다. 첫날 그는 아난드를 데리고 들판으로 갔다. 아난드는 먼지를 덮어쓰고 근지러워하다가, 태양에 그을리고 날카로운 풀에 베인 후로는 다시 들판에 가려고 하지 않았고, 그 후로는 타잔과 함께 바라크 건물에 남았다.

그는 아난드를 위해 장난감을 더 많이 만들어주었다. 막대에 둥근 캔 뚜껑을 느슨하게 못질하여 돌리면 뱅뱅 돌아가게 만들었는데, 아난드가 꽤 좋아했다. 밤이 되면 그들은 눈 덮인 산과 전나무, 청명한 하늘 아래로 푸른 바다에 떠 있는 붉은 선체의 배, 보존이 잘된 울창한 숲 사이로 구불구불하게 나 있는 길이 저 멀리 푸른 산까지 이어지는 것 같은 상상의 장면을 그림으로 그렸다. 그들은 또한 대화도 나누었다.

"누가 네 아버지냐?"

"아빠죠."

"틀렸어. 난 네 아버지가 **아니야**. 신이 네 아버지지."

"오. 그러면 아빠는 누구예요?"

"난 그냥 어떤 사람이지. 별 볼 일 없는 사람. 네가 알고 있는 사람일 뿐이야."

비스와스 씨는 아난드에게 어떻게 색깔을 섞는지 보여주었다. 그는 아난드에게 빨강색과 노란색을 섞으면 주황색이, 파란색과 노란색을 섞으면 녹색이 된다는 것을 가르쳤다.

"와, 잎이 이런 식으로 노랗게 변하는 거예요?"

"꼭 그래서 그런 건 아냐."

"그럼, 있잖아요. 내가 잎을 하나 따서 씻고, 씻고, 또 씻으면 노란색이나 푸른색으로 변하게 되는 거예요?"

"꼭 그렇진 않지. 그 잎은 신의 작품이야. 알겠니?"

"아니요."

"네 문제는 네가 진심으로 믿지 않는다는 거야. 옛날에 너 같은 사람이 있었어. 그 사람은 나 같은 사람을 놀려주고 싶어 했지. 그래서 어느 날, 나 같은 사람이 자고 있을 때 그 사람이 나 같은 사람의 무릎 위로 오렌지 한 개를 떨어뜨리며 생각했대. '저 바보 자식은 일어나서 분명히 신이 오렌지를 떨어뜨렸다고 생각할 거야.' 얼마 후에 나 같은 사람이 일어나서 오렌지를 먹기 시작했어. 그러고 난 뒤 그 사람이 나타나서 말했어. '신이 너에게 그 오렌지를 주었을 거야.' '그래.' 나 같은 사람이 대답했어. 그 사람이 이렇게 말했어. '그래. 내가 말해주지. 신이 그런 게 아니라, 내가 준 거야.' '그래.' 나 같은 사람이 말했어. '잠든 사이에 오렌지를 주십사 하고 내가 기도를 드렸으니까.'"

아난드는 감명을 받았다.

"자, 봐라." 비스와스 씨가 말했다. "이 성냥갑을 봐. 내가 이걸 손에 쥐고 있는 게 보이지. 아이쿠! 떨어졌네. 왜 그랬을까?"

"아빠가 놓았잖아요. 그래서 그런 거지."

"꼭 그런 건 아니야. 중력 때문에 떨어진 거지. 중력의 법칙. 요즈음엔 너 같은 어린애에게 아무것도 가르쳐주질 않는구나."

그는 아난드에게 코퍼니커스와 갈릴리요*라는 사람에 대해 말해주

---

* 코페르니쿠스, 갈릴레오 갈릴레이를 비스와스 씨가 잘못 발음한 것이다.

었다. 지구가 둥글며 태양 주위를 돈다는 것을 아난드에게 처음으로 말해준 사람이 되는 아찔한 기쁨도 누릴 수 있었다.

"갈릴리요를 기억해라. 항상 자신이 믿는 것을 지켜줘야 해."

아난드가 관심 있어 하자 비스와스 씨는 기뻤다. 크리스마스 일주일 전이었다. 그는 세스가 방문하면 일어날 일이 두려웠다.

비스와스 씨는 아난드에게 말했다. "토요일에는 나침반을 만들자."

토요일이 되자 세스가 와서 말했다. "아난드, 집에 가는 게 어때? 집에 가서 스타킹을 걸어놔야지. 아버지랑 여기서 뭐 할 거냐?"

"아빠는 내 아버지가 아니에요. 할아버지 눈에만 내 아버지로 보이는 거예요."

세스는 이 신학적인 문제를 회피했다. "애야, 우린 케이크도 만들고 아이스크림도 만들 거야."

비스와스 씨가 말했다. "갈릴리요를 기억해."

아난드는 남았다.

손전등의 배터리를 가지고 비스와스 씨는 바늘 하나에 자성이 생기게 만든 다음 그것을 둥근 종이 위에 붙였다. 그는 원판의 한중간에 종이로 만든 뚜껑을 고정하고 그 뚜껑을 핀의 머리 부분에 맞춰놓았다.

"바늘 눈이 가리키는 곳이 북쪽이야."

그들은 바늘이 자성을 잃어버릴 때까지 가지고 놀았다.

때때로 비스와스 씨는 자신이 말라리아를 앓고 있다고 말했다. 그럴 때 그는 단단히 옷을 싸매 입고 덜덜 떨면서 아난드에게 자신을 따라서 힌두교의 경전을 암송하게 시켰다. 이럴 때면 아무 말을 안 해주어도 아난드는 아버지의 공포에 상당한 영향을 받아 주문을 외우듯 경전을 암송했다. 바라크 건물의 방은, 문과 창문이 닫히고 모퉁이가 캄

캄해지면, 동굴같이 되어 온갖 위협으로 가득 채워졌다. 그러면 아난드는 아침이 오기를 갈망하게 되는 것이다.

그러나 이에 대한 보상도 있었다.

"오늘은 원심력이라고 불리는 것을 보여줄게. 가서 밖에 있는 양동이에 이만큼 물을 채워 와." 비스와스 씨가 말했다.

아난드가 물을 가져왔다.

"공간이 충분치가 않네." 비스와스 씨가 말했다.

"밖으로 나가면 되잖아요."

비스와스 씨는 듣지 않았다. "힘껏 돌려봐." 아난드가 돌았다.

물이 침대며, 벽이며, 바닥으로 튀었다.

"양동이가 너무 무겁나 보다. 부엌에 가서 작은 푸른색 항아리 하나 가져와봐. 어느 정도 물을 채워서 말이야."

이번에는 제대로 되었다.

그들은 손전등 배터리, 양철 조금, 못 하나, 그리고 에드거가 그 집 터를 청소한 날 오후에 매클린 씨가 신문지에 싸서 가지고 온 못 중에서 녹이 슨 새 못을 이용하여 전기 부저도 만들었다.

*

비스와스 씨가 바라크 건물에서 자기 집의 완성된 방으로 이사 온 데에는 여러 가지 이유가 있었다. 그건 긍정적인 행동이었다. 또한 확신에 찬 반항적인 제스처였다. 그리고 바라크 건물 주변을 돌아다니는 사람들의 소리를 듣는 게 계속 불안하기도 했다. 또한 새해에 새집에서 사는 것이 새로운 마음 자세를 가져오게 되리라는 바람도 있었다. 만약 혼자였다면 이사하지 못했을 것이다. 왜냐하면 사람보다 고독을 더 무서워했으니까. 그런데 아난드와 함께라면 그는 충분히 동료를 가지고 있는 것이다.

타잔은 먼지투성이의 텅 빈 방을 차지하고 있던 임신한 고양이를 발견하고 쫓아냈다.

방을 쓸고 닦았다. 그들은 바닥에 붙은 뱀 같은 아스팔트 자국을 긁어내려고 애를 썼다. 그러나 골함석판 위에서는 쉽게 녹아내렸던 아스팔트가 삼나무 판자 위에서는 억세게 떨어지지 않았다. 그 방은 바라크 건물의 방보다 작았다. 그래서 침대, 샤마의 화장대, 녹색 테이블, 부엌 찬장, 흔들의자를 놓으니 방이 거의 꽉 찼다. "아직은 조심해야 돼." 비스와스 씨가 말했다. "너무 세게 흔들면 안 돼." 불편한 점은 또 있었다. 부엌이 없었다. 그들은 방 밑 아래층의 상자 위에서 조리를 해야 했다. 두 사람 모두에게 구역질 나는 일이었다. 지붕에 홈통이 없어서 언제나 물을 바라크 건물의 물통에서 길어 와야 했다. 그들은 둘 다 바라크 건물 화장실을 썼다.

그리고 비스와스 씨는 매일 가늘고 검고 기다란 뱀들을 봤다.

그 집이 완공된 상태가 아니라고 해서 실망하진 않았다. 그는 서까래, 오래된 골함석판, 회색 기둥, 바닥과 벽에 금이 간 판자, 아직 짓지도 않은 침실에 설치하려고 못질을 하고 가로대를 박아놓은 문을 보았다. 그는 이것들이 자신을 불행하게 만들었다는 것을 알고 있었다. 하지만 그런 생각도 아주 먼 옛날 일이라 기억이 가물가물했다.

비스와스 씨의 꿈에 뱀들이 더욱 자주 나타났다. 그는 그 뱀들이 살아 있다고 생각하기 시작했고, 한 마리가 피부 위로 떨어져서 똬리를 틀면 어떤 기분이 들지 궁금해했다.

질문하고 두려워하는 일도 계속되었다. 바라크 건물에 이런 것들을 두고 오지는 않았던 것이다.

그러나 나무들은 많은 것을 감추어줄 수 있었다.

그리고 어느 날 밤 아난드는 비스와스 씨가 붉은 개미 떼의 습격이라도 받은 듯이 비명을 지르고 러닝셔츠를 찢으며 침대에서 펄쩍 뛰어나오는 통에 깨어났다.

뱀 한 마리가 그에게 떨어졌던 것이다. 아주 가는 뱀으로 길지도 않았다. 올려다보자 또 다른 뱀을 낳으려고 기다리고 있는 어미 뱀이 보였다.

그들은 작대기와 빗자루로 뱀들을 끌어 내리려고 애를 썼다. 때려도 아스팔트는 흔들리기만 했다. 위에 있는 임신한 어미 뱀은 내버려두고 작은 뱀을 손으로 쥐어 당기는 것이 떼어내는 유일한 방법이었다.

그다음 날 저녁 비스와스 씨는 코코아용 칼을 가지고 와서 뱀들을 잘라내는 데 썼다. 쉬운 일이 아니었다. 딱딱한 표면 아래 아스팔트의 뿌리 부분은 말랑말랑하면서도 고무 같았다. 그가 세게 긁어내자 지붕에서 찌꺼기가 얼굴 위로 떨어지는 게 느껴졌다.

다음 날 오후쯤에 뱀들이 다시 자라나기 시작했다.

그는 또 말라리아에 걸렸다고 말했다. 온몸을 밀가루 포대 이불로 감싸고 흔들의자를 흔들었다. 의자가 타잔의 꼬리를 찧었다. 타잔이 비명을 지르며 펄쩍 뛰어오르더니 방 밖으로 나갔다.

"라마 라마 시타 라마.*

이렇게 말해봐. 그러면 너에게 아무 일도 안 일어날 거야." 비스와

---

* 힌두교 신의 이름.

스 씨가 말했다.

아난드가 그 구절을 빠르게, 더 빠르게 되풀이했다.

"날 두고 가고 싶진 않지?"

아난드는 대답하지 않았다.

이는 비스와스 씨가 두려워하는 것 중의 하나였다. 그 문제에(지금 상태에서 그가 가진 힘)에 너무 집중한 나머지 아난드가 떠나고 자신이 홀로 남겨지게 되는 것이 그가 두려워하는 모든 문제 중에서 가장 크게 짓누르는 문제가 되어버렸던 것이다.

*

어느 날 오후 아난드가 마당 근처에서 캔 뚜껑으로 만든 팽이를 돌리고 있는데 남자 두 명이 집 쪽으로 와서 여기 사느냐고 물어보았다. 이어서 운전사 있느냐고 물었다.

"들판에 계세요." 아난드가 대답했다. "그리고 곧 돌아오실 거예요."

나무 사이에 있는 길은 시원했다. 남자들은 거기 쭈그려 앉았다. 그들은 콧노래를 부르고 이야기를 나누고 조약돌을 던졌다. 그들은 풀잎을 씹고 침을 뱉었다. 아난드는 그들을 지켜보았다.

그중 한 명이 불렀다. "얘, 이리 와봐." 뚱뚱하고 검은 콧수염에 눈이 초롱초롱하고 피부가 노란 사람이었다.

조금 더 젊은 다른 사람이 말했다. "우리는 보물을 파고 다닌단다."

아난드는 대꾸하지 않았다. 그는 캔 뚜껑 팽이를 밀어가며 길 쪽으로 갔다.

"와봐. 한번 파보라니깐." 젊은 남자가 말했다.

뚱뚱한 사람이 소리쳤다. "야호!" 그러더니 자갈돌 사이에서 1센트를 끄집어냈다.

아난드는 뚱뚱한 남자가 있는 곳으로 가서 바닥을 긁기 시작했다.

그때 젊은 남자가 소리쳤다. "아하!" 그리고 자갈돌에서 1센트짜리 동전을 끄집어냈다.

아난드는 그 사람 쪽으로 달려갔다. 그때 뚱뚱한 남자가 다시 소리쳤다. 다시 1센트를 발견했던 것이다.

아난드는 그 남자들 사이를 왔다 갔다 했다.

"그런데 저는 하나도 못 찾겠어요." 아난드가 말했다.

"자, 여기." 젊은 남자가 말했다. "여기를 파봐."

아난드가 파보았고 1페니를 찾았다. "제가 가져도 돼요?"

"그럼, 네 거야." 젊은 남자가 말했다. "네가 찾았잖아."

게임은 얼마 동안 계속되었다. 아난드는 2센트를 더 찾았다.

조금 지나자 뚱뚱한 남자는 흥미를 잃은 것 같았다. "운전사가 너무 시간을 끄는군." 그가 말했다. "애야, 아버지 어디 계시니?"

아난드가 하늘을 가리키자, 뚱뚱한 남자는 의아하게 쳐다보며 "운전사가 너희 아버지 아니었어?"라고 물어보았다. 아난드는 재미있었다.

"그러니까, 사람들이 모두 운전사가 제 아버지라고 생각하는데요. 하지만 사실은요, 그 사람은 제 아버지가 아니에요. 그냥 제가 아는 사람이에요."

남자들은 서로를 바라보았다. 뚱뚱한 남자가 자갈 한 줌을 집어 들더니 마치 아난드에게 집어 던지기라도 할 듯이 자세를 잡았다. "썩 꺼져." 그가 말했다. "얼른 꺼져. 요 꼬마 놈, 버릇을 확 고쳐줄 테니깐."

"여기가 아저씨 도로는 아니잖아요." 아난드가 말했다. "이건 공공

사업부 도로라고요."

"게다가 똑똑하기까지 하다 이거냐? 이 죽일 놈, 네가 지금 누구랑 말하고 있는진 아냐?" 뚱뚱한 남자가 일어났다. "네가 그렇게 똑똑하면 내 돈 돌려줘."

"아저씨 건 아저씨가 찾으셔야죠. 이건 제 거예요." 아난드가 젊은 사람에게 고개를 돌렸다. "아저씨, 제가 찾는 거 보셨죠. 그렇죠."

"그냥 내버려둬." 젊은 남자가 말했다.

"남은 몇 푼마저 뺏어간 어린놈이 건방지게 구는 것까진 정말 못 참겠어." 뚱뚱한 남자가 말했다. "내가 이놈을 제대로 가르쳐줘야지." 그가 아난드를 잡았다.

"때려요, 그러면 아버지한테 말해버릴 거니까."

뚱뚱한 남자가 머뭇거렸다.

"그냥 놔둬, 디누." 젊은 남자가 말했다. "저기 봐, 운전사다."

아난드가 팔을 탁 치고 비스와스 씨에게 달려갔다. "저 뚱뚱한 아저씨가 내 돈을 훔쳐 가려고 했어요."

"안녕하세요, 감독관님." 뚱뚱한 사람이 말했다.

"손 좀 봐줘야겠군. 어떤 죽일 놈이 내 아들한테 손을 대?"

"아들이라고요, 감독관님?"

"저 사람이 내 돈을 훔쳐 가려고 했어요." 아난드가 말했다.

"그냥 장난이었어요." 뚱뚱한 사람이 말했다.

"썩 꺼져!" 비스와스 씨가 말했다. "일이라고! 여기서 일자리 찾을 생각은 마. 아무 일도 없을 거니까."

"하지만, 감독관님." 젊은 남자가 말했다. "세스 씨가 얘기했다고 하던데요."

"나한텐 아무 말도 없었어."

"하지만 세스 씨가 말하기를……" 뚱뚱한 사람이 말했다.

"저 사람들 내버려둬요, 디누." 젊은 사람이 말했다. "아버지랑 저 빌어먹을 아들놈 말이야."

"핏줄은 못 속이지." 뚱뚱한 사람이 말했다.

"입조심해." 비스와스 씨가 고함쳤다.

"쳇!" 그 남자는 혀를 차며 뒤로 물러섰다.

아난드는 비스와스 씨에게 자기가 찾은 동전을 보여주었다.

"길에 돈이 가득 있어요." 그가 말했다. "그 사람들은 은전을 찾았어요. 그런데 난 못 찾았어."

*

비스와스 씨가 깼지만 아직 침대에 누워 있을 때 아난드가 일어났다. 아난드는 항상 먼저 일어났다. 비스와스 씨는 그 애가 아직 마무리 작업을 못한 거실에서 소리가 울리는 판자를 따라 계단으로 가는(더 큰 소리가 들렸다) 소리를 들었다. 이어서 적막이 흘렀고 비스와스 씨는 아난드가 거실을 가로질러 돌아오는 소리를 들었다.

아난드는 문가에 서 있었다. 아이 얼굴이 멍했다. "아빠." 목소리가 약했다. 아이의 입이 반쯤 벌어져 떨리고 있었다.

비스와스 씨는 이불을 걷어차고 애를 따라갔다.

아난드는 아버지의 손을 뿌리치고 거실 건너편을 가리켰다.

비스와스 씨가 가서 보았다.

계단 맨 아래 칸에 타잔이 죽어 있는 것이 보였다. 사체가 아무렇게나 나뒹굴고 있었다. 몸의 뒷부분은 계단에 걸쳐 있었고 주둥이는 흙 바닥에 처박혀 있었다. 갈색과 흰색이 섞인 털에는 검붉은 핏덩어리가 뭉쳐져 있고 흙이 묻어 있었다. 주변에는 파리가 득시글댔다. 꼬리는 두번째 칸에 걸쳐 곧게 뻗어 있었다. 가벼운 아침 미풍에 마치 살아 있는 개의 털인 것처럼 타잔의 털이 나부꼈다. 목이 잘리고, 배가 난자되어 벌어져 있었다. 입과 눈 주위에도 파리가 있었는데, 다행스럽게도 눈은 감겨져 있었다.

비스와스 씨는 아난드가 옆에 서 있는 것을 느꼈다.

"안으로 들어가라. 내가 타잔을 돌봐줄 테니까."

그는 아난드를 침실로 데리고 갔다. 아난드는 비스와스 씨의 손가락이 누르는 힘만으로도 움직일 수 있다는 듯이 가볍게, 너무나 가볍게 걸어갔다. 비스와스 씨의 손이 아난드의 머리카락 위로 지나갔다. 아난드가 화를 내며 그 손을 탁 쳤다. 팽팽하면서도 부서질 것 같은 아이의 몸이 떨고 있었다. 양손으로 셔츠를 꽉 잡고 있던 아난드가 거실 바닥 위에서 춤을 추듯 움직이기 시작했다.

몇 초가 지난 뒤에야 비스와스 씨는 아난드가 비명을 지르기 위해 숨을 깊이 들이쉬었다는 것을 깨달았다. 그는 아난드의 부풀어 오른 얼굴과 넓어진 입과 가늘게 뜬 눈을 바라보며 기다리는 일 말고는 아무것도 할 수 없었다. 비명 소리가, 끔찍한 비명 소리가 울리고 계속 울리더니 마침내 목구멍에서 꿀딱꿀딱하는 소리와 목이 막히는 소리가 났다.

"난 여기 있기 싫어! 가고 싶어!"

"좋아." 비스와스 씨가 말했다. 눈이 충혈된 아난드가 침대에 앉아 막힌 코로 헐떡거렸다. "내일 하누만 하우스로 데려다줄게." 그것은 시간을 좀 달라는 간청이었다. 온몸에 고동치듯 힘차게 울리는 두려움 속에서 비스와스 씨는 개에 대해선 이미 잊어버렸다. 단지 혼자 남겨지고 싶지 않다는 생각뿐이었다. 그가 익힌 요령은 당장 싫은 것은 잊어버리는 것이었다. 그는 더 깊은 고통을 피하려고 온 신경을 집중했다.

아난드도 개를 잊어버렸다. 비스와스 씨가 간청하고 있고 자신이 힘을 가졌다는 것, 그게 생각나는 전부였다. 그는 다리로 헝클어진 침대의 옆구리를 차고 바닥을 굴렀다. "아냐! 아냐! 지금 갈 거예요."

"좋아. 오늘 오후에 데려다줄게."

비스와스 씨는 타잔을 마당에 묻었다. 원기 왕성하던 에드거가 급하게 쌓았던 흙더미, 이제 채소 껍질이 위를 덮은 흙더미 옆으로 또 하나의 흙더미가 추가되었다. 타잔의 무덤은 갓 생긴 것처럼 보였다. 그러나 곧 잡초가 그 위를 덮을 것이다. 에드거가 만든 흙더미처럼 그것도 땅의 일부분이 될 것이다.

*

이른 아침의 미풍이 멈추었다. 흐릿하게 안개가 끼었다. 열기가 꾸준히 올라왔고 그것을 식혀줄 소나기는 이른 오후까지도 내리지 않았다. 그러다가 안개가 더욱 짙어지고, 구름이 흰색에서 은색으로 회색으로 검정색으로 변하더니 검은색과 회색을 섞은 수채화 물감 색으로 온 하늘에 빽빽하게 굽이쳤다.

어두워졌다.

비스와스 씨는 서둘러서 들판에서 돌아와 말했다. "널 아르와카스에 오늘 데려다주긴 힘들 것 같아. 곧 비가 올 거야."

아난드는 너그럽게 받아들였다. 4시에 어두워진다는 것은 기억될 만한 낭만적인 사건이었던 것이다.

아래층의 상자로 만든 임시 부엌에서 그들은 식사를 준비했다. 그런 후 그들은 위층으로 올라가 비가 쏟아지기를 기다렸다.

얼마 지나지 않아 비가 왔다. 빗방울이 산발적으로 천천히 드럼을 치듯 지붕 위에 힘차게 똑똑 떨어졌다. 바람이 심해지자 빗줄기가 비스듬해졌다. 기둥에 부딪치는 빗방울의 물기가 번져 창끝 같은 모양으로 커졌다. 지붕 아래쪽 먼지 위로 비가 떨어지자 먼지가 돌돌 말려서 말끔한 구형의 검은색 흙덩어리가 되었다.

그들은 석유램프를 켰다. 나방이 램프로 날아들었다. 어두워지자 혼동한 파리들은 벌써 밤을 지내려고 자리를 잡아 아스팔트가 길게 늘어진 곳에 잔뜩 모여 있었다.

비스와스 씨가 말했다. "하누만 하우스에 갈 거면, 그 색연필은 돌려주고 가야 한다."

바람과 돌풍이 섞여 불면서 빗줄기가 구부러진 모양이 되었다.

"하지만 아빠가 준 거잖아요."

"그렇지. 하지만 네가 그걸 안 받으려고 했잖아. 기억나지? 어쨌든 지금 돌려받아야겠다."

"그럼 돌려주지 뭐. 난 필요 없어요."

"좋아, 좋아. 그냥 농담이야. 받을 생각 없어."

"난 필요 없는데."

"가져."

"싫어요."

아난드가 아직 마무리되지 않은 거실로 나갔다.

비가 본격적으로 내리기 전에 우렁찬 소리로 먼저 예고를 했다. 거

센 바람 소리, 나무 사이로 바람이 지나가는 소리, 그리고 멀리 있는 나무에 엄청나게 비가 쏟아지는 소리가 들렸다. 곧이어 지붕 위에서 빠르게 타닥타닥하는 소리가 나기 시작하더니 곧 지속적이고 고른 망치 소리로 변해갔다. 얼마나 소리가 크게 들렸던지 비스와스 씨가 무슨 말을 해도 아난드는 들을 수 없었을 것이다.

매클린 씨가 만든 지붕 여기저기서 비가 샜다. 그래서 오히려 이 피난처가 더욱 아늑해졌다. 물줄기가 함석판의 골진 부분에서 평평하게 공간을 그리며 흘러내려 집 주변으로 떨어졌다. 지붕 밑에 경사진 땅으로 비가 흘러갔다. 둥글게 뭉쳐져 있던 흙덩어리들이 녹아 없어져 버렸다. 비는 구불구불하게 수로를 내며 길이 있는 곳까지 흘러갔고 바라크 건물의 바로 앞에 있는 물웅덩이에 고였다. 그 뒤로도 계속 큰 소리를 내며 비가 내렸고, 지붕에서는 메아리가 울려 퍼졌다.

한번은 몇 초 동안 번개가 치면서 번쩍거리며 혼란스러운 세계를 비춰주었다. 타잔의 무덤 위의 쌓인 지 얼마 안 된 진흙이 가늘고 고른 물줄기를 따라 씻겨 내려갔다. 빗방울은 흠뻑 젖은 땅을 때리며 반짝거렸다. 그때 귀를 때리며 가까이에서 천둥이 쳤다. 아난드는 괴물 같은 증기 롤러*가 하늘을 찢어놓는 게 아닌가 하고 생각했다. 번개는 신나는 것이었지만 묘한 기분이 들기도 했다. 번개와 천둥소리 때문에 아난드는 다시 침실로 돌아갔다.

아난드가 들어오자 손가락으로 자기 머리 위에 무언가를 쓰고 있던 비스와스 씨는 깜짝 놀랐다. 비스와스 씨는 재빨리 머리카락을 가지고 놀고 있던 척했다. 석유램프의 불꽃이 유리벽으로 보호를 받고 있는데도

---

* 도로 공사에 쓰는 장비.

흔들거렸다. 그림자가 방 주변에 일렁거렸다. 흔들거리는 지붕이 계속 다양한 그림자 모양을 만들었고 거기에 맞춰 뱀의 그림자도 흔들거렸다.

여전히 겉으로는 아버지에게 화가 나 있던 아난드는 무릎을 팔로 감싸고 침대 발치에 있는 바닥에 앉았다. 지붕에서 들리는 소음과 나무와 땅 위를 때리는 빗소리를 들으며 아난드는 냉기를 느꼈다. 뭔가가 근처에 떨어졌다. 날개 달린 개미였는데, 날개는 이미 뭉개져버려서 지금은 벌레같이 생긴 몸뚱이에 짐밖에 되지 않았다. 이 곤충은 폭우가 내릴 때만 나타났는데, 비가 멈추고 난 뒤까지 살아 있는 경우는 거의 없었다. 날개 달린 개미들은 한번 떨어지면 다시는 일어나지 못했다. 아난드는 부러진 날개를 손가락으로 눌렀다. 개미가 꿈틀거렸고 날개가 떨어졌다. 그러자 그 개미는 갑자기 부산하게 움직이며 거짓말같이 멀쩡해져서 어두운 쪽으로 사라졌다.

한바탕 내리던 폭우가 돌연히 멈추었다. 그러나 계속해서 부슬부슬 빗줄기가 떨어졌고 바람도 여전히 불었다. 마치 지붕 위와 벽에 모래를 흩뿌리는 듯한 느낌이었다. 지붕에서 땅으로 떨어져 새로 생긴 수로를 따라 흐르는 힘찬 물소리도 들렸다. 벽의 판자 사이에 생긴 틈으로 비가 스며들었다. 방바닥의 가장자리가 젖었다.

"라마 라마 시타 라마, 라마 라마 시타 라마."

침대에 축 늘어져 있던 비스와스 씨는 두 다리를 붙인 채 입술을 빠르게 움직이고 있었다. 그의 얼굴 표정은 고통스럽다기보다는 분노가 서린 것이었다.

아난드는 이 자세가 동정을 구하는 것이라고 생각했지만 못 본 척했다. 그는 바닥에 앉아 팔짱을 낀 팔을 무릎 위로 올리고 거기에 머리를 기댄 채 몸을 흔들었다.

또다시 한바탕 비가 쏟아지기 시작했다. 날개 달린 개미가 아난드의 팔 위로 떨어졌다. 그는 재빨리 벌레를 손으로 탁 쳤다. 개미가 닿았던 곳이 타는 듯 아팠다. 그때 그는 방 안이 짧은 생의 마지막 몇 분을 즐기고 있는 개미들로 가득 차 있다는 것을 알게 되었다. 커다란 몸에 겨우 붙어 있던 벌레들의 작은 날개는 얼마 못 가서 쓸모가 없어졌다. 개미들은 날개 없이는 스스로를 지킬 수 없었다. 개미들이 계속 떨어졌다. 개미들의 천적이 이미 이들을 발견한 뒤였다. 아난드는 석유램프 때문에 생긴 그림자가 드리워진 벽 위로 검은 개미*가 줄지어 서 있는 것을 보았다. 약간만 건드려도 흩어지는 비쩍 마르고 별 볼 일 없는 생물인 '미친 개미'가 아니었다. 그 개미들은 무는 개미였다. 더 작고 더 통통하고 더 말끔하게 생기고 자줏빛이 도는 검은색에 흐릿하게 윤기가 나며, 마치 장의사처럼 엄숙하고 위풍당당하게 엄격한 편대를 짜고 천천히 돌아다녔다. 번개가 또다시 방을 비추자 아난드는 무는 개미가 한 줄로 두 벽에 걸쳐 대각선으로 길게 뻗어 있는 것을 보았다. 일종의 우회로인 셈이었지만 그 나름 이유가 있는 것이었다.

"저 소리 들어봐!"

아난드는 개미를 보고 소름이 돋은 팔로 입을 누르며 대답하지 않았다.

"아난드!"

빗소리와 바람 소리보다 더 크게 들리는 고통 어린 커다란 목소리에 아난드는 펄쩍 뛰었다. 아난드가 일어섰다.

"저 소리 들리지?"

---

* 북미 대륙에 많은 검은 목수 개미Blank Carpenter Ant.

아난드는 소음의 여러 구성 요소를 구분해 들으려고 애썼다. 빗소리, 바람 소리, 물 흐르는 소리, 나무 소리, 벽과 지붕에 내리는 빗소리. 불분명하게 들리는 말하는 소리. 호박벌이 올라갔다 떨어지는 소리.

"저 소리 들리지?"

물이 힘차게 흘러가는 소리와 나뭇가지가 서로 스치는 소리 등 사람의 말소리처럼 들리는 소리 천지였다. 아난드는 문을 약간 열어서 거실의 둥근 목재 사이로 내려다보았다. 마당에는 빛이 나는 검은 물이 흐르고 있었다. 아직 흙바닥인 앞쪽 침실 아래로 땅이 높아서 아직 젖지 않은 곳에 두 남자가 쭈그리고 앉아 나뭇가지로 불을 피워 연기를 내고 있었다. 야생 타니아*의 커다란 하트 모양 잎 두 장이 남자들 주변에 있었다. 거세진 폭우에 갇히게 되었을 때 그 잎을 우산처럼 사용했던 것이 분명했다. 남자들은 불을 빤히 노려보고 있었다. 한 남자는 담배를 피우고 있었다. 이런 혼란스러운 와중에도 너무나 조용한 장면 속, 희미한 불빛 아래서 담배를 피우는 이 행동이 너무나 대조되고 너무나 평온하여 마치 고대 제례 의식의 일부인 것 같았다.

"그 사람들이 보이니?"

아난드가 문을 닫았다.

바닥에는 날개 달린 개미들이 새로운 생활을 하고 있었다. 개미마다 수십 개의 검은 다리에 사로잡혀 있던 것이다. 그들은 무는 개미들에게 실려 나가고 있었다. 꿈틀대면서 꼼지락거렸지만 그들을 싣고 가는 무는 개미들의 평온하고 엄숙한 분위기를 깰 수는 없었다. 몸에서 떨어져 나간 날개들도 마찬가지로 실려 나가고 있는 중이었다.

---

* 야콘 같은 구근 식물이며, 잎이 90센티미터 크기의 하트 모양으로 생겼다.

번개가 치면서 그림자와 색채를 일순간 지워버렸다.

아난드의 머리와 다리의 털이 곤두섰다. 피부가 따끔거렸다.

"그 사람들이 보이니?"

아난드는 그 사람들이 전날 봤던 그 남자들일 거라고 생각했다. 그러나 확실하지는 않았다.

"단검을 가져와라."

아난드는 침대 머리 근처 벽에 단검을 세워놓았다. 그 벽에는 물이 흐르고 있었다.

"그리고 넌 지팡이를 들고 있어."

아난드는 간절히 잠을 자고 싶었다. 하지만 아버지와 같이 침대에 들어가고 싶지는 않았다. 방바닥은 젖지 않았지만, 개미가 가득해서 이불을 펼 수가 없었다.

"라마 라마 시타 라마, 라마 라마 시타 라마."

"라마 라마 시타 라마." 아난드도 되풀이해서 읊었다.

그때 비스와스 씨는 아난드를 깜빡 잊고 저주를 퍼붓기 시작했다. 그는 아조다와 제이람 펀디트와 툴시 부인과 샤마와 세스를 저주했다.

"애야, 라마 라마라고 해봐."

"라마 라마 시타 라마."

빗줄기가 가늘어졌다.

아난드가 밖을 내다보자 집 아래에 있던 남자들은 연기가 거의 나지 않는 사그라진 불만 남겨둔 채 타니아 잎을 들고 사라지고 없었다.

"그 사람들이 보이니?"

비가 다시 왔다. 번개가 번쩍 또 번쩍했고 천둥이 크게 치며 소리가 울려 퍼졌다.

개미들의 행렬은 계속되었다. 아난드는 지팡이로 개미들을 죽이기 시작했다. 그가 아직 살아 있는 날개 달린 개미를 운반하는 개미 무리를 짓뭉갤 때마다 개미들이 산산이 흩어졌다. 하지만 우왕좌왕하거나 서두르는 법 없이 이내 다시 정렬하여 뭉개진 사체에서 가져갈 만한 부분을 챙겼고 죽은 개미들도 운반해 갔다. 아난드는 지팡이로 계속해서 치고 또 쳤다. 날카로운 고통이 그의 팔에 몰려왔다. 손 위로 개미 한 마리가 보였다. 그 개미는 몸을 곧추세우고 집게발을 그의 피부 안에 파묻고 있었다. 지팡이를 보니 무는 개미들이 무더기로 그 지팡이 위쪽으로 기어오르고 있었다. 아난드는 갑자기 개미들에게, 그들의 앙심과 그들의 보복과 그들의 숫자에 두려움을 느꼈다. 그는 지팡이를 멀리 집어 던졌다. 지팡이가 물웅덩이에 떨어졌다.

지붕이 솟아올랐다가 다시 떨어지더니 삐걱이면서 펄럭거렸다. 집 전체가 흔들렸다. "라마 라마 시타 라마." 아난드가 말했다.

"오 세상에! 그 사람들이 오고 있어!"

"그 사람들은 **다 갔어요**!" 아난드가 화가 나서 소리쳤다.

비스와스 씨는 힌두어와 영어로 경전을 중얼거리다가 다 끝내지도 못한 채 저주를 퍼부으며 침대에서 굴러다녔다. 얼굴에는 여전히 분노한 표정이 역력했다.

석유램프의 불꽃이 일렁이다 줄어들자 몇 초간 방 안에 어둠이 내렸다가 다시 밝아졌다.

지붕 위에서는 흔들리는 소리, 신음하는 소리, 삐걱거리는 소리가 계속 들렸다. 아난드는 골함석판 한 장이 방금 떨어져 나갔다는 것을 알게 되었다. 한 장은 느슨하게 붙어 있었다. 그것이 계속 펄럭거리며 쟁그랑 소리를 내고 있던 것이다. 아난드는 날아가버린 함석판이 떨어지는 소리를 기다렸다.

그는 그 소리를 들을 수 없었다.

번개. 천둥. 지붕과 벽 위로 내리는 비. 느슨한 함석판. 바람이 집으로 불어 닥쳤다가 쉬었다가 다시 불어 닥쳤다.

그때 이 모든 소리를 능가하는 엄청난 소리가 났다. 그 소리가 집을 강타하자, 창문이 갑자기 열리고, 램프가 곧바로 꺼졌으며, 비가 안으로 들이쳤고 번개가 방 안과 바깥 온 천지를 비췄다. 잠시 후 번갯불이 사라지자 그 방은 검은 허공 속으로 빨려 들어갔다.

아난드가 비명을 지르기 시작했다.

그는 아버지가 무슨 말이라도 하며 창문을 닫고 램프를 켜기를 기다렸다.

그러나 비스와스 씨는 침대에서 중얼거리고만 있었다. 그렇게 비와 바람이 필요 이상 큰 힘으로 그 방을 휩쓸고 지나갔다. 그러면서 비스와스 씨가 지었던 집에서 벽도 없고 바닥도 깔지 않은 거실로 통하는 문을 강제로 열었다.

*

아난드는 비명을 지르고 또 질렀다.

비와 바람에 아난드의 목소리가 파묻혔다. 램프는 뒤집어지고, 흔들의자는 흔들리면서 질질 끌려갔다. 부엌 찬장은 벽에 부딪혀 덜커덩거렸고, 모든 냄새가 사라졌다. 간간이 번갯불이 금속성이 도는 푸른빛에서 흰색으로 변하며 번쩍였다. 그 불빛에 계속 흩어지면서도 다시 정렬을 가다듬는 개미들의 모습이 비쳤다.

그때 아난드는 불빛 하나가 어둠 속에서 흔들리는 것을 보았다. 한 남자가 비를 맞으며 몸을 앞으로 숙인 채 움직였다. 한 손에는 강풍용 램프를 들고 다른 한 손에는 단도를 쥐고 있었다. 살아 움직이는 램프의 불꽃이 기적처럼 보였다.

바라크 건물에서 온 람킬라완이라는 사람이었다. 그는 머리와 어깨 위에 망토처럼 삼베 가방을 걸치고 있었다. 맨발 차림이었고, 바지는 무릎 위까지 돌돌 말려 올라가 있었다. 그가 강풍용 램프로 비추자 빗줄기가 반짝였다. 어느샌가 미끄러운 계단으로 올라왔는데, 진흙 발자국이 즉시 씻겨 내려갔다.

"오, 내 불쌍한 송아지!" 그가 소리쳤다. "오, 내 불쌍한 송아지!"

람킬라완이 거실 문을 닫았다. 램프가 일렁이며 온통 젖어 있는 난장판을 비추었다. 그는 창문과 한바탕 씨름을 했다. 벽에 고정된 창문을 조금 당기자마자 바람이 솟아오르며 창문을 세게 닫았던 것이다. 그 바람에 람킬라완은 뒤로 주춤 물러났다. 그는 물이 뚝뚝 떨어지는 삼베 가방을 머리와 어깨에서 벗었다. 셔츠가 피부에 착 달라붙어 있었다.

석유램프는 부서지지 않았다. 안에 기름도 약간 남아 있었다. 유리관은 금이 갔지만 아직 멀쩡했다. 람킬라완은 바지 주머니에서 축축한 성냥갑을 꺼내서 성냥을 켜 심지에 불을 붙였다. 물을 머금은 심지에서 칙칙거리는 소리가 났다. 성냥이 다 탔다. 그리고 심지에 불이 붙었다.

6. 출발

하누만 하우스에 소식을 전해야만 했다. 노동자들은 신파적이고 비극적인 일에는 언제나 잘 응해주는 편이라서 많은 사람이 자원했다. 비와 바람과 천둥을 무릅쓰고 그날 밤 아르와카스에 전갈이 갔고 비스와스 씨가 당한 재난 이야기가 극적으로 전해졌다.

툴시 부인과 어린 신은 포트오브스페인에 있었다. 샤마는 장미방에 있었다. 그리고 산파가 이틀 동안이나 시중을 들고 있는 중이었다.

자매와 그들의 남편 들이 회의를 열었다.

"나는 항상 제부가 미쳤다고 생각했어요." 친타가 말했다.

아이 없는 과부, 수실라가 병실을 관장하는 권위를 가지고 말했다. "내가 걱정하는 것은 모헌이 아니라 애들이야."

세스의 부인인 파드마가 물었다. "그 사람이 무슨 병을 앓는 것 같니?"

매질 잘하던 수마티가 말했다. "전갈에는 제부가 많이 아프다고만 씌어 있었어요."

"그리고 제부 집이 모두 부서진 거나 다름없다네요." 제이의 엄마가 덧붙였다.

몇 명이 미소를 지었다.

"수마티 언니, 미안하지만 내가 언니 말을 좀 수정해야겠어." 친타가 말했다. "전갈에는 제부의 머리가 온전하지 않다고 적혀 있었다니깐."

세스가 말했다. "내 생각에 그 뱃사공을 집으로 데리고 와야 할 것 같다."

남자들이 그린 베일로 갈 준비를 했다. 그들은 소식을 전한 사람만큼이나 신이 나 있었다.

자매들이 부산하게 돌아다니는 바람에 아이들은 놀라고 얼떨떨해했다. 신이 떠나고 난 뒤 그가 쓰던 푸른 방을 차지한 수실라는 그 방에 있던 온갖 개인적이고 여성적인 물건들을 모두 치웠다. 수실라는 여자들의 신비를 남자들에게서 숨기고 지키느라 한참 시간을 보냈다. 그녀는 또한 집을 정화하고 보호해준다는, 냄새가 고약한 약초도 피웠다.

"사비." 아이들이 말했다. "너희 아빠에게 무슨 일이 생겼대."

그리고 아이들은 불행과 죽음을 멀리 쫓기 위해서 램프의 심지에 핀을 찔렀다.

베란다와 위층의 모든 방에서는 평소보다 이불을 일찍 펴고 램프 불을 낮추었고, 아이들은 빗소리를 자장가 삼아 일찍 잠이 들었다. 자매들은 아래층에서 베일을 머리 위와 어깨까지 단단히 내린 채, 긴 테이블 주변에 조용히 앉아 있었다. 그들은 카드놀이를 하거나, 신문을 읽었다. 친타는 「라마야나」를 읽고 있었다. 그녀는 언제나 새로운 목표를 정했는데, 지금은 가족 중에서 그 서사시를 처음부터 끝까지 읽은 최초의 여성이 되기를 원하고 있었다. 카드놀이를 하던 사람들이 가끔 낄낄거리며 웃었다. 때때로 자매 한 명이 쥐고 있던 카드를 친타에게 봐달라고 했다. 이길 수 없을 만큼 크게 유혹이 일 때도 종종 있었다. 그럴 때면 친타는 험상궂게 상을 찌푸린 다음 카드놀이에 끼어드는 자신만의 방식을 구사했다. 한마디 말도 없이 조용히 그 패에 끼어서 자기 앞에 높인 카드를 일일이 손으로 두드리다가 최대한 크게 요란한 소리를 내며 승리의 카드를 던지고는, 조용히 「라마야나」로 돌아왔다. 늙고 비쩍 마른 데다 속내를 알 길 없는 표정을 한 마드라시 산파가 홀 안으로 돌아와, 한구석에 궁둥이를 붙이고 앉아서 조용히 눈을 반짝이며 담배를 피웠다. 커피가 부엌에서 끓자 그 향이 홀까지 번졌다.

남자들이 물을 뚝뚝 흘려가며 돌아왔다. 아난드는 졸리는 눈으로 옆에서 눈물을 머금고 걸어왔고, 비스와스 씨는 고빈드의 부축을 받고 있었다. 그러자 안도감과 함께 약간 실망스러워하는 분위기가 번졌다. 비스와스 씨는 날뛰지도 사납게 굴지도 않았다. 아무 말도 하지 않았다. 자동차를 운전하거나 코코아를 따는 흉내를 내지도 않았다(이 두 가지는 흔히 미친 사람이 하는 행동이었다). 그저 단단히 화가 나고 피곤해 보일 뿐이었다.

고빈드와 비스와스 씨는 싸우고 난 이후 서로 말을 하지 않았다. 비스와스 씨를 팔로 부축하여 옮기면서 고빈드는 스스로 권위를 갖추게 되었다. 즉 그는 필요할 때 구출하고 도와주는 권위자로서의 힘과, 사사로운 감정에 얽매이지 않고 용서하는 권위자로서의 힘을 가진 듯이 행동했다.

이 점을 인식한 친타도 아난드의 머리를 말려주고, 젖은 옷을 벗기고, 비디아다르의 물건을 몇 개 주고, 음식도 챙기고, 위층으로 데리고 가서 잠든 소년들 사이에 아난드의 자리를 봐주며 세심하게 보살폈다.

푸른 방에 누인 비스와스 씨는 마른 옷, 육두구와 브랜디를 넣은 달콤하고 뜨거운 우유 한 컵, 붉은 버터 조각들을 조심스럽게 받아 들었다. 그는 별다른 문제 없이 컵을 받아 들고 신중하게 마실 때조차 여전히 남아 있는 공포심 때문에 꼼짝하지 못했다.

그는 그 방의 따뜻함과 안전함을 기꺼이 받아들였다. 모든 벽이 튼튼했다. 빗소리는 들리지 않았다. 6.5센티미터짜리 미국삼엽송으로 만든 천장은 골함석판과 아스팔트를 가려주었다. 미늘살창문*은 깊은 흉벽(胸壁) 안에 세워져 바람이나 비가 와도 덜커덩거리지 않았다.

그는 자신이 하누만 하우스에 있다는 것을 알았다. 하지만 전에 무슨 일이 일어났고 앞으로 무엇이 다가올지 가늠할 수 없었다. 새로운 상황을 맞이하게 될 때까지 계속 깨어 있었던 것 같았다. 이 새로운 상황은 즉석 사진처럼 순간순간 떠올랐고, 측량할 길 없는 기간에 걸쳐 일어난 듯이 보이는 다른 사건들에 대한 기억과 어떤 식으로든 연결되어 있었다. 젖은 침대 위로 비가 내렸다. 자동차를 타고 갔다. 람킬라완의 모습이 보였다. 죽은 개. 밖에서 이야기를 나누던 남자들. 천둥과 번개. 갑자기 방 안으로 세스와 고빈드와 다른 사람들이 빽빽하게 들어왔다. 그리고 이제는 이 따뜻하고 밀폐된 방에서 계속 타오르는 램프의 노란 불빛을 받고 있었다. 마른 옷가지. 그가 집중할수록 모든 사물은 명확성과 지속성을 얻었다. 대리석 테이블 위에는 도자기 컵, 받침 접시, 그리고 숟가락이 있었다. 이 물건들을 다르게 배열하는 것은 가능

---

* 블라인드 같은 홈이 있는 창문.

하지 않았다. 비스와스 씨는 이 질서가 위협받았다는 것을 알고 있다. 기대와 함께 불안감이 느껴졌다.

비스와스 씨는 가능한 한 꼼짝 않고 누워 있었다. 그는 곧 잠이 들었다. 깨어 있던 마지막 순간에 규칙적으로 들리는 희미한 빗소리가 편안하다는 생각을 했다.

*

다음 날에도 줄기차게 비가 왔지만, 바람은 불지 않았다. 사방이 어두웠음에도, 번개나 천둥이 치지는 않았다. 집 주변의 도랑은 진흙으로 차 있었다. 하이 스트리트에 있는 수로가 넘치고 도로도 물에 잠겼다. 아이들은 학교에 갈 수 없었다. 아이들은 신이 났다. 평소와 다른 날씨와 예상치 못한 휴일 때문이기도 했지만 밤사이 일어난 소동 때문이기도 했다. 몇 명은 밤사이에 잠깐씩 깼던 기억도 있었다. 지금 아난드는 자기들과 함께 있고 그 애 아버지는 푸른 방에 있다. 몇몇 소녀는 일어났던 모든 일을 아는 척했다. 마치 장미방에서 아기가 태어난 다음 날 같은 분위기였다. 다시 말해 모든 신비로운 일들이 잘 감춰지고 모든 것이 비밀스럽게 진행되어, 나이가 어린 아이들은 말해줄 때까지 무슨 일이 진행되고 있는지 거의 알지 못했다.

"사비." 아이들이 말했다. "너희 아빠가 여기 계셔. 푸른 방에."

하지만 사비는 푸른 방이나 장미방에 가고 싶지 않았다.

밖에는 홀딱 벗은 아이들이 물이 넘친 도로와 범람한 수로에서 소리를 지르며 첨벙대고, 종이배나 나무배, 그리고 평평한 작대기 따위로 시합을 하고 있었다.

해가 중천에 뜰 때쯤 하늘이 밝게 개었다. 비도 약해져서 부슬비가 되었다가 곧 완전히 그쳤다. 구름이 물러났고 하늘은 갑자기 눈이 부시는 푸른색이 되면서 물 위로 그림자가 생겼다. 용솟음치던 수로에서 나는 소리는 일상적인 소음이 다시 깨어나자 서둘러 그 소리에 파묻혔고, 물은 도로 위에 나뭇가지나 흙 같은 침전물만 남긴 채 가라앉았다. 마당의 울타리에는 찌꺼기와 조약돌이 마치 씻어서 채로 친 것처럼 수위가 가장 높았던 지점에 아직 붙어 있었다. 돌 주변으로는 흙이 씻겨 나갔다. 떨어져 나간 푸른 잎은 침전물 속에 반쯤 파묻혀 있었다. 도로와 지붕은 증기를 뿜어가며 건조되어 마치 흡수지 위에 잉크가 번지듯이 습기가 마른 지역이 급속하게 번졌다. 그리고 곧 도로와 지붕은 물이 모이는 움푹 꺼진 곳들만 제외하고 다 말랐다. 열기가 물웅덩이의 가장자리를 야금야금 뜯어먹었다. 마침내 물웅덩이에도 푸른 하늘의 형상이 더 이상 비치지 않았다. 이윽고 나무 그늘 밑의 진흙만 제외하고 온 세상이 말랐다.

비스와스 씨에 대한 안 좋은 소식이 샤마에게 전해졌다. 그녀는 그린 베일의 가구를 하누만 하우스로 옮겨와야 한다는 뜻을 내비쳤다.

의사가 왔다. 그는 가톨릭교도 인도인이었지만 예의가 바르고 부동산이 많아서 툴시 집안으로부터 상당한 존경을 받고 있었다. 그는 비스와스 씨에게 정신 이상 진단을 내려달라는 말을 일축하고, 비스와스 씨가 신경 쇠약과 특정한 비타민 부족 현상을 겪고 있을 뿐이라고 말했다. 그는 사나토겐, 철분이 들어 있고 근육을 키워주는 특성으로 유명한 강장제 페롤, 그리고 오벌타인*을 처방했다. 또한 비스와스 씨가 충

---

* 맥아, 설탕, 코코아 등을 섞어 만든 분말. 우유에 타 먹게 되어 있는 식품으로 네슬레 사의 마일로와 경쟁 관계에 있는 제품이다.

분히 휴식을 취해야 하며, 몸이 나아지는 즉시 포트오브스페인에 가서 전문의를 만나봐야 한다고 말하기도 했다.

의사가 가자마자 번쩍이는 터번을 두르고 안절부절못하는 변변찮은 주술사가 왔다. 그 사람은 보수를 적게 받았다. 주술사는 푸른 방을 정화하고 악령을 막아주는 가상의 방벽을 세웠다. 그는 알로에 줄기를 문가와 창문에 걸라고 하고 악령의 주의를 분산하기 위해 홀로 통하는 문에 항상 검은 인형을 항상 놔두어야 한다는 것을 그 집에서 알고 있었어야 했는데 그러지 않았다고 했다.* 예방이 치료보다 낫다는 것이었다. 이어서 주술사는 약간의 약품 혼합물을 만들어도 되는지 물었다.

그 제안은 거절되었다. "오벌타인, 페롤, 사나토겐." 세스가 말했다. "모헌에게 당신이 만든 약을 줘봐요. 그랬다간 저 사람이 작은 캡슐로 변할걸."

하지만 그들은 알로에는 걸었다. 알로에는 값이 거의 나가지 않는 천연 변비약이어서 집에는 항상 많은 양의 알로에가 있었기 때문이다. 그리고 툴시 가게에 조금 남은 오래된 재고품 중 하나인 검은 인형도 걸었다. 그 인형은 영국제였는데, 아르와카스 사람들에게 인기가 별로 없었다.

같은 날 오후에 화물 트럭이 그린 베일에서 가구를 싣고 왔다. 모두 다 축축하게 젖고 탈색이 되어 있었다. 샤마의 화장대는 윤기 없이 하얗게 변해 있었다. 매트리스는 물에 흠뻑 젖어 냄새가 났다. 그리고 코코넛 이불속은 부풀어 올라 이불감에 얼룩을 만들었다. 비스와스 씨 책의 천 표지도 여전히 끈적거렸고, 표지의 색깔이 책장의 가장자리를

---

* 액막이로 인도인들이 흔히 하는 풍습 중 하나.

따라 번져 있었으며, 책장은 쭈글쭈글하게 함께 붙어 있었다.

사주식 침대의 금속 골조는 한때 샤마와 비스와스 씨가 쓰던 긴 방의 그 장소에 조립을 푼 상태로 두었다. 판자와 매트리스는 햇볕에 말리려고 밖에 내놓았다. 찬장은 부엌 문 근처의 홀에 놓여 있었는데 검댕이 묻은 녹색 벽을 배경으로 세우니 거의 새것이나 다름없었다. 그 찬장에는 아직도 일본제 커피잔 세트(모든 컵의 밑면에는 일본 여성의 머리가 있었으며, 바깥쪽에는 불을 내뿜는 용이 양각으로 새겨져 있었다)가 있었다. 그것은 세스가 샤마에게 준 결혼 선물로, 그때까지도 쓴 적이 없어서 깨끗하기만 했다. 녹색 테이블도 역시 홀에 있었는데, 뒤섞여서 도무지 조화를 이루지 못하는 가구들 속에서 거의 눈에 띄지 않았다. 흔들의자는 위층 베란다에 놓였다.

사비는 가구들이 그렇게 흩어지고 무시당하는 것을 보고 가슴이 아팠다. 또한 흔들의자가 오자마자 잘못 이용되는 것을 보고 화가 났다. 처음부터 아이들은 의자의 등나무 바닥에 서서 마구 흔들어댔다. 이것은 다른 놀이로 진화했다. 네댓 명이 의자에 올라가서 흔들었다. 그러면 또 다른 네댓 명이 그들을 잡아당겼다. 아이들은 의자 위에서 옥신각신하다 의자를 뒤집었다. 이게 그 놀이의 핵심이었다. 못하게 막아봤자 자기만 이상하게 된다는 걸 알고 있던 사비는 세숫대야와 이상하게 생긴 물 항아리와 튜브와 향료가 있는 장미방으로 가서 샤마에게 불평을 했다.

아이들하고만 함께 있을 때면, 그리고 특히 출산을 할 때면 언제나 아이들에게 상냥했던 샤마는 사비의 머리카락을 쓰다듬으며 자기는 신경 쓰지 않는다고, 자기는 지금 자기 자신만 생각하고 있으며, 만약 다른 누구에게 불평을 하면 분명히 말싸움이 벌어질 것이라고 했다. 샤마는 비스와스 씨가 아프다고 말했다. 그리고 자신도 아프다고 했다. 사비가 다른 사람을 도발할 수 있는 행동을 하면 안 되는 것이었다.

"책상은 어디에 두었니?" 샤마가 물었다.

"긴 방에 두었어요."

샤마는 기분이 좋은 것 같았다.

비스와스 씨가 가장 정성들여 만든 포스터 중 몇 가지도 역시 그린 베일에서 보내져 왔다. 다들 포스터가 보기 좋다고 생각했다. 오랫동안 무신론자라고 간주되던 사람의 작품이 그런 감정을 불러일으킨다는 것이 놀라울 정도였다. 그 포스터들은 홀과 서재에 걸렸다. 아이들이 "사비, 진짜 너희 아빠가 저런 간판을 그린 거야?"라고 묻자 가구가 흩어지는 걸 보고 생긴 아픔이 줄어들었다.

아이들이 말했다. "사비, 그러면 너희 집 식구가 모두 여기서 영원히 사는 거야?"

*

샤마의 옆방에서 계속 불을 끄고 누워 있던 비스와스 씨는 잠이 들었다가 깨어났다가 다시 잠이 들었다. 그는 어두움과 고요함 속에서 세상과 단절된 기분에 싸여 편안함을 느꼈다. 언젠가 아주 오랜 시간 전에 그는 커다란 아픔을 겪었었다. 그는 그 아픔과 싸웠다. 이제 그는 굴복했고 그 굴복으로 인해 평화를 얻었다. 사람들이 자신을 데리러 왔을 때 그는 불쾌감과 공포심을 참아냈다. 그는 그렇게 했다는 게 다행스러웠다. 굴복함으로써 축축한 벽과 신문지로 덮인 벽과 뜨거운 태양과 휘몰아치는 비가 내리는 세계를 떠날 수 있었다. 또한 이것, 즉 세상이 존재하지 않는 방과 무(無)를 취할 수 있었다. 몇 시간이 지나자 그는 최근에 벌어진 일을 종합하여 이해할 수 있었고, 자신이 그 공포를 뚫고 생존했다는 사실에 놀라워했다. 그는 공포와 질문하기를 더욱더 자주 잊었다. 때때로 1,2분 정도 되는 시간 동안 그가 겪었던 마음 상태 속으로 완전히 들어가보려고 시도해봐도 못 들어가는 일도 생겼다. 불안감은 여전히 있었지만, 현실이거나 실재하는 것이라기보다는 공포에 대한 아련하고 서늘한 기억 같은 것이었다.

더 많은 곳에 연락을 했고 그러자 방문객들이 찾아왔다. 프라탑과 프라사드는 툴시 집안의 규모에 기죽고 자신들의 현 상태를 의식하여 모든 아이에게 친절해야 할 것 같은 생각이 들었다. 그들은 아이들에게 1페니를 주는 것으로 시작했다. 그런데 그것은 아이들의 수를 과소평가한 것이었다. 결국 0.5페니를 주는 것으로 결말이 났다. 그들은 비스와스 씨에게 자신들이 정확히 뭘 하다가 전갈을 받았는지를 말해주었다. 그들 둘 다 전갈을 못 받을 뻔한 것 같았다. 그들 둘 다 폭풍이 치던 날 비스와스 씨에게 뭔가 안 좋은 일이 일어난 것 같은 징조가 있어서 각자 자기 아내에게 그렇게 말을 했다는 것이다. 그러면서 비스와스 씨에게 자기 아내한테 확인해보라고 다그쳤다. 비스와스 씨는 잔뜩 위축된 기분 상태로 이 말을 들었다. 그는 형들 가족의 안부를 물었다. 프라탑과 프라사드는 할 말이 별로 없던 탓도 있었지만, 이 질문을 순전히 예의로 받아들여 자기 가족들은 신경 쓸 필요가 없다는 말로 일축했다. 그리고 이따금 진지하게 몇 마디 말을 하다가 모자를 내려다보고 이리저리 각도를 바꿔가며 모자를 살피고 밴드에 먼지를 털다가 한숨을 쉬면서 가야겠다면서 일어났다.

비스와스 씨의 매형인 람찬드는 그나마 덜 주눅이 들었다. 그에게는 자신의 제복에 잘 어울릴 만한 도시적인 겉멋이 있었다. 그는 몇 년 전 시골과 럼주 공장을 떠나 이제는 포트오브스페인의 정신병자 수용 시설의 보호관으로 있었다.

"내가 처남을 부끄럽게 여긴다고 생각하지는 마." 람찬드가 비스와스 씨에게 말했다. "난 이런 일에 익숙하단 말이야. 내가 하는 일이 이런 거야. 괜찮아."

그는 정신병원에서 자기가 하는 일에 대해 말했다.

"여기 축음기는 없어?" 그가 물었다.

"축음기요?"

"음악 말이야." 람찬드가 말했다. "우린 하루 종일 환자들에게 음악을 틀어주거든."

그는 마치 정신병원이 순전히 자신의 이익을 위해 운영되기라도 하듯이 그 일로 생기는 부수입에 대해 말했다.

"지금 매점을 맡고 있어. 거기서는 모든 게 바깥보다 5,6센트 더 싸. 이윤을 내려고 운영하는 것이 아니니까 그런 거야. 뭔가 필요한 게 있으면 꼭 얘기해줘."

"사나토겐도 있어요?"

"한번 살펴볼게. 저기, 그런데, 시골을 떠나서 포트오브스페인으로 오는 건 어때, 처남? 처남 같은 사람은 이런 후진 곳에 남아 있으면 안 돼. 처남한테 이런 일이 생긴 것도 당연한 거야. 와서 우리랑 한번 지내보자고. 데후티 누나가 항상 처남 이야기 하는 거 알잖아."

비스와스 씨는 생각해보겠다고 약속했다.

람찬드는 무거운 발걸음으로 집 안을 걸어가다 홀에 다다르자 아는 사이도 아니면서 수실라에게 큰 소리로 외쳤다. "마하라진, 잘 계십니까?"

"그 사람 생긴 게 영락없이 차마르 계급* 타입이구먼." 수실라가
말했다.

"호박에 줄 긋는다고 수박 되겠어요?" 친타가 말했다.

*

그날 저녁 세스가 푸른 방으로 갔다.

"이봐, 모헌. 기분은 어떤가?"

"좋은 것 같습니다." 비스와스 씨가 평소 목소리와 비슷하게 익살
스럽고 높은 음색으로 말했다.

"그린 베일로 돌아가는 것에 대해서 생각해봤나?"

비스와스 씨는 자신도 깜짝 놀랄 정도로 옛날의 태도로 돌아가 있
는 자신을 발견했다. 반은 조롱조로, 반은 놀란 표정으로 그가 말했다.
"누가요? 내가요?"

"자네가 그런 식으로 생각하니 다행이군. 사실, 자네는 못 돌아간
다네."

"제가 우는 것 보이시죠."

"무슨 일이 벌어졌는지 맞혀보게."

"사탕수수가 다 타버렸겠죠."

"틀렸네. 자네 집만 탔어."

"타 없어졌다고요? 그럼 그것도 보험 화재를 한 거겠죠."

---

* 차마르 계급은 인도 북부 지역에 사는 무두장이, 소작농 들이다. 소를 신성시하는 힌두
교도들에게 무두장이는 사회적으로 비천한 계급이다.

"아냐, 아냐. 보험 화재로 한 게 아니야. 깨끗하게 티끌 하나 안 남고 다 타버렸어. 그런 베일 사람들이 그랬어. 그 사람들 아주 마귀같이 사악하더군."

세스는 비스와스 씨가 우는 것을 보고 눈길을 돌렸다. 그러나 세스는 오해하고 있었다.

비스와스 씨에게 엄청난 안도감이 찾아왔다. 자기 마음속을 맴돌며 몸을 긴장시켰던 걱정, 근심, 고뇌가 썰물처럼 빠져나갔다. 그는 그것들이 빠져나가는 것을 느낄 수 있었다. 몸으로도 느낄 수 있을 정도였기 때문이다. 이어 비스와스 씨는 기력이 빠지고 심하게 지쳤다. 그리고 세스에게 매우 감사하다는 생각이 들었다. 세스를 끌어안고 영원한 우정을 약속하며 맹세라도 하고 싶었다.

마침내 그가 말했다. "이모부 말씀은, 그 비가 온 후로 사람들이 그 집을 불태웠다는 거지요?" 그러면서 그는 흐느껴 울었다.

그날 저녁 샤마는 넷째 아이로 또 딸을 낳았다.

비스와스 씨의 책은 서재의 책들 가운데 놓였다. 그 책들 중에는 콜린스 클리어 타이프 출판사에서 나온 『셰익스피어』도 있었다. 이 책의 마지막 페이지에는 새로 태어난 아이를 위한 어떤 이름도 적혀 있지 않았다.

*

가늘고 숨차고 반복적인 음조의 아기 울음소리는 장미방 밖에서는 거의 들리지 않았다. 이제 산파는 홀에 쭈그리고 앉아 담배를 피우고 있지 않았다. 산파는 바빴다. 그녀는 씻기고 닦고 지켜보고 명령했다. 9일이 지나자 산파는 돈을 받고 일을 그만두었다. 자매들은 아난드와 사비에게 말했다. "너희들에게 새 여동생이 생겼단다. 너희 아버지의 재산을 함께 나누게 될 사람이 생긴 거야." 그러면서 그들은 아난드에게 말했다. "넌 운이 좋구나. 여전히 외아들이잖아. 하지만 기다려봐라. 언젠가 남동생이 생기게 될 거고, 그러면 그 애가 네 몫을 날름 떼어 갈 테니깐."

비스와스 씨는 사나토겐을 섞어서 마셨고, 큰 숟가락으로 페롤도 마셨고, 저녁이면 오벌타인을 여러 잔 마셨다. 어느 날 그는 자기 손톱이 생각났다. 바라보니 물어뜯은 곳 하나 없이 깨끗했다. 여전히 어둠이 몰려오는 시기, 즉 공포 발작이 일어나는 때가 있었다. 하지만 이제 비스와스 씨는 그런 것들이 진짜가 아니란 것을 알고 있었다. 또한 그 사실을 알고 있었기 때문에 극복할 수 있었다. 그는 아직 푸른 방에 머무르며, 하누만 하우스를 구성하는 모든 개개인과 분리된 존재이자, 단일한 생명체로 힘과 위로의 능력까지 갖춘 유기체인 하누만 하우스의 일부분이 되는 것에서 안전함을 느꼈다.

*

"사비, 너 뭐 마시니?"
"오벌타인."
"아난드, 넌 뭐 마시니?"
"오벌타인."
"그거 맛있어?"
"응, 아주 많이."

"엄마, 사비하고 아난드는 오벌타인 마셔요. 쟤네 아빠가 줬대요."

"음, 얘야, 내 말 들어봐라. 너희 아빠는 백만장자가 아니라서 오벌타인을 줄 수 없어. 알겠니?"

그리고 다음 날이 되었다.

"제이, 너 뭐 마시니?"

"너 마시는 것 있잖아. 오벌타인."

"비디아다르, 너도 오벌타인 마시니?"

"아니. 우리는 **마일로** 마셔. 우린 그게 더 좋거든."

*

비스와스 씨는 푸른 방에서 나와 왕좌 같은 의자와 조각상들이 있는 거실로 갔다. 그는 안전하다고 생각했고 심지어 약간의 모험심도 생겼다. 그는 목조 가옥으로 갔다. 베란다에서 하리가 책을 읽고 있었다. 비스와스 씨는 본능적으로 한 발짝 뒤로 물러났다. 그러고 나니 그럴 필요가 없다는 생각이 떠올랐다. 두 남자는 서로를 쳐다보다가 다시 눈길을 돌렸다.

하리에게 등을 돌린 뒤, 허리 높이의 벽이 있는 베란다에 기대서서 비스와스 씨는 그 집안에서 하리가 차지하고 있는 위치에 대해 생각해보았다. 하리는 여가 시간을 모두 독서에 바쳤다. 하지만 독서를 어떤 식으로 이용하는 법이 없었다. 그리고 그는 모든 종류의 논쟁을 싫어했다. 누구도 하리가 쌓은 산스크리트어 지식을 확인해볼 수 있는 사람이 없었고, 그냥 학식이 있겠거니 하고 믿었다. 어쨌거나 그는 집 안팎에서 존경을 받았다. 하리는 어떻게 그런 위치를 차지하게 되었을까? 비스와스 씨는 궁금했다. 어디서 시작했을까?

만약 비스와스 씨 자신이 도티를 입고 염주를 걸고 성뉴를 두른 채 갑자기 홀에 나타나면 어떤 일이 생길까? 제이람 펀디트가 기르듯 머리 상투를 다시 자라나게 내버려두는 거다. 하누만 하우스는 두 명의 병든 학자가 생기는 것을 좋아할까? 하지만 비스와스 씨는 언제나 거룩한 모습으로 살아가는 자신을 상상할 수 없었다. 도티를 입고 상투를 틀고 성뉴를 걸치고 이마에 카스트 표식을 붙인 채 『맨 섬의 사나이』*나 『아톰』**을 읽는 자신을 조만간 누군가가 허를 찔러 그 비밀을 캐내게 될 것이니까 말이다.

이런 것을 곰곰이 생각하면서 비스와스 씨는 자신의 처지를 되돌아보았다. 그는 네 아이의 아버지이지만, 그의 위치는 열일곱 살 때 결혼도 하지 않고 툴시 집안에 대해 아무것도 모르던 때와 마찬가지였다. 그는 직업도 없고 생활비를 벌 만큼 마땅한 재주도 없었다. 그린 베일에서의 일은 끝났다. 푸른 방에 언제까지 머물러 있을 수도 없었다. 곧 그는 결정을 내려야만 할 것이다. 그러나 걱정이 되지는 않았다. 매 순간을 고뇌와 절망으로 보낸 그린 베일에서의 나날 동안 그는 모든 면에서 지금의 자신과 비교될 만한 불행을 경험했었다. 비스와스 씨는 대부분의 사람들보다 운이 좋았다. 그의 아이들은 굶주리지 않을 것이다. 그 애들에게는 항상 피난처가 있을 것이다. 헐벗지 않을 것이다. 그가 그린 베일에 있든 아르와카스에 있든, 죽든 살든, 상관없이 말이다.

비스와스 씨의 돈은 대폭 줄어들었다. 오벌타인, 페롤, 사나토겐을

---

* 홀 케인Hall Caine이 쓴 소설로 1929년에 앨프리드 히치콕 감독이 영화로 만들었다.
** 벤 플린턴Ben Flinton과 빌 오코너Bill O'connor가 1940년에 처음으로 그리기 시작한 만화다.

샀다. 의사의 치료비와 산파와 주술사의 수고비가 들었다. 그리고 들어올 돈은 더 이상 없었다.

어느 날 저녁 세스가 말했다. "자네가 뭔 일을 할 결심을 하지 않으면 그 오벌타인 통이 마지막이 될 수도 있어."

결심이라. 결심할 게 뭐가 있나?

비스와스 씨가 머물겠다면 하누만 하우스에 그가 머물 방은 있었다. 떠난다 해도 아무도 그를 그리워하지 않을 것이다. 비스와스 씨는 그때껏 자기 아이들에 대한 권리를 주장하지 않았다. 왜냐하면 아이들이 그를 피했고, 아버지를 만날 때면 거북해했기 때문이다.

그런데 세스에게 "처형과 오와드가 이번 주말에 올 거야"라는 말을 들으니, 즉 오와드를 위해 푸른 방이 준비되어야 한다는 의미의 얘기를 들은 바로 그때, 비스와스 씨는 그 집의 다른 곳으로 옮기기는 싫고, 툴시 부인과 신과 마주치고 싶지도 않으니 행동을 취해야겠다는 생각을 하게 되었다.

상당히 많은 양의 앵커 담뱃갑을 주고 그 대가로 받은, 양편을 자신의 머리글자로 장식한, 조그마한 갈색 판지 여행 가방 하나면 비스와스 씨가 가져가려고 하는 건 모두 충분히 넣을 수 있었다. "당신이 올 땐 못 하나에 걸 수 있는 옷만 달랑 들고 왔었죠"라고 하면서 샤마가 비웃던 게 기억났다. 그는 여전히 옷가지가 별로 없었다. 가지고 있던 옷마저 모두 구겨지고 더러웠다. 끈 달린 모자는 두고 가기로 결정했다. 그 모자가 너무 안 어울린다는 생각이 항시 들었고, 또한 바라크 건물의 물건이었기 때문이다. 비스와스 씨는 언제든지 책을 가지러 사람을 보낼 수 있었다. 하지만 붓은 챙겼다. 매번 이사를 갈 때마다 이 붓들은 살아남았다. 그리고 한두 개 붓의 털에 먹였던 소프트 캔들은 단단해졌다가 부스러져서 가루가 되었다.

그는 어두워지기 전에 되도록 많은 시간 여유를 가지기 위해, 이른 아침에 떠나기를 원했다. 구겨진 옷을 입으니 옷들이 느슨했다. 바지도 헐렁했다. 살이 빠진 것이었다. 12개의 바라크 방 앞에 서 있던 자신의 몸에서 수건이 떨어졌던 아침이 기억났다.

사비가 코코넛과 비스킷과 버터를 가져다줄 때 비스와스 씨는 사비에게 말했다. "난 떠날 거야."

사비는 놀라거나 실망스러워하지 않았고, 어디로 갈 것인지조차 묻지 않았다.

비스와스 씨는 세상이 얼마나 무서운 힘을 가졌는지 시험해보러 세상으로 나갈 참이었다. 과거는 사기 사건이 연속하여 터진, 일종의 가짜 세월이었다. 진짜 삶과 그 삶의 특별한 달콤함이 그를 기다리고 있었다. 그리고 그는 여전히 시작하려 하고 있었다.

비스와스 씨는 샤마와 아기는 보고 가야 하는 게 아닌가 생각했다. 감각적으로 내키지 않았다. 아이들이 학교에 가는 소리를 듣자마자 그는 아래층으로 내려왔다. 그의 모습이 보였지만 아무도 그를 부르는 사람이 없었다. 여행 가방이 눈에 띄는 크기가 아니었기 때문이다.

하이 스트리트는 이미 붐비고 있었다. 고기와 생선의 진한 냄새, 악쓰는 소리와 울리는 벨소리로 활기가 더해지는 끊이지 않는 둔탁한 소음들로 시장도 힘차게 움직이고 있었다. 잡화와 장신구를 파는 사람들이 말 수레, 당나귀 수레, 소달구지를 타고 들어왔다. 그 사람들은 자신들과 똑같은 제품을 파는 대형 가게들 앞에 작은 상자들을 세우고 빗, 머리핀, 브러시를 전시해놓는 야심찬 사람들이었다.

공포 발작은 일어나지 않았다. 공포의 뿌리는 여전히 그의 뱃속에 있었지만, 쉽게 진정시킬 수 있어서 이 뿌리들을 무시해도 된다는 것을 알고 있었다. 그에게 세상이 다시 회복되었던 것이다. 그는 왼손 손톱을 들여다보았다. 손톱이 여전히 말짱했다. 그는 손바닥에 손톱을 대고 시험해보았다. 손톱이 매끄럽게 잘 깎여 있었다.

비스와스 씨는 '레드로즈 차는 좋은 차입니다'라고 적힌 간판 아래를 지나갔다. 커다란 차양이 쳐진 술집을 지나가고 가톨릭 성당을 지나가고 법원을 지나가고 황갈색과 붉은색으로 점잖게 서 있는 경찰서를 지나갔다. 경찰서의 잔디밭과 산울타리는 깔끔하게 정리되어 있었다. 차도에는 회반죽을 칠한 커다란 돌들과, 프라탑과 프라사드가 소년일 때 물소 웅덩이에서 돌아오면 그들의 다리가 그랬던 것처럼 둥치의 반 정도까지만 회반죽을 칠한 야자수가 줄지어 서 있었다.

(2권에 계속)

'대산세계문학총서'를 펴내며

2010년 12월 대산세계문학총서는 100권의 발간 권수를 기록하게 되었습니다. 대산세계문학총서의 발간은 앞으로도 계속될 것이고, 따라서 100이라는 숫자는 완결이 아니라 연결의 의미를 지니는 것이지만, 그 상징성을 깊이 음미하면서 발전적 전환을 모색해야 하는 계기가 된 것은 분명합니다.

대산세계문학총서를 처음 시작할 때의 기본적인 정신과 목표는 종래의 세계문학전집의 낡은 틀을 깨고 우리의 주체적인 관점과 능력을 바탕으로 세계문학의 외연을 넓힌다는 것, 이를 통해 세계문학을 바라보는 우리의 시각을 전환하고 이해를 깊이 해나갈 수 있도록 한다는 것이었다고 간추려 말할 수 있습니다. 그리고 궁극적으로는 우리의 인문학을 지속적으로 발전시켜나갈 수 있는 동력이 될 수 있기를 희망하는 것이었습니다. 이러한 기본 정신은 앞으로도 조금도 흐트러지지 않고 지켜나갈 것입니다.

이 같은 정신을 토대로 대산세계문학총서는 새로운 변화의 물결 또한 외면하지 않고 적극 대응하고자 합니다. 세계화라는 바깥으로부터의 충격과 대한민국의 성장에 힘입은 주체적 위상 강화는 문화나 문학의 분야에서도 많은 성찰과 이를 바탕으로 한 발상의 전환을 요구하고 있습니다. 이제 세계문학이란 더 이상 일방적인 학습과 수용의 대상이 아니라 동등한 대화와 교류의 상대입니다. 이런 점에서 대산세계문학총서가 새롭게 표방하고자 하는 개방성과 대화성은 수동적 수용이 아니라 보다 높은 수준의 문화적 주체성 수립을 지향하는 것이며, 이것이 궁극적으로 한국문학과 문화의 세계화에 이바지하게 되리라고 믿습니다.

또한 안팎에서 밀려오는 변화의 물결에 감춰진 위험에 대해서도 우리는 주의를 게을리하지 말아야 할 것입니다. 표면적인 풍요와 번영의 이면에는 여전히, 아니 이제까지보다 더 위협적인 인간 정신의 황폐화라는 그늘이 짙게 드리워져 있는 것이 사실입니다. 대산세계문학총서는 이에 대항하는 정신의 마르지 않는 샘이 되고자 합니다.

'대산세계문학총서' 기획위원회